イーヴリン・ウォー伝
人生再訪

Evelyn Waugh ✦ A Life Revisited

Philip Eade
フィリップ・イード
高儀進✦訳

白水社

1. 1890年のウォー一家。左から：エルシー、コニー、アレグザンダー・ウォー医師（「ブルート」）、アリック、アニー（ウォー夫人）、アーサー、トリシー。

2. ブルート：
アニーは、アーサーを出産する日が
夫の雉撃ちの最初の日と
重なりはしまいかと、
びくびくしていた。

3. ミッドサマー・ノートンの彼らの家：
イーヴリンは、暗い隠れた隅と、
さまざまな興味深いにおいを楽しんだ。

4.1892年頃のレイバン一家。後列左がアーサーとケイト。

5.バッキンガムシャー州の小径の探検に出掛けるケイトとアーサー。
（下）

婚約後にポーズをとる二人。のちにイーヴリンは、父は「終始演技している」と思うようになった。

6.（左から右）アレック、アーサー、イーヴリン、1906年頃。

7.ヒルフィールド・ロード11番地の
家の石段で、
ナニーのルーシー・ホッジズと一緒の
イーヴリン。

8.ミッドサマー・ノートンで休暇を過ごす
ケイト、アーサー、イーヴリン、
アレック（クリケット・バットを持っている）と
飼い犬のプードル、1904年。

9.新築の
アンダーヒルの庭にいる
アレック、ケイト、アーサー、
1909年。

11.8歳のイーヴリン。

10.ピストル部隊と一緒のイーヴリン(右から2人目)、
1910年頃。

12. ヒース・マウント校での
イーヴリン（上から2列目、左から3人目）と、
彼の嫌悪の対象
セシル・ビートン（同列、右から3人目）。

13. アレック、イーヴリン、ケイト、
一家のプードル、1912年。

14. 1917年、イーヴリンが
惨めな最初の年を過ごした
ランシング校の校長寮。
イーヴリンは地面に坐っている者の
左から2番目。
左端のもう一人の「新入り」
ロジャー・フルフォードの隣。
カップの後ろにいる
聖職者用カラーを着けた人物が
ボウルビー師。

15.（上から下）
ランシング校のイーヴリン、1921年。
オックスフォード大学時代のイーヴリン、1923年。
アストン・クリントン校の教師のイーヴリン、1926年。

16.オックスフォード大学での最初の恋人、
リチャード・ペアーズ。
アルプスで
シリル・コノリー（ベレー帽をかぶっている）と
一緒のところ：イーヴリンは、
「コノリーに寝取られた」と苦情を言った。

17.イーヴリンの次の「我が心の友」、
アラステア・グレアム（下）。
二人がオックスフォードで会う
少し前に撮ったもの。
右は、「もし僕が行けたら、
土曜日にどこかで一緒に飲まないかい」と
グレアムがイーヴリンを誘った手紙に
同封されていた写真。

18.ランディー島、1925年の復活祭。(左から右)リチャード、オリヴィア、グウェン、デイヴィッド・プランケット・グリーン、テレンス・グリーニッジ、エリザベス・ラッセル。イーヴリンは一番前に坐っている。

19.
同じランディー島での休日：
オリヴィア・プランケット・グリーン、
パトリック・バルフォア、
デイヴィッド・プランケット・グリーン、
マシュー・ポンソンビー。

20.
1926年2月に、
アストン・クリントン校で
フランシス=バーネット社製の
オートバイに乗るイーヴリン。

21.二人のイーヴリンが1928年5月に婚約した直後に
アラステア・グレアムがバーフォード・ハウスの庭で撮影した写真。

22.
キャノンベリー・スクエア17a番地の
二人の「真新しいバンドボックスの
ような家」と、
(下の右)イーヴリンが
1928年の4月に『衰亡』を
書き終えた直後に
ヘンリー・ラムが
ブライアン・ギネスのために描いた
肖像(したがって、イーヴリンは
黒ビールのグラスを手にしている)。

23.ギネス邸で催された
1860年代の衣裳のパーティーで
『スケッチ』が撮ったシーヴリンの写真。
その後のあるパーティーで、
ジョン・ヘイゲイトと会場の甲板を
「非常に親しげな位置」で
ぶらぶらしているところを
『タトラー』が撮った時と同じ服装をしている。

25.イーヴリンは結婚が破綻したあと、
ブライアン・ギネスとダイアナに
慰藉を求めた。
新婚旅行中のギネス夫妻、1929年。

24.二人のイーヴリンが、
仲直りをしようとしてうまくいかなかった
二週間のあいだに出席した
「熱帯」仮装パーティーでの写真。

27.プール・プレイスで傍観者気分の
イーヴリン。前にいるのは
ルーパート・ミットフォード(ナンシーのおじ)、
ナンシー・ミットフォード、パンジー・ラム、
1930年。

26.1930年、パケナム・ホールでの
ハウス・パーティー:アラステア・グレアム、
イーヴリン、
エリザベス・ハーマン(のちロングフォード)、
テニスのラケットを持つ腕だけが
写っているのがジョン・ベッチェマン。

28.ケニアのイーヴリン、1931年。

29.南フランスのヴィルフランシュにいる
アレックとイーヴリン、1931年。

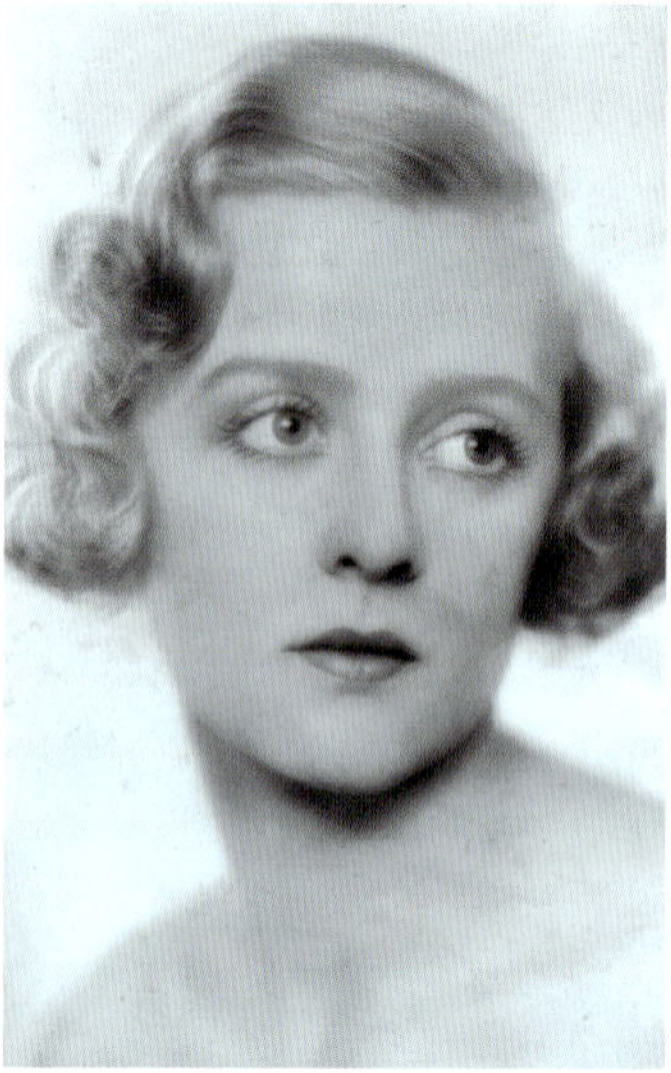

30.イーヴリンが1930年に
首ったけになった
テリーザ・「ベイビー」・ユングマン。
下は、彼女(左)が姉のジータと
十二宮の双子座のポーズを
とっているところ。

31.イーヴリンの求愛を躱したもう一人の女、アイリーン・エイガー(左上)。
しかし、求愛に応じた女友達は(時計回りに)、ジョイス・フェイガン、
オードリー・ルーカス、ヘイゼル・レイヴァリー、ピクシー・マリックス。

32.
婚約後のアレック・ウォーと
ジョーン・チャーンサイド、
1932年。

33.
マダーズフィールドの
イーヴリン、
ヘイミッシュ・セント・
クレア・アースキン、
クート・リゴン、
ヒューバート・ダガン、
1930年代初頭。

35.ハンス大尉の乗馬学校でのイーヴリン。
「注」は本人の手書き。

34.メイミーと
クート（眼鏡をかけている）・リゴンのあいだの
イーヴリン。

36.現在のマダーズフィールド。

37.ホーソーンデン賞を獲得し父から祝福されるイーヴリン、1936年。

38.ファリンドン・ハウスの客間で、ペネロピ・ベッチェマンと彼女の馬と一緒のイーヴリン。

39.ローラ・ハーバート。
「僕は彼女を非常に愛していて」と
イーヴリンはベイビー・ユングマンに言った、
「僕らの結婚は、
僕の知っているどんな結婚にも劣らないほど
うまくいく見込みはあると思う」。

40.ピクストン・パークのローラの家族の家。
そのアイルランド風のみすぼらしさは、
『スクープ』のブート・マグナ・ホールの
描写に反映している。

41.結婚式のあと教会を出る
イーヴリンとローラ、1937年。

42.グロスターシャー州のピアズ・コート。ローラの祖母からの結婚祝いだった。

43.戦争が勃発する直前のピアズ・コートで幼女テリーザと一緒のイーヴリン。
右はローラ。

44.
ピアズ・
コートの
客間。

45.英国海兵隊のイーヴリン。
ダイアナ・クーパーの言う、
「エロール・フリン風の粋なちょび髭」を
生やしている。

46.クロアチアのイーヴリンとランドルフ・チャーチル。
二人はチトーのパルチザンのもとに送られた英軍使節団に加わっていた。

47.ハリウッド、1947年。
サー・チャールズ・メンドルと
アンナ・メイ・ウォンと一緒の
イーヴリンとローラ。

48.1947年、ピアズ・コートの一家。
中央の列、左から：
グラディス・アトウッド（掃除婦）、ハティー、
ローラ、ジェイムズ、イーヴリン、
イーヴリンの母、メグ、老アトウッド夫人。
テリーザとブロンは一番前に坐っている。
イーヴリンの真後ろに立っているのは
執事のエルウッド。
メグの後ろにいるのは
彼女たちのナニーのヴェラ。
その左隣は牛飼いのノーマン・アトウッド。

49.1950年11月、イル・ド・フランス号で
ニューヨークからプリマスに帰る
イーヴリンとローラ。

50.クーム・フローリーの
書斎にいるイーヴリン。

51.クーム・フローリー、
1959年。
左から：
ブロン、メグ、イーヴリン、
セプティマス、テリーザ、
ジェイムズ、
ジョヴァンニ・
マンフレディ、
ハティー、ローラ、
マリア・マンフレディ。

52.クーム・フローリーの
前のイーヴリン。
金属製飾り板に
「御用の方はお断り」と
書いてある。

53.イーヴリン、ローラ、
ジェイムズ、
庭師ウォルター・コガン
――イーヴリンは彼を
「僕のライバル、
コギンズ氏」と呼んだ。

54.英領ギアナに旅行中のイーヴリンとメグ、1961年。

55.メイミー・リゴンと、新婚のメグとジャイルズ・フィッツハーバートと一緒のイーヴリン。

56.テレビの連続番組「フェイス・トゥ・フェイス」で
ジョン・フリーマンからインタヴューされるイーヴリン、1960年6月。

57.クーム・フローリー、1965年。後列左から右へ：
ジェイムズ、ブロン（アレグザンダーとソフィアを抱いている）、ローラ、イーヴリン、
テリーザ（息子のジャスティンを抱いている）、マーガレット（娘のクローディアを抱いている）。
一番前のエミリー・フィッツハーバートと一緒に前列で跪いているのはハティーとセプティマス。

イーヴリン・ウォー伝
人生再訪

EVELYN WAUGH: A Life Revisited

by Philip Eade

カバー図版：Bettmann / Getty Images

リータに

イーヴリン・ウォー伝
人生再訪
目次

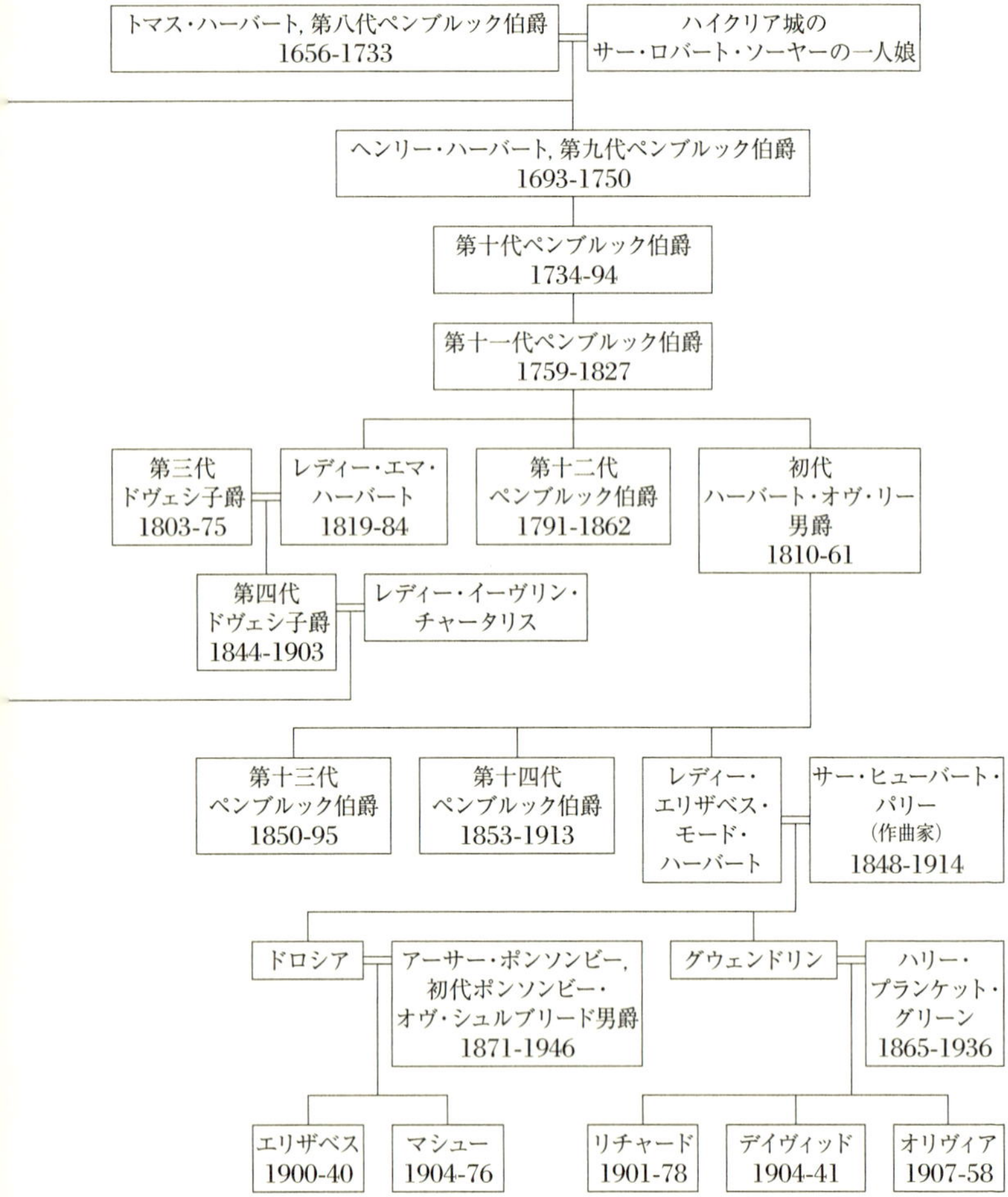
トマス・ハーバート, 第八代ペンブルック伯爵 1656-1733
ハイクリア城の サー・ロバート・ソーヤーの一人娘
ヘンリー・ハーバート, 第九代ペンブルック伯爵 1693-1750
第十代ペンブルック伯爵 1734-94
第十一代ペンブルック伯爵 1759-1827
第三代 ドヴェシ子爵 1803-75
レディー・エマ・ハーバート 1819-84
第十二代 ペンブルック伯爵 1791-1862
初代 ハーバート・オヴ・リー男爵 1810-61
第四代 ドヴェシ子爵 1844-1903
レディー・イーヴリン・チャータリス
第十三代 ペンブルック伯爵 1850-95
第十四代 ペンブルック伯爵 1853-1913
レディー・エリザベス・モード・ハーバート
サー・ヒューバート・パリー (作曲家) 1848-1914
ドロシア
アーサー・ポンソンビー, 初代ポンソンビー・オヴ・シュルブリード男爵 1871-1946
グウェンドリン
ハリー・プランケット・グリーン 1865-1936
エリザベス 1900-40
マシュー 1904-76
リチャード 1901-78
デイヴィッド 1904-41
オリヴィア 1907-58

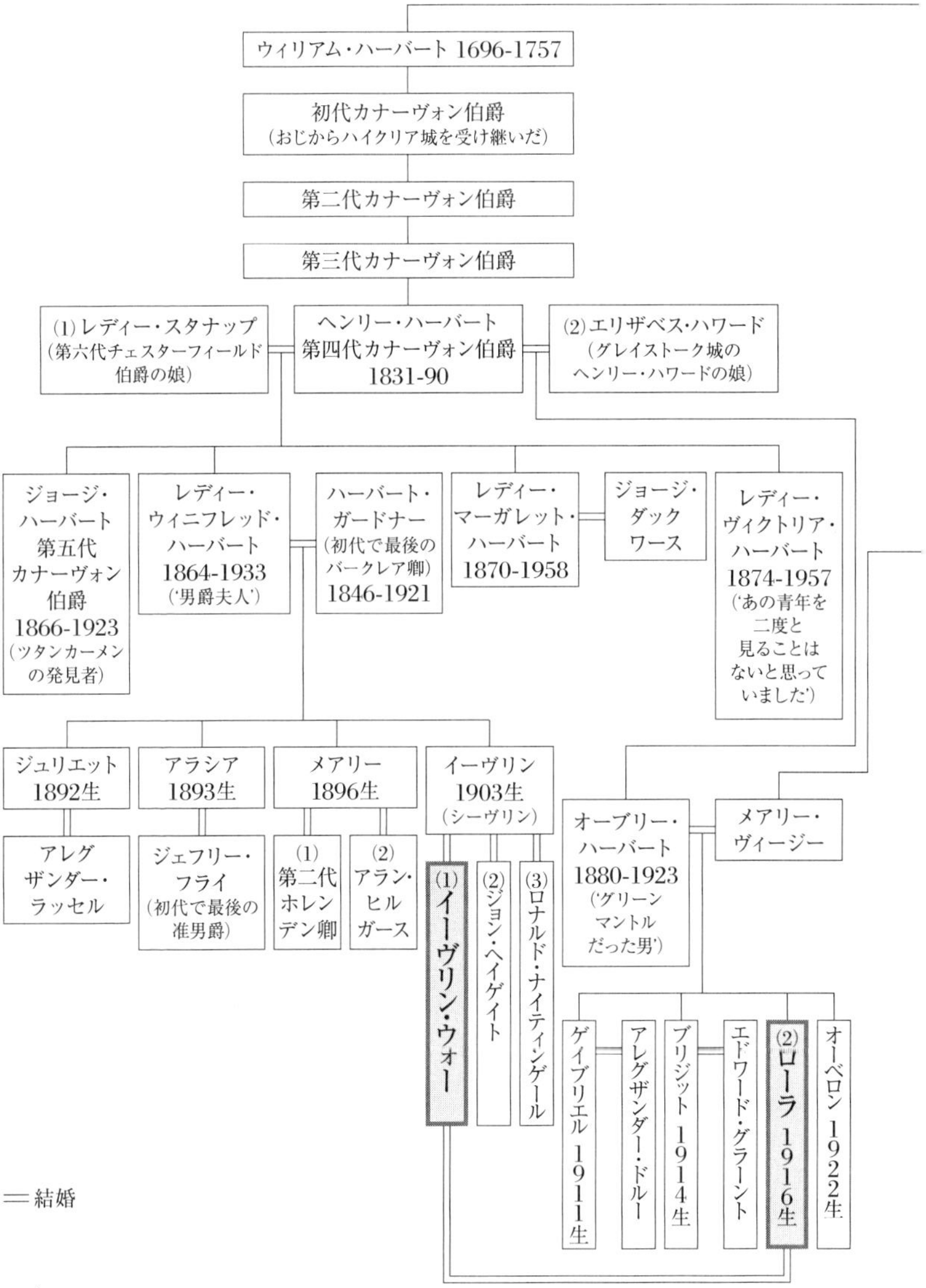
ウィリアム・ハーバート 1696-1757
初代カナーヴォン伯爵
(おじからハイクリア城を受け継いだ)
第二代カナーヴォン伯爵
第三代カナーヴォン伯爵
(1) レディー・スタナップ
(第六代チェスターフィールド伯爵の娘)
ヘンリー・ハーバート
第四代カナーヴォン伯爵
1831-90
(2) エリザベス・ハワード
(グレイストーク城のヘンリー・ハワードの娘)
ジョージ・ハーバート
第五代カナーヴォン伯爵
1866-1923
(ツタンカーメンの発見者)
レディー・ウィニフレッド・ハーバート
1864-1933
('男爵夫人')
ハーバート・ガードナー
(初代で最後のバークレア卿)
1846-1921
レディー・マーガレット・ハーバート
1870-1958
ジョージ・ダックワース
レディー・ヴィクトリア・ハーバート
1874-1957
('あの青年を二度と見ることはないと思っていました')
ジュリエット
1892生
アラシア
1893生
メアリー
1896生
イーヴリン
1903生
(シーヴリン)
アレグザンダー・ラッセル
ジェフリー・フライ
(初代で最後の准男爵)
(1)
第二代ホレンデン卿
(2)
アラン・ヒルガース
(1) イーヴリン・ウォー
(2) ジョン・ヘイゲイト
(3) ロナルド・ナイティンゲール
オーブリー・ハーバート
1880-1923
('グリーンマントルだった男')
メアリー・ヴィージー
ゲイブリエル 1911生
アレグザンダー・ドルー
ブリジット 1914生
エドワード・グラント
(2) ローラ 1916生
オーベロン 1922生
══ 結婚

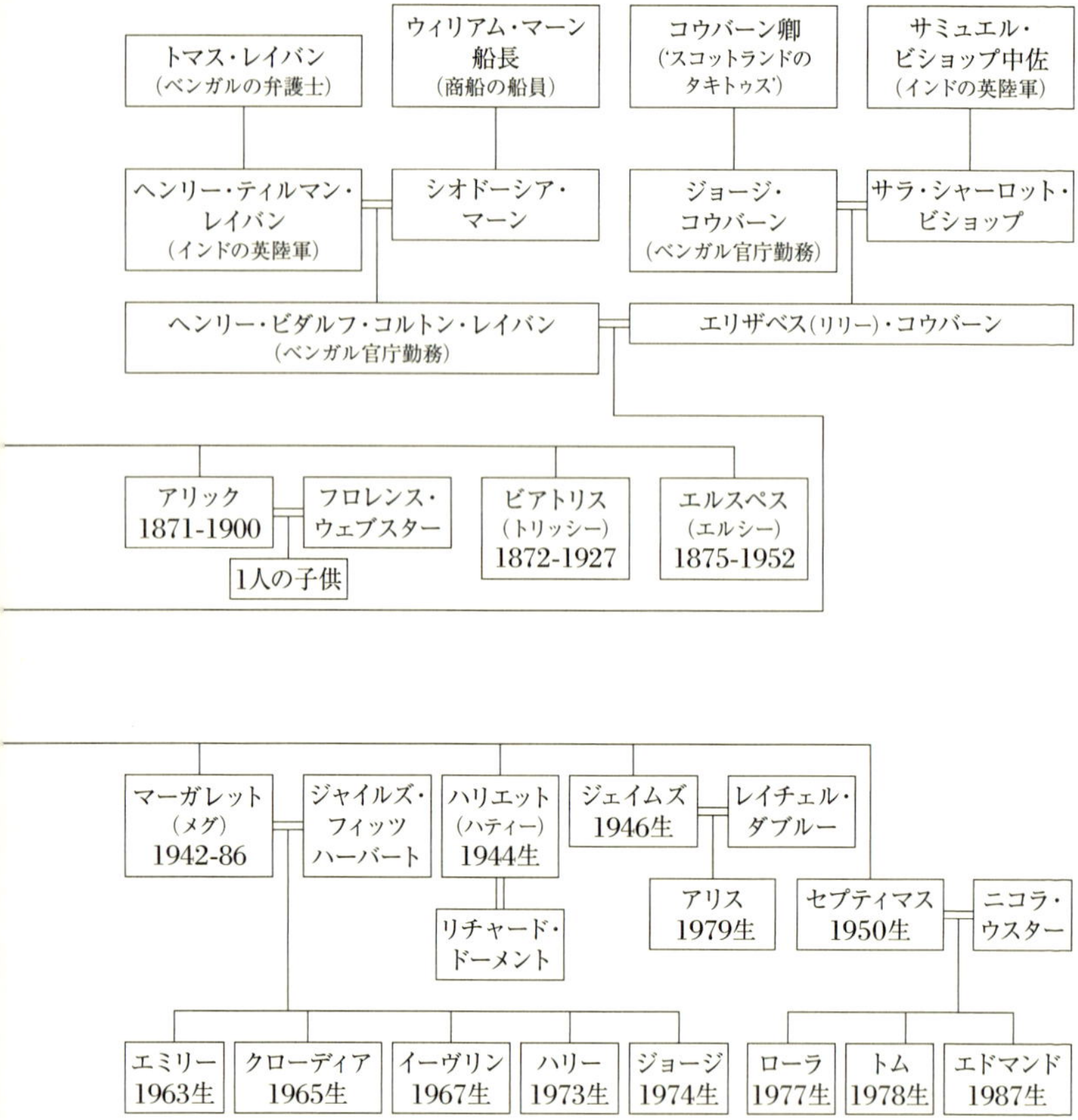
トマス・レイバン
（ベンガルの弁護士）
ウィリアム・マーン船長
（商船の船員）
コウバーン卿
（'スコットランドのタキトゥス'）
サミュエル・ビショップ中佐
（インドの英陸軍）
ヘンリー・ティルマン・レイバン
（インドの英陸軍）
シオドーシア・マーン
ジョージ・コウバーン
（ベンガル官庁勤務）
サラ・シャーロット・ビショップ
ヘンリー・ビダルフ・コルトン・レイバン
（ベンガル官庁勤務）
エリザベス（リリー）・コウバーン
アリック
1871-1900
フロレンス・ウェブスター
1人の子供
ビアトリス
（トリッシー）
1872-1927
エルスペス
（エルシー）
1875-1952
マーガレット
（メグ）
1942-86
ジャイルズ・フィッツハーバート
ハリエット
（ハティー）
1944生
リチャード・ドーメント
ジェイムズ
1946生
レイチェル・ダブルー
アリス
1979生
セプティマス
1950生
ニコラ・ウスター
エミリー
1963生
クローディア
1965生
イーヴリン
1967生
ハリー
1973生
ジョージ
1974生
ローラ
1977生
トム
1978生
エドマンド
1987生

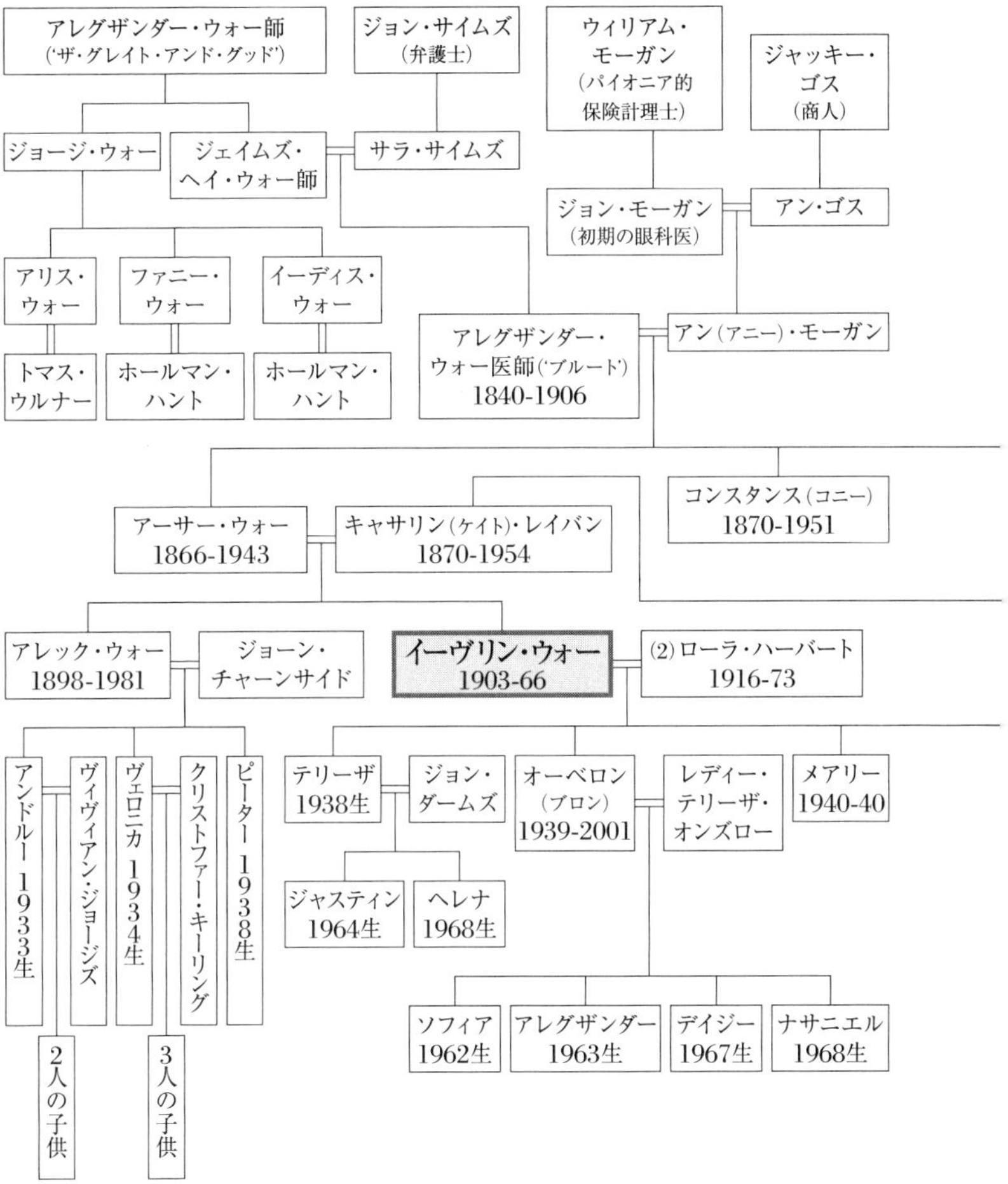
アレグザンダー・ウォー師
（'ザ・グレイト・アンド・グッド'）
ジョン・サイムズ
（弁護士）
ウィリアム・モーガン
（パイオニア的保険計理士）
ジャッキー・ゴス
（商人）
ジョージ・ウォー
ジェイムズ・ヘイ・ウォー師
サラ・サイムズ
ジョン・モーガン
（初期の眼科医）
アン・ゴス
アリス・ウォー
ファニー・ウォー
イーディス・ウォー
トマス・ウルナー
ホールマン・ハント
ホールマン・ハント
アレグザンダー・ウォー医師（'ブルート'）
1840-1906
アン（アニー）・モーガン
コンスタンス（コニー）
1870-1951
アーサー・ウォー
1866-1943
キャサリン（ケイト）・レイバン
1870-1954
アレック・ウォー
1898-1981
ジョーン・チャーンサイド
イーヴリン・ウォー
1903-66
(2)ローラ・ハーバート
1916-73
アンドルー 1933生
ヴィヴィアン・ジョージズ
ヴェロニカ 1934生
クリストファー・キーリング
ピーター 1938生
2人の子供
3人の子供
テリーザ
1938生
ジョン・ダームズ
オーベロン
（ブロン）
1939-2001
レディー・テリーザ・オンズロー
メアリー
1940-40
ジャスティン
1964生
ヘレナ
1968生
ソフィア
1962生
アレグザンダー
1963生
デイジー
1967生
ナサニエル
1968生

══ 結婚

序

イーヴリン・ウォーの小説『ブライズヘッド再訪』の至って愉快な場面の一つは、チャールズ・ライダーの父が、息子の正真正銘のイギリス人の友人ジョーキンズをアメリカ人と思うふりをする場面である。

「今晩は、ようこそ。遠路遥々お出で頂いて忝《かたじけな》い」

「いいえ、遠くはありませんでした」と、ロンドンのサセックス・スクエアに住んでいるジョーキンズは言った。

「科学は距離を消滅させますな」と、わたしの父は相手を当惑させるようなことを言った。「あなたは、ここに商用でお出でになったので？」

小説ではライダー氏は、ジョーキンズに訂正する機会を与えるほどあからさまな「勘違い」はしないが、会話に出てくるイギリス人特有の言い回しを丁寧に説明し、「ポンドをドルに換算し」、「『もちろん、あなた方の基準では……』とか、『こうしたことはどれもジョーキンズさんには、ひどく地方的に思われるでしょうな』とか、『あなたが慣れていらっしゃる広大な土地では……』とかいった文句を使って慇懃に話した」。

イーヴリン・ウォーは、実生活でも、それに似た遊びをした。一九四九年、ポール・ムーアという、ある若いアメリカ人のファンは唐突にウォーに手紙を出したが、ウォーのグロスターシャー州の家に泊まるようにと招待され、びっくりした。ムーアはのちに、マーティン・スタナード〔ウォーの伝記作者〕に、その時の様子を伝えている。ムーアはウォーの執事に迎えられると、ディナージャケットを着た彼の「アイドル」がすぐに姿を現わし、驚いた様子で挨拶した。「いやあ、あなたは黒人とばかり思ってましたよ!……なんともがっかりだ! 妻とわたしは、週末を過ごしに拙宅にやってきた、アメリカの黒んぼ《クーン》の巨漢の話を種に、これから数ヵ月、社交界で歓待されるのを当てにしてたんですよ」。招待主のあまりの趣味の悪さに呆然となったムーアは、ウォーが自分の姓をからかっていることに気づかなかったのである。

そのあとディナーの席で、執事がムーアのワイングラスにワインを注ぎに行くと、ウォーはサイドボードの上の水差しに向かって手を振り、「きっと氷水の方がお好きでしょうな」と、あたかもアメリカ人すべてが氷水を飲みたがるかのように言った。ムーアが勇敢にも断ると、ウォーは叫ぶように言った。「でも、わたしどもはえらく苦労して氷水を用意したんですよ!」少し経ってウォーは、また始めた。「あすの朝食には、ポプシー・トースティーズ〔正しくは、当時アメリカで人気のあったシリアル、ポスト・トースティーズ〕とかなんとかそんなものがお望みでしょうな」。ムーアは三日間の滞在中、そんな具合にウォーにずっとからかわれたが、面喰らった素朴な男は、招待主は「根は親切な人物」だという印象を受けた。

華麗で明晰極まる文章を書いたイーヴリン・ウォーを頁の上で理解し愉しむのはごく容易だが、彼の性格の特異さは、空想や喜劇的効果、悪戯《いたずら》っぽい擬態を好む性癖ゆえに見抜くのが難しい場合が多い。もし、彼の書簡に見られる想像による潤色が読み手を楽しませるのを意図していたとすれば、彼のとった、奇矯で、時には人を怖がらせる態度は、日常生活の退屈さと絶望感に対する防御を狙ったものである場合が多かった。

ムーアが、ウォーは親切な人物だと感じたのは正しかった。ウォーの人を寄せつけぬ見かけの裏に濃《こま》やかな人情味を見出すには、彼の小説を読むだけでよい。彼に対して好意的なアメリカの死亡記事執筆者の一人が、彼を「慈悲心、人間的寛大さ、なかんずく思慮分別に富んだ人物」と評したのは当を得ている。だが、彼が自分の性格の情け深い面を表に出すことが滅多になかったのも本当である。「わたしは、あなたが寛《ひろ》い心を持っているのを知っていますが」と、親友のダイアナ・クーパーは彼に宛てた手紙に書いている。「あなたはそれを人に見せるのを嫌っています――それは、ある程度までは正しい――でもあなたは、それが時に自然に表に出るのを許すより、にたにた笑う、おぞましい仮面をその場でかぶる方を選ぶのです」

本書は、作家としてのイーヴリン・ウォーの業績を再評価しようとするという意味での「批評的」伝記ではなく、彼の一生において大きな意味を持つさまざまなエピソードを再訪し、彼の最も重要な人間関係に焦点を合わせることによって、人間ウォーの新しい肖像を描くことを目的にしている。本書はまた、広範囲にわたる各種各様の資料――公刊されたものであれ未公刊のものであれ――を使うことによって、広く知られている複雑で、ひどく神話化された彼の性格に纏《まつ》わるようになった曲解と誤解のいくつかを再吟味し、バランスを取り直すことをも目的にしている。

祖父の死後半世紀経ったことを記念して新しい伝記を書いたらどうかという案を出し、自分のアーカイヴを自由に利用してよいと言ってくれたアレグザンダー・ウォーに、わたしは最も感謝したい。

本書における大量の未公刊の材料は、そのアーカイヴに負う。彼は、非常に面白い自著『父親たちと息子たち――ある一族の自伝』（二〇〇五年）の資料の調査の過程で、また、最近、初の『イーヴリン・ウォー全集』（オックスフォード大学出版部。全四十三巻の最初の巻は二〇一七年に刊行される）の編集主任として、世界で最も包括的なウォー研究のアーカイヴを蒐集した。それは、オリジナル原稿、稀少な筆記録、写真、稀覯版、思い出の品《メモラビリア》、現存する第一次および第二次資料の大多数の専門的記録と複写《コピー》から成っている。

イーヴリン・ウォーの人生に新しい光を当てる数多くの未公刊書簡の中に、テリーザ・「ベイビー」・ユングマンに宛てた八十通以上の手紙がある。彼は一九三〇年代に彼女に叶わぬ恋をした。彼はのちに、傑作『一握の塵』のすべての登場人物――男女共――は彼女にもとづいていると語った。これらの手紙は、長いあいだウォーの伝記の聖杯と見なされてきた。また、片恋の経緯を示しているこれらの手紙は、彼は冷酷だという世間の見方に反する、彼の性格の非常にロマンチックで優しい面を明かしている。

それに劣らず重要なのは、イーヴリン・ウォーの最初の妻イーヴリン・ガードナーが書いた、未公刊の短い回想録である。それには、彼の性格の辛辣で気紛れな面を解き放ち、彼をローマ・カトリック教会に向かわせることになったと思われている、束の間の結婚生活が記されている。

イーヴリン・ナイティンゲール（彼女は三度目の結婚で、その姓になった）は新聞で叩かれ、もっともな話だが、ウォーの伝記作者を警戒するようになり、インタヴューの依頼の大半を断った。しかし彼女は、『イーヴリン・ウォーの日記』（一九七六年）の編纂者マイケル・デイヴィーには協力的で、デイヴィーは彼女にインタヴューし、彼女と何度も手紙のやりとりをした。一九九四年、彼は『インデペンデント』紙に載せた彼女の死亡記事の中で、彼女は、「ウォーの仲間たちが広めたプロパガンダの結果わたしが予期するようになった人物より、ずっとしっかりして感じのよい人物」だったと書いている。二〇〇五年にデイヴィーが世を去ったあと、デイヴィーの広範囲に及ぶイーヴリン・ウォー文書の蒐集（それには、デイヴィーのインタヴューを文字に起こしたものと、イーヴリン・ナイティンゲールとの大量の往復書簡が含まれている）は、アレグザンダー・ウォーの手に渡った。これらの記録は、彼のアーカイヴの中の、まだ利用されていない第一次資料のもう一つの重要な貯蔵所である。

デイヴィーは、イーヴリン・ウォーの日記を編纂中、徹底的な背景の調査を引き受け、ウォーの最初の妻以外のウォーの仲間の重要人物数人にインタヴューした。いくつかの場合、相手は死を目前にしていた。インタヴューの相手の何人かは、デイヴィーが捜し出した。ほかの何人かは、『オブザーヴァー・マガジン』にウォーの日記の抜粋が最初に載った際に、その中の間違った印象——あるいは、彼らの考えでは、途轍もないでっち上げ——を正そうと、デイヴィーに連絡してきた。デイヴィーがインタヴューした相手には、サー・ジョン・ヘイゲイトが含まれていた。イーヴリン・ガードナーは、ウォーを棄てて彼のもとに走ったのである。彼は、デイヴィーに会った直後に死んだ。オックスフォード大学でイーヴリン・ウォーの親友だったアラステア・グレアムはウェールズの西海岸で隠遁者になっていたが、彼も、デイヴィー以外のどんなウォーの伝記作者にも、二度とデイヴィーとの場合ほどは協力しなかった。一九八二年にグレアムが死ぬ数年前、作家のダンカン・ファローウェルはニュー・キー〔ウェールズの町〕のパブで彼をたまたま発見した。それから彼をどう追跡し始めたかが、ファローウェルの著書『姿のくらまし方——はみ出し者の思い出』（二〇一一年）に興味深く書かれている。

アレグザンダー・ウォーのアーカイヴには、セリーナ・ヘイスティングズが寄贈した重要な資料の蒐集も含まれている。それは、一九九四年に公刊された彼女の卓越したウォー伝のために一九八〇年代に行われた調査で集められたものである。わたしは、彼女がした数多くのインタヴューの筆記録を利用させてもらったことと、彼女が自著から省いたいくつかのエピソードを進んで提供してくれた非常な寛大さに対して深く感謝する。

「新しい」資料が見つかった結果、修正の機が熟しているウォーの人生のもう一つの部分は、第二次世界大戦中の軍隊での経歴である。この点で、ドウナット・ギャラハー教授に負うところが多い。教授は、ウォーの兵役を巡る、しっかりと出来上がってしまった神話の多くを否定する証拠を求めて世界を旅し、軍のアーカイヴを数十年にわたって渉猟した――その神話には、一九四一年に連合軍がクレタ島から撤退した際、ウォーと彼の部隊指揮官ロバート・レイコックが犯したと考えられている違反行為についての、アントニー・ビーヴァーの広く受け容れられている説が含まれる。

また、ボブ・レイコックの息子のベンと娘のエマ・テンプルとマーサ・ムリナリックに対し、この複雑な悪名高い事件を調べた際に力を貸してくれたことと、問題の運命の夜に起こった事件について彼らの父が詳述している未公刊の回想録から引用することを許してくれたことに感謝する。同様に、リチャード・ミードからも恩恵を受けた。充実していて魅惑的なミードのレイコック伝――レイコックの回想録を十分に活用している――は、今秋出版される予定である。彼は情報と見識を惜しみなく分け与えてくれた。

本書は、何年にもわたってイーヴリン・ウォーの人生と作品を解明するのに非常な努力をしてきたさまざまな学者、編集者、伝記作者、批評家、映画製作者、ブロガーに負うところがかなりある。さらに、すでに述べた方々に加え、マーク・エイモリー、マーティン・スタナード、故クリストファー・サイクス、ロバート・マリー・デイヴィス、アーティミス・クーパー、アン・パスタナック・スレイター、ニコラス・シェイクスピア、故ジョン・ハワード・ウィルソン、ダグラス・レイン・ペイティー、シャーロット・モーズリー、ポーラ・バーン、ダンカン・マクラレンの著作に負うところが非常に多い。その多様な著作は参考文献に載せてある。

　イーヴリン・ウォーに関するさまざまな第一次資料を閲覧することができたことについて、次の機関に感謝する。ボドリアン図書館（オックスフォード）、ボストン大学図書館、ブレイズノーズ・コレッジ（オックスフォード）、英国図書館、オックスフォード大学クライスト・チャーチ・コレッジ、コロンビア大学（ニューヨーク）、ジョージタウン大学（ワシントンD・C）、テキサス大学のハリー・ランサム・センター（オースティン）、ハートフォード・コレッジ（オックスフォード）、ハンティントン図書館（カリフォルニア、サンマリノ）、帝国戦争博物館（ロンドン）、リデル・ハート・センター（ロンドン）、イギリス国立公文書館（キュー）、ニューヨーク公共図書館。わたしは、関連するすべての著作権所持者から許可を得るよう努めたが、もし不注意から著作権所持者の誰かに許可を求めなかったとすれば非常に遺憾である。いかなる遺漏も将来の版で正すつもりである。

　次の方々に心から感謝する。わたしの著作権代理人キャロライン・ドーニーと、その助手のソフィー・スカード。ロンドン図書館の終始協力的だったスタッフ（同図書館で本書の多くの部分が書かれた）、四週間にわたってホーソーンデン城での非常に快適で生産的な作家の隠れ家《ライターズ・リトリート》に泊めて下さったドルー・ハインツ夫人。わたしの著書を出してくれる出版業者の、並外れて忍耐強い英国のヴィーデンフェルト＆ニコルソンのアラン・サムソンおよび米国のホールトのジョン・スターリング。ヴィーデンフェルトで本書のために働いて下さったほかの皆さん全員に深く感謝する――サイモン・ライト、ルシンダ・マクニール、リーン・オリヴァー、エリザベス・アレン、ヘレン・ユーイング、クレイグ・フレイザー、ハンナ・コックス。さらに、見事に原稿整理をしてくれたリンデン・ローソン、丹念に校正をしてくれたケイト・マリー＝ブラウン、今回も非の打ちどころのない索引を作ってくれたクリストファー・ヒップス。

また、次の方々にも謝意を表する。ハロルド・アクトン・エステート（ロンドン、有限会社アーテラス気付）、ジョニー・アクトン、エイヴォン伯爵未亡人、シーオウ・バークリー、マシュー・ベル、デイヴィッド・ベルトン、キャロライン・ブレイキストン、レイチェル・ブレイキストン、マイケル・ブロック、テッサ・ボウズ、ニーナ・キャンベル、レイモンド・カー、マシュー・コノリー、バーバラ・クック、リチャード・ダヴェンポート＝ハインズ、マリア・ドーソン、ジルおよびトミー・イード、ジョー・イード、ダンカン・ファローウェル、ヒューゴ・デ・フェランティ、クローディア・フィッツハーバート、ジャイルズ・フィッツハーバート、故ジョン・フリーマン、デレック・グレインジャー、ロバート・グレイ、ジャスミン・ギネス、ニッキー・ハズラム、ヘッド卿、ベヴィス・ヒリア、ジェイムズ・ホランド＝ヒバート、ケイト・ハバード、ルーク・イングラム、キャスリン・アイアランド、ポール・ジョンソン、ロザンナ・ケリー、デイヴィッド・ランドー、ジェレミー・ルーイス、イモジェン・ライセット・グリーン、ユーアンおよびフィオーナ・マッカルパイン、パトリックおよびベリンダ・マカスキー、ジャイルズ・ミルトン、ハリー・マウント、ロザリンド・モリソン、ベネディクト・ナイティンゲール、マイケル・オリザー、ジェイムズ・オウエン、トマス・パケナム、ヘンリエッタ・フィップス、サフロン・レイニー、アレックス・レントン、ヘイミッシュ・ロビンソン、ジョナサン・ロス、シャーロット・スコット、ニコラ・シュルマン、クリストファー・シルヴェスター、リック・ストラウド、マイケル・シソンズ、チャールズ・スターリッジ、クリストファー・サイモン・サイクス、イニゴー・トマス、ブラーンチ・ヴォーン、ルーパート・ウォルターズ、イライザ・ウォー、ハティー・ウォー、ジェイムズ・ウォー、セプティマス・

ウォー、テリーザ・ウォー、A・N・ウィルソン、セバスティアン・ヨーク、ソフカ・ジノヴィーフ。そして最後に、妻のリータと娘のマーゴットに愛と深甚な感謝を捧げる。

第1章 次男

イーヴリン・ウォーは、死ぬ二年前に公刊した自伝『少しばかりの学問』の中で、自分の子供時代の思い出は「純粋な幸福感のむらのない輝き」で満ちていると言った。[1] それはおそらく、いつも「ある隠れた不幸か悲しい出来事を明るみに出すのに熱心[2]」に見える穿鑿《せんさく》好きなインタヴューアと伝記作者の、「心理学的憶測」および「単純素朴な好奇心」と彼が呼んだものを阻止するのを意図した言葉だろう。いずれにせよ、出版業者で文芸評論家の父、アーサー・ウォーと兄のアレックとのひどくべたべたした絆から疎外され、自分は孤独で愛されていないと、イーヴリンが幼い頃から時折感じていたことを示す、逆の証拠が数多くある――イーヴリンはのちにアレックを、「大衆作家」と言ってくさした。父と、特異な次男のあいだには、父と長男の関係に少しでも近いようなものはまったくなかった。次男は、こういうことを覚えていた。「一日で一番楽しい時に、父が玄関の鍵を開ける音がし、ホールから父の大きな声が聞こえてくるのだった。『ケイ！ わたしの妻はどこにいるんだ？[3]』」。この侵入者の到来は、その日、母と二人切りでいる時間が終わり、自分は子供部屋に閉じ込められるのを告げた。「父を中に入れた玄関の鍵は、わたしを囚人にした。父はいつも子供部屋にやってきて、その都度わたしを楽しませようとしたが、父がいない方がよかった[4]」

アレックが、イーヴリンの子供時代を通して父のお気に入りだったのは誰の目にも明らかだった。「父さんは僕よりアレックを愛している」とイーヴリンは、一度母に言ったことがあった。「なら、母さんは僕をアレックより愛してる?」「いいえ」と母は如才なく答えた。「お前たち二人とも、同じように愛してるわ」。「それなら」とイーヴリンは結論づけた。「僕は愛に欠けている(5)」。「僕は除《の》け者にされていたとか見くびられていたとかというんじゃないが」とのちに彼は、友人で伝記作者のクリストファー・サイクスに語った。「アレックは両親の初子《ういご》で、両親は目に入れても痛くないくらい可愛がった(6)」

アレックが学校が休暇に入って家に帰ってくると、玄関ホールのグランドファーザー時計の文字盤に、「アンダーヒルの跡継ぎ、おかえり!」という掲示が懸けられた。それを見たイーヴリンは、やがて父に、こう訊く気になった。「アレックがこの家と、中にあるものを全部自分のものにしちゃうと、僕には何が残るの?(7)」

アンダーヒルと名付けられた家は、アーサーが一九〇七年にハムステッドのノース・エンドに建てた家で、その時イーヴリンは四つだった。建築費用はアーサーの父、アレグザンダー・ウォー医師(一八四〇~一九〇六)のわずかな遺産で賄われた。彼は稀に見る才能に恵まれた田舎医者で、ブリストル医学校とセント・バーソロミュー病院で学生対象の主な賞をすべて獲得し、「ウォーの長く細い解剖鉗子《かんし》」を発明した——これは今日でも、歯付きウォー解剖鉗子として産科医に使われている。ウォー医師は家の外では陽気で、サマセットの患者には人気があったが、家の中での専制的な振る舞いゆえに家族には「野獣《ブルート》」として知られるようになった(8)。遺伝学者は、彼の性格の欠点のあるものが、彼が死んだ時にたった三歳だった孫のイーヴリンの、さらに悪魔的な特質を説明するのかどうか考えるかもしれない。

ウォー医師のあまり健全ではない性格を仄めかす記述は、息子のアーサーの甘ったるくて辟易する回想録『一人の男の道』にはほとんど出てこないが、家族の中では、「サディスト」という言葉の意味が初めて説明された時、アーサーはこう答えたという言い伝えがある。「ああ、そうなの、父さんはきっとそれだったんだ」[9]。その後のウォー一族の回想録作者、とりわけイーヴリンとその孫のアレグザンダー・ウォーは、さほど口が重くはなかった。そのためわれわれは、アーサーの腕白な弟アリック[*1]がしょっちゅう鞭で打たれたことを知るのである。一方、臆病なアーサーは、闇の中で父の猟銃ケースにキスして来いと階下にやられるのを怖がるふりをした。それは、表向きは、彼を逞《たくま》しくするためだった（「ブルート」は銃猟に夢中だったが、アーサーは、射撃は上手かったものの、銃猟には熱心ではなかった）。あるいは、横木が五本ある門扉に乗せられて激しく揺さぶられたり、後ろ脚で立ち上がった状態の揺り木馬に跨がされたり、何時間も高い枝に乗せられたままにしておかれ、それから、耳元で父が撃った散弾銃の銃声に驚かされたりした[10]。嫌なことがあった日にはウォー医師は、客間の装飾品を火掻き棒で激しく叩いたり、家に帰ると、家族が彼の大事にしているホイスト・カードを使ってスナップゲームをしているのを見て、滑稽なほど度外れた怒りに駆られたりした[11]。

アーサーは子供時代に辛い思いをしたにもかかわらず、自伝には、そうした父の癇癪の発作についてまったく触れていない。それは一つには、孝心がまだ残っていたためとも思われるし、また一つには、自分たちもひどく苛《いじ》められたにもかかわらず、父の思い出に奇妙なほど忠実だった妹たちを思いやったためとも思われる。彼はただ、こう記している。「わたしたちが子供時代に学んだ教訓は、疑いもなく、紀律だった……毎日、毎日、毎週、毎週、紀律、紀律、紀律、紀律[12]」

しかしイーヴリンは、「ブルート」については母から聞いて、すでにすっかり知っていた。母は、義父がスナップゲームのことで激怒する姿を目撃したあと、義父を心底《しんそこ》憎むようになり、義父についての数多くのひどくおぞましい話を熱心に広めた。イーヴリンは後年、「ブルート」の悪行の漫画を描いて自分の子供たちを楽しませた。孫のアレグザンダーは、こう記している。「彼の描いた魅力的な絵――荒々しく息をしている鼻孔、爛々と光る悪魔の目、淫らな口、咬みつくような黒犬の歯――は、子供たちの想像力を掻き立てずにはおかなかった[13]」

アーサーは子供の頃から喘息持ちで――それは「神経」と結び付けられることが多い症状である――心配性だった。母のアニーは才能のある水彩画家で、やはり極度の心配性だった。孫のアレックの記憶では、彼女は「いつもひどくくよくよしていた……彼女は、至る所に危険が潜んでいると思っていた[14]」。だが、いかに用心しようと、夫の異常で予想できない残酷さから逃れることはできなかった。イーヴリンの記すところでは、ある日、祖母が四輪馬車の中で祖父の向かいに坐っていると、一匹の雀蜂が彼女の額に止まった。すると祖父は「身を乗り出し、杖の象牙の握りで、その雀蜂を慎重に叩き潰した。その結果、祖母は雀蜂に刺された[15]」。

「ブルート」という綽名《あだな》は、一つにはこういうエピソードから生まれたのだが、また一つには、ウォー一族のあいだで「アレグザンダー偉大で善良《ザ・グレイト・アンド・グッド》」で知られる、「ブルート」の祖父と区別するために生まれた[16]。一七五四年にベリックシャー州〔スコットランド南東部の旧州〕のイースト・ゴードンで生まれた、そのアレグザンダー・ウォーは（ウォー一族は、そこで数世代にわたり自作農をしていた）、スコットランドの長老教会の牧師に任命されたが、やがてロンドン南部に移り――その結果、一家はイングランド風になった――そこで、当時の最も有名な非国教徒の説教師の一人になった。そして精力的に奴隷制度廃止運動をし、ロンドン伝道協会を設立した。彼の人気は、一八二七年に行われた葬儀の驚くべき光景に最もはっきりと見て取れる。馬に曳かれた彼の霊柩車の後ろを、トラファルガー広場からバンヒル・フィールズ墓地まで、五十台以上の四輪馬車と、半マイルにも及ぶ大群衆が続いた――

アーサー・ウォーによれば、それは「ロンドンの通りを、一私人のあとに従い、その最後の安息の場所まで続いた最も長い葬列の一つ」だった。(17)

「偉大で善良」なアレグザンダーには十人の子供がいて、その一人がイーヴリンの曾祖父のジェイムズだった。彼は、兄のジョージと一緒に自分の貰った遺産を使い(二人はそれぞれ、母の兄のジョン・ニールから三万ポンドの遺産を譲り受けた。ジョン・ニールは半島戦争中に小麦の取引で財を成した)、リージェント・ストリートに小さな薬屋を開いた。そして、ヴィシー、セルツァー、マリエンバート、キッシンゲンの鉱泉水を輸入する独占権を得た。二人は「ウォーのカレー粉」――今でも作られている――筋肉と節々の痛み止めの軟膏「ウォーのラベンダー・スパイク」、ヴィクトリア女王が緩和剤として愛用したとして知られる「ウォーの家庭用抗胆汁症薬」を発明して、さらに儲けた。(18)強い宗教的使命感を覚えたジェイムズは、やがて自分の分の所有権をジョージに売った。ジョージはのちに、ケンジントンに一軒の広い家と、サリー州のレザーヘッドに田舎の別荘と、リージェント・ストリートとその界隈の地所を買った。ジョージの八人の美しい娘のうちアリスは、ラファエル前派の彫刻家で詩人のトマス・ウルナーと結婚し、ファニーはウルナーの友人のホールマン・ハントと結婚した。十年後、ファニーは出産の際死んだが、ホールマン・ハントは、当時の慣習と法律を一蹴し、彼女の妹のイーディスと再婚した。イーヴリンは家系について滅多に話さなかったが、自分がラファエル前派と繋がりがあることを、さも嬉しそうに口にすることが多かった。(19)そういう訳で、彼は処女作の題材としてダンテ・ゲイブリエル・ロセッティの伝記を選ぶ気になったのである。

一方、ジェイムズは英国国教会の牧師になり、自費で、ドーセット州のサーン・アバスに大きな牧師館を建てた。のちに、バース侯爵からサマセット州のコースリーの聖職禄を提供されると、その牧師館を教区に遺贈した――そこは、それまでに、イーヴリンのほかの先祖の大半が集まっていた場所の近くだった。そこに、長い白い顎鬚を生やした、背の高い際立った風貌のジェイムズ・ウォー師が、「ヴィクトリア朝中期のスタイルで、裕福に暮らしていた」とイーヴリンは記している。「たっぷりとした量の食事が長い時間をかけて供され、召使と馬がたくさんいた」。ジェイムズの芝居がかった所作は、その後の何世代かのウォー一族に引き継がれていくのだが、しかし、彼の陰気な雰囲気と自分の威厳と評判を非常に気にする態度[20]はひどく目についたので、さほど敬虔ではない子孫のオーベロンは、彼を「やや滑稽」と見なした[21]。イーヴリンの見方では、彼は根は情け深い人間だったが、息子のアレグザンダーについては、同じことが到底言えなかった。

一八四〇年に生まれたアレグザンダー・「ブルート」・ウォーは、パブリック・スクールのラドリー・コレッジにやられた。そこで彼は、ほとんどすべてのことで秀《ひい》でていた――学業、スポーツ、演劇で。その後、医学生として優れた成績を収めたので、ロンドンでの輝かしい人生が約束されたが、ロンドンには行かず、銃猟と釣りがいつでもできる田園生活の魅力に惹かれ、バースの近くのミッドサマー・ノートンの僻村に住んだ。その村で、早くも二十四歳で当時流行の顎鬚のない長い頬髯を生やしていた彼は開業医になった。そして、終生そこに留《とど》まり、一頭立て二輪馬車に乗って、遥か遠方の患者を治療した――ダウンサイド修道院と付属学校も含めて。そこの修道士はのちに、こう回想している。ウォー医師はいつも粋な服装をし、「ボタンホールに飾り花を挿し、陽気に挨拶をした」[22]。彼はアニー・モーガンと結婚した。彼女は、旧家だが落ちぶれたウェールズの紳士階級（イーヴリンによると「まさしく紋章を持つ」家柄[23]）の末裔で、ウィリアム・モーガン（一七五〇〜一八三三）の孫娘だった。モーガンは頭がよく、内反足で、トマス・ペインの気性の激しい仲間で、のちにエクイタブル生命保険会社のパイオニア的保険計理士として、一財産築いた。アニーの父のジョン・

モーガンは、ごく初期の眼科医の一人だったが、彼女が六つの時に死んだ。彼女は、母のアンに育てられた。アンは、根本主義的なプリマス同胞教会の信者であるゴス一家の一人で、アニーのまたいとこのエドマンド・ゴスによって、その古典的な回想録『父と子』(一九〇七年)に、信憑性に欠けるとしても感動的に描かれている。[*2] 何年ものち、イーヴリンの祖母は、こう回想している。「フィリップ・ヘンリー・ゴス［エドマンドの父］がドアをノックすると、わたしは何度も震えました。すると表玄関に彼の厳めしい姿が現われ、首から果てしない長さのウーステッドのマフラーを外しながら、重々しくも確信に満ちた口調で質問しました。『さて、いとこのアン、今でも毎日、親愛なる主イエスの再臨を待っているのだろうね？』」[24]

アニーが結婚を、子供時代の抑圧的で堅苦しい暮らしから逃れる手段と見ていたのは疑いないが、新たな制約に縛られることになったのに、すぐに気づいた。[25] イーヴリンによると、彼女の幸せは「まったく［彼女の新しい夫の］意向と気分次第だった」。彼女は最初の子供、イーヴリンの父のアーサーを懐妊した時、出産が、夫の雉《きじ》撃ちの最初の日と重なりはしまいかと、びくびくした。誰もが安堵したことに、第一子は、一八六六年、狩猟シーズンの始まる一週間前の八月二十四日に生まれた。[26] 三人のアーサーのあと、不運な弟アリックと、三人の娘、コニー、トリッシー、エルシーが生まれた。三人の娘はちゃんとした教育は受けず、父が癇癪を起こすと、そのたびに泣いた。三人共生涯、男を遠ざけたということはありうる。イーヴリンはのちに、「こうした事柄では、びっくりするような意外なことが明るみに出る場合が非常に多いものだが、わたしの知る限り、おばたちは処女だったと断言できる」と言っている。[27] 求婚者がいなかった訳ではないが、三人とも結婚しなかった。イーヴリンはのちに、こう説明した。「ノース・サマセットの階層化した社会の中で、三人は非常に薄い層に属していた。それは、農場主と商人より上で、州の旧家より下だった」。[28] 両親が死んだあと、姉妹は全員、ミッドサマー・ノートンのそれまでの家に残った。イーヴリンは子供時代、夏休みの多くの日をそこで過ごした。年に二月《ふた》ほど。その家は、朽ちかけたことを除けば、父の子供時代以来ほとんど変わらず、イーヴリンは、暗い隠れた隅と、さまざまな興味深いにおいを楽しんだ。蔓植物で覆われた家の正面《ファサード》の背後には、四方八方に部屋が広がっていた。唯一の浴室には、剝製の猿が置いてあった。その猿は、大おじによってアフリカからイギリスに連れてこられたあと、信じ難いことだが、日射病で死んだのだった。浴室に湯気が充満すると、その剝き出した歯しか見えなかった。ほかの珍しい物には、地元の坑夫がイーヴリンの祖父のところによく持ってきた、書斎にある化石の蒐集、祖父が、病的な話だが、急性貧血症で死んでゆく患者から採った「白い血」の入ったガラスの小瓶が含まれていた。イーヴリンは、いつもこの不気味な物に魅せられた。彼は、一九五二年におばの最後の一人が死んだので、おばたちの財産の処分を監督しに来た際、「子供時代に自分を楽しませた、その物を捜したが、見つからなかった(29)」。

イーヴリンにとって、ミッドサマー・ノートンの家は、「わたしの本当の家の場合とは異なり、わたしの想像力を捉えた」。少年の頃、彼は、「人がそこで死んだ」ので、その家の方が好きだと両親に説明した──その家は、自分が育ったアンダーヒルの不毛の新しさと際立った対照を成していたのである(30)。「キャビネットに入っていた古い小物類、シェフィールド・プレート〔銀めっきの銅板〕、無名の画家による肖像画が、世界的に有名な蒐集品の場合に劣らず、わたしの子供っぽい美的欲求をそそった。そして、狭い廊下が、古代の柱廊のように目の前に延びていた。わたしがおばたちの家を愛したのは、今になってわかるのだが、ヴィクトリア朝中期の特質《エートス》に本能的に惹かれたからなのは確かだ。今、わたしがその時代の品々を愛するのは、それが、おばたちを思い起こさせるからではない。おそらく、心理学者はそう言うだろうが(31)」

アーサーにとっては、ミッドサマー・ノートンでの子供時代の思い出は、さほど幸福なものではなかった。自分は、「若い召使たちの謎めいた話によって掻き立てられた漠然とした不安に、絶えずつきまとわれていた」と彼は回想している。召使たちが好んだ話題は、地元の不具者が残酷に殺された事件や、女装した強盗の非道な振る舞いなどだった。[32] 八歳でアーサーはバースの「女教師学校《デイム・スクール》」〔女性が自宅で子供に読み・書き・算数を教えた私塾〕に寄宿させられた。そこから彼は母に宛て、物悲しい手紙を書いた。「親愛なる母さん、僕は忠実な息子になるつもりです、そして夜には、唇にコールドクリームを塗ります」[33]。その後、彼はシャーボーン校〔由緒ある古いパブリック・スクール〕に行ったが、そこで、ガリ勉で運動嫌いなのをからかわれた。毎晩、父の猟銃ケースにキスしに行かされたことは、狩猟に対する熱意を掻き立てなかったのである。彼が父と共有した興味は、素人芝居とクリケットだけだった。アーサーは、いつも妹たちに負けたにもかかわらず、クリケットを熱愛した――やがて彼は、シャーボーン校の第二イレブンになんとか入れてもらった。[34] 父が一層がっかりしたことに、アーサーは医者になろうというなんの意欲も示さなかった。その代わり、文学を一生の仕事にしたいという気持ちを見せ始め、校内雑誌を編集し、上級生詩作賞を獲得した。オックスフォード大学のニュー・コレッジでは、人文学課程の学位取得のための第一次試験と最終試験で、共になんとか第三級《サード》の成績を取っただけだった。[35] しかし、「アフリカのゴードン〔十九世紀のイギリスの軍人〕」という詩で、権威のあるニューディゲイト賞を獲得した（過去の受賞者には、ジョン・ラスキン、マシュー・アーノルド、オスカー・ワイルドが含まれていた）。それは誰にとっても非常な驚きで、その栄誉が、瞠目すべき文学的王朝の基礎を築いたのである。アーサーの子孫はその後、合計約百八十冊の本を上梓した。[36]

もう今では息子が医者になることを諦めていた「ブルート」は、その知らせを受けた時、「嬉しくて泣きそうになった」とアーサーに言った。「お前はわたしたちを非常に、非常に喜ばせた。それは、お前がどんな文学の道を進もうと、お前にとって大変いいことだ。わたしが何より嬉しいのは、お前が挫折を経験し、それに堂々と耐え、いまや、この大変な栄誉を得たことだ――お前がそれを大事にするのをわたしは知っている……わたしの愛しい息子に神の加護があらんことを。お前の人生を、お前の最大の努力に値するものにし給え。そうなれば、お前の人生は輝かしいものになるのが、わたしにはわかる」[37]。その後、アーサーが漂わす「褒めそやされた成功に自己満足した雰囲気」に「ブルート」は苛立ったとしても、アーサーが大学で第三級の成績しか取れなかったことを知った時、やはり度量の大きいところを見せた。「お前はわたしが自分の息子を、わたしの自尊心を満足させるための道具と見なしていると思っているのかね？　お前は最善を尽くした、それで十分だ[38]」

アーサーがオックスフォード大学を出たあと、アニー・ウォーは息子の受賞した詩を、一族の唯一の文学関係者であるエドマンド・ゴスに送った。道が開けるかもしれないと期待して。ゴスはエドワード王時代の卓越した文人だが、イーヴリンはのちに、こう回想して身震いした。ゴスは、「わたしたちの食卓にしばしばやってきた数多くの、庇護者ぶった文学界の長老の中で」最悪の人間だった[39]。ゴスはまず、自分が主催する日曜日の文学者の夜会《ソワレ》に来ないかと、若い縁者に言った。そこに出掛けたアーサーは、ヘンリー・ジェイムズ、トマス・ハーディー、ブラム・ストーカー、J・M・バリー、アーノルド・ベネットほかのスターに会い、魅了された。ゴスはまた、彼をウォルコット・バレスティアに紹介した。バレスティアは少々型破りだとしても才気煥発のアメリカ人の出版業者で、ジョン・W・ラヴェル社のためにイギリス人の作家を獲得しようと、最近ニューヨークからやってきたのだ。*3

バレスティアは、自分の社で働かないかとアーサーを誘ったが、一八九一年、仕事でドイツに行く途中、チフスに罹って急死した。そのためアーサーは、ラヴェル社のロンドン支社のただ一人の責任者になってしまった。その後間もなく彼は、図らずも非常にタイムリーなものになった、彼のアイドル、アルフレッド・テニソンの最初の伝記を書き始めた。ハイネマンは一八九二年十月、テニソンが死んだ八日後に、なんとかそれを出版することができた。それは書評で絶讃された――「ウォー氏の緻密な判断には、長い時間と思考が費やされているのは明白である」と『タイムズ』は書いた。「またそれは、かなり優れた批評眼から生まれている」[40]。そして、同書はたちまち六版を重ねた。そのことで、二十六歳のアーサーは財政的についに父から独立できたでもあろうが、一八九三年二月、ニューヨークのラヴェル社は倒産した。アーサーは立派な話だが、自著の印税のすべてを、給料未払いの自分のスタッフに回した。その個人的犠牲は、彼がシャーボーン校の最終学年にいた時から熱心に求愛していた少女との結婚を、いまや延ばさざるを得なくなったので、一層立派なことだった。

アーサーは、キャサリン・レイバン（一般にはケイトとして知られていて、アーサーにとっては単にKだった）と、八年前、彼女の一家がミッドサマー・ノートンの近くの村に引っ越してきた際に出会った。彼は覚えているのだが、ある日彼が書斎の窓のところで本を読んでいると、私設車道を足を高く上げて勢いよく進む栗毛の馬に曳かれた彼女の一家の軽二輪馬車が見えた。兄が手綱を握っていた。ケイトは「房付きのベレー帽をかぶり、長い、流れるような巻き毛を垂らしていた。その姿は、見たこともないほどすこぶる陽気な少女に、わたしには見えた[41]」

ケイト・レイバンはインドで生まれた。父は同地で治安判事をしていた。イーヴリンによると、ヘンリー・レイバン[*4]は、「任地の都市のすべての不衛生な町外れまで熟知している」ことで賞讃と困惑の念の混ざった目で見られていた。やがて、ケイトがちょうど一歳の時、風土病に罹って死んだ。

したがってイーヴリンは、二人の祖父のどちらも知らなかったが、彼の自伝に書かれているヘンリー・レイバンの話には、心に残るエピソードが含まれている。幼いヘンリーは、再婚しローマ・カトリックに改宗した十代の母から引き離され、（それによってヘンリーは、イーヴリンの家系図の下の方の枝で、イーヴリン以外では唯一のローマ・カトリック教徒になった）、おばたちに面倒を見てもらうことになった。何年ものちおばたちは、幼い少年が隠していたロザリオを見つけた。少年はそれを母の形見として、寝る時にそばに置いていたのである。[42]

ケイトの母のエリザベス・「リリー」・コウバーンは、スコットランドの有名な判事、コウバーン卿（一七七九～一八五四）[*5]の孫娘だった。コウバーン卿の『彼の時代の記録』は、イーヴリンの先祖が出した本の中で、間違いなく最もよく書けているものである。イーヴリンは、この傑出した先祖に特に誇りを抱いている訳ではないと明言している。ある時彼は友人に向かい、「実際的な理由で爵位を授けられた[43]」者より、「役立たずの卿」の方がよっぽどいいと話した。彼の言う「役立たずの卿」とは「世襲貴族」のことである。イーヴリンのスノビズムについてあれこれ言われているが、彼は自分の先祖と、勤勉な、知的専門職の中産階級の一人である自分の地位を誇大化しようとは決してしなかった。彼は実際には大勢の「役立たずの卿」の子孫なのだが、特に熱心な系譜研究者では決してなく、コウバーン卿とその妻エリザベス・マクダウェルを通して貴族と歴史的なさまざまな繋がりがあることに、まったく気づかなかったように見える。コウバーン卿とエリザベスは、スコットランドの最も古く、かつ最も格式の高い貴族の子孫だった。ヘンリー・コウバーンは、自分の先祖に、バカン伯爵、エロル伯爵、ハントリー伯爵、マーシャル伯爵、モートン伯爵のほかに、ジョン・オヴ・ゴーント〔十四世紀のイングランドの貴族。エドワード三世の子〕とエドワード三世を数えることができた。一方エリザベスは、カレンダー伯爵、ガウリー伯爵、リンリスゴウ伯爵、サウセスク伯爵、初代モントローズ侯爵、初代レノックス公爵、そしてさらに遡ってヘンリー一世の末裔だった。

ヘンリー・レイバンが死んだあと、リリーはレイバンのいとこと結婚した。彼はインドの軍隊付き牧師で、リリーは彼の子を二人産んだ。幼い頃からケイトと妹はイギリスに送られ、ブリストル近郊の二人の未婚の大おばと独身の大おじの世話になった。イーヴリンによると、ケイトは、シャイアハンプトン村の家「小修道院《プライオリー》」[44]で「すっかり幸せ」だった。「生涯彼女は、その年寄りの二人所帯《メナージュ》は理想の家だったと回顧した」――それは、ミッドサマー・ノートンのおばたちの家に対して抱いていた、彼自身の感情の、無意識の反映である。ケイトの一家が、彼女の思春期を通して住んだ雑然とした何軒かの家は、その模範的な家に遥かに及ばなかった。彼女の継父は、インドの軍隊付き牧師を引退し、正規の教区牧師のいない西部地方のさまざまな教会の牧師を、臨時に短期間務めていたのだ。

レイバン一家がミッドサマー・ノートンの近くにやってきて住むようになる頃には、ケイトは十五で、アーサーは十八で、シャーボーン校での最後の学期を始めるところだった。ケイトに一目惚れしたアーサーは、彼女をテニスやピクニックやダンスに誘い始めた。そして、彼が照れ臭そうに書いているように、「二人はすぐに友達以上の何かになった」[45]。レイバン一家は本好きではまるでなかった――ケイトの異父弟のバセットはアーサーの書斎を初めて見た時、叫んだ。「凄い数の本だ！　一人じゃ読み切れない！」[46]――しかしケイトは、アーサーが貸した本はすべて読んだ。後年、イーヴリンによると、一冊の本を二週間で読んだ。「いつも良い本を」[47]。彼女は手紙を書くのをさほど好まず、曾《ひ》孫《まご》のアレグザンダーの推測では、「如才なく思慮深かったが」、「とりわけ才気煥発という訳ではなかった」[48]。だが、彼女の静かで控え目な性格は、アーサーの、そわそわと落ち着かない、衝動的で多弁で芝居がかった性格と好対照を成していた。二人の交際期間は、その後八年に及んだので、それぞれの両親は二人が結婚することになんの異も唱えなかった[49]。

のちにアーサーは、長男のアレックに宛てた手紙の中で、いつものように親密な調子でこう打ち明けた。「お前の母さんと婚約した時、わたしはこの世のどんな女ともなんの関係も持たなかったと、母さんに言うことができた。母さんに、その計り知れぬほど大事な贈り物（男の純潔は、結婚のあらゆる贈り物の中で一番立派なものだ）が渡せた主な理由は、わたしが少年の時、今お前を悩ましている習慣を早くやめたということだ[50]」。彼が言及した習慣とは、マスターベーション、あるいは彼の言葉では「自瀆《じとく》」だった。

だが、自制するのは至難の業だとアーサーが思ったのは明らかだ。一八九三年七月、彼はケイトに手紙を書いた。「君にとても会いたい、でも、君からこんなに長いあいだ離れていたあとでは、行儀よく振る舞うと約束できない。だから、友よ、僕らが会えないのは君の心の平安のためにはよいことかもしれない……僕が君のところに行くとは期待しないでくれ給え、君は僕が獣なのを知っているのだから。そうして、僕が君から離れていた方がいいのだ[51]」。二人の曾孫のアレグザンダーは、二人の婚約期間が長かったことから推して、ケイトは結婚に踏み切れなかったのではないかと考えている。おそらく、アーサーの「不謹慎であからさまな体のまさぐり」に当惑していたのだろう。[52]だが結局、二人は一八九三年十月に結婚した。式は継父が執り行った。その頃までにはアーサーは、フリーランスの文学ジャーナリストになって、それまでの雀の涙の収入をなんとか補うことができるようになっていた。ウスターシャー州の鉱泉町モールヴァンでハネムーンを過ごしたあと、二人はウェスト・ハムステッドの小さなフラットで新婚生活を始めた。そこは、並木道のフィンチリー・ロードの外れにある搾乳場の上にあった。そこは当時、広い野原のすぐそばだった。その後間もなく、住宅地が開発され、野原は遠くなってしまったが。二人がそこを選んだのは、一つには、ケイトが田園に住む方をずっと好んだからである。二人はまた、そこが煤煙の漂うロンドンの中心より高い所にあるため、新鮮な空気がアーサーの喘息によいだろうと期待もした。

最初の息子が生まれる前の五年間、ケイトは家庭を切り盛りする役割を楽しんだ。彼女の母は、インドで何人もの召使に囲まれていたので、主婦としては失格だった。そしてケイトには、母が、なんの工夫もせずに手を束《つか》ねて不便な暮らしを続けていたように見えた。ケイトは、家庭内のどんな状況でも、最上のやり方は、母ならどうするだろうと考え、それから、その逆をすることだと決めた[53]。イーヴリンはのちに、母が「縫い物をしたり、ジャムを作ったり、プードルを風呂に入れたり毛を刈ったり……金槌とねじ回しを使って棚を吊ったり、木製の荷箱で兎小屋を作ったりして、年中忙《せわ》しなく手を動かしていた」のを思い出した[54]。

一方アーサーは自分の仕事に専心し、ゴスが主催する日曜日の文学者の集いに出たり、書評したり、新聞雑誌に寄稿したりした。彼の書いたエッセイの中に、「文学における寡黙」を訴えかけたものがあった。それは前衛的な雑誌『イエロー・ブック』の創刊号に載ったもので、ほかの「無価値で馬鹿げた」エッセイと異なり「まともで男らしい」と、堅苦しい雑誌『アカデミー』に褒められた。アーサーによれば、そのエッセイは「わたしが文学の仕事を得るチャンスに、直接的、鼓吹的、永続的影響」を与えた。そして、ほぼ四十年後に回想録を書く頃までには、彼は約六千冊の本を書評した[55]。だが心配性の彼は、収入の不安定なフリーランスの身分は性に合わず、一八九六年に、チャリング・クロス・ロードにある、かつてテニソンの作品を出していた出版社、キーガン・ポールの文学顧問の仕事に就いた。給料は年六百ポンドだった[56]。そして、家に帰ってくると、毎晩書評を書いた。

その頃までには彼とケイトは子供を作るつもりだったので、ヒルフィールド・ロード一一番地に移った。それは二人の元のフラットからそう遠くない西のヴィクトリア朝の連棟式集合住宅《テラス・ハウス》で、家の後ろには、芝生、細長い植え込み、一本の林檎の木、一本の柳、小さな空き地のある狭い裏庭があった。ケイトは、その空き地で野菜を作った。夜、梟の鳴く声が、田園にいるような気分を醸した。家には電話も電気もなかったが、二人はごく快適に暮らした。二人の食卓には、室内帽をかぶりエプロンをかけたメイドのアグネスが侍《はべ》り(57)、男が週に二日、庭の力仕事をしにやってきた。二人が休暇から戻ると、二人の荷物を下ろして一シリング稼ごうと、一人の裸足のポーターがパディントンからずっと辻馬車のあとをついてきた(58)。

二人の家の前の通りは袋小路で、二人が買った自転車の乗り方を覚えるには理想的だった。二人が自転車を買ったのは、当時、「安全」自転車が開発されて火が点いた自転車熱の影響だった。「安全」自転車は、空気で膨らませるゴムタイヤのおかげで、それまでのタイヤなしのペニーファージング〔大前輪と小後輪の自転車〕より遥かに快適なものになった。アーサーは、ジョージ・バーナード・ショーが、自転車に乗るのは「文学者にとって大事なことだ！(59)」と宣言したので、自転車の長所について一層の確信を抱いた。彼とケイトは間もなく長い距離を自転車で走り、プードルのマークィス*6にあとを追い駆けられながら、バッキンガムシャーの小径を探検した。アーサーはツイードの上着を着、ゴルフ用の半ズボンを穿き、ケイトは長いスカートを穿き、バルーン・スリーヴ〔手首から肘までは細く、肘から肩まで大きく膨らんだ袖〕の上着を着ていた。

そうした遠出は、ケイトが最初の子を身ごもるまで数年間続いた。その子は一八九八年七月八日に生まれ、アレグザンダーと名付けられた。一九〇〇年に死んだアーサーの弟のアリックを忘れないためにのちにアレックと縮められたが(60)。最初から甘やかされた子供のアレックは、家の一番日当たりのよい部屋を子供部屋として与えられた。南向きに張り出し窓が付いていて、晴れた日には、そこからサリー州の丘が瞥見できた。彼のごく幼い頃の記憶のほとんどは父を巡るもので、母と育児婦《ナニー》は滅多に記憶に出てこない(61)。毎日五時にアーサーが仕事から帰ってくると、アレックはスケッチブックを手に待っていて、歴史や文学からの精細な血腥《ちなまぐさ》い場面か、ウォー一家に襲いかかるかもしれない目を剔くような災難を描いてくれとせがんだ。

　アーサーは一九〇二年、出版社チャップマン＆ホールの専務取締役になってからは帰宅の時間が少し遅くなったが、それでも、息子に詩を読んでやる時間を見つけた。息子は、詩の意味がほとんどわからなかったとしても、言葉の響きを愉しんだ。幼いアレックは、アーサーが詩を読み終えると、「高貴な言葉《ノーブル・ワーズ》」と呟くのだった。「ノーブル・ワーズ」[62]。アーサーはまた、アレックにクリケットを愛することを教えた。アレックが五歳になると、アーサーはクリケット用バットをアレックに買い与え、二人は芝生で、三柱門《ウィケット》を一つだけ使うクリケットを始めた。アーサーが、その年の秋にイーヴリンが間もなく生まれることを告げると、アレックは即座に、「それは素敵だ、ウィケット・キーパーにしよう」と言った。それは空しい希望であることがわかった。クリケットは、イーヴリンの幼年時代の主な嫌いなことの一つだった。幼児用寝台の上のネットは、兄が室内テスト・マッチをするあいだ中、絶えずゆさゆさと揺れた[63]。アレックは、弟にクリケットの愉しみをどんなに教えようとしても、それは弟の「その競技に対する不変の嫌悪感」を強めるだけなのを認めた[64]。

　イーヴリンは、一九〇三年十月二十八日の夜十時半に、医者が来る前に不意に生まれたと、ケイトは日記に記している。出産は速かったものの出血が甚だしく、広範囲に縫合しなければならなかった。次の数週間、ケイトは衰弱したままで、激しい頭痛と産後の抑鬱症に苦しんだ――それはおそらく、ケイトもアーサーも女の子が欲しかったという事実のせいで、ひどくなったのだろう。ケイトは、少なくとも十二月中旬まで寝た切りだった。車椅子が家に持ってこられ、メイドがケイトをそれに乗せて押し、家の前の道路を往復することができた[65]。ケイトは、イーヴリンが新年早々に洗礼を施される頃に、なんとかやっと体力を回復し始めた。

　一九〇四年一月七日、彼はキルバーンのセント・オーガスティン教会で、アーサー・イーヴリン・

セント・ジョンと名付けられた。彼はいつもイーヴリンという名で知られていたが、それが彼の性に関して誤解を生じさせたというのがもっぱらの理由で、後年、それを嫌うようになった。[*7] また、セント・ジョンという名も、愚かしいほど気障《きざ》だと思い、嫌うようになった(66)。

アレックとは異なりイーヴリンは、自分が幼児だった頃の父のことは、ほんの少ししか覚えていなかった。覚えていたのは、父の咳と、パイプ煙草と父が喘息を緩和するために燃やしたメントール調合剤が一緒になったにおいだけだった。アーサーは仕事のあと毎晩子供部屋に相変わらずやってきたものの、イーヴリンは、それは一日の楽しみを邪魔する好ましからざることと思っていた。彼にとって、もっとずっと関心があったのは、母と、彼の若いナニー、ルーシー・ホッジズだった。ルーシーはサマセット州の小自作農の娘で、アレックの世話をしにやってきたのだが、アレックの弟ともっと強い絆を結んだ。イーヴリンは深い愛情を込めてルーシーを回想している。彼女の影響は、彼が幼い頃に宗教に関心を抱いたこと（彼女は半年かけて聖書を通読した）、成人してから良心的に真実を旨としたこと（空想に耽っていない時）、彼の小説に出てくるナニーは、パロディーを免れている唯一の登場人物に思われることに見て取れる。

一九〇六年の秋、イーヴリンが三つになった時、祖父のうちただ一人生きていた気難しいアレグザンダー・ウォーが、銃猟をしているあいだに病気になったあと、肺炎で死んだ。イーヴリンの祖母は夫のあとを追うようにして、一年三ヵ月後に死んだ。二人はたっぷり金を遺し——ジョン・ニールが半島戦争中に小麦の取引で成した財の残りと、それに加え、モーガン一族のウェールズの資産の一つである炭坑からの収入——おかげでイーヴリンのおばたちはミッドサマー・ノートンで、ごく快適な暮らしを続けることができた。一方、アーサーは、貰った遺産で新しい家を建てることにした。

ずっと前から、アーサーのヒルフィールド・ロードの家は手狭になっていた。家でアレックが年中クリケットをするのが、みんなの神経に障っていた。そして、一九〇七年の初めのある日、アーサーはケイトと一緒に、二マイル先の開発されている一帯を調べに出掛けた。そこは、ハムステッド・ヒースのちょっと先で、当時は、ロンドンの北西の端だった。二人はヒースの頂上から樹木の茂った急な切通しを下って、ノース・エンド村に向かった。途中、正面に弓形張り出し窓が付いているパブ〈オールド・ブル&ブッシュ〉――それは間もなく、フローリー・フォード〔一九四〇年に没した、オーストラリア生まれの歌手〕がミュージック・ホールで唄う人気の高い唄になった――と、当時、まだ比較的農村地帯だった地区での主な建物の一つ、ノース・エンド領主館《マナー》の車寄せの前を過ぎた。その隣には小牧場があり、そこに、ジプシー・ジョーという変わり者が、一頭のポニーと二輪の軽馬車を置いていた。アーサーは、いかにも彼らしく、そこに家を建てようと衝動的に決めた。

原注

＊1　アリックはできるだけ早く家を出、一八八三年、十二歳で海軍の士官候補生になった。六年後、タスマニア人の少女、フロレンス・ウェブスターと結婚し、彼女をミッドサマー・ノートンに連れてきた。そこで一九〇〇年、息子のエリックが生まれた。その年の後半、アリックはマラリアに罹って死んだ。すると「ブルート」は貸していた家からすぐさま寡婦と子供を追い出し、アリックの葬式費用とその他の未払いの請求書の代金を寡婦に支払わせ、タスマニアのホバートに旅立たせた。

＊2　『少しばかりの学問』の中でイーヴリンは、高祖父の一人は、遍歴肖像画家のトマス・ゴスだったと書いている。実際はイーヴリンは、トマスの末弟ジョン・（ジャッキー）・ゴスの末裔だった。ジャッキー・ゴスは、一八二〇年頃にプールに戻るまでに、ニューファンドランドで商人とし

て成功した。ジャッキー・ゴスの娘のアン（イーヴリンの曾祖母）は、したがって、博物学者フィリップ・ヘンリー・ゴス（トマス・ゴスの息子）、すなわち彼の息子のエドマンドの回想録『父と子』の中心人物のいとこだった。そしてエドマンド・ゴスは、イーヴリンの祖母アニー・ウォー（旧姓モーガン）のまたいとこだった。アン・スウェイト著『素晴らしきものの瞥見――フィリップ・ヘンリー・ゴスの生涯』（フェイバー&フェイバー、二〇〇二年）参照のこと。

＊3　バレスティアのあとから妹のキャリーがイギリスに来た。彼女はケンジントンにある兄の家の面倒を見るために来たのだが、間もなく、兄が新たにイギリスで自社と契約を結んだ作家の中で一番有名なラドヤード・キプリングの「憎まれた妻」になった。

＊4　一八三七年に生まれたヘンリー・チャールズ・ビダルフ・コルトン・レイバンは、ヘンリー・ティルマン・レイバン（一七九九年生まれ）とシオドーシア・マーン（一八二一年生まれ）の息子だった。

＊5　エディンバラが「北のアテネ」だった時、ウォルター・スコットや、ほかのその都市の名士の友人だったヘンリー・コウバーンは魅力的な人物で、「憂愁を宿した目は活気づくと、あるいは機知に刺激されると、鷹の目のように輝いた」。また、彼の奇矯な性格は、その服装にも現われていた。「それは、当時の流行の優雅な服装を無視したものだった。帽子はいつも最悪のもので、自分の好みの形に作られた靴は、エディンバラで一番不細工なものだった」。（一八五七年一月の『エディンバラ・レヴュー』を参照のこと。）

＊6　侯爵《マークィス》は、ウォー一家が飼った一連の元気のいいプードルの最初のものである。テレンス・グリーニッジは、一九二〇年代に飼われていた、ウォー家のマークィスの後継者の一匹を思い出している。ボーという名で、「紙を食べるというひどく変わった習慣」があった。彼は、出版業者の犬にはふさわしいと思った。

＊7　その名は母の「気紛れで」付けられたと、彼は記している。おそらく、娘が生まれなかったことの埋め合わせだろう。その特徴的な名は、作家としての彼の将来の人生に役に立った。しかし、一九三五年に彼がアビシニアに到着すると、イタリア人の広報担当官が、赤い薔薇の花束を持って「淫らな気分でわくわくしながら」待っていた。「やがて挨拶しようと現われた、ズボンを穿き、不

精髭を生やした人物は広報担当官にとって恐るべき打撃だったろうが、彼は真のローマ人的礼儀正しさを発揮し、何食わぬ顔をした……数日後にわたしたちが親密になって初めて、彼は自分の期待が外れたことを認めた」。『アビシニアのウォー』(一九三六年)、一六四頁。

第2章 少年のサディズム

自分たちの新しい家を建てるために選んだ敷地は、ノース・エンド・ロードにあった。そこは当時、まだ静かで埃っぽい小径で、草の生えたその歩道の縁《へり》に低くて白い柵があった。荷馬車の御者と四輪馬車の御者のための幹線道路が、東西の方向にそこを迂回していた。一年のうちにそこは、チャリング・クロスからゴールダーズ・グリーンまで地下鉄が開通すると共に大いに賑やかになった。その結果、凄まじい建築ラッシュが始まり、北の酪農場と市場向け菜園は、すぐさまそれに呑み込まれてしまった。

新しい路線の終点は、ゴールダーズ・グリーン・ロードとフィンチリー・ロードの交差点にあり、ウォー一家が家を建てた場所から四分の一マイル丘を下ったところだった。一九〇四年のその十字路の絵葉書には、ロンドン、フィンチリー、ヘンドンを指している木製の標識が立っている、広い野原に囲まれた淋しい農場が写っている(1)――『白衣の女』に出会うような場所だ」とイーヴリンは書いている(2)。しかし一九〇七年の中頃には野原に不動産業者のテントの案内所が現われ始め、一九一四年には、辺り一帯に家が出来た。イーヴリンはのちに、父は「その破壊者の最初の者(3)」だと公言した。

そして、子供時代の多くを、だだっ広い建築現場のそばで過ごした。

今ならば、アーサーの地位の出版業者は、ロンドンのそれと同等の家を建てるのに年俸の十倍以上を使わねばならないだろうが、一九〇七年ではアーサーは、新居を建てるのに一年の収入程度で足りた――イーヴリンの計算では、「約千ポンド」(4)。当時の水準では、それはごく普通の郊外住宅で、中産階級の知的職業に携わる者の典型的な家だった。当座は、村で唯一の新しい家という栄誉を担っていて、比較的ひっそりした所にあったので、隣にドライブインの洗車場のある今の姿より、遥かに望ましいものに見えた。

アーサーは設計のあらゆる段階に関わり、すべての部屋を歩測し、家の内部を明るくして風通しを良くするのに十分な窓を作るよう指示した。もっともその効果は、家の内部に陰気なオーク材の鏡板と腰板と床板を使うという好みで相殺されたが。完成した家は――アーサーは、彼とケイトが逢引をした、ミッドサマー・ノートンの葉の茂った小径にちなんで、アンダーヒルと名付けた――別に建築的に特に優れたものではなく、のちにイーヴリンは、父がその家に感傷的な愛着を抱いていたのを、「やや馬鹿げている」と見なした。彼は二度だけ父に殴られたことを覚えていたが、それは、「家の内部にわざと傷をつけた時だった。一度は、マントルピースの角を新しいナイフで削った時と、もう一度は、靴戸棚の中を刳《く》り抜いて土台までトンネルを掘り、見つかるまで、床下の根太《ねだ》の下を這い回った時だった(5)」。

それにしても、新居に対するアーサーの入れ込みようは大変なものだった。とりわけ、喘息と軽度の難聴で、晩に出掛けることが次第に億劫になっていたからである。彼が、当時ノース・エンドでロンドンに仕事に出掛けた唯一の人物だったのはほぼ確かだが、彼は帰宅すると毎晩書斎に引っ込み、『デイリー・テレグラフ』のための書評や、詩や、ほかの文章を素早く仕上げた(彼は書評を、「すべてのものの場合同様、体に毒なほどのスピードで書いた」とイーヴリンは記している(6))。

夕食後彼は、週に数晩、お気に入りの文学作品を書斎で朗読したものだった。時には、イーヴリンが『少しばかりの学問』に書いているように、自分が若い頃に人気のあった劇も、「書斎の中を歩き回りながら」朗読し、「舞台で見た登場人物の真似」をした。アーサーが、「わたしがそれまでに聞いたところでは、サー・ジョン・ギールグッドが上回るのみの正確な声音《こわね》、説得力、変化」で、いかに家族をうっとりさせたかについてイーヴリンは記している。(7)「そうしたイギリスの散文と韻文の朗読の際」とイーヴリンは書いている、「英語の語彙の比類のない多様さ、英語の韻律とリズムがわたしの若い心を浸したので、わたしは英文学を学校の科目、分析と歴史的配列のための事柄としてではなく、自然な歓びの源泉として考えた」(8)。しかしながら思春期のイーヴリンは、そうした朗読にしばしば当惑し、それに対する痛烈な批判を日記に書き、アーサーの典型的なパフォーマンスの一つを、「立派な講義だが、例によって救い難く芝居がかっている」と評した。その日記はのちに装丁されアンダーヒルの棚に残された。そしてアーサーは、イーヴリンが何を書いたかを知ろうとそっと読んでみたが、その後二度と再び朗読はしなかった。アレックはのちに、公刊したイーヴリンの日記から、その部分を削除してもらいたいと、編纂者のマイケル・デイヴィーに頼んだ、イーヴリンはそれを望まなかっただろうからと言って。(9)

書斎のフランス窓は庭に通じていた。そしてアーサーは、北の方角に牧歌的な牧場を眺めることができた。それもまた開発業者に売られ、その脇に家々が次から次に出現するまで。ケイトは、二階の真上に自分の居間を持っていた。そこでイーヴリンは、時折彼女と一緒に坐った。兄弟は、その横に昼間の子供部屋を持っていて、アーサーは、やがてそこに庭を見下ろすベランダを作った。兄弟の夜の子供部屋は、道路と、向かいの大きなヴィクトリア朝の邸宅に面していた。樹木に囲まれたひっそりとした邸宅に、一九一二年、三十一歳のバレリーナ、アンナ・パヴロヴァがやってきて住んだが、やがて彼女の広大な敷地にも何軒かの家が建った。アーサーの家には予備の寝室が一つあり、そこに田舎からやってきた客や親戚がよく泊まった。[10] 浴室は一つで、それはアーサーの更衣室を兼ねていたので一層不便だったが、そういうことは当時のその種の家としては珍しくなかった。

イーヴリンと母にとって（二人共、とりわけ都会に住みたいと思ってはいなかった）、アンダーヒルの主な魅力は庭だった。そこでケイトは植物を鉢植えにしたり、土に植えたり、雑草を抜いたり、萎れた花を摘み取ったりして楽しく何時間も過ごした。一方イーヴリンは、見失ったボールを捜そうと、塀を攀《よ》じ登って隣のノース・エンドの領主館の菜園に入って何度となく文句を言われた。彼は自伝で、苦情を言った老嬢を、「老いた人間嫌い」と書いている。[11] もっとも彼は、彼女に気に入られようとはほとんどしなかったが。ある時、彼は友人のマック・フレミングを従えて彼女の菜園に入り、「さあ、俺たちキャベツ伐《き》り族が来たぞ！」と叫びながら茎からキャベツを切り取り始めた。[12]

領主館がやがて売りに出されると、アーサーは、用心のためにその敷地の少しを買った。その後、その敷地はイーヴリンにとって、「わたしを魅了する、我が家の唯一の場所」になった。生い茂る背の高い雑草と、使われなくなった暖房炉用小屋に通ずる暗い階段のために。「この地下室とこの荒地が、わたしの特別な領域になった。その結果、幼いわたしは、イギリス人が古びた物を荘厳なる物と混同する通弊の犠牲になり、今でもその影響が残っている。わたしはこれまでずっと、暗くて黴臭い、ひっそりした場所を求めてきた、まるで、仔を産む準備をしている動物のように[13]」

イーヴリンは子供時代、ミッドサマー・ノートンのおばたちの家をしばしば訪れたが、そうした性向ゆえに、「ガスと灯油と黴と果物のにおいが漂う澱んだ空気」と、いくつかの部屋が「見捨てられた教会のようににおい、ほかの部屋は雑踏するバザールのようににおう」のを愉しんだ。彼はいつも、おばたちの家の、奇妙に刺激的なにおいのする皿を前にした獰猛なバタンインコと、厩舎の革と馬のにおいを思い出したものだった。御者は、とっくの昔に四輪箱馬車はお役御免にし、一頭のポニーと二輪の軽馬車しか持っていず、ブーツを磨いたり庭を歩き回ったりして暇を潰していたけれども。幼いイーヴリンの目には、ミッドサマー・ノートンの一家は「わたしが当時でさえ、わたしの時代より上だと本能的に認めた、別の時代に属している」と映った[14]。

一家がアンダーヒルに移るとすぐ、アレックは、サリー州にあるパブリック・スクールに入るための進学準備校《プレップ・スクール》であるファーンデン校に、寄宿生として送られた。そのため、兄弟のあいだにさらに距離が生まれた。彼がそこからイーヴリンに送った何枚かの絵葉書の文面は、「親愛なるイット（Dear It）」で始まるものが多かった。一方ケイトは、四歳のイーヴリンに家で最初の勉強を教え始めた。その際、ステラという地元の少女と一緒だった。彼女は、ウェールズの詩人でエヴリマンズ・ライブラリーの創始者のアーネスト・リースの赤毛の娘で、リースは一家の友人だった。ケイト・ウォーは「優しい人――誰もが彼女をとても好いている」と、ステラは思った。そしてイーヴリンは「ひどく自信たっぷりで、生意気で、外向的で、意欲的」だと彼女は思った。彼はまた、「わたしより強く、利口だったけれども、それを見せつけようとはしなかった[15]」。

しかし、イーヴリンが当時ほとんどいつも一緒にいたのは、ナニーのルーシーだった。彼はルーシーとしょっちゅうハムステッドに買い物に行った。彼はそこで、商品よりも「木製のバター用箆《へら》、秤《はかり》、シャベル、円筒ケース、紙、紐……を巧みに扱う店主」の方に興奮した。「わたしは、物事が手際よくなされるのを見るのが嬉しかった[16]」。年に三度、二人はハムステッド定期市《フェア》に出掛けた。そこでイーヴリンは、「善意しか伝えない、聖霊降臨祭特有の陽気さ」を発散している、犇《ひし》めき合う群衆、手回しオルガンに合わせて飛び跳ねる猿、そしてまたしても、においに狂喜した――「オレンジの皮、汗、ビール、ココナツ、踏みしだかれた芝生、馬」[17]。ほぼ六十年後に書かれたイーヴリンの自伝によると、ルーシーは彼女に対する彼の愛情に十分に応え、「怒ったことも、自分をなおざりにしたこともなかった」[18]。しかしステラ・リースは、ルーシーが一度、彼女とイーヴリンの二人を叱ったことを覚えていた。その時イーヴリンは、「あんたは僕らにそんな風に言う権利はない」、なぜなら、「僕らはあんたよりずっと上の階級なんだから！」と言い返した[19]。

イーヴリンが粘土の小さな山の上で遊んでいた三人の子供たちに出会い、一緒に遊ぼうと誘われたのは、いつものようにルーシーと外出していた時だった。子供たちはジーン、フィリッパ、マクスウェル（「マック」）・フレミングで、かつては農場だったが、今は新しいハムステッド・ガーデン・サバーブ〔あらゆる階層の人間が快適に住めることを目指して二十世紀初頭に開発された新興住宅地〕になった所に住んでいた。子供たちの父（エドワード・ヴァンダミア・フレミング）は陸軍省に勤めていた。そして、家族を守るために一挺のリボルバーを持ち、番兵《ウォーダー》という名のエアデールテリアの番犬を飼っていることがイーヴリンを魅了した。フレミング家の子供たちは間もなく、イーヴリンが休暇の時にはいつも遊び仲間になり、彼の少年時代の「代理家族」の最初のものになった。それは、彼が感じた自分の家族の欠陥と、家族の中での自分のかなり孤立した立場の償いになるものだった。

フレミング氏の防衛手段と、第一次世界大戦直前の数年間に蔓延した不安感に影響された子供たちは、ドイツ軍による侵略は間近だと確信し、粘土の山を要塞にし、包囲された時に備え食糧を蓄え、敵に飲ませる毒入りスープを用意し始めた。すぐさま小さな一隊の指導者になったイーヴリンは、その一隊を「ピストル部隊」と名付け、挨拶として右腕を曲げて胸に当て、「ホイク！　オーイ＝オイク！」と叫びながら、自分たちの家の近くの野原に毎朝集結させた[20]。彼らは、厳しい紀律を遵守し、棘のあるイラクサの上を裸足で歩いたり、高い木に登ったり、血で自分の名前を書いたりするといった、さまざまな入隊試験を受けることに同意した。甘やかされたこともなく、怪我をするから危ない真似をしてはいけないと言われたこともないイーヴリンは[21]、そうしたすべての儀式において怖いもの知らずで、後年、「素晴らしく荒い」海で泳いだ時に、また、第二次世界大戦中、奇襲部隊《コマンド》の一員になった時に示すことになる勇気を発揮した。*1

イーヴリンの肉体的勇気と闘争好きな性格は、彼が善戦することを何よりも好み、ほかの「うろついている連中」と、しょっちゅう小競り合いをするのを愉しんだことに現われていた。「彼らは、わたしたちの要塞に入ろうとしたが、わたしたちは拳骨、粘土の弾丸、棒切れで追い返した」と彼は回想している。フェリックスという日頃の敵は、遥かに数の多い「溝《どぶ》のガキ」の集団（とイーヴリンは、軽蔑の念を込めて当時の日記に書いている）の助けを借りたことで、ピストル部隊の面々の、殊《こと》のほか激しい憎悪を掻き立てた。戦いが熾烈になると、フェリックスは「また猛攻撃をしてきたが、わたしたちは棒切れを振り回し、粘土の弾丸を一斉に投げて反撃し、再び追い返した」。フェリックスはもう一度攻めてきたが、今度は、「われらが最高の戦士」のフィリッパが「相手の顔に強打を喰らわせ」、撃退した（彼女はその夜、勇猛章を授与された）。そして次は、イーヴリンがフェリックスの「新兵」の「肋骨を強打し」、打ち負かした。「彼はうつぶせに倒れた[22]」。イーヴリンは、こうしたことに満足感を覚えていたのは明らかだが、ピストル部隊が喧嘩を仕掛けたことは稀だったと主張している。イーヴリンはのちに認めているが、ピストル部隊は独善的な連中で、名誉のことを絶えず口にしていた。そして、いずれにせよ、彼らはプロイセン近衛隊の来襲に備え、力を蓄えておく必要があった[23]。

一九一〇年九月、七回目の誕生日の直前、イーヴリンは、ハムステッドから歩いて二十分ほどのところにあるヒース・マウント校での最初の日のために、緑のツイードのニッカーボッカーを穿いた。彼はそこで二学期を送ってから、兄のあとを追ってファーンデン校に行くことになっていた。アレックが専制的な校長について話したことを考えれば、それは不安なことだった。校長は、アレックがおぞましいサゴ澱粉のプディングを吐き出すと、「全部食べろ！」と命じ、彼が爪を噛むと、指を「茶色の苦い液体」に漬けた。校長は、彼が卒業してからずっと経っても夢に出てきた[24]。結局、イーヴリンがヒース・マウント校で楽しくやっているのがはっきりしていたことと、ケイトが次男を家に置きたかったこととで、[*2]彼は六年間、同校に通うことになった。

イーヴリンが入学してから一《ひと》月後、校長のJ・S・グランヴィル・グレンフェルはケイトに言った。「あなたの息子さんに、実際わたしは非常に満足しています。利口な少年です、掛値なく。きわめて前途有望です。どなたが息子さんを教えたのかは知りませんが、息子さんは、わたしが長年扱ってきた同い年のどんな少年より、下地が出来ています。学期末には、学業と品行一般について、優れた報告をあなたがお受け取りになるのを、わたしは確信しています[25]」

「グラニー」・グレンフェルは、シャーボーン校でアーサーより数年上で、当時は四十六歳の鰥夫《やもめ》だった。提督の息子だった彼は海軍士官風の雰囲気を漂わせていて、長身痩軀で、ちゃんと手入れをした先の尖った顎鬚を生やし、ボタンをきっちりと嵌めたサージのスーツを着ていた。彼は、「激怒するかと思うと、突如、飾り気のない愛想の良さを発揮した。それは、ある意味で、海軍士官に通ずるものと思ってもいいかもしれない」とイーヴリンは回想している[26]。早くも空想の世界に強く惹きつけられていたイーヴリンは、校長の下宿のどこかにある彼の妻の「死の部屋」についての少年たちのひそひそ話に、とりわけ興味をそそられた。校長は、そこに鍵を掛け、二度と入らなかったと噂されていた。イーヴリンは、「厚く埃が積もり、蜘蛛の巣が花飾りのように張り巡らされ、絵画的に腐ってゆくミス・ハヴィシャム〔ディケンズの『大いなる遺産』の人物〕の花嫁の部屋」を好んで想像した。[27]

学校は毎朝、体育館での点呼と祈禱で始まった。校長が近づいてくるのを見て見張りの少年が「先公《ケイヴ》が来た！」と叫ぶと、館内は静まり返った。校長は石段を跳ぶようにして上がってきて中に入り、「お早う、紳士諸君！」と大声で言った。『衰亡』のフェイガン博士の生徒のように、少年たちは一斉に「お早うございます、先生！」と答えた。

土曜日は、さらに神経を苛々させた。校長が、その週、よく勉強した生徒に皆の注意を惹くと、次に、勉強しなかった生徒を皆の前で詰《なじ》った。「これは一体なんだね、フレッチャー。フレッチャーは怠けていた。立つんだ、フレッチャー……われわれは、お互いに了解し合った方がいい……少しでも怠ければ、フレッチャー」——校長は拳でテーブルを強く叩いた——「こっぴどく叱ってやる！」あとになって初めてイーヴリンは、グレンフェルの怒りが大方芝居だったことを悟った。いずれにせよ、彼はひどく叱られることはなかった。成績がよく、校長のお気に入りの一人だったからである。

イーヴリンは大抵いつも、チャップマン＆ホールに出勤するアーサーと一緒に学校に歩いて行った。彼は、朝、そうして歩いたことが、父を本当に知り、父と一緒なのを楽しんだ最初の時なのを覚えていた。[28]それでもイーヴリンは、父の出版社は「とってもたいくつな場しょ[29]」だと思ったと、八歳の誕生日を迎える寸前に、現存する日記の最も早い項に書いた。そして彼は、アーサーの「坐ったままで頭だけ使う仕事」を恥じた。父が「おじたちのように軍人か船員だったら、あるいは、大工仕事のような建設的な趣味を持っている男かよろず屋だったら、もっと尊敬しただろう。さらには、刃が剝き出しの剃刀で髭を剃る男だったら」と彼は自伝に書いている。彼は父を、かなり「老けていて、実際、老いぼれた」人間だといつも見ていた。父は彼が生まれた時、たった三十七歳だったが。[30]

イーヴリンは学校での最初の年、十二時半まで、ある女家庭教師の授業を受けた。その時間になると、最年少の生徒たちは、それぞれのナニーに引き取られた。二年目から彼は、「正午のディナー」まで学校に残り、授業を受けた。彼はストイックにも、教師たちは「大変温厚だった」と自伝で回想している。教師たちの誰も結婚していなかった。彼らの一人は、生徒を何度も打擲《ちょうちゃく》する際、狙いを一定にするため定規にチョークで印をつけた[31]。もう一人の教師は、お気に入りの生徒を溺愛し[32]、問題を起こす生徒を足載せ台の上に屈《かが》むように命じ、尻を蹴った――やがて彼は、少年たちの尻を抓《つね》ったのが理由で解雇された[33]。「ある者は少年たちをあまりにも愛さず、ある者は愛し過ぎた」と成年のイーヴリンは回想している。「彼らは自分たちの嗜好に応じ、イギリスの学校教育の流儀で、わたしたちを、少々酷《ひど》い目に遭わせた。猥褻すれすれのやり方でわたしたちを可愛がり、残酷すれすれのやり方でわたしたちにビンタを喰らわし、髪を引っ張った[34]」

残酷な行為をしたのは、少年たちの方が多かった――わけてもイーヴリンが。一九一二年、愛らしく、見るからに臆病な八歳のセシル・ビートンがヒース・マウント校にやってきた。ビートンはのちに、最初の日にアスファルトの運動場で十一時頃の軽食を取っている時、「どこからともなく不意に苛《いじ》めっ子たちがやってきた」ことを回想している。彼らのリーダーは、「ほかの者たちの半分の大きさ」で、ビートン目掛けて全速力で走ってきて彼にぶつかる寸前で止まり、「凶暴で悪魔的な目」で凝視した。その少年は爪先立ちをして、わざと顔をビートンの顔に近づけると、「その二つの目が合わさり、一つの巨大な隻眼の巨人《キュクロプス》の悪夢になった[35]」。ビートンによると、その少年は後ろに下がってから前に体を突き出すという動作を何度か繰り返し、「わたしに向かって歯を剝き出しながら立った」。同じ話の、もっと前のものでは、その歯は虫喰いだらけだった。「肉体的な攻撃が始まる頃には、幸い、わたしは恐怖で意識朦朧としていた」

イーヴリン・ウォーに最初に出会った際の恐ろしい経験についてのビートンの生々しい話は、事件のほぼ五十年後に書かれたものである。翌年ビートンは、テレビ番組『フェイス・トゥ・フェイス』で、インタヴューアのジョン・フリーマンに、こう語った。「イーヴリン・ウォーは、わたしの敵です。わたしたちは互いに、ひどく嫌い合っています。彼はわたしのことを嫌な奴だと思っていますが、いやまったく！　わたしもまさしく彼をそう思っています」[36]。二人が長期にわたり相手を嫌っていたのを考えると、ビートンが運動場での思い出を誇張したことは考えうる。しかしながら、イーヴリンは一九六一年に『スペクテイター』でビートンの本を書評した際、そのどれをも否定せず、「彼［ビートン］の涙で濡れた長い睫毛が、少年のサディズムを誘発した一因だった」ということ、また、後年写真家になったビートンが暗に言っているのとはまったく異なり、それはただ一回の事件ではまったくなく、「幼いビートン苛め」は何度も繰り返されたということを、「恥ずかしながら」告白している。そうしたことへの説得力に欠けた言い訳だが、イーヴリンは、こう回想している。「彼は音楽の授業を愉しみ、彼に音楽を教えた婦人に感傷的な気持ちを抱いているという評判があった。彼にはそうした非難を受ける謂《いわ》れがなかったのを、わたしは確信している」[37]

ビートン苛めには、彼に大声で「やあ、セシル！」と呼びかけることも入っていた。生徒たちは一般に姓で呼び合い、イーヴリンは友人のステラ・リースに、「他人にクリスチャン・ネームを知られるのは、ひどく屈辱的なことだった！」と説明している[38]。イーヴリンとその共犯者はまた、ビートンの両腕を後ろに曲げたり、彼にピンを刺したりした。こうした苛めは、「このおぞましい行為に関わったわたしの仲間とわたしが現場を押さえられ、教師にこっぴどく殴られた」時に、やっと終わった[39]。

イーヴリンの残酷な性質は、彼の生涯にわたって、はっきりと見られた。それを解く鍵は、父方の祖父の、一層悪魔的な性格にあるのかもしれない。だが、もしサディズム傾向が祖父から孫に伝わったのなら、それは、互いに会うことなく起こったのだ。イーヴリンの性癖は、育った環境によって強められたと考えた方がよかろう。

その年齢の彼が、母から完全に愛されていると感じていたことには、ほとんど疑問の余地がないようである。母は毎晩、彼の宿題を見てやり、就寝時には彼の祈りに耳を傾けた。二人の親密さは、母に宛てた彼のメモの最後に記された秘密の暗号に見て取れる――「イーヴリン・ラヴズ・マザー」を意味する「エヴォグルズ・ゴグルズ・モグルズ」。イーヴリンは、父あるいはアレックにお仕置きを受けそうになると――アレックは八つになった時、その面で一定の権限を与えられた――食堂の母の背凭れの高い椅子の後ろにさっと隠れ、「聖域《サンクチュアリー》、サンクチュアリー!」と叫んだ。そこでは彼に触れられないことを、誰もが了解していた[40]。

自分は愛され守られているという感覚は、少年の頃の、誰もが知っていた彼の自信と明るい性格を支える下地になっていた――友人のステラ・リースも気づいていたように、時折、「人生の疲れと絶望」の発作に見舞われはしたが。だが同時に彼は、アーサーの感情に溺れやすい性格をも受け継いでいた。おそらくそれゆえに、のちに、父のその性格を激しく批判したのだろう。イーヴリンは幼い時、ちょっとしたことで、わっと泣き出す傾向があったとアレックは回想している。

一方、父は兄をあからさまに偏愛していたので、自分が除け者になっているとイーヴリンが感じる理由はたくさんあった[41]。アーサーは、毎朝一緒に学校まで歩いて行ったのに、次男に対してはすっかり気楽には感じなかった。そしてイーヴリンは、父がアレックの方を好いていることに気づかざるを得なかった。学校が休暇に入ると、父とアレックは腕を組んで姿を消し、ハムステッド・ヒースに長い散歩に出掛けた。あるいは、クリケットの試合か映画を観に行った。何年ものちの一九三三年、アーサーは洗礼式を迎えたアレックの長男に手紙を書いた。「わたしの人生で三つの大事なものは、わたしの母、わたしの妻、それに、わたしの息子――すなわちお前の父。彼らの愛以外、わたしにとって大して重要ではない[42]」。まるで、イーヴリンは存在しないかのようだ。

アレックはその後、こう認めている。自分は「子供時代を通し、事実上一人っ子で、弟のイーヴリンは幼い頃、片隅の邪魔なものでしかなかった[43]」。イーヴリンは小さい時から、兄が自分をそんな風に見ていたのを意識していたことだろう。アレックがファーンデン校からイーヴリンに送った、現存しているわずかな絵葉書は、時には愛情が感じられるもので、「お前の親指はどんな具合だ?」とか「風邪はすっかり治ったかい？　そうだといいが」とか訊いている[44]。だがアレックはのちに、自分たちが若かった頃、自分はおそらくイーヴリンに「あまり親切ではなく」、「その点で母がわたしに説教した時の様子を、今でも目に浮かべることができる」と認めている。アレックは、甘やかされた子供だった自分が優越感を持ち、「世に名を揚《あ》げる」のは確かだと思って育ったと告白し、一方、「イーヴリンは二位に下げられたと感じていたに違いない」と言っている。

どんな状況であれ、イーヴリンは「自己主張をするよう挑まれている」と感じていただろうと、アレックは、敢えて言っている[45]――父と兄の軛《くびき》からついに解放されたイーヴリンが、不運なセシル・ビートンを相手にやっていたのは、その試みだったのだろう。アレックは続けて、こうも言っている。イーヴリンは後年、恐ろしい人間という評判を得たにもかかわらず、少年の頃は「ごく優しい心」を持っていた。「粗暴な挙措は、自己防衛のために、いわば本来の自分の上に載せたものだった。その下の彼は、至極傷つきやすかった[46]」

イーヴリンの背が低かったことは、この点で影響したのかもしれない。背が低かったので、なんとか自分の存在を認めさせようとし、その結果、一層攻撃的に、傲慢になったのだろう。彼はまた、自分の女っぽい名前とも闘わねばならなかった。学校で、陸軍元帥のサー・イーヴリン・ウッドを持ち出して、自分の名前を馬鹿にした相手を見事にへこましたと、彼はのちに言っているけれども。ウッド元帥は、インド大反乱の際にヴィクトリア十字勲章を授与され、のちにズールー族を破った陸軍部隊を指揮した。*3

イーヴリンは半世紀後に振り返り、ヒース・マウント校では「大いに幸福」だったが、学校は「家での趣味と愛情の単なる中断」に過ぎなかったと回想している。(47) 彼の学校生活自体、一九一二年の夏に中断された。急性の虫垂炎に罹り、家の台所のテーブルの上で手術を受けねばならなかったからである。虫垂切除は当時、今よりも遥かに危険で、それほど昔のことではなかったが、国王付き外科医は、虫垂切除の手術中に自分の娘が死ぬのを目の当たりにした。そういう訳で、八歳のイーヴリンは診断を告げられなかった。そして、ベッドの脇に現われた見知らぬ人物に、「この気持ちの良い匂いを嗅ぐよう」に言われ、クロロフォルムで眠らされたことを、のちに回想している。彼は手術*4のあと気がつくと吐きそうな気分で、縫合箇所を守るため両脚がベッドに革紐で括り付けられているのに気づいた。それからの三夜は、「悪い」、「良い」、「素晴らしい」と順調に推移したと、ケイトは日記に記しているが、(48) ベッドから出られたのは、三週間後だった。その時までには、脚が革紐で括り付けられていたため、ひどく衰弱し、ほとんど歩くことができなかった。(49)

ケイトは彼の不自由な足を治すため、彼を連れてサウスエンド近くのテムズ川河口に滞在した。そこで二人は干潟で舟を漕いだ。そして、看護婦がイーヴリンの足と足首をマッサージするため電池を持って定期的にやってきた。そうしたことを三週間続けたあと二人は家に戻ったが、イーヴリンの足は依然として治らなかったので、八月末に、またそこに行った。(50)

今度はケイトは、イーヴリンを一人残した。次の一ヵ月、彼は女子寄宿学校に宿泊させられた。そこには、夏休みでずっと前から生徒がいなかった。彼の唯一の仲間は、父親がインドで勤務しているダフォディルという幼い少女で、彼女は寝小便をしてベッドを濡らした罰で、一日、両手に包帯を巻かれていた。それまで家族から離れたことのなかったイーヴリンは、すっかり見捨てられたように感じた。唯一の慰めは、週に三回、陽気なマッサージ師、トールボット看護婦が来てくれることだった。彼女は数週間、いかにイーヴリンが惨めかを見てから、彼を自分の家族と一緒にしたらどうかと、ケイトとアーサーに申し出た。イーヴリンは次の五週間、そういうことになった。彼女の夫は老兵士で、ほぼ毎晩酒を飲み、陽気になり、歌を歌い、イーヴリンを褒めちぎった。娘のミュリエルはイーヴリンより少し年上で、のちに彼は時折思い出したが、彼女は快く「自分の陰部をわたしに見せてくれ、わたしは自分のを彼女に見せてやった[51]」。このディケンズの小説風の一家との暮らしにすっかり満足していた彼は、家に手紙を書くのを忘れてしまい、そのためアーサーは彼の忘恩を嘆く説教臭い手紙を寄越した[52]――のちにイーヴリンは、それを読んで「改悛の情ではなく強い怒り」を覚えたと回想している。彼がやがて家に帰るとケイトは、秋学期に学校に戻さず、女家庭教師のもとで、フレミング家の子供たちと一緒に勉強させることにした。フレミング夫人は、しばらくのあいだ、彼は一人っ子だと思っていた。「あら、そうじゃないの[53]」と子供の一人が母の誤りを正した。「学校に行ってる兄さんがいるの、あの子は兄さんを憎んでる」

　こうして回復期が延びたため、ピストル部隊ともっと時間を過ごすという、嬉しい結果になった。その年、ピストル部隊は雑誌を出し始めた。アーサーの秘書がタイプし、モロッコ革だけで装丁された。創刊号の巻頭に、イーヴリンの短篇『ムルタ・ペクーニア〔大金〕』が載った。アーサーは後年、こう認めている。イーヴリンは学校の日課には「一種の投げ遣りな態度」で接する傾向があったが

——アレックとはまったく対照的に——校外では、「ごく幼い頃から、物事を取り仕切る早熟な才能を発揮した」[54]。ピストル部隊と雑誌とは別に、彼は子供部屋で影絵芝居や劇を上演した。その際、自分で脚本を書き、衣裳と舞台装置を作り、将来性のある役者だったフレミング家の子供たちの演技指導をした[55]。さらに特異なのは、イーヴリンがその頃、アーサーによると、「婦人参政権の意気盛んな唱道者」であるのも証明したことだった。彼はボスカースルを訪れた際、女性の投票権を要求する手製のプラカードを持って港を歩いた。また、アンダーヒルでのガーデン・パーティーの最中、客の半分が芝生の庭からいなくなってしまった。彼らは、上階の子供の遊び部屋に押し掛け、次の総選挙までに参政権を拡大する「緊急の要」についてイーヴリンが熱弁を振るっているのに耳を傾けていたのである[56]。

少年の頃のイーヴリンは、手持ち無沙汰になることは滅多になかった。彼が「さまざまなアイディアで溢れていた」ことを父は覚えていた[57]。イーヴリンは時間の多くを、子供部屋の家具と絵を並べ替えたり、素描や油絵を描いたり、生き生きとした光景を日記に記したりして使った——その中に、自分の虫垂切除の血腥い絵がある。彼は母に押さえつけられ、外科医は鋏とナイフを嬉しそうに振り翳し、その間、一人の男（多分、アーサー）が彼の鼠蹊部に鑿《のみ》をぐっと突っ込んでいる。戦闘場面も好きな題材で、表現様式は、さまざまな雑誌や漫画本から借りたものだった。また、石に刻まれた古代の碑文にも魅せられ、大英博物館で書き写した。

彼は挿絵入りの短篇小説を書いたが、それはアーサーが絶えず彼に読ませようとした古典にもとづいているのではなく、『チャムズ』や『ボーイズ・フレンド』のような漫画雑誌にもとづいていた。彼は断続的に日記を書き（しばしば韻文で）、いろいろな物を蒐集した——「コイン、切手、化石、蝶、甲虫、海藻、野草、〝珍奇な物〟一般」[58]。彼は顕微鏡と空気銃を持っていた。そして、十二の時、化学に興味を抱いた。「アルコールランプと試験管とさまざまな瓶を使い、わたしは庭の物置で、まったくでたらめで、かなり危険な〝実験〟をした[59]」。一方、手品に憑かれた彼は、レスター・スクエアの近くの店に足繁く通った。手品の名手の店員は、彼の要望に応えて手品をしてみせるのにじきに飽きてしまった。「わたしも、面喰らわせようと絶えず努めていた〝観客〟にとって、うんざりする人物だったに違いない」と、彼はのちに書いた。「とりわけ、子供のパーティーで時折見た、プロの手品師を真似た滑稽な早口の口上を拵《こしら》えたので[60]」

　彼の想像力と熱意は、即座に、大きく掻き立てられたものだった。そういう訳で、母が「海軍に入るには」という記事を読んでやると、彼は直ちに「陽気な水兵」になろうと決心した。「僕が勇敢な水兵なら／甲板に立つだろう／捕虜を船倉に閉じ込めるだろう／そうして、奴らの船をぶち壊すだろう[61]」

　そうした想像は、彼の年齢の少年のあいだでは、ごく普通のことだった——彼は大方の少年より創意に富んでいたように思える[62]が。もっと目立つのは、彼が十一の時に、アングロ・カトリックに興味を抱き始めたことである。最初、宗教は「学校の仲間たちの小鳥の卵探しや模型列車のような趣味」で、その魅力は「一部は遺伝的で、一部は審美的」だったと、彼は回想している[63]。ミッドサマー・ノートンのおばたちの家に泊まりに行った際は、頻繁に教会に行くのを楽しんだ。とりわけ、日曜日の晩禱に[64]。その教会の高教会派の副牧師は、彼に侍者を務める際の作法を教えた。「聖なる象徴の近くにいる事実、眩《まばゆ》い早朝の静けさ、行われている事柄に密接に関わっているという感覚」を楽しんだのをイーヴリンは覚えていた[65]。アンダーヒルに戻るとイーヴリンは、兵士より天使を描いて母を心配させ始めた。そして十二の時、ベッドの脇に祭壇を作り、燭台と香と、ゴールダーズ・グリーンにある宗教関係の品物を扱う店から買ってきた、白い漆喰の聖人の像を置いた[66]。

幼い頃の彼は、ルーシーと一緒に村の低教会派の教会の早禱に行った。のちには、両親とアレックに同行して、ハムステッド・ガーデン・サバーブの新たに奉堂されたセント・ジュード教会に行った。エドウィン・ラトエンズの建てた最良の教会の一つであるその建物は、高い、鋭い尖塔と、納屋を想わせる広大な屋根とで、周囲の家々を圧倒する意図で設計された。[67]だが、アーサーにとっての遥かに大きな魅力は、演技過剰の教区司祭、バジル・バウチャーだった。彼は俳優兼劇場支配人のアーサー・バウチャーのいとこで、自身、説教壇上で度し難い演技者だった。イーヴリンは後年、『チャールズ・ライダーの学校時代』で、粉飾せずに彼をこう描いている。北の郊外の教会に大勢の会衆を引き寄せる「ウィンペリス神父という名の、まさに瞠目すべき奇人」で、説教壇から笛のような声を出すかと思うと大きく響く声を出し、聖書台と格闘し、国に対し産業平和を求めた。説教が終わると、自分で考え出したちょっとした儀式を演じた。大外衣《コープ》を纏い、法帽《ビレッタ》をかぶり、大きな塩入れなのがわかるものを両手に捧げ、教会の石段に向かって歩いた。「我が信徒よ」とだけ言って、前方に塩を撒いた。「汝らは地の塩なり」[68]

バウチャー自身の詠唱聖餐式では、香煙に満ちた中で、塩を使った同様の即興の儀式が行われた。実際に聖体拝領が行われる際は、電気の赤い十字架が祭壇の上で点された。[69]彼の礼服は通常のものより飾りが多く、その説教は、イーヴリンによると、「劇的で、時事的で、非合理的で、神学的内容はまったくなかった」。そうした説教は、『デイリー・メール』の社説にうってつけだろうとアーサーは言った。そして、アーサーが同紙の社主、ノースクリフ卿と親交があったおかげで、バウチャーの発言は事実、何度も同紙に載った。それは、女を襲った男を鞭打ちにすることや、教会で咳をする者に罰金を科することを要求したり、生体解剖や、動物に苦痛を与える衣服を攻撃したりするものだった。彼の礼拝式に参加するため、ロンドン中から人が大挙して押し寄せた。

イーヴリンは自伝の中で、バウチャーは「まったく途方もない教区司祭」だと言っている。[70] しかし、ヒース・マウント校の教師、オーブリー・エンソーによると、それは「あとになってからの見方」で、少年のイーヴリンは、「セント・ジュード教会とバウチャー師について、ごく真剣に考えていた」。エンソーは、中世の道徳劇『万人』を観に行ったことを回想している。その際バウチャーは「神の声」を演じ（神の台詞のいくつかを忘れた）、イーヴリンは、開いた大きな祈禱書を持って彼の前を歩いた。[71] おそらくイーヴリンが後年信仰を失ったせいで、彼の幼い頃の宗教心の形成におけるセント・ジュード教会とバウチャーの役割について控え目に言われることが多いのだろう、特にイーヴリン自身によって。だが彼でさえ、教区司祭が芝居がかっていたにせよ、礼拝のあいだに「より深い神秘のいくつかを垣間見る」ことができたと認めている。[72] いずれにしてもイーヴリンは、一九一六年六月二十九日にセント・ジュード教会でウィルズデン主教によって堅信の秘跡を受け、翌週、最初の聖体拝領の前に、バウチャーからそれに関する知識伝授を受けた。[73]

イーヴリンの早熟な宗教心は、家族のほかの者とは相容れないものだった。とりわけ、アレックとは。アレックは「宗教を信じることとなしに受け容れて」いて、自分の堅信式を「苦もなく切り抜けられる何か……リストの二番目」と考えていた。[74] 一方、アーサーは一八九〇年代に、ダーウィン的疑念に一時取り憑かれたが、イーヴリンが生まれる頃には、アングロ・カトリックの段階を通り過ぎつつあった。一家がアンダーヒルに移ると、イーヴリンの要求で、アーサーは朝食前に家族と召使を集めて自分がまず祈りの言葉を口にしたが、一九一四年に、「もはや役に立たない」と言って、やめてしまった。[75] アーサーは長年セント・ジュード教会で教会世話役を務めていて、表面的には、キリスト教の道徳律を遵守していたが、イーヴリンは、父が、「何であれ自分の信条のどの要素にも知的な真の確信」を抱いていたかどうか疑った。アーサーはどうやら、バウチャーが説こうとした教義より、礼拝式の際の彼の芝居気たっぷりの所作の方に遥かに関心があったらしい。そして、会衆のあいだで起こるさまざまな出来事にも楽しまされた――彼が以前通っていた教会で、知り合いの事務弁護士が、改悛の情を示す手段として副牧師に鞭で打ってもらった話をとりわけ面白がった。

大人になったイーヴリンが、後年、アーサーの神学的思想の深さに疑問を抱くようになったにせよ、少年の彼の宗教に対する関心が、父に親密な感情を抱くのに役立ったのは、ほぼ間違いない。一九一六年、彼はアーサーの五十回目の誕生日のために、『来世』という詩を書いた。それは、ロングフェローの『ハイアワサ』の韻律で、天国への魂の旅を描いたものである。イーヴリンは後年、それは「嘆かわしく」、「恥ずべき」代物だと一蹴したが、当時はその詩が自慢で、革で装丁したほどだった。アーサーもそれを誇りに思い、友人のケネス・マクマスターへの手紙に、それは「最も素敵な誕生日祝いだと書いた。そして、「十二歳の子供が書いたにしては悪くない」と得意げに言った。[76]

イーヴリンの宗教熱は、宗教以外の面では彼を甘やかした母と時折衝突する原因になった。ある年の四旬節に、ケイトは彼に、お前の「陥りやすい罪」である「毒舌」に気をつけるようにと諭した。彼は初め、納得したように見えたが、すぐ言い返した。「母さん、自分の〝陥りやすい罪〟がなんだか知ってるの」「いいえ、イーヴリン、それは何?」と母は答えた。「カトリックの教義に対する信仰に欠けてること」。あとでそのちょっとした事件をアレックに話しながらケイトは、こう認めた。「もちろん、あの子はまったく正しかった。わたしは信仰に欠けている」[77]

彼女は、イーヴリンが十二くらいの時に、自分は聖職者になりたいと言い、「ある宗教書から長い祈りの言葉を朗読し始めた」時、一層心配した。彼女は少女の頃、継父の牧師生活にすっかり幻滅するようになったので、息子に同じ道を歩ませるのは金輪際嫌だった。それ以降、イーヴリンが夕べの祈りを上げるのを聞くまいとするのが一番いいと心に決めた。[78]

原注

＊1　アーサー・ウォーも奇妙なほど勇敢だった。彼は麻酔用ガスなしで歯を全部抜いてもらうことに固執し、空襲の際に避難することを拒否し、ある晩、庭に侵入者がいると警告された際――それは誤りだったことがわかったが――ステッキを持って一人で庭を歩き回り、こう叫んだ。「出て来い、悪者、わたしにはお前が見える」（『少しばかりの学問』、六七頁）

＊2　アレックによると、その年齢のイーヴリンは、ファーンデン校のスパルタ教育を受けるには「性格があまりに優し過ぎる」とも、ケイトは思っていた（アレック・ウォー著『我が弟イーヴリン』、一六八頁）。

＊3　ウッドは武勇と、見事な口髭を蓄えた風貌を別にすると、おそらく、男らしさを究極的に体現していた人物ではなかったろう。彼はまた、憂鬱症、虚栄心でも知られていたし――彼はメダルの紐の印象を強めるため、黒く縁取らせたと言われていた――滑稽なほど事故に遭いやすかったことでも知られていた。ある時、インドの私設動物園でキリンに乗ろうとして、キリンに鼻を砕かれた。『オックスフォード英国人名辞典』も参照のこと。

＊4　それはイーヴリンの二度目の手術だった。一度目は、赤ん坊の時の包皮切除だった。

第3章 キッチナー卿に仕える

イーヴリンはヒース・マウント校にいて大いに幸福だったものの、二年後にパブリック・スクールに行く準備をするため、一九一四年にファーンデン校に行って寄宿することになっていた。ところが、その年の七月に第一次世界大戦が勃発したので、『デイリー・テレグラフ』は、フリーランスの書評家全員をお払い箱にした。その結果アーサーは、たちどころに収入が半減した。アーサーは友人宛の手紙に書いているように、「冬に備えて一ペニーでも貯金することにし、我が家の素敵な小間使にすぐさま暇を出した」[1]だけではなく、イーヴリンの寄宿学校の学費を払うのはいまや論外だと思い、ヒース・マウント校の学費を払うのでさえ無理だろうと、校長のグレンフェルに警告もした。イーヴリンによると、必要ならばご子息を無料で当校に置いておこうとグレンフェルは返事をした。別の教師[*1]は、グレンフェルが合計額を書かずにこっそり請求書を送ったことを覚えていた――そうすれば、アーサーは小切手にサインする前に、自分で適当と思う額を書くことができる訳である。[2]その後アーサーはイーヴリンに、お前はいまや「面目にかけて模範生でなくてはならない」と重々しく告げた――イーヴリンは、その勧告に従った記憶はなかった。[3]いずれにせよ、財政的にひどいことになるかもしれないというアーサーの恐れは杞憂だったことがわかり、彼はグレンフェルの寛大さに甘える必要はなかった。

イーヴリンは戦争の勃発に興奮し、一家がその年の八月に列車でミッドサマー・ノートンに行った際、信号塔と、幹線の鉄橋を守っている歩哨の数を熱心に数えた。「わたしはモンスからマルヌ川までの退却のあとを追い」と彼はのちに回想している、「多くの血と火薬が飛び散る中でイギリス軍の歩兵隊のあいだに飛び込んでくる、ドイツ軍の騎兵隊の絵を何枚も描いた」(4)。ピストル部隊は、彼らが待ち望んだ戦闘を見る前に解散していたが、彼とフレミング家の子供たちは、赤十字のためにジャムの空き瓶を売ったり、負傷兵のためのスリッパの底にするリノリウムを切ったりして貢献した。アンダーヒルの子供部屋に詰めかけた観衆の前で演じられたクリスマス・ショーや、時局的な事柄を扱った寸劇で、ベルギー救援基金のために三シリング六ペンス集めた(5)。翌一九一五年の夏、フレミング氏は、マックとイーヴリンが陸軍省でメッセンジャーとして働くよう手配した。二人は、書類を一つの部屋から別の部屋へ運ぶのを待ちながら、一人の老兵のいる、煙草の煙臭い穴倉のような小部屋に坐っていた。当時十一歳だったイーヴリンは「キッチナー卿」に仕える決心をしていたが、何度もキッチナーの部屋のドアの前を通ったものの、「卿の御前へ呼ばれることはなかった」。それにもかかわらず、彼はこうした経験に、ぞくぞくした(6)。アンダーヒルでの夜は、ツェッペリン襲来の警戒警報が鳴り出すと、イーヴリンにとって活気づいたものになった。彼は「すぐさまベッドから降ろされ、何物にも拘束されないピクニックを愉しんだ」。イーヴリンはなんの危険も感じなかった。いずれにせよ、危険なのはロンドンのかなり離れた所だった——ウォー一家の一マイル以内には爆弾は落ちなかった。しかし夏の夜には、「集中するサーチライトに捕えられた敵の細い銀の棒」が時折見えた。彼は、「ある素晴らしい機会に」、一機のドイツの飛行機が撃墜され、「明るい炎に包まれて、ゆっくり落ちてゆく」のを見て急いで外に出て、道路脇で歓声を上げている者たちに加わった(7)。

学校でイーヴリンは、日記に書いているように、「ボート、ツェッペリン等」を作り、「それをほかの連中に売って」、さらに戦時基金を集めた[8]。彼はボーイスカウトに加わり、地元の隊の一つの中に「ヒース・マウント巡視隊」を結成し、土曜日の午後、店の地下室でパレードをし、さまざまな戦争ごっこをするためにハムステッド・ヒースに行進した。だが彼らの活動は、ピストル部隊の活動に比べれば退屈だった。もっと活発だったのは、彼が相変わらず学校で仕掛けた喧嘩だった。彼は、そのことを日記に書いている。フレッチャーという少年が、イーヴリンを「愚かな老いぼれ」とくさし、彼に隠れて、イーヴリンはチビで阿呆だと揶揄すると、イーヴリンは「奴を殺す」と宣言した。学校の更衣室の前でフレッチャーを見つけたイーヴリンは、「呼び止めて飛びかかり、殴り倒した。するとフレッチャーは、君を馬鹿だなんて言ったことはないと即座に言った[9]」。

彼の喧嘩好きの気分に別の捌け口を提供したのは、当時国中に蔓延していた反ドイツ感情だった。その結果、ほんの少しでもチュートン的なものを感じさせる人や物――ダックスフントも含めて――は攻撃の対象になりやすかった。このヒステリー状態にたちまち感染したイーヴリンは、一九一四年の秋学期のサッカー試合について、パッペンハイマーという名の少年の下手なポジション・プレー以外、「見事」だったと日記に書いた――「それは、彼があの惨めなドイツ国家の臣民だからだと思う[10]」。王族がその名をサックス＝コーバーグ＝ゴータからウィンザーに変えるずっと前に、数人の少年が、突然イギリス風の名前になってヒース・マウント校にやってきた――「カイザー」という名の少年は、さほど目立たない「キングズリー」という名で再び現われた。イーヴリンは、「わたしたちは彼らを迫害するような真似は一切しなかった」と言っているが、それは証明できないし、信じ難い[11]。だが、いずれにせよ翌年彼は、パッペンハイマーと「［ボクシング用］グローブで」喧嘩の決着をつけることにしたと日記に書いている[12]。

数人の教師が入隊し、生徒たちは早禱の際に涙ながらに彼らを見送った。その際にイーヴリンは、「べそべそ泣いているところを見られまいと、互いの後ろに隠れる者が多くいた」のに気づいた。[13]出征した教師の代わりに入ってきた者の中で、美男子で演劇好きのオーブリー・エンソーが、イーヴリンにきわめて好ましい印象を与えた。エンソーはヒース・マウント校での期間を、「劇作家として一廉《ひとかど》の者になるための手始め」としか見ていなかったと、アレックはのちに言っている[14]――エンソーは、その野心をほとんど実現しなかった。一九二〇年代から四〇年代まで、ロンドンの劇場で上演されたわずかな劇とレヴューの脚本を書いて演出し、登場人物の会話に対する鋭敏な耳を持っていて「性格描写が巧み」だという印象を、批評家に時折与えはしたが。[15]だが「マン」（イーヴリンは彼をそう呼んだ）・エンソーの最大の才能は教室で発揮された。教室では生き生きとしていて、生徒に刺激を与える教師で、当時の流行歌を口ずさみながら教室の中を、よく踊り回った。[16]それとは対照的にエンソーは、どの校長も実際にはパブリック・スクールに入るための共通試験のことしか気にしていない、したがって、「君は生徒を自分の勉強に興味を持たせようとする」などという奇抜なことはしないで、「事実に固執」するようにと年中言われていると不平を洩らした。[17]

コウバーン家と姻戚関係上の遠戚だったエンソーは、すぐにウォー一家の全員と親しくなり、アンダーヒルに、よくやってくるようになった。彼は、とりわけケイトが好きで、「目にユーモアがキラリと光る愛らしい人」だと言った。彼女は当時、ハイゲートの病院に入院している兵士の看護をしていた。イーヴリンも、その「キラリと光る目」を受け継いでいたかもしれないが、エンソーは、「どちらの少年も、彼女のスコットランド人特有のやや控え目な態度の背後にある温かさを持っているようには見えない」ことに気づいた。[18]だが彼は、育《はぐく》むに値する何かをイーヴリンの中に、はっきりと見つけた。イーヴリンは自伝の中で彼の名前を書いてはいないけれども、アレックはのちに、弟の芸術的資質の開花に重要な影響を与え、弟の視野を広げ、「窓を開けて新しい風景を見せ」、とりわけ、弟にサキ・マンローの存在を教えたのは、エンソーだとしている。イーヴリンは、サキの短篇を終生賞讃することになった。エンソーは、十一歳の少年が、「恐ろしい人です、父は。父はキプリングが好きなんです」と言ったので、ちょっとびっくりした。[19]

　二人が親密になるにつれ、イーヴリンはエンソーに、自分は学校を一日休みたい時はいつでも、水銀柱を上げるために体温計の端を舌で揺り動かすと白状した。そして、生徒たちのあいだで「水鼠おじさん《アンクル・ウオーター・ラット》」として知られていた惨めな教師を迫害したり、「通常より不適格な教師が雇われた際」はいつであれ、大目に見てやってもらいたいという校長の要請に抵抗したりして、エンソーに衝撃を与えた。[20] イーヴリンとエンソーの友情は、二人がその学校を去ったずっとあとまで続き、何年もあとで、エンソーはハムステッドのエヴリマン劇場の舞台監督を務めていた時、舞台にできるだけ近い席のマチネーのチケットを、イーヴリンのために手に入れてやった。しかしエンソーは、イーヴリンがほかのヒース・マウント校の教師たちについて小馬鹿にしたことを書いた葉書を送ってきた時はしかつめらしい顔をし*2、戯画の束を受け取った時は、「それを処分した方がいいと感じた」ことを認めた。[21] エンソーはさらに、オールド・ヴィック座のシーズン最後のマチネーで、イーヴリンの喧嘩腰の態度について、改めて思い知らされた。手に入れられた唯一の席は枡席で、彼は、そこにいるほかの観客にひどく腹を立てたらしく、エンソーが最近水疱瘡に罹ったことに言及し続けた。彼は、リリアン・ベイリス〔一九三七年に没したオールド・ヴィック座の支配人。オックスフォード大学から女性として二人目の修士号を授与された〕が大学の角帽とガウンという姿で枡席に入ってくると、やっとその話をやめた。彼は彼女の恰好を見て言葉を失った。[22]

　二人は、断続的にではあれ、イーヴリンが『少しばかりの学問』を書いた時にもちゃんと接触を保っていた。イーヴリンはエンソーに、推敲前の校正刷りを送った。エンソーは、それに注釈を付けた。イーヴリンの天敵セシル・ビートンと非常に親しかったにもかかわらず。エンソーは、一九六〇年代にハリウッドで衣裳デザイナーとして働いていたビートンを助けるため、演劇関係の絵葉書の厖大な蒐集から、適当な見本を送った。イーヴリンとビートンには、ヒース・マウント校で、ほかにも共通の何人かの友人がいた。その中に、やはり演劇ファンで、傷つきやすい教師たちを苛めた際のイーヴリンのいつもの共犯者で、彼の私立探偵事務所ワフルズ社[*3]の「ビジネス・マネージャー」のダドリー・ブラウンがいた[23]。ハムステッドの高級住宅街、ザ・マウントに住んでいた裕福な外科医の息子のブラウンはイーヴリンよりもずっと金持ちで、もっと洗練されていて、贅沢な生活とはどんなものかを、幼い彼に経験させた。イーヴリンは、サッカーの試合中、ブラウンにナニーが付き添い、「ハーフタイムの時に魔法瓶のレモンスカッシュで彼を元気づけた」ことに特に強い印象を受けた。だがのちにブラウンは、自宅で昼食をとったあとでマチネーに行こうとイーヴリンを誘っておきながら、イーヴリンが彼の家にいそいそと行き、チケットは手に入れたかと訊くと、自分がまだ観ていない良いものは実際、何も演《や》っていないとさりげなく言って、イーヴリンを大いにがっかりさせた[24]。ブラウンは、劇のプログラムのアルバムを持っていただけではなく、女優の私生活について驚くほど多くのことを知っているようにも見え、セックスについて広範な知識を持っていたので、ほかの少年たちから一目置かれていた。ビートンは、子供は男が自分の「物」を女の「物」と混ぜることによって作られるとブラウンが小声で言ったことを覚えていた[25]。当時イーヴリンは性的事柄にひどく潔癖だったので、ブラウンに糞尿趣味的五行戯詩《リメリック》を教わった時ショックを受けたが、彼の生殖理論に魅了されもしたのを覚えていた——性行為にではなく。イーヴリンは、ミュリエル・トールボットと秘所を見せ合ったにもかかわらず、性行為についてはまったく無知だったようである。イーヴリンがそのお返しに、アングロ・カトリックにブラウンの関心を惹くことに成功したかどうかは、はっきりしない。いずれにせよ、成人になったブラウンは、最後は放蕩無頼の生活に惹かれ、ビートンによれば、その生活に「ごく自然に」惑溺し、二十二歳で、パリのジャコブ街の家の窓から身を投げて自殺した[26]。イーヴリンによれば、その家は「ある悪名高い男色家の麻薬密売人の家」だった[27]。

ヒース・マウント校でのイーヴリンのもう一人の親友は、アーネスト・フーパーだった。イーヴリンは、彼と一緒に、公式の校内雑誌とは別の雑誌（挿絵入り）を編集した。「本当の話、今学期が始まると、物事は活気づくだろう」とイーヴリンは、一九一六年の年明け早々、日記に書いた。「今学期が僕の最後の学期だと思うから、大騒動を起こすつもりだ。因習の城壁を打ち砕く僕らの最初の砲弾は、『シニック』だ。これまでに出た雑誌で一番豪華な雑誌だ[28]」。誌名の下に、こういう文句が付されていた。「シニカルだが安っぽくはない。適度に刺激的。過度に煽情的」。その雑誌は、アーサーの秘書によってタイプされ、コピーが作られ、その論説でイーヴリンは、競争相手の雑誌での教師たちの努力について「助けになる」意見を進んで書き、「彼らがもう少し経験を積めば、そう恥ずかしくはない小雑誌が出せるだろう」と、高飛車に予言した。その教師の一人、ヒンチクリフ氏は『シニック』を売ることを禁じたが、イーヴリンが嬉しそうに記しているように、創刊号は売り切れ、印刷費用を賄うことができ、軍資金として半クラウン残った[29]。その後数週間にさらに四号発行され、イーヴリンを文学活動に向かわせることになる衝動の、一層の要因になった――それは当時、もっぱら教師と仲間の生徒をからかうことに関わっていたが。その生徒の中心は、不運なセシル・ビートンだった。（大人になったイーヴリンは、そうしたからかいを「シニカルというより軽薄だった」と一蹴し、「理解できる数少ないジョークは、ひどく貧弱だった」と認めている[30]。）

こうしたさまざまな活動にもかかわらず、父がそれに、兄のアレックの活動に対するような関心を示すことが決してなかったのは、イーヴリンには手に取るようにわかった。アーサーは、アレックのシャーボーン校での素晴らしい成果に（一九一一年以来の）、偏執的とも言える関心を寄せ、アレグザンダー・ウォーの言葉では、アレックからの手紙を、「十代の恋人のように、わくわくしながら」[31]待った。アーサーは友人のケネス・マクマスターに、自分は「現世の望みを彼に託している、そうして人は、自分の野心を若く新鮮に保つ何かを持たなくてはならない」と言った。「したがって、アレックの人生が、わたしの想像力の中であまりに大きくなってしまったのは疑いない。でも、わたしは、自分が成し遂げるのを諦めざるを得なかった事柄のいくつかを、彼が成し遂げるのを見たいのだ[32]」

アーサーは、アレックが昔の自分とちょうど同じように、学校の上級生詩作賞を獲得した時、大いに喜びはしたが、アレックがスポーツの面で大活躍したことに、もっと大きな満足感を覚えた。アーサー自身はスポーツの面では恥ずかしいほど劣っていたが、そのことは、弱い胸と弱い視力のせいでいや増した。いまやアーサーは、シャーボーン校での自分の生活（不名誉なものではあったが）を、運動が得意で社交的な息子を通して再び送る機会を得て、学校の名簿の写しを持ち歩き、アレックの最新の業績を書き入れ、アレックが気に入っている教師と生徒の名前に下線を引いた。

そうした人物と彼らの癖は、ヒース・マウント校の少年たちと同じくらい、イーヴリンにはお馴染みの存在になり[33]、アレックに関するすべての人物と事柄がアンダーヒルで派手に祝われたことは、自分は除け者だというイーヴリンの感情を強めただけだった。事実、当時自分は、単に疎外されているだけではなく、軽蔑されてもいると感じたと、彼は言った。あるいは一九一四年、十一歳の時、フレミング夫人に、そう話した。その際、彼は山高帽をかぶってフレミング夫人を訪ねた。「これは最初、父のものだったんです」と説明した。「それからアレックのものになり、今は僕のものなんです。実際、これは僕を憎んでいる代々の者からのお下がりなんです」。アーサーはその話を聞かされると、それはイーヴリンの「毒舌」のもう一つの例だと見なした。アーサーの苛立ちは、フレミング夫人が、あなたはイーヴリンによい父ではなかった、イーヴリンはあなたが怖いと言っている、あなたの前だと最悪の状態になるとも言っていると「心から」付け加えた時、一層募った。「明るいニュースだ!!」とアーサーは、その一部始終をアレックに伝えた時に書いた。

　アーサーとアレックの異常な絆は、アレックの寮監《ハウス・マスター》が、あなたの息子さんは、マスターベーションをし過ぎることで悩んでいるとアーサーに告げた、その年に証明された——自分の欲情は、とアレックはのちに記している——「ソファーの上で抱擁している男女の二つの官能的な描写」以外の煽情的な何物も含んでいない小説によって燃え立った。*4「我が親愛なる息子よ」とアーサーは手紙に書いた。「秘密ほど、魂を蝕み、腐らせるものはないということを、わたしは経験上知っている。いまやお前は、わたしが知っているのを知ったので、この問題について、わたしたち二人が一緒に闘うと感じてよい——一心同体の、わたしたち二人が」。同じような調子でさらに数頁続けながら、彼はアレックに、恒常的な「自瀆」は「心身の衰弱……脳の麻痺と軟化」に至り、「虚弱な佝僂《くる》病の子供」が生まれるおそれがある、ともかく子供を作ることができるなら、と警告した。「例えば今土曜の夜で、その考えがお前を襲うとしよう」とアーサーは言った。「その考えを直ちに追い出すのだ。クリケットか日中の試合、来週編成されるチームのことを考えるのだ」。読書についてだが、お前は、スウィンバーンは避けるべきだ、彼は「自瀆の犠牲者（一度お前に言ったように）」で、したがって「非常に健全な伴侶」ではない、とアーサーはアレックに言った。「煽情的な絵や、暗示的な詩の一行ほど情念を燃え立たせるものはない。もっと男性的な詩人に集中し、教室を出たら心ゆくまで試合について考えるようにするのだ。もしお前が体を支配していなければ、レギュラー選手にはなれないだろう。誘惑を退ける絶えざる努力によって肉体を鍛え、魂の残酷な女主人ではなく小間使にするのだ」。彼はアレックに、こう請け合った。「お前のすべての努力において、お前の闘いにおいて、お前の挫折において、お前のやり直しにおいて、人生を一つの絶え間ない戦場にするすべてのものにおいて、お前の傍らに、ともかく一人の仲間の兵士がいるのだ。すべてのお前の戦いをすでに経験し、一切を知り尽くしている仲間の兵士がいるのだ[34]」

アーサーが長男を溺愛していることに、アレックの学校の校長は気づかずにはいなかった。そして、あなたはお子さんを駄目にし、利己的にしていると言ってアーサーを咎めた。チャップマン&ホールでは、社員はやや皮肉な口調で、「今朝はアレックお坊ちゃまはいかがですか?」と訊いたものだった。

アーサーは長男を偏愛した結果、シャーボーン校に改めて愛情を抱くようになった。それは、かつて惨めな生徒として同校に抱いていた感情を遥かに超えたものだった。アーサーは、「それは賢明ではないほど頻繁だった」と、のちに認めたが、仕事が終わると毎週金曜日の夕方、列車でシャーボーン校に行き、週末はディグビー・ホテルに泊まり(そのホテルは、のちに校舎になった)、アレックとその友人をもてなし、土曜日の午後は校内試合を観戦し、日曜日の朝は礼拝堂に行った[35]。ケイトもしばしば夫に同行したが、現存する手紙から、彼女も長男の学校生活にアーサーに劣らぬくらい取り憑かれるようになったことが窺われる[36]。アレックが一九一五年にクリケットのレギュラー選手になった時、ケイトは彼に手紙を書いた。「千回、おめでとう! 本当とは思えないほど素晴らしい。わたしたちは、お前が、あの青と金のリボンを着けるのをなんと見たかったことでしょう、そうして今、お前はそうするのです……わたしはとても、とても幸せ[37]」

イーヴリンは、家族のほかの者が、アレックはなんと素敵な時をシャーボーン校で送っているのかと話すのを聴いていたので、当然ながら、どうしても自分もそこに行きたくなった。そこで一九一六年十月のある晩、父に言った。「ねえ、フーパーは夏学期にシャーボーン校に行くんだ。僕もそこにやれるよう、頑張って『フォートナイトリー』にいくつか文を書いてくれない？」アーサーはアレックに語った。「一月に百四十二ポンドの所得税を払えという課税額の査定がその日の朝来たが、七月にはもっと来るんだ。わたしは机の前で、ちょうど八時間働いた――ドイツと東洋に関する本を書評し、わたしの次の今週の本――ロシアの魂のためのメモを作り、メイズ*5も読み、ぐったり疲れていた。その屈辱は、忍耐の限界を超えるものに感じた！」(38)

だが、イーヴリンが兄のあとを追ってシャーボーン校に入るのに障害になったのは、アーサーのイーヴリンに対する苛立ちでも金の心配でもなく、むしろ、アレックが学校の数人の下級生とロマンチックな関係になったことに関するスキャンダルだった（それについてイーヴリンは、何年もあとにアレックの自伝を読むまで知らなかったと言っている）(39)――それと、アレックがその経験についてその後書いた小説『青春の機《はた》』だった。

一九一五年の初め、こうした「情事」の真っ只中で、アレックは友人に書いた。「僕はデイヴィスにキスするのに決して飽きないだろう*6――彼は可愛い。彼は今、書斎で自習しているので、彼に実に何度も会う。でも、彼は今学期で去る、おお、涙の泉《ラクリマルム・フォンス》、彼がいないとひどく淋しくなる」(40)。のちのある時、彼は思い返している。「こうした恋は、それが続いているあいだは大変な情熱だ。狂っていて儚《はかな》く、自らの火で燃え尽きてしまう。三年前に、自分がシモンズを恋しているとわかった時に知ったのと同じ恍惚感を再び味わうことがあるかどうか疑わしい……少年に対する少年の恋は、人生で最も美しいものの一つだと思う(41)」。デイヴィスとの情事は一九一五年の夏までずっと続き、アレックは彼だけを恋していたと主張しているが、学期が終わる数週間前に、別の少年、マーヴィン・レントンと、詳《つまび》らかにされてはいないが、明らかに不名誉な状況に巻き込まれた。校長はアーサーに、二人が何をしていたかについて、「正確な詳細」は省いて手紙を書き、アレックはいまや、最終学年を過ごすためにシャーボーンに戻ってはこられないと告げた。その手紙に打ちのめされたアーサーは、お前の受けた恥辱を「絶対口外しないように」とアレックに命じた。「わたしの知る限り、そうしたことがウォー一族の誰かの身に起こったのを知ったのは、今度が初めてだ。チーフ「シャーボーン校の校長」と、母さんと、お前と、わたし以外の誰にも知られたくない。わたしたちが、それに耐えねばならないだけで十分だ[42]」

言うまでもなく、アーサーは自伝でこのことをうまく誤魔化しているが、当時は、それは二人の関係を緊張したものには、まったくしなかった。アレックの屈辱は、父と息子をそれまで以上に親密にしたように思われた。「親愛なる息子よ」とアーサーは手紙に書いた。「わたしとお前のあいだには、単なる物質的世界を超える、ある霊的関係があるのを確信している」。その後の手紙では、アレックが教師と生徒の多くから避けられていることがわかったあと、アーサーは彼に書いた。「息子の両手を刺し貫いている釘は、父の両手にも依然として打ち込まれている」

ケイトも、いまやアレックを前にもまして崇拝しているように見えた。彼がシャーボーン校での生活を、寮対抗クリケット・カップの決勝で勝利に貢献して誇らかに終えると、彼女は感情を抑えることができなかった。「嬉しい、嬉しい、嬉しい！　フレー！　フレー！　フレー！　あれは至難の技！　そして、あなたの七十七点、それは大したスコア！　わたしは、あなたがあのカップを獲得したので、心底《しんそこ》喜んでいます。歓喜で狂いそうになりました……わたしの歓喜は口では言えないほどです。わたしは、あなたにああいう具合に終わってもらいたかった、そしてあなたは、それをやり遂げた!!　あなたがわたしに与えてくれた誇りと喜びに感謝感激よ、アレック坊や。あなたがどこにいても正々堂々と試合をし、いざという時には大いに気勢をあげて下さいね[43]」

アレックはシャーボーン校を去ると、将校になる訓練を受け、最終的には塹壕行きになる運命だった――それがどれほど危険かをウォー一家は、ケイトの弟、バセット・レイバンの死によって、間もなく残酷なほど思い知らされた。彼は、待避壕の入口で幕僚たちと話し合っている時に落ちた砲弾が炸裂し、戦死したのである。アレックは、自分の人生もすぐに終わりになるかもしれないのを意識し、その冬なんとか時間を見つけ、小説『青春の機』を書いた。それは一九一五年のクリスマス直後に書き始められ、驚くべきことに、七週間半で書き上げられた。毎朝四時半に起き、日中のパレードのあと、夜に原稿に戻り、書き上げた部分をアーサーに郵送した。

その小説を半分ほど読んだアーサーは、「お前の語り口が示す巧みさに驚いた」と言ったが、それを出版するのは賢明かどうか疑った。その小説は、あからさまに自伝的で、シャーボーン校でのアレックの同級生と教師たちについてのあけすけな描写を含んでいたし、当時としてはショッキングなことと見なされていた男子生徒の同性愛に言及していたからである。アーサーは、その小説が「至る所に敵を作る」のではないかと恐れ、「お前もわたしも二度とシャーボーン校には行かれないだろうし、イーヴリンをそこに送るという考えも一切終わりになるだろう(44)」と言った。

それにもかかわらず、アレックは一九一七年一月に、自分の本を出してくれる出版社を見つけた。アーサーは、十八歳で小説を出してもらえることになったのは「偉業」だと息子を褒めたが、「自分は鬩《せめ》ぎ合う感情に満たされている」ことを認めた。そして、「もちろん、それはイーヴリンがシャーボーニアンになれないことを意味する」と書いた。「次にどうすべきか、わたしにはわからないが、お前が実際に契約書を受け取ったら、わたしはチーフに手紙を書こう。多分、彼は助言してくれるだろう。わたしは目下、どうしてよいのかわからない。しかし、わたしはイーヴリンをシャーボーンにやるのは当を得たことかどうか、かねてから非常に迷っていたのを思い出さねばならない。わたししたちは、自分たちすべてにとって良い賢明な決断が下せるのを希望し、信じている」[45]
『青春の機』の出版がその年の春に迫っていたので、アーサーはチーフと昼食を共にする手配をした。その席で、アーサーの自伝によると、アーサーがイーヴリンのためにほかの学校を探さねばならないということで、二人は合意した。イーヴリンをウェストミンスター校あるいはセント・ポール校のようなロンドンの学校にやりたいというケイトの希望を無視して、アーサーはサセックス州にあるランシング校を選んだ。それは、「サウス・ダウンズにある宗教色の濃い小さなパブリック・スクール」で、イーヴリンはのちに『衰亡』のラナバ・カースル校のモデルにした。

アーサーの場合非常によくあることだが、「最低限の考慮」で決断を下した、とイーヴリンは回想している。彼の口調には、父の「即座の選択」に対する恨みが現われていた。アーサーはランシング校と一族の繋がりを主張することはできず、同校を訪問さえしなかった。だが、ランシング校の高教会派の伝統は、「教会好きの少年」を自認し、聖職者になることを志望していると自ら言っている少年にはうってつけだろうと考えた。[46] アーサーは、ランシング校の日に二回の義務的な礼拝堂での礼拝に伴う、手順の定められた典礼の儀式は、イーヴリンの宗教的信念の「最上のテスト」になるだろうと考えた。[47]

原注

＊1　オーブリー・エンソー。本書六〇頁と六六頁を参照のこと。

＊2　エンソーは、こう回想している――
「学校の休暇中に、次のような会話が交わされた。

わたし―『イーヴリン、あんな葉書をまた送ってきたら、その写しを君の学校の校長と、君のお父さんに送るよ』

イーヴリン―『マン、あんたは、そんなことはしないさ』

わたし―『もう一枚、ああいう葉書を寄越してみ給え、どうなるかね』

わたしは、そういう葉書を二度と貰わなかった」

＊3　イーヴリンの綽名の一つ。彼はそれが広く使われるのを許さなかったが。彼は、ある日の日記に書いている。「ロスティルが［更衣室に］入ってきて、洗面台の縁に挑発的な態度で坐り、わたしを〝ワフルズ〟と呼び始めた。崩した形のわたしの名前を使うのをやめなければ、お前を懲らしめなければならないと、わたしは告げた。自分の方がわたしより大きいのを知っていた彼は、依然としてその名前を使うのをやめなかったので、わたしは百倍にして、その約束を果たした」（一九一六年、復活祭学期。『イーヴリン・ウォーの日記』［以降*EWD*］、八～九頁）

＊4　その小説はフランク・ダンビーの書いた『危険に晒されたジョーゼフ』（メシューイン、一九一二年）だった。

＊5　S・P・B・メイズ（一八八五～一九七五）は、シャーボーン校でアレック・ウォーが教わった、生徒を鼓舞した英語教師で、『青春の機』に「フェラーズ」として登場する。メイズは同書の執筆と出版で大いに助けた。メイズ自身多作の著者で、生涯で二百冊の本を書いた。また、初期の有名なブロードキャスターで、その驚くべき仕事のスピードは双極性障害〔鬱状態と躁状態を繰り返す精神疾患〕によるものだったが、彼が八十に近くなるまで、そう診断されなかった。晩年彼は、請求書の支払いをアレックに頼むまでに零落した。そして、アレックが『青春の機』の本当の著者では「**ない**」ということを、アレックに強く思い出させた。

＊6　ウィリアム・ウキー・ノーサム・デイヴィスは、シャーボーン校ではデイヴィー弟《マイ》として知られていた。同校に兄がいたからである。

第4章 イートン校より劣る所

アーサーは夏学期にシャーボーン校に入ったので、学年の途中から新しい学校に行くのはいかに難しいかを十分に承知していた。だが、しなければならないことは、さっさと済ませてしまおうという生来の性急さは、次男を、まさに同じ目に遭わせることになった――「わたしはランシング校の最初の学期で、苦い、避け難い孤独」を味わう羽目になった、とイーヴリンは回想している[1]。イーヴリンは、五月の、ある鬱陶しくじめじめした朝、初めてそこに連れて行かれた。列車でロンドンから南の海岸に沿ってショーラムに行き、そこから最後の一マイルをタクシーで行くと、サウス・ダウンズの荒涼とした山脚に建っている、厳《いか》めしい燧石《すいせき》造りの建物群に着いた。そこから灰色の英仏海峡が見渡せた。新しい人生に乗り出すので興奮し、父とは「心の痛み」も感じずに別れたと、彼はのちに言っている[2]。彼が当時の辛い状況をどう見ていたのかを示す別の証拠は、懐中カレンダーの、その日の頁に彼が描いた黒い鎖の縁取りである。

一八四八年に創設されたランシング校は、トラクト運動支持者〔カトリックの復興を提唱した〕の聖職者、ナサニエル・ウダードによって建てられた学校の最初のものだった。彼は、国になおざりにされていると感じた中産階級のために、健全な英国国教会の教育を提供する一群のパブリック・スクールを作るという仕事を自らに課した。各学校は、かなり大雑把に等級分けされ、英国の階級制度の特異性を反映していた。豊かな学校が貧しい学校を援助するというのが、その理念だった。

ウダードは、そうしたすべての学校の中で、ランシング校を最も裕福で、最も社会的に地位の高いものと考えていて、零落した貴族の息子と、聖職者およびその他の財力が乏しい紳士階級の息子のためのものにするつもりだった。ハーストピアポイント校は、ウダードが初めの頃に作った別の学校で、商人、農場主、事務員の息子を対象にしていて、アーディングリー校は、小規模な農場主、機械工、店主の息子向けだったと思われる。

ランシング校は、見た目が確かに堂々としていた。未完成だったものの、その壮大な礼拝堂は、すでにイギリスの教会建築で四番目に高いものだった。イーヴリンの目には、宗教改革後のイギリスの最も壮麗な教会に映った――それは地元では、ダウンズの大聖堂として知られていた。さらに、ランシング校の試合日リストには、イートン校、ウィンチェスター校、ウェストミンスター校との試合が予定されていて、同校の卒業生は、新たに設立されたパブリック・スクール・クラブの会員になることができた。それは、古いパブリック・スクールが、ランシング校を自分たちの仲間と見なし始めた証拠だった。[3]

だが、ランシング校は、いまだに快適とはとても言えなかった。イーヴリンと同じ頃に同校にいた一人は、生徒たちは「窓は開いたままで、最小限の夜具しかなく、六時半に起床すると冷水浴をするという、石造りの寄宿舎で寝た」と回想している。[4] そしてランシング校は、創設者が思い描いたような社会的名声を博することは決してなかった。同校の在学生名簿には貴族の息子たちの名はほとんどなく、同校は、社会的にも学問的にもシャーボーン校には及ばないことを、イーヴリンははっきりと感じた。ランシング校が劣っているという彼の感覚は、家でシャーボーン校について際限もなく話されるということによってだけではなく、ランシング校の校長のヘンリー・ボウルビー師が、イーヴリンが回想しているように、「ランシング校はイートン校より重要な所ではないという見解（それには誰もが同意した）を隠すことがなかった」[5]（少々無用なことだったが）ことでも一層強まった。

かつてアーサーと同じ頃オックスフォードにいたボウルビーは、チャーターハウス・コレッジの奨学生だった。そして、一九〇九年にランシング校に移ってくるまで、イートン校で寮監《ハウス・マスター》を務めていた。イーヴリンの友人のロジャー・フルフォードは、ボウルビーを「偉大な校長」と評した。[6] 確かに戦前は、彼は一連の目覚ましい建て替え、増築、改良をしてランシング校の建物を完璧なものにし、生徒の数を二倍にし、イギリスのパブリック・スクールで同校の第二級の地位を確固としたものにした。そのうえ、イートン校でハウス・マスターとして手腕を発揮したという評判は、イートン校に行ったかもしれないかなりの数の次男を、ランシング校にやってこさせた。

しかしイーヴリンがランシング校に来るまでには、ボウルビーは、かなり遠い存在になっていた。同校の歴史を書いた者によると、彼はその時までには、かつての教え子の非常に多くの者同様、自分の息子たちも戦っていた戦争のあいだ、学校を経営する心労で「疲れた病人」になっていた。[7] 一方、妻は、イーヴリンが回想するところでは「親切で愚かな女で、社交上の失策をする、奇妙な性癖があった」[8]。ある時、礼拝堂に懸けてある戦死した卒業生の写真の前を通りながら、彼女は言った。「あら、二列目が張り出されるなんて素敵じゃない！」[9]

イーヴリンが自伝の中で描いている校長は、とりわけ好意的なものではなく、例えば、「不作の年」にオックスフォード大学の障害物競走の代表選手になったと記している――ところが実際は、四年連続オックスフォードの障害物競走の代表選手で、〈オックスフォード・ユニオン・アスレティック・クラブ〉の会長だった。[10] ボウルビーは、校長時代にはびっこを引きながら歩いていたものの、依然として背が高く痩せていて、「大変な男前」だったと、イーヴリンは認めている。「ただし、身を切るような風が当たって彼の細い鼻を赤くしない時は」。イーヴリンによると、校長は、学校の教師をしているよりも、父親のように主教になることの方に関心があったが、その野心は、「[イートン校で]有名な父親たちに取り入り、美人の母親や姉といちゃついた」ために潰えた。[11]

　おそらく、もっと大きな障害は、ボウルビーがチチェスターの主教座聖堂参事会員だった時に、列車の中で四人の小さな少女に淫らな行為をした廉で告発され、釈放されたという、何年か後の一九二九年に広く報じられた事件だった。彼自身の話では、「寒くはないかね、と訊いて」少女たちの素足に触ったのだ。[12]その裁判が新聞で報じられていた時、イーヴリンの学校時代の古い友人がアンダーヒルに昼食にやってきて、以前の校長を非難していた最中、アーサーが突然口を挟んだ。「神の恩寵がなければ、ああなるのはアーサー・ウォーさ！」[13]この謎めいた――そしてイーヴリンにとっては、おそらくかなりばつの悪い――言葉は、自分も時折、誘惑に負けそうになることを、アーサー流に率直に認めたものだろう。二年前、彼は聖職者の友人に、こう告白した。リューマチの治療で、「瞳が黒く、巻き毛で、華奢で、愛想の良い、二十三くらいのうら若き妖精のような女」が、わたしの「後部」をマッサージしていた。その娘は、ズボンを脱ぐよう彼に言ったあと、「繊細な指を謎めいた恰好で振り、わたしの体を、きわめて非難すべきやり方で自由に扱い始めた……それは、かつて味わったことのないほどのきわめて深い恍惚感だったが、それ以来、良心にひどく苦しめられている」[14][*1]。

　一方、ランシング校では、イーヴリンはボウルビーの住む寮、校長寮《ヘッズ》に入ることになった。それは、学校で最も名誉なことと考えられていた。時折、校長は各寮を回って、生徒たちに義務的にちょっとした話をした。[*2]寮の毎日の運営は、寮教師《ハウス・チューター》のディック・ハリスに任されていた。彼は心優しい青年で、新しく入った生徒にとりわけ親切だった。イーヴリンの記憶では、最初の学期に経験した「ほんのわずかな幸福」は「すべて」ハリスのおかげだった。[15] そのほかの点では、彼は苦痛なほど孤独な時間を過ごした。その間、校長寮で付き合うことを許されている唯一の生徒は、もう一人の「新入り」、ロジャー・フルフォードで、彼はフルフォードと一緒に「新入り用テーブル」の席に坐らねばならなかった。そして、ハウス・ルーム〔授業のない時に生徒が過ごす、寮の中心的な部屋〕ではほかの生徒に、まったく無視された。

二人のために、最初の三週間、ランシングの奇妙なルールと儀式を教えることを、一人の下級生が命じられた——誰が、どの芝生のどの箇所を歩いてよいのか。誰が誰と腕を組んでよいのか。いつ生徒は両手をズボンのポケットに突っ込んでよいのか（それは、二年目に許可された——その際、上着は裾を持ち上げるだけで、後ろに引いてはいけなかった）等々。

学期の三回目の日曜日に、新入りはテーブルの上に立って歌を歌うことを求められた。アーサーは、「女房は田舎に行っちゃった、万才《フレー》！ 万才《フレー》！」を歌ったらどうかと提案した。イーヴリンはなかなかうまく歌い、よくあることなのだが、本や献金箱を投げつけられるということはなかった。[16] だが、総じて、彼はあまり好かれなかった。最初の二学期間、「ひどく嫌なチビ」として片付けられた。[17] 最初に経験したキリスト昇天日の休日は、とりわけ惨めなものだった。生徒は全員ちりぢりになったが、イーヴリンは一緒に外出する友人がいなかったので、がらんとした学校の敷地をぶらぶら歩いて一日を潰した。「イーヴリンは食《は》み出し者ではないかと、心配だ」とアレックは当時、友人に書き送った。「[彼は]ランシングを憎んでいる。それではいけない。少年は自分の学校が好きになるべきだ」[18]

イーヴリンの友人のフルフォードはのちに、彼は「あまりに独立心が強く、他人の妙な癖にひどく敏感で、それについてあれこれ言った」のを思い起こしている[19]——そのどの資質も、新入りの場合、歓迎されなかった。イーヴリンは、のちに思い起こしているように、これまで「自分を好いてくれるように思える者にしか」会わなかったので、自分に対する周囲の敵意をなおさら強く感じた。「わたしは、誰もがわたしを一目見て（あるいは親しく付き合って）好きになる訳ではないことを経験から学んだ」と彼は書いた。「だが、それでもわたしは、人に拒絶されることに少々驚いた。幸福な子供時代が培う自信とは、そんなものなのである」[20]

ランシング校での孤立感は、潔癖症によって一層募った。彼は特に、ランシング校の、蓋のない排水溝の上に便器を置いた、ドアのない便所、「木立《グローヴズ》」に、ぞっとさせられた。大抵の生徒は朝食後、ペアで便所に行くことになっていたが、イーヴリンは授業中に、罰としてラテン語かギリシャ語の詩を二十五行筆写するという犠牲を払って、一人で便所に行った。彼はまた、スポーツ（「クラブズ〔サッカー、ラグビー、クリケット等の午後に行われるスポーツに対する、ランシング校独特の用語〕」）のあとで皆と一緒に入る生温《ぬる》い、泥で汚れた風呂と最悪の戦時中の食べ物にも嫌悪感を覚えた。その結果、人生で初めて本当の飢えを経験した。

彼は、あまり頭の良くない生徒の予習を手伝うのを、それは不正だという理由で断ったことで、友人が出来なかった。また、総じて人と摩擦を起こしやすいことも、その一因だった。「哀れなイーヴリンは、学校でまた問題を起こしました。それも、あの子の例の無思慮な物言いのせい」とケイトはアレックに話した。「多分、いつかあの子は悟るでしょう」[21]。アーサーからイーヴリンに来た手紙を、ハウス・ルームの責任者の生徒は軽蔑したように溜め息をつきながら投げて寄越した——「またもウォーへの手紙だ！」。その結果、イーヴリンはアーサーに、手紙をそれほど頻繁に書かないように頼んだ。手紙は非常な慰めだったけれども[22]。ランシング校は宗教を尊重していたので、聖体拝領の信経《クレド》の「そして、肉体を与えられた《トゥ・インカルナートゥス》」のところで、彼が慣習に反して跪いても滅多にからかわれなかった。ほかの誰もが祈りを終えても、長いあいだ彼がベッドの脇に「祈りに浸った」ままでいるという習慣は奇異に思われたけれども。

彼の目立ったいくつもの奇行は、ほかの生徒から距離を置きたいという願望を示唆していた。だが、のちに彼は、それは必ずしも事実ではないと言っている。「わたしは、ほかの生徒を賞讃してはいなかった」と自伝に書いている。「わたしは彼らのようにはなりたくなかった。しかし、矛盾した話だが、彼らの一人になりたかった。わたしは抜きん出ようという望みはなかった。ましてや、指導しようなどという望みは。わたしは、ただ自分のままでいて、しかも、その忌むべき群衆の一人として受け容れられたかった[23]」

日曜日の午後は、殊に侘《わび》しかった。ハウス・ルームが二時間立入禁止になり、生徒たちは麦藁帽をかぶり、黒い上着を着て、ダウンズにやらされた。「わたしは、独りで歩くか、ほかの寮でやはり不人気な生徒と待ち合わせて行くかせざるを得なかった[24]」。彼は孤独からの逃避を、教室、学校の図書館(「図書館特権」を貰うまでは、日曜の晩にしか図書館に行けなかった)、礼拝堂に求めた。礼拝は毎朝と毎夕に行われ、日曜日には三度行われた。その際、その週に戦死した卒業生の名前が読み上げられた。その陰気な儀式は、その年の夏アレックが西部戦線に送られたあと、とりわけイーヴリンの胸を打つものになった。

最初の夏休みは、イーヴリンに関する限り、来るのが早過ぎることはなかった。そして夏休みが近づくと、彼はポケットに入れていたカレンダーの日付に熱心に印を付けた。だが、生徒たちのトランクが寄宿舎に現われ、家に帰ろうとしていたまさにその時、彼はおたふく風邪に罹り、夏休みの最初の二週間を学校の療養所で過ごす羽目になった――その外出禁止命令は「耐え難い打撃」だったと回想している[25]。

いまやかつてないほどホームシックに罹っていた彼は、『青春の機』を読んで隔離期間を過ごしたが、仲間の患者たちにその本を見せるのを拒んだ。[26] やっとアンダーヒルに戻るのを許される頃には、両親はアレックの身の上の方を遥かに心配していた。アレックは、フランスに送られるところだった（七月末に）——そして、そのままパッセンダーレの戦いに参加することになっていた。パッセンダーレでは、彼の中隊の兵科将校の七人のうち三人が戦死することになる。

依然として熾烈な戦闘が続いていたあいだに、『青春の機』のべた褒めの書評がいくつかの新聞に載り、同書はたちまちベストセラーになり、六十年前の『トム・ブラウンの学校生活』の場合同様、大変な話題になった。アーサーはその成功に喜んだものの、同書が自分の母校に対する攻撃と見られていることに狼狽した。アレックは、そのことを否定する手紙を塹壕から書き送ったが、学内雑誌は、それを載せるのを拒んだ。今度は、アレックが同窓会から脱会するのを拒むと、彼の名前は卒業生名簿からあっさりと削られた。するとアーサーは、「息子を支え、息子に従って追放される」ほかはないと感じた。[27] 一方、イーヴリンはおばの家に滞在するよう、ミッドサマーにやられた。彼はパブリック・スクールで最初の学期を過ごして「とても良くなった」と、おばたちは思った。「あの子は申し分ありません」と、コニーおばは書いた。「大層明るく、わたしたちがしてもらいたいことを、なんでもすぐにしてくれ、わたしたちがしてあげようとする、どんなちょっとした楽しいことにも喜びます。あの子は昔ほど皮肉屋ではないと思います。わたしたちは、みんな大変幸せです」

イーヴリンは、再びランシング校に戻って、惨めなほど寒くて雨がちの秋学期を過ごしたが（その間、自分を学校から連れ戻してくれとアーサーに頼んだ）、次の休暇に家に帰ると、家に新しい人物がいた。アレックが、二年間断続的に求愛していたあと婚約した、バーバラ・ジェイコブズである。彼女はアーサーの友人、W・W・ジェイコブズの娘だった。彼は気難しいので有名なユーモリストで『猿の足』の著者で、ラドヤード・キプリングを除いて、当時のどんなイギリスの作家よりも稼いでいると言われていた。バーバラは、リージェント・パークにあるベドフォード・コレッジでの一連の講義に出ているあいだ、ウォー家に泊まっていた。そして、イーヴリンより三つ近く年上だったが、二人はすぐに意気投合した。次の二年間、彼女とその家族は、イーヴリンの休暇中のお気に入りの仲間として、フレミング一家に取って代わることになる。彼は、バーカムステッドにあるジェイコブズ家によく行った。同家にいたバーバラの弟は、グレアム・グリーンの父が校長をしていた学校に通っていた。

バーカムステッドについてのイーヴリンの最も鮮明な記憶は、子供たちがジェイコブズ家の回廊のある音楽室でしたゲームだった。ゲーム中に彼とバーバラの妹のリネッドはお互いを捜し合い、「年下の子たちが〝逮捕と逃亡〟で興奮して金切り声を出しているあいだ、黙ってしがみつき合い、一緒に転がった。わたしたちは、争っているふりをした。キスはせず、しっかり抱き合う恍惚の数分を味わっただけだった。わたしたちは、自分たちの親密さを決して口には出さなかった。しかし、ゲームが終わり、明かりが点くと、共犯者めいた表情でちらりと互いの目を見交わした。そして、〝暗闇ゲーム〟をしようと言い出したのは、いつも彼女かわたしだった」[28]。二人の親しさは、アレックに気づかれずにはいなかった。アレックは一九一九年一月、友人のヒュー・マッキントッシュに話した。「イーヴリンは大分色気づいたと、残念ながら言わなくてはいけない。[彼は]バーバラの妹を愛している。器量よしの娘で、日中、二人が手を繋いでいるのが時々見かけられる」[29]

一方、バーバラに惹かれたのは純粋にプラトニックなものだった――あるいは、そうイーヴリンは主張した。彼は、彼女の育ちと、反抗的で不可知論的な信念に興味をそそられた。それは、彼の信念とは大違いだった。「彼女に会うまでは、未婚のおばたちと英国国教会の聖職者たちが支配的だった。バーバラにおいて、わたしは新時代に出会った。わたしは無条件降伏をした訳ではないが、その出会いに刺激を受けた[30]」

彼女も、新しい年下の友人に魅了され、何年ものちに、彼は「申し分なく可愛らしい少年で、想像しうる限り最も感じの良い若者だった」ことを思い出している[31]。二人は一緒にバスでロンドンを行き当たりばったりに何日も朝から晩まで探検したり、古い子供部屋——イーヴリンはそれを「アトリエ」と改称した——の壁に、キュービズムの二人の実験的作品を塗りたくってアーサーを愕然とさせたりした。また、イーヴリンは彼女の熱意に感染し、それからの数年、折に触れ、自分が社会主義者であるふりをした[32]。そして、学級担任《フォーム・マスター》は、「単に超モダンなもの」を肯定しないようにと彼に警告した[33]。しかしアーサーには、自分の息子が「古いものを軽蔑しているように見えるものの、さほど新しいものに夢中になっている訳ではない」のがわかっていた。「お前は居間でキュービストを模写するかもしれないが、昔の巨匠の絵が一点、お前のベッドの上に懸かっている[34]」

イーヴリンの次の学校休暇も、アレックに対する一家の心配で、またも暗いものになってしまった。アレックは、一九一八年のドイツ軍の春の攻勢のあいだに、敵の前線の背後にさ迷い込み、行方不明になってしまったのだ。今度のアーサーの不安は、イーヴリンとバーバラがそのことに一見無関心なことに対する苛立ちと混ざり合った。「二人の大きな笑い声は、家中に響き渡るのです」と彼は、ジーン・フレミングに書き送った。「わたしは独りで坐り、たとえ生きていても、孤独で、寒くて、飢えている、もう一人の子供のことを考えます。そして、あの二人の心臓は何で出来ているのか、訝《いぶか》ります[35]」。アーサーは、やがてジュネーヴの赤十字から、アレックが捕虜になっているという電報を受け取るまで、同情の手紙に返事を書いて、落ち着かぬ十日間を過ごした。

イーヴリンは、戦時中ランシング校で惨めな思いをした。だが一九一八年十一月十一日に休戦協定が締結されると、そこでの生活は相当に活気づいた。アレックはクリスマスまでには家に戻った。イーヴリンは、その時の休暇は「人生で一番喜ばしいもの」だったと回想している。[36] 学校に戻ると、食べ物はようやく潤沢になり、戦時中はほんの時たま、オート麦の固焼きビスケットと古くなった少しの果物しか売っていなかった校内の軽食売店も、いまや、ロールパン、チョコレート、胡桃のホイップのような、長らく忘れていた美味なもので溢れていた。[37]

ハウス・ルームの八人の最年長の生徒、「ザ・セトル」*3は、クランペット、ケーキ、ペーストリーの山と、夏には苺とクリームとで、素敵なティー・パーティーを競って開いた。個人用の書斎（「ピット」）を持っている者は、時折、ロンドンから瓶入りのキャヴィアやフォアグラを取り寄せた。また、ピカデリーの店からさまざまな銘柄の支那茶を取り寄せ、イーヴリンは回想しているが、「老嬢のサークルのやり方で」それを淹れ、「わたしたちがのちにワインについて話すことになるような具合に、それぞれの質について論じた」[38]。

イーヴリンは、校内生活で、以前より自信を持ち始めもした。校長寮の中で、次第に尊敬されるようになり、強い意志と断固たる独立心ゆえに恐れられさえした。十五になるまでには、彼とロジャー・フルフォードとルーパート・フレムリン*4は、自分たちは「左翼人間《ボルシーズ》」の指導者だと空想した。イーヴリンがのちに言ったところによると、その少年のグループは下級生には情け深いが、「猟犬の小さな群れのように、同級生や、すぐ上の学年の生徒をやっつけようと」追い詰めた。[39] そして、イーヴリンとその友人たちが、「仲間たちの人気の〝源泉〟を事実上調節し、気紛れに止めたり、流れるがままにしたりした」と彼は回想している。

彼らに迫害された犠牲者の中に、デズモンド・オコナー、綽名は「糞みたい《ダンギー》」がいた。彼は、アレックが行方不明になった時、敵前逃亡したか寝返ったかしたのではないかと言って、浅墓にもイーヴリンを敵に回した。オコナーがイーヴリンとその仲間を飛び越して寮の「セトル」になり、宿舎監督生〔複数いて、寮監督生より権限は小さい〕に昇格すると、イーヴリンたちは彼を辱めるために「あらゆる手を使った」。成人した惨めなダンギーは、インドにいるあいだに、どうやらピストル自殺をしたらしい――イーヴリンは、面白そうにでも、自責の念を込めるでもなく、そう記している。[40]

もう一人の犠牲者は、エムリン・ベヴァンだった。彼はのちにシティーの裕福な実業家になり、イーヴリン同様、ロンドンのクラブ、〈ホワイツ〉の会員になったが、ランシング校では、明らかな理由で「尻」として知られていた。イーヴリンは、どんな風に自分とフルフォードが、「彼の大きな臀部、大食、剃る必要が生じる前に髭を剃る気障ぶりを褒め称える」唄を作ったかを回想している。[41]こうした愚弄はしばしば残酷だったが、イーヴリンは少なくとも、こう認めている。「このようなすべての意地の悪い策略の中に、いつ何時、自分が人気を失い、最初の年のように軽蔑の対象になるかもしれないという、隠れた恐怖が潜んでいた[42]」

ボルシーズは、新しいハウス・チューター、E・B・「ゴードー」・ゴードンをも嘲りの対象にした。彼は一九一九年九月、人気のあったディック・ハリスと交代したのである。まず第一に、リューマチに罹っていたゴードーは、二枚舌で狡賢《ずるがしこ》く見えた。運動靴で寮の周りを音を立てずにうろつき回った。そのため、「忍び足」、「スーパー・スパイ」という綽名を付けられた。[43]しかしイーヴリンは、ゴードーが根は善人で、そのうえ、自分の芸術的関心を培うのを手伝ってくれる人物なのに、すぐに気づいた。

イーヴリンは当時、レタリングと彩飾に特に熱心だった。その少し前、両親と一緒にディッチリング〔イングランド南部の村〕の美術工芸の芸術家村を訪れて刺激を受け、有名な書家《カリグラファー》であるエドワード・ジョンソンに会った。偉大な写本筆写者は、七面鳥の羽根ペンの切り方を彼に見せ、「基礎的な」手の動きを実演してみせた。ペンの運びの速さと正確さに、十四歳の少年は息を呑んだ。のちにイーヴリンは、それは「闘牛士の槍のように勇壮だった」と回想している。(44)

一九一九年、十六歳のイーヴリンは、彩飾集禱文でランシング校美術賞を獲得し(建築家のデトマー・ブロウが審査した)、ある日のお茶の時間に、ボクシングの試合でいかにも彼らしく負けたあと、ゴードーの書斎に呼ばれた。それは、ゴードーが、フランシス・クリースというもう一人の地元の書家に、イーヴリンが受賞した集禱文を見せるためだった。イーヴリンは、その特異な風貌の男が、学校の礼拝堂に日曜日ごとに来るのに気づいていた。「脇の側廊にいる、その場に不釣り合いな優雅な人物」は、礼拝の大半、坐って瞑想していて、説教が終わるとさっとケープを羽織り、ダウンズの方に姿を消した。(45)柔らかいツイード、絹のワイシャツ、クラヴァットという気障な服装のその男は、「尼僧によく見受けられるピンクと白の肌」をし、甲高い声を出し、「繊細で、気取った」足取りで歩いた。

イーヴリンは、クリース氏には「不道徳な傾向はなかった」と主張している。もっとも、「顔立ちの良い少年に、はっきりとした興味を示した」と認めてはいるが。(46)赤毛で大耳で爛々とした睨《ね》めつけるような目の若いイーヴリンが、そのカテゴリーに入ったかどうかは議論の余地がある。いずれにしろクリースは、イーヴリンの描いた縁飾りに有頂天になり、自分には到底描けないほど素晴らしいと断言した。ただし、文字はそれにふさわしくないほど稚拙だと思うので、正しい書き方を教えてやろうと申し出た。

そこで、ハウス・チューターの許しを得て、一九二〇年一月のある日の午後、イーヴリンはクリースの「修道院」まで歩いて行った。それはダウンズを越えて四マイルのリッチポールにある、孤立した農場だった。彼は最初そこを訪れた際は霧の中で道に迷い、二度目に訪れた際は霰《あられ》を伴う激しい嵐に遭い、ずぶ濡れで到着した。「クリースはドアのところでわたしを迎え、寝室に連れて行ってくれた。そして、乾いた靴下、ズボン、靴を貸してくれた」と彼は日記に記している。もっとも、同日、父に宛てて書いた手紙には、そうした細かいことは、そつなく省いたが。彼は父に、クリースは「かなり女性的で、かなり気取っている」ことを除けば、「大変洗練されていて、芸術的で、育ちが良く、魅力的で……僕がこれまでに見た、最も本物のディレッタント」だと請け合った(47)。

イーヴリンは、クリースの手の込んだケルト流の文字や飾りにとりわけ熱心という訳ではなかったものの、たちまち彼に魅了され、数ヵ月のうちに、日記にこう告白した。「ランシング校で得た記憶するに値する物はなんであれ、彼に負う(48)」。イーヴリンはのちに、実際の授業よりは、「熱いスコーン、「取っ手のない」クラウン・ダービーのカップ、そして、そのあとの会話」の方を、ずっと楽しんだことを認めている。

クリースは自分の過去については語りたがらなかったが、自分は以前、英国国教会の宗教団体に属していて、一度、オックスフォードのコーパス・クリスティー・コレッジで名高い学問的地位にあったことを、漠然と仄めかした――イーヴリンはのちに、クリースは大学のことを、そこで特別研究員になった裕福なアメリカ人の友人を通して知るようになったというのが本当のところだろうと思った。自伝には、そのアメリカ人の名前を記していないが(49)、イーヴリンは、美術品とポルノの華やかなコレクター、エドワード・ペリー・(「ネッド」)・ウォーレンを指していたのかもしれない。きわめて裕福なボストン市民であるウォーレンは、自宅のルーイス・ハウスの近くに、男だけの住む家〔彼は同性愛者で、古代ギリシャの同性愛的美術品を愛好する男たちをそこに住まわせた〕を作った。そして、『同性愛擁護』(50)を書いた。同書は、「英語で書かれた、少年相手の男色を弁明する第一級のもの」と言われている。そして、一九二〇年代のオックスフォードで、イーヴリンの世代のイギリスの唯美主義者に広く影響を与えることになる。

クリースがウォーレンの信条にどこまで従ったのかは、今となっては確かめるのは難しいが、ほかのランシング校のハウス・マスターの大半は、彼を訪ねないようにと警告した。しかし、彼が新しい弟子に不道徳な振る舞いをした証拠はない。そして、イーヴリンはクリースを訪れるのを心底楽しんだので、間もなく、木曜日は週の一番のお気に入りの日になった。「洗練された環境に行くというのは、本当に救いだ、たった週一回の午後だけにせよ」と彼は、当時日記に記した。(51) クリースは、彼が学校に帰る途中まで送ってくることもあった。「わたしは、建築や美学やリモージュ陶器やマジョルカ焼きについて彼に熱心に質問した」と、イーヴリンは回想している。「彼は、夕暮れと丘陵の美しさに、わたしの注意を向けようとした(52)」

その年の春学期にクリースがイーヴリンに宛てて出した手紙からは、二人が次第に親密になっていく様子が窺われる。その一通でクリースは、「わたしは時に、君くらい率直になれる。そうして君は、他人がそうだと気に入らないのだ――しかし、それは君にとっていいことなのだ。君は、弼《こだま》ではなく、批判してくれる友人が必要なのだ！(53)」二人の親密な関係は、ゴードーに気づかれずには済まなかった。一九二〇年三月、イーヴリンは、ゴードーが「クリースの影響にひどく嫉妬」し、「巧妙に、僕を彼から離そうとしている」と日記に書いた。もっと具合が悪かったのは、ディック・ハリスがあとで、イーヴリンの友人のダドリー・カルーに、クリースのところにお茶を飲みに行くことを禁じたことである。どうやら、「彼についてのスキャンダルを耳にした」という理由で。イーヴリンが、その噂をクリースに伝えたのは間違いない。クリースは、身の潔白を証明するために、家主を校長のところにやる、と金切り声で叫んだ。(54)

一方イーヴリンは、クリースに対する自分の敬愛の念を示そうと、復活祭の休暇中、クリースをアンダーヒルに十日間泊まるようにと招いた――ランシング校の同級生を家に招いたことは一度もなかったのに。そこでケイト・ウォーも、改めて手紙でクリースを招待した。クリースは、その訪問にひどく不安を覚えた。不運な若い詩人、イーアン・マッケンジーがアンダーヒルを訪れた際のことをアーサーが書いた文を読んでいたので、なおさら。マッケンジーはサンドハースト〔王立陸軍士官学校〕でアレックの友人だった。彼は休戦の日に肺炎で死ぬ前に、何度かアンダーヒルに泊まった。アーサーは、「書斎の暖炉の脇の赤いランプの下で本を次々に取り下ろし、各人が代わり番こに自分の好きな数節を読んで」過ごした最初の晩のことを書いていた。病的なほど内気で引っ込み思案だったクリースにとってもっと心配だったのは、マッケンジーが歌を歌って一日を始めるのが好きで、「彼が身支度をしながら歌った歌をわたしたちが朝食のテーブルで真似て、彼を大笑いさせた」のをアーサーがその文の中で回想していたことだった。[55]

イーヴリンは、クリースを家に来させるため、うちの家族はアーサーが書いているほど陽気ではなく、また、ここに来る費用は父が全額負担すると言って安心させねばならなかった。クリースは、やがてやってくると、毎日、多くの時間をベッドで過ごし、ほかの時は、両手を目に翳し、書斎で縮こまっていた。[56] しかし、どうやら心配していたより楽しかったらしく、それからも何度かやってきた。

イーヴリンのその後の人生に関してきわめて重要だったのは、クリースのアンダーヒルの最初の訪問が、父に対する彼の見方を変えてしまったことだった。アーサー・ウォーは「魅力的、申し分なく魅力的で、終始演技している」と、その書家は明敏に察知した――イーヴリンの母は、その評価に同意した。「わたしの目は開かれた」とイーヴリンは書いている。「そして父を、他人が常に見ているに違いないように見た。それまではずっと、至極単純に父のことを考えていたのだが」。[57] その瞬間から、アーサーに対する彼の態度は、次第に一層否定的になっていった。

アーサーがクリースをどう思ったのかは、はっきりしない――クリースは、アーサーの自伝『一人の男の道』に言及されていない。アレックがシャーボーン校で問題を起こして以来、この老嬢風の男と次男の関係に、少々不安を覚えていたかもしれないが。またアーサーは、クリースさんに出会うまで、自分は「俗物のあいだで生きてきた[58]」というイーヴリンの言葉に腹を立てた。いずれにしろアーサーは、客を「やや馬鹿にしていたとしても、親切に」遇した、とイーヴリンは回想している[59]。ケイトは遥かに寛大で、その後数年、アンダーヒルに来るよう、クリースを誘い続けた。彼が性的不品行の廉で逮捕されたあとも――イーヴリンによると、それは誤認逮捕だった。

クリースに対するイーヴリンの愛着は、一九二〇年の夏学期のあいだ次第に強まり、五月に一ヵ月彼がいなくなると、イーヴリンは「ひどく気分が沈み、惨めになった……彼は、僕がここで持っている唯一の本当の友だ。僕は三年後に、またホームシックに罹ると思う[60]」と日記に書いている。イーヴリンは、彼の助言者《メンター》の不在中も彩飾文字を練習するために、依然としてリッチポールに行った。そして、ある日の午後、クリースの羽根ペン用ナイフの一つの刃を欠いてしまった。彼は、その時は大したことに思わなかったが、そのことをクリースに手紙で伝えると、クリースは予期した以上にひどく気分を害し、そのナイフは非常に古く、かけがえのないものだと手紙に書いてきた――いずれにしろ、それは引出しにあったもので、君には、それを使う権利はまったくなかった。君は、わたしの信頼を裏切った。次の郵便で、またクリースから手紙が来た。彼はその中で、前便がひどく腹を立てた文面だったことを詫び、自分が戻ったらこれまで通り練習を続けようと書いていた。しかし、二人の友情は、元通りにはならなかった。

クリースは十月に再び家を留守にした。今度は九ヵ月に及んだ。そして、一九二一年七月に彼が戻ってきた時、イーヴリンは日記にこう書いた。「魔力が解けた。彼の影響は、すっかり消えた。かなり馬鹿げた、おそらく時たま興味深いだけの小人物を見るだけだ[61]」。イーヴリンはのちに回想しているように、すでに忠誠の対象を移していた。J・F・ロックスバラという、「もっと力強く、派手な」人物に。ロックスバラは、外向的な不可知論者で、世事に明るく、多くの面で、修道士めいた唯美主義者のクリースとは正反対だった。[62]

原注

＊1　アーサーの女マッサージ師は、モリー・ユーデイル＝スミスだった。後年、第十代准男爵、サー・イーアン・アバクランビーと離婚したあと、テネリフェに住んだ。地元紙は彼女を、「自分のシャツを替えるように夫を替えた、リベラルで風変わりなイギリス女」と評した。

＊2　ある晩、入浴の順番を待っていた十六歳のイーヴリンは、「校長とのたっぷり七分間の会話」に耐えた。「奴は好々爺だが退屈な人間だと、僕は思い始めている」（一九一九年九月二十七日、*EWD*、二一頁）。

＊3　彼らの特権で、ハウス・ルームの暖炉のそばの木製長椅子《セトル》に坐ることができたので、そう呼ばれた。

＊4　ウォーはフレムリンを、「楽しい陽気な男で、わたしたちは彼の父親は虎に喰われたと、誤って信じ込んでいた」と書いている。彼の躁鬱症状は、「フレムリン状態」として知られていた。彼はのちにオックスフォード大学でイーヴリンと一緒になったが、ナイジェリアで、マラリアに起因する合併症の黒水熱に罹って若くして死んだ（『少しばかりの学問』、一二五頁および『マローアン回想録』、一二七頁）。

第5章
完全な区分

のちにストウ校の初代校長として有名になり、イニシャルの「J・F」で広く知られていたジョン・ファーガソン・ロックスバラは、ケンブリッジ大学で第一級《ファースト》を取った優秀な古典学者で、戦争前、ランシング校に、同校の学問水準を上げるために招かれた。背が高く猫背気味の彼は、衣裳戸棚を華麗にして服装に凝っていた——生徒たちがスーツを数えると、十四着あった。また、大学生時代に、さまざまな特異な癖を身につけた。朗々たる声をし、言葉遣いが正確だった彼は、生徒たちに詩と戯曲を読むように仕向けるのに、とりわけ長《た》けていた。宗教に対する懐疑心と、紀律に対する自由な態度で人気が高かった。彼の伝記作者によると、学校に戻ってきたある生徒が、学期の終わりのパーティーのために、ビールとサイダーの瓶が詰まったクリケット・バッグを持っていた。その生徒は、運の悪いことに、J・Fに、車に乗せてやろうと言われた。J・Fはバッグを持ち上げ、車の中に入れた。瓶がチリン、チリンと音を立てたが、彼は何も言わなかった。だが、その生徒を降ろした際、五十本入りの煙草の箱を渡して言った。「多分、これは役立つだろうよ[1]」

ロックスバラが戦後にランシング校に戻ってくると（戦時中に彼は戦功十字勲章に推挙された。弟は戦死した）、イーヴリンは、たちまち崇拝者になり、校長の「深遠な古典的名言」（ロックスバラは、そう評した）についてのロックスバラの皮肉な脇台詞に喜んだ。また、彼のフランス語の授業は「本当に楽しい」とイーヴリンは感じた。「あの惨めな科目を勉強する価値があるほどだ」[2]。「彼の担当の教室では毎時間、わくわくした」とイーヴリンは、のちに回想している[3]。もっと幼くて、もっと内向的だったイーヴリンが隠遁者めいたクリースに惹かれたように、今度は、陽気で明るいロックスバラが、彼の次第に社交的になっていく性格に訴えかけた。

彼がジョージ・バーナード・ショーの『キャンディダ』を初めてよく知ったのは、一九二〇年十月の、ロックスバラ主催の現代劇朗読会でであった[4]。その劇のおかげで、父の性格をさらに批判的に洞察することになった。イーヴリンが父を、劇のヒロインの説教好きの夫、ジェイムズ・メイヴァー・モレル師に結び付けていたのは明らかだった。翌年の四月、イーヴリンは日記にこう記している。「父は、この休暇中、言うに言われぬほど愚かだった。妙なのは、父の正体を見抜けば見抜くほど、母の良さがわかることだ。母はキャンディダに似ていて、軽蔑しているに違いない父のところに行ったのだ。父が母を最も必要としているからだ。僕は、父の性格に、ある新しい傾向を見出しつつあると、いつも考える。そして、母は、それをずっと前から知っていたと思う[5]」

一方、イーヴリンはロックスバラを心底尊敬したあまり、しばらくのあいだ、熱いジャガイモが口中にあるかのような彼の話し方を真似しさえした[6]。もっと永続的な影響は、文法に正確に従うようにと彼が要求したこと、および、彼が常套句を嫌ったことである。イーヴリンは一九二〇年九月から第六学年上級になり、フランス語の授業のほかに、ロックスバラから「一般的な」科目も教わった。なんであれ、ロックスバラが気に入ったものを勉強したのだ。毎週、生徒は、選ばれた題目で二百五十語の文を書いた。それを返す際、ロックスバラは口頭で褒めたり批評したりしたが、なんのコメントもない時は、生徒は落ち着かなかった――その文が彼をすっかり退屈させた確かな証拠だったからだ。イーヴリンが一番傷ついたのは、「優れたジャーナリズムだ、君」という言葉だった。それをイーヴリンは、「考えが陳腐で、表現が日常的で、小賢しく大袈裟な文句で効果を狙っている」と解釈した。[7]

　イーヴリンは、ロックスバラが同性愛者であることを疑わなかった。「大方の優れた教師は、そうだ」と彼は考えた。「それでなければ、どうして自分の仕事に耐えられるのか?」彼は自伝で、ロックスバラが自分の欲望を、生徒を相手に「肉体的に解放」したなどということはあり得ないと思うと書いている。だが、ランシング校を去る少し前、ある日、トム・ドライバーグがロックスバラの暗い部屋に入ると、マクドナルドという生徒と一緒に一つの椅子に坐っていて、ひどくばつの悪そうな顔をしたと日記に書いている。[8]*1 しかしイーヴリンは、ロックスバラが好んだタイプではなかった。「わたしは小柄で、天使童子《ケルビム》風に可愛らしかった。彼の好みは、ロココ風より古典的だった」[9]。ロックスバラの特にお気に入りは、寮監督生の「金髪のヒュアキントス〔アポロンに愛された美少年〕」、エディー・ケイペル・キュアだった。J・Fは彼にオートバイを与えたが、キュアはすぐに衝突事故を起こし、ハンサムな顔を台無しにしてしまった。*2 一方、イーヴリンの場合は、ロックスバラはただ、「伸ばす価値のある潜在能力」を見出しただけだった。[10]

　当時のイーヴリンの野心が、作家になることではなく素描家になることだったのは明らかである。しかし、ロックスバラが注目していたように、彼はその年齢の者にしては例外的なほど本をよく読んでいて、文学について鑑識眼があった。そして、ウォー一族の文学的伝統を継ぐという考えを、決して捨てはしなかった。一九二〇年の秋学期に、初めて小説を本格的に書こうとした。明らかに自伝的な、「弟による、二つの性格を持つ男の研究」である。[11]

　現存している十頁の断片では、主人公ピーター・オードリーは一九一八年、サセックス州のパブリック・スクールにいる。そして、翌年、戦場に行かされるかもしれないことについて、思いを巡らせている。「彼は、あそこがどんな具合かについて、兄からいろいろ聞いていていた。しかしラルフは、あらゆることをひどく抽象的に、非常に冷静な犬儒派的な態度で眺めた。ピーターは、自分は遥かに繊細で神経質だと己惚れていた。自分が、そういうことに耐えられないのは確かだと思った」[12]。だがピーターが、自分の生活に船の水密区画のような「いくつかの完全な区分」[13]を設けるという「至極賢明な」ラルフの考えを賞讃しているのは明らかだ——それは、イーヴリンが、自分自身の性格のジキルの面とハイドの面をできるだけ自由に発揮させる手段と見たように思われる、アレックの考えを想起させる。

その頃までには、アレックにとって戦争は、次第に薄れゆく思い出になっていた。チャップマン&ホールでの仕事に飽き、結婚生活は惨めで、文筆の面でも自信喪失の危機に見舞われていた。そういう訳で、十七歳の弟が——アレックが『青春の機』を書いた時より一つ若い——クリスマス休暇に家に颯爽と帰ってきて、小説を書き始めたと告げた時、アレックは当然ながら、「ライバルの出現に不安を覚えた」ようだった。[14]そして、イーヴリンが日記に記しているように、イーヴリンが選んだ題材で、その不安は強まった。イーヴリンは、自分の小説は「なかなかの出来」で、出版されるのは「ほぼ確か」だと思ったものの、家族の不賛成と「自分自身の生来の怠惰」のせいで、間もなく執筆を諦めた——だがその前に、自分自身への意味深い献辞を書き、文学一辺倒の家庭で育った作家志望の男の運命を嘆いた。

君の親戚の多くの者と、君の父の友人の大方は、多かれ少なかれ、紙と印刷に関心を抱いている。君が初めて子供部屋を出て、階下で両親と一緒に食事をした時、そこで交わされた会話は

（君はそれに貪欲に聴き入った）、本、筆者、出版社についてだった。それ以来、眠気に襲われてはいるが解放されて誇らかな気分の学童である君は、夕食のあと、書斎で年長者と一緒に坐っていることを許されたが、本についての論議しかほとんど聞いていない……

一九二一年三月末までには、ロックスバラはイーヴリンに強い印象を受けていたので、彼の小さな書斎でお茶を飲むようにと誘った。それは、選ばれた少数の者にしか与えられない名誉だった。「なんて嬉しいんだ」とロックスバラは、イーヴリンがやってくると言った。「僕らは礼拝まで、エクレアを食べ、詩について話す以外、何もしなくていい[15]」。半年後、イーヴリンが編集した校内雑誌の創刊号が出ると、J・Fは彼に手紙を書いた。「君は、神が君に与え給うたものを使うなら、君の世代の進む方向を決めるうえで、僕が知っているどんな人間にも劣らぬくらい、多くのことを成すだろう[16]」

ロックスバラのイーヴリンに対する讃辞に続いて、ランシング校での最後の年に、一連の栄誉が彼に与えられた。彼はランシング校の雑誌の編集長になり、弁論部の部長になり、詩の賞と英文学の賞の両方を獲得した。六月に文学賞を獲得すると、アーサーに嬉しそうに手紙を書いた。「僕はスカーリン文学賞を取りました、間違いなく……少し明るい気分です。もちろん、それは僕の知能を証明するものではありません――厳しい競争はなかったのです――でもそれは、勉学に対するある能力を示していると思います[17]」。彼はまた、一九二一年の春、ハウス・キャプテン〔監督生の一つ〕の地位も提供された。それは、彼が続けている、学校の軍事教練を馬鹿にするキャンペーンをやめさせる一つの手段だった[18]。その地位を引き受けなければ、学校を去るしかなかった。イーヴリンは、それが父にいかに多くのことを意味するのかを知っていたし（父を軽蔑していたにもかかわらず、イーヴリンは父を喜ばせるのに依然として熱心だった）、それが、自分が欲しいと思っているほかの地位を手に入れる前提条件なのも知っていたので、しぶしぶ引き受けた[19]。

しかし、新しい責任を負ったことで、彼は惨めなほど孤独になり、また、トラブルを起こす際に彼を指導者と見ていた者たちを裏切ったような気がした。尊大で、おせっかいで、お高くとまっていると思われたくなかった。暗い気分は、宗教的信念を失ったことで、一層増した。そして、消灯後、ジェイムズ・ヒルという、やはり上級クラスの少年と、長い散歩に出掛けるようになった。散歩中、「指導者の孤独」について互いに慰め合ったり、自殺について話したりした。イーヴリンは、「最後の手紙」を書きさえした。その中で、挫折に対する深い恐怖を認めている。「僕は、自分の中に特別な何かを持っているのを知っている」と、彼は友人のダドリー・カルーに書いた。「しかし、それが徒《あだ》花《ばな》で終わるのを、ひどく恐れている[20]」

彼が、そうした散歩に出掛けようとした矢先に、アーサーから、気も狂わんばかりに心配した手紙が来た。アーサーは、彼が夜、海岸に行くということを、どうやってか聞いたのだ。「わたしたちが、これほど心を痛めることを聞いたのは、ここ何年もなかったことだ」とアーサーは書いた。「指導者たちに信頼されているお前、ハウス・キャプテンが、そんな愚劣で軽蔑すべき真似をするとは。それは、ウォー家の名に値しないし、お前には二重に値しない。わたしはお前をいつも非常に誇りにしてきた……アレックが、こうしたことがシャーボーン校で行われていると話した時、わたしは、そういうことはしないよう、彼の名誉にかけて頼んだ……お前は二度と埒を越えず、夜間は絶対に外出せず、お前の一切の将来を危険に晒すような愚かで馬鹿げたことは決してしないということを、お前の名誉にかけて誓う手紙を、どうか朝一番の郵便で送ってくれ[21]」。アレックが、かつてシャーボーン校を退学になった経緯についてまだ知らなかったイーヴリンは、その手紙は「説得力に欠けている誇張したもの」で、怯んでしまうほど、例によって父のいつもの芝居っ気の産物だと思った。しかし彼は、日記に書いた。「父が何かについて、ついに強い態度に出たことを、少なくとも喜ぶ[22]」

アーサーは、イーヴリンがその学期に書いた『転向』という戯曲を、あまり好かなかったけれども賞讃した。それは三つのバーレスクから成る、パブリック・スクールを諷刺したものだった――「未婚のおばがそうだと考えるように」、「現代の作家がそうだと言うように」（それは、『青春の機』のスキットだった）、「われわれみんながそうだと知っているように」。最後の幕でイーヴリンの主人公は、イーヴリンが少し前に、軍事教練を茶化すのをやめるよう説得されたように、礼拝堂でトラブルを起こすのをやめるよう脅迫される。「いいかい」と監督生は言う。「僕らは来学期、新しいハウス・キャプテンが必要なんだ。僕は君を推薦するつもりだ……さあ、聞き分けてくれないか？[23]」「お前のウィットとシニシズムを祝おう」とアーサーは、それを読んだあとに手紙に書いた。「お前はそれほど前途有望なのだから、オックスフォードでうまくやるのは確実だと思う。お前は十七なのに、わたしらが二十三でなんとか持とうと苦労し、手に入れられなかったものを持っている。これから頑張って成功してくれ給え。わたしはお前のことを想っている[24]」。その劇が全校生徒の前で上演され拍手喝采されたあと、ロックスバラは、エピローグは「天才の片鱗」を見せているとイーヴリンに言った[25]。

イーヴリンと同年の友人、ロジャー・フルフォードはのちに、彼が「学校仲間に対して持っていた、非常に大きな、不可解な力」を思い出している[26]。別の生徒、クリストファー・チェインバリンは、彼は「わたしが初めて出会った破壊的人物で、明らかに自分の頭で考えている」と思った[27]。けれども、のちにアガサ・クリスティーの夫になった考古学者で、ランシング校にいたあいだはイーヴリンの最大の知的ライバルの一人だったマックス・マローアン（彼は古代ローマ史のエッセイでイーヴリンを負かした時、「それは大勝利です！」と両親に得意そうに言った[28]は、こう回想している。イーヴリンは「生徒たちのあいだで人気があった。というのも、面白かったからだ。そして、いつもわたしたちを悪戯に引き込もうとしたが、ほかの者をトラブルに巻き込んでおいて、自分はいつも逃げおおせた。彼は勇敢で、ウィットに富み、利口だったが、残酷な性格を持った自己顕示欲の強い少年でもあった。相手を滑稽な人物に見せることができる限りは、相手を辱めるのをなんとも思わなかった[29]」。だがイーヴリンは、いつ何時不意に人気がなくなるかもしれないという不安を隠していたことを認めたが、好戦的で横柄な態度にもかかわらず、ほかの少年たちから時折、影響を受けることがあった。彼に強い印象を与えたのは、将来の政治家、ヒュー・モールソンだった。モールソンはのちに、自分とイーヴリンは、「互いに本当には好き合うことなく親友だった」と回想している[30]。一方イーヴリンは、モールソンを結局は「尊大な阿呆」と見なした[31]。しかし、モールソンが一九一九年十月に初めてランシング校に来た時、十六歳のイーヴリンは、彼は「驚嘆すべき」人物で「疑いなく頭が良く」、「誰と一緒でも完全に気楽でいる、真の貴族の能力」を具えていると考えたのである[32]。

さほど貴族的ではないにせよ、「驚嘆すべき」モールソンは、当時はランシング近くのゴーリング・ホールに住んでいた、裕福なカナダの醸造家一族の一人の子供だった。その家は、ヒューの父、統一党の下院議員がボウズ＝ライアン家から借りたものだった。陸軍衛生隊の少佐で医学博士のモールソンはモントリオールで生まれたが、イギリスのパブリック・スクールで教育を受け、地元の上流階級の人間とほとんど区別がつかなかった。『紳士録《フーズ・フー》』には、「銃猟、自動車運転、ゴルフ」を自分の趣味に挙げている。イーヴリンは、ゴーリングのモールソン一家を何度か訪ねた。その家は、チャールズ・バリーが設計したもので、将来の王妃で、のちの皇太后の若きレディー・エリザベス・ボウズ＝ライアンが、しばらくのあいだ頻繁に訪れた。それは、イーヴリンがイギリスの大きなカントリー・ハウスに泊まった最初の経験のようで、モールソン一家は実に快適に暮らしている、また、夕食は「素晴らしく、見事に供された」と彼は、満足そうに記している(33)。

　モールソンもやはり頻繁に、もっと慎ましいアンダーヒルを訪れた。アーサー・ウォーは、美辞麗句を使い、感傷的で、勿体ぶった話し方をする「ヴィクトリア朝の人間の戯画」という印象を彼に与えた。一方、思春期のイーヴリンは、「そうした話し方や、父自身に我慢できず」とモールソンは書いている、「そのことを食事中だろうが父の面前だろうが構わずに口にした」。それはすべて、モールソンにとってかなり当惑することだった。とりわけ、アーサーが彼に同情を求め、息子からこんな扱いを受ける何を自分はしたというのか、と口に出して言ったからだ(34)。

　のちにイーヴリンは、モールソンは己惚れ屋だと思ったが、その証拠は、モールソンがランシング校にやってきた直後に示された。彼はイーヴリンを学校の図書館の出窓のところに連れて行き、自分は教育に関する本を書いたが、それを出版するつもりだ、と打ち明けた(35)。その学期に、モールソンは政治に興味があるかどうか人に問われると、「常ならぬほど《プリターナチュラリー》、そうだ」と答えた——その結果、「プリターズ」という綽名が付いた。その綽名は、彼がランシング校にいるあいだ消えなかった。

　父のあとを追って政界に入る運命にあり、一時、将来の保守党の指導者として嘱望されていたモールソンは、学校では、社会主義、無神論、平和主義、快楽主義が奇妙に混ざったものを信奉した(36)。彼の早熟な別の活動には、一連のエッセイの執筆があった。そして、そのいくつかを批評してくれと、アーサーにしつこく頼んだ。ほかのエッセイは、いくつかの雑誌になんとか載せてもらった。イーヴリンは、友人の冗漫な文章を嘆いたが(37)、それが雑誌に載ったというだけで、大きな刺激になった。モールソンが、一篇のエッセイを雑誌に載せてもらうことになったと自慢したあと、イーヴリンは日記に書いた。「次の休暇に、一つ書いてみなくてはいけない(38)」

モールソンが率先して行ったもう一つの活動は、飲酒だった。イーヴリンは自分も本気で酒を飲むようになる前、一九二一年のキリスト昇天日に、学校からドライブに出掛けた際に友人が飲んだ酒の量に驚嘆した。モールソンは前もって車を借りたが、チチェスターで昼食をとった際、なんとこれだけのものを飲んだ。「生《き》のウイスキー、ウイスキーの水割り、ジン・アンド・ビターそれぞれ一杯、ウイスキー・ソーダ二杯、リキュール二杯、生に近いダブル・ウイスキー一杯、林檎酒二瓶、ポート、グラスに二杯、生のウイスキー一杯」。彼は車を運転して戻る際、「ほんの少し危なげ」で、「俺たちは救貧院を探してるんだ、と通行人に向かって叫びながら、市場の十字架の周りをぐるぐる運転した(39)」。

イーヴリンは、モールソンの行き過ぎた行為をすべて肯定している訳ではなかった。一九二一年二月、イーヴリンは朝一緒に散歩をしたあと、こう記している。「彼は、医者から、またコカインを盗んだことで大得意だ。僕は、自分が彼と、フランスでかなり騒々しく時間を過ごす姿を目に浮かべる……(40)」。そして二人共、オックスフォードの奨学生試験の準備をするため二週間本を読んで過ごしたあと、イーヴリンは、一晩「娼婦買い」をして鬱憤晴らしをしようと言う友人を、堅苦しくも思いとどまらせた――イーヴリンは、のちに独身生活を送った際、そうした気晴らしを完全に嫌った訳ではないのだが。

一九一九年に話を戻すと、第五学年上級の生徒のために、文化的な部を結成しようという考えを持ち出したのもモールソンだった。彼は、学校の弁論部で重要な意見を述べることが許されないことに苛立っていた。彼はイーヴリンとフルフォードを誘い、三人でディレッタンティ・ソサエティーを結成した（その名前はイーヴリンが提案した）。その会は、詩の朗読、美術の講演、政治論議のためのものだった。申込者は殺到した。その中に、のちにジャーナリストおよび労働党の下院議員になったトム・ドライバーグがいた。彼は、イーヴリンと出会って落ち着かぬ思いをしたことを回想している。ある日、グレイト・スクール〔十二の教室と中央ホールのある建物〕で、イーヴリンは大股に近づいてきて、怒鳴るように言った。「君の好きな画家は?」ドライバーグの伝記作者によると、彼は「瞬きもしないウォーの目で見つめられてひどくまごついたので」、「どんな画家の名前もど忘れしてしまった。パニックに陥った彼は、やがて、頭の奥からでたらめに、ある名前を引っ張り出した——『サー・ジョン・レイヴァリ』。それは滑稽な答えだった。しかし、驚いたことに、直ちに部員に選ばれた[41]」。自分の好きな画家はランドシアだと言ったほかの生徒は、すぐさま撥《は》ねられた[42]。

イーヴリンより一年半若い、眼鏡をかけた奨学生のドライバーグは終生の友人になった。彼はランシング校にいたあいだ、イーヴリンから文学上の、また美術上の刺激の多くを受けたと言っている。第一に彼もイーヴリン同様、学校ではひどく不人気で、これ見よがしの知能と、恥ずかしげもない唯美主義と、大袈裟な高教会派的宗教心と、ロックスバラの甘く深い声の、滑稽なくらいわざとらしい真似とで、ほかの生徒から敬遠されていた。十五歳で共産主義に傾いていたドライバーグの政治的考えは大嫌いだったものの、イーヴリンはすぐに彼に好意を持った。とりわけ、二人が学校の礼拝堂の聖具係になり、聖餐式で奉仕し、祭壇の正面掛け布を替えるようになってからは。

イーヴリンが、自分は信仰を失ったと、やがて打ち明けた相手はドライバーグだった。それは一九二一年の夏、日曜日の礼拝のために祭壇を整えている最中に行われた爆弾宣言だった。イーヴリンによるとドライバーグは、もし君がもう神を信じていないのなら、祭壇の布を扱う資格はないと言った[43]。その事件についてのドライバーグの記憶は、ほんの少し違っていて、彼は、祭壇の布を真っすぐに掛けていないと言ってイーヴリンを詰《なじ》った。すると、イーヴリンは言い返した。「馬鹿な！ 僕にとっていいなら、神にとってもいいんだ！」——ドライバーグはあとで、それは「やや冒瀆的だが、無神論の宣言ではない」と思った。[44]

イーヴリンは日記の中で、自分はこの二学期間無神論者だったが、それを自分に対して認める勇気はなかった、と書いている。それは一過性のものに過ぎないのは確かだと彼は感じていたが、彼を本当に悩ましたのは、そのせいで、ジョン・ロングという敬虔な少年との縁が切れてしまうのではないかということだけだった。彼は、当時のランシング校のほかの同級生の誰よりも、ロングが好きだった。「そんなことになるくらいなら、なんだって信じる」と日記に書いた。「ロングは、学校を価値のあるものにする数少ないものの一つだ[45]」

後年、ドライバーグは向こう見ずで有名な同性愛者になったが[*3]、ランシング校にいたあいだは、休暇中は化粧をし、学期中は何度か片恋をしただけだった。最終学年まで多少とも自分を抑えていたが、最終学年で副監督生になった時、寄宿舎の少年に言い寄ったが歓迎されなかった。[46]ドライバーグは、友人を自分の仲間にどうしても仕立て上げたかったらしく、パブリック・スクール時代のイーヴリンも自分と同じ性向を持っていたが、それを抑制していたと主張している。「わたしは、彼がのちにオックスフォード大学に入るまで、実践する同性愛者だと聞いたことは一度もない」とドライバーグは書いている。イーヴリンがのちに二度結婚し、同性愛に対して不寛容であることを公言していたのは、「彼の本当の性格の抑圧」だとドライバーグは見なした。そして、自分が両性愛者なのを否定したためのプレッシャーが、『ギルバート・ピンフォールドの試煉』に語られている、イーヴリンの晩年の神経衰弱を悪化させる一因でさえあったかもしれないという考えを大胆にも述べている。[47]イーヴリンは、自分の小説の登場人物の何人かをホモ嫌いの視点から悪戯っぽく小馬鹿にしているが、自伝の中で、自分が「何人かの十五歳の少年の可愛らしさに感じやすい」ことを認めている（一九二〇年、彼はラウザーという少年に、「ただ可愛らしいから」という理由で「図書館特権」を与えた[48]）。しかし、自分は「友人たちの大半を燃え上がらせ苦しめた激情の犠牲になったことは決してなかった」と主張している。[49] 彼はランシング校での最後の年に、日記の中で、「のぼせ上がる」ということについて否定的に書き、幸い、自分はそうした感情を抑制していて、めろめろになっている友人の相談相手になって諫《いさ》める方を好む、と記している。

イーヴリンが自制したということは、一つには、彼が成熟していなかったことと、取り澄ましていたこととを反映していたのかもしれない——彼の日記の中での性に対する言及は、「不潔」、「肉欲」、「堕落」といったような言葉でおおむね仄めかされている。だが、いずれにせよ、少女を相手の場合には、それほど抑制していなかった。十五の時、彼は何人かの少女にのぼせ上がっていたようである。「器量よしの娘」リネッド・ジェイコブズのほかに（彼女はイーヴリンが大好きだったことを認めた）[50]、彼がヒューの妹モイラに「ちょっと惚れている」こと、また、フィラ・フレミングに対し「少々気がある」ことにアレックは気づいていた——アレックは休暇の前に家に手紙を書き、いくつかの芝居をする手筈を整え、「僕が彼女に熱烈なキスをする芝居を選ぶ」ように両親を促した。[51]

しかし、フィラは消えゆく炎だった。哀れなリネッドが、やがてそうなるように。一九一九年の秋、イーヴリンは日記に、酷《むご》いことを書いた。「馬鹿げた関係が終わったことを、彼女［リネッド］は自覚していると思う」、「もし彼女がその問題をまた持ち出せば、鼻であしらわなくてはならないだろう。彼女は実際、その価値もない」[52]。どうやら彼は考え直したらしく、次のクリスマスの休暇には、二人はまた手を繋ぎ、暖炉のそばでいちゃついた。イーヴリンはその頃、彼女は「僕が望めばキスさせてくれただろう」と言い切った。そして、その年、もっとあとになって、それはキスを交わす本格的なロマンスに発展した。ところが、一九二一年一月、彼女に手紙を書き、二人の関係はついに終わったと告げた。[53] リネッドは、それに対し哀れな手紙を書いて寄越した。「深情けの小娘は、なんたる馬鹿か」とイーヴリンは日記に書いた――それは『乞食オペラ』の一句で、彼はその年、その劇を六回観た。それにもかかわらず彼女はのちに、二人の関係の終わりを告げた彼の手紙は、「とても優しい」手紙だったと回想し、いずれにせよ、自分は「あまりに若く、イーヴリンの齢《とし》の少年が幼い女学生に縛り付けられるなどということにはならなかった」のを認めている。おまけに、「彼は、わたしより遥かに知的でした[54]」。

　イーヴリンがリネッドに惹かれる気持ちは、その年の夏、薄れた（「彼女はすっかり下品になった[55]」）。そして彼は、ほかの少女たちに惹かれるようになった。その中に、「なんとも素晴らしい」ベティー・ブリードがいた。彼女には、ミッドサマー・ノートンのおばたちの家で出会った。「優しく愛らしい」と彼は書いている。「リネッドよりずっといい[56]」。その後、「驚くほど可愛らしい[57]」アーシュラ・ケンダルに惚れ込んだ。彼女は、ハムステッドに住むアーサーの友人の元イートン校の校長の娘で、「美しく、優雅で、女らしい」と、十七歳のイーヴリンは深い思いを込めて日記に書いた。「しかし、僕より立派なほかの者も、それがわかっているのではないかと心配だ[58]」。二人のあいだに戯れの恋が生まれた――ともかく、ある友人はのちに、アーシュラは「イーヴリンの元の恋人」と言った[59]。しかし、その年の春、彼女と二、三回一緒にダンスに行ったあと、彼はアーシュラが、ほんの少し年上の少年と激しい恋に落ちていることを知った。その少年は感じこそよかったが、イーヴリンの見るところでは「まったく無能で鈍重」な、ボビー・ショーというウィンチェスター校出身者だった。同じ頃イーヴリンは、外見がボーイッシュなジョーン・レイキングが好きになった。彼女は自堕落なサー・フランシス・レイキング准男爵の妹だったが、レスビアンだということがわかった。

　ジョーン・レイキングはダドリー・カルーのいとこだった。カルーは、ランシング校でイーヴリンの奴隷的な弟子で、学校の図書館の常連で、イーヴリンと一緒にディレッタンティ・ソサエティーを作った。イーヴリンは会長に選出され、カルーは書記になった。二人の友情も、やはり不平等な形で培われた。イーヴリンは偉そうな態度の教師で、カルーは盲従する生徒だった。「彼の愛情を繋ぎとめておくことができさえすれば、僕は大丈夫だ」とカルーは不安そうに日記に書いた。(60)

イーヴリン同様、カルーも作家志望で、のちに二篇の小説を出したあと——あるウォー研究者は、「当然ながら忘れられている」と無情に評している——『タイムズ』に入った。彼はランシング校で書いたほとんどあらゆるものを、イーヴリンに渡して批評してもらった。一九二〇年六月、カルーは次のように始まる詩を送った。「君は、わたしのすべての偶像を破壊した/持つべき新しい信条をくれないか」。イーヴリンは、「こんなに下手な詩を作り出すほどの大きな影響力を自分が持っていることに、少々戸惑う」(61)と感じた。

カルーはのちに、イーヴリンが自分を「生まれながらの英雄崇拝者」と評したことを受け容れたが、自分をイーヴリンのボズウェル〔『サミュエル・ジョンソン伝』の著者〕と見ていて、彼が口にする一語一語に耳を傾けた。カルーは、滑稽な人物としばしば見られていて、事実、イーヴリンの日記を編纂していた際にマイケル・デイヴィーが彼と交わした会話は、彼がかなり惨めな人物だということを仄めかしている。「おお、イーヴリン、おお……彼は実に素敵だった、そうして彼は自分自身をなんともひどい人間に見せている……彼は少年の頃、完璧だった」。だが、カルーを公平に扱うなら、彼はイーヴリンの並外れた才能を最初に認めた一人だった。「おお、しかし彼は偉大だ」とカルーは一九二一年に日記に書いた。「僕は彼の天才に、揺るぎない信頼の念を持っている」。したがって彼は、イーヴリンから来た手紙は断簡に至るまですべて保管していたが、イーヴリンが『少しばかりの学問』の中で二人の友情をごくお座なりに書いているのを読んで激怒し、結局、全部テキサス大学に売却した。カルーは、のちにイーヴリンの不興を買ったのは、自分が卑屈だったからではなく——自分はいつも「彼に勇敢に立ち向かった[62]」とカルーは言ったが説得力はない――不幸をもたらした最初の妻をイーヴリンに紹介したからだと強く主張した。その以前にカルーは、イーヴリンの両親に間近で会い、居心地が悪い思いをした。

カルーはアンダーヒルを頻繁に訪れた。彼の日記から、イーヴリンがまさに大人になろうとしていた頃のウォー家を垣間見ることができる。一九二一年八月、彼は、いつもは陽気なアレックが、「ひどく冷淡で陰気な雰囲気を漂わせていた」と記している。「アレックがやってきた途端、アーサーは冗談を言うのをやめた。イーヴリンは気の利いたことを言うのをやめた。わたしは話をやめた。W夫人のみ、平静だった。アレックは鋭く、悪意に満ちた目で睨《ね》めつけた……[63]」。カルーは知らなかったが、アレックは当時なんとも惨めで、チャップマン&ホールで、「箸にも棒にも掛からない」原稿を読む仕事を憎んでいたが[64]、バーバラとの結婚生活では、もっと惨めだった。彼は、一九一九年七月、彼女の両親から迫られて結婚したのだ。

結婚当初、夫婦はアンダーヒルに住んだ。やがて二人は、アレックの『青春の機』の印税で買ったディッチリングの狭い敷地に、木造の平屋を建てた[65]。しかし、その間、二人の結婚は、床入りを果たしていないままだった。アレックは、その状況の全責任は自分にあると潔く認め、問題は、自分が「セックスの生理学」に無知だったせいと、「未経験の若い女の手ほどきをするのに必要なだけの技巧と忍耐心」に欠けていたせいだとした[66]。アレックとバーバラは結局、一九二二年一月に離婚した。アレックの屈辱は、何が悪かったかの彼の説明をなんとか理解しようとした裁判官が、眼鏡越しに、こう言ったことで完璧なものになった。「こう理解していいのだと思うね、お若い方、あんたはそれを入れることができなかったと[67]」。床入りができなかったという話は、ウォー一族のあいだで、際限のない淫らな推測を生んだ。イーヴリンの息子のオーベロンは、「W・W・ジェイコブズより、と刻まれた銀のカップから出た、目に見えない放射物による勃起性組織の機能不全が原因ではないか、そのカップは、あるよくわからぬ理由で、新婚夫婦のベッドの隣に置かれていた」と言った[68]。アレックは、その後、衝動的な女誑《たら》しという評判が立ったにもかかわらず、根は同性愛者のままだったのではないかという疑いも密かに持たれていた。彼の息子の一人は、晩年の彼がタンジールのカフェの前に坐り、ある若い男前のアラブ人が通り過ぎるのをじっと見ながら、溜め息交じりにこう言ったのを覚えていた。「あの男の外衣《ジャラバ》の下で震えている堅肉《かたじし》の、浅黒い四肢を考えてみ給え[69]」。一方、アレックは親しい者には、本当の障害はバーバラの処女膜で、それは、「コンクリートの落とし格子のように作られていた」と、下品にもぽろっと洩らした[70]。

一九二一年の秋学期までには、イーヴリンはランシング校に芯からうんざりしていたが、いかにも彼らしく、沈んだ気分を創作に向け、校内雑誌を、自身で「幻滅の途轍もないマニフェスト」と呼んだもので埋め[71]、「退屈し切っている者のため」に〈死体クラブ〉を作った[72]。メンバーは、ボタンホールに黒の絹の飾り房を付けることが求められた。そして互いに黒枠の便箋で手紙を書き、新しいメンバーが選ばれるたびに、イーヴリンは自称「葬儀屋」として、「葬儀屋は、故……氏の埋葬を告げることに、悲しい喜びを見出す……」と報告した[73]。

一つの明るいことは、オックスフォード大学に行くことだった。そのためイーヴリンは、さまざまな公的仕事をこなすかたわら、歴史学科の奨学金を獲得するため「必死で」猛勉強した。彼は用心のためアーサーに手紙を書き、ランシング校にもう一学期いるのは、いかに「おぞましい」かということと、また、奨学金が獲得できなければ、「最低生活費」でオックスフォードに行くつもりだということを伝えた。もし息子の邪魔をすればどんな問題が起こるかわからないと思ったアーサーは、彼がその学期に学校をやめ、オックスフォードにすぐに行く、さもなければフランスに行くということに即座に同意した。(74) イーヴリンは、大いにほっとした。「このままここに留《とど》まれば、僕は沈滞し、下級生と恋に落ちてしまうだけだろう」(75) と彼は日記に書いた。だが一週間後、彼はまだ、「誰かと恋に落ちるかもしれない」とか、「オンズローやキマリングのような者が僕をあまりに惹きつける」とか、「信用を落とさず自尊心を失わずにここを去りたいのなら、気をつけなければならない」とか思い悩んでいた。(76)

十二月初め、イーヴリンは奨学生の試験を受けるために、友人のプリターズ・モールソンを同伴し、オックスフォードに行った。モールソンは、微量のストリキニーネで自分を元気づけようとしたが、無駄だった。ほかの志願者たちは、「根っからの田舎者だが、途轍もなく利口そうだ」という印象をイーヴリンに与えた。(77) それにもかかわらず、それは「純粋に至福の一週間」だった。彼は生まれて初めて一人だけでホテルに泊まり、彼より早くオックスフォード大学に行ったランシング校の卒業生に何くれとなく面倒を見てもらった。彼はとりわけ一般教養《ジェネラル・ペーパー》の試験が「大いに気に入り」、ラファエル前派とアーサー・シモンズの『ビアズリー伝』について詳しく書いた。そのあと、うまくやったという自信を得た。翌週、二通の手紙がランシング校に届いた。一通は、彼がハートフォード・コレッジの百ポンドの一般公募の歴史学科奨学金を得たというもので、もう一通は、入学後の彼のチューター、C・R・M・F・クラットウェルからのものだった。自分は、イーヴリンの一般教養問題の答案と、英国史の宗教改革についての質問に対する答えと、なかんずく、「志願者たちの中で、ほぼ最高」の彼の英語の散文の文体に感銘を受けたと言って、クラットウェルは彼の「きわめて有望な」成績を祝った。(78)

翌日、イーヴリンは皆に別れを告げ、校内雑誌、弁論部、図書館の責任を引き継ぐ者を決めると、ディッチリング行きの遅い列車に乗り、ランシング校を永遠にあとにした。[79]「僕が潮時に学校を去ったのは確かだ」と彼は日記に書いた。「できる限り早く、そして成功を収めて」

原注

＊1　ドライバーグは、とりわけ信頼できる証人ではなく、のちに、この話を強く否定している（フランシス・ホイーン著『トム・ドライバーグ』、二八～九頁）。

＊2　W・E・ケイペル・キュアはロックスバラに倣い、ケンブリッジ大学を卒業してからストウ校の教師およびJ・Fの個人的相談相手になった。J・F同様、独身で通した。そして、一九五三年に癌で死んだ。アナン著『ストウ校のロックスバラ』、五〇頁、一九六～七頁を参照のこと。

＊3　ドライバーグ（のちのブラッドウェル卿）は、『タイムズ』の死亡記事で同性愛者と書かれた、最初の公人だった。『オックスフォード英国人名辞典』の彼の項には、成人としての彼は「ハンサムで痩せていて知的な労働者階級の無法者にフェラチオをしたいという激しい情熱を持っていた……彼の性的貪欲さは衰えることがなかった」と記されている。

アーサーは息子の上首尾を大いに喜び、自分に反映していると感じた栄光に遠慮なく浴した。「お前に感謝する」と彼は、イーヴリンがアンダーヒルに戻ってくる時に書いた。「お前が家にもたらした名誉と幸福に対して。お前の将来が、この始まりに値するものでありますように」。意図した訳ではないだろうが、彼は優越感をちらつかせながら、ニュー・コレッジ（彼のいたコレッジ）の次に自分もハートフォード・コレッジを選んだだろうと付け加えた（イーヴリンは、ニュー・コレッジの奨学生試験は、不当なほど競争率が高いと考えた）。「それ〔ハートフォード・コレッジ〕は小さいが申し分なく立派なコレッジで、その奨学金の額はどのコレッジにも勝る」[1]。イーヴリンの奨学金の年百ポンドは、アーサーにとって、とりわけ歓迎すべきものだった。大方の英国の出版業者同様、アーサーはそれまでの十年間より遥かに収入が減っていた。そして、一九二〇年にディケンズの版権が切れ、それがチャップマン&ホールの収益に大きな穴を空けたので一層心を痛めていた[2]。

　一方、イーヴリンの校長は、学校で落ち着きのない少年をもはや扱う必要がなくなったので、ほっとした。「彼は周囲に対し苛立ち始めた」とボウルビーは、最後の学業報告書に書いた。「摩擦は彼にとって悪く、それは火花を発し、周りの何人かに飛び火した。それは、ある場合には疑いもなく発火だが、ある場合には破壊的である！　彼は秀才であるにもかかわらず、奇妙なほど幼く、現実から遊離している。しかし、彼はそれを探し求めていて、もし、熱心に、謙虚に探し、毎回、新しい道を作ろうとせずに、いくつかの踏み慣らされた道で満足するなら、それを見つけるだろう――そして自分自身を」。もしイーヴリンが、その忠告を恩着せがましいと思ったなら、ロックスバラの報告書は、もっと率直に好意的なものだった。「彼の学業は非常に優れていて、時には実際、素晴らしい。彼は文章を書く、実に類い稀な能力と本物の天賦の才を持っている。われわれは、彼の名を再び聞くことになるであろう[3]」

　ロックスバラは、イーヴリンに宛てた手紙では、君は学校の最後の学期で「幻滅感を蔓延させた[4]」として彼を非難した。だがイーヴリンはダドリー・カルーに、間もなくオックスフォード大学に行くので、自分はいまや「元気一杯[5]」だと請け合った。ランシング校では、彼は学年の真ん中から新しい生活を始めなければならないことに不安と怒りを覚えたが、今度は、「孤独な探検家」として大学に行くことに興奮していた[6]。

　彼が一九二二年一月にハートフォード・コレッジに着いた時には、一番いい部屋は、秋の第一学期に来た新入生にすべて取られていたので、最初の二学期間、学生社交室の食堂《バテリー》の上の狭苦しい部屋で我慢しなければならなかった。毎日午後になると、バテリーからアンチョビーのペーストを塗ったトーストの匂いが漂ってきた[7]。その部屋で彼は、新入生特有の複雑な感情の起伏を覚えながら、ポール・ペニーフェザーか、あるいはセバスティアン・フライトに出会うまでのチャールズ・ライダーに似ていなくもない生活をしていた。「僕は、まだひどく内気で、少々孤独だが、次第に落ち着いてきている」と彼は、最初の学期が数週間経ったところで、カルーに宛てて書いた。「気の合う何人かの友人が出来ればいいのだが[8]」

まず彼は、ランシング校の昔の大勢の仲間に会った。マックス・マローアン、ルーパート・フレムリン、ジェイムズ・ヒル、プリターズ・モールソン――モールソンは、まだ入学していなかったが、ニュー・コレッジの奨学生試験をまた目指し、個人指導を受けていた。そして、三度目でついに目的を達した。イーヴリンが初めて酔っ払ったのは、快楽を求めるプリターズ(およびヒル)と一緒の時だった。マディラの一瓶の四分の三と、グラス一杯のポートと、タンブラー二杯の林檎酒を飲み干し、それから中庭で大声でニューボウルトの詩を朗誦した――すべて「大いに愉快だった」と彼はのちにトム・ドライバーグに語った。「そのあと、少しも気分が悪くならなかった」[9]

イーヴリンにとって、飲酒の効果の方が酒の味より遥かに重要だった。酔っ払うというのは、英国の政治的雰囲気が禁酒法の導入に傾きかけているように思える、時の流れに逆らう一つの手立てであるうえに、自分の内気を克服し、付き合いの範囲を広げる完璧な手段を提供した。ハートフォード・コレッジのある友人によれば、「彼は自分の世界ではない世界に入るために酒を飲んだ」[10]。イーヴリン自身の話によると、オックスフォードでの友情の大半は、酔っているあいだに結ばれたもので、彼は酩酊の利点を熱心に説いた[11]。「酒を飲む習慣をつけるよう、君に真剣に勧める」とドライバーグに言った。「酔うという審美的快楽に勝るものは何もない。もし、それを正しい方法でやるなら、翌日、気分が悪くなるのを避けることができる。それが、オックスフォードが教えねばならない最大のことだ[12]」

ドライバーグは、まだランシング校にいた。そしてイーヴリンは、ランシング校を去ったのは自分にとって至福だと断言したにもかかわらず、オックスフォードでの最初の学期中、淋しくなると、想いは依然として元の学校に戻って行った。やはりランシング校に留《とど》まっていたダドリー・カルーには、過去と縁を切らずにいるという考えを軽蔑するふりをしたものの、自分が去った今、自分はなんと言われているのか知りたいと思うほど、「十分虚栄心があった」。「当然の報いだが、今、僕はかなり嫌われていると思う。［しかし］僕は大分変わりつつある。良い方に、だと思う……」[13]。彼はまた、ランシング校の校内雑誌に時折寄稿するのに逆らえなかった。その中に、〈死体クラブ〉に対する、ある己惚れた批判者への痛烈な反論（ラヴァーニア・スカーギルという筆名での）が含まれている。

彼はオックスフォードでは、少なくともしばらくのあいだは、比較的静かにしていた。パイプ煙草を吹かすこと、自転車に乗ることを覚えた。そして長時間の散歩に出掛け、ずんぐりした握りのオーク材のステッキを突いて、村の周囲を足早に歩いた。また、ハートフォード・コレッジの紋章が彫られた煙草入れと、オックスフォードのパノラマの版画を買った。さらに時折ホッケーさえし、その「愉快な旧世界の暴力」を愉しんだ。不吉だったのは、金遣いが荒くなったことである。のちに彼は、いとこのクロード・コウバーンに、自分は「支払いをする代わりにもっと品物を注文するという、当時の伝統的なオックスフォードの学生のやり方で、債権者をおとなしくさせていた」と説明した[14]。礼拝堂には決して行かず、講義にはあまり出ず、チューターが憤慨して要求したにもかかわらず、歴史の本は、ほとんど何も読まなかった。「一体なんだって言うんだ、君は奨学生だろう！」[15]

だがイーヴリンには、ほかの本を読む時間がたっぷりあった。中でもルイス・キャロルの『不思議の国のアリス』をとりわけ賞讃した。よく知られていることだが、彼は『ブライズヘッド再訪』の中で、それに触れている。チャールズ・ライダーが、セバスティアンの部屋で昼食をとりに初めて出掛ける場面である。「当時わたしは、愛を求めていた。そして、好奇心一杯で出掛けた。とうとうここで、塀のあの小さなドアを見つけるのではないかと、かすかな、それと気づかぬ不安を覚えながら。そのドアの向こうは、囲われ、魅せられた庭で、それは、灰色の町の中心にありながら、どんな窓からも見下ろされてはいないどこかにあった」

オックスフォードの提供する最上のものから切り離されていると感じていた、臆病な新入生のイーヴリンは、テレンス・グリーニッジという、気性の激しい、髪がぼさぼさの、ハートフォードの「二年目の男」と友人関係になり始めた時、やはり不思議の国を垣間見たような気になった。オックスフォードで流行っていた言葉では、グリーニッジは「いかれた」[16]男、あるいは、ハロルド・アクトンが形容したように、「親愛なる魅力的な狂人」[17]だった。彼の欠点には、オックスフォードの舗道からゴミを拾いポケットに入れるという奇癖や、他人のちょっとしたもの――ヘアブラシ、爪切り、鍵等――をくすね、それを図書館の本の後ろに隠すという習慣が含まれていた。

しかしイーヴリンが、学生会《ユニオン》の会長と、学内誌『アイシス』の編集長に出会ったのは、グリーニッジの部屋でであった。イーヴリンは二人に紹介されると、すぐさまユニオンで演説し、『アイシス』に寄稿するようになった。イーヴリンが本腰を入れて酒を飲むようになったことを考えると、一九二二年二月初めのユニオンでの処女演説[18]が、禁酒法賛成の動議に反対するものだったというのは、彼にふさわしかった。だが、ひねくれ者の彼らしく、数ヵ月のうちに、禁酒法に賛成する演説をし、自分は保守党支持者で、禁酒法は保守党支持者の原則であるべきだと言った。[*1]『オックスフォード・マガジン』は、イーヴリンは最初の弁論で「良い印象」を与えたと書いたが、[19]彼は、自分には雄弁の才能がなく、弁論にふさわしい重々しい調子で話すことがまったくできないし、おまけに、いつも論議されている政治と時事問題にはまったく無知だということを、あっさりと認めた。[*2]

おそらく、もっと重要だったのは、グリーニッジがイーヴリンをオックスフォードの社交生活に押し出し、彼を〈偽善者《ヒポクリッツ》クラブ〉（モットーは、「水が一番」）に紹介して、彼を大酒飲みにするのに拍車をかけたことだった。それは、セント・オールデイツ〔オックスフォード最古の通り〕にあった、ひどく神話化されたいかがわしい飲み屋で、当時、快楽主義的なイートン校卒業生の一団に乗っ取られつつあった。イーヴリンは、そこの騒々しく、わざとらしいほど子供じみた雰囲気がすぐさま気に入り、のちに、〈ヒポクリッツ・クラブ〉は「わたしのオックスフォード生活の半分の溜まり場で、今でも続いている友情の生まれた所」と書いている[20]。

そうした友情の多くは、はっきりとした同性愛的傾向を持っていた。それは、当時としては別に変わったことではなかった。ジョン・ベッチェマンはのちに、「その頃は、オックスフォードでは誰もがホモだった！」と回想している[21]。自身、積極的な同性愛者だったテレンス・グリーニッジによれば、「男が男に惹かれるというのは、イーヴリンが〈ヒポクリッツ・クラブ〉で友人になった唯美主義者たち以外にも広く見られたことだった」。グリーニッジは、「スポーツ好きのモードリン・コレッジにおいてさえ、数多くのドンチャン騒ぎが演じられた際、どう見ても似つかわしくない者が、優しい感情をはっきりと示した」のを目撃したと言った。「非常にスポーツが得意のコレッジ」の舵手《コックス》も、イーヴリンに、「自分がごく巧みに指示したものだったクルー」の私生活について話した。「それは、驚くべき話だった[22]」

イーヴリンは、ランシング校で性的に抑圧されていたとすれば、ここオックスフォードでは、飲酒のせいに加え、公然と同性愛的で不道徳的な雰囲気のせいで大胆になり、抑制をついにかなぐり捨てることができたと感じられた。アントニー・ポーエルが〈ヒポクリッツ・クラブ〉で彼を初めて見かけた時、彼はクリストファー・ホリスの膝に坐っていた。そして、奨学生試験を受けにやってきたトム・ドライバーグは、イーヴリンと一緒に、「もっぱら同性愛的性格の、大酒を飲んでの派手な浮かれ騒ぎ（「乱痴気騒ぎ」？）を愉しんだ。わたしはジョン・Fと踊ったことを覚えている。その間、イーヴリンともう一人の男はソファーに寝転がり、（彼らの一人があとで言ったのだが）二人は『舌で互いの扁桃を舐め合っていた[23]』」。（驚くこともないだろうが、ドライバーグは、その奨学生試験に落ちた。）イーヴリンの友人で伝記作者のクリストファー・サイクスは、こう断言している。イーヴリンは、オックスフォードにいたあいだ、「極度に同性愛的な時期」を過ごしていて、「それが続いた短いあいだ、感情的にも肉体的にも抑制されなかった[24]」のを率直に認めた。

イーヴリンは最初の学期の終わり頃、オックスフォードは「人が夢見るすべてのもの[25]」だとカルーに書き送った。夏学期は、さらに楽しくなった。「ここでの生活は非常に美しい」と彼は、五月にドライバーグに宛てて書いた。「ひねもす、マヨネーズと平底舟《パント》とサイダー・カップ〔林檎酒、リキュール、ソーダ水を混ぜた飲み物〕だ。人は、知識人であろうとする一切の野望を失くす[26]」

休暇が始まる一週間前、イーヴリンは再びドライバーグに手紙を書き、「ここにいる僕のペアーズという友人の」弟に親切にしてやってくれと頼んだ。その弟は、次の学期にランシング校に入ることになっていた。「推測できる限り、彼は繊弱で繊細な花だ。兄に少しでも似ていれば、やはり異常なほど頭が良い[27]」

その友人はリチャード・ペアーズで、明るい青い目と亜麻色がかった金髪で、オックスフォードの学生から広く賞讃されていた。A・L・ラウスが懐かしそうに回想しているように、「キスしたくなるような赤い唇をしていた」。ラウス自身、ペアーズの「魅力と苦悩」の犠牲者になったことを認めた[28]。一方、のちにペアーズの愛情を得ようとイーヴリンと競ったシリル・コノリーは、ペアーズの容貌を、「ミック・ジャガーめいたロセッティ風の天使」と形容した[29]。

イーヴリンの終生の友人だったクリストファー・ホリスによると、オックスフォードでのイーヴリンの同性愛は、少女の数が少なく、少女には必ず年配の女の付き添いがいた時代の一時的なものだった。だが、そのあいだ、少なくとも二つの熱烈な同性愛関係があった。最初のものは、ペアーズが相手だった。「わたしの最初のホモセクシュアルの愛」とイーヴリンは、のちにナンシー・ミットフォードに語った。[30] イーヴリンより一つ年長だったペアーズは、一九二一年の秋に、彼より一学期早く、ウィンチェスター校からオックスフォードにやってきた。ベイリオル・コレッジの歴史専攻奨学生で、将来オール・ソウルズ・コレッジの特別研究員になる彼は、確かに異常なほど頭が良かったが、同時に、不思議なほど従順だった。何年ものちホリスは、ペアーズが「何にも増してお人好しの性格から、完全な男娼になった」と回想している。[31] また、ハロルド・アクトンは、こう言っている。「いやはや、彼は自分の体を貸している」[32]。彼が臆病なほど従順だったのは、父親との関係に問題があったせいだろう。高名だが感情面でひどく冷たい、ロシア問題専門家だった父のサー・バーナード・ペアーズが、ラウスによれば「一家の不幸に大きな責任があった」。いずれにせよ、リチャード・ペアーズは神経質で、繊細な子供だった。

ウィンチェスター校で多くの者の注意を惹いたことを、ペアーズは歓迎しなかった──彼は、「ホモに追いかけられるのを嫌がった」と、ラウスは断言している。[33] しかし、イーヴリンの前に、少なくとも一人の少年と愛情関係があったらしい。「僕は二年以上、心の中で一人の少年に忠誠を誓った」とペアーズはイーヴリンに話した。「そうして彼は、今朝、その座を奪われたばかりだ、君に。だから、今後三年間、君に忠実でいて、それからカトリック信者になる。その際、どのくらい懺悔しなければならないかは、君次第だ[34]」

イーヴリンのオックスフォードでの最初の年のいつかに──おそらく、最初の学期のあいだに──始まった二人の関係は、一九二二年のクリスマス辺りにピークに達したように思われる。[*3] そのクリスマス休暇にサービトンの自宅からイーヴリンに宛てて書いた手紙で、ペアーズは言った。「君を愛していないふりをするのに飽きた。僕は、この前の学期の第四週以来、たとえ断続的にではあれ、ずっと君を愛してきた」。「君から手紙を受け取ったあとでは、冷静でいるのは不可能だ。というのも、手紙を受け取っただけで、僕はすぐさまセンチメンタルになるからだ。まず手紙を五度読み返すと、その気分は累乗で増す……僕のことをベッドの中で考えるかい？　さあさあ[35]」

その同じ手紙の中でペアーズは、「君にラブレターを書く際の唯一の心配は、トンプソン夫人の手紙のように法廷で読み上げられるかもしれないということだ。そして被告側弁護士は、それは史上最大の恋愛事件の一つ——それは事実——だと言うだろう、そして裁判官は、それは罪深い情念と言うだろう——それも事実だ」。イーディス・トンプソンはエセックス州の若い主婦で、若い愛人と共謀して夫を殺した廉で、当時、死刑執行を待っていた。そのことに言及していることは、イーヴリンとペアーズの恋愛事件は、よく言われるより、もっと重大なものだったという印象を強める。

不正確な噂話を書くので悪名高いラウスはのちに、それは「きわめて熱烈な思春期の恋」だと言い、イーヴリンの方が積極的で男性的なパートナーで、ペアーズは受動的で女性的なパートナーだったろうと当てずっぽうに言っている。ペアーズ自身ラウスに、自分はそれまで、それに似たものは経験したことがないと打ち明けた。それは、とラウスは書いた、「ペアーズの大恋愛」で、「二人はイーヴリンの最初の年、離れていられなかった[36]」。ペアーズは『不思議の国のアリス』の熱烈な愛読者だった。そのことが、なぜそれがイーヴリンの将来の小説の、大好きな「物語の雛型」になったのかを説明しているのかもしれない。

二人が惹かれ合ったのは、二人が正反対の人間だったからだ。ペアーズは優れた知能に加え——イーヴリンの知能より遥かに学問的だった——ピューリタン的自制心で知られていたが、別の偉大な友人、アイザイア・バーリンによると（彼はペアーズを、「自分の知る限り、最高で最も賞讃すべき人物」と見なした）、「彼は、他人のもっと大きなヴァイタリティーを必要とし、それに支えられ、それに対し、感謝の念の籠もった、永続的な愛情で応えた」[37]。しかしペアーズは、イーヴリンの沸騰するような精力に惹かれていたとしても、彼の深酒に嫌悪を覚えてもいた。「わたしは彼を深く愛した」とイーヴリンは書いた。「しかし、ワインの飲み過ぎが彼に嫌悪感を抱かせた。それが、わたしたちのあいだの乗り越え難い障壁になった。わたしが最も親密な気分になった時、彼は気持ちが悪くなった」[38]

イーヴリンは、自分が愛情を抱いた者から完全な献身を要求した——ランシング校の弟子、ダドリー・カルーとの偏った友情の場合のように。そして、しばらくのあいだ、ペアーズが、自分がしょっちゅう行く〈ヒポクリッツ・クラブ〉での酔っ払いの集まりや、ほかのところに一緒に行くことを期待していた。最初のうちは、ペアーズはおとなしく従い、ユニオンで酩酊を擁護する演説さえした。しかし間もなく、自分にはそうする気もなく、体力もないことがはっきりとした。そのうえペアーズは、「馬鹿げたことやくだらないことをする才能」があったにもかかわらず（『アイシス』の記事にあるように）[39]、いつもイーヴリンより遥かに勉学に熱心だった。やがて、イーヴリンが回想しているように、「ボヘミアン的生活から救出され、学問の人生を送ることになった」。ペアーズは、その後、第一級《ファースト》の成績を収め、教授になり、十八世紀の西インドの砂糖貿易に関する一連の本を書いた。それは、堂々たるものであると同時に難解なものだった。

彼をイーヴリンから救ったのは、ベイリオル・コレッジの学生監、F・F・「スリガー」・アーカートだった。アーカートは、彼をもっと真面目なサロンに誘ったのだ。その結果、イーヴリンから長いあいだ軽蔑された。一九二三年の春学期の終わり頃、スリガーのサークルの別のメンバー、シリル・コノリーは、ペアーズに「かなり惚れ込んでいる」ことを認めた。「自分は三年間、あるいは、うんざりするまで君のものだ[40]」とペアーズはイーヴリンに約束したにもかかわらず、間もなくコノリーと腕を組んで、各コレッジの周りを連れ立って歩く姿が見かけられるようになった。イーヴリンはひどく裏切られたと感じ、のちに、「コノリーに寝取られた」と苦情を言った。[41]

イーヴリンとペアーズの恋愛事件は、今となっては詳細を知るのは難しい。イーヴリンのハートフォード・コレッジの友人、トニー・ブッシェルは、イーヴリンの潔癖症が肉体関係を妨げただろうと断言している。「そんな関係があったという考えは実に馬鹿げている」とブッシェルはテレビのインタヴューで一蹴した。「絶対にあり得ない、わたしは知っているのだ」[42]。クリストファー・ホリスは、イーヴリンが彼に、当時の自分の愛情は、「肉体的なものより、ずっとロマンチックなものだった」と言ったのを覚えていた。[43] ハロルド・アクトンも、その関係は「牧歌的にプラトニック」なものだったという見解に傾いていた。[44] 彼は、イーヴリンに対する自分自身の片恋を考え、そう思いたかったのかもしれないが。

もし本当に肉体的要素がなかったのなら、イーヴリン自身が、ナンシー・ミットフォードに、その関係はホモセクシュアルだったと言ったのは奇妙に思えるかもしれない――もし、自分はなんと大胆不敵な若い放蕩者だったかと思わせて、彼女を感心させようとしたのでなければ。当時のカルー宛の手紙でイーヴリンは、自分は「信じ難いほど道徳的に堕落していた」ということ、および、「その時期の日記は破棄した」ことを認めた。[45] それは、彼がオックスフォード時代に日記をつけていた唯一の証拠のように思われる。ただ、その後の人生でイーヴリンは、感情の面での最大の激動の時期に書かれた日記は習慣的に破棄したけれども。すべての事柄が示しているのは、ペアーズがイーヴリンを棄てたことが、彼が自分で言っている以上に彼を傷つけたということである。二人の関係の痛ましい結末は、彼の青年期の人生に、そして彼の小説に繰り返し登場する不貞というテーマを生んだ一つの事件と言えるかもしれない。

イーヴリンはオックスフォードでの三学期目に、ハートフォード・コレッジの中庭に面する、一階のもっと大きい部屋に移った。『ブライズヘッド再訪』では、チャールズ・ライダーの堅苦しいいとこのジャスパーが、彼に警告する。「僕は、中庭に面した一階の部屋を貰って破滅した、たくさんの男を見てきた。みんなが立ち寄り始める……君はシェリーを出し始める。あっという間に、コレッジの好ましくないすべての連中のための無料バーを開いてしまう(46)」

これは確かに、イーヴリン自身の経験を反映していた。ちょうど、チャールズがセバスティアンに最初に会った場面が、〈ブリンドン・クラブ〉の連中がテレンス・グリーニッジの部屋から喚きながらどっと出てきて、大鐘《グレート・ベル》が鳴り終わる前に、クライスト・チャーチ・コレッジに戻ろうと中庭を突っ切って駆ける晩を思い出させるように。「しかし、落伍者が一人いた」とブッシェルは回想している。「中庭の中央辺りで、彼はほかの者から離れ、よろめきながらイーヴリンの部屋の方に行き、窓越しに吐いた(47)」

間もなくイーヴリンの新しい部屋は、「ハートフォードの暗黒街」の住人を自任する者の溜まり場になった。その中心人物は、イーヴリン、グリーニッジ、ハートフォードの歴史専攻奨学生試験でイーヴリンに次ぐ成績だった、俳優の卵のトニー・ブッシェル、イーヴリンのランシング校時代の友人、フィリップ・メイチンだった。彼らはほぼ毎日昼飯時にイーヴリンの部屋に集まり、パンとチーズを食べ、ビールを鯨飲した。彼の旧友のプリターズ・モールソンは、そこに招かれると、小馬鹿にして言った。「僕は大抵、ホット・ランチの方が好きなんだ」。その結果、新しい綽名を付けられてしまった。

「ホット・ランチ」・モールソンはのちに、そうした昼食時にイーヴリンが羽目を外した無責任な行動をしたのにショックを受けたことを回想している。トニー・ブッシェルは、イーヴリンの部屋での、そうした場合のことを思い出している。「いつも大いに飲んだ、大いに」。濃くてねばねばしたようなシェリー酒のサンディマン・ブラウン・バングをグラスに一杯か二杯で始め、それからビールになり、午後には、ブッシェルとほかの運動選手が試合をしに出掛けているあいだ、イーヴリンは「ひたすら飲み続けた」。五時になると、試合をしていた選手たちは戻ってきて学生社交室でアンチョビー・トーストを食べたが、イーヴリンは、ぐでんぐでんに酔っている時が多く、「顔は紫色で、手の甲には染みが出来ていた」。それから彼は一晩中、飲み続けたことも稀ではなかった。

ブッシェルは、彼は「素晴らしい酔っ払い……驚嘆すべき酔っ払い。ウィットに富み、なんとも剽《ひょう》軽《きん》な素晴らしい飲み仲間」だったと回想している。[48] しかし、ほかの者は、さほど素晴らしい経験をしなかった。ロシアの帝政時代に大蔵省の役人だった亡命者の娘で、当時、大学のごく少数の女子学生の一人だったタマーラ・エイベルソンは、ゴーストという名のジャーマン・シェパードを連れて牧場を横切る長い散歩に出ていた時、イーヴリンと友達になった。ある日、イーヴリンは「不愉快なほど酔って」現われた、とタマーラは回想している。「無作法で荒れていた」。彼女は、またこんな風に会いに来たら永遠に縁を切ると脅した。彼は、二度とそんなことはしなかった。だが、ほかの者には相変わらず威張り散らし、しばしば不愉快な人間になった。

会員が素面《しらふ》で知られていた訳では決してない〈ヒポクリッツ・クラブ〉においてさえ、イーヴリンの振る舞いは、目に余る時があった。アントニー・ポーエルは、イーヴリンの二年目が終わりかけた、一九二三年の秋に初めてそこを訪れた際、イーヴリンが「いつも持っている太いステッキでクラブの家具の多くをぶち壊したという理由で」出入り禁止になったのを知った。[49]

その頃には、イーヴリンは別の新しい友人、ハロルド・アクトンを〈ヒポクリッツ・クラブ〉に紹介していた。彼はアクトンに、ニューマン・ソサエティーで出会った。イーヴリンは、そこでG・K・チェスタトンの講演を聴いていた（ついでながら、そのことは、イーヴリンが、もはや礼拝堂に行かなくなっていたとしても、依然として宗教に知的関心を抱いていた証拠である）。オックスフォードでのイーヴリンの社交的、芸術的活動に最も重要な影響を与えたアクトンは――イーヴリンはのちに、『衰亡』を彼に「敬意と愛情を込めて」捧げることによって、そのことを認めた――彼らの時代の飛び抜けて目立った、将来性のある学生だった。[*4] 彼の名声は、イーヴリンの名声やほかの数人のイーヴリンの「被保護者」の名声のようには到底続かなかったが。

イタリア在住のイギリス人の父と、途方もなく裕福なアメリカ人の母の息子であるアクトンは（アクトン自身、一九九四年に死んだ時、五億ドル遺した）、フィレンツェの壮麗な大邸宅で育ち、バークシャーのプレップ・スクールにやられた。早熟だった彼は、そこで、美術と流行についての雑誌を創刊し、椅子の上に立って詩を朗誦するのを、新しい友人を獲得するごく正常な手段と見なした。[50]

イートン校で彼は、やはりホモであるのを恥じなかった、半分アメリカ人の裕福なブライアン・ハワードと意気投合し、一緒に雑誌『イートン・キャンドル』を出した。それは、帯封が鮮やかなピンクで、見返しが黄色だった。マックス・ビアボーム、オルダス・ハクスリー（当時、イートン校の若い教師だった）、シットウェル三姉弟が寄稿した。彼らの〈イートン・ソサエティー・オヴ・アーツ〉には、イーヴリンの将来のオックスフォードの取り巻きが入っていた。その中に、ヒュー・リゴンがいた。リゴンがそのメンバーになれたのは、アントニー・ポーエルの推測では、ブライアン・ハワードかロバート・バイロンかが、彼に片思いの「情愛」を覚えたからで、彼の知能のおかげではなかった。その知能は、際立っていたとは、とても言えなかった。[51]

アクトンは一九二二年の秋学期にクライスト・チャーチ・コレッジに着くと、自分の陰気なゴシック風の部屋を明るい黄色に塗り、造花と蠟細工の果物の花綱を飾った。背が高く、小太りで、額が禿げ上がっていて、長くて黒い頰髯を生やし東洋風な目をした彼は、オックスフォードを「人を押し分けて進む、気取った歩き方」で歩いたので、誰なのか簡単にわかった。お馴染みの「装備」には、グレーの山高帽、黒い襟巻、スカートのように幅の広い、襞《ひだ》の付いた藤色のズボン（彼が広めた、いわゆる「オックスフォード・バッグズ」[*5]）、きっちりと巻いた傘が含まれていた[52]。のちにテート・ギャラリーの館長になった、彼らとほぼ同年代のジョン・ローセンスタインは、オックスフォードの街角で、イーヴリンとアクトンとぶつかりそうになったことを回想している。「マフラーを風に靡《なび》かせている二人の人物。一人は金髪で、背が低く、大きく離れた狂信的な目をしていた［イーヴリン］[53]。もう一人は、背が高く、髪は黒く、礼儀正しさと奇妙に混じり合っている、高慢な表情をしていた」

『ブライズヘッド再訪』のアントニー・ブランシュのように（「フランス人の血と、ヤンキーの血と、おそらくユダヤ人の血が入っていて、なんともエキゾチック」なこの登場人物は、アクトンと同じくらいブライアン・ハワードがモデルになっている）、アクトンはエリオットの『荒地』を、自室のバルコニーから、怪訝な顔をしている通行人に向かってメガホンで朗誦した。また、元気だけが取り柄のラグビー選手の一団に詰め寄られた時、仲間の唯美主義者の一人に向かって気取った口調で叫んだ。「いやーはや、僕らはひどくーデカーダンで、奴らはひどく無ー邪ー気だ[54]」。風邪にやられると、彼は嘆き悲しんだ。「おお、僕はひどくみーじーめーだ、いーいちにちじゅう」

アクトンの気取った言動は――彼はのちに、『紳士録』で、自分の趣味を「俗物狩り」と書いた――時折、敵意を掻き立てた。最も大きな事件は、一九二三年の夏に起こった。彼の言うところでは「大柄で荒っぽい動物じみた無骨者」の一団が、火搔き棒で彼の部屋の窓ガラスを砕いた。「ベッドの中で夜具に抱《くる》まり、壁に映る月影を眺めていたが、割れたガラスの無数の破片のシャワーに埋まってしまった。頭にはガラスの粉がかかり、持ち物はガラス状になった」[55]。しかし彼は、オックスフォードを去るまでには、大学の芸術的生活において卓越した人物として認められるようになり、運動選手さえも味方に引き入れた。

アクトンとイーヴリンが心の友になることは考えられなかったが、イーヴリンはアクトンのエキゾチックな経歴と芸術に対する熱意に魅了され、二人が共有している「自分たちの前に開けている人生の多様さと馬鹿らしさへの情熱、それぞれ違った芸術家に対する崇敬の念、偽物に対する軽侮の念」を愉しんだ。「あの素敵な老嬢」とアクトンが呼んだ[56]、時代遅れのフランシス・クリースからイーヴリンを引き離し（イーヴリンは、休暇中は依然として彼に会っていた）、T・S・エリオットやガートルード・スタインのようなモダニズムの預言者たちの方に導いたのは、アクトンだった。一九二三年六月、アクトンは、ロンドンのイオリアン・ホールで催されたイーディス・シットウェルの『ファサード』の初公演にイーヴリンを連れて行った。それは奇怪で、稽古不足のものだったが、イーヴリンを魅了した。理解できなかったある批評家は、詩人が「メガホンを通して戯言《たわごと》」を朗読したことに苦情を言った。その晩遅く、カーライル・スクエアのオズバート・シットウェルの家で開かれた公演後のパーティーの席で、イーヴリンはリットン・ストレイチーとクライヴ・ベルに会った。だが、彼が本当に会いたかったのは、シットウェル三姉弟だった。彼は、三人をアヴァンギャルドの旗頭、新しい芸術の先鞭をつけたいと思っているすべての者に霊感を与える存在と見ていた。彼らは「進取の気性、優雅さ、厚かましさ、予測不能、なかんずく、純粋の悦楽のオーラを発散していた」と、彼はのちに書いた。「彼らは、鈍重なものに宣戦布告したのだ[57]」

アクトンはと言えば、彼がイーヴリンの「茶目っ気」と呼んだものに惹かれた。一層厄介なことに、彼もイーヴリンを肉体的に魅力があると感じたようだった――彼は回想録の中で、疼く思いを込めてイーヴリンを回想している。「月並みの服装でなんとか隠されている、跳ね回るファウヌス。上げた眉の下で、いつでもびっくりする用意のある、広く離れた目、曲線を描く官能的な唇、ヒヤシンスのような巻き毛……ひどく控え目なのに、ひどく野性的！」(58)同じ本の中で、アクトンは自分を若きカサノヴァとして描き、オックスフォードでの数多い「過ぎ去った恋」と、「エルギンの大理石彫刻のようないくつかの胸に炎を点し」、「テムズ川とテイム〔オックスフォードの丘の町〕での恍惚感」を愉しんだことを誇らしげに回想している。「わたしは、ただの一つのキスも忘れていない……」(59)。しかし、仮に彼がイーヴリンを口説いたとすれば、どうやら拒絶されたらしい。当時の一通の手紙が、イーヴリンのもっと情熱的な友情に嫉妬していたことを仄めかしている。「僕が昨夜、″R・I・P″〔リチャード・ペアーズ〕についてああ言ったのなら、許してくれ給え」とアクトンは書いた。「君の感情を傷つけたり、″嘲笑″したりしないよう、懸命に努めたにもかかわらず、真実はわかってしまう、と思う……君は、前にも言ったようにファウヌスだが、君が、ファウヌスの途方もない気紛れや、謎めいたところを持っていると思ったことは決してなかった。今は、思っているが。おまけに、不幸な恋愛沙汰を経験するのは、少々優雅だ……」(60)

　イーヴリンによると、アクトンは「驚くほど男前のスポーツマンタイプの男」(61)に、やはり片思いの感情を抱いていた——多分、トニー・ブッシェルだろう。その男は、イーヴリンがハートフォードの自室で開いた臓物のランチの集まりに、ほとんど毎日、知らず知らずアクトンを引き寄せた。ほかの誰もがビールを飲んでいる時に、アクトンは「水を啜り、近づき難いその運動選手を情熱的な眼差しで見つめていた」(62)*6。そのお返しに、アクトンはクライスト・チャーチ・コレッジの自室で、何度となくランチ・パーティーを開いた。そこでイーヴリンは、いくつかの長く続いた友情を結んだ。

　その友人の中に、プレップ・スクールとイートン校でアクトンと一緒だった三人の男がいた——マーク・オーグルヴィー＝グラント、「無鉄砲な屋根登り」のビリー・クロンモア（彼は学生時代、オックスフォードのある教会の屋根で夕食パーティーを開いた。そして、のちに司祭になった）、「隠れ勉強家」のデイヴィッド・トールボット・ライス。彼は、異性の学生でイーヴリンの友人であるタマーラ・エイベルソンと出歩いた、オックスフォードの仲間集団では稀な存在だった。彼はのちに、彼女と結婚した。

一九二三年の秋学期に新しい学生が入ってくると、イーヴリンの仲間は多くなり、イートン校の飛び抜けて才能のある世代の何人かが、さらに含まれることになった――アントニー・ポーエル、オリヴァー・メセル、ヘンリー・ヨーク（小説家のヘンリー・グリーン）、ロバート・バイロン（彼は旅行の話が出るたびに、将来の職業とは矛盾して、「外国なんてくだらない！」と叫んだ（彼は紀行作家になった））、ブライアン・ハワード（彼の学校時代の親友で、校内雑誌の発行で協力したハロルド・アクトンでさえ、彼は「道徳観念皆無」なのを認めた(63)）。のちに『ブライズヘッド再訪』のアントニー・ブランシュとして、『さらに多くの旗を掲げよ』のアンブローズ・シルクとして不滅の存在になったハワードは、イーヴリンが「大して好かなかった」者の一人だったが、「無邪気だったわたしは、彼を知っているのが誇らしかった」と言った。

イーヴリンは、オックスフォードのほかの二人の同じ年頃の者にも、似たような感情を抱いていた。その二人はベイリオル・コレッジにいた。一人は、のちにナンシー・ミットフォードと結婚した、遊び人風だがうんざりするほど説教好きのピーター・ロッドで、もう一人はナンシーのむら気ないとこ、「バズ」・マリーだった。イーヴリンは彼を、「悪魔的な若者」と見なした(64)。イーヴリンはのちに、『黒い悪戯』と『さらに多くの旗を掲げよ』の、ベイリオル・コレッジで教育を受けたアンチ・ヒーローのバジル・シールの性格に、彼らの最も嫌な性癖のいくつかを混ぜている。マリーはオックスフォードで秀才として知られていたが（彼は有名な古典教授の息子で、やはり奨学生だった）、セックス、金銭、衛生観念に対する無頓着な態度でも知られていた。バジル・シール同様、彼は新聞記者としてスペイン内戦を共和国側で取材し（イーヴリンは、シールを「爆薬の密輸人」にもしている）[65]、ウォーの初期の小説にぴったりの奇怪な状況で死んだ――彼がバレンシアの埠頭で買った雌の猿の致死性ウイルスに感染したのである。彼は一連の失恋のあと、人生に幻滅してホテルの部屋で泥酔し、猿と遊び戯れたと報じられた[66]。

その十五年前オックスフォードで、F・A・フィルブリック（のちのラグビー校の化学教師）が、からかわれた仕返しにイーヴリンをこづき回すのに手を貸したのはマリーだった。フィルブリックは、かつて学校で下級生を鞭で打つのをかなり愉しんだとイーヴリンに打ち明けたが、そのことをイーヴリンが広めたため、彼はイーヴリンの仲間たちにからかわれることになったのである。その嫌がらせは、映画館でアフリカの生活の映画が上映された際、ある男が鞭で打たれる場面になると、学生たちがフィルブリックの名前を一斉に何度も大声で唱えた時に頂点に達した。イーヴリンはのちに、自分の初期の小説の、いかがわしい一連の人物の名にすることで報復した。

だが、こうした敵意は、イーヴリンがハートフォードの歴史チューター、C・R・M・F・クラットウェルに対して覚えた敵意には及ばなかった。イーヴリンが彼に対して抱いた嫌悪感は、兄のアレックが回想しているように、「恋愛のように、相互的で、本能的で、不合理なもの」[67]だった。仲間の教員たちから、かなり哀れで孤独な独り者と見られていたクラットウェルは、自分の痛ましいほどの内気さを、ぶっきらぼうで妥協しない態度の後ろに隠していた[68]。イーヴリンでさえ、のちに、彼はおそらく「戦争でぼろぼろになった人間」だろうということを認めたが、それでも、彼の「不機嫌な赤ん坊の」顔、「一筋の粘液によって、厚ぼったい唇にいつもくっついている」パイプを嘲笑うのに抗し得なかった。「彼がパイプの軸を口から出し」とイーヴリンは続けた、「不明瞭な言葉を強調しようとして振ると、ピカピカ光っている粘液はついに離れ、顎に涎が残る。彼に話しかけられると、どのくらいまでそれは細くなるのだろうと推測し気が散っているので、彼の言葉が耳に入らないことが多かった」。

オックスフォードでは、イーヴリンは学生雑誌に「クラターズ」を仮借なく戯画化し、彼が犬としていると思われている変態行為について、聴く気のある者には誰にでも話した。「今、奴は哀れな獣を強姦してるんだ」とイーヴリンはいとこのクロード・コウバーンに、イーヴリンの部屋の上の部屋から聞こえてくる奇妙な音に二人が耳を澄ましている時に囁いた。「朝のこんな時間に[69]！」

イーヴリンがクラットウェルと最初に言い争った原因は、イーヴリンはハートフォードの歴史専攻のトップの奨学生なのだから自分の義務を果たすようにと、クラットウェルが激しい口調で執拗に言ったことだった。イーヴリンは、自分はその要求は無視するつもりだということを、早くからはっきりさせていた。自分の奨学金は、「これまでの勉学に対する報酬で、これからの勉学を約束するものではない[70]」と考えていて、のちに、自分はオックスフォードの友人たちの政治的見解、宗教的見解、恋愛事件、財政等々をすっかり知ってはいたが、「何を専攻しているのか訊くのは無作法だと考えた」と言った[71]。だが、イーヴリンは、クラットウェルのあからさまな女嫌いと（彼は女性教員を「自堕落女《ドラッブ》」と呼び、感情が昂《たかぶ》った時の彼女たちを「胸を震わせる輩《ブレストヒーヴァー》」と呼んだ）、弱い者苛めをする彼の性向に反感を持っているふりをした。

よく知られていることだが、イーヴリンはクラットウェルという名前を、最初の五篇の小説の好ましくない人物に付け、彼が一九二八年に結婚する直前に、最初の義母、レディー・バークレアにクラットウェルが「いわれもなく侮蔑的な」手紙を送ったあと、無際限に宿怨を抱き続ける決心をしたらしい。

クラットウェルもイーヴリンも死んでずっと経ってから、イーヴリンの息子のオーベロンは、復讐を復活させるあらゆる機会を喜んで見つけた。『オックスフォード英国人名辞典』にクラットウェルの項が載り、歴史家としてのさまざまな業績以外に、「花と田舎の生活に対する情熱」と記されるとオーベロンは、「広く怪しまれていた奇行」に言及するのを省いたと、出版社を非難した。（それは単に、その後の版から花に対する言及を省いただけで解決された。）二〇〇三年、ハートフォードで行われたイーヴリン・ウォー生誕百年記念のディナーの席で、オーベロンの息子アレグザンダーは、集まった学者たちに、グラスを挙げてクラットウェルにこう乾杯するよう呼びかけて彼らをびっくりさせた。「彼が永遠に犬の獣姦者および完全な糞ったれとして記憶に残るように」[72]

原注

＊1　のちに『タブレット』の編集長になったダグラス・ウッドラフは、保守党支持者の一人としてイーヴリンに弁論会館で演説してもらうことにした。当時は、自由党支持者の方が多かった。「自分はトーリーだとわたしは言ったが、どんな時事問題でも、トーリーの政策を定義することはできなかった」（『少しばかりの学問』、一八三頁）。彼は、〈オックスフォード・カールトン・クラブ〉と、もっと小さい〈チャタム・クラブ〉に属していた。

＊2　しかし、イーヴリンは一九二三年六月、ユニオンの選挙に立候補した。二十五票で最下位だった。彼の友人のクリストファー・ホリスが三百九票で会長に選ばれた。

＊3　「……僕の数少ないロマンスは、いつもクリスマスの週にピークに達した。リネッド［ジェイコブズ］、リチャード［ペアーズ］、アラステア［グレアム］」（一九二四年、キリスト降誕祭。*EWD*、一九四頁）。

＊4　A・L・ラウスは、こう書いている。「ハロルド・アクトンがオックスフォード時代に得た、あれほどの学生としての人気、あれほどの評判、あれほどの特異な権勢は、ほかにはあり得なかった」（『オックスフォードのコーンウォール人』、二三頁）。

＊5　ブーズビー卿は、自分がそのファッションを、その数年前から流行らせたと主張した。（アン・スウェイト編『我がオックスフォード』、三二頁。）

＊6　イーヴリンとトニー・ブッシェルだけが、彼の口説きを退けた者ではない。ジェイムズ・リーズ＝ミルンは、のちにこう書いている。第二次世界大戦中、彼はアクトンと共寝することに、そう乗り気ではなかったが、同意した。アクトンは、その時、軍服を着ていた。しかし「翌朝、わたしが氷のように冷たく無反応だったと、わたしを責めた」（マイケル・ブロック編『ジェイムズ・リーズ＝ミルンの日記、一九八四年～一九九七年』、三七三頁）。

第7章　哀れな死んだ心

イーヴリンは学期のあいだ大いに浮かれ騒いで過ごしたので、アンダーヒルで過ごす休暇は、それに比べてかなり退屈だった。一九二二年の春、北ロンドンの郊外は「筆舌に尽くし難いほど侘しい」とドライバーグに話した。(1)イーヴリンは大きくなるにつれ、書斎で父が芝居がかった身振りで朗読するのを聞かされるのに次第に我慢できなくなってきたが、父との関係は、彼がどんな勉強も拒否し、相変わらず金遣いが荒いことを巡って父と対立したため、一層緊張したものになった。イーヴリンの奨学金を補うため、アーサーは年間さらに二百二十ポンド与えた。それに加え、イーヴリンの誕生日のプレゼントを買い、さまざまな未払いの借金の片を付けるのに、当時千ポンドくらいだった彼の収入の四分の一以上がかかった。(2)だが、こんな風にアーサーは気前がよかったにもかかわらず、イーヴリンが家に連れてきた友人たちは、父に対する彼の口の利き方にぞっとした。その一人は、アーサーがイーヴリンに、お前は友人にはそんなに魅力的になれるのに、自分の父親にはなんでそんなに無愛想なのだと訊いた際のことを思い出して、身震いした。「友人は選べるけど」とイーヴリンは言った、「父親は選べない」(3)。

イーヴリンは、アレックにも残酷になることがあった。自分たちのいとこのクロード・コウバーンが二百ポンドの借金を払わねばならなかった時、イーヴリンはアレックに金を貸してくれと頼んだ。アレック自身の話では、彼は当時、物を書いて年間約八百ポンド稼いでいた[4]。それにもかかわらず、その頼みを丁重に断った。アレックが「財政的援助を受けて然るべき芸術的な」いとこのための頼みを、こんな風に撥ねつけたことに腹を立てたイーヴリンは、小声で厳しい口調で言った。「あの禿げ頭の女誑しは、紳士はいかに振る舞うべきかを学ぶ必要がある」――イーヴリンは、兄の髪が抜けたのは、結婚が解消されてから過度な性的活動をしたせいだという考えを持っていた。彼はオックスフォードからロンドンに何度か不意にやってきたが、その際、友人たちと物陰からさっと現われてアレックとその時の女友達をびっくりさせ、「やーい、アレック、禿げ頭の女誑し！」と叫んだ。彼はコウバーンに、アレックの女たちは、「なんであれ驚かされると冷感症になりやすい」と請け合った[5]。

アレックは、こうしたすべてのことに、驚くほど寛大だったように思える――少なくとも、のちに、この時期に二人が過ごした楽しい時のみを回想している。イーヴリンを、ロンドンにいる自分のボヘミアンの友人たちに紹介し、いろいろなパーティーに連れて行き、「ウィットに富み、快活で、希望に満ちた」弟をいつも誇りにした[6]。後年イーヴリンは、兄の気前のよさに感謝した――兄は「ロンドンの最上のレストランをいくつか紹介してくれ、わたしは兄にたかり、わたしの友人たちを兄のフラットに連れて行き、懐が淋しい時は兄のフラットの床で寝、夜明けに地下鉄が動き始めると、一日の仕事に出掛ける土方に混じって、皺くちゃになった夜会服姿でハムステッドの家に電車で揺られて行った[7]」。

アーサー・ウォーは、オックスフォードで次男が金と時間を浪費していると心配したかもしれないが、イーヴリンは飲んだくれて騒いでいるあいだにも、実際は、さまざまな活動をして、驚くほど忙しかった。そのどれも、歴史の学位取得とは少しの関係もなかったが。当時イーヴリンは、ユニオンでの弁論術よりも、あるいは物を書くことよりも、イラストとデザインの方に自信を持っていた。彼はのちに、ドローイングの方が、読んだり書いたりするより自分を「すっかり幸せ」にしたことを認めた。そして、腕を上げようという野心を抱いて、休暇中に木彫のレッスンを受け、学期中に、ラスキン美術学校の実際のモデルを使った絵画教室にピーター・クウェネルと一緒に通い、「驚くほど魅力に欠けた」ヌードのモデルを描いた。

彼はオックスフォードにいたあいだずっと、友人のために蔵書票のデザインをし、チャップマン&ホールの本のカバーのデザインを手掛け、『ロンドン・マーキュリー』と『ゴールデン・ハインド』のために木版画を描いた。そして、大学のさまざまな雑誌とプログラムのための頁上部の花飾り《ヘッドピース》とカバーのデザインを頻繁に頼まれた。彼の独特で、しばしば奇怪な木版画は、殊に大学内の「美術批評家」から賞讃された[8]。父親への愛情がとりわけ薄れた頃に描かれた木版画の一つは、「あの陰惨な行為、親殺し」と題されている。ピストルを持った狂気の青年が、アーサー・ウォーに似ていなくもない老人の方に近寄って行く。肘掛椅子に坐っている老人は、やや驚いていて、無防備だ。この漫画は、「七つの大罪」をイーヴリン流に描いた残忍なシリーズの一点で、『チャーウェル』に載った。それは当時のオックスフォードの雑誌の中で最も破壊的なもので、スポーツ中心に傾いている『アイシス』を軽んじる傾向にあった唯美主義者や知識人のための代弁者だった。

しかし『アイシス』は寄稿者に報酬を払ったので、常に手元不如意だったイーヴリンは、その雑誌に寄稿するのにも大乗り気で、数多くの漫画やイラストを描く以外に、ライト・ヴァース、短篇、映画評、ユニオンの報告を、すべて「スカラメル」という筆名で書いた。その雑誌の巻頭には、「アイシス・アイドル」が載った。それは大抵、人気のある学内のスポーツ選手か、ユニオンの指導的人物のプロフィールだったが、イーヴリンは、それを見事に引っくり返し、スポーツとはまったく無縁の気取ったハロルド・アクトンへの讃歌と、自分の「穴熊めいた」歴史チューターの、さほど好意的ではないプロフィールを寄稿した。

クラットウェルに対する言及は、イーヴリンが一九二三年に『チャーウェル』に載せた二つの短篇にも見られる。「エドワードの比類なき業績」では、ある学生が自分のチューターに「根深く、計り知れない憎しみ」を抱き、チューターを殺害しようと決意する。「共謀殺人」では、ある青年が、真向かいの部屋に住む、「服装がだらしなく薄汚い」教員に気が狂いそうになる。二人が階段で擦れ違うと、教員は「野獣のように唸る」。

しかし、伝記的にもっと興味深いのは、同年にオックスフォードの別の雑誌に載った、ほかの二つの短篇である。一九二三年五月に『アイシス』に載った、面白いが、しばしば無視される、この二つの短篇の最初の「出世を望む男の肖像」では、ジェレミーという押しつけがましい学生が「イーヴリン」を彼の部屋に訪ね、リチャード・ペアーズに紹介してもらいたい、ペアーズは「知るべき男と感じるので」と言う。イーヴリンは、ペアーズを「愛すべき悪党」と呼び、自分は彼をほとんど知らないと言う。この短篇は、自分を最近棄てた恋人に対する、それとない当てつけだったとしても、それを読んだ彼の友人のヒュー・モールソンにとっては、ひどく心を乱すものだった。モールソンは、ジェレミーの性格に、直ちに自分を認めた。ジェレミーは自分自身の声の響きを深く愛し、ユニオンの会長になろうという、面白くもない野心を抱いている（モールソンは、二年後にその野心を達成した）。

この短篇では、ジェレミーは、ペアーズをほとんど知らないというイーヴリンの言外の意味を理解し損ね、こう続ける――

「馬鹿な、君たちが一緒なのをいつも見てるぜ。僕は火曜日には、昼飯の前には何もしないんだ。その時はどうだい？　もしくは、金曜日もなんとかできる。けど、火曜日の方がいい」

そう決まった。

間《ま》があった。わたしは腕時計を見た。ジェレミーは気づかなかった。わたしは、また腕時計を見た。

「何時だ」と彼は言った。「二十三分前か。そいつはいい！――時間はたっぷりある」

「独り善《よ》がりの馬鹿者の前では、神も呆れて沈黙する――その通りさ、そうして、羨んでもいる」とわたしは思った。

「僕は木曜日に、〝新聞について〟という題で話すんだ」

「いいじゃないか」

「近東について。マケドニア。石油、さ」

「ああ」

「かなりいいスピーチになると思う」

「うん」

「イーヴリン、君は聴いてない。真面目な話、僕の話のどこが悪いと、正直、思うんだい。僕がユニオンについて感じるのは……」

闇雲な怒り、霧状の炎。わたしたちは絨毯の上で取っ組み合った。彼は、体格の割には驚くほど弱かった。火搔き棒の最初の一撃は、彼が避《よ》けたので肩に当たった。二撃目と三撃目で、彼の額が凹んだ……

終わりの場面は、訪問者が長話をしているあいだにイーヴリンが見た、願望充足の白昼夢である。ジェレミーは、立ち去ろうとしてようやく立ち上がると、最後に迷惑な要求をする。「なあ、イーヴリン、『アイシス』にユニオンのことを報告する男を知っていたら、今度は僕のことをちゃんと書くように頼んでくれないか」

モールソンを、己惚れた退屈な男として仮借なく批判した「出世を望む男の肖像」は、二人の友情を事実上終わらせた。のちにモールソンは、なんでイーヴリンと仲違いしたのか訊かれると、こういうことを思い出した。「例によって長い散歩に出掛けた時、わたしは長話をしたと思う。わたしは石油のことを話した。すると、次の週に出た『アイシス』に、わたしの言ったことの多くがそのまま書かれていた……そのことがあってから、わたしは彼と長い散歩に出掛けて自分の考えていることを彼に話す気がなくなった」[9]。モールソンは、当然だが、イーヴリンの「知的残酷さ」と彼が呼んだものは好きではないと告白した。だが実際には、二人の友情は、イーヴリンが本当は自分のことをどう思っているのかモールソンが悟ったあと、続かなくなったのである。

疑いなく、モールソンの若気の至りの突飛な行動と、思い上がった野心を考えると、イーヴリンは彼がもっともらしく言うことを真《ま》に受けることはできなかった。モールソンが最後には統一主義者の政治家として一代貴族になった時（彼は今では、「わたしは、自分がすでに持つに至った意見を裏書きする追加の証拠に注目する」という、ニュース番組でよく引用される文句で、もっぱら人に記憶されている）、イーヴリンは、彼の名前にやむを得ず言及する際は、卿《ロード》に引用符を付けた。

イーヴリンが一九二三年に書いた、ほかの注目すべき短篇は、「失われたものを求めた男、アントニー」である。それは、ハロルド・アクトンが創刊した、短命に終わった美術雑誌『オックスフォード・ブルーム』に載ったもので、イーヴリンはすでに、同誌のためにカバーをデザインし、二点の「キュービスト」の漫画を載せていた。その短篇は、牢獄にいる二人の恋人、アントニー伯爵とレディー・エリザベスの奇怪な話で、エリザベスは、痘痕面《あばたづら》の牢番と一緒に、冷酷に夫を裏切る。それはジェイムズ・ブラーンチ・キャベルの型通りのファンタジー小説『ジャーゲン』（一九一九年）の影響を受けたものである。イーヴリンはのちに、「十九歳の時に、わたしをすっかり虜にした、あの途方もなくまことしやかな人工物『『ジャーゲン』』」と、辟易しながら言った。のちにアクトンでさえ、イーヴリンの短篇は、「実際よりもかなり良いものに思えた」ことを認めた。彼は当時、イーヴリンの「小妖精の魅力」に惹かれていたからである。だが、文体の面でいかに欠陥があろうと、今になって考えると、それはイーヴリンののちの傑作『一握の塵』（一九三四年）の種子《たね》を蔵していると見ることができる。アントニーは、騎士的な夫トニー・ラーストの先駆者である。トニーに飽きた妻（レディー・エリザベス／ブレンダ・ラースト）は、なんの取り柄もない無頼漢と一緒に彼を裏切る（牢番／ジョン・ビーヴァー）[10]。『一握の塵』が、イーヴリンの最初の結婚が妻の裏切りで破局を迎えたことに対する苦い思いを反映しているように、「アントニー」は、テレンス・グリーニッジがのちに言っているように、リチャード・ペアーズへの「無視された愛の痛み」にイーヴリンが苦しんでいる時に書かれた[11]。二つの作品は、ロマンチックな過去に対するイーヴリンの郷愁と、ロマンチックな期待は決して満たされることがないという、彼のシニカルな信念にもとづいてもいた。

もしリチャード・ペアーズに逃げられたことが、一九二三年の春、十九歳のイーヴリンの希望を砕いたとすれば、彼は、本人の言うところの次の「我が心の友」を作るのに時間を無駄にはしなかった。それは、アラステア・グレアムという、ブレイズノーズ・コレッジの、容姿端麗な十八歳の青年だった[*1]。イーヴリンはのちに『少しばかりの学問』の中で、彼を「ヘイミッシュ・レノックス」という仮名にしている[12]。イーヴリンより八ヵ月若く、生まれが良く、裕福で、夢見がちだったグレアムは、イーヴリンが若い頃に熱愛した者の一人になった。グレアムが『ブライズヘッド再訪』のセバスティアン・フライトの人物造形に貢献しているのは、ごく明らかである。原稿では、「セバスティアン」の代わりに「アラステア」と二度書かれているのだ。

　ペアーズ同様、グレアムはイーヴリンの仲間たちから、理想的交際相手と見られていた。アントニー・ポーエルが回想するところでは、彼は「恐ろしいくらいの美男子で、ドレスデン陶器の女の羊飼いのような容貌だった……大勢の者が彼を恋したのは疑いない[13]」。列を作った讃美者たちの中に、ハロルド・アクトンがいた。彼は、グレアムとイーヴリンが同性愛関係にある最中《さなか》に、二人に同時に宛てた手紙に感情を吐露した。「僕は、聖歌隊の少年と司祭の官能で刺激的なものになった空気の中で君たち二人の天使のことを想うと、勃起した！[14]」。のちに彼はグレアムを、ラファエル前派の美女のようだが「誘惑しておいて体を許さない女」だと評した[15]。そして、ダンカン・ファローウェルに、彼は「イーヴリンが好んだ女っぽい顔立ちをしていた——小妖精のような顔立ちを」と語った。彼はスポーツマンではないが、「スポーツマン風の服装をしていた。ゴルフ用半ズボンとツイードという、田舎のスタイルだ[16]」とアクトンは付け加えた。

　イーヴリンもツイードの半ズボンが好きだったが、二人にはほかにもっと重要な共通点があった。ペアーズとは異なり、グレアムは、イーヴリンが言ったように、「酒瓶に対する嫌悪感は持っていなかった」、あるいは、ハロルド・アクトンが好んで言ったように、グレアムは「鯨飲」した。知的にも芸術的にも好奇心が強かった彼は、生涯、広く読んだが、生まれつき、ひどく怠惰でもあった。十五歳の時、ウェリントン校に戻るのを拒否した彼は、オックスフォードでは、イーヴリン以上に歴史の勉強を怠けた。「わたしの生来の軽薄さ、ディレッタント根性、放埒な生き方を助長するのに、それ以上にふさわしい影響を受けることはあり得なかったろう」とイーヴリンは、のちに書いた。「あるいは、わたしが感じたかもしれない世俗的野心を煽るものは、なんであれ卑俗で空しいことだと暴露するのに」[17]

イーヴリンの日記には空白があるので、二人の友情が、いつ、どんな風に始まったのかを言うのは難しい――グレアムものちに、日記の編纂者に悲しそうに語った。「自分のもっと楽しい多くの経験が記録されていない」[18]――しかしそれは、一九二三年の夏学期が終わる前のことに違いない。その年、グレアムは大学の公式第一次試験に落ち、ブレイズノーズ・コレッジの学長の助言があって、母は息子を退学させた。

グレアム夫人の決断で、自分は「一瞬、落ち着きを失った」と、イーヴリンは控え目に書いている。そして、秋学期の初めに、彼は父に、自分もオックスフォードから連れ出し、ボヘミアンの芸術家として生きるためにパリにやってくれないかと頼んだ。驚くことはないが、アーサーは、その考えが気に入らなかった。[19]「僕は永遠に大学を去りたいが、その理由が説明できない。そして、両親は頑固だ」とイーヴリンはカルーに宛てて書いた。[20]彼が両親に説明できなかったことは、なんだろうか？アラステアに対する愛情だろうか？

一方、アラステアは「落ち着いてきて、何か書いています」と母はブレイズノーズ・コレッジの経理部長に言った。「これまでのところ一生懸命に」。息子は間もなく「ロンドン大学で建築を勉強します」と彼女は言った。その努力は、彼のオックスフォードでの期間より長続きがしなかった。[21]だが、アラステアは大学を去ったものの、イーヴリンとは「離れられなかった」と、のちにイーヴリンは回想している。「あるいは、離れても、ほぼ毎日連絡し合った」[22]。アラステアは、「オックスフォードに依然として出没した」。彼はウォリックシャー州の自宅から二人乗り自動車でしょっちゅうやってきた。そして、イーヴリンと一緒にオックスフォードシャー州の田舎に車で猛スピードで出掛けた。時には、もう一人が後部補助席に窮屈そうに坐ることもあったが、大抵は二人切りだった。「当時、わたしたちはイーヴリンの姿を、ほとんど見かけなかった」とアクトンは嘆いた。「彼［グレアム］とイーヴリンは、いつも一緒だった。惑溺。まさしく惑溺」

ある時、アラステアはやってくる前に、裸の自分が写っている写真を同封した手紙を寄越した。彼は、張り出している岩壁の下で、背中をカメラの方に誘惑するように向け、魅惑的な森の精のようなポーズをとっている。[*2]

親愛なるイーヴリン、

僕はこの手紙を、デイヴィッド［プランケット・グリーン］か、バスタード・ジョン［グリーニッジ、テレンスの兄］〔「バスタード」は私生児の意だが、ここでは「兄貴」の意〕に出してもらう。今晩二人に会うのだ。君がこのパーティーに来ないというのは悲しい。ひどいものになりそうだ。人はいつでも飲めるが、それは天国への、少々安い道だ。僕はバーガンディーを飲む理想的な方法を見つけた。桃を一つ用意して皮を剝き、フィンガーボウルに入れ、その上にバーガンディーを注《つ》ぐ。味は絶妙だ。そして、桃は、古いワインが喚起する、あの楽しい後宮的満足感を増すように思える。それは、あるフランス人の老婦人が教えてくれたのだ。彼女はラヴァルに素晴らしい地下貯蔵室を持っている。僕はこの二日間、耳が痛くてベッドにいる。いつか、君のご両親を訪ねてもいいだろうか、それとも、ご両親は嫌がるだろうか？　オックスフォードに来週行くべきかどうか迷っている。金と、そのほかのちょっとした複雑な事情次第だ。もし行けたら、土曜日にどこかで僕と一緒に飲まないかい？　もし晴れていたら、何本かワインを持って、森か牧歌的な場所に行ってもいいかもしれない。そして、ホラティウスのように飲むんだ。これは下手なとりとめもない手紙になってしまったようだ。でも、僕は手紙が書けないのだ。君がこのパーティーに来ないことの悲しみを伝えたかっただけだ。君が、もっと楽しい気分で、それほど深刻ではないのを願う。

アラステアと、その哀れな死んだ心より愛を込めて。

イーヴリンが『ブライズヘッド再訪』の、セバスティアンがチャールズを招く一節を書いた時、この手紙が心のどこかにあったと考えてよいように思われる。「危険から逃れて、すぐに来るんだ。僕は自動車と、苺の籠と、シャトー・ペイラゲー[*3]を一瓶持ってる——君が飲んだことのないワインだ、だから、飲んだふりをしちゃいけない。苺と一緒に飲むと天国だ[(23)]」

日付は入っていないが、アラステアの手紙が一九二四年に書かれたのは、ほぼ確かである。彼は多分、イーヴリンの両親に会う前に、二人を訪ねる話を持ち出しはしなかっただろうから。ケイト・ウォーの日記によると、彼がイーヴリンの両親に初めて会ったのは、イーヴリンが彼をアンダーヒルでの夕食に連れて行った、一九二三年十二月だった[(24)]。イーヴリンはのちに、二人の関係が「ピークに達した」のは、その年のクリスマスだったと示唆している[*4]。

イーヴリンは、ストラットフォード＝アポン＝エイヴォンの近くにあるアラステアの家、バーフォード・ハウスに、遥かに頻繁に行った。その家は、アラステアの寡婦の母、ジェシーが取り仕切っていた。アラステアの父は、彼がオックスフォードに行く前の年に死んだ。「G夫人」——アラステアもイーヴリンも、彼女をそう呼んだ（あるいは、「皇太后」とも呼んだ）——は、夫同様、狐狩りに夢中だったが——周囲の田園が素晴らしいのが、その家を買った第一の理由だった——もはや馬は飼っていなかった。その代わり、「狐狩りをする時のように猛烈に」ガーデニングをした、とイーヴリンは回想している。その熱意は、懶惰《らんだ》な息子には伝わらなかったが。息子は、「家から外に出て何かしなさい！」と年中促されていた。

バーフォード・ハウスは、ブライズヘッドあるいは、テレビ映画でブライズヘッドとして使われたハワード城のような大きいものではまったくない。イーヴリンは一九三七年にたった一度ハワード城を訪れただけだったが、それは彼が小説に描いている堂々たる古い大建築に遥かに近かった。それにもかかわらず、バーフォード・ハウスの立派な、剝落しつつある白化粧漆喰の正面《ファサード》の下に、チャールズ・ライダーがブライズヘッドを最初に訪ねた時に目にしたのと同じ、金色の切石《きりいし》積みを垣間見ることができる。その前面は、壮大さではとても及ばないが、似たようなイオニア式の半柱の列で飾られている。そして屋根には、円屋根と頂塔さえある。これも、小説に書かれているよりかなり小規模だが。チャールズ・ライダーが、「わたしはそこに「ブライズヘッドに」、前に来たことがある。最初は、二十年以上も前、六月の雲一つない日に、セバスティアンと一緒に……」と回想する時、イーヴリンが、初めてバーフォード・ハウスを訪れた際のことを回想しているのは十分に考えられる。彼は、チャールズがそう回想している六月の日というのは一九二三年のことであるのを、はっきりさせている（第四章）。アラステア・グレアムとイーヴリン自身の恋愛が始まった夏である。イーヴリンがバーフォード・ハウスを訪ねたことに関する記述がケイト・ウォーの日記に出てくるのは、一九二四年一月三日になってなのは本当だが、ほかのすべての証拠は、彼女の息子が前年の夏にそこにいたことを示している——おそらく、母には言わずに。

イーヴリンはゴーリング・ホールのモールソン家で、カントリー・ハウスの生活を体験していたとしても、バーフォード・ハウスでは、もっとたっぷりとその生活を満喫した。アラステア・グレアムは、ヒュー・モールソンより遥かに「本物の貴族」に近かった。母はアメリカ南部の令嬢で——アラステアの相当な不労所得の主な資金源は、彼女のアメリカの一族の木綿業の資産だった——父は、英国の真正の地主貴族の御曹司だった。准男爵の次男で第十二代サマセット公爵の孫だったヒュー・グレアムは、カンバーランド州のネザビー・ホールで育ち、生涯を狐狩りと銃猟と魚釣りに捧げた。彼の姉妹であるアラステアのおばたちは、モントローズ公爵夫人、クルー侯爵夫人、ヴェルラム伯爵夫人、レディー・ウィッテナムだった。アラステアは自分の偉い親族の自慢は決してしなかったので、イーヴリンは、そうした関係すべては知らなかったかもしれないが、バーフォード・ハウスに滞在中（彼は数え切れないほど何度も滞在し、数週間続けて泊まることもあった）、自分もやがて入ることになる上流社会に、初めて本格的に触れたのである。

　狩猟に対する父の情熱を受け継がなかったアラステアにとって、バーフォード・ハウスは避難所だった。生まれつきの隠遁者だった彼は（「かなり物静か」だとアクトンは言った。「打ち解けない」とポーエルは評した）、乱されない孤独を渇望した。のちにイーヴリンに宛てた手紙に、こう書いた。「僕が見、聞き、考えたすべての美しいものは、鮮やかな花や麝香《じやこう》の香りのする花のように庭で育つ。その庭で僕はそうしたものの存在を愉しみ、完全な平和のうちに坐り、人生の不愉快なものを追い払うことができる。僕以外の誰も入ることのできない、一種の要塞化した隠れ家[25]」

　イーヴリンが、外部世界から自分を遮断したいというアラステアの望みに同調すると、イーヴリンの最後の年には、オックスフォードの友人たちが彼の姿を見ることは次第に少なくなった。歴史学科においても。一九二四年の夏に、彼は遅まきながら必死に詰め込み勉強をしたものの、十分ではなかった。試験場を出た時、問題が「かなり不都合」だったことを意識し、不安だった。うまくいく望みは、歴史学科の受験生のためにクラットウェルが催した夕食会での彼の振る舞いのせいで、ほとんど潰えた。「夕食会に、わたしは千鳥足で出たうえに、あとで黒人霊歌を歌おうとして、一層皆の顰《ひん》蹙《しゅく》を買った(26)」。彼は七月末に口頭試問を受けるためにオックスフォードに戻った。黒っぽい上着に奨学生用ガウンを羽織り、白いネクタイを締め、贔屓のワイン商から買ったウイスキーで景気をつけた。しかし、口頭試問は「まったく形式的」だと感じた。そして、「自分の確実な第三級《サード》」について両親に電報を打って警告した。それを裏付けるものが、翌日、遅滞なく届いた。

原注

＊1　アラステア・ヒュー・グレアムは一九〇四年六月二十七日に生まれた（『バーク貴族名鑑』の、「グレアム、ネザビーの准男爵」を参照のこと）。したがって、一九二三年の夏には十九歳になっていたであろう。

＊2　オーベロン・ウォーはダンカン・ファローウェルに、グレアムがその写真を同封したのか、イーヴリンがあとでその写真を封筒に入れたのかは、はっきりしないと語った。

＊3　ペイラゲーは甘口のソーテルヌで、イーヴリンのお気に入りのワインの一つだった。彼はいつもそれを冷やさずに飲むのが好きで、「ホワイト・クラレット」と呼んだ。（アレック・ウォー著『記憶すべき年』、一〇七頁参照のこと。）

＊4　「……僕の数少ないロマンスは、いつもクリスマスの週にピークに達した。リネッド、リチャード、アラステア［グレアム］」（一九二四年、キリスト降誕祭。*EWD*、一九四頁）。一九二四年のクリスマスにグレアムが外国に行っていたことを考えると、イーヴリンは前年のことを言っているように思われる。

第8章 吹き寄せられた半溶けの雪のように純潔

イーヴリンは、その頃またつけ始めた日記に、自分は第三級《サード》の成績に「大いにがっかりした」と書いた。もっとも、成績がわかった日に、長々と飲み騒いで憂さを忘れようとしたが。最後は、ベックリーの〈アビンドンの紋章〉に飲みに行った。ベックリーはオックスフォードの真北にある村で、そこに彼とアラステアは、雨漏りのする幌馬車を借りた（「馬なしで《サン・ホース》」とイーヴリンはダドリー・カルーへの手紙に書いている[1]）。それは、グレアム夫人から逃れるためだった[2]。

翌週、彼とアラステアはダブリンに向かって発った。「なんとも魅力のない場所だ」とイーヴリンは思った。「有刺鉄線と廃墟と兵士と失業者だらけだ」――パブは午後九時に閉まった。二人の二週間のアイルランド小旅行は、薄汚いホテル、泡だらけの「おぞましい」ビール、いずれもショーラム〔イングランド南部の臨海の町〕を思い出させる町々によって一層惨めなものになった。クラットウェルの告別の手紙が彼のもとに来たのは、アイルランドにおいてだった。「君の第三級の成績は、君にとってまったく不名誉ではないとは、わたしには言えない。とりわけ、それは良い第三級でさえないからだ。そして、不適切な知的レッテルを貼られるのを自らに許すのは、常に少なくとも愚かなことだ……君が自分の知能に、歴史学科においてよりも良い機会を与えてやれる分野を、すぐに見つけることを願う[3]」

バーフォード・ハウスに戻っても、「極端に喧嘩腰の」G夫人と一緒の一週間に事態はほとんど良くならなった。そしてイーヴリンは、やがてアンダーヒルに帰ると、「恐るべき無線装置」の存在で苛立たされた。それは、アーサーが最近買ったものだった。「現代の家庭の仕来《しきた》りに反し」とイーヴリンはのちに書いた、「それをいつも聞きたがるのは父で、切るのは、わたしだった」(4)。

秋が到来すると、将来に対する彼の悲観的気分は増したが、アラステアが冬を妹と一緒にケニアで過ごすためアフリカに出発する日が間近に迫ったことで、一層ひどくなった(5)。その頃には、自分はオックスフォードで最後の学期——彼は学期半ばで入学したので、学位を貰うには九回目の学期を終了する必要があった——を始めていただろうと考えると、一層気が重くなった。もし、第三級の成績が確定して、その結果クラットウェルが奨学金の支給を停止し、イーヴリンがこれ以上大学に留《とど》まるのは金のまったくの無駄遣いだとアーサーが思わなかったならば。

そういうことになる前はイーヴリンは、「純粋の愉悦」の学期を熱心に心待ちにしていた。それに備えて、〈ヒポクリッツ・クラブ〉の旧友、ヒュー・リゴンと一緒に住むため、マートン・ストリートに下宿を予約していた。イーヴリンは自伝の中で、ヒューは「求めていた幸福をもう少しのところでいつも逃がし、野心がなく、恋においては不幸で、なんとも優しい男」だったと回想している。イーヴリンによって「好色なリゴン氏」という綽名を付けられたヒューは、相手を選ばぬ同性愛者の〈ヒポクリッツ・クラブ〉の一人で、彼とイーヴリンは恋人同士だったと、よく言われてきた。だが、この想定される関係がいつ始まったのかは、納得のいくようには確定されていない。そして、いずれにせよ、二人が共寝したという証拠は——そのことは十分考えうるものの——人が想像するよりも遥かに薄弱である。それは、噂と「言外の意味を読み取る」ことの産物である。セリーナ・ヘイスティングズは、彼女に情報を提供した三人の者に対して明らかに疑念を抱いていて、したがって、二人の関係を軽視した。ずっと最近のことだが、ポーラ・バーンは、このことをもっと重要視していて、タマーラ・トールボット・ライスが、「こう報告した」と書いている。「ジョン・フォザギル〔『宿屋の主人の日記』の著者〕は、イーヴリンにテイムのパブ〈翼を広げた鷲《スプレッド・イーグル》〉の部屋を、ヒューと密かに会えるよう、週半ばの特別価格で貸した」[6]。それでけりがついたかのように思えるが、タマーラ・トールボット・ライスは、本当にそう言ったのだろうか？　その主張の日付も出所も明かされていない。ただ、それは一九九一年にセリーナ・ヘイスティングズが彼女にインタヴューした際の短いメモから来ているように思える。そのメモは、アレグザンダー・ウォーのアーカイヴにある。そのメモによると、トールボット・ライス夫人はその時の会話の中で、二人が関係があったことは「誰もが知っていた」と言い、また、イーヴリンがそのパブで、安く部屋を貸してもらったとも言っている[7]。しかし、二人がその部屋を密会場所として使っていたということについては何も言っていない。

イーヴリンとヒュー・リゴンの関係の性格がどんなものであれ、ヒューの父親、第七代ビーチャム伯爵がマーチメイン卿の主なモデルであるということは、ずっと前から認められてきた。ちょうど、ヒューの兄、エルムリー子爵（イーヴリンが会員になった時の〈ヒポクリッツ・クラブ〉の会長）が、ブライディー〔ブライズヘッド伯爵の綽名〕のモデルになったように（彼も子爵同様、狐狩りが嫌いだ）。そして、ヒュー自身、セバスティアンの性格の多くを共有していた——落ち着きのなさ、自滅的な飲酒、いつも持ち歩いているテディー・ベア[8]、あえかな美しさ（アントニー・ポーエルは、それを「ナルシシズム的夢に生きているジョットの天使」の美しさに譬えた[9]）。しかし、イーヴリンの現存する日記と手紙に、ヒューに関するさまざまな言及があるが——その中に、ほかの人間とヒューの恋愛事件の言及はある——二人のあいだの性的親密さを仄めかす記述はない。

オックスフォードでの計画が潰え、財政状態がひどく逼迫《ひっぱく》したので、友人に恥を忍んで借金の手紙を書いたイーヴリンは、いまやアンダーヒルにいつまでも留《とど》まらざるを得ないという、侘しい前途に直面した。ともかくも、ランシング校に初めて行って以来家にいた期間より長く。気晴らしに午後は長時間映画館に行った。それでなければ、『藁葺き屋敷《サッチ》の寺院』という小説を何とか書き続けた。それは、先祖が大金をかけて作った無用の大建築に住む、黒魔術に手を出した青年の話で、六月に書き始めたが、完成しないだろうという予感が、すでにしていた。作家として立つ自信に欠けていて、もっと明確な目的を求めた彼は、ヘザリー美術学校に受講登録した。同校の学期は、偶然だが、アラステアが乗船した日である九月十八日に始まった。

当時、トッテナム・コート・ロードのすぐ後ろのニューマン・ストリートにあったヘザリー美術学校は、数多くの有名な卒業生を輩出していた——その中に、バーン・ジョーンズ、ロセッティ、ミレイ、ヘンリー・ムーア、E・H・シェパード、ウォルター・シッカートがいた——だが、イーヴリンがそこに行った時には、学生の大半は、「わたしのように、家で〝芸術家向き〟と信じられていた良家の娘たち」で、一方、わずかな男子学生は「商業美術で身を立てようと」しているように見えた。(10)

彼は学校に入った最初の日、「服は着ていないが生殖器の辺りにバッグを持っている、一人の痩せた男」を描くことになったが、気の合う者は一人もいなかった。それからというもの、彼は独り切りで、さもなければオックスフォードでのかつての友人、トニー・ブッシェルと一緒に昼食をとった。ブッシェルは、近くの王立演劇アカデミーで、俳優になる訓練を受けていた。ほぼ毎日、二人はトッテナム・コート・ロードのパブで昼食を済ませた。六ペンスで大きなハムロール一つと半パイントのビールが買えたが、(11)時には、レストラン〈プレヴィタ一リ〉で贅沢をした。二人は、そこで十月二十八日、イーヴリンの二十一歳の誕生日を祝った。アーサーは息子が丁年に達したのを機に、息子がアイルランド旅行をした際に貸した金を帳消しにしたうえに、五ポンド与えた。「実に紳士にふさわしい」とイーヴリンは思った[12]。

その当時彼は、アンダーヒルでの退屈な暮らしから逃れるため、兄のアレックにすっかり頼った。当時アレックは、離婚後の、ボヘミアン的遊び人の独り者としての自由を愉しんでいて、ケンジントンのアールズ・テラスに、優雅な二階のフラットを借りていた。パーティーの際にはもう一つの居間になる寝室があり、それは、ニューヨークのアルゴンキン・ホテルのスタイルを真似て、カーテンで仕切られていた。彼は高い天井を淡黄色に塗り、壁を空色に塗った。部屋全体には、「彼が使っていた、贅沢なロシアン・レザーの石鹸の快い香りが満ちていた[13]」。

アレックは、自宅で催したカクテル・パーティーや夕食会に弟を招いただけではなく、「無際限に人をもてなす[14]」グウェン・オターや、アヴァンギャルドの作家、メアリー・バッツのような、一九二〇年代の有名な女主催者《ホステス》によって催された夜会《ソワレ》にも連れて行った。メアリー・バッツは、かつてアレイスター・クロウリーのもとで魔術を研究し、その後間もなく、ジャン・コクトーと親密になって阿片を吸った。彼女は、ベルサイズ・パークの大きな自宅で、アレックのために記憶に残る「極上のパーティー」を開いた。彼女は、「際限のない飲み物、ダンス、女性のアトラクション、人目に触れない隅」を約束した[15]。それが実際に始まったのは、イーヴリンがクラレット・カップにブランデーを混ぜ始めたあとだったが。

そのような大騒動に巻き込まれた者の中に、若き作家レベッカ・ウェストがいた。彼女はその後一九五〇年代に、ある名誉毀損訴訟を巡って修復不能の仲違いをするまで、イーヴリンの作品の熱烈なファン、支持者になった。それに似た集まりでイーヴリンは、アメリカ人女優タルーラ・バンクヘッドと、彼女の当時の女友達、グウェン・ファラーのような有名人に会った。「わたしの家族は男については忠告してくれたけれど」とタルーラ・バンクヘッドは名言を吐いた、「女については何も言わなかった！」別のある時には、「自分は吹き寄せられた半溶けの雪のように純潔」だと自慢した。[16]彼女と同様に淫らだったのは、彼女の秘書、回らぬ舌で話すサー・フランシス・レイキング（イーヴリンの友人ジョーンの兄）だった。イーヴリンは、彼がアレックに盛んに言い寄っているのを目撃した――兄がご満悦なのにイーヴリンは気づかざるを得なかった。[17]別のある日の晩、例によって観察者の役割に甘んじていたイーヴリンは、アレックが「遅くなってから少し酔って現われ、いつものやり方で、部屋の中で一番醜い女を選んで連れ出し、彼女と淫らなことをするのを見ていた[18]」。

好色な兄がいつも自分よりずっと女にもてるのは、イーヴリンにとって常に腹立たしいことだった。殊にアレックが、明らかな肉体的利点を持っているようには見えなかったからだ。当時のある者が回想しているように、「ひどく魅力に欠け、小男で、ずんぐりしていた」ので。彼が女心を捕えた理由は、終始一貫、きわめて熱心だったという事実に、もっぱらあるように思われた。彼はまた、イーヴリンより明らかにチャーミングで、近づきやすかった。そして、おそらく決定的なことだが、当時のある者によると、アレックは「退屈な人物に、非常に、非常に関心を持っている」ように見えた。「その人物が退屈な人物であればあるほど、アレックは魅せられた。そういう訳で、彼はどのホステスにとっても理想のゲストだった[19]」

一九二四年の初めに、メアリー・バッツの家の数多くの下宿人の一人、エルサ・ランチェスターにイーヴリンを紹介したのはアレックだった。わずか二十二歳で、彼女は人気のあるキャバレー・クラブ〈ケイヴ・オヴ・ハーモニー〉を開店したばかりだった。それは間もなく、イーヴリンのお気に入りのナイトスポットになった。夏までには、彼は彼女に恋心を抱くようになり、自分がテレンス・グリーニッジと一緒に脚本を書いたサイレント映画に出演してくれと口説いた。それは『多情な女』という映画で[*1]、その多くの場面はアンダーヒルの庭で撮影された。彼はのちに、それを「エルサの映画」と呼んだ。そして、彼女がのちに有名な女優になり、俳優チャールズ・ロートンの妻になると、イーヴリンは、自分が彼女を「創った」と好んで言った。

その一方、アラステアがいないあいだも、イーヴリンはバーフォード・ハウスを相変わらず訪れた。グレアム夫人に車に乗せてもらいレミントンに行くたびに、「アラステアと僕が飲んだすべてのパブを通り過ぎるのは、ちょっと悲しい」と感じた[20]。十一月初旬に、彼はジョン・ストローに昼食会に招かれ、オックスフォードに行った。彼が来ることは、ほかの招待客には内緒だった――ハロルド・アクトン、マーク・オーグルヴィー＝グラント、ヒュー・リゴン、ロバート・バイロン、アーデン・ヒリアード、リチャード・ペアーズ（彼はその頃、オールソウルズ・コレッジの特別研究員に選ばれた）。彼らは「オックスフォードに対する僕のすべての愛を再燃するような具合に、自然に祝ってくれた[21]」。それは、「ホット・ロブスター、山鶉《やまうずら》とプラム・プディング、シェリー、燗をしたクラレット、ラムに似た不思議なリキュール」という途方もない昼食で、そのあと一同は〈ニュー・リフォーム・クラブ〉でビールを飲み、マートン・コレッジで夕食をとり、「レナルズという、チャーミングな狩猟好きの男」の部屋で、さらにビールを飲んだ。それから、〈馬の頭《ナッグズ・ヘッド》〉というパブに行き、そのあと懐かしい〈ヒポクリッツ・クラブ〉でウイスキーを飲み、『多情な女』を観た。

「その晩のこの辺からあとのことになると、僕の記憶はやや曖昧だ」とイーヴリンの日記は続いている。「僕はどこかから剣を持ってきてベイリオルに入り、アーデンとトニー・ポーエルをからかい、ピーター・クウェネルと、ごく真剣に話しているうちに、窓から出された……[22]」。彼は、その学期の残りの週末ごとにオックスフォードに戻った。そのたびに、決まって前より放埒になった。彼はオックスフォードの最新の流行に従い、ポロネックのジャンパーを着た。イーヴリンによると、「淫らなことをするには実に便利」だった。「なぜなら、飾りボタンとかネクタイとかの一切の非ロマンチックな装具が要らないからだ[23]」

たまたま思い切って外に出ると羽目を外してしまう傾向があったイーヴリンは、「愉快な暮らしをしながら絵を描くのは不可能だ」と、じきに悟った。[24] 彼はヘザリー美術学校で「クラスのビリでは決してなかった」が、美術学校に通うということに飽き飽きしてきた。十二月に、サセックス州に行って、印刷業者で蔵書票のデザイナーであるジェイムズ・ガスリーの弟子になろうかと、ちょっとのあいだ考えたが、二日にわたって下見をすると、ガスリーの家族の全員は気に入ったものの、印刷機にはあまり感心せず、ボグナー近くのガスリーの「醜い小さな家」の住み難さは、さらに感心しないものだった。[25] 最後の手段として、「わたしのような資格の持ち主に開かれている職業」に就くことにし、北ウェールズのプレップ・スクールの教師になった。

イーヴリンは一九二五年一月末に、その職に就く準備をしていた時、前年の九月にアラステアがアフリカに向けて乗船して以来よりも惨めな気分だと日記に書いた――ただ今度は、気分が沈んだ主な原因は、一人の少女だった。

イーヴリンがその時のぼせ上がっていた相手は、十八歳のオリヴィア・プランケット・グリーンだった。彼は彼女の兄（リチャード）と、オックスフォードでの最後の年に友人になっていた。イーヴリンは一九二四年十二月初旬にオリヴィアに初めて会い、すぐさま虜になってしまった。彼女は古典的美女ではないにせよ、ショートヘアで、「小さなすぼめた唇、大きな色っぽい目」をしていて、奇妙なほど魅力的だった。[26] イーヴリンは彼女に二週間後にまた会い、その二日後また会ったが、その時は、最後に二人はアンダーヒルの彼の寝室にいた――アレックとテレンス・グリーニッジが付き添い役《シャペロン》でいたとはいえ。彼女は、やっと午前三時に帰った。
　翌日（クリスマス・イヴ）、イーヴリンは彼女に、アレックがオスカー・ワイルドの息子から手に入れた『イレイス〔少女の名前〕』という本を送った。それは、カトリックの寄宿学校にいる二人の少女のあいだの熱烈な性的関係を描いた、すでに忘れられたレスビアン小説だった。[27]「自分はこの女と恋に落ちたのだろうか」とイーヴリンはその晩、日記に書いた。[28] 物事に対する彼女の熱意の激しさ、率直な意見、「本質的なデリカシー」を損なうことなく常軌を逸する能力に彼は魅せられた。[29] また、彼女が酒に酔うことを、自分と同じくらい愉しむことも魅力だった。

　誰もがオリヴィアに魅了された訳ではなかった——彼女のおばのドロシア・ポンソンビーは、彼女は「無礼で、利己的で、浮ついていて、虚栄心が強く、虚飾的な子」だと思った。[30] だが、ある種の男たちには、彼女の魅力は抗し難かった。ある、ふられた求婚者が言ったように、特に、「選り好みはするが性的快楽を心から愉しむ」[31]という評判があったせいで。さまざまなボーイフレンドが犠牲を払って気づいたように、彼女は悪名高い、性的に相手を焦《じ》らす女だった。

　イーヴリンが、自分の送ったセクシーな本が二人のあいだの何かをスパークさせると期待しながら、彼女から手紙が来るのを今か今かと待ちつつ、クリスマスのあとの週を送ったのは疑いない。ついに、十二月三十日、彼女から電話があり、二人でパブに行って昼食をとり、そのあとマジックショーに行った。大晦日に、彼女はアンダーヒルに昼食にやってきて、昼食後、暖炉の脇に坐り、お茶の時間まで話した。その時彼女は、予定を変更し、イーヴリンと一緒に映画に行った。

　翌年、一九二五年の元日にイーヴリンは、ホランド・パークのハノーヴァー・テラス（現在のランズダウン・ウォーク）にある彼女の家に初めて行った。そして、偏見がなく寛大な彼女の母、グウェンに、すぐさま好意を抱いた。グウェンは、その頃には、オリヴィアの父で歌手のハリー・プランケット・グリーンと別れていた。イーヴリンはのちに、自分は家族全員と恋に落ち、「恋情を、家族の唯一のふさわしい者に集中した」と書いた。彼は一月四日にナイトクラブで、君を恋しているとオリヴィアに言い、翌日、自分はすべて本気で言ったのだと請け合う手紙を書いた。疑われることのないよう、彼は次の日、一月六日、オードリー・ルーカスのフラットで一緒に長い夜を過ごしたあと、また同じことを繰り返して言った。オードリーはアーサー・ウォーの友人、E・V・ルーカスの娘だったが、その夜、あなたを恋しているとイーヴリンに言って、事態をやや複雑にした。

オリヴィアは、恋されていることを明らかに愉しんだものの、イーヴリンが言い寄るのを何度となく拒んだ。プランケット・グリーン家の下宿人、ハーマン・グライズウッドは、彼女が自分に、「あんなおぞましい人とは、とても寝られない」と言ったのを覚えていた。[32] 彼もオリヴィアに夢中で、「苦しいほど恋心にすっかり取り憑かれて」いたと認めているので、公正な証人とは、とても言えないが。「破滅させられて、と言う者もいるかもしれない」[33]

一月十一日、イーヴリンは、ハノーヴァー・テラスでオリヴィアと「侘しいお茶」を飲んだと日記に書いている。「ガスストーブの前で、中途半端に喧嘩した。その間何度も、『もう、あなたはわたしを愛してるとは思わない』と彼女は単調に繰り返し、僕が、愛していることを証明しようとすると、よそよそしくなった」[34]。一週間後イーヴリンは、劇場でオリヴィアが彼の友人トニー・ブッシェルにキスしているのを見て、彼女に「非常に無礼な」態度をとったが、彼女は「すっかり酔っていて、気にかけなかった」。翌日彼は、そのトニー・ブッシェルと一緒に真夜中過ぎに彼女の家を酔って訪れ、蓄音機のレコードを一枚割り、オリヴィアが跪いて謝るまで帰らないと言ったが、彼女は拒否した。それは「もっともだ」と彼は、のちに認めている。二人は翌日、彼がウェールズに淋しく発つ直前に仲直りした。その時彼女は、「あなたは大芸術家なのだから、学校教師などになってはいけない」と言った。[35]

アーノルド・ハウス校は、『衰亡』では、櫓《やぐら》と塔のあるラナバ城《カースル》として大袈裟に飾り立てられているが、実際には、ランディラス村の高台に建つ、なんの変哲もないヴィクトリア朝の建物だった。その村は、リルとコルウィン湾のあいだの、イーヴリンが「きわめて地質学的」[36]と呼んだデンビシャー州の沿岸にあった。彼はロンドンから二百五十マイルの旅の最後の行程をタクシーで完了したが、トランクの山の下に埋もれていた。それは、ユーストンからの列車の中で、不承不承付き添い役を引き受けた三十人の少年のものだった。少年たちは駅から歩いた。校長の妻、バンクス夫人[*2]は、彼を出迎えると厳しい口調で言った。「生徒たちは、自分のトランクを持たねばならないのを知ってるんですよ。あなたは、そんな真似をさせてはいけません、ウォーさん」。それから彼女は、電話で受けた電文を彼に渡した。「わかるといいんですがね。わたしには、さっぱりわからない」。それは、ヒュー・リゴンとジョン・スートローからの電報だった。こう書いてあった。「オン、イーヴリン、オン」

それ以降、二人は互いに嫌い合った。バンクス夫人のイーヴリンに対する嫌悪感は、一月《ひと》後、アラステアとグレアム夫人がイーヴリンを訪ねてきて、二人が明らかに社会的に自分より上であるという印象を受けた時にのみ、束の間、薄れた。「あなたのとっても素敵なお友達が訪ねてきましたよ、ウォーさん」と彼女は言った。「あの方たちが近くにいらっしゃるあいだは、主人があなたを一切の義務から解放するのは確か[37]」

イーヴリンの義務が何かは、ともかく最初はかなり曖昧だった。「ここは、聞いたこともないほど奇妙な形で運営されている学校です」と彼は、到着後間もなく母に宛てて書いた。「時間割もなければ授業計画表もなく何もない。バンクスは、ただ教員休憩室にぶらりと入ってきて、こう言うのです。『あの教室に何人か生徒がいる。一年生か、それでなければ四年生かもしれない。誰か行って、数学かラテン語か何か教えてやってもらえまいか[38]』」

自分は学校教師としては「明らかに役立たず」だと、イーヴリンは思っていた。学校の食堂で骨付き肉を切り分けるのが下手なように、教室で権威を行使するのが下手だった。だが彼は、「自分が教える一切のものを、自分に対してと同様、生徒に対しても退屈なものにすることに、一種の臍曲がりの喜びを感じている」と認めてもいるものの[39]、大変人気があったように思われる。デリク・ヴァースコイル——のちの『スペクテイター』の文芸編集長で、イーヴリンを同誌のコラムニストにした——は、彼のツイードの上着、だぶだぶのゴルフ用半ズボン、ハイネックのジャンパー、教室での好感の持てる自由放任主義的態度に好印象を受けたのを覚えていた。「彼は教えようというどんな型通りの努力もしなかったが、もし、ある生徒が、ある特定の問題に好奇心を示すと、それを満足させようという試みはした[40]」。生徒の自習時間になると、イーヴリンは見回ったりせず、生徒の自由に任せた。彼はその時間を、何かを書くのに使った。(もし誰かが生意気にも、何を書いているのか訊くと、エスキモーの歴史を書いているのだと答えたものだった。) ヴァースコイルはまた、イーヴリンが「合同散歩」の責任者になると、生徒たちは、彼の話が非常に面白いので、競って彼の近くを歩いたことも覚えていた。

また一方、スポーツでは、イーヴリンは「あまりに下手だったので、いくつかの滑稽な事件があったあと、上級生と一緒にスポーツをしない方がよいということになった」。その代わり、「ホイッスルを与えられ、十歳の生徒たちとサッカー場のあちこちをただぶらぶら歩くことを許された[41]」。もっと屈辱的だったのは、イーヴリンが地元の貸し馬屋で、初めて乗馬のレッスンを受けた時のことだった。子供の時以来馬に乗っていなかった彼は、引き手綱で馬を曳いてもらっているという「この恥ずべき状況」にあった時、全校生徒がサッカー場から戻ってくるのに出くわしたのである。[42]おそらく、いささかでも残っている威厳を保とうとしてであろう、彼はパイプ煙草をくゆらし、口髭を生やし始めた。

学期の半ばでイーヴリンは、ここは悪い学校ではないけれども、「時間と精力の悲しい浪費だ」とハロルド・アクトンに話した。残った時間と精力は、オリヴィアへの切ない思いと、彼女のために蔵書票を彫ることと、「悲哀と一途《いちず》の思いに満ちた」[43]手紙を書くことに費やされた。それに対し彼女は、無視するか、彼を一層惨めにする、感情の欠片《かけら》もない返事を寄越すかだった。「この学期中、僕は彼女を、恥ずかしからぬ人生に必要なすべてのものの焦点にしてきた」と、彼は日記に書いた。「それは僕としては愚かで、彼女にとってはあまりフェアではなかった」[44]。例によって、飲酒が気晴らしになり、教員休憩室の同僚（「自分たちの惨めな運命を認識し、敗残兵のように連帯している奇妙な連中」[45]）を、地元のパブに連れて行き邪道に引き入れるのを愉しんだ。だが、復活祭の休暇が待ち遠しかった。特に、プランケット・グリーン家が借りた、デヴォンの北海岸の沖にあるランディー島の灯台で、一家と一緒に二週間滞在することになっていたからだ。

ロンドンに帰るとイーヴリンは、たちまち昔の悪い習慣に戻り、二晩目に、彼にぞっこん惚れているオードリー・ルーカスの前で酔態を晒し、彼女にショックを与えた。彼女は、二度と酔っ払わないようにと懇願する手紙を寄越した。しかし、彼女の手紙は、彼が巻き込まれたなんとも不運な出来事のあった朝に届いたので、彼は返事を出さなかった。その出来事はのちに、『ブライズヘッド再訪』の、チャールズ、セバスティアン、〝ボーイ〟・マルカスターが関係する深夜の酒を飲んでの大騒ぎに使われている。イーヴリンとオリヴィアは、リチャード・プランケット・グリーンとエリザベス・

ラッセルの婚約を祝い、パーティーを開いた。だが、二人が注文した飲み物が来なかった。そこでイーヴリンはそれを取りに出掛けることにし、オリヴィアのいとこのマシュー・ポンソンビーに車に乗せてくれと頼んだ。飲み物を受け取るとイーヴリンは、着替えに家に帰る必要があると言い、さらに北に七マイル離れたアンダーヒルまで、パブの梯子をしようと提案した。その提案に、ポンソンビーは、またもおとなしく同意した。[46]二人はやっとパーティーに向かった。イーヴリンは、その途中、もう何軒かパブに寄ろうと言い張った。

二人の突飛な遠出が終わりに近づいた頃、二人の車はストランドで警官に停められ、脇に寄せられた。酩酊したポンソンビーが、環状交差点《ラウンドアバウト》を逆の方向に回ってしまったのだ。その夜遅く、ラムゼー・マクドナルドの初の労働党政府の一員だったポンソンビーの父アーサーは、娘のエリザベスに起こされ、ボウ・ストリートの警察署まで行って彼の息子を保釈してもらうよう頼まれた。彼は、イーヴリンのために何かしてやるのは断った（「ちょっと意地が悪い、と僕は思った」）。イーヴリンは、独房に四時間いたあと、やっと釈放され、パーティーには、終わりかけた頃に間に合った。翌朝、彼は「泥酔」の廉で十五シリング六ペンスの罰金を科せられた。そして、報じられたところによると、「ピンクのズボンと緑のハイネックのジャンパーという恰好で法廷に現われ、警官に対し生意気な態度をとったので、悪い印象を与えた」。ある警官が、「こっちに来るんだ、マイ・ボーイ」と言うとイーヴリンは、「僕を『マイ・ボーイ』と呼ぶんじゃない、マイ・マン」と言い返した。[47]一方、ポンソンビーは幸運にも二十二ギニー〔一ギニーは二十一シリング。今は廃止〕の罰金と――イーヴリンは、その半分を持とうと申し出た――一年間の免許停止で済んだ。『デイリー・テレグラフ』はイーヴリンの名前は出さなかったが、彼の友人と家族は、「泥酔した」同乗者が誰なのか、完全に知っていた。「車の中に大量のアルコール飲料が発見されたが、のちに、この男が取り戻した」と、記事は付け加えている。[48]

イーヴリンの振る舞いは、彼と同じ年頃の者の何人かをさえ、ひどく驚かせた。「わたしは、時たま飲み騒ぐのは大賛成ですが」と、エリザベス・ラッセルの妹のジョージアーナ[*3]は、取り澄まして打ち明けている、「イーヴリンには、どこかおぞましいところがあると思います」(49)。アーサー・ポンソンビーは当然ながら、自分の「善良で気の弱い」息子を堕落させたとして、「評判の悪い」イーヴリンを非難した。そして妻のドリー（グウェン・プランケット・グリーンの姉）に、イーヴリンは「紛れもなく酔っていたので、その素面《しらふ》ではなかったM（マシュー）に疑いがかけられた」と言った(50)。

その年の十月、イーヴリンの日記が信じられるなら、ポンソンビー家の不運な息子は、酔って車を運転し、遥かに重大な事故を起こした。「幼い少年を轢き殺すか、ともかく重傷を負わせたかだ(51)」。だが、その年の復活祭の出来事では、マシュー一家に関する限り、悪いのはまさしくイーヴリンだった。したがって、マシューとオリヴィアの祖母レディー・パリーは、彼が翌日、プランケット・グリーンの家に泊まりに行くつもりだと聞いて「呆れ返った」。「まるで、わたしたちが平気でいるかのように。みんなひどく動揺しているのに」。いとこたちは、慌ただしく電話でやりとりした。イーヴリン自身は、レディー・パリーから、彼が「哀れな」と呼んだ手紙を受け取った。ドリー・ポンソンビーからは、関係を修復しようとした彼の手紙に対する返事は来なかった(52)。

ランディー島でのハウス・パーティーに来たのは、エリザベス・ラッセル、ジュリア・ストレイチー、テレンス・グリーニッジだった。テレンスは、自分の手の甲を舐めるという、「新しい不快な癖」でイーヴリンを苛立たせた。テレンスはのちにオリヴィアに関し、「あの女は俺にちょっと惚れた！」と言い張った(53)。パーティーにいたもう一人の少女アン・トールボットは、男根象徴とは何か知らないとイーヴリンに打ち明けたが、数日後のある晩、イーヴリンがうっかり入ってしまった「驚くべき乱痴気騒ぎ」の現場で、最も熱心な参加者に見えた[54]。彼女は、「ほとんど裸で、尻を叩かれ、恍惚として愉しんでいた。二分置きに手洗に駆け込み、部屋から出て行くや否や、誰もが言った。『いやはや、僕らがアンについて発見していることは――』。それはすべて、少々残酷だった」[55]。

概して、それはイーヴリンにとって楽しい二週間だった。「片思いの絶え間ない悲しみ」で損なわれはしたが。彼は、事態は自分にとってと同様、オリヴィアにとっても辛いということを理解してはいたが、その悲しみから立ち直ることができないと感じていた。彼はまた、自分を敬慕しているオードリー・ルーカスが、〈ケイヴ・オヴ・ハーモニー〉のエルサ・ランチェスターの共同経営者、ハロルド・スコットと間もなく結婚するという知らせにも心を乱された。「きわめて不適切な組み合わせだ」と、イーヴリンは考えた。「僕に大きな責任がある」[56]。自分の飲酒についてのオードリーからの切々たる手紙に返事を出さなかったイーヴリンは、彼女は、「僕を嘲って、この俗悪な人間と結婚する」のではないかと恐れた[57]。それは、不幸な結婚になった。

イーヴリンはランディー島からバーフォード・ハウスに行き、年明け早々にアフリカから帰ってきたアラステアと、数日、大いに飲んだ。しかし、その頃には、イーヴリンはオリヴィアのことしか頭になく、ロンドンに戻って数日間、空しく彼女のあとを追った。そして、「限りなく暗い気分で」、夏学期のためにアーノルド・ハウス校に戻った。一週間のあいだ彼は、「自殺願望と何かを達成したい気持ちが混在するパラドックス」について自問自答し、新任の副校長のディック・ヤングから、自殺するつもりで一挺のリボルバーを買った[58]。ヤングは「陽気な性格のきびきびした男で、軍隊用語で喋る」が、イーヴリンもすぐに気づいたように、「退屈なほどに男色家で、眠っている少年の美しさについてだけ話す」男でもあった[59]。イーヴリンがのちに認めているように、ヤングは、『衰亡』の最も記憶に残る人物、グライムズ大尉の性格の「いくつかの特徴」を提供した。「人は、俺くらい何度も苦境に陥ると」と、グライムズはポール・ペニーフェザーに言う。「結局は万事うまくいくっていう気がする、実際……この前俺を立ち直らせてくれた奴は言ったよ、あんたは『人間の原始的な衝動と奇妙なほど調和してる』ってね[60]」。『少しばかりの学問』の中でイーヴリンは、学期が始まって数週間経った時、ヤングが、校長の誕生日を祝って行われたスノードンへの全校挙げての遠足を大いに愉しんだと言って同僚たちをびっくりさせたことを回想している。それは、ほかの教員には、なんとも退屈な遠足だった。「君は愉しんだのか？」と、同僚たちは信じ難い思いで訊いた。「何を愉しんだんだい？」「弟の方のノックスさ」と彼は、単純明快に答えた。「競技がちょっとばかり喧し過ぎると思ったんで、弟のノックスを岩陰に連れて行った。あの子のブーツと靴下を片方脱がせ、俺のズボンの前を開け、あの子の可愛い小さな足をそこに入れたんだ、俺は実に満足のいく射精を経験した[61]」

イーヴリンは、ヤングが陽気に回想する過去の不面目に魅了された。「ウェリントン校では放校処分になり、オックスフォードでは退学になり、陸軍では将校を辞任させられた。四つの学校を突然辞めた。三校は、男色行為をしていて学期の途中で警察にしょっぴかれたためで、一校は八日連続酔っ払っていたためで。それなのに彼は段々境遇がよくなり、苦もなく前よりいい仕事に就く[62]」。イーヴリンは、彼の「輝かしい率直さ」と、必ず立ち直る能力に感心した。小説家としてのイーヴリンのコミックな物の見方は、疑いもなく、二人の付き合いに幾分か負っている。イーヴリンはフンディラスのパブでヤングと一緒に多くの晩を過ごした。そして、同僚ではなくなったあとも、ヤングと接触を保った。

アーノルド・ハウス校でのイーヴリンの二度目の学期に、ヤングが彼を元気づけたとすれば、短篇「バランス」として次の年に出版されることになった新しい作品について覚えた昂揚感も、彼を元気づけた。「第一章を映画の脚本にしている。目下、必死で書いている」と彼は日記に書いた。「正直なところ、それはかなりよいものになるだろうと思う」(63)。彼はまた、プルーストの有名な翻訳者、C・K・スコット・モンクリーフが彼を秘書として雇うかもしれないということを、アレックから聞いた。オリーヴの木の下でキアンティを啜りながらイタリアで一年を過ごすことになるのを楽しく想像しながら、イーヴリンは、すぐさまバンクス氏に辞表を出した。「俺は辞表は出さない」とヤングは、イーヴンが辞表を出したことを聞くと、言った。「俺の場合は、いつも逆さ。実際、三つの学校にいたけど、君、一学期勤めおおせたのは今度が初めてのようだ(64)」

　イーヴリンの人生は、束の間だが、前途有望に見えた。だが、ハロルド・アクトンから、『藁葺き屋敷《サッチ》の寺院』を酷評した手紙が来た。「僕の異国趣味には、あまりにイギリス的だ。ポートを飲みながら頷き合う場面が多過ぎる。僕のように君を愛する友人たちのために、印刷して優雅な少部数の本にしたらいい(65)」。イーヴリンは、すぐさま原稿を学校の炉にくべた。そのあと、スコット・モンクリーフは結局彼を必要としないという知らせが来た。「万事休す、のようだ(66)」とイーヴリンは日記に書いた。

　『少しばかりの学問』の終わりで彼は、こうしたことがあった結果、ある晩、海岸に服と、エウリピデスからの適切な引用〔「海は人間の穢れを洗い流してくれる」〕を書いた紙片を置き、溺死しようという意図で沖に泳ぎ出したが、クラゲに刺されて海岸に戻ったと書いている。「本気でそうしようとしたので、タオルは持って行かなかった。いささか苦労して服を着、大袈裟な古典からの引用句を書いた紙を細かく引き裂いた……それから、これからのすべての歳月に通じている急な丘を登った(67)」

＊1　彼らはその映画の撮影をオックスフォードで始めた。あるシークエンスはリトルモア精神病院の横で撮影された。「イーヴリンは当時、狂人が大好きだった」と、トニー・ブッシェルは回想している。「哀れな狂人たちは、門やほかの至る所から見ていた」。のちにテレンス・グリーニッジは、そのシークエンスのネガを紛失してしまった。

＊2　『少しばかりの学問』の中で（二二二頁）イーヴリンはバンクス夫妻を、ヴァンホムリッグ夫妻と呼んでいる――「夫人に取り入ろうとする者は彼女を〝ヴァナムリー〟と呼んでいた」。

＊3　のちのジョージアーナ・ブレイキストン。「ジアーナ」として知られた彼女は、その年の十二月、自分自身、姉の結婚式でひどく酔った。（*EWD*、二三八頁、一九二五年十二月二十二日の項を参照のこと。）

第9章 文人になる

自殺未遂を裏付けるようなものは、イーヴリンの日記にも手紙にもなく、自分の若い頃の話に劇的で、やや滑稽なフィナーレを付けるための、想像による潤色であったことは十分ありうる。しかし、その時期が彼の人生のどん底だったことは疑いない。アーノルド・ハウス校から校長の「別れの無礼な言葉」と共に送り出されてロンドンに戻ったイーヴリンは、自分の境遇と親友たちの境遇との差を痛いほど意識した。ハロルド・アクトンは、オックスフォードで人気も評判も高かった。トニー・ブッシェルは、イーヴリンがアデルフィ劇場の楽屋に訪ねると、「今では大臣たちが車で訪問し、色っぽいユダヤ女が自分たちのベッドを提供しているほど、至って重要な人物」のようだった[1]。ロバート・バイロンは、ギリシャへ冒険旅行に出掛けるところだった（その成果が、彼の処女作になった）。ピーター・クウェネルは、すでに詩を発表している詩人で、イーヴリンの大嫌いな人間《ベート・ノワール》、エドマンド・ゴスによると、スウィンバーン以来の最も「詩的な」人物だった[2]。イーヴリンの学校時代に弟子のような存在だったダドリー・カルーでさえ一篇の小説を発表し、週刊新聞の副編集長になっていた。アラステア・グレアムのみが、相変わらず、断固として怠惰で放縦だった。

イーヴリンとアラステアは、その年の八月、一緒にいることが多く、ロマンスが再開したことが、二人がバーフォード・ハウスで「ハイネックのジャンパーを着て食事をし」、「グレアム夫人がここにいたならばできなかったことの多くを」したというイーヴリンの回想に仄めかされている[3]。イーヴリンが去ったあと、アラステアは彼に手紙を書いた。「僕は今、ひどく淋しい。でも、君は僕をとても幸福にしてくれた。どうか、すぐにまた来てくれ給え。たくさん手紙をくれ給え。なぜなら、僕は一人切りで、君が何をしているのか知りたいからだ……君に僕の愛を、イーヴリン。また戻ってきてくれることを切に願う[4]」。このことから、アラステアがイーヴリンに対する影響力を失いつつあることが感じられるが、次の手紙から、そのことがもっとはっきりとわかる。「手紙をありがとう」と彼は数日後に書いた。「イーヴリン、僕のような、哀れで、呑気で、能天気な人間には、その手紙は実に重大な意味を持っていた。もちろん、君の好きなように僕を扱ってもらいたい。人は、不誠実にならずに、誰かを違った風に扱うことができるのか、僕にはわからない[5]」。イーヴリンが彼から離れつつあったのは、オリヴィアに夢中だったからというのは疑いない。イーヴリンは、彼女と一緒に一九二五年の九月に一週間、ノーフォークの海岸に滞在した。その際贈り物として、仔猫を一匹連れて行った。しかし、いずれにせよ、彼は若い女一般に注意を向け始めたようで、自分は妻になる女を見つけたいと、何人かの友人に打ち明けた[6]。同じ月に彼は、「メアリー・バッツのところで会った、ホモセクシュアルの画家の一人が催すパーティー」に行ったと日記に書いている。「彼は僕とボビー［セシル・A・ロバーツ］と踊りたがったが、あまりにおぞましく思えた。僕らは失礼だったのではないかと思う[7]」

その間、もっと自分に合った仕事を見つけようとして、彼はロンドン中の画廊、美術雑誌に手紙を出したが、無駄だった[8]。そこで、九月末、バッキンガムシャー州にあるアストン・クリントン校で、しぶしぶ新たに教職に就いた。それはかつてロスチャイルド家が所有していたイタリア風の大建築物で、勉強のできないパブリック・スクールの生徒に、大学に入るための詰め込み勉強をさせる学校だった。学校全体で、わずか三十人の、イーヴリンの言う「気違い少年」（あるいは「狂人」）がいるだけだったので、彼には多くの自由な時間があった。おまけに、ロンドンとオックスフォードの歓楽街に近く、かつ、わずか四マイル先のトリングに、面白いコウバーン家のいとこたちがいたので、アーノルド・ハウス校での暮らしより遥かに快適だった。また、イーヴリンの大の友人、リチャード・プランケット・グリーンがそこに勤めていたことも、よかった。イーヴリンは、彼がその年の十二月にライザ〔エリザベスの愛称〕・ラッセルと結婚した時、花婿付添人を務めた。その折も、オリヴィアに対する嫉妬心で気分が損なわれた。

リチャードとエリザベスの結婚式に出た者のうち何人かが、式のあとでバークリー・ホテルに行くと、イーヴリンは、オリヴィアが「彼女の例のおぞましい踊り」[9]を踊るのを見ていた——それは彼女流のチャールストンで、当時その踊りは「陽気な若者たち《ブライト・ヤング・ピープル》」のあいだで大流行していた[10]。イーヴリンが彼女についてひどく心を痛めたのは、彼女が、触れなば落ちん風情を誰にも見せたからだった。誰にも、ただしイーヴリン以外の。彼は、彼女に触れることも、ほとんど許されなかった。一月《ひと》後、マシュー・ポンソンビーのパーティーでイーヴリンは、「オリヴィアが例によって娼婦のように振る舞い、ベッドで、さまざまな者に抱かれている」のを見た[11]。ハーマン・グライズウッドはのちに、「彼女は自分が惹かれている者からは、そうした肉体的愛撫を決して受け容れなかっただろう」と主張した。

彼女もグライズウッドには大して惹かれていなかった。だが、グリーン家の下宿人だった四年間に、彼は彼女が酔い過ぎて服が脱げない時は、彼女をベッドに寝かすこともあったが。そういう時には、と彼は回想している、「わたしは彼女を少し愛撫するのを許された——実際は、促された……それは、彼女に対する愛で身を焦がしていて、彼女の虜になっている男にとっては不気味で苦しい経験だった」。それが「そうした快楽が当然の結果に至るずっと前に」終わると、彼女は彼に言うのだった。「人は炉の中に生きていると、一杯の水が許される時があるの[12]」

常連の男友達も、似たような欲求不満を経験した。数年後、カトリック信者になり貞潔の誓願をしたオリヴィアは、オーガスタス・ジョンの性欲旺盛な息子、ヘンリーに手紙を書いた。彼自身は、イエズス会を抜けたばかりだった。「もし、わたしがあなたに抱かれるのを許せば、それにはいろいろな理由がある……あなたの抱擁はレッスンなの、でも、アイスクリームや糖蜜を食べるレッスンのように、とても楽しいもの」。一九三五年の夏、二人はコーンウォールに一緒に行くことになっていた。すると、自分が彼とセックスができないさまざまな理由の概略を書いた六頁にわたる手紙を彼は受け取った。彼は当初の計画通り、車でコーンウォールに行ったが、彼女は来なかった。一続きの荒涼とした断崖の縁にいる彼の姿が最後に見かけられた。マイケル・ホルロイドは書いている。「彼はタオルを振りながら、おばの飼っているアイリッシュ・テリアを従えて断崖の縁を歩いていた」。彼の死体は、二週間後に浜に打ち上げられた。ショーツしか身に着けていなかった[13]。

一方イーヴリンは、オリヴィアから気を逸らせてくれるものなら、なんでも歓迎だった。ウォー一家全員がアンダーヒルでではなく、アレックのフラットで窮屈な思いをして二晩過ごした「侘しい」クリスマスのあと、イーヴリンは、ビル・シルクスとパリに行くことに同意した――彼の最初の外国行きだった。シルクスはトニー・ブッシェルの大ファンで大酒飲みの俳優兼劇場支配人だった。シルクスはすぐさまイーヴリンを男娼の売春宿に連れて行った[*1]。そこでイーヴリンは十九歳の青年にキスされた。その青年は「魅力的」だとイーヴリンは思ったが、「売春宿の主人――夜会服を着た、非常に感じのよい若い男――が、その青年を愉しむのに要求した三百フランは、ほかのことに使った方がよい」と考え直した。ビルが下手なフランス語で値段の交渉をしているあいだ、イーヴリンはこんな具合だった。「僕の若者を、そこにいる大きなニグロが愉しむ活人画《タブロー》の手筈を整えたが、いよいよという時になって、僕らが家の最上階の汚らしい長椅子に登り、ニグロが近づいてくるのを彼が横になって待っていると、値段が法外なのがわかり、ビルが売春宿の主人と長々と言い合っているのに痺れを切らし、僕はタクシーに乗ってホテルに戻り、純潔のままベッドに入った。後悔はしていないと思う」(14)。旅の残りの日々は、イーヴリンは夜遊びは連れに任せ、観光に専念した。

イーヴリンはロンドンに戻ると、今度はエリザベス・ポンソンビーが気を紛らせてくれた。彼女はマシューの姉で、流行を追う、逸早く断髪にした若い女の一人だった。のちに『卑しき体』のアガサ・ランシブルのモデルになったエリザベスは、「陽気な若者たち」の伝説的なリーダーで、少なくとも、彼女と寝たい者なら誰とでも寝るという印象を与えた(15)。イーヴリンは前の年の秋に会っていたが、別に彼女の魅力の虜になっていた訳ではなかった――「二年前なら、あるいは、もっとあとでも、あの女に、かなりわくわくさせられただろうと思う」と日記に書いた(16)。だが一九二六年一月に、アレックの催したディナー・パーティーで、彼女はイーヴリンに「盛んに言い寄り」、彼は自尊心を擽《くすぐ》られた。その気持ちを受け容れなかったことを、彼はあとになって悔いた。「彼女の腕は和毛《にこげ》で覆われている」ことに彼は気づいた。しかし、翌日の晩に彼女に会うと、彼女は「僕に惹かれる気持ちをすっかり克服した」ように見えた(17)。彼は一月《ひと》後も、彼女のことが気になっていた。ロンドンにちょっと行った際、彼は「リズ」に葉書を送り、リッツ・ホテルでのカクテル・パーティーに来ないかと言った。だが、「彼女は来なかった(18)」。アレックが三月にカクテル・パーティーに招待した時も、彼女は、やはり現われなかった(19)。

一方イーヴリンは、間もなく春学期〔クリスマスから復活祭までの学期〕が始まるのに加え、リチャード・プランケット・グリーンがランシング校で新たに教職に就くことになりいなくなるので、ひどく侘しい気分だった。リチャードは、花婿付添人を務めてくれたイーヴリンに、別れに際して贈り物としてダグラス社製のオートバイを買ってやった。イーヴリンは、それを初めて走らせた際、「十二シリング六ペンスするライトを振り落とし、フロントブレーキとスタンドとナンバープレートを壊した」が、そのほかは「上々」だったと記している。[20] 数日後、学期が始まるのでアストン・クリントン校に雨の中、オートバイで向かった彼は、今度は調子が悪く、「ついにトリングの外れでオートバイを遠くまで押し、新しいタイヤを買う羽目になった」[21]。それにも怯まず、その直後、イーヴリンは三十マイル以上離れたオックスフォードにオートバイで出掛け、夕食後に、「土砂降りで風が強く、オートバイにはライトがない」状態で戻ったが、途中、一度転倒し、「しょっちゅう道路のそこかしこで滑った」[22]。翌日、バーフォード・ハウスに向かったが、「悲惨な」六十マイルの走行中、またも暗くなって雨が降った。その間、途中でナットが一個クラッチから外れたので、長い時間をかけてオートバイを修理しなければならなかった。目的地の三マイル手前で、エンジンが「車輪を摑むのを拒否した」ので、またしても停止しなければならなかった。あとで彼は、エンジンが「〝キーを切り落とした〟、それがどういう意味であれ」ということを知った[23]。

イーヴリンは間もなく、ダグラスを、もっと小さいがもっと信頼できるフランシス＝バーネットに替えるように説得された。彼はそれに乗って、一層身の毛もよだつような長距離走行をした。暗い中を走る時が多く、ライトは大抵点《つ》かず、道路は濡れているか氷が張っているかだった。そのうえ、途中で、アルコール飲料をたっぷり飲んだ。三月に、「デンビシャーの好色漢」ディック・ヤングが訪ねてくると、イーヴリンは彼の「素晴らしい」サンビームに羨望の眼差しを向けざるを得なかった。

おそらく、今のものより立派だったダグラスのおかげで生徒の信望を得て、考え難いことだが、「学校のアイドル」になることを考えていたのだろう。[24] だがフランシス＝バーネットは、さほど見栄えのしないものではなかった。そのことは、一九二六年二月に、イーヴリンが、アストン・クリントン校の前で新しいオートバイに跨っている（そのことは、いまやダンカン・マクラレン〔『イーヴリン！』の著者〕が立証した）有名な写真から見て取れる〔それまでは、オックスフォード大学のモードリン橋の上と考えられていた〕。

リチャード・グリーンと飲むことができなくなったイーヴリンは、ハイド＝アップワード大尉という、英国海軍義勇兵予備軍にふさわしい名の横柄な騎兵隊将校の同僚と、やむを得ず時折飲んだ。イーヴリンに関する限り、その同僚の唯一の取り柄は、裸で寝室の窓辺に立ちながら、思いに耽るかのようにパイプを磨き、掃除することだった。[25] けれども、総じてイーヴリンは、生徒と一緒にいる方が好きだった。とりわけ、お気に入りの二人の生徒、エドマンドとチャールズと。二人は、彼が校長の許しを得て住むことにした厩の上の居間の家事をしてくれた。彼はその礼として、二人に紅茶と苺を振る舞い、一緒に散歩に行き、ゴルフコースに一緒に坐り、ケネス・グレアムの『柳に吹く風』を朗読した。彼は生徒の紀律に関する責任をすっかり回避した訳ではなく、三月に、「子供たちが少々言うことを聞かなくなったので、厳しくし始めた。退屈な話だ」と記している。[26] 夏学期に彼は、「エドマンドが羽目を外したので、複雑な気持ちでトネリコの枝で叩いた。彼はその間ずっと、とても可愛く、勇敢だった。代償として、スルカのネクタイをやった」[27]。

イーヴリンがエドマンドとチャールズと結んだ友情は、今ならば顰蹙《ひんしゅく》を買うのは疑いない。とりわけ彼は、ディック・ヤングを学校に呼んで会うことをなんとも思っていなかったからだ。彼はヤングを「子供たちがサッカーをするのを見に」連れて行った。ヤングは、たちまち「リチャード・ホリンズに恋した」。ヤングのその後の訪問について、イーヴリンは記している。「デンビシャーのヤングがやってきた。少々退屈だった――始終、酒を飲んだ。彼は生垣の中でガソリンスタンドの少年を誘惑した」[28]。自伝の中でイーヴリンは、自分はヤングの「曇りのない幸福を羨むが、彼の手柄は羨まない」[29]と書いている。そのことと矛盾する記述は、日記にはない。彼自身のロマンチックな思いは、依然としてオリヴィアにしっかりと向けられていた。そして、彼女の真意はまったく摑み所がなかったが、その代わり、依然としていつもアラステアがいた。イーヴリンは一月に、彼と一緒にT・S・エリオットの詩を読んでいた（「驚くほどいいが、理解するのは非常に難しい」[30]）。そして、一度ダンスに行った――「田舎なので〝ボール〟と呼ばれている」――そのあと、家に帰る途中、アラステアは車を上手に乗り上げてしまった。

生来の風来坊だったアラステアは、不意に姿を消す癖があった。例えば、四月に十日間姿が見えなくなったが、パリのホテル、ロッティで泥酔しているのがわかった[31]。アラステアはコンスタンチノープルに旅をし、もっと長くイギリスを留守にしたが、イーヴリンは思った。「考えていた以上に彼が恋しい」[32]。しかし、その段階では、十中八九、二人はただの友人だった。例えば、七月にイーヴリンがアラステアと車で夕方ロンドンに行ってトニー・ブッシェルに会い、三人で夜明けに戻った時は、「トニー［ブッシェル］は既の僕の部屋で寝、アラステアは自分の車の中で寝た」とイーヴリンは記している[33]。

だが、イーヴリンとアラステアは依然として親友で、その年の夏イーヴリンは、アラステアと彼の母が一緒に三週間スコットランドに行った際、誘われもしないのに同行した。G夫人は、息子がイーヴリンの当座借越しの保証人になっていることを知って以来、彼に対していい感情を持っていなかった。また、アラステアの回想するところでは、旅行中のイーヴリンの「嘆かわしいマナー」が、「その雰囲気をすっきりさせるのに役立たなかった」[34]。イーヴリンとアラステアは、それからフランスに行ったが、イーヴリンは、「最近、アラステアを見過ぎていると思う」と感じた。[35]

アラステアは、いずれにしろ、間もなくアテネでイギリス公使館に勤めるため出国することになっていた。だが発つ前に彼は、トルコから持ち帰った印刷機のために、イーヴリンに小冊子を書いてもらいたいと思った。イーヴリンは前年の十一月、窓を攀じ登って外に出ようとして足首を捻挫したあと、アンダーヒルでラファエル前派に関するメモを作った。そこで、四日半で、『PRB〔ラファエル前派の略称〕――ラファエル前派（一八四七年～五四年）に関するエッセイ』を書き上げた。仮にそれが今、かなり気紛れで恩着せがましい調子に感じられるとしても、ラファエル前派が当時、非常に時代遅れのものになっていたことを考えると、大胆な試みだった。六十年後、若きイーヴリン・ウォーは、「モダニストの荒野に呼ばわる，たった独りの声」、「ヴィクトリア朝復活の最も傑出した先駆者の一人」として賞讃されることになるのである。[36]

『PRB』が初めて刊行されたのは、イーヴリンが前の夏に書いた短篇「バランス」が世に出た一ヵ月あとだった。「バランス」は三十八頁なので薄い本になるのをイーヴリンは期待していたが、チャトー&ウィンダスに送った原稿は、丁重に返却された。イーヴリンがレナード・ウルフに送ったコピーも、同様だった――ウルフの断り状は、イーヴリンが日記に、借りた本について、偶然だが、こう書いた次の日に届いた。「ヴァージニア・ウルフの書いた小説〔『ダロウェイ夫人』〕は良いと信じるのを拒否する」[37]。「バランス」は、さらにもう一つの出版社に断られたあと、アレックが最後に救いの手を伸べ、彼がチャップマン&ホールで編集したアンソロジーのシリーズ、『ジョージ王朝短篇集』に収められ、一九二六年十月に出版された。イーヴリン以外の寄稿者は、オルダス・ハクスリー、サマセット・モーム、リーアム・オーフラハティーその他だった[38]。

アレックが言ったように、イーヴリンのその短篇は「前衛的作品」であり、形式と調子《トーン》において不意に変化する実験的コラージュで、登場人物とシチュエーションは、彼の人生に密接に関連している。「幅広のズボンとハイネックのジャンパーの古き良き時代の物語」という副題の付いたこの作品は、アダム・ドゥーアという、オックスフォード大学を最近退学になった、美術学校に通う学生が主人公である。彼は、社交界の有名人、イモジェン・クウェストが、自分の母親のせいにして、二人の関係を呑気な態度で終わらせると、服毒自殺を図る。仮に実験的なナラティヴの技法が、この作品でさほど成功していないとしても、二十一歳の若者が書いたにしては瞠目すべき作品で、十分な客観性を持たせるための映画の脚本風の記述、一方的な電話の会話、各発話者が不明の、巧みに処理された一連の対話はすべて、彼ののちの作品に使われ非常な効果を上げる工夫を予示している。『マンチェスター・ガーディアン』は、「バランス」は「見事」だと賞讃したが[39]、イーヴリンの見解では、それは「すべてきわめて空しい理由で[40]」だった。アメリカの作家コンラッド・エイケンは、もっと正鵠を射ていた。この作品は「心の驚くほど鮮やかな肖像」だと褒め、著者は「あまりに才走らなければ、きわめて驚嘆すべき何かを成し遂げる」かもしれない、と予言した[41]。

イーヴリンは、「バランス」に対して勇気づけられるようないくつかの書評が出たにもかかわらず、同年代の何人かに、特にヘンリー・ヨークに依然として先を越されていた。ヨークは、まだイートン校にいる時に処女作『盲目』を書き始め、その年の秋、オックスフォード大学を出る直前、ヘンリー・グリーンという筆名で出版した。イーヴリンは、こう彼に手紙を書く「衝動」を覚えた。「なんと僕はそれが大いに気に入ったことだろう。僕らの世代の誰かが、それほど素晴らしい本を書くことができたというのは、僕には途方もないことだ[42]」。イーヴリンより二つ年下だったヨークは、父の経営するバーミンガムの工場で働くことになった。その経験が、第二作の『生きる』（一九二九年）を生むことになった。ところがイーヴリンは、アストン・クリントン校に暗い気分で燻《くすぶ》っていた。そして、母にまたも借金を返済してもらったあと「素面《しらふ》、貞潔、従順」の生活を送ろうとしていた。[43] 彼は二十三歳の誕生日（アーサーは彼に「何着かの非常に高価な下着、正餐の費用として一ポンド」を与えた）を過ぎると、生徒たちの「お喋り」[44] に苛立ち、学校教師をしていることが次第に嫌になってきた。だが同時に、自分が生徒に対して無礼であることを恥じた。学期の終わりに、校長はしぶしぶ給料を十ポンド上げた。「次の学期が、僕の最後の学期だろう」とイーヴリンは日記に書いた。[45]

イーヴリンはクリスマス休暇にアテネに行っても（アラステアは、英国の大臣、サー・パーシー・ロレインの名誉公使館員として、アテネにいた）、気分はほとんど明るくならなかった。アラステアは、古代ギリシャに子供時代から魅了されていた。曾祖父の第十四代サマセット公爵の話を聞いて育ったからである。曾祖父は、一八四〇年代に、「一方の腋の下に散弾銃を抱え、もう一方の腋の下に一冊のホメロスを抱えて」レヴァント中を旅行した。[46] アテネがアラステアに対して持っていた、もう一つの魅力は、地中海地方が当時、ダンカン・ファローウェルが言うように、「アングロ＝サクソンのホモの男にとっての逃避場」であったことだった。そこでは、「あらゆる種類の不適応者」が「楽に息ができ、本来の自分であり得た」[47]。アラステアはレディー・ロレインのいとこで、そのことが公使館に職を得ることを容易にしたのは疑いない。だが、サー・パーシーには、もし噂が本当なら、アラステアを魅力的な新入り館員にしたもう一つの理由もあった。表向きは堅苦しいノーサンバランド州の地主で、友人のハロルド・ニコルソンが言ったように「祝賀パレードが大好きな」有能な外交官だったサー・パーシーはまた、「若者と堕落した人間が好き」で、結婚によって遠い親族になった若きフランシス・ベイコンと性的関係があり、その結果、画家が「経験と観察」の幅を広げるのに手を貸したとも噂された。[48]*2

ロレインが、同じような方法でアラステアの経験と観察の幅を広げるのに手を貸したかどうかは推測するほかないが、いずれにしろアラステアは、イギリスの法律の制約から自由になったので、自分の性衝動を探究するあらゆる機会を捉えたようである。イーヴリンが記録しているように、アラステアが別の外交官と共有していた現代的なフラットは、「ミルティアデスとかアガメムノンとかといった英雄的名前で呼ばれたおぞましい外国人の若者でいつも一杯で、彼らは、青い顎をし、脂じみた服を着、一晩二十五ドラクマでイギリス人居留者と寝た[49]」。

イーヴリンは、アラステアの新しい友人たちにも、苗の育成小屋を思わせると彼が言ったアテネのカフェにも感心しなかったので、結局、一人でオリンピアに向かった。彼はそこで、プラクシテレスのヘルメス像を見た。それは、わずか五十年前に考古学者によって発見されたものだった。「実に素晴らしく、苦労して見る甲斐があった[50]」。しかし、律儀に、また冒険心を発揮して観光をしたものの、彼は、父の「家が一番という感情」を受け継いだという気持ちに悩まされた。「実を言えば、僕は外国にいるのが、そう好きではない。今度の休暇でできるだけたくさん見たいが、二月からは一生を、イギリス諸島に閉じ籠もって送りたい[51]」

彼は一九二七年一月の末に、コルフ、ブリンディジ、ローマ、パリを経由してイギリスに帰った。ほぼ一ヵ月、母国を留守にしたあとで。彼はすぐにアストン・クリントン校に戻り、アットウェルという、新しい教師を堕落させるのに勤しんだ。アットウェルは、オックスフォードで「想像できないほど退屈な生活」を送ったように見え、実際に酒も煙草もやらなかった。だがイーヴリンに丸め込まれ、大酒を飲んで騒ぐようになった。ある時、そうした馬鹿騒ぎをして戻ってくる途中、二人は新しく来たもう一人の職員に出会った。イーヴリンはその頃、彼女からハムを貰ったので、「賞讃すべき」女という印象を受けていた。次に何が起こったのかは定かではない。イーヴリンはのちに、ガウンを羽織って浴室から出てきた彼女に、フランス語で何か思わせぶりなことを冗談で言ったと、友人たちに語った。[52] 翌日、イーヴリンとアットウェルが暖炉のそばに坐り、前夜のことを笑いながら話しているると校長が入ってきて、二人を馘《くび》にした。それから、イーヴリンの記すところでは、「ちょっと苦しい日」になった。翌朝イーヴリンは、「手袋を盗んだ現場を見つけられた女中のような気分で、そっと去った」[53]。彼は、家に帰ることを電話で前もって両親に告げ、酩酊したので解雇されたと如才なく説明し、家に着くと、「非常な悲しみに沈んでいる家族と一緒に夕食をとった」[54]。翌日、「仕事を見つけようと何かをした」あと「疲れ、落胆し」、日記に、こう書いた。「文人になる努力をすべき時がやってきたように思える」[55]

同日、彼はエドマンドとチャールズに宛て、別れの手紙を書いた。その手紙と入れ違いに、エドマンドから、自分の写真を二枚同封した手紙が届いた。

親愛なるイーヴリン、

あなたが去ったこと、また、僕がお別れを言いに行かなかったことを、どんなに悲しく思っているか、十分には言い尽くせません。僕は、あなたのお友達のセシル・ロバーツがいっしょにいたので、とても恥ずかしかったのです。僕は、あなたを訪ねる代わりに、ベッドでこれを書いています。訪ねなかったのを、ひどく後悔することでしょう。あなたが行ってしまうので、みんなとても気持ちが乱れています。ワトキンソンは、僕が手紙を書いたら、よろしくと伝えてくれと、僕に特に頼みました。登って行って片付けたり洗い物をしたりする（冷たい水で）、あなたの部屋がなくなれば、ピッグ［チャールズ］と僕は何をしていいのか、わかりません。僕はきのう、あなたが荷物をみんなどうしたのか見に、あなたの部屋に登って行きました。あなたの本や蠟燭立てやＩｋｏｎ〔Icon（聖像）〕（綴りがわかりません）がないと、とっても寒々としていました。[56]

イーヴリンは、解雇されてからロンドンに戻ると、聖職者になるという考えについて相談しようとアンダーヒル神父に会ったが、失望した。そのあと、ノッティング・ヒルにある陰気な学校で、臨時の仕事をすることにした。「どの教師もエイチを落として発音し、暖炉に唾を吐き、陰部を掻く」。そして生徒は、「鼻糞を穿《ほじ》り、ロンドン訛りで互いに叫び合う[57]」。

その職に就く前に、彼は、評判のよかった短篇のアンソロジーのシリーズ、『ニュー・デカメロン』のために、「ある公爵についての短篇を書くのに二日費やした[58]」。それは「良家の人々」で、「バランス」のアダム・ドゥーアの放埓な友人、アーネスト・ヴォーン（イーヴリンの分身）が再登場する。彼は、いまやオックスフォードを退学させられたのだが、ヴァンブラ公爵に、知恵遅れと思われている孫で跡継ぎをヨーロッパに連れて行ってくれと頼まれ、その孫と仲良くなる。「バランス」ほど野心的な作品ではないとしても、すんなりと読めて面白いその短篇は、マイケル・サドラー、G・B・スターン、L・A・G・ストロングほかの短篇と一緒に、年末に世に出た。

彼はロンドンにいる時はいつもそうなのだが、プランケット・グリーン家の者たちと頻繁に会った。そしてある日、彼らと昼食をとったあと、「オリヴィアは黒人のことしか話すことができなかった」と、日記に苦情を書いた[59]。前年の秋に、ミュージカル・レヴュー「ブラックバーズ」が上演されて以来、「陽気な若者たち」がパーティーに黒人を招くのが粋なことになった。ついには、招待状に、「飾り」としての黒人が招《よ》ばれていないと、イーヴリンは、こう言うようになった。「黒人がいなければパーティーじゃない[60]」。イーヴリンは実際、「ブラックバーズ」を開幕後間もなく観、アストン・クリントン校を去ってから、オリヴィアと一緒に数回、また観に行った。日記によると、彼はある時、二人で「フロレンス・ミルズとそのほかの男女の黒人を楽屋に訪ねた。それから、〈ヴィクターズ〉というナイトクラブに、もう一人の黒人を見に行った――［アメリカ人のキャバレー・スター］レスリー・ハッチンソン」[61][*3]。そうした日記の項を根拠に、イーヴリンは人種差別主義者だと非難するのが常識になっている。ちょうど、彼のさまざまな発言を反ユダヤ主義だとかスノビッシュだとか言うのと同じように。しかし、一見偏見と見える発言は、ほぼ一様に、自己諷刺あるいは悪戯っぽい挑発の要素を含んでいるのである。または、そうした発言は、言ってはならないことを言うという衝動強迫にもとづいていた。「ブラックバーズ」についての彼の記述に関して言えば、黒人についての言葉と態度は、当時は今とは非常に違っていたということは心に留めておく価値がある。いずれにせよ、黒人の芸能人を求め、贔屓にし、彼らを流行の面白いアクセサリーとして扱ったパーティーの女主催者《ホステス》は（ちょうど、『衰亡』で、ベスト＝チェトウィンド夫人が「チョウキー」を扱う場合のように）、イーヴリンにとっては、どちらかと言えば、黒人のパフォーマー自身より、もっと面白かったのである。

　イーヴリンの場合、オリヴィアが、自分は黒人に魅惑されているとあけすけに言ったこと、ポール・ロブソンと関係しているという噂があったことに対する嫉妬もあったのかもしれない。もうその頃にはイーヴリンは、オリヴィアの性格の抑鬱症的で自己中心的な裏面について、あまりにもよく知っていた。次のような光景を目撃したあとでは。「彼女は靴下や新聞紙が散乱している寝室で、酒の空き瓶を片付けていた。前より太っていて、総じて大きくなっていて、自分に関すること以外、あまり喋れなかった。それも、他人《ひと》事《ごと》のように、また、支離滅裂に」[62]。だが、ハーマン・グライズウッドによれば、彼は依然としてオリヴィアを熱愛していて、ある日、彼女が自分とは決して寝ないということがやっとわかると、彼女の手を摑み、ごくゆっくりと煙草で彼女の手首の甲を火傷させた。オリヴィアは、この嗜虐的行為は奇妙なほど感動的だと思い、グライズウッドにその火傷の痕を見せた時、イーヴリンに非常に申し訳ないと感じると打ち明けた。「申し訳ない」のは、とグライズウッドはのちに回想している、「彼に肉体的な魅力を感じることができなかったからだ。また、それを知ったことが彼には恐ろしく応え、彼を一種の狂乱状態に陥らせたのを申し訳なく思ったからだ」[63]。

一方、イーヴリンにとっては、オリヴィアに対する妄執を克服する唯一の方法は、ほかの誰かを見つけることだった。そして、一九二七年四月七日、彼は日記に記した。「イーヴリン・ガードナーという、なんとも素敵な少女に出会った」

原注

＊1　同性愛行為が一九六〇年代まで違法だった英国とは違い、フランスでは革命以来、同性愛行為は合法だった。

＊2　ロジャー・モーティマーが回想するところでは、引退したサー・パーシー・ロレインは、スローン・ストリート七六番地の両親の下のフラットに住み、冬は外国に行った。その間、執事は、そのフラットを売春宿として使った。「わたしの母は、午後二時以降聞こえてくる異様な音が理解できなかった。父は、その音をかなり楽しんだと思う」（『親愛なるランピー』、一二六頁）。

＊3　「ハッチ」として知られたハッチンソンの縺れた女性関係は、イーヴリンにとって特に魅力的だった。ハッチは結婚していて子供が一人いたにもかかわらず、当時、ジーナ・ネイラーという若い女（美術評論家ラングトン・ダグラスの私生児）と公然と同棲していた。ジーナは間もなく、彼がオリヴィアの義姉、ベイブ・プランケット・グリーンと寝ていると苦情を言った。事態をさらに複雑にしたのは、ジーナが間もなくアレック・ウォーの女友達になったことだった。アレックは、『衰亡』にイーヴリンが描いた挿絵の中の、「シェ・ジーナ〔ジーナの家〕」という売春宿の看板を変えてくれと彼に頼まねばならなかった。

第10章 シーヴリン

二人のイーヴリンが、いつ、どこで出会ったのかについては、いくらかの論議がある。ダドリー・カルーは、自分が二人を自分のフラットで紹介したと回想している（それゆえに、イーヴリンは後年、彼にひどくおぞましい態度をとった）。[*1] 二人は、イーヴリン・ガードナーが親友のパンジー・パケナムと一緒に住んでいた、ベルグレイヴィアのイーベリー・ストリートにある下宿で出会ったのではないかと、ほかの者は言っている。イーヴリンは確かに、二人の少女が催したパーティーに行き、そのパーティーは「気持ちのよい、こぢんまりとしたもの」[1]と日記に書いている。しかし、そのパーティーは、二人のイーヴリンが初めて会ってから六週間以上あとの一九二七年五月下旬に催されたのである。イーヴリン・ガードナーが二人の関係について書いたものを、これまでのどの伝記作者も見ていなかった。[*2] 二人は、シルヴィア・ブルック――別称サラワク〔かつてボルネオ島に存在した白人王国〕の王妃《ラーニー》、自称「首狩り族の王妃」――がもっと早く、ポートランド・プレイスにある彼女の大邸宅で催したパーティーで、二人の共通の友人、ボビー・ロバーツに紹介されて会ったのである。

その最初の出会いを回想しながらシーヴリンは（イーヴリンの友人たちは、すぐに彼女をそう呼ぶようになった）、こう書いている。「わたしは一人の若い男を見た。背が低く、がっしりしていて、美男子で、ちょっとした身振りをよくし、飲み物を持っている手を縮め、何かウィットに富んだ、やや意地の悪いことを言う時、頭をぐいと上げた。話しやすく、面白かった」[2]。イーヴリンは、シーヴリンを「可愛らしい少女」だと思ったものの、第一印象は記していない。だが彼女はのちに、「彼がわたしに興味を抱いたのは、わたしが陽気で、イートン・クロップ〔イートン校の生徒を真似た短髪〕のボーイッシュな見かけで、非常にスリムだったから」と推測している。彼女が彼に対して持っていたもう一つの魅力は、「わたしが、彼の属したいと願っていただけでなく、紛れもない一員になりたいと願っていた階層に属していた（そう、彼は考えていた）」ことではないかと思い切って言っている。

彼女の父、バークレア卿は、第三代ガードナー卿と女優のジュリア・フォーテスキューのあいだに生まれた私生児で長男だった。バークレア卿は自由党議員で、最初はグラッドストンのもとで、次はローズベリーのもとで農業大臣を務めた。彼女の母、レディー・ウィニフレッドは、第四代カナーヴォン伯爵の長女で、グウェン・プランケット・グリーンの遠い親類で、初代オーモンド公爵ジェイムズと第二代バッキンガム公爵ジョージ・ヴィリアーズの学問的伝記を書いた。ウィニフレッドの弟はハワード・カーターのエジプトへの考古学上の探検のスポンサーになり、一九二二年のツタンカーメンの墓の発見の際には、自分も参加した。だがシーヴリンは、自分の絢爛たる一族から逃れたかった。一九〇三年に（イーヴリン・ウォーより一ヵ月早く）生まれた彼女は、四人姉妹の一番下で、すぐ上の姉より七つ年下だった。学校には行かず、ナニーと何人かの住込み女家庭教師に育てられた。彼女のすぐ上の姉、メアリーがシーヴリンの十一の時に結婚して家を出ると、その後は、「召使が、わたしの親友になった」と彼女は回想している。そして、「いわば、世間のことも、他人の現実の行動も知らずに籠の中にいるような」気持ちだったのを覚えていた。「閉じ込められていて、自由になった時に飛び出すというのは、よくなかった」

両親に関しては、シーヴリンは父の方がずっと好きだった。「素人俳優としての名声に加え、明るい気質と心優しいウィットの方で、自由主義に対する貢献でよりも彼は人の記憶に残るであろう」と『タイムズ』は書いた。(3) だが彼は、シーヴリンが生まれた時は五十七歳で、彼女は子供の頃、父の姿をほとんど見なかった。彼女は、退屈なランチ・パーティーのあいだ、父がテーブル越しにウィンクしてくれたのを、懐かしく思い出しているが。彼は一九二一年、彼女がわずか十八の時に死んだ。一方母は、シーヴリンに関する限り、「恐ろしく」、「なんとも怖い」存在だった——その華奢な体と柳腰と鼠のような足にもかかわらず。

レディー・バークレアの堅苦しさは、自分の思春期を犠牲にしたことに由来していた。母は彼女が十一の時に死んだので、ハイクリア城（「実際の」ダウントン・アビー）に来る父の客を、まるで大人のように接待しなければならなかった。父がやがて再婚し、赤ん坊の息子と熊ごっこをして客間の床を這い回り始めるのを見た彼女は、父がそれほどに威厳を失くすのを見て、ぞっとした。彼女はシーヴリンを産んだが、娘は母に愛された記憶がまったくなかった。「わたしは自分の不品行と思われていることを釈明することが決してできなかった」とシーヴリンは書いている。「言葉が口の中で凍ってしまうか、凍るところまで出てこないかだったからだ。姉のメアリーもわたしも、彼女が子供部屋あるいは勉強部屋に入ってきたのを覚えていない。就寝時には、愛情が籠もっていようといまいと、お休みという言葉も、祈りの言葉も聞かれなかった」

表面上は、ガードナーの上の三人の娘は、みな良縁に恵まれた。*3 だが、どの結婚もとりわけ幸福ではなく、シーヴリンが大人になる頃には、その二つはすでに破綻し、一家には「悪い血」が流れているという噂が立った。シーヴリンの想像では、それは女優の祖母のせいだった。祖母の激しい気性と感情を露《あらわ》にする性格のいくらかを、彼女自身、典型的なモダン・ガールぶりを発揮して示した。彼女は友人たちを「エンジェル・フェイス」とか「スイーティー・パイ」とか呼び、プルーストのことを(彼女は一度、プルーストに「埋《うず》もれている」と宣言した)、「親愛なるプルースティー＝ウースティー爺さん」と呼んだ。(4)

シーヴリンの「飛び出したい」という欲求は、生来の浮薄さ、スリムな体、小生意気な小さな鼻、そして、遠縁のオリヴィア・プランケット・グリーンのような、男が至極魅力的だと思う、つぶらな「色気のある」目に結び付いていた。彼女は、二十三になるまでに九回婚約した。しばしば同時に。彼女のさまざまな婚約者には、オーストラリアへの旅で会った船のパーサーが含まれていた。母は、別の不釣り合いな婚約関係を解消するために、彼女をオーストラリアにやったのだった。彼女は、シルヴィア・ブルックのパーティーでイーヴリン・ウォーに会った時、王妃シルヴィアの美男子の副官で、かつての男友達のバリー・ギフォードからのプロポーズを受け容れたばかりだった。ギフォードは戦争神経症で、颯爽とした第一次世界大戦の英雄から、何人かの評価では、救いようのない大酒飲み、「恐るべきごろつき」に変わってしまった。シーヴリンは、彼がアルコール依存症なのを知っていたが、「未熟なわたしは、彼を立ち直らせることができると思っていた」。けれども、一人はしばらく行動を起こすのは控えねばならなかった。なぜなら、彼はまだ、厳密に言えば結婚していたからである。

シーヴリンは、イーヴリン・ウォーは魅力的で面白いと思ったということとは別に、彼が作家であることにも大いに心を惹かれた。彼女はちょうどその頃、ドーヴァー・ストリートのファッション・ストア、メゾン・アーサーの売り子《ヴァンドゥーズ》の仕事を辞めて、劇を書こうとしていた。そして、文学の世界に、なんとか入ろうとしていた。二人が出会った時、彼は『デイリー・エクスプレス』に試用で雇われたところだった。五月末に、グリーン・パーク・ホテルで、初めて二人切りで昼食をとった直後に、彼はそのまま真っ直ぐソーホーの火事の取材に行った。火事現場では、「一人のイタリア人の少女が勇敢に振る舞ったと思われたが、実際にはまったく何もしなかった」[5]。彼は、その後間もなく馘《くび》になった。のちに彼が、記者志望者に与えた忠告が、新聞社で働いていた時の態度を反映しているとすれば、それも驚くことはないのかもしれない。取材を命じられたら、「正しいやり方は、飛び上がって帽子と傘を引っ掴み、急いでいる風を装って社から駆け出し、手近の映画館に行くこと」[6]。そして、見習い記者は映画館の中に坐ってパイプをくゆらし、事件の目撃者はなんと言うだろうと想像するようにと、彼は助言した。イーヴリンが新聞社に勤めていた七週間に、彼の書いた記事のどれも新聞に載らなかったのは、彼にとって幸いだったろう。

『デイリー・エクスプレス』から解雇される少し前、そして、モルモン教徒について本を書こうかどうしようかと考えていた頃、彼は、友人のアントニー・ポーエルが勤めていたダックワース社から、ロセッティの伝記を書くよう依頼された。それは、翌年の画家の生誕百周年に合わせて出版されることになっていた。アーサー・ウォーは、その本は決して完成しない、また、イーヴリンは、出版社から貰って一週間で使ってしまった二十ポンドの前金の償いをしなければならないだろうと、暗い気分で予言した。イーヴリンは懐が暖かくなると、決まって気が大きくなった。だが、両親とアレックと一緒に南フランスで二週間過ごしたあと（その間、イーヴリンとアレックはマルセイユの売春街を訪れた。イーヴリンは、その時初めて女と性交渉を持ったのかもしれない）、イーヴリンは本気で伝記の執筆に取り組み、三週間後に一万二千語を書き上げた。一ヵ月後、ベックリーのパブ兼イン、〈アビンドンの紋章〉で仕事をしたおかげで、四万語に達した（三年前、彼とアラステアは、そこで馬のない幌馬車を借りた）。そこから彼は、ほぼ毎日オックスフォードに行き、ユニオンの図書館で執筆した。一八五〇年代に、ロセッティと、その他のラファエル前派の画家が、その図書館を壁画で飾った。次に彼は、グレアム夫人と仲直りすることにし、バーフォード・ハウスに行った。彼は、その一室で、誰にも邪魔されずに仕事ができた。その部屋はコック・ロフト〔小さい屋根裏部屋〕と呼ばれ、かつては小間使の「裁断部屋」で、一卓のテーブルと、アラステアの記憶では、「ヴィクトリア朝の理想的な女体を表わす、頭も脚も腕もない人体模型」があるだけだった。[7]

イーヴリンは、執筆しながらいろいろ調査をしたにもかかわらず――ロセッティのかつての秘書で、当時は寝た切りになっていて、「カルトゥジオ会の大修道院長」のように見えるホール・ケインに会って話を聞き、ロセッティがウィリアム・モリスと共同で賃借していたケルムスコット・マナーを訪ねた（モリスの娘は「嫌な女」だとイーヴリンは思った）――七ヵ月で『ロセッティ――生涯と作品』を完成させた。今日の水準から見ると、最終的に二二七頁になった同書には、たくさんの長い直接的な引用があるが――いくつかの章では、三分の一が引用から成る――彼が当時、二十四になるやならずだったということ、同書には、際立って鋭く、当時としては流行らない意見が随所にあることを考えると、同書はきわめて見事な業績である。

その本を書けば、イーヴリン・ガードナーの結婚相手として一層ふさわしくなるという考えが、執筆の励みになったのだろうか？　十中八九、そうだろう。二人は五月に初めて一緒に昼食をとってから、聖霊降臨節にかけての長い週末を、シーヴリンの姉のメアリー・ホープ＝モーリーと一緒に、ウィルトシャー州で過ごした。メアリーは当時、最初の夫と別居し、別の男、アラン・ヒルガースとの結婚を考えていた。「自信過剰の男で」とイーヴリンは日記に書いている、「煽情的小説を書いている、元船員」。その後、イーヴリンがロセッティの伝記に取り掛かり、九月半ばに再び彼女を真剣に追い求めるまで、長い間《ま》があった。十一月末に――その頃までには、彼はラファエル前派に倣い、木工アカデミーで家具製作を学んでいた――自分はシーヴリンに「頻繁に」会っていると日記に書いている。そして彼女は、その頃、アンダーヒルに夕食に招《よ》ばれ、彼の両親に会った。そのあと、彼女は友人に話した。「老ウォー氏は、完全なピンクル＝ワンク〔ピンクの仕事人間〕。ディナーに、パパそっくりに、青いビロードの上着を着、自分の青春時代の花形だった女優の話をするの。わたしは、ああいうのが好き」(8)

空しくオリヴィアを追い求めたことで少しばかり賢くなったイーヴリンは、シーヴリンの場合は、たった一度しか失態を演じなかったようである。彼女が友人に語ったところでは、ある晩、彼は「ちょっと酔い過ぎて」、彼女が家に送らせなかったことに激怒した。「一時半頃家に戻ると電話が鳴り、小さな明瞭な声が言ったの。『ミス・ガードナー?』『ええ』。『僕は言いたい、あんたはくたばれ!』受話器をガシャンと置く音がし、わたしは大笑いしたわ。イーヴリンは翌日、盛んに謝った。彼は、とても優しい(9)」。「優しい」という言葉は、その頃、彼女が彼について書いた文に頻繁に出てくる。

イーヴリンは、それまでの二年間、ぼんやりとではあるが、妻を求めていた。そして、イーヴリン・ガードナーを妻にしたらいいという考えがすでに心に浮かんでいたのは、はっきりしていた。彼女がある日、自分はカナダに行くことを考えていると唐突に言った時、彼は、もはやぐずぐずしていられないのを悟った。三日後の十二月十二日、イーヴリンはシーヴリンをリッツ・グリルに夕食に連れて行き、プロポーズした。シーヴリンによると、「結婚しよう、そうして、どうなるか見てみよう(10)」と彼は言った。シーヴリンは、愛という言葉が使われなかったのを回想している。彼女は、考えてみる時間が欲しいと言ったが、翌日、電話でプロポーズを承諾した。

彼女はのちに、「イーヴリンがとても好きで、心から敬愛していた」けれども、「もっと長い時間をかけて考えるべきだった。でも、わたしは早く結婚して落ち着きたかった」と認めた。彼女の逸《はや》る気持ちは、その頃起こった二つの出来事で強まった。一番仲が良かった姉のメアリーが（シーヴリンは、友人たちには理解できないくらい、メアリーを偶像視していた）、自信過剰の煽情的小説の作家、アラン・ヒルガースと結婚し（イーヴリンは、シーヴリンと一緒のフラットに住んでいたパンジー・パケナム同様、彼が大嫌いだった）、彼と一緒に南米に行くと言った。そしてパンジーも、画家のヘンリー・ラムと婚約したところだった。「不意に、わたしが家に戻らねばならないという危険が生じた」とシーヴリンは回想している。「母は、わたしが独りで暮らすのを許してくれるとは思わなかった。そして、母がわたしの手当を打ち切るのではないかと恐れた」

　彼女を公平に扱うなら、彼女はその時、結婚する方がなにかと便利だと単に考えていただけではなく、イーヴリンが、これまで付き合った「完全に百パーセント逞しい男たち」より遥かに刺激的だと感じてもいたのである。彼女は友人に、そうした男たちの魅力は「彼らの直截さとセックスアピール」にあるが、その魅力は「退屈」になるほどに褪せると語った。(11)パンジーは、イーヴリンを受け容れるよう彼女を促した。パンジーは当時友人に、「彼女のいつもの追従者たちを作り上げているごろつきや粗暴な男と付き合ったあとでは、E・ウォーはウイスキーのあとのクラレットのように思え、親切であると同時に爽やかに思える」と話した。(12)パンジーはまた、イーヴリンに、結婚を決意するよう促しもした。そして、彼はその通りにした。「わたしは、このことは非常によかったと思っています」と彼女は、二人が婚約した直後に友人に書き送った。「E・ガードナーは結婚について怖気づいていて、もしすぐに結婚しなければ、完全に臆病になってやめてしまうと思ったので」(13)

　イーヴリンのプロポーズは、さほどロマンチックなものに思えないというのは本当であり、彼は特に彼女を恋していた訳ではないという証拠として、しばしば提示される。だが同時に、彼は彼女がどう反応するか不安で、確信がなかったので、彼女が断った場合に備え、自分を守ろうとしたとも考えられる。それは、バリー・ギフォードがまだ彼女の近くをうろついていたし、彼がオリヴィアによってすっかり自信を喪失していたことを考えれば、十分に理解できるだろう。いずれにしろシーヴリンはのちに、彼のあっさりしたプロポーズは、情熱的な愛の宣言より遥かに脅迫的ではなく、もっと魅力的だということを仄めかし、マイケル・デイヴィーに、自分はそれを、自分が絶対的に貞節である必要はないことを意味すると解釈したと話した。「わたしは人の言うことをなんでも信じるように育てられました。わたしは彼を信じました。わたしは馬鹿でした」[14][*4]

イーヴリンは、彼女に対する思いの深さがどうであれ、どうしても家から出ようとも思っていた。「なんとこの家［アンダーヒル］は嫌なことか」と彼は、その年の秋口に思った。「そこにいると、なんと気分が悪くなることか。この一帯は行き交う車のせいで砲声と雷鳴が轟く。眠ることも仕事をすることもできない……電話のベルが絶えず鳴り、父は階段をドタドタ登り降りし、ギャスパード［犬］は吠え、庭師は窓の下で砂利を均《なら》し、始終、車が通る。こういうことが、あと一週間続けば気が変になる」[15]

それにもかかわらずイーヴリンは、そこでクリスマスの五日を過ごすようにと婚約者に頼んだ。そのあとシーヴリンはケイトに手紙を書き、「これまでで一番幸せなクリスマス」に感謝した。「わたしはハムステッドにいるのが好きでした。今でもあなたと一緒だったらよいのにと思います。わたしは、イーヴリンと婚約した時にあなたが下さったお手紙に、ちゃんとお礼を申し上げていませんでした。あれほど素敵な手紙を受け取ったことはありません。なぜかわたしは、あなたが喜ばないのではないかと思っていました。なぜなら、イーヴリンはとっても卓越した人で、あなたがなんとあの人を好いているのか知っているからです。あの人を幸せにすることができるのを願っています。人は、わたしがイーヴリンを愛するくらい誰かを愛すると、相手を失望させるのを恐れると思います」[16]

シーヴリンは、その後何度もアンダーヒルに行くようになり、ウォー一家を観察する十分な機会を得た。アレック・ウォーは彼女と話した際、アンダーヒルは「小さな家」だと言い、彼女は自分が出入りする家に比べれば、かなり質素な家だと思うのではないかと匂わせた。しかしアンダーヒルは、自分がこれまで育ったさまざまな場所よりも、ずっと家庭的だという印象を、彼女は受けた。時折、二人の兄弟の緊張した関係と、イーヴリンが父の感傷癖に対する嫌悪感をあまり隠そうとしないことに驚かされはしたが。しかし総じて、ウォーの両親は自分の母より付き合いやすかった。「自分の一語一語に同意しなければ母は激怒しました。大事なのは、母の口にするどの言葉にも『その通り』と言うことでした」と彼女は、その頃言った。[17]

レディー・バークレアは——娘たちの友人たちには、親しみの籠もらない「男爵夫人」という呼称で知られていた——自分の娘が「貧乏な、郊外の見習い大工」（イーヴリンの孫が、のちにそう言ったように[18]）と結婚するのにまったく賛成しないということを、すでに明確にしていた。彼女にどのくらい上流気取りがあったのか、また、イーヴリンがのちにどのくらい尾鰭《おひれ》をつけたのかは推測するほかはないが、何年ものちに彼はナンシー・ミットフォードに、「レディー・バークレアに指摘されるまで、自分は紳士ではないという考えは浮かばなかった」と語った。[19] 一つのことが、最初から完全にはっきりしていた——レディー・バークレアは、イーヴリンが職なしのあいだは、二人の結婚に同意するつもりはない。だが、彼がその後、BBCの仕事に就こうとすると、彼女は縁故を使って、彼がその仕事に就けぬようにした[20]（彼女の一人だけ残っている娘婿、ジェフリー・フライは、イーヴリンに面接したランス・シーヴキングに、そう手紙で頼んだ。シーヴキングは、たまたまフライの友人だった）[*5]。

一方、レディー・バークレアは、イーヴリンが不適格だというあらゆる証拠をできるだけ集め始めた。オックスフォードにクラットウェルを訪ね、大学でのイーヴリンの暮らしぶりについて根掘り葉掘り訊きさえした。シーヴリンが報告したところでは、敵意を抱いていた大学教師は「邪《よこしま》な悪意で胸を躍らせ」、イーヴリンは大量のウオッカとアブサンを飲み、いかがわしい人間たちと付き合い、両親に頼って暮らし、父親を虐待し、道徳的な素地も性格も持たないので、すぐにシーヴリンを愛さなくなり、彼女を「ソドムとゴモラの深淵に」引きずり込むだろうと、レディー・バークレアに請け合った。(21)

この忌まわしい一連の悪行に耳を傾けたあと、レディー・バークレアは、娘を取り戻す最後の必死の試みをした。五月初旬、イーヴリンとの婚約をおおやけに発表するからと言って気を引き、二週間、家に帰るようにと娘に頼んだ。シーヴリンが母の家で最後に一夜を過ごしてから一年半経っていた。しかし、金が心細かったし、母からの援助を失いたくなかったので、その頼みに応じた。家に帰ると、彼女はクラットウェルの「起訴状」と、結婚は、あと二年間は不可能だという最後通牒を突きつけられた。そして、イーヴリンが呼ばれた。パンジーの話によると、彼は「賞讃すべき毅然とした態度で、一週間以内に結婚すると脅した」。するとレディー・バークレアは、涙を流してくずおれ、イーヴリンがまず仕事を見つけたならば結婚式を挙げることに同意した。(22)「二人のイーヴリンが勝利！」とシーヴリンは宣言した。(23)

イーヴリンは仕事を見つけるようにというレディー・バークレアの要求は、驚くべきものではなかった。あとから考えると、やや馬鹿げてはいるが。パンジーと彼女の婚約者のヘンリー・ラムは（その頃彼は、一方の手にパイプ、もう一方の手にペンを持って『衰亡』の原稿をじっと見ているイーヴリンの肖像画を描いた——その後、失われた）、当時そう感じた者たちの一人だった。彼らは、彼女の「露骨な実利主義」を非難し、イーヴリンは「数年のうちに作家として成功するのは明らかで」、二人は、それまでなんとかやっていけるし、その間「仕事」をするのは精力を浪費するだけだと思っていた。[24] 自分も作家だったレディー・バークレアは、彼の将来性に盲目ではあり得なかった。四月に、『ロセッティ』の新刊見本を受け取っていて（「愛を込めて」ではなく「謹呈」と書かれていた）、好意的な書評をいくつか見ていたことだろう。最も目立った書評は『オブザーヴァー』ので、J・C・スクワイアは、イーヴリンの「洗練された優雅さと、控え目なウィット」に讃辞を呈し、『ネイション&アセニーアム』は「生き生きとしていると共に信頼できる」と評した。一《ひと》月後にイーヴリンが、ひどく熱意を欠いた『タイムズ文芸付録』の書評に、終始「ミス・ウォー」とあるのを見事にやっつけた時も、やはり賞讃された。「わたしのクリスチャン・ネームが、限られた社会経験しか持たぬ者によって、もっぱらほかの性に属すると時折見なされているのを、わたしは知っています」とイーヴリンは書いた。「しかし、暇のない批評家のために本のカバーの内側に、親切にも書かれている一節を読むだけで（それ以上、拙著を読む必要はない）、わたしの名前に正しく『ミスター』とあるのがわかるのです。貴紙の書評子がわたしに関して、『六〇年代のお上品なお嬢さん』などという文句を間違って印刷する前に、そうした調査をするのが最低の礼儀かもしれないのは確かです」[25]。レベッカ・ウェストは、それは「あのひどく思い上がった教区誌〔教区教会が発行するもので、信徒に配布される〕に対し、どう振る舞ったらよいのかの手本」だと思った。そして、「あなたが、そうした有効な形で、大方の者よりずっと知的で面白い存在であり続ける」ことを願うと言った。[26] レディー・バークレアが、そうしたことをどう思ったかは記録にない。

一方、彼女は知らなかったが、一九二八年の春を通しイーヴリンは、彼の名声を確立することになる小説、『衰亡』の執筆に専念していた。彼は最初に、そのことを前年の九月にダックワース社に話し、最初の一万語を――それはのちにほとんど手が加えられなかった――その年の終わりにアントニー・ポーエルに読んで聞かせた。ポーエルは「きわめて面白い」と思ったことを覚えていた。だが、その後、その小説の進み具合を訊くと、イーヴリンは、がっかりしたことに、「燃やしてしまった」と答えた[27]。

ダドリー・カルーは、一九二八年一月に、アンダーヒルでその「最初の五十頁ほど」を読んでもらったことを覚えていた。イーヴリンは、アーサーが夕食後、朗読する際に使った椅子に坐っていた。「その夜、彼は終始、幸福感と浮かれ気分に浸っていた。わたしは、かつてランシング校でしたように、惜しまぬ讃辞を呈した。それは素晴らしく愉快で、彼もそれを知っていた。彼は、自分が作った滑稽な話に呵々大笑した。それはかつての無邪気な時代の習慣だった。そして、二人共、時々ヒステリックになった[28]」

もうすぐ結婚するということ、自分はついに、作家としての己の並外れた才能に見合う何かを創り出したという自覚が強まったことで、イーヴリンはその春、かつてないほど幸せだったろう。その横溢する幸福感は、その作品に、はっきりと現われている。アストン・クリントンのパブ〈ベル〉でひとしきり仕事をしたあと、三月と四月は、ドーセット州のコールヒルにあるパブ〈積んだ大麦《バーリー・モウ》〉で数週間過ごした。そこから二マイル離れたところで、シーヴリンとパンジーが、ウィンボーンの下宿屋に泊まっていた。二人は、やはり小説を書いていた――パンジーの小説は、『衰亡』の一ヵ月後に、『古い便法』という題で出版されることになった。ヘンリー・ラムはプールに家を借りていた。そこは七マイル離れた海岸にあり、彼は、最初の妻との離婚が成立するのを待ちながら絵を描いていた。

シーヴリンは悪戦苦闘して自分の小説を書いていたが――それは、「一人の男と一人の女が、十二時間のあいだ、自分たちの人生を振り返り、同じ状況をそれぞれ違った視点から考える[29]」という小説だった――イーヴリンの小説に誇らしい喜びを覚えた。「それは実際、たまらないほど愉快で、成功する十分なチャンスがあると思う、たとえベストセラーにならないとしても[30]」と、一人の友人に語った。「でも、わたしたちの母が認めるとは思わない、わたしの母は、絶対に！」パンジーはシーヴリンとドーセット州に滞在していたあいだ、シーヴリンは「実際、これまで長いあいだ見たことのないほど、とても元気」に見えると思った。「彼女はＥ・Ｗを熱烈に愛しているとは思わない」とパンジーは続けた。「でも、彼女が持続的な情熱を持ちうるのかどうか、怪しい。でも、彼女は彼をとても好いていて、彼の頭脳を崇敬し、性格の強さを尊敬している。いずれにしても彼女は、最初の有頂天の気分が消えても、彼を軽蔑はできないでしょう。そうした事態は、バリーとか、そういう連中の場合には、必然的に起こったのだけれど。彼女は、彼のために一生懸命に仕事をしなければいけない。それは彼女にとって一番いいこと[31]」

五月中旬に、誰もがロンドンに戻った。イーヴリンは、まずアンダーヒルに行き、女たちは、かなり自堕落だとしても魅力的なアイルランド女が経営している、アッパー・モンタギュー・ストリート七番地の新しい下宿屋に行った。「ここは、イーヴリンとわたしが一緒に暮らす、最後の住まいだと思う」とパンジーは書いた。

それは奇妙な、小さなパートナーシップで、わたしは彼女が苦労している時になんの助けにもならなかったと思います。おそらく彼女は苦労などはせず、ただ、状況に流されるだけなのでしょう。だから、ひどく厄介なことになるのです。彼女の結婚は、まだずっと先のことに思えます。彼女が、もう一方のイーヴリンをどのくらい好いているのか、想像がつきません。裸足であの人のあとを世界中ついてゆくほどではないのは確かですが、一方、彼女は、二人が婚約して以来、これまでになく幸福なのです。メアリーがいなくなり、彼女に干渉されなくなったというのも、大きな救いです……いまや唯一の問題は、少しの金を工面して駆け落ちをするか、母から結婚を認められてウェストミンスターのセント・マーガレット教会に行けるまで待つか、です。イーヴリン・ウォーは前者に賛成で、EGは後者に賛成です。だからわたしは、彼に対する彼女の情熱は無限だとは思わないのです。それとも、彼女は情熱への能力を早々と使い果たしてしまったのでしょうか？　感情は、使い過ぎると消耗してしまうものなのでしょうか？　そうなのでしょうね。(32)

二週間後、イーヴリンは日記に書いた。「イーヴリンと僕はセント・ポールズ[*6]で結婚した。ポートマン・スクエア、十二時。祭壇で一人の女がタイプライターを打っていた。ハロルドが花婿付添人。ロバート・バイロンが花嫁を花婿に引き渡した。アレックとパンジーが立会人。イーヴリンは新しい黒と黄色のジャンパースーツを着、スカーフを首に巻いていた。〈500クラブ〉に行き、ウィニフレッド・マッキントッシュとロシアのプリンス・ゲオルギー〔亡命者〕が訝《いぶか》しげに見ているところでシャンパン・カクテルを飲んだ。そこから、〈ブールスティン〉に行き、昼食をとった。上々の昼食だった。そしてパディントンに行き、列車でオックスフォードに行き、タクシーでベックリーに行った」(33)

原注

＊1　それは考えられない。なぜなら、カルーは、彼自身の話によれば、イーヴリン・ガードナー

に、エプソム・ダービー行きの、サラワクの第三代藩王《ラージャ》が借り切ったバスに乗り合わせるまで、会っていなかったからである。一九二七年六月のダービーで優勝したのはコール・ボーイだった。(『友情の断片』、七七〜八頁を参照のこと。)

＊2　一九七五年に書かれ、十九頁に及ぶその文書について、シーヴリンは、「この詳細な説明文を、わたしの死後、子供たちは好きなように処分してよい」と書いている。(イーヴリン・ガードナーよりマイケル・デイヴィー宛、一九七五年十二月八日、AWA［アレグザンダー・ウォーのアーカイヴ］。)

＊3　一九一四年に、メアリーはジェフリー・ホープ＝モーリー(「モーリーの下着」)と結婚した。二人は一九二八年に離婚した。一九一五年に、アラシアはジェフリー・フライ(「フライのチョコレート」)と結婚した。その結婚は長く続いたが、非常に緊張したものだった。一九一六年、ジュリエットはスコットランドのクロッカンのアレグザンダー・カミング＝ラッセルと結婚した。二人は二十四時間以内に別居し、一九二二年に離婚した。

＊4　『インデペンデント』のイーヴリン・ガードナーの死亡記事の中でデイヴィーは、イーヴリンのプロポーズがさりげなかったので、「ウォーは、結婚についてさほど真剣ではないという印象を受けた、とイーヴリン・ガードナーは、のちに説明した」と書いている。しかし、彼女にインタヴューした際のデイヴィーの備忘録には、ウォーが真剣ではなかったことを暗示する箇所はない。むしろ、こういうことである。「ウォーのプロポーズのさりげなさが暗示しているのは、絶対的な貞節は必要ではないということだと、彼女は思った」(マイケル・デイヴィーの、イーヴリン・ガードナーへのインタヴュー、一九七三年二月二十四日、AWA。)

＊5　ランス・シーヴキングはイーヴリンにいくつかのパーティーで会い、彼が気に入っていた。彼はのちに回想している。「三十分間、良心的に形だけ彼の能力を検討し、評価し、最後にヴォイス・テストをした。彼を落とすのは、実際、残念だった」

＊6　正確にはポートマン・スクエアのセント・ポール(「セント・ポールズ」ではない)教会。一七七九年、ポートマン・エステートのために個人の礼拝堂として建てられた。

第11章 ありきたりの経験だそうだ

イーヴリンの日記の非常に多くの部分と同様、結婚式の話は事実と空想の混交だった。シーヴリンによれば、祭壇では誰もタイプライターを打ってはいなかった。ただ、彼女とイーヴリンが教会の中に入った時、聖具室からタイプライターの音が聞こえてきたこと、また、二人を結婚させた、口髭を生やした牧師がロンドン訛りで話し、重そうな黒いブーツを履いていたので落ち着かない気持ちになったことを彼女は覚えていた[1]。ハロルド・アクトンは、彼女がその場の状況にすっかり度を失い、「誓います《アイ・ドゥー》」という言葉が辛うじて言えるほどだったことを回想している[2]。彼女が結婚式前にひどくそわそわしていたことはよく知られていて、ロバート・バイロンは母に、自分は「イーヴリン・ガードナーを教会に無理矢理連れて来なくてはならないでしょう。そして、彼女が来ようとしないのを、僕は知っているのです」と、こぼした[3]。しかし、場所もあろうにベックリーでハネムーンを過ごしたあと（イーヴリンとアラステアは、かつてそこで一緒に幌馬車を借りた）、自分は結婚生活に満足していると彼女は公言した。ウォーの両親は、息子が結婚した時フランスで休暇を過ごしていたが、結婚式の日に電報を受け取り、その知らせに冷静に対処した。「アーサーは、また元気になった。二人のイーヴリンは結婚した」とケイトは、さりげなく日記に書いている[4]。だが、レディー・バークレアは、ジェフリーフライから、二人が結婚したことを七月中旬に知らされると激怒し、「口ではとても言えぬほど心が痛みました」とイーヴリンに言った。(5) しかし、娘が「ああいう立派な文学一家」に嫁ぐのはなんと嬉しいかと言ったことを、何年かあとにナンシー・ミットフォードは、はっきりと思い出した。(6) いずれにしろ彼女は、娘の結婚を、すぐさま『タイムズ』の個人広告欄に載せた。「スキャンダルと誤解を避けるために」と彼女はシーヴリンに、にこやかに言った。(7)

一方、イーヴリンの作家活動にとって不都合なことに、レディー・バークレアの妹は、イーヴリンの本を出してくれたジェラルド・ダックワースの兄、*1 サー・ジョージ・ダックワースと結婚していた。したがってジェラルドは、レディー・バークレアが、自分の義理の息子となる人物を認めていないことを十分知っていた。イーヴリンが五月に『衰亡』の原稿をダックワース社に渡すと、「ジェラルドおじさん」(8)(イーヴリンは彼をそう呼んだ)が自ら介入し、下品な場面の多くを削除するよう求めた。するとイーヴリンは、即座に原稿を、同じ通りにあるチャップマン&ホールに持って行った。父が外国にいたので、同社は出版に同意しやすいだろうと考えたのである。その通りだった。ただし、最終的には、ダックワースが要求した変更より、ほんのわずか少ない変更を求められはしたが。イーヴリンはハネムーンから戻って間もなく、カバーのデザインと校正に取り掛かり、日記に、「チャップマンは相手にするのに容易な出版社ではない」と苛立たしげに書いた。(9) ちょうどその頃、彼と新妻は、ベイカー・ストリートのちょっと外れの、ロバート・アダム・ストリート二五番地のみすぼらしい貸間に住んでいた。それはイーヴリンが、その近くのセント・ポール教会で結婚できるよう、結婚式の寸前に借りたものだった。夏の残りは、二人はアンダーヒルに住み、九月に、イズリントンにある、当時やや荒廃していたにせよ、立派なジョージ王朝の広場に面したフラットを借りた。

二人が最初のちゃんとした新婚の住まいである、キャノンベリー・スクエア一七a番地に移ったのと時を同じくして、『衰亡』が出版された。それは、イーヴリンの人生をたちどころに大きく変えた出来事だった。『オブザーヴァー』に出た最初の書評は、「抱腹絶倒するほど愉快」と評し、作者の「手法の徹底した巧妙さと結び付いた文体の精妙な率直さ」を褒めた。「作者は人生の批評家であり、その武器は、単純な陳述の形をとった冗談である。彼は、親愛にして欠かせぬ存在の者に加わった重要な人物である——われわれを笑わせることのできる作家に」[10]。だが、本当に重要な評価は二週間後に下された。イギリスの最大にして最も高い稿料を貰っている文芸ジャーナリストのアーノルド・ベネットが（彼の『イヴニング・スタンダード』の週一回のコラムは、ロンドンのバスの横腹に派手に宣伝された）、「真に新しいユーモリスト」[11]の誕生と、「わたしの意見では、まさに一流に近い、妥協しない、輝かしい悪意的諷刺」を歓迎した。

新聞で一様に賞讃されただけではなく、イーヴリンは、新しい友人レベッカ・ウェストにも熱烈に祝福された。彼女にとっては、『衰亡』は「本当にわたしを笑わせた、数少ない愉快な本の一つ」だった。そして、おそらくもっと驚くべきなのは、左翼系のネイオーミ・ミチソンが彼に手紙を書いてきたことだった。彼女は、それを「完璧そのもの」と思ったと言った。「この作品で本当に並外れているのは、統一です。あなたは、それを終始保ち、そのため、終わりのところでも、初めのところと同じ調子（同じ激しさで）で笑うのです。それは滑稽なほど知的です。わたしは愉快な本を賞讃しますが、それを見つけようとすると、P・G・ウッドハウスしか見つかりません。人は、結局、ハイブラウなのです」[12]。ジョン・ベッチェマン（イーヴリンは、二人が学校教師だった時に友人になった）はのちに、イーヴリンの友人たちの多くの者には、『衰亡』は「腹を抱えるほど愉快で、それほど愉快なものはほかにあり得ないだろう」と思えたと回想している[13]。

こうしたことは満足のゆくことではあったが、イーヴリンは一月《ひと》後、J・B・プリーストリーとシリル・コノリーの二人が、彼の見事な作品と、そのすぐあとに出たハロルド・アクトンの、いみじくも『平凡』という題の小説の途方もない懸隔に人の注意を惹いた時、ばつの悪い思いをした。イーヴリンは『衰亡』を、「敬意と愛情を込めて」アクトンに捧げたが、プリーストリーは断固として言った。「ウォー氏は小説家としてアクトン氏に敬意を捧げる必要はない、なぜなら、後者の小説は駄作で、万人と万物に対する途轍もない社会的優越感しか示していないからである。わたしはかねがね、アクトン氏は、われわれの最も輝かしい若い才人の一人だと聞いていたが、『平凡』は、わたしには、実に退屈に思える。おそらく、その題は、彼にとってあんまりだろう」[14]。コノリーも酷評し、『平凡』は「かなり気が抜けている」が、『衰亡』は『平凡』に欠けているあらゆる長所を具えている」と言った[15]*2。

イーヴリンとアクトンの友情は、こうして決定的にぎくしゃくした段階に入った。イーヴリンの星はいまや明らかに昇りつつあり、アクトンの評判は明白に落ちつつあった。それは、かつての精神的指導者が正すことのできない事態だった。イーヴリンはその頃、「ハロルドになんと言っていいのかわからない」と、相互のオックスフォード時代の友人に打ち明けた。「もし僕が、リッツで昼食をとるつもりだと言うと、彼は言うんだ、『もちろん、君は有名な作家さ、でも、僕みたいな無名の男が君とそこで一緒になれるなんて、君は期待できないね』。もし僕が、パブに行こうじゃないかと言うと、彼は言うんだ、『いやはや、なんたる気取りだ――人気小説家がパブに行くなんて[16]』」

ほかの者は、別の理由で『衰亡』に憤慨した。エディー・ゲイソーン＝ハーディーとパディー・ブロウディー（後者は、リッツでバーを公衆便所と間違えた、遊び人のとりわけ粗野な飲んだくれだった[17]）は「激怒」したと、アクトンはイーヴリンに話した[18]。二人の名前が、滅法なよなよした登場人物、マーティン・ゲイソーン＝ブロウディーとして使われているのだ――それは、名誉毀損で訴えられるのを恐れ、十一月の第二版では、マイルズ・マルプラクティス閣下に変えられた。同様に、ロバート・バイロンは手紙を寄越し、自分は登場人物、ケヴィン・ソーンダソン（のちにパラキート卿に変えられた）について「非常に怒っている」と言った。[19] ソーンダソンはベスト＝チェトウィンド夫人の週末のパーティーに酔っ払って遅れてやってきて、「自分の細い白い鼻を指差しながら、甲高い、女のような声で、誰彼構わず下品なちょっとした冗談を言いながら、鳥のように楽しげに」歩き回る。[20] これは明らかに、バイロンとブライアン・ハワードの、やはり気取って歩く友人、ギャヴィン・ヘンダソンである。イーヴリンは日記に、彼は「実に腹立たしい」と書いている。[21] ヘンダソンは短期間結婚していたものの、同時代の者が言っているように、「根っからのホモ」で、祖父の跡を継いで第二代ファリントン卿となったあと、上院で、こう演説の冒頭に言って有名になった。「親愛なる皆さま《マイ・ディアーズ》……」[22]。やはりそれとわかるのはセシル・ビートンだった。イーヴリンはハムステッドで、学校時代彼を容赦なく苛めた。ビートンは、いまや、ゲイソーン＝ブロウディー／マルプラクティスのお供をしてカントリー・ハウス〈王の木曜日〉に行く写真師、デイヴィッド・レノックスとして自分が戯画化されているのに気づいた。「彼らはエドワード七世時代のブルーム型馬車から小さな叫び声を上げて出てきて、手近の鏡に真っすぐに向かった」[23]

イーヴリンは、自分の本が引き起こした怒りを軽く受け流した。「わたしは四つの民事訴訟と、一つの馬の鞭打ちに脅されている」と彼の出版社に陽気に書き送った。[24] いずれにしても、気の合わない知人と縁を切ったことは、結婚と、ロンドンの文壇の最新の名士になったことで作り始めた戦略的な人的繋がりで償われた。彼は、ある晩、アーノルド・ベネットをキャノンベリー・スクエアの自宅に夕食に招き、翌日はシリル・コノリーを昼食に招いた。その際コノリーは、「成功がその魔法の杖で触れたばかりの、幸福な結婚をした若夫婦の、この素敵な例」として、二人のイーヴリンを長く記憶に留《とど》めた[25]。
コノリーはまた、二人の「非常に小さい、真新しいバンドボックス〔帽子等を入れる円筒形の箱〕のような家」にも強い印象を受けた。家の中は、友人たちから借りたか、地元の古道具屋で買ってイーヴリンが手を加えたか、地元の大工が作ったかした小物で溢れていた。ヘンリー・ラムが描いた二人の肖像画が、狭い食堂に懸かっていた。ある時、ハロルド・アクトンが訪れると、イーヴリンは床にしゃがみ、石炭バケツに何枚も切手を貼り、それにニスを塗っていた。「サー・ジョシュア・レノルズの古色を与えてるんだ」。「その家の雰囲気は、活気に満ちた子供部屋のそれだった」とアクトンは回想している。「近い将来、小さなイーヴリンたちで一杯の揺り籠が見たいものだと思った。赤ん坊のファウヌスが葦の笛を吹き、揺り木馬から落ち、お互いの尖った耳を引っ張り合い、絨毯におしっこをする」[26]。しかし、そうはならなかった。

その年の秋と冬を通し、シーヴリンは体の具合が悪かった。自分たちの結婚生活について彼女が書いたものによると、彼女は激しい月経痛に苦しめられ、その手術を受けた――外科医の所見は、手術を受けなければ、彼女は子供を産むことはできないだろうというものだった。もっとも、彼女の覚えているところでは、彼女もイーヴリンも、その点では当面なんの計画もなかった。「自分たちの暮らし向きがもっとよくなるまで待つことにした」ので[27]。それからしばらく経った十月の初旬、イーヴリンがある日家に帰ると、彼女は発熱していた――「ちょっとしたインフルエンザだろう」と、彼は呑気に日記に書いた[28]。しかし翌日、彼女は体温が華氏百四度〔摂氏四十度〕に跳ね上がると、譫妄状態になった。数日後、彼女の斑《まだら》の顔を見た医者は〔「肉屋と獣医の合いの子のような風貌」とイーヴリンは記している[29]〕、彼女は風疹に罹っていると診断した。彼女の姉のアラシアと義兄のジェフリー・フライは、ウィルトシャー州のオーアにある自分たちの家に行って療養したらどうかと言った。だが彼女は、そこに行けるだけの体力を回復するのに二週間かかった。

夫婦は、ほぼ二週間オーアに滞在した。その間に彼女は回復し、イーヴリンは、A・D・ピーターズの手配で、さまざまな新聞に依頼された仕事をこなした。ピーターズは、『衰亡』の成功を利用するためにアレックが彼に紹介した、当時有望な著作権代理人だった。「少しでも稼げるものならなんでも取り決めてくれ給え」とイーヴリンは、ピーターズの世話になることになってから彼に手紙を書いた。「クリケットの批評でも、母親の福祉の記事でもいい」[30]。いくつかのものはイギリスの若者の視点から書かれたが、稿料が良ければ、何についても喜んで書いた。そういう訳で、『イヴニング・スタンダード』が、「若い世代の作法《マナーズ》」について書こうという彼の申し出を誤解し、「若い世代の母親《マザーズ》」についての記事を頼むと、彼は早速、母親について千語一気に書いた。翌年の六月、ニューヨークの『バース・コントロール・レヴュー』から短文を依頼されると、やはり躊躇《ためら》うことなく書いた。

立派なカントリー・ハウスのオーア・ハウスは、ダウンズの下の素晴らしい場所にあるにもかかわらず、ペヴスナーによって「都会風」と書かれ、イーヴリンは、「わたしのツイードとパイプより、紙巻き煙草とロンドンの服の方が似合う、軟弱な気取り、あるいは優雅さがすべてに感じられる」と思った[31]。元々ジョージ王朝に建てられ、ほぼ四角だったその家は、クラフ・ウィリアムズ=エリスによって建て増しされ現代風にされたばかりで、その成果は、イーヴリンがまだ『衰亡』に取り組んでいた頃の一九二八年三月に、『カントリー・ライフ』に大きく取り上げられた。ダンカン・マクラレンが示唆しているように、評判になったその改築がヒントになり、イーヴリンは、マーゴット・ベスト=チェトウィンドが建築家のジレーヌス教授に、自分のチューダー様式のカントリー・ハウス〈王の木曜日〉を、「すっきりとした四角のもの」に変えるよう頼ませることにしたのだろう。同様に、アラシア・フライは〈彼女は「はためくように熱心で、際立って純真な」女だという印象を、イーヴリンは受けた）、マーゴット自身の創造に幾分貢献したのかもしれない。マーゴットは、ラナバ校の運動会に、「シャンゼリゼの春の最初の息吹のように」やってくる。そして、マーゴットとポール・ペニーフェザーの場合同様、アラシアはイーヴリンより十歳年上だった。そして、アメリカ人で抽象写真家のカーティス・モファットに写真を撮ってもらった。その気取ったポーズは、デイヴィッド・レノックスが撮った、マーゴットの後頭部と、インクのボウルに映る彼女の両手の写真に似ていなくもない[32]。

アラシアは、おそらく、ガードナー姉妹の中で一番の美人だったろう。ただ、彼女の美貌は、夫のジェフリーには無駄のようだったが。彼は、オーア・ハウスに泊めたさまざまな青年の方に、遥かに関心を抱いていた。イーヴリンはその一人について、そこに泊まった最初の週末に、こう書いている。「若いウェイマン氏［会計士］は、まず、乗馬服で現われ馬に乗り、それから白いフランネルの服でテニスをし、それからツイードの服を着て銃猟に行き――誰かがジェフリーに言ったように、『雉を撃ってやろうとしていた』――それから夜会服を着て建築のことを話した[33]」。以前、BBCに就職しようとした際、ジェフリーが邪魔をしたことを知らなかったイーヴリンは、自分とシーヴリンが、この表面上は優雅でウィットに富んでいるが、根はかなり残酷で計算高い男に依然として監視されていることにも気づかなかったようだ。十一月末にシーヴリンが元気になると、二人のイーヴリンはキャノンベリー・スクエアで、新居移転祝いのカクテル・パーティーを開いた。二人のフラットは客で一杯で、その大半は、二人がこれから長い、幸せな結婚生活を送ることになると思って陽気に祝った。ところが、メアリー・パケナムがのちに回想したところでは、ジェフリーに車に乗せてもらって家に帰る途中、彼は言った。「彼女が埋葬されれば、あのちっちゃな町で見たことのないほど楽しい葬式が行われるだろうな[34]」――多分、シーヴリンの健康と二人の結婚についての不吉な予感を仄めかしたのだろう。そのどちらも、翌年、良い方向に向かわなかった。

二人のイーヴリンは、ウィルトシャー州でヘンリー・ラムと妻のパンジーと一緒にクリスマスを過ごしたあと（自分たちの結婚式の直後、彼らの結婚式に出席した）、一九二九年二月に、地中海のクルーズに出発した。それは、一種の遅まきの新婚旅行として、また、シーヴリンには、ちゃんと回復する機会になるものとして計画されたのだった。その間イーヴリンは、いくつかエッセイを書き、一冊の本を書いていくらか金を稼ぐことになっていた。『デイリー・エクスプレス』は、『衰亡』が大成功したので、若い作家が印税でそんな贅沢な旅ができることに驚嘆した。[35] ところが実際は、イーヴリンの積極的な著作権代理人が、船旅を好意的に宣伝する見返りに、無料で船に乗ることができるようにしたのである。したがって、やがて一九三〇年に『貼り札《ラベル》』として出版された旅行記では、ステラ・ポラリス号の「実に驚くべき」快適さ、「ほとんど氷河のような清潔さ」、「礼儀と能率のジーヴズ〔P・G・ウッドハウスの小説の名執事〕級の水準」[36] を称揚するのに数頁が費やされているのである。

ところが、楽しい冒険になるように見えたものが、シーヴリンにとっては、たちどころに悪夢になった。彼女は、二人が飛行機でパリに着くや否や熱っぽくなった。クレーム・ド・マーント〔薄荷の香味を持ったリキュール〕を一口飲んだが（イーヴリンの友人の役に立たない助言だった）、まったく効かず、列車で南に向かう頃は、「実際、非常に具合が悪くなっていた」、と彼女はのちに回想している。[37]『ラベル』の中では、イーヴリンは自分と妻を、「ジェフリーとジュリエット」に擬している。二人は著者の時折の連れで、「なかなか愛想のよいイギリス人の若夫婦」で、「二人の会話の愛情表現と、互いに大丈夫かどうか盛んに気遣う様《さま》から推して、ハネムーンの途中なのだろう、あるいは、ともかく結婚したばかりなのだろう。若い男は小柄で、感じのよい服装で、巻き毛のわずかな口髭を生やしていた「イーヴリンは、旅行記を「口髭の探求」という題にするという当初の案に合わせるため、口髭を生やしたばかりだった」[38]。彼は、頭のよさそうな顔をし、とりわけ優れた探偵小説を読んでいた。妻は毛皮のコートを羽織って隅の方で体を縮めていて、ひどく具合が悪そうだった……ほぼ十五分置きに、二人は互いに訊き合った。『大丈夫かい、ダーリン?』すると答えた。『申し分ないわ、本当に。あなたこそ大丈夫、大事な人?』しかし、ジュリエットは大丈夫どころではなかった」[39]。

シーヴリンの体調が一層悪くなったので、二人は結局、もっと快適な車輛に移った——イーヴリンは費用についてくよくよしたが。そして、モンテカルロに着くと、彼女は「雪の降る中を、イーヴリンと並んで惨めな思いでホテルからホテルへととぼとぼ歩き、泊めてくれるホテルをやっと見つけた」。二日後、あるイギリス人の医者は、彼女がステラ・ポラリス号に乗船するのに同意してくれた。作り付け寝台にじっとしているという条件で。だが、船が港を出るや否や、彼女は咳と一緒に血を吐くようになった。その時には彼女は両側肺炎と胸膜炎に罹っていて（のちにそう診断された）、咳のせいで眠れなかった。それは「恐ろしい航海」だったと、彼女は回想している。「わたしは、あの小さなキャビンに閉じ込められ、閉まっている舷窓と暗い壁を長いあいだ見つめていた」。二人はハイファ〔イスラエル北西部の港町〕で看護婦を雇った。「青白い、ひどく痩せたイスラエル人で、多くの訓練を積んだはずはなかった。看護婦のしたことは、スプーンで、わたしの舌を擦ることに固執しただけだったから」[40]。船がポートサイドに着くと、シーヴリンは担架で岸に運ばれた。「痛ましいくらい死体に見えた」。そして、急遽、英国病院に搬送された。

最初、彼女は助からないだろうと思われ、イーヴリンはパンジー・ラムに葉書を出し、この葉書が着く頃には彼女は死んでいるかもしれないと書いた[41]。だが、やがて危篤状態を脱し、十日後にはベッドの上に坐って編み物をしたり、本を読んだり、担当医師と深い恋に落ちたりした」とイーヴリンは記している[42]。

イーヴリンは毎日病院に見舞いに行き、P・G・ウッドハウスを朗読したが、それ以外の時間は、自分たちの嵩んでいく出費を賄う一助としてエッセイを書いたり、新しい小説の構想を練ったり、「耐え難いほど退屈な(43)」ポートサイドを佗しく歩き回ったりした。「ここは、一ヵ月滞在するのに選ぶような街ではない」と彼は、ヘンリー・ヨークに書き送った。「ここには、ジャズバンドがあって南京虫がいる宿泊料の高い一軒のホテルと、P&Oのスチュワードが一瓶二シリング六ペンスのギネスでほろ酔いになっているのが見られる無数のバーと、二軒の売春宿（一軒はヨーロッパの、もう一軒はアラブの）と……回漕業事務所の事務員が、エセル・M・デル〔一九三九年に没した英国の大衆的ロマンス小説作家〕の駐留地の暮らしを再現しようとしている、この「ユニオン」クラブがある(44)」。時折、彼は地元の領事と、その「売春婦の」妻に招待された。彼女はディナーのあと、女の客たちを、こう言いながら連れ去った。「さようなら、殿方たち。あとで一番下品なお話を聞かせて下さいね」。別の晩のダンスパーティーで、「彼女は口を開け、中に砂糖を放り込んでくれと、わたしに頼んだ」とイーヴリンは報じている(45)。

アラステアはアテネからちょっとやってきて、「多様で活気のある夜の娯楽」のために、イーヴリンをカイロに連れて行った。彼はまた、イーヴリンたちが「もう一週間か二週間、なんとかやっていける」よう、二人に五十ポンド渡した(46)。カイロ行きについてシーヴリンは、こう回想している。「誘いを受けたことでも、それに応じたことでも、わたしはイーヴリンを恨まなかった」。だが、こうも言っている。「あの人は、もし本当にわたしを愛していたのなら、そうしたとは思わない、そうでしょ？(47)*3」

三月末に、二人はピラミッドを見に南に行き、二週間、メナ・ハウス・ホテルに滞在した。「なんとも恐ろしいほど宿泊代の高いホテルだが、日当たりがよく、イーヴリンの病後の回復にはよい場所だと思う」と、イーヴリンはハロルド・アクトンに話した。それは、ツタンカーメンの発掘物を見るチャンスでもあった。「真の芸術品だ――無上の優美」とイーヴリンは報告した。「現存するアテネ美術のどれにも劣らず素晴らしい[48]」

そこから二人は、ステラ・ポラリス号に乗船するためにマルタ島に向かった。その頃にはシーヴリンは、船内の仮装舞踏会の手配をするほどに元気になった。一方、イーヴリンは、意外に思われるが、船内のスポーツ委員会に加わった。「それは、実際、非常に真面目なものだ[49]」。アテネで二人はアラステア・グレアムとマーク・オーグルヴィー＝グラントに会い、コンスタンチノープルで、「大使館での、短い、少々気づまりな午餐会」の際、シットウェル三姉弟と一緒になった[50]。

五月初めに船がヴェネツィアに近づくと、ついに楽しい旅になったと、イーヴリンはハロルド・アクトンに話した。「イーヴリンは日増しに元気になっている。太陽が燦々と照り、海は穏やかで、港から港まで、脇役としてはまことに結構な滑稽な旅仲間が、わたしたちを楽しませてくれる。ボスポラス海峡では、一人のギリシャ人が、まずイーヴリンを、次にわたしを、その次にバーテンダーを誘惑しようとした。イーヴリンとわたしは自尊心を擽られ嬉しくなったが、バーテンダーは激怒したので、ギリシャ人は船を降りねばならなかった[51]」。船が帰路につくと（バルセロナ――そこでイーヴリンは、ガウディの建築に驚嘆した――およびリスボン経由で）、彼は、「二人でごくこぢんまりした家を借り、夏のあいだ田舎のどこかに落ち着く」ことを考えていると言った。それは、「恐ろしいほど」金がないからだったが、新しい小説『卑しき体』を書き続けることができるようにしたいからでもあった[52]。

後年、シーヴリンは田舎に隠棲したが、当時は、田舎に引き籠もるというのはほとんど望んでいなかった。したがって、多分、イーヴリンの考えに乗り気ではなかっただろう。また、船旅も、彼女に関しては、明らかにあまりに長過ぎ、船旅の終わり頃、彼女は一人の友人に、「わたしたちは、ちょっと飽き飽きしてきていて、家に帰るのは嬉しい」と話した。[53] 次の夏の衝撃的な事件のあとで書かれた『ラベル』の中でイーヴリンは、ハリッジに船が近づくと、夜、船の霧笛で何度か起こされたと書いている。「ひどく侘しい音で、おそらく、迫り来る厄介事を予告しているのだろう。なぜなら、運命の女神は神々の中で最も気紛れではなく、誰もが非常に長く幸福ではいられないように、物事を、正しく厳密な仕組みに従って按配するからである」[54]

二人が五月末にロンドンに着くと、ダックワース社でイーヴリンの本を担当しているトム・ボルストンはアントニー・ポーエルに、ウォー夫妻の結婚生活はこじれているように見えると打ち明けた。シーヴリン自身は、「恐ろしいくらい元気――実際、あのひどい肺炎に罹る前より、ずっと」と断言したが。[55] 自分たちがいなかった三ヵ月のあいだに非常に多くのパーティーをすでに逃していた彼女は、戦争以来、ロンドンの最も活気に溢れた社交シーズンがまさに頂点に達しようとしている時に、田舎に引っ込むのはなんとも嫌だった。

その結果、間もなくイーヴリンがヘンリー・ヨークに報告したように、二人は致命的な取り決めをした。彼女は、旧友のナンシー・ミットフォードと一緒にキャノンベリー・スクエアにそのまま住み、一方、彼は田舎に行ってパブに泊まって本を書く、ということにしたのだ。[56] その間、二人は数日アンダーヒルに滞在した。六月五日、ケイト・ウォーは日記に、呑気にこう書いた。「二人のイーヴリンが、J・ヘイゲイトと一緒に昼食をとった」

ジョン・ヘイゲイトは、前年の秋以来、二人のイーヴリンの友人だった。偶然にも、ヘイゲイトをイーヴリンたちに紹介したのは、「サラワクの王妃《ラーニー》」のパーティーでイーヴリンたちを引き合わせたボビー・ロバーツだった。しばらくのあいだ、彼らは「飛び切り幸せなトリオ」だったと、ヘイゲイトはのちに回想した。頑固なほど因習的なイートン校の校長の、ややいかがわしい息子で、やはり堅苦しいおじを通してアイルランドの准男爵の位と、ロンドンデリー県にある約五千エーカーの土地を引き継ぐことになっていたヘイゲイトは、また、母を通して、日記作者のジョン・イーヴリンの末裔でもあり、その傑出した先祖にあやかって、すんでのところで彼もイーヴリンと名付けられるところだった。そうなれば、彼の友人のアントニー・ポーエルが皮肉っぽく言ったように、将来の出来事を一層混乱させただろう(57)。

ヘイゲイトは背が高く、ポーエルが言ったように、「気楽で、かなりゆったりした身のこなし」の、まずまずの美男子で、「女に大いにもてる」という評判があった。「職業的女誑しには程遠かった(58)」けれども。自分の主な不運は、馬鹿な者はわたしを知的だと思い、知的な者はわたしを馬鹿だと思うことだ、と彼は常々《つねづね》言った。オックスフォード大学を出たあと、ドイツ語を勉強しにハイデルベルクに行き、ドイツに対し渝《かわ》らぬロマンチックな愛着を覚えるようになったが、外交官になり損ねると神経衰弱に罹り、深酒でそれが悪化したらしく、ロンドンのクラブで、自分の周囲にいる者は誰もがドイツ語を話しているという妄想に取り憑かれ始めた。彼がイーヴリン夫妻に会う頃には、そうした問題は、かなり隠れていた——のちに、また現われるけれども。彼は、BBCでニュース編集助手として働いていた。イーヴリンはのちに、ヘイゲイトは「徹底的に唾棄《だき》すべき」人物だと評した。だが、ポーエルによると、イーヴリンは最初に彼を知った時、「大いに好きになった(59)」。シーヴリンは、知り合った当初はヘイゲイトは「好青年」だと思ったが「それ以上ではなかった」と言い張った(60)。

イーヴリンが執筆するために〈アビンドンの紋章〉に行っているあいだ、ヘイゲイトは、シーヴリンとナンシー・ミットフォードの付き添いを託された者の一人だった。ミットフォードは、仮装舞踏会がひっきりなしに催されたので、「わたしたちは、夜明けにしか、ほとんど陽光を見なかった」と回想している(61)。一九二九年の夏は、「陽気な若者たち」として知られた、有力な縁故のあるパーティー好きの者にとって、殊の外、多忙な夏だった。彼らは、イーヴリンの新作で決定的に諷刺されることになるのだった。

「いやあ、ニーナ、やたらにパーティーがあるなあ」（……仮面パーティー、野蛮人パーティー、ヴィクトリア朝パーティー、ギリシャ風パーティー、米国西部辺境地《ワイルド・ウエスト》風パーティー、ロシア風パーティー、曲芸《サーカス》パーティー、別人の服装をしなくちゃいけないパーティー、セント・ジョンズ・ウッド〔リージェンツ・パーク西の、多くの画家が住んだことで知られる地域〕での、ほとんど裸のパーティー、フラットやアトリエや家や船やホテルやナイトクラブや、風車小屋やプールでのパーティー、マフィンやメレンゲや缶詰の蟹を食べる、学校でのティー・パーティー、茶色のシェリーを飲み、トルコ煙草を吸う、オックスフォードでのパーティー、ロンドンでの退屈なダンス、スコットランドでのおどけたダンス、パリでの厭らしいダンス——密集した人間の、すべてのあの連続と繰り返し……ああいう、卑しき状《さま》の体〔新約聖書、ピリピ書の一句〕……）

しばらくのあいだ、イーヴリンの執筆方式はうまくいき、六月十二日、「ドラゴマン〔アラビア、トルコなどの通訳〕」（彼の友人、トム・ドライバーグの筆名）は『デイリー・エクスプレス』に、イーヴリンが妻に電報を打ったことを報じた。「小説ノ書キ出シハ至極上々。登場人物ハ皆ヒドイ船酔イ[62]」。六月二十日までには、イーヴリンは十日で二万五千語書いたと計算した。「ちょっとP・G・ウッドハウスに似ていて、すべて陽気な若者たちについてだ」と彼はヘンリー・ヨークに話した。イーヴリンが、その小説に「手足を鎖で縛られていた」時、シーヴリンとヘイゲイトが彼に会いにベックリーに来た。三人は、二十歳の大学生だったヘイゲイトの女友達、エレナー・ウォッツと一緒に、オックスフォードの真北にある〈トラウト・イン〉に昼食をとりに行った。その後間もなく、ヘイゲイトはエレナーにプロポーズしたが、エレナーは迷った。そのあと、彼らがロンドンのパーティーに行った時――彼女がのちに思い出したところでは、そのパーティーは、シーヴリンを巡る話の中で奇妙な「触媒」を演じている人物である、ボビー・ロバーツによって催されたものだった――ヘイゲイトがすっかり酔っ払ったので、エレナーは彼を置いて帰った。シーヴリンもそこにいて、ヘイゲイトと一緒に帰路についた。二人は、翌朝、コーンウォール・ガーデンズの彼の地下のフラットに一緒にいるところを、下男によって発見された。[63] シーヴリンはのちに、自分がヘイゲイトを「非常に真剣に愛している」のを悟ったのは、「感情の青天の霹靂」だったと回想している。[64]

そういうこととは露知らず、小説の進み具合にすっかり満足していたイーヴリンは、ヘンリー・ヨークに、六月二十五日に催される、ブライアン・ギネスと妻のダイアナの一八六〇年代風のパーティーに出るためロンドンに行こうかと漠然と考えている、「もし、僕の新作の登場人物に似過ぎていない誰かがいると思ったら」と話した。[65] 彼は結局行かなかったが、そのあと、疑う余地なく安全なハロルド・アクトンが、自分がシーヴリンと「至極楽しくダンスをした」と言って、気を利かせてイーヴリンを安心させた。ところが、その晩遅く、ヘイゲイトはシーヴリンとナンシー・ミットフォードを、チャリング・クロス桟橋の沖合に繋留してあったスクーナー、フレンドシップ号の船上で催された別のパーティーに連れて行った。その船上で、『タトラー』〔社交界のゴシップ記事を中心にした雑誌〕は、彼らが甲板の上を、ヘイゲイトがのちに言ったように、「非常に親しげな位置」でぶらぶらしているところを何気なく撮影した。[66] 前景には別のカップルがいたが、ヘイゲイトの姿ははっきりとわかり、カメラに背を向けているシーヴリンも、ギネス夫妻のパーティーで『スケッチ』によって撮影された際に着ていた衣裳から、やはり誰であるかがわかった。[67]

翌六月二十六日木曜日の晩、シーヴリンとヘイゲイトは共に、トム・ボルストンが開いた、ささやかな晩餐会に招《よ》ばれた。前夜、夜明けまで起きていたヘイゲイトは、料理のコースのあいだで眠ってしまった。翌日二人は、アントニー・ポーエルとコンスタント・ランバートがタヴィストック・スクエアで催したカクテル・パーティーに行った。その際イーヴリンは、遥々ベックリーからやってきた。しかし、ポーエルの記憶では、イーヴリンと妻は別々に到着し、二人共あまり楽しそうではなかった。そして、イーヴリンとシーヴリンは、シーヴリンがヘイゲイトとちょっと口喧嘩らしいことをしたあと、早めに一緒に帰った。「ウォー夫妻の仲が何かおかしいと、おおやけの場で感じられた最初の時だった」とポーエルは書いている。「その時でさえ、どのくらいおかしいのかわからなかった」

翌日、二人のイーヴリンは、ソレント海峡にあるヘイゲイトの両親の家に泊まりに行った。ポーエルはまたもや目撃者で、「その訪問中、どんなぎくしゃくした感じも受けなかった」ことを覚えていた。(68) だが、近くのビューリーにお茶を飲みに行くと、「ウォーは退屈そうで、ほとんど何も言わず、一方、彼の妻とヘイゲイトは、それを償おうと躍起になっていた」と、エリザベス・モンタギューは書いている。(69)

それから間もなく、七月十三日、ポーエルとヘイゲイトはドイツへの自動車旅行に出掛けた。ポーエルによると、「ヘイゲイトが、いまや疑いもなく陥っているごたごた」については、二人はほとんど何も話さなかった。(また、ついでに言うと、二人はヒトラーの台頭についても、あまり話さなかった。ヘイゲイトは以前バヴァリアに旅をした際、こういう書き出しの手紙を持っていたことをのちに認めたが。「親愛なるヒトラー、本状は、貴殿の運動に関心を抱いている若いイギリス人、ジョン・ヘイゲイトを紹介するものであります」(70))。二人が二週間後にミュンヘンに着くと、何通もの緊急の電報が待っていた。「ヘイゲイト　ニ　至急戻ルヨウ　連絡サレタシ　ウォー」[71]
この厳しい電報が送られる原因になった事件は、『タトラー』の七月三日号に、シーヴリンとヘイゲイトの関係を物語る写真が載ったことだった。シーヴリンは窮地に陥った。自分たちの友人の多くが、その写真を見たのを知っているからだ。姉のメアリーは、何も言うなと彼女に頼んだ。だが、フラットに同居しているナンシー・ミットフォードは、自分はあなたを愛している、写真に写っている自分の姿勢は見た目とは違うとイーヴリンに言うように、シーヴリンに助言した。「でも、わたしは彼を愛していない」とシーヴリンは言って、こう説明した。自分は夫を愛したことはない、母の専制から逃れるためにのみ彼と結婚した。[72]

もう今ではどうしても本当のことを言いたい気持ちになっていた彼女は、イーヴリンに宛てて手紙を書き（彼はそれを七月九日頃受け取り、すぐさま破棄した）、自分はヘイゲイトを恋していると告げた。三日後にイーヴリンがロンドンに戻ってくると、自分はすでにヘイゲイトと寝たことを告白した。イーヴリンのその後の離婚申立書には、こう記されていた。「妻と私は、この問題について長時間話し合いました。そして私は、もし彼女がヘイゲイトを諦めるなら、彼女を許すことに同意しました。そうすることを、彼女は約束しました」[73]

それから、惨めな二週間が続いた。その間、シーヴリンはアレック・ウォーに、イーヴリンはあまりに飲み過ぎていて体を悪くしている、そして、彼女が自分を毒殺しようとしていると詰《なじ》る、と話した。君たちは一緒にいていつも幸せそうだったとアレックが言うと、彼女は答えた。「ええ、そうだったと思う」。そして間を置き、言った。「でも、姉たちと一緒だった頃ほど幸せじゃなかった」。妻が夫についてそんな風に言うのは妙だと、アレックは思った。[74]

二人は、ヴィヴィアン・ホランドがフレンドシップ号の船上で催した「熱帯」パーティーに出てひどく陰鬱な顔をしている写真を撮られた。あるキャプションには、こう書いてあった。『衰亡』の著者は、「船にはズールー族が乗っていないのに、やや怯えたような顔をしていた」[75]——そして、七月二十五日のヘンリー・ヨークの結婚式で、おそらくシーヴリンの苦境について聞いていたであろう花婿のおばは、彼女の「虫も殺さぬ見掛け」について、皮肉たっぷりに書いている。[76]

　翌日、イーヴリンとエレナー・ウォッツは、チェシャー州にある彼女の一族の家、ヘイズリントン・ホールに数日滞在するために、列車でクルーに向かった。シーヴリンも行くことになっていたが、ヘイゲイトがのちに回想しているように、「彼女は考えを変え、わたしのところに戻ってきた」[77]。その時点でおそらく、イーヴリンは、仲直りはできないことを身に染みて悟り、ヘイゲイトをドイツから呼び戻す、有名な電報を打ったのである。

　ヘイズリントンで、イーヴリンとエレナーは、ただ坐って、ブラック・ベルベット〔スタウトとシャンパンのカクテル〕を惨めな気持ちで飲んだ。エレナーは今では、ヘイゲイトのプロポーズを断ったことを後悔していた。そして、イーヴリンはすっかり取り乱していて、石楠花《しゃくなげ》の茂みの中で心中しようともちかけた。エレナーはのちにセリーナ・ヘイスティングズに対し、イーヴリンはシーヴリンを愛していたというより、あれほど魅力的な女が自分と結婚する気になったことに自尊心を擽られたのではないかと思うと語った。[*4] エレナーは、彼女のことは忘れるようにと彼に言ったが、それに対し彼は、「できない、僕にはできない」と答えた。[78]

　シーヴリンが彼を棄てたのは、イーヴリンの仕事に関する限り、最悪の時だった。『卑しき体』は、やっと半分書いたところで、『ラベル』は、七月末までにダックワース社に渡す約束だったのに、まだ書き始めてさえいなかった。「この数週間は、なんとも恐ろしく苦しい悪夢でした」とイーヴリンは、出版社に書き送った。「説明できれば、おわかり頂けるでしょう。気が狂わなければ、自分の考えを纏め直し始めることができ次第、原稿をお渡しするでしょう。目下、どんな種類のことであれ、何もできません」[79]。数日後、彼はボルストンに、『ロセッティ』の今後の版のすべてから、妻への献辞を削除するよう頼んだ。

イーヴリンは、八月一日に、誰もいないフラットに帰宅した。翌日、自分はヘイゲイトと一緒に暮らしているという手紙をシーヴリンから受け取った。その時点で彼は、離婚を申し立てる決心をし、アレックに、そのことを両親に話すよう頼んだ。「二人には大打撃だろうよ」とアレックは言った。それに対しイーヴリンは言い返した。「僕はどうなんだい?」[80]アーサーは、予期した通りに反応した。「お前たちの気の毒な、気の毒な母親」と、アレックがその話を伝えると言った。ケイトだけが、哀れな息子のことを考えているように思われた[81]。

数日後、イーヴリンは両親に手紙を書いた。「わたしはアレックに、イーヴリンがヘイゲイトという男と暮らすために行ってしまったという、悲しい、そして、わたしにはなんともショッキングな知らせを、あなた方に伝えることを頼みました。したがって、わたしは離婚申立をしています。これは、あなた方にとって打撃でしょうが、わたしの場合ほどは深刻な打撃ではないのは確かです……フラット等についてのわたしの計画は、まだ漠然としています。時折は、あなた方のところに行って暮らしてもいいでしょうか?」[82]彼は、こう付け加えた。「イーヴリンが出て行く前に、どんな喧嘩も、いざこざもありませんでした。わたしの知る限り、二人共平穏で幸せでした。それは、ある遺伝的な根強い特徴に違いありません。気の毒な男爵夫人[83]」

二人の結婚は、シーヴリンにとっては、イーヴリンにとってほど幸せではなかったのは明らかである。当時、彼女は、夫は「ベッドでは下手」だと人にこぼした[84]。そしてのちに、イーヴリンは同性愛者ではないかと思うと、マイケル・デイヴィーに話した。イーヴリンは、女に関して非常に限られた性体験しか持っていなかったというのは本当であり、結婚生活中に、それを補う機会が、シーヴリンのさまざまな病気によって制限されたのは疑いない。それにもかかわらず、二人がうまくいかなかったのは、彼の性技あるいは性的指向のなんらかの欠陥か、単なる相性の悪さのせいのようにも思われる。彼はその後の何年かに、女と何度か激しい恋に落ち、二度目の結婚で七人の子を儲けるのである（六人が無事に育った）。彼はいつも、若い頃の同性愛経験について率直に話し、自分がある程度、両性愛者であることを敢えて否定はしなかった。しかし結婚するまでには、はっきりと異性愛者になっていたことを多くの証拠が示している。[*5]

イーヴリン自身はハロルド・アクトンに、自分が離婚を求めているのは、「ただ単に、ほかの誰かと恋に落ちていると公言している者と一緒には暮らせないからだ……僕は、これほど惨めでも生きることができるということを知らなかった。でも、これは、ありきたりの経験だそうだ」と話した。[85] アクトンは、イーヴリンが、「そうしたふりをしている」のが嬉しかった。「というのも、ヘイゲイトはあまりにも卑劣な男で、自分がなんとひどい振る舞いをしたのかを悟らせるべきだからだ」。だがアクトンは、シーヴリンの裏切りの推測される理由についてあまりに無思慮だったので（「君は、女を所有する際の感覚において、飛び切り男性的なのかい？」[86]）、イーヴリンはヘンリー・ヨークにこぼした。「同性愛者はいかに親切で知的であっても、こうした場合に人がどう感じるか、まったく理解できない」[87]

八月六日、イーヴリンの問題について知らされてから二日後、アーサーとケイトは、息子の結婚を救うのに何かできるのかどうか知ろうと、レディー・バークレアとジェフリー・フライに会いに行った。一同は、もしイーヴリンを説得し、離婚手続きを差し控えさせたら、シーヴリンが姉のアラシアと一緒にヴェネツィアに行くというのはいい考えかもしれないという結論に達した。それは、シーヴリンの回想するところでは、「わたしがもう一度よく考えるためで」、「おそらく、わたしが帰国したら、イーヴリンが、わたしを引き取ることができるかもしれない」からだった。
彼女がいないあいだ、ヘイゲイトはサセックス州のセルシーにあるウォッツ家の海辺の家に泊まりに行き、そこで、明らかになんとか選択肢を残しておこうと、エレナーに再び結婚を申し込んだ。シーヴリンが決心を変え、夫のもとに帰る場合に備えて。エレナーは、「耳を貸そうとしなかった」と回想している(88)。するとヘイゲイトはシーヴリンに電報を打ち、自分が彼女を待っていることを知らせた。彼女はすぐさまロンドンに戻り、彼と一緒になった。イーヴリンの離婚申立書は、九月九日に予定通り提出された。

原注

＊1 ダックワース兄弟は、また、ヴァージニア・ウルフの異父兄でもあった。ウルフは後年、自分の子供時代、思春期時代に二人が自分に性的悪戯をしたと、二人を非難した。

＊2 チャールズ・スコット・モンクリーフも、アーサー・ウォー宛の手紙の中で『衰亡』を賞讃する一方、『平凡』について、こう書いた。「飛び切り金持ちの青年だけが、これほどにひどい作品を書くことができるように思える」(一九二八年十月二十五日、AWA。)

＊3 『ギルバート・ピンフォールドの試煉』(一九五七年)で、ピンフォールドを「ホモ」だと非難する悪魔的な声が、のちに訊く。「わたしは真実が知りたいのだ、ピンフォールド。一九二九年、エジプトで、お前は何をしていたんだ?」これは、彼がかつての恋人のアラステア・グレアムと禁制の恋の戯れをしていたことを暗示するのではないかという考えは、イーヴリンが妻と泊まっていたメナ・ハウス・ホテルの名を「声」が持ち出しているので間違っているようである。

＊4 メアリー・パケナムの見方は、こうだった。イーヴリンは、「その貴族的で、洗練されている

魅力的な女が自分の妻になることに同意したので、欣喜雀躍した。そして当然ながら、彼女に棄てられると、大打撃を受けた」(「イーヴリン・ガードナーに関する、レディー・メアリー・クライヴの備忘録」[一九八七年]を参照のこと。そのコピーはAWAにある。)
＊5　アントニー・ポーエルが、晩年、一度イーヴリンと一緒に列車に乗っていた時、大変な美男子の青年が軽食用ワゴンを押して、二人のコンパートメントに入ってきた。青年が行ってしまうと、ポーエルはイーヴリンに、男と女のどっちが好きかと訊いたことを回想している。それに対し、イーヴリンは答えた。「女の方が好きだと言わなくちゃいけないと思うな——でも、ああいう少年を見ると、恐ろしいほど心が痛む!」セリーナ・ヘイスティングズから著者への情報。二〇一六年二月。

第12章 ローマ・カトリックへの逸脱

イーヴリンの結婚が破綻してからの数ヵ月のうちに、シーヴリンの親友の何人かは、彼女が棄てた男の味方になった。パンジー・ラムの夫、ヘンリーはイーヴリンに、「破局」に対する彼の「途轍もなく忍耐強い、かつ寛大な」対応に深い敬意を表すると言ったが、[1]パンジー自身、フラットのかつての同居者の、次のような自己正当化には、さして感心しなかった。「ウォーは、期待に添うように暮らすには難しい男で、わたしが病気になると、わたしを密かに憎んだもの！」あるいは、「彼女は実際、自分の行動が原因の世間の噂を楽しんでいるように見える」という事実に。[2]シーヴリンは、八月中旬にラム家のドーセット州のコテージに滞在していた。その時、イーヴリンの弁護士から、彼が離婚訴訟を起こすことを知らせる手紙が届いた。彼女は、叫んだ、「あら、人生は退屈だなんて言えないわね！[3]」

ナンシー・ミットフォードは前年、二人の婚約を祝ってディナー・パーティーを開いた。そして彼女を親友と見なしていた。[4]だが、事件を知ると、キャノンベリー・スクエアのフラットを出た。シーヴリンはのちに、ナンシーがフラットを出たのは「イーヴリンを敬愛していたからではなく、リーズデイル卿とレディー・リーズデイル〔ナンシー・ミットフォードの両親〕に強く言われたから」と言い張った。[5]しかし、いずれにせよ、二人はその後、再び会うことはなかった。その代わりナンシーは、イーヴリンと生涯にわたる友情を結び始めた。彼女も妹たちも、彼のことはまだよく知らなかったが、それでも、自分たちの愛読書、『衰亡』の著者として彼を偶像視した。[6]

ナンシーの十二歳の妹ジェシカは、「作家で、スウィンブルック〔リーズデイル卿の屋敷〕に来る主な〝お針子〟〔リーズデイル卿の家での唯美主義者を馬鹿にした言い方〕の一人であるイーヴリン・ウォー[7]」が、これから出る『卑しき体』で、「素敵な《ディヴァイン》」という言葉を「羊のような《シーピッシュ》」に代えて彼女のペットの羊ミランダを不滅の存在にしてやると約束すると興奮したことを、のちに回想している。イーヴリンは、エドワード・スロッピングの家を、「ハートフォード・ストリートの完全に羊のような家」と書いて、約束を果たした。

一方ナンシーは、リッツ・ホテルでイーヴリンとしょっちゅう一緒に昼食をとるようになった。その席で彼は、君は「危険な赤」だと言って彼女をからかい、また、同性愛者のヘイミッシュ・アースキンとの彼女の不幸な恋に関して忠告し、「男の性的羞恥心」について説明した。[8]彼はそれについては、いくらか経験があったかもしれないが、「もっとお洒落をして、もっと良い男を摑め」とも言った。「イーヴリンは、いつも健全な常識で一杯」とナンシーは、マーク・オーグルヴィー＝グラントに手紙で書いた。[9]

しばらくのあいだ、ナンシーの十九歳の妹ダイアナが、傷心のイーヴリンを慰めるのに一層役に立った。ミットフォード姉妹の中で一番美しく、魅惑的な青い目のブロンド女で、ジェイムズ・リーズ＝ミルンが、「わたしの見た中で、ボッティチェリのヴィーナスに最も近い人物[10]」と評したダイアナは、数軒の贅沢な家を自由に使うことができた。イーヴリンは、そこで自分の傷を舐め、執筆の遅れを取り戻すことができた。

ナンシーの場合同様、イーヴリンはシーヴリンを通してギネス夫妻を知るようになった。七月に彼は、「ブルーノ・ハット」の作品のカタログの序文を書いた。「ブルーノ・ハット」〔実際はブライアン・ハワード〕は、ブライアン・ギネスがサセックスの店で発見したと主張した、架空のドイツの画家だった。そして、七月二十三日、ギネス家でインチキ展覧会が開かれた。それは、二人のイーヴリンの仲直りが失敗に終わってから二週間近く経った頃だった。イーヴリンはチェシャーから戻り、シーヴリンが永久に去ったことを知ると、サセックス州の海岸にあるギネス家に、惨めな気持ちで身を潜めた。そして、その月と翌月の二回、彼らと一緒にアイルランドのノックマルーンに滞在した。そこは、ダブリンのフィーニックス・パークの真西にあった。そのあと、北デヴォンのパブに籠もり、苦しい思いをしながら『卑しき体』を書き終えようとした。「それは途方もなく難しかった」と彼は、九月にヘンリー・ヨークに書き送った。「そして、ソフィスティケートされた連中について小説を書くのは、これが最後なのは確かだ。それはすべて、内部で縮まって、腐ってゆくように思える。そして僕は、それがなんらかの効果を挙げるのに、一種の累積する虚しさに頼っている。それが本と呼べる頁数になったら、パリでブライアンとダイアナと一緒になるつもりだ(11)」

十月初旬、最後の頁に「終わり、ありがたいことに」と殴り書きし、七区にあるギネスの大きなアパルトマンに、予定通り向かった。ダイアナは、その時は第一子を懐妊していてベッドで休んでいたが、毎日午前中、イーヴリンは地中海の旅行記『ラベル』を書き進め、ナンシーは、処女作『ハイランド・フリング〔スコットランド高地人のフォークダンス〕』を書いていた——その後彼女は、「細かい部分でイーヴリンの『卑しき体』にそっくりなところが非常に多いので(12)」変えなければならなかったと、マーク・オーグルヴィー＝グラントに語った。「なんともうんざり」——そしてブライアンは、『調子はずれの歌』の執筆で忙しかった。それは、失敗した結婚を描いたもので、やはり『卑しき体』同様、人の生き方を糾弾したものだった。（彼のアイディアはウォーの結婚から生まれたと、よく言われる。もっとも、その本が一九三三年に出る頃には、ブライアンとダイアナも、ダイアナがオズワルド・モーズリーと浮気をしたあと別居していて、ブライアンは、その話は自分たちのことではないとみんなに言ってくれと妻に頼んだ。）

ロンドンに戻るとイーヴリンは、バッキンガム・ストリート一〇番地（現在はバッキンガム・プレイス）にあるギネス家に午前中に行き、それから一日中、そこにいるようになった。ダイアナは、めくるめくほどに頭の良い男たちに魅了されたが、同様に、そうした男たちを魅了することができた。その頃彼女は、リットン・ストレイチーとごく親密になったが、いまや、イーヴリンにも心を惹かれた。二人は「一日中笑った」ものだったということを、彼女は覚えていた。「彼を愛さずにはいられませんでした。彼はとても愉快で、ほかの誰にも似ていませんでした」[13]

ダイアナは産褥期にあるあいだ、ブライアンがほとんど毎日、弁護士になるための勉強をしていたので、次第に気晴らしはイーヴリンに頼るようになった。やがて彼は、彼女を恋するようになった。十年後、イーヴリンは未完の小説『中断された作品』の中で、小説家で語り手のジョン・プラーントが、妊娠中の女相続人のルーシー・シモンズにのぼせ上がっていく様子を描いている。イーヴリンはのちにダイアナに、その小説が「ある程度、君を恋する僕の姿」だということを認めた[14]。

ジョンが、いつものように朝ルーシーを訪ねて行くと、「新聞、手紙、マニキュアの道具が散乱しているベッドに横になっている」ルーシーが挨拶する。

彼女は、キルトのベッドジャケットとくしゃくしゃになったシーツの真ん中に横たわっていた――片方の腕は肘まで剝き出しで、広い袖がめくれ、手首と前腕の華奢な部分が見え、もう片方の腕はベッドの暖かい奥に隠れていた。青白い肌は、真っ白なリンネルを背景に映え、微笑は自信に満ち、朝の歓迎を示していた。わたしはこれまで、数え切れないほど何度も彼女に挨拶し、いつも前にも増した悦びを覚えた……彼女の美しさは鐘の音のように部屋中に響き渡った……そういう具合に、ルーシーに対するわたしの恋は、新たな段階に達した。そして、週ごとに彼女は大きくなり、動作が緩慢になり、恋には適さなくなった、そのためわたしは、理屈抜きで彼女のそばにいる悦びを受け容れた。

小説では、彼女が子供を産んだあと、語り手は彼女を失ったと感じるが、イーヴリンも産後のダイアナに対し同じように感じていた。しかし当座は、イーヴリンは彼女を独り占めにし、午前中は、彼女が手紙を読んでいるあいだ、彼女のベッドに坐り、午後は、彼女に同伴して、いろいろな所に遠出をした――お抱え運転手付きのダイムラーで「車の遠出」をして動物園に行き、時折、お茶を飲みにアンダーヒルを訪れた――それから夕方、夕食のために戻った。

ダイアナは当時、こうしてほとんど毎日イーヴリンに会った。彼はできるだけ陽気に、愉快に振る舞おうとしていたようなので、結婚の破綻による心の傷は、旧友たちが思っているほど深刻ではなく、そもそもシーヴリンと結婚したのは間違いだったのに気づいたため「ほっとして」さえいると、ダイアナは確信するようになった。「でも、当然、彼のプライドは傷つけられ、誰もが彼に大いに同情していたという、まさにその事実が、傷口に塩を塗ることになったでしょう、たとえその傷が浅いものでも」。いずれにしろ、と彼女は付け加えた、「もし彼が、もう一人のイーヴリン（可愛らしいけど、それだけ）に縛られていたら、彼がわたしの家にいつもいてくれるということにはならなかったでしょう[15]」。

『卑しき体』が一九三〇年一月に出版された時、イーヴリンはそれをギネス夫妻に捧げた。二人の数多くの好意には、彼の誕生日にリッツでランチをご馳走してくれたり、ケイトが興奮して記しているように、「金時計を含む素敵なもので一杯!!」のクリスマスの靴下を贈ってくれたりしたことも入っていた。[16] 彼はお返しに、遅まきのクリスマス・プレゼントとして、『卑しき体』の革装の原稿を贈った。「ほんの少しの価値もないものだろう」という詫びの言葉を添えて。それは一九八四年、クリスティーズで五万五千ポンドで落札された。当時なら、西ロンドンで小さな家が買える額だった。[17]

彼の離婚はその月に成立し、『卑しき体』ののちの版の序文でイーヴリンは、「わたしの私生活における大波瀾」が後半を乱したことを認めている。第七章の冒頭で、トーンが劇的に変わってしまうのである。そこは、彼が妻に棄てられたあと、執筆を再開した箇所である。

その小説の主人公、金に困っているアダム・フェニック＝サイムズは、「チャターボックス〔お喋り屋〕」という筆名で、新聞のゴシップ欄の執筆者になる。彼は、「BBCの面皰《にきび》面のアナウンサーたちが地階のフラットで開くカクテル・パーティーについての断片的情報」に頼る——それは、ヘイゲイトに対する辛辣な皮肉で、イーヴリンは彼を「地階ボーイ」と呼んで嘲った。おそらく、ヘイゲイトが地階のフラットに住んでいたからだろう。*1 次の章でアダムが、結婚したい相手のニーナと、彼女を奪うライバルのジンジャー・リトルジョンを、「落ちぶれた郊外」に繋留されている飛行船で開かれるパーティーに連れて行くが、ここを読んで、シーヴリンとヘイゲイトがフレンドシップ号の船上で、不義を匂わす写真を撮られたことを思い浮かべないのは難しい。「テラスにいた彼の近くに、クッションに凭れながらいちゃついている男女がいた」。この場面は、自分たちの結婚に対する真剣さを欠いたシーヴリンの態度を匂わしてもいる。

「ニーナ」とアダムは言った。「すぐに結婚しよう、どう思う?」

「ええ、結婚してないって退屈ね」

「こう言って馬鹿げて聞こえるかどうかわからないんだが」とアダムは言った。「でも、結婚は続かなくちゃいけないと感じるんだ――うんと長いあいだ、って意味さ。君も、そう感じるかい？」

批評家は、またも『卑しき体』の素晴らしいウィットと独創性を褒めたが、今度はどの書評も一様に激賞した訳ではなかった。アーノルド・ベネットは、「周到に練り上げられたプロットの欠如」を残念がり、通読するのに大変な努力を要する多くの頁があると言った[18]。三十年以上のちに『パリ評論』のインタヴューを受けた際、イーヴリン自身、それを「悪しき本と思う」と言った。「最初のものほど入念に作られていない」[19]

しかし彼は、自ら回想しているように、「今日のビートニクの作家のように、流行語を大衆化した。そして、本は受けた[20]」。『卑しき体』が週に二千部売れたので、「恥する《シャイ・メイキング》」とか「とてもとても不快する《トゥー・トゥー・シック・メイキング》」とかいった表現が、イーヴリンに最初にそうした表現を教えた、ギネスの友人たちのグループを遥かに越えて広まった。『卑しき体』が刊行されてから一ヵ月以内に、『デイリー・ミラー』は、黒いスエードの靴（アダムがチャターボックス氏として仕事をしていたあいだに、アダムによって広められた、さまざまなふざけたファッションの一つ）が、「まさに今、オックスフォードで盛んに履かれている」と報じた[21]。

イーヴリン自身の株も劇的に上がった。「親愛なるウォー」と、かつての指導者、J・F・ロックスバラは、彼に手紙を書いた。「君はいまや大層偉くなったので、昔のようにクリスチャンネームを使うことができない！[22]」シビル・コールファックスやエメラルド・キューナードのような、文壇の有名人好きに目をつけられたイーヴリンは、たちまちのうちに上流社会にとって欠くことのできない存在になった。彼は、ノエル・カワード（「単純で友好的な性質。脳味噌はなし」）と一緒に昼食をとったり、労働党の首相ラムジー・マクドナルド（「厭らしい、不適格な男」）とお茶を飲んだり、マールボロ公爵（「あの人はとっても世俗的で、招待状を貰うと、どんなパーティーにも出掛けるの」と公爵夫人は囁いた）とディナーを共にしたりしたことを、日常的に日記に記すようになった。自分の名声を利用することを少しも躊躇《ためら》わなかった彼は、ある晩、日記にこう書いた。「ディナーのあとサヴォイ劇場に行き、『わたしはイーヴリン・ウォーだ。席をくれ給え』と言った。彼らは、そうしてくれた」[23]

『卑しき体』が大成功を博したので、イーヴリンは相当の印税を手にした。同時に、チャップマン&ホールの運命も完全に上向いた。同社の経営は、ディケンズの版権が一九二〇年に切れて以来怪しかったのだが。またイーヴリンは、新聞への寄稿文に対して、次第に途方もない稿料を要求するようになった。「僕は特別記事しか書かないだろう」と、著作権代理人に言った、「――ヘイゲイトのような脇の欄ではなく――僕の写真付きで。そして、相対的に重要な雰囲気のもの」。彼は編集者に対しても率直だった。「出演はしたいと思いますが、いくら払ってもらえるのでしょう？」と彼はBBCに手紙を書いた。「もし、最後になって、わたしの貪欲が我慢できないとお思いになれば、ヴォイス・テストであなたの時間を潰すのはよくありません。放送の仕事は、新聞の仕事よりも厳しいのは明らかです。わたしは千語で二十ポンド貰っています。千語話すのに二十五ポンドではどうでしょうか？　それが高過ぎるなら、ご返事は無用です」[24]。その時の返事は、「高過ぎます、カクテルでもどうでしょう？」[25]だった。だが、大方の新聞は彼の要求に応じた。そして五月に彼は、定収入が一時的に年約二千五百ポンドに飛躍したと、嬉しそうに日記に記した。

一九三〇年のその春、彼はサセックス州にあるギネス家の海辺の家に滞在中に、『ラベル』を書き上げた。同書は九月末に出版され、再びブライアンとダイアナに捧げられた。「お二人の励ましと厚遇がなければ、本書は完成しなかったでしょう」。ダイアナの赤ん坊は三月初めに生まれた。男の子で、間もなくジョナサンと名付けられた。そう名付けられたのは、一つには、名付け親になったイーヴリンが、当時、ジョナサン・スウィフトの伝記を書くことを考えていたからである。

出産後、体が回復し、自分の昔のナニーに赤ん坊の世話をしてもらうことになったダイアナは、これまでパーティーに行けなかった穴埋めをしようと躍起になった。そしてイーヴリンはしばらくのあいだ、しょっちゅう彼女に会っていたが、いまや非常に大勢のほかの者が競って彼女の注意を惹こうとしていたので、それまでの親密さが失われたことに腹を立て、やがて、彼だけが知っているやり方で、相手に不快感を与えるように振る舞い始めた。七月に、彼はサセックス州のギネス家の海辺の家、プール・プレイスに泊まりに行った。「ダイアナと僕は昼食の時に言い争った」と彼は日記に書いている。「僕らは海水浴をした。ダイアナと僕はディナーの時に言い争い、ディナーのあとで言い争った。翌日、僕は去ることにした。ダイアナとまた言い争い、家を出た[26]」。その後の数週間のさまざまなパーティーで、彼は意識的にダイアナを避けた。やがて、彼女に短い手紙を書いた。「ゆうべ戻ってくると、君に二通の長い手紙を書いた。そして、破ってしまった。僕が言おうとしたのは、僕が最近、よそよそしくなったように見えたに違いないということだ。済まない。それは、僕が自分自身に戸惑い、落ち着かないために過ぎないのを信じてくれ給え。ずっとあとになれば、万事うまくいくだろう。返事をしなくて結構。E[27]」

数週間後ブライアンは、ダイアナが彼から手紙を貰ってどんなに喜んでいるかを知らせる手紙をなんの悪気もなく書いた。「僕らは二人とも、君の冷淡な態度にひどく心を乱された。もしそれが、彼女がしたり言ったりしたことのせいなら、その理由は説明すれば解ける。しかし、それは言葉にするには、あまりに捉え所がなかったと思う。いずれにせよ、僕らは君がいなくてひどく淋しい思いをしていることを忘れてはいけない。もし君が決心を変え、数日ここに来てくれれば、僕らにとってそれ以上嬉しいことはない[28]」。しかしイーヴリンは、夫妻の招待を断り続けた。そのためダイアナは、彼はもう自分の友達でありたくないのだと、しぶしぶ結論づけた。二人の友情は、互いの人生において最も深い友情の一つだったが、一年も続かなかった。イーヴリンは妊娠中のダイアナを訪れた時には、自分の結婚のトラウマを忘れることのできる泡の中にいるように感じたのである。そして、ダイアナがほかの人間に会い始めるや否や、彼は屈辱を改めて感じたように思われる。

イーヴリンがその時の事情を説明しようとしたのは、死ぬ数週間前のことだった。「君は、なぜ僕らの友情が次第に消滅してしまったのかと訊く。それを説明するのは、僕にとって非常に不名誉なことだ。純粋な嫉妬心。君（そしてブライアン）は、僕が最初の妻に棄てられたあと、人の情けを非常に必要としている時に、飛び切り親切にしてくれた。僕は、君に首ったけだった。もちろん、君のベッドを切望していた訳ではないが、君を特別な腹心の友、同志として自分だけのものにしておきたかった。ジョナサンが生まれてから、君は自分の仲間を増やし始めた。僕は、君の愛情において、ハロルド・アクトンやロバート・バイロンより下だと感じた。そして、彼らと競ったり、彼らより劣った地位を受け容れたりすることはできなかった。それが、悲しく、汚らしい真実だ[29]」。それは、彼が書いた最後の手紙の一通だった。

ダイアナは、最近、彼の振る舞いが、「ともかくもやってくると、ひどくおぞましいものになったので、彼に会わなくても全然淋しくない」とナンシーに話して自分を慰めた[30]。だが彼女はその後も、彼の思い出をこよなく大切にし、彼について誤解があると思えば、すぐさま反論した。例えば、彼をスノッブと呼ぶのはナンセンスだと主張した――それには、多分、議論の余地があるだろうが。もっとも、彼は権勢それ自体に惹かれたのではなく、友人を、地位や世間的立場で選びはしなかったのは本当であるが。また、貴族たちのあいだで人気を博そうともしなかった。実際、貴族に対する彼の態度は、露骨に無礼と言えるほどに、へつらった態度からは程遠いことが多かった――だからおそらく、非常に大勢の貴族が、最後には彼に対してある種の悪意を抱き、自分たち自身のスノッブ的傾向ゆえに、彼を上流社会入りを狙う立身出世主義者と非難したのである。「彼は人が好きだった」とダイアナは書いている。「わたしのように。なぜなら、人は彼を面白がらせたから、あるいは、彼が人が好きだったから、あるいは、人を刺激的と感じたから。時折彼は、自分の中の小説家を喜ばせた変人と付き合おうとした。彼は、自分を退屈させる者、あるいは苛立たせる者が嫌いだった。言うまでもないが、あらゆる種類の男女に、そういう人間はいた……彼がお偉方と知り合いになろうとしたなどということは、まったくない。話は逆[31]」

イーヴリンが「ダイアナのベッドを切望」していなかったというのは、おそらく本当だろう。だが、それは、彼が彼女を魅力的だとは思わなかったと言うのとは同じではない。彼が彼女を魅力的だと思っていたのは、ほぼ確実だ。男の多くの者にとっては、高嶺の花であればあるほど、女は魅力的になる。

オードリー・ルーカスの場合は、逆だった。彼女は、暴君の父親の一人娘で、イーヴリンが彼女の従順な態度をあまり魅力的に思わなかったのは明らかである。しかし、彼女は彼に終始夢中で、彼は離婚後、彼女に頻繁に会うようになった。その頃には、彼女のハロルド・スコットとの結婚も、やはりうまくいかなくなっていた(二人はのちに離婚し、彼女は俳優のダグラス・クラーク＝スミスと結婚した)。イーヴリンは、自分がオードリーと恋に落ちるなどということはあり得ないとわかっていたにせよ、妻に棄てられて性的自信が砕かれていたので、情事は、その自信を取り戻す助けになるかもしれないと考えたのかもしれない。その年、旅行記『暑い国々』〔『彩られた国々』のアメリカ版の題〕が八万部売れたアレック・ウォーは、イーヴリンが復活祭に南フランスに五日間彼を訪ね、自分はこれからモンテカルロにロマンチックなランデヴーをしに行く途中だと話した時、二人の関係を初めて嗅ぎ付けた。[32] 何も知らないアーサー・ウォーは、イーヴリンがその休日旅行からアンダーヒルに、「ひどく疲れてはいるが元気で」戻ってきたと日記に書いた。[33] 一月《ひと》後、オードリーは、妊娠したことを告げた。「実際、どっちにしても、あまり気にしない」とイーヴリンは呑気に日記に書いた、「生まれてくる子が男児である限り」。[34] 彼はその後も相変わらず曖昧な態度をとっていて、二週間後、別の既婚の女、ドロシー・ヴァーダと寝た。彼女は評判の美人で、男を手玉に取って次々に棄てることで有名な女で、その時には、夫の磁器蒐集家のジェラルド・ライトリンガーと別居していた。「戻ってきて〔友人たちとの夕食のあと〕、ヴァーダと寝た」とイーヴリンは日記に記している。「しかし、二人とも泥酔していたので、愉しめなかった」。[35] 一週間後オードリーは、結局妊娠していなかったと彼に告げた。「そういう訳で、全部インチキだ」とイーヴリンは書いた。その晩、パーティーのあとで、イーヴリンは日記に書いた。「オードリーと寝ようと何時間も待ったが、彼女は疲れ切っていた」。[36] 二人の断続的な関係は、夏の終わりまで続いた。

　オードリーとの情事は、おそらくイーヴリンの男としての自信を強めたであろうが、結婚の失敗がまだ心に重くのしかかっていた彼は、新聞雑誌のエッセイで、結婚におけるセックスの重要性を軽く見る傾きがあった。その年の夏に書いた、「結婚について真実を語れ」と題した短文において彼は、性生活が幸福でなければ幸福な生活は送れないと言うのは、「『ゴルフ生活が幸福でなければ幸福な生活は送れない』と言うのと同じくらいの屁理屈だ」と言った。現代人の態度は、と彼は付け加えた、「夫婦間で相手に対する肉体的関心が薄れ始めた瞬間、ほかの相手を探すのが義務である」というものだ。彼は、子供に、セックスは「非常に重要なものでも、非常に満足のいくものでもない」と教えることを提唱した。「子供たちに産児制限について十分教え、セックスが自分自身の生活において、まさにどのくらいの意味を持っているのかを自ら見出すよう促さねばならない。そうなれば、彼らは好奇心から、または経験不足から結婚することはなくなるだろう。ほかの法的契約同様、相互の同意によって登録される、法的結婚の仕組みを作るべきである。そして、結婚の神聖な重要性を教会の信徒に示すため、それを教会に委ねるべきである[37]」

最後の文章は、彼自身の人生観のその頃の重要な変化を反映していた。前年彼は、シーヴリンが自分のもとを去ったことをアレックに告げたあと、こう言った。「今の世の中の問題は、十分な宗教がないってことさ。若者が、なんであれその瞬間にしたいと思うことをするのを止めるものが何もない[38]」。のちにイーヴリンは、『卑しき体』を書いていた時、自分自身、「無神論者に限りなく近かった」ことを認めた[39]。だがアレックは、結婚の破綻と、そのあとの空虚感が、イーヴリンのローマ・カトリックへの改宗を速めたことに疑いを持っていなかった。

離婚して以来イーヴリンは、共にその頃カトリックに改宗したプランケット・グリーン家のグウェンとオリヴィアに頻繁に会っていた。彼はのちに、いろいろ議論しているうちにオリヴィアは「僕を脅してカトリック教徒にした」と、ある友人に話した[40]。だが、イエズス会士のマーティン・ダーシー神父によると(一九三〇年七月、オリヴィアは、ファーム・ストリート教会で、同神父のもとでカトリックに関する「知識伝授」をしてもらったらどうかとイーヴリンに言った)、「誰も彼に腹を決めさせることはできなかったろう[41]」。イーヴリンはのちに、成人してからの無神論者としての最初の十年は、「神なしでは人生は不可解で耐え難い」ということを証明した、と説明した。[42] その結果彼は、西欧文明はその全存在をキリスト教に負っている、そしてキリスト教は、ローマ・カトリック教会において、「その最も完全で重要な形で」存在しているように思えるという結論に達した。彼は、「カトリックこそキリスト教であり、ほかのすべてのキリスト教の形体は、カトリックに少しでも似ている限りよいもの」ということを悟った。それは、「カトリック自体に改宗したというより、キリスト教に改宗したということ」だった。[43]

彼は、「野蛮な」現代社会に対する己が募りゆく嫌悪感と、古きイギリスのカトリックの過去に対して漠然と抱いていたロマンチックなノスタルジアに共感してくれる人物を、マーティン・ダーシー神父以外に見つけることはできなかっただろう。イーヴリンは、「自分が絶対的な意味でキリスト教徒である」とは感じないと率直に認めたが、[44] ダーシー神父は、カトリックの教義の真実についてのイーヴリンの非感傷的確信に非常な感銘を受けたので、イーヴリンがのちに言っているように、彼の中に「ともかく種を播き、そのいくつかが芽を出すことを願った」。「飛び抜けて有能な頭脳の持ち主と接触するのに特別な喜び[45]」を覚えたダーシーは、九月二十九日、ファーム・ストリート教会で、イーヴリンをローマ・カトリック教会に受け容れた。イーヴリンが頼んだ唯一の証人は、トム・ドライバーグだった。ドライバーグは、翌日、イーヴリンの改宗について『デイリー・エクスプレス』の読者に伝えるのも、自分の職務だと解釈した。イーヴリンの唯一の教母は、その日、たまたまそこで仕事をしていた掃除婦だった。

イーヴリンは、改宗について二日前に両親に話していた。アーサーは、ケイトが「イーヴリンがローマへと離脱したという知らせに接し、とても、とても悲しんだ」と日記に記した（ケイトはいかにも彼女らしく、日記には自分の気持ちを書いていない）。自分の一族が非常に長いあいだ英国国教会に属していたアーサーにとっては、それは裏切りのように感じられ、のちに、イーヴリンの「ローマへの逸脱」という言葉を使った。[46] 両親にとっては、息子が改宗したことで一番悲しかったのは、カトリック教会は離婚を認めなかったので、再婚の望みが絶たれ、孫が出来ないことだったろう。ダーシー神父はのちに、イーヴリンは改宗の決心をした時、最初の結婚を無効にしてもらう可能性はまだ予期していなかったし、カトリック教徒になることで、事実上、一生独身で通すつもりだったと断言している。

テレンス・グリーニッジも、当時イーヴリンが、自分はいまや、「「グリーニッジが」イーヴリン・Gを始末してくれなければ（！）、一生彼女に縛り付けられる」が、少なくともカトリックは、「自分がまた結婚で馬鹿な真似をする」のを防いでくれる、と話したのを覚えていた。[47] けれども、その犠牲は、彼が成人してから、非常に長いあいだ結婚に憧れていたこと、そして当時、彼の人生における大恋愛の一つを始めていたことを考えると、とりわけ哀切である。

原注

＊1　アントニー・ポーエルは、その呼び名はイーヴリンがヘイゲイトにポーエルの地階のフラットで会った結果だと考えた。しかし、ヘイゲイトがたまたま他人の地階にいたことで、イーヴリンがその呼び名を思いついたとは、ちょっと考え難い。

第13章 オランダ娘

当時「ベイビー」として知られていたテリーザ・ユングマンは――彼女は「ベイビー」という名は大嫌いで、のちに捨てた――著名なロンドンのパーティーの女主催者《ホステス》で、かつ人材を発掘するのが得意なリチャード・ギネス夫人の次女だった。夫人自身は、「陰気《グルーミー》なビアトリックス」あるいは「陰気《グルーミー》なギネス」あるいは単に「グルーミー」と呼ばれることが多かったが、それは、ランチ・パーティーでカーテンを閉めておくという奇妙な習慣からというより、非常に太い声で不吉な会話をするからだった――彼女は一度、婦人帽子屋の店員を、こう訊いてびっくりさせた。「夫に憎まれている中年の女に合う帽子を下さい[1]」

ベイビーと姉のジータは、グルーミーと、その最初の夫、ニコ・ユングマンの娘だった。ニコはオランダ生まれの貧乏画家で、死亡記事によれば、「邪気のない態度と、ほとんど子供のような素朴な性格」ゆえに「大変愛された[2]」。死亡記事は、この世間知らずで寛《ひろ》い心の持ち主を襲った「しばしば残酷で、不当な一連の不運」については気を遣い、具体的には触れていない。だがその不運には、彼が第一次世界大戦中、四年間ドイツに抑留されていたあいだにベイビーの母に棄てられたこと（ベイビーは両親が一九一八年に離婚した時、十歳になるやならずだった）、ベイビーの母は、ニックより遥かに裕福なディック・ギネスと恋に落ちたことが含まれていた。彼は一族の銀行部門の御曹司で、自身、マーカンタイル&ジェネラル保険会社の頭取だった。

新しいギネス夫人は熱心な社交界の常連になり、一九二〇年代末には、グレイト・カンバーランド・プレイス一九番地の夫妻の家はロンドンの上流社会の中心になり、ボブ・ブーズビーのような若い怜悧な政治家は、同家でシットウェル三姉弟、ノエル・カワード、デイヴィッド・セシル、オリヴァー・メセル、セシル・ビートンのような作家や画家と交わった。リーリア・ポンソンビーは(ユングマン姉妹の親友で、第二代ベンダー・ウェストミンスター公爵——彼については、さらに後述する——とののちの結婚は、「まさしく純然たる地獄」だと、ジェイムズ・リーズ=ミルンが印象的に言っている)、そこでの数多くの集まりでイーヴリンに出会い、彼は激怒しているケルビムのように見えると思った。「爛々と光る目で」見つめ、何も見逃さず、辛辣な言葉を弄し、「自分はこの世で面白いものはたくさん見るが、賞讃すべきものはほとんど見ない、不幸な男」という印象を与えるケルビム。(3)

ギネス夫人の客も、彼女を、やはり人に警戒心を抱かせる人物だと思いがちだったが、娘たちは、母親の底意地の悪い言葉に、驚くほどまったく動じなかった。姉妹の際立った美しさと、人生に対する潑剌とした態度ゆえに、姉妹はほどなく「陽気な若者たち」の中で最も輝かしい存在になった。姉妹は、やはり元気潑剌とした友人のエレナー・スミス(バーケンヘッド卿の娘)とイーニッド・ラファエル(彼女は一度、こういう冗談を飛ばした。「なんであれを秘所と呼ぶのかわからない——わたしのは秘めてないの」)と一緒に、夜の宝探しと仮装舞踏会を始めた。それは、一九二〇年代後半の上流階級の特徴を表わすものになった。セシル・ビートンは、姉妹の写真を数多く撮った。彼は、ベイビーの「デヴォンシャー・クリームのように青白い肌と澄んだ藤色の目」と「目にぱらりと」垂れ、「頭を魅力的にぐいと振ると後ろにさっと戻る」、「ごく細い、カナリアの羽のように艶やかに紡がれた髪」を賞讃した。[4]

ベイビーは青白い肌の美人で有名だっただけではなく、悪気のない悪戯でも有名だった。その一つは、母のロールスロイスとミンクのコートを借り、「哀レナチーザイ息子」の教育費を捻出するために宝石を売らねばならなくなった、寡婦のロシアの亡命者のふりをしてあちこちに行く、というものだった。その服装で彼女は、二匹のボルゾイを連れて園遊会に出て、一人の老将軍に近づき、戦時中、パリで一緒に過ごした夜のことは決して忘れないということを喋りまくった。妻と一緒だった将軍は、戦時中パリで一夜を過ごしただけだと冷たく答えた。すると、「ゾレガ、ゾノ夜ダッダノ」とベイビーは言って、人込みの中に姿を消した。[5]

悪戯好きだったにもかかわらず、ベイビーはしょっちゅう慈善活動をし、非常に熱心なカトリック教徒だった。その信仰心は、母から受け継いだものだった。母の一族は、ニューマン枢機卿の信奉者として、バーミンガムに移った。このようにベイビーは、イーヴリン・ガードナーの美貌と溢れる生気と、オリヴィア・プランケット・グリーンの知性、秘めた真面目さ、高嶺の花の風情を併せ持っていた。イーヴリンにとって、それは抗し難い魅力を具えた組み合わせだった。ほかの何人かの失望した求婚者にとってと同様。それらの求婚者には、パンジー・パケナムの弟のフランクが含まれる(ずっとのちのロングフォード卿)。彼は一九二八年にバーケンヘッド家でベイビーに会ってから、「非常に素晴らしい付き合い」をした。[6] もっとも、彼も認めたように、「誰も彼女をものにすることはできなかったが[7]」。

イーヴリンが、いつ、どうやって彼女と知り合ったのかは定かではない。もっとも、彼が死んだ時、彼の祈禱書に蘭と羊歯の押し花が挟んであるのが見つかり、その横に、「一九三〇年一月十九日」

と書いてあった――それが、二人が知り合った日だと考えている者もいる。[8] 現存する彼の日記は、シーヴリンと一九二八年十一月にイズリントンで所帯を持ってから一年半の空白があったあと、一九三〇年五月になって再び書き続けられた。ベイビー・ユングマンの名前が最初に出てくるのはその月の二十六日で、二人がサヴォイでフランク・パケナムと一緒に食事をした日だった。だが、それが二人の初めて会った日ではないのは明らかで、ベイビーは「しきりに親しくしようとし、ごく優しかった」とイーヴリンが書いているところから見て、彼はすでに、彼女が好きだと洩らしていたのかもしれない。しかし六日後、デズモンド・パーソンズ（ロバート・バイロンの熱烈な片思いの相手）との昼食の席で、ベイビーはひどく遅れてやってきて早く帰ったうえに、「テーブルの反対側に坐ったので」、イーヴリンは「彼女と話せなかった」[9]。翌週、彼女はイーヴリンがリッツで催したランチ・パーティーへの招待に応じたが、自分は田舎に行くので出席できなくなったと友人を介して言ってきて、土壇場になって約束を破った。次の週、イーヴリンは『デイリー・メール』で、「なんたる無作法！」という題で、「自分の問題にどう対処すべきかも知らない、無能な若い女」を批判する長広舌を振るった。[10]

ベイビーの母はのちに、ベイビーはイーヴリンとの「いざこざ」のあとで涙を流した、と彼に話した。そして、イーヴリンが七月に二人の家に行って昼食をとった際、彼は「ベイビーと一緒にサイドテーブルの席に坐ったが、彼女は優しかった」。その後二人は何度も会ったが、彼女がそれ以上優しくすることは滅多になかった。だが、彼の恋心を冷ますような真似はしなかったようである。意図的ではないにせよ、完璧なまでに無情なコケットだったベイビー・ユングマンは、その後数年、彼に言い寄られて承諾する訳でもなく、求婚するのをやめるように仕向ける訳でもなく、自分は彼に愛してもらっているのを「あまりに愉しんでいる」ので、「無意識に、できるだけそれを煽ってしまう」

し、「もしあなたが結婚していなかったら、事情は違っていたかもしれない、なぜなら、わたしはあなたと結婚したいと思ったかもしれないし、思わなかったかもしれないから……」と、さまざまな機会に彼に言った。[11]

イーヴリンにとって、片思いの苦しみを軽くする一つの手段は、外国旅行だった。そして、最初の結婚が破れてからの六年間に、彼は盛んに旅をした。最初の旅はアビシニアへの旅で、それは、一九三〇年の初秋に、アイルランドのパケナム・ホール（現在のタリーナリー城）で、ロングフォード家の世話になっている際の会話から実現したものだった。

彼がそこを訪れたのはその年二度目で、いずれもフランク・パケナム（当時のエドワード・ロングフォード伯爵の弟）に招待されたのである。彼はフランクに、一九二八年にパンジーを介して会った。その後、ロングフォード家のタウンハウス（そこでフランクは生まれた）の数軒先の、グレイト・カンバーランド・プレイスでグルーミー・ギネスが開いたパーティーで互いによく知るようになった。二人は、イーヴリンの結婚が破綻したあと親密になり、フランクが謙虚に回想しているように、ロンドンの社交界に通じる坂を一緒に登って行った。[12] アンダーヒルからできるだけ離れて暮らしたいと思っていたイーヴリンが、アレグザンダー・ウォーの言っているように、「大きなカントリー・ハウスの悦びを発見した」のは、この時期である。その年の夏、彼はロングフォード家とギネス家以外に、ダグデイル家のシージンコット・ハウスと、シットウェル家のレニショー・ホールにも泊まりに行った。シットウェル家は、シリル・コノリーの考えでは、「まさに彼［イーヴリン］が自らなりたいと願ったような貴族」だった。[13] だが、イーヴリンのために言うならば、彼はアウトサイダー以外の者であるふりはせず、上流階級にはへつらうというより冷笑的な態度をとっていた。「大金持ちの気高い精神性と道徳性について、わたしほど鋭い鑑識眼を持っている者はいない」と彼は、『デイリー・メール』に書いた。「機会があれば彼らと一緒になることを、いつでも楽しむ[14]」

イーヴリン同様、中流階級から上流階級に攀じ登ろうとしたと言われることのあったジョン・ベッチェマンは、シージンコット・ハウスのハウス・パーティーでイーヴリンと一緒になり、イーヴリンが九月にパケナム・ホールに十日泊まった際も、そこにいた。当時、まだイーヴリンほど有名ではなかったベッチェマンは、それでも、信仰復興運動の讃美歌を大声で果てしなく歌い、奇矯なアイルランドの貴族について冗談を飛ばして、少なくともイーヴリンの目には「少々うんざり[15]」ほどすっかり寛いでいるように見えた。対照的にイーヴリンは、そわそわして自意識過剰に見え、食事中はほとんど物を言わなかった。もっとも、彼らの女招待主《ホステス》の記憶では、彼は朝食に階下に降りてくると、「誰か今朝、滑稽な手紙を貰いましたか？」と訊いたが[16]。

イーヴリンは多分、フランク・パケナムが自分同様、ベイビー・ユングマンに首ったけなのを知っていただろう。だから、最後の晩のディナーのあと、やはり泊まりに来るようフランクが招いた美少女に、こう囁いたのだろう。「フランクを追うんだ。一緒に階上《うえ》に行くんだ。あとについて行くんだ、さあ」。その少女はエリザベス・ハーマンだった。フランクはオックスフォード時代に短いあいだ彼女に恋したが、その後二年間、ベイビーに求愛しているうちに、そのことを忘れてしまったのである。イーヴリンの助言には利己心の要素があったかもしれないが、エリザベスはそんなことは知らず、言われた通りフランクのあとを追って彼の寝室に行った。寝室で、彼女の回想によれば、「自分たち自身について、熱烈だけれども貞潔で気遣いに満ちた会話を深夜まで交わした[17]」。イーヴリン自身、日記にこう記している。「フランクとハーマンは、フランクの最後の晩に一緒に寝たが、ファックはしなかった[18]」。二人は、翌年結婚した。

一方イーヴリンは、パケナム・ホールのほかの客に、レニショー・ホールから一緒に連れてきたアラステア・グレアムと情事を再開したと思われていた。レニショー・ホールでアラステアは、自分の母は『衰亡』のレディー・サーカムフェレンスのモデルだと「自慢」して、ジョージア・シットウェルを苛立たせた。[19]二人はまたもや恋人同士になったのではないかという疑念は、二人が一緒の時(それは、しょっちゅうだった)はいつでも、イーヴリンがわざと同性愛者らしく振る舞い、甲高い声を出したため、晴れることはなかった。[20]

アラステアはその時、休暇でカイロから帰国していた。彼とマーク・オーグルヴィー＝グラントは、一九二九年にアテネからカイロに移ったサー・パーシー・ロレインのあとを追ったのだ。カイロのイギリス人たちは、「そうした若い唯美主義者の煌めくような知性と、きわめてくだけた雰囲気」にかなり驚いたと、ロレインの伝記作者は書いている。「大使館乙女」として知られた彼らは怠惰と無能で有名で、サー・パーシーについての噂を知らない者にとっては、あんな喧し屋が、なんであした連中にあれほど長いあいだ我慢できるのか謎だった。

いずれにせよ、アラステアはカイロに転勤になったことで、面白い話の材料がふんだんに出来た。彼はある晩、パケナム・ホールの書斎で、たっぷり尾鰭を付けた話をした。それは、二人のアビシニア王子たちがやってきた時の話だった。王子たちは、堅苦しい高等弁務官事務所のランチ・パーティーのあいだ、山高帽と絹のケープを取ろうとしなかった。その話を聞くやイーヴリンは、支那と日本に行くという当初の計画を変え、十一月にアディス・アベバで行われるハイレ・セラシエ皇帝の戴冠式に出ることにした。

アイルランドから戻ってきて間もなく、イーヴリンはグレアム夫人の客として、一人でバーフォード・ハウスに泊まりに行った。舞踏室には——彼女は一九二五年にアラステアの二十一歳の誕生日のパーティーを開くためにそれを増築したのだが、結局、パーティーは開かれなかった——大判の『タイムズ世界地図』があった。イーヴリンは、奇妙なほどに軽率な蛮行だが、間近に迫ったアビシニア旅行のために使おうと、その一頁を引き裂いてしまった。グレアム夫人はそれを見つけた時、ひどくぞっとしたので、彼を家から追い出した。しかし彼は一年後に『黒い悪戯』を書き始めようとしていた時にまたやってきたが、アラステアと一緒にいたのでは、仕事にならなかった。「僕らはただ坐って、ひねもすスロージンを飲んでいた」と、こぼした。「僕はハヴロック・エリスのすべての症例を読み、せんずりを掻き過ぎている」[21]。バーフォード・ハウスの来訪者名簿にイーヴリンの名前が最後に載るのは一九三二年で、その頃までには、彼は二十回以上もそこに滞在し、一度に数週間泊まることもあった。[22] その後、二人は互いの人生から姿を消した。何年ものちアラステアの姪は、なんで二人の友情は終わってしまったのかと、アラステアに尋ねた。彼は曖昧に答えた。「あのね、イーヴリンはなんとも退屈な男、なんとも鼻持ちならないスノッブになったのさ[23]」

アラステアがそう言った時には、彼もおそらく目にしていただろうが、イーヴリンは、ますます華麗な人間と付き合うようになり、ついには貴族と結婚し、パラディオ様式のカントリー・ハウスに住み、ポルチコの上に紋章を彫った石を置くようになっていたが、アラステアは上流社会からすっかり身を引き、ウェールズの西海岸の辺鄙な漁村で暮らしていた。

アラステアは、サー・パーシー・ロレインがアンカラに転勤になった一九三三年に外交官勤務をやめて間もなく、ロンドンを去るか、「刑務所に行くか」だと警察に警告された。[24] ウェールズの詩人で、遠からずトリディガー子爵になるエヴァン・モーガンと違法の（当時の英国の法律によれば）関係を持ったことが明るみに出たためだった。[25]*1

アラステアは一九三六年、ウェールズのニュー・キーをちょっと外れた、ワーン・ネウイズにある、四方八方に不規則に広がった白い家を買い、そこに事実上、世捨て人として暮らした。母は二年前に死んだ。彼はバーフォード・ハウスから数人の古くからいる召使を連れてきた。彼には、年に一万ポンドの収入があると噂されていた。時折彼は近所の者を招いてパーティーを開いたが、オーガスタス・ジョンとディラン・トマスも来たことがあった。トマスはアラステアを、「母音が弱い地主」だと評し、[26]『ミルクの森で』の中で、想像上の敵に「包囲されている家と人生」に生きているカット＝グラス卿のモデルにしている。カット＝グラス卿は「魚でぬるぬるしている厨房」を持っているが、それはおそらく、アラステアがパーティーで出した鰊《にしん》の酢漬けと、彼が書いた『ニュー・キーの鯖の二十の料理法』という小冊子に関連しているのだろう。それは、アラステアが料理だけではなく海釣りも好きだった証拠である。

　だが、トマスもニュー・キーのほかの誰も、アラステアが『ブライズヘッド再訪』のセバスティアン・フライトのモデルでもあったことを知らなかったようである。彼はこの点で、一九七〇年代末に、作家で批評家のダンカン・ファローウェルに〈ドーライ・イン〉で話しかけられるまで、あまり人には知られていなかった。ファローウェルは彼が誰なのか知らずに、たまたまイーヴリン・ウォーについて彼と話し、ウォーは作家としていかに「恵まれていた」〔「well-endowed」には「巨根」の意味もある〕かに話が及んだ。すると、カウンターの前に坐っていた、言葉遣いの洗練されたその見知らぬ男は、不意に口を挟んだ。

「彼は別の意味では恵まれていなかった、残念ながら[27]」

　ファローウェルは、彼がイーヴリンの陰茎のことを言っているのか、イーヴリンは若い時は金がなく、いつもアラステアが助けてやったことを言っているのか確かめなかった。グラナダ・テレビの『ブライズヘッド再訪』の連続ドラマが一九八一年に放映された際、ファローウェルはニュー・キーに戻り、アラステア・グレアムの家のドアをノックし、夕食に誘った。アラステアは、自分は脳卒中にやられ「人に見せられる姿じゃない！」と答えた。自分は何も思い出せない、すべてずっと昔のことなので、と言った。そして、やや謎めいていたが、こう口にした。「彼は、わたしより年上だった」[28]。アラステア・グレアムは、翌年の一九八二年に「秘密を持ったまま」死んだ。

イーヴリンは、アラステアが何気なく口にした言葉が契機になったアビシニア旅行に、一九三〇年にパケナム・ホールを出てから一ヵ月後に出発した。その際、『グラフィック』、『タイムズ』、『デイリー・エクスプレス』の取材許可証で武装していた。旅は五ヵ月続き、ザンジバル、ケニア、ケープタウンをも訪れた。そして、旅行記『遠い所の人たち』と、アディスを発つ際に両親に約束した、「一流の小説[29]」になるもの――『黒い悪戯』――のための材料を手にした。

彼は旅の終わり近くに、ベイビーに宛てて手紙を書いた。「僕は、タンガニカという湖に行くところだ。そこでは、誰もが眠り病で死ぬ。僕はまた、刑務所でチフスに罹り、ハーウォーシュという所でマラリアに罹り、カトリック教会で癩病に罹った。だから、帰らないのは、まず確かだ[30]」。彼は一九三一年の春に帰国してから数週間後、華氏百一度〔摂氏三十八度三分〕の熱を出し、喉に潰瘍が出来た。しかし彼は、ベイビーに列挙した異国風の病気のどれかに罹った訳ではなく、テムズ河畔のホテルで食べたクレソンで食中毒に罹ったことがわかった。

その年の夏、ウォー一家四人は、南フランスのヴィルフランシュで休暇を過ごしに行った。アレックの言うところでは、イーヴリンの両親が「棕櫚《しゅろ》と陽光と南[31]」に向かって思い切って出掛けたのは、それがたった二度目だった。そしてアレックの話では、それは大成功だった。たとえアーサーが、イギリスで着ていたツイードのスーツを着、そのうえ、マフラーとチョッキと股引を着用することに固執したにせよ。彼は、「肌にウールを感じたいんだ」と言い張った[32]。

アーサーは、間もなく出版される自伝『一人の男の道』の校正刷りを持ってきていた。それは感傷的な本で、奇怪なことに、次男の文筆活動については一切触れていなかった。『卑しき体』でイーヴリンは、すでにイギリスで最も有名な若手小説家の一人になっていて、彼の著書は、傾きかけていたアーサーの出版社の社運を救うのに多大な貢献をしたにもかかわらず。その代わりアーサーは、イーヴリンが最近、毎週新聞で目立ってしているような俗悪な自己宣伝（アーサーの見解）に対する嫌悪感を、はっきりと表明した。そして、「当節では、自分の有能さに人の注意を惹こうと自画自讃せずに仕事をするのに満足している者は誰もいないように見える」のを、大いに嘆いた。[33] アーサーが、息子の宣伝をこれ以上しない決心をしたのは、イーヴリンの離婚後、二人が再び同じ屋根の下で暮らしていることから生じた、当時の軋轢《あつれき》も原因かもしれない――イーヴリンは、友人のフラットを借りたり、田舎に行って滞在したりしてできるだけ家から離れてはいたが。イーヴリンは知らなかったが、二人の関係は、アーサーがある日、製本されたイーヴリンの日記を好奇心に負けて読んでしまったことで一層緊張したものになった。その日記は、アーサーが今では書斎として使っている、かつての子供部屋の棚に置かれていた。その日記には、アーサーに関する数多くのあからさまな記述があった。アーサーは、アレックの言うところでは、「ひどく辱められ、悲しまされた」。アレックは回想している。「母はわたしに、父は決して本当にそのことから立ち直ることはなく、そのことを思い出しては何度も繰り返し口にしたと話した」[34]

またアーサーは、自分が『卑しき体』の中で、頭のおかしいブラウント大佐として描かれていることも嬉しくなかったろう。大佐は、自分がエキストラとして出演するという条件で、自宅のダウティング・ホールを映画のロケに使うことを許可する――ちょうど、アーサーがイーヴリンとテレンス・グリーニッジが一九二四年に作った学生映画『多情な女』の場合にしたように。またアーサーは、同書の別の登場人物、アダムの本を出している出版業者、ランポール氏にも自分の姿を認めざるを得なかったろう。ランポール氏はアーサー同様ヘンリエッタ・ストリートに社を置き、「温和な老紳士」として描かれているが、若い著者に対しては悪名高いほど吝《けち》なのである。アーサーは一九三一年を振り返って、日記に書いた。「国内外で、大変親切にしてもらった。とりわけK［ケイト］とアレックに[35]」。イーヴリンの名はなかった。

ウォー兄弟は両親を楽しませる以外に、南フランスのさまざまな人物に会った。その中に、シリル・コノリー、オルダス・ハクスリー、サマセット・モームがいた。二人はモームを、カップ・フェラの近くの彼の別荘に二度訪ねた。イーヴリンは「ドクター」モームと呼びかけ、その文学的名声を知らぬふりをして彼の機嫌を損ねた。イーヴリンの無礼な態度は、家族の休暇旅行に次第に苛立ってきた徴候でもあった。間もなく彼は丘にある不便な修道院に独り籠もり、『遠い所の人たち』を書き上げようとした。そして、書き終えた原稿を一九三一年六月に持って帰り、出版社に渡した。それはやがて秋に出版されたが、大方の書評は、それが急いで書かれたことを反映していた。「あなたは、イギリスの若手作家の中で最も重要なイーヴリン・ウォーを抱えていると思いますが」と、イーヴリンと新たに契約したアメリカの出版業者、ジョン・ファラーは、ある尊敬されている文学者から言われた、「お願いですから、彼に旅行記を書くのをやめさせてもらえませんか！[36]」

イーヴリンは七月中旬にリヴィエラに戻った時、ピクシー・マリックスという、大変可愛らしい三十三歳の離婚女《ディヴォルセ》を伴っていた。彼は、友人のパトリック・バルフォアに彼女を紹介されたのだ。そして、兄から遠く離れたホテルに、すぐさま連れ去った。「イーヴリンは売春婦と海岸の下の方に行ってしまった[37]」とアレックはバルフォアに話した。イーヴリンの愛人は、アレックが言うよりちゃんとした女だった。ただし彼女には、「瀬戸際」と呼ぶものを愉しんでいるという評判があったが。それは、男を誘っておいて、アレックの上品な表現を使えば、「究極的恩恵を与える」寸前にやめる、というものだった。[38] イーヴリンはどうやらそれに苛立ってきたらしく、バルフォアに苦情を言った。「あの女は僕を愚弄し、僕の金をすっかり巻き上げた……えらく惨めで屈辱的だ。何はともあれ、あの女はなんとも退屈で、根はなんともアメリカ的だ。あの女を喜んで溺死させるだろう」[39]。やがてピクシーは、彼に望みのものを与えてやらなければ、自分はなんとか工面して家に帰らねばならないだろうと悟り、方針を変え、「こんなことを持ち出さなければよかったと彼が思うほど、欲しがるものをたっぷり」彼に与えることにした。[40] 夜、彼女は午前二時か三時まで彼を待たせておき、夜明けに「彼の部屋にいそいそと、貪欲に飛び込む」のだった。[41] 一週間後イーヴリンは、バルフォアに宛て再び手紙を書いた。「僕はマリックス夫人について、いくつか厳しいことを言った。でも、その後の出来事が、彼女の性格についての僕の最初の評価が正しくなかったことを証明した……「彼女は」素敵な女性だ、実際[42]」

イーヴリンが、ある貴族の自由党の政治家が絡む離婚訴訟について初めて新聞で読んだのは、フランスにいたその夏だった。その政治家が立たされた苦境から、彼は『ブライズヘッド再訪』の着想を得たのである。離婚申立をしたのは、彼のオックスフォード時代の友人であるヒュー・リゴンと兄のウィリアム・エルムリーの母親、ビーチャム伯爵夫人だった。新聞は当時、記事にはしなかったが、離婚申立の理由は、ビーチャム伯爵の同性愛に関係していた。伯爵夫人の、嫉妬心が強く復讐心に燃えた弟のベンダー・ウェストミンスター公爵が、その証拠を徹底的に集めた。そして、公爵の要請で、それが申立書に事細かく記載された。「ベルグレイヴ・スクエア一三番地、マダーズフィールド・コートおよびウォルマー城における結婚生活で、前述の被告は、男の召使のある者と常習的に重大猥褻行為に耽った。すなわち、被告は口と手で彼らにマスターベーションをし、彼らに自分にマスターベーションをするよう強要し、彼らにのしかかり、彼らの脚のあいだでマスターベーションをした……」(43)

ビーチャム卿が、顔にいつも白粉《おしろい》を塗っていた従僕を好いていたというのは公然の秘密で、イーヴリンがビーチャム卿の離婚についての記事を読んだ時の最初の反応は、「そうか、ばれたのか」だった。(44)だが、彼はオックスフォードでビーチャム伯爵の二人の息子を知っていたものの、ウスターシャー州にある堀を巡らした広大な領主館、マダーズフィールド・コートには行ったこともなく、彼らの姉妹に会ったこともなかった。彼女たちはベイビー・ユングマンとミットフォード姉妹の親友だったが。彼は、その年の秋、マダーズフィールド・コートに初めて行ったのである(その屋敷が、彼をすっかり魅了したのは有名である)。それは、近くのモールヴァンにある、ハンス大尉の有名な乗馬学校に通ったらどうかというベイビーの勧めに従ったあとのことだった。彼は乗馬学校に通っているあいだに、メアリー・リゴン(彼はギネス夫人との昼食の席で彼女に偶然会った)に、そこに滞在するよう招待された。

レディー・ビーチャムが、末の息子のリチャードとチェシャー州のウェストミンスター家の所有地にある家にその頃隠れ住み、よく響く声ゆえに家で「ブーム」と呼ばれたビーチャム卿が、刑事訴追を受けるおそれがあるため大陸に亡命したので、未婚のリゴン三姉妹は、使用人の揃ったマダーズフィールドをいまや仕切るようになり、絶えず友人たちを大勢招《よ》んだ。長女の二十四歳のレディー・シベルはのちに、イーヴリンは「少々退屈で、恐ろしく無作法」(45)だと思ったことを認めたが、二人の妹、レディー・メアリーとレディー・ドロシーは(それぞれ二十一歳と十九歳)、たちまちイーヴリンが気に入り、彼の面白い、果てしなく続く軽口と、なかんずく自分を含め、何事も茶化してしまう態度を愉しんだ。彼も彼女たちに魅了され、すぐさま彼女たちを、もう一つの代理家族にした。「僕は乗馬学校にいるあいだ、そして休み時間に、君たち二人にとても会いたくなる」と彼は、初めの頃の訪問のあと、二人に手紙を書いた。

メアリーは子供時代からメイミーとして知られ、ドロシーはクートとして知られていた。すぐにイーヴリンは、ブロンディーとポウルという名をそれぞれに付け、自分には、擬似メイソン風のボーアズ〔フリーメイソンの徒弟の握手法〕という名を付けた（のちに彼は『黒い悪戯』で、アザニア国の内務大臣にその名を付けた）。彼らの友人たちのいくつかの特徴が暗号になった。たとえば、「オランダ」という言葉は、なんであれ誰であれ、問題だったり手に負えなかったりした場合を意味した。それは、彼がベイビー・ユングマン（彼は彼女を大抵「オランダ娘」と呼んだ）に求愛した際の、彼や友人たちが盛んに論議した、容易に解決できない難点を指していた。カナーヴォン伯爵のハンプシャー州の館《やかた》、「ハイクリア」は、なんであれ堂々とし贅沢なものに使われた。「レイコックする」というのは、社交上の約束を破る《チャック》という意味で、ロバート・レイコック（のちに戦時中イーヴリンがコマンドにいた時の部隊指揮官）という、愛想はいいが忘れっぽい若い騎兵隊将校にちなんで作られた言葉だった。イーヴリンは、いつも彼を「チャッカー」と呼んだ。「お茶をレイコックして、実に実に済まない」とイーヴリンはメイミーに手紙で書いた。

イーヴリンの不遜な茶目っ気は実に旺盛だったので、「家の一員に悪戯妖精《パック》がいるみたいだった」とクートは回想している。[46] マダーズフィールド・コートの庭の日時計には、こういう文句が刻まれていた。「人が笑わなかった日は、無駄な日」。ある日、そのそばに立っていたメイミーは、イーヴリンに言った。「ねえ、あなたとわたしは一日も無駄にしなかったわね？」[47]

笑いは、父を失ったリゴン姉妹の悲しみを和らげるのに役立った。姉妹は、父が極度に形式張っていたにもかかわらず、父を献身的に愛した――彼はいつも子供たちを名誉称号で呼び、食堂ではどの椅子の後ろにもお仕着せを着た従僕を必ず立たせた。そして、言うまでもなく、彼は徘徊者として悪名高かった。そのため姉妹は、マダーズフィールドに滞在した男前の客に、夜は寝室のドアに鍵を掛けるよう警告しなければならなかった。一方、姉妹は母の裏切り（と彼女たちは考えた）は、決して許せなかった。母は敬虔で世間知らずの女で、夫が告訴された要旨を理解することができず、こう言ったので有名になった。「ビーチャムは喇叭手《ビューグラー》〔バガー、すなわちホモの間違い〕だと、ベンダーは言っています」。一方、ベンダーはビーチャムが破滅したあと、魅力的な手紙をビーチャムに出した。「親愛なるバガー・イン・ロー〔「ブラザー・イン・ロー」、すなわち「義兄」のもじり〕、天罰覿面《てきめん》さ」

すぐに姉妹から、もう一人の兄のように見られるようになったイーヴリンは、一家の窮境に深く心を痛め、レディー・ビーチャムが結婚した際に贈り物として夫に与えた、アーツ・アンド・クラフツ運動風の装飾が施された礼拝堂（やがてイーヴリンがブライズヘッド城を創造するのに借りた、マダーズフィールド・コートの唯一の部分）は、「見たこともないほど悲しい物」だとベィビーに話した。[48] 彼は姉妹と同じように、兄のヒューを気遣った。ヒューはアルコール中毒と浪費癖が原因で一九三二年の春に破産し、その結果、神経衰弱になり、短期間、精神病院に入った。彼は姉妹同様、堅苦しい兄のウィリアム、すなわちエルムリー卿を次第に憎むようになった。ウィリアムは、マダーズフィールド・コートに残っている兄弟姉妹のうちで、父の側につかなかった唯一の人物だった。

イーヴリンは、マダーズフィールド・コートにいるのがいかに気に入っていようと、書くと約束したさまざまなエッセイと、やがて『黒い悪戯』になる小説に取り組むために、時折、そこを出なければならないのを知っていた。十月末に、パトリック・バルフォアに手紙を書いた。「僕は日中はずっと馬に乗り、晩は陽気な若いリゴン姉妹と遊びに興じているが、どんな仕事もしていないし、金を稼いでもいない——実際、やたら金を使っているので、早々にここを出なくてはいけない[49]」。彼は、デヴォン州のチャグフォードの近くのイーストン・コート・ホテルで仕事をするため、バルフォアと一緒になろうと申し出た。それは、天井の低い、古い藁葺きの農家で、その後数年、執筆の際の彼のお気に入りの隠れ家になった。「僕はロンドンの連中には、鹿狩りに行くふりをしている」と彼はリゴン姉妹に話した。「しかし、親密で腹心の友である君たちには、僕は寝室に坐って本や、エッセイや、短篇や、書評や、劇を書くだろうと言っても構わない。映画のシナリオ等々、もっとたくさん稼ぐまで[50]」。彼はそこに着いて数日のうちに、自分は「木曜日にサウス・デヴォンと呼ばれる猟犬の一隊と狐狩り」をしていたことを認めた。「僕らはダートムアの上を五時間、気違いのように馬を飛ばした。僕の馬は一度転倒したが、それは僕のせいではなく、僕は〝大胆な再騎乗〟を果たした。僕は農場主のふりをし、金は何も払っていない[51]」

前にはベイビー・ユングマンに、「自分はここで孤独で気分が滅入っていて、本『黒い悪戯』」はうまくいっていない[52]」と嘆いたが、日中に狐狩りをすると気分がよくなった。「可愛いテス」と彼は、のちに書いた、「小説は二頁しか書けなかったが、出来映えは見事だ。その種のものとして、語りをこれ以上良くする方法は見つからない[53]」。だが、彼女に対する思いは、これまで通り報われぬままだった。そのため二人は会うたびに喧嘩をすることが多かった。「もし君が、僕を君のお母さんのパーティーのための単なるズボンと見ているなら」と彼は、ある痛ましいシーンを演じたあと、手紙に書いた。「君の犬が便所に行くのを見張る役から解放してくれと頼んでも、君は嫌とは言えまい。もし君が僕を友人だと考えているなら、君は、そんな風に不愉快な態度をとってはいけない。それは理に適っているのではないだろうか！[54]」

この時点では、彼は少なくともクリスマスにマダーズフィールド・コートでベイビーに再会するのを楽しみにすることができた。だが、会っても、彼女が彼の愛情表現に、いつもより積極的に応えたということはなかった。そして新年に、いつもの苦しみが戻ってきた。「君があらゆる種類の成功と楽しみを得ること、金持ちの侯爵と結婚することを願う」と彼は一月に書き送った。「あるいは輝かしい若い小説家か、やはり刺激的な誰かと」(55)

マダーズフィールド・コートにやはりよく来る客は、スタンリー・ボールドウィンの次男、ウィンダムだった。イーヴリンは、彼を「フリスキー」〔はしゃぎ屋〕として知っていたが、もっと広くは、「ブロッグズ」〔凡人〕として知られていた。赤毛で眼鏡をかけたボールドウィンは、イーヴリン同様、やはり空しくベイビー・ユングマンの魅力の虜になっていながら、ピクシー・マリックスといちゃついていた。その共通点をもとに、彼とイーヴリンは相互同情連盟を結成した。それは、どちらも相手を容貌の面では脅威と思わなかったという事実によって強化された。「レジナルド・マリックス夫人はロンドンに戻ってきている」とイーヴリンは一九三二年一月中旬にフリスキーに伝えた。「テリーザはレスターシャー州で狐狩りをしている。この〝賢人に対する言葉〟をできるだけ活かし給え」(56)。求愛者としては共に成功しなかったことで二人の友情は強まり、長続きした。イーヴリンが「いつであれわたしと妻に対して無礼な態度をとらなかったのは驚くほどだった。なぜかは、わからない。わたしは、いつも感謝している」と、ボールドウィンは晩年回想している(57)。

二月に、テイムの〈翼を広げた鷲《スプレッド・イーグル》〉に滞在して二つの短篇（多分「ベラ・フリース、パーティーを開く」と「クルーズ」）を書いていたイーヴリンは、またベイビーに宛て手紙を書き、自分は「今朝ときのう、また、実際にはロンドンを出て以来毎日、君のことを想い」、「自分が終始一貫、君にとって退屈な男だったことは残念だった」と言った。そして、自分は間もなく外国に行くつもりだと言い添えた。「これまでもできたことだが、しばらく独りになることで孤独を忘れる」ために。[58] 彼はわずか二週間しか外国にいなかった。その大部分は、スペインを中心に旅をして費やした。彼はスペインでいくつかのゴシック建築の教会を見に行った。そしてスペインから、当然のことながら、[59] ベイビーにまた手紙を書き、「電話をかける合間に時には僕のことを考えてくれ給え」と懇願した。彼が旅から戻ると、彼女はアイルランドの何人かの友達のところに泊まりに行った。もう一通の手紙が、彼女のあとを追った。「君は僕がいなくてとても淋しいに違いない」と彼は楽天的に書いた。「でも、元気を出し給え。離れていることは、まさに恋の肥やしなのさ[60]」。続けて彼は、その頃、ヴォードヴィル劇場で演じられた『卑しき体』の舞台版の初日について書いた。「誰もが腹を抱えて笑い、今朝の劇評はかなり好意的だ」。だが彼は、フリスキー・ボールドウィンに泣き言を言った。「可愛いミス・ユングマンが、アイルランドから僕に便りをくれたかって？ 梨の礫《つぶて》さ[61]」

彼は復活祭をストーニーハースト校で過ごした。それはカトリックの少年のためのパブリック・スクールで、そこで、彼のオックスフォード時代の旧友、クリストファー・ホリスが教えていた。イーヴリンは、カトリック教徒になった最初の数年、何度かそこを訪れた。今度は、時間の多くを小説の執筆に費やした。ニューヨークにいるジョン・ファラーは、それを早く渡してくれと、イーヴリンの著作権代理人をせっつき始めた。「そういう厄介なヤンキーどもに、今度の小説は**黒い悪戯**という題で、約三週間で用意できると伝えてくれ給え」とイーヴリンは、五月初旬にピーターズに書いた。「飛び切りいい[62]」

一九三一年の九月に書き始められ、大方は、マダーズフィールド・コートとチャグフォードに何度も滞在して書かれた『黒い悪戯』は、完成するのに八ヵ月かかった。最初の二つの小説の場合より、遥かに時間がかかった。それは一つには、マダーズフィールド・コートでの暮らしが、いかに気が散るものだったかを示していた。彼は、そこの昔の子供部屋に閉じ籠もるたびに嘆いた。「ああ、なんと君のリバティー・ホールで暮らしたいことか」と彼は一九三二年の春に、クートに宛てた手紙で書いた。「しかし、哀れなボー〔「ボーアズ」、イーヴリンのこと〕の問題は、彼が怠け者で、もし君たち可愛い女の子と一緒に家にいると、ただその辺に坐ってお喋りし、d・d［disgustingly drunk〔泥酔状態〕］になり、馬に乗り、至福の時を味わうが、彼は本を書くだろうか？　いや。で、書かなければならないのか？　誓って、書かねばならない[63]」。だが、彼は長いあいだマダーズフィールド・コートを離れているのは不可能なのを悟った。五月に、また戻ってきた——その際、姉妹とその客たちは、『黒い悪戯』のためのドローイングのモデルを務めた。そして、六月、八月、十月に戻ってきた。十一月と十二月にも何度か。

一九三二年五月二十一日、『黒い悪戯』に最終的に手を入れてから、イーヴリンは朝早くパリ行きの飛行機に乗った。パリから列車でローマに行き、レピシエ枢機卿に個人的に堅信式を施してもらうつもりだった[64]。その巡礼にふさわしくない道連れは、レイモンド・ド・トラフォードという、とりわけ不信心なカトリック教徒の友人で、イーヴリンの言う、「立派な無頼漢」だった。彼はランカシャー州の地主の息子で、イーヴリンは彼に、前年、ケニアで出会った。『黒い悪戯』のバジル・シールの性格のいくつかを提供したド・トラフォードは、のちに、ジェイムズ・フォックスの『白い悪戯』に、悪名高い「ハッピー・ヴァレー」集団〔一九二〇年代から四〇年代にかけて、ケニアのワンジョヒ渓谷に屯した、主に英国の貴族の快楽主義的集団〕の中でも最も放埓な人物として登場した。彼は、一九二七年、パリの北駅で愛人のアリス・ド・ジャンゼにピストルで撃たれたことで特に知られていて（それは殺人兼自殺未遂だった）、五年後の一九三二年二月に彼女と結婚し、その三ヵ月後に再び彼女のもとを去ったが、パリのカフェで別れ際に彼女の顔にカクテルを浴びせ、腹を抱えて笑った。(65)彼がイーヴリンと会ったのは、そのことがあった直後にイタリアに行く途中でだった。

ヒュー・リゴンが、あとでローマで二人と落ち合うことになって、イーヴリンは大いに安堵した。「ヒューがイタリアに来るので、僕は本当に嬉しい」と彼はクートに書いた。「なぜなら、君と僕と便所のあいだの秘密だが、レイモンド・ド・Tは少々手に負えない人物だからだ。大変素晴らしい奴だがひどい悪《わる》で、喧嘩をし、ファックし、賭博をし、年中泥酔する。しかし、ヒューと僕はおとなしくし、貞潔で、節約し、素面《しらふ》でいるだろう」。(66)しばらくのあいだイーヴリンは、レイモンドの気儘な行動のせいで、パリから動けなかった。「彼は、ベッドに行かずに夜会服でリッツにやってきた」とイーヴリンはベイビーに報告した。「彼はきのう、十時までずっと寝ていた――僕は、今朝四時に、〈ル・セルクル・オースマン〉で賭博をするために酔って出掛ける彼と別れた。もし、あした彼を動かすことができなければ、僕は一人で外出する」(67)

二人がやがてローマに着くと、ヒュー・リゴンだけではなくクートとメイミーの姉妹も一緒になった。誰もが父に会いに来たのだ。父は、公共広場を見下ろす、バーナーズ卿の贅沢なフラットを夏のあいだ借りていた。寝室は一つしかなかったにもかかわらず、全員が泊まった。その寝室は、普段はビーチャム卿が、オーストラリアで冬を過ごしているあいだに雇った美男の若い従者、ロバート・バイロンと使っていたものだった。「僕らみんながそこの一つの部屋にいたっていうのは凄いことじゃないかい?」とイーヴリンは何年もあとにメイミーに書いた。(68)

イーヴリンがビーチャム卿に会ったのは、その時が初めてだった。彼は、ビーチャム卿についてはいろいろ聞いていた。二人は一緒に観光に出掛けた。二人はすっかり意気投合し、美術と教会建築に対する互いの知識と関心を賞讃し合った。のちに、その夏の八月にヴェネツィアにいるメイミー・リゴンと一緒になる旅をした際、イーヴリンは、将来『ブライズヘッド再訪』で使うことになる一層の材料を、知らず知らず集めた。「時は、ある日には、小運河をゆっくりと進んで行くゴンドラと歩調を合わせ、船頭は、音楽的な鳥の鳴き声のような悲し気な声でほかのゴンドラに警告した。時は、別の日には、潟の陽に照らされた泡の流れの中を撥ねるように進んで行くモーターボートと歩調を合わせた……[69]」

その夏、ローマとヴェネツィアでイーヴリンは、女優で美人の誉れ高いレディー・ダイアナ・クーパーとも意気投合した。彼は、ヴェネツィアのある島で開かれた彼女の四十回目の誕生パーティーで、リチャード・サイクスとランドルフ・チャーチルが始めた、有名な殴り合いを目撃した。イーヴリンはそれで思いつき、自分だけの語彙に新しい語を加えた——「サイクスする」というのは「殴る」、あるいは「ぶち壊す」を意味した。イーヴリンは、その年の春ロンドンで、ヘイゼル・レイヴァリー（彼は時折彼女と情事を愉しんでいた）を介して初めてレディー・ダイアナに会った。そして間もなく、ダイアナ・ギネスの場合同様、彼女に惚れ込んでしまった。二人は、よく人喧嘩をしたにもかかわらず、友情は相当長く続いた。ダイアナは明るく、美しく、非常に威厳があったうえに、イーヴリンは彼女の利発さ、稀に見るウィット、冒険心、途轍もない自信を賞讃した——彼女は、彼のすべての傑出した女友達同様、決して人から脅《おど》かされて怯むことはなかった。一方ダイアナは、「『イーヴリンの』のウィット、感性、熱意、彼女に対する愛情に有頂天になった」が、彼のどす黒い怒りと気紛れな残酷さにがっかりもした。彼女は、彼の不謹慎な真似を注意することのできる数少ない女の一人だった。その年の秋、『奇跡』の再演の地方巡業で彼女がバーミンガムにいた時、イーヴリンもやってきた。その折、赤い顔をした一人の男が二人に近づいてきて、自分は鉄道駅の方にちゃんと向かっているのだろうかと息を切らしながら尋ねた。イーヴリンは、駅が反対の方角にあるのを十分に知りながら、その通りだと答えた。ダイアナは、彼のしたことに気づくと、彼が男のところまで走って行って間違いを正し、男の重いスーツケースを持ってやるまで、彼に口を利こうとしなかった[70]。

ダイアナが、そうした弁護の余地のないイーヴリンの悪さを許す気でいて、次の数ヵ月間、マンチェスター、グラスゴー、エディンバラの劇場を巡回した際に彼が足繁く彼女を訪れたのを歓迎したのは、いかに彼と一緒にいるのを愉しんだかの証拠だった。彼は、彼女と一緒に忠実に楽屋に坐り、劇が終わったあと、彼女を夕食に連れ出した。日中は、二人は地方の大邸宅を見て回った――チャッツワース、ハードウィック、ベルトン、彼女の二つの古い一族の家、ハドンとビーヴァー。

ダイアナの夫が浮気者で有名だったのを意識していたイーヴリンは、最初、情事という考えにまんざらでもなかった。だが、ダイアナは、そんなことはまったく望んでいなかった。イーヴリンが、彼女は情熱の女《グランド・アムール・ルーズ》だという考えを鼻で嗤ったのをのちに知った彼女は、言い返した。「一体、わたしがそうなのかそうじゃないのか、どうしてあの人にわかるの？　わたしが、あの人のくだらない、矮小な、ちっぽけな好色のおどけた態度《サンジュリー》に応じなかったからというだけで、あの人は、そんなに自信を持つ必要はないわ！[71]」もし、これが残酷なほど拒絶的な言葉に響くなら、彼女は、自分が彼に献身的だったという事実を、同じように雄弁に語ることができた。彼女はのちに、この頃のことを思い出し、自分は「イーヴリンを鋼鉄の輪で自分の心に縛り付けておきたかった」と言った[72]。彼女は、おそらくベイビー・ユングマンを念頭に置いて、こう彼に手紙を書いたのだろう。「あなたは、このベイビーほど忠実なベイビー[73]を持っていないのを、十二分にご存じでしょう。もし、そう信じないなら、あなたは大変な愚か者です」

『黒い悪戯』は十月の初めに出版され、「メアリーとドロシー・リゴンに愛を込めて」捧げられた。極端なほど悪趣味のブラック・コメディーであるこの作品は、オックスフォード大学で教育を受けた皇帝セスが、架空のアフリカの島、アザニアを現代化しようとする馬鹿げた試みを描いたものである。書評は、好意的なものと否定的なものとに分かれた。べた褒めの書評は『スペクテイター』のL・A・G・ストロングによるもので、彼は、この作品を「ブリリアントな本」、「途轍もなく愉快」、「驚くほどよく書けている」と評した。「ウォー氏以外、誰もその一頁たりとも書けなかったであろう」[74]。『リスナー』のエリック・リンクレイターも、同様に激賞した。「ウォー氏が、多種多様な素材を制御する手際は賞讃に値する。彼の語りは、軽快かつ絵画的で、カッティング——ハリウッドの用語を借りれば——は、名人芸である。『黒い悪戯』は実際、能力の包括的な成長を示している」[75]。しかし、ほかの者は、さして感心しなかった。その中に、『デイリー・エクスプレス』で書評したジェイムズ・アゲットがいた。彼は、その諷刺は「不器用」だと断じた。一方、『ブックマン』のジェフリー・ウェストは、「ウォー氏は、ロナルド・ファーバンクの気の抜けた馬鹿げた作品は愉快なものだという、幼い頃の錯覚からいまだに抜け出せないようである」[76]と不満を述べた。そうした批判的書評のいずれもイーヴリンは大して気にかけなかった。特に、『黒い悪戯』が、ブック・オヴ・ザ・マンス・クラブ〔アメリカ最大の会員制書籍通信販売組織。毎月五冊の新刊ハードカバーを選定〕の選定図書になったので。初刷りの一万五千部は発売前に売り切れ、十月初旬には、すでに三刷りが印刷されていた。

だが、恋の面では、イーヴリンの状況は依然として荒涼としていた。兄のアレックが、その月の後半に、ジョーン・チャーンサイドというオーストラリアの女相続人と結婚するということは、ベイビー・ユングマンとの関係が少しも進展しないということを際立たせるだけだった。また、いまや彼はカトリック教徒の離婚者なので、誰とも結婚できそうもないという事実もあった。兄の結婚式でイーヴリンは、「真っ赤に焼けた火掻き棒を手にした悪意に満ちた悪魔」のように振る舞う姿が皆に見られた。彼は周囲の者に聞こえるような大きな声で、自分はいまや魅力的なシュールレアリストの画家、アイリーン・エイガーに目をつけたと宣言した。彼女が、背が六フィートのハンガリー人のボーイフレンド、ジョーゼフ・バード（のちの夫）と一緒にいることを無視して。イーヴリンはその後、アレックとジョーンと一緒に週末を過ごしているあいだに、アイリーンと旧交を温めた。アイリーンは、その時どんな風に彼が自分を「誘惑し、喜ばせ、ついには、森を歩いている途中、茂みの中に押し倒そう」としたかについて、また、そのあと夜、彼女の寝室のドアの前で大胆に彼女の名を呼んだが、彼女は彼の額に、「ココナツのように冷たいが、すべてを大目に見ることを仄めかすような」貞潔なキスをして報いただけだったことについて記録している。彼女は、「落ち着いていて堅実な」以前からの恋人にすっかり満足していて、「自分の熱烈な関心——絵を描くこと——を追求する機会がなくなってしまうような情熱的で昂揚した情事に走る気持ちはまるでなかった[77]」。

　イーヴリンは、ベイビー・ユングマンやアイリーン・エイガーが好むタイプではなかったのは明らかだったが、それでも、愛嬌があり、魅力的で、怜悧で、途轍もなく愉快であるうえに、依然として小鬼めいた好男子だった。そして、彼を魅力的だと思った女たちがいたのは疑いなかった。一年か二年後、彼は、クレア・マッケンジー（舞台名はクレア・ブロックルバンク）という、二十代前半の既婚の女優と情事を愉しんだ。彼は彼女を連れてチャグフォードに滞在し、それから、どうやら棄てたらしい。「あれは無情極まるひどい仕打ちでした」と彼女は、あとで彼に書き送った。「わたしがあなたを必死に、どうしても必要としている時に、わたしから去るのは、どうしても必要だったのでしょうか？……わたしが倒れた時に、あなたがわたしを喜んで力一杯蹴飛ばすなどということは信じられません。昨夜、優しいたったひとことで、わたしはひどく挫けることから救われただろうと信じます……今朝、わたしの手はとても震えているので、鉛筆がしっかり持てないくらいですが、お医者さんが鎮静剤をくれました。それが効くかもしれません。そして、神様、あなたの短い手紙が今朝届いたので、それがまさに必要なのです。もう、ここには長くいられません。あなたがいなければ惨めなだけなので、ここにいる必要などないのです……あなたが、本当にこんな真似をしたとは、まだ信じられません……お願いですから、ひどくはしたない電報は無視して下さい、もし、それが届いたら。届かないことを望みます。わたしはとても気分が悪かったので一切の思慮分別を失い、ルールを破ってしまいました(78)」

彼は、二歳年上のジョイス・ギルを、もっとしっかりと虜にしてしまった。彼はオックスフォード時代に、当時ジョイス・フェイガンという名だった彼女に、アレックを介して初めて会った。そして、彼女を男装させてテレンス・グリーニッジということにして、男だけのパーティーに潜り込ませた。彼女は、彼の二十一歳の誕生日祝いにアンダーヒルのディナーに招《よ》ばれた唯一の客だった。イーヴリンが一九二八年にシーヴリンと結婚したあと借りたのは、キャノンベリー・スクエアにある彼女のフラットだった。シーヴリンとの結婚が破綻してからのある時点で、イーヴリンはジョイスと情事に耽るようになった。表面上は、ジョイスはアメリカ人の夫、ドナルド・ギルに貞淑だったが、結婚生活のあいだ一貫して、自分の性格のボヘミアン的で、浮気性で、衝動的で、冒険好きな面と闘っていて、家族を棄てて自分と一緒に探検旅行に行こうと、一九三〇年代にイーヴリンから誘われた時、苦しんだことをのちに認めた。一九三八年、イーヴリンが再婚し父親になろうとしていた時、ジョイスは彼に、二人の関係の濃さの多くを物語る手紙を書いた。

今、あなたに手紙を書かないでいるのは、あまりに難しいのです、イーヴリン。物事がうまくいっていないからです。また、三月十三日に近いからです。その日は、あなたが冗談交じりに、わたしが七十になるまで毎年二人で会おうと言った日だからです。そういう訳で、その日はわたしにとって、永遠に、永遠に一種の愛しい苦しみになると思います……わたしは今、あなた、もしくはドンにできるだけ迷惑をかけないように、最善と思う方法で、自分の暮らしを按配しています。あなたが結婚した時、プレップ・スクールに戻る子供たちを車で送るのに、あなたの家のごく近くを通らねばならないのに気づきました。そこで、誘惑から逃れるために、子供たちを家で暮らさせるように手配しました。そのため、ともかく状況はよくなりました……そして、その償いに、わたしは、あなたが提案し、わたしが愚かにも犯罪に近いと思ったことをするのです。わたしは、愛を営んでいる時に、ずっとあなたのことを考えるのです、愛という言葉とイーヴリンがほとんど同義語になるまで！　そして、毎晩闇の中で、毎朝灰色の光の中で目を覚ますと、あなたの顔と声と体と、あなたのすべてのものを、とても真剣に、熱烈に思い出すので、あなたは、わたしの傍らで、触《ふ》れることのできる存在になるのです。そして、そのあと、わたしは日中、あなたのことを忘れることができるのです（自分が独りでいる時以外）。それは一種の訓練で、家族に手足を縛られている場合、二年前の哀れな馬鹿のような振る舞いをしなくて済むようにしてくれます。少なくともそれが、今後もそうしてくれることを願っています。それもあと数年だけのことです。四十を過ぎれば、あなたに会いたいと思わなくなるでしょう。その時は、惨めな老いの絶望だけでしょう！　その時は、あなたの子供を産みたいという叶わぬ期待さえ、なくなるでしょう。そして、それこそが、このことの根幹にあるのです――一時ののぼせ上がりと、これを呼ぶことはできません、なぜなら、それはふさわしくない言葉だからです。なぜなら、わたしは、ダーリン、愛というのが、もっと正しい表現なのを知っているからです。そして毎晩わたしは、あなたの奥様は今、体の中にあなたの子供を宿していると自分に言い聞かせ、そのことと、あなたのことを、いつも考えるのです、そのことを聞いたり読んだりした時に、心構えが出来ているように。わたしは、あなたの結婚についても、同じことをしようとしました。でも、ダーリン、あなたがそれについて書いてくれたのは、親切極まることでした。そして、わたしが通常の「良識」（ああ！　なんという言葉でしょう）に従って、あなたにやたらに恋文を送らないように必死の努力をするのは、あなたがそういう人だからです――あなたがイーヴリンだからです。そして、もし、わたしが手紙を書くとすれば、ダーリン、それは「お願いの手紙」ではありません。ただ、あなたが、「気が済むのだったら手紙をくれ給え」と言ってくれたからに過ぎません。それは、あなたが再婚する前の話だったのを、わたしは知っています――ですから、毎日は手紙を書きません……もし毎晩手紙が書けて、「イーヴリン、あなたを愛しています」と言え、毎朝、イーヴリン、あなたに神の恩寵がありますようにと言えたなら、わたしは、ほぼ満足でしょう！　でも、なんという馬鹿な話！　もちろん、わたしは満足しないでしょう。あなたの目を思い出すだけで――それと、ロ――わたしの心は、ダイヤモンドに傷つけられた石のように痛みます……お休みなさい、お早う、こんにちは、永遠に、最愛の人。[79]

一九三二年の秋、イーヴリンにとって旅が、恋わずらいから気を逸らす最良の方法のように、またも見えた。そして、遥か遠くのさまざまな目的地について思いを巡らしたあと――モスクワ、ボルネオ、北京――最終的にアマゾンの密林に決めた。彼は九月の末にベイビーに『黒い悪戯』を一部、「君に、僕がまだ君のことを想っているのを示すためだけに」送った際、「もうすぐ、英領ギアナに行く」と、手短に書き添えた。[80]けれども、これから旅に出ると考えると、彼女に対する恋心は一層募《つの》ったように見える。十月に彼はチャグフォードから彼女に書いた。「僕が以前、君に不愉快な態度をとった時同様、君に愛想よく、優しくすれば、それはすべてまやかし」のように思える、「なぜなら、君と僕との自然な関係こそ愛であり、ほかの何事も偽りだからだ[81]」。

それからしばらくして、彼は南米に向かって出発する前に、ダイアナをグラスゴーに最後に訪ねた際、ベイビーに、また手紙を書いた。「君が恋しいが、そのことは、もう言わない[82]」。彼が旅立つ二日前に、アイヴァン・ダヴソン中佐というギアナ通と一緒にリッツで昼食をとった折、ベイビーも加わった。「彼と僕が地図をテーブルに広げ、ギアナのことを話しているあいだ、彼女は黙って坐っていた」とイーヴリンは日記に記した。

彼の最後の晩である、十二月一日、二人は一緒に〈クワグリーノズ〉で食事をした〈キャヴィア・オー・ブリニ、山鶉《やまうずら》の冷肉、マロー・オン・トースト〉。そして翌朝、スパニッシュ・プレイスのセント・ジェイムズ教会のミサに出席し、そのあと朝食をとった。その際彼女は、首に掛けるようにと、旅の守護聖人、聖クリストファーのメダルを彼に贈った――「金、カルティエ、非常に高価なものだ」と彼はダイアナに話した。「彼女のポケットマネーで買ってくれたんだ。深く感動した[83]」。二人は、ベイビーが母から借りた車で、ティルベリーの埠頭まで行った。「ひどく淋しく、寒く、別れ際に、やや気分が悪くなった」とイーヴリンは日記に書いた。「テリーザは、ロンドンでレディー・アスターと昼食をとるため車で去った。船は、二時半頃出港した。篠突く雨の中、黄昏に川を下った。鉛の心」

原注

＊1　二人の逢引の場所は、キャヴェンディッシュ・ホテルだった。その女経営者ローザ・ルーイスは、アラステアのおじのウィリー・ロウ（将来の国王エドワード七世の取り巻き）の厨房の下働きからのし上がった。したがってローザは、アラステアとその友人たちに総じて非常な好意を持っていた。だが、イーヴリンが『卑しき体』の中で彼女を、ロンドンのホテルのエキセントリックな女経営者ロティー・クランプとして書いたことにひどく腹を立て、彼を出入り禁止にした。

第14章 密林の方へ

ジョージタウンに向かう直前、イーヴリンはダイアナ・クーパーに、自分は「あのオランダ娘と教会に行き、数日、大変敬虔な日を過ごした」と書いた。[1] 彼が旅の途中でベィビーに送った手紙の中で回想しているように、二人は共に「宗教生活に入る」可能性について話し合いさえした。ただし、考えてみると、「まるでクラブに入るかのように」そのことについて話したのは、今になるとひどくおこがましいことに思えるが、と付け加えてはいるが。「今、僕は宣教師になるのが自分にふさわしいかどうか確かめるために密林に向かっている」と彼は書いた。「父のところにしょっちゅうやってきて、自分は小説家になりたい、時間に縛られず、長い休暇が楽しめる、自分の気性に合った、家でできる仕事なので、と言う連中にそっくりだ[2]」

彼は暗に言っているように、宣教師にぴったりの性格ではなかったかもしれないが、しかし、宣教師になるという目的をどの程度真剣に考えていたにせよ、のちに『九十二日間』に書いた、旅の目的の皮肉たっぷりの説明は（題名自体、刑期を想起させた）、彼がその旅を一種の贖罪と見ていたことを示唆している――たとえ、彼の中の芸術家が、その遠い野蛮な場所が、「文学形式に移し替えるに十分値する、生き生きとした経験」を生むことを望んだにせよ。

彼が英領ギアナ（現在は独立したガイアナ共和国）を選んだのは、地図で見ると、そこが「馬鹿げて遠い」ようにかねてから思えたという事実のゆえである。[3] しかし彼はその頃、ピーター・フレミングが『タイムズ』に書いた、探検家のフォーセット大佐を見つけようとした無謀な遠征の記事にも触発されたのかもしれない。フォーセットは七年前、失われた都市エルドラドを探しているあいだに、ブラジルの密林で消息を絶った。旅に出る二日前、イーヴリンは「密林に行くための装備について話す」目的でフレミングとお茶を飲んだ。[4] 翌日彼は、スーツケースと旅行鞄に荷を詰めた。「熱帯用スーツ、カメラ、本、膝までの長さの軍靴、開拓者用シャツと半ズボン」[5]

アビシニア旅行を含め、イーヴリンのそれまでの旅は、ヨーロッパ人の旅の連れやホテルから遥かに離れた所までのものではなかったが、英領ギアナへの旅はまったく違った類いのもので、エリック・ニュービーは、のちにそれを「より厳しいもの」と呼んだ。その旅は、「ヴィクトリア朝の探検家の旅に非常に似ていた。案内人は、よくても何をしでかすかわからない男たちで、相当程度の危険のある国を通って行くものだった」[6]。

イーヴリンは、ティルベリーで汽船、インゴーマ号に乗船した途端に不愉快な思いをすることになった。そののろい貨物船は「ハイクリアとは似ても似つかない」[7]と彼はメイミー・リゴンに宛てた手紙に書いた。「アイルランドの郵便船に似ていて、二等船客用甲板は片付けられ、二頭の入賞牡牛、一頭の競走馬、二匹のフォックスハウンド、数羽の鶏のために空けてあった」[8]。暖房装置は働いていず——真冬にはとりわけ不運な欠陥だった——船体は「新しいブーツのように」喧しく軋った。

最初の週、アゾレス諸島を大分過ぎるまで海は大荒れだった。しかし、ほかの三十人の船客のほとんどは「船酔いになっているか、ひどく不機嫌に黙り込んでいるか」だったが、船に強かったイーヴリンは、メイミー・リゴンに書き送ったように、「一廉《ひとかど》の名士」気取りで、太い葉巻をくゆらしながら船内を闊歩した。[9] それ以外は、自分用に確保した三人用船室に横になり、煙草を吸ったり、密林の地図を調べたり、本を読んだり――ギアナの歴史、ダーシーの『信仰の性質』と二冊のトマス主義の哲学書――して過ごした。

彼はベイビーのことをしきりに想い、二人が別れた際、「今にも泣きそうだった」と、彼女への手紙に書いた。「僕は君に別れのキスがどうしてもしたかったが、また逃げられる［危険を冒す］勇気はなかった」。[10] 翌日、また手紙を書いた。「君に貰った聖クリストファーは僕を慰めてくれ、まったく独りではないという気持ちにしてくれる。僕のことを時には考えてくれ給え」。[11] 数日後、彼女に書いた。「君は実にしばしば僕の脳裏に浮かんでくる――これまでにないほど近く、親しく」。そして、別の手紙にはこう書いた。「僕がいないあいだに、誰かと恋に落ちないでくれ給え。それはいいことだと前は思ったけれど、今は、自分がそれに耐えられないのを知っている……僕は、今思いつける何よりも、君の愛が欲しい、それが二人にあらゆる不幸をもたらそうと」[12]

船は二週間航行してからついにアンティグアに達し、二日後、バルバドスに着いた。トリニダードでイーヴリンは、当惑したことに、自分はベイビー・ユングマンのいとこだと明かした男に、方々案内してもらった。さらに具合が悪かったのは、アレックが『彩られた国々』で長々と侮辱したホテルの支配人に、宿泊するようにと招待されたことだった。何杯ものラム・スウィズルをしきりに勧められ、絹のパジャマと、「自分では選ぶ勇気のないほど派手な」ガウンを貸してもらった彼は、支配人のこうした態度は、「人の批判を謙虚に受け容れる模範的態度」だと公言した。[13] だが、個人的には、こう日記に記した。新しいベッド以外、「このホテルは、アレックが文句を言った、すべての欠陥を持っていた」[14]。「トリニダードの全体的印象は」、と彼は結論づけた。「二度と見たくない、というものだ」[15]

十二月二十二日に彼はギアナを初めて垣間見たが、やはり気分を昂揚させるものではなかった。「土砂降りの雨を通して見える霧のかかった椰子の木々と、いくつかの工場の煙突……佗しい吹き曝しの波止場。倉庫の波型鉄板の屋根」。明るい面は、ベイビーから一通の電報が届いていたことと、地元の新聞のインタヴューを受けたことだった。見出しは、こうだった。「ハンサムで恰好のよい小説家」[16]。それにもかかわらず、彼はこう記した。「ジョージタウンの全体的印象は、どんなに早く離れても構わない、というものだ[17]」

内陸への冒険の計画を立てているあいだ、そこに十日間留《とど》まらざるを得なかった彼は、クリスマスの期間、総督のサー・エドワード・デナムと、その妻の世話になった。三人はクリスマス・イヴに総督邸で昼食をとり、キリスト降誕日には、またそこで食事をした。「デナム夫妻が、子供のいない役人たちに囲まれて家庭的雰囲気を出そうと魅力的な試みをした、かなり惨めな晩だった……黒人の法務長官と白人の大執事のあいだに坐った[18]」――そして心付けの日《ボクシング・デー》の翌日、デナム夫妻の快適な蒸気ヨットで、彼は大きなエセキボ川を遡る三日にわたる旅を始めた。

ついに、独りで探検に乗り出す準備は万端整い、大晦日に彼はベイビーに手紙を書いた。「何か変事が起こらなければ、しばらく君には手紙を出さない。内陸への旅に出るところで、そこには郵便局はないからだ。どこに行くのか、まだよくわからない[19]」

案内人は、ヘインズ氏(『九十二日間』ではベイン氏)という窶《やつ》れた変わり者で、ループヌーニ地区の地方行政官だった。「半分黒くて半分以上狂っている[20]」とイーヴリンがダイアナ・クーパーに書いたように、ヘインズは間もなく、水中を泳ぐという自分の馬の話や、茂みの中で道に迷った時、どんな風に鸚鵡が自分の先を飛んで偵察して助けてくれたかという話をして、イーヴリンを楽しませた。

一九三三年一月三日、二人は普通列車で沿岸を下り、ニュー・アムステルダムに行った。翌日、外輪船で、「左右の土手に熱帯植物が壁のように密生している」ベルビス川をタカマまで遡った。二人は、そこから馬で南のクーループカリまで旅を続け（「わたしはクーループカリがどこにあるのかまったく知らなかったが、地名はほかのどこにも劣らぬくらいよさそうだった[21]」）、六日で九十マイル進んだ。ヘインズ氏は、自分の驚くほどの正直さ、勇気、有能さ、寛大さ、馬術の腕前、肉体的能力、性的魅力といったことについて絶え間なく話した。彼は地元の動物相《ファウナ》についても、言うべきことがたくさんあった。『九十二日間』の中でイーヴリンは、案内人の「肥えた耳」の選りすぐりの例をいくつか記録している。

「お聴きなさいよ」と、ある日ベイン氏は言った。「あれが一番面白い。あれは、わたしたちが『六時の甲虫』と呼ぶものですよ、なぜなら、奴は六時きっかりにいつも、ああいう音を出すんで」

「でも、今は四時十五分過ぎですよ」

「ええ、それがなんとも面白い[22]」

「今週、馬に乗っているあいだ中」とイーヴリンは日記に書いた。「ヘインズ氏は一度も話をやめなかった。夜以外。夜には、彼の喘息と吐き気のおかげで眠れなかった[23]」。二人がクーループカリ——小さな丘の樹木を切り払った空き地に、一軒の木造の家がある——に着く頃には、彼は連れにうんざりし、連れを後《あと》に残し、クリスティーという名前の男が所有する大農場《ランチ》に向かった。馬でさらに五日の旅だった。

「耐え難い暑さの中を馬で」灌木とサバンナを抜けて、一月二十日の午後、雇った二人の運搬人と一人の料理人より数時間早く、ついに目的地に着いたイーヴリンは、クリスティー氏が「ハンモックに横になり、白い琺瑯引きのティーポットの注ぎ口から水を啜っている」のを見た。クリスティーは「長くて白い口髭を生やし、白いもじゃもじゃの髪をしていた。顔は、植民地のほとんどの人間の顔と同じように、陽に焼け、熱病で漂白されたような顔だったが、骨格は明らかにニグロのものだった」。イーヴリンが挨拶し、どこで馬に水が飲ませられるかと訊くと、クリスティーは夢見るように微笑し、彼が来るのを予期していたと言った。

「わたしはいつでも、どんな訪問客の性格も、わたしが彼らについて持っているヴィジョンでわかるんですよ。時々、豚やジャッカルを見ることがある。貪欲な虎は、よく見る」

わたしは訊かずにはいられなかった。「で、わたしの場合は何を見ましたか?」

「美しい音色のハーモニウム」とクリスティー氏は慇懃に言った。[24]

その夜、二人はラム酒を大いに飲み、クリスティーの説教と、彼がマクシ語に翻訳した聖書のことを話した。クリスティーは、あるヴィジョンで「神の愛」を見たことを思い出した。「それは球形で、サッカーのボールより、ほんの少し大きい、と彼は言った」とイーヴリンは回想している。[25]のちにある伝道雑誌で、前にクリスティーのランチを訪ねた司祭の話を読むまで、イーヴリンはクリスティーに会ったのは夢ではなかったのかと訝《いぶか》った。その司祭は、改宗者たちに配るために持ち歩いていた聖母のメダルの一つを招待主に差し出した。クリスティーは、しばらくそれを眺めてから返した。「わたしが頻繁に見る者の像が、なんで必要なんです?」と彼は言った。「おまけに、全然似ていない[26]」

翌朝、イーヴリンは六時四十五分に再び出発し、十一時までには、ブラジル国境にある次のランチに到着した。そこで彼は、「目玉焼き、ハーブと一緒に揚げた微塵切りのタッソ、バナナ」を貪るように食べ、「旨いブラジル産コーヒー」を飲んだ[27]。さらに数時間行った先のランチで、彼は、まずボン・サクセスまで、有蓋トラックの助手席に、ありがたく乗せてもらった。おかげで、馬で旅をする時間の三分の一の時間しかかからなかった。ただ、馬の場合よりあまり快適ではなかったが。ボン・サクセスで一行は一時間ほど眠ってから、有蓋トラックでタクツ川に沿ってセント・イグナティウスのイエズス会の伝道施設まで行った。それは「どこの辺境の植民地の伝道施設にも劣らぬくらい淋しい所[28]」だった。彼はそこで、メイザー神父の客として、非常に感動的な十日間を過ごした。メイザー神父は「植民地のすべての招待主の中で最も親切で、最も寛大な」人物で、大工仕事の腕前は、神父が職人、「自分だけがする資格のある仕事を持った男」だというイーヴリンの考えを強めた。

イーヴリンはやがて二月一日に再び移動し、三日後、ボア・ヴィスタに到着した。町の名前（ポルトガル語で「美しい眺め」）と、誤解を招くようなその町についてのヘインズの説明のせいで、目の前に現われた、むさ苦しい建物のごたごたした寄せ集めより、かなりましな町を想像していた。だが、「木陰のあるブールヴァール、花と葉巻と絵入り新聞を売るキオスク、テラスのあるホテル、カフェ、十七世紀の宣教師たちの建てたバロック風教会……」があるだろうという幻想は、一瞬のうちに消し飛んだ[29]。もっと驚いたのは、そことマナウスのあいだを常に往復していると思われた高速大型モーターボートについて、誰も何も知らないらしいことだった。イーヴリンは、それを使って、アマゾン川経由で文明に戻ることができるのを望んでいた。彼が泊まれるようにとメイザー神父が手配してくれたベネディクト会の伝道施設で、修道士は、いつ次のボートが出るのかを予測するのは不可能だと言った。[30] 何日も待っているあいだ彼は、町をこれといった目的もなくぶらぶら歩く以外することがほとんどないのに気づき、無線局を足繁く訪ね、ボートに関する情報は何かないかと訊いた。「ボア・ヴィスタの退屈さ加減は言語道断だ」と彼は、ボア・ヴィスタに一週間釘付けになったあと、ダイアナ・クーパーに書いた。「僕は気が狂いそうだ。ここの誰も、英語をひとことも喋らない。ベネディクト会の司祭（スイス人）はフランス語の文章をいくらか知っているが、この四日間、熱病で臥せっている。ここには、蟻に喰われたブセットの説教集一冊と、子供向けのドイツの信仰奨励の定期刊行物のバックナンバーが数冊あるだけだ。酔っ払うこともできない、というのも、村の唯一のアルコール飲料は、ごく弱い、生温《ぬる》いビールで、僕はそいつを、パジャマ・スーツを着てカンカン帽をかぶったブラジル人にじろじろ見られながら、大群の蝿のいる店のテーブルの前に坐って飲むことができる。もちろん借りられる車もボートもなく、あったとしても行くところがない。村の外には道路は一本もない――一方の側に灌木があり、もう一方の側に大草原《パンパス》があり、その向こうには砂洲だらけの浅い川がある。ホテルもカフェもなんにもない。誰もが日中ほとんど眠っている……こういう類いの旅は、一人では二度と再びしないだろう。僕はホームシックに罹っていて、マナウスに着き次第、真っすぐに帰るつもりだ[31]」

イーヴリンの場合、非常によくあることなのだが、倦怠感は、迸《ほとばし》る創作意欲にやがて変わった。五日後、彼は著作権代理人に、彼が言うところの「第一級の短篇小説」を送った。それは九分九厘、「ディケンズ好きの男」である。その短篇は、見事なぞっとする話で、今では彼の最高傑作と見なされている小説『一握の塵』の最後から二番目の章にのちに使われた。イーヴリンの日記によると、この短篇は二月の十二日から十四日にかけてのたった二日間に書かれた。クリスティーと別れて以来、想像力の中でそれを温めていたのは明らかである。クリスティー氏は、その短篇では、邪悪な入植者マクマスター氏（『一握の塵』ではトッド氏）で、不運なポール・ヘンティー（トニー・ラースト）を、外界から隔絶した自分のランチの虜囚にし、来る日も来る日も、一生、ディケンズを朗読させる。

「ディケンズ好きの男」は、ボア・ヴィスタに釘付けになっているというイーヴリンの気持ちと、かつて父がアンダーヒルの書斎に坐り、ディケンズを朗読するのを否応なしに聞かされた時の記憶が一緒になって生まれたのである――メイザー神父がセント・イグナティウスに仕舞ってあったディケンズの小説を見て、その記憶が蘇ったのは疑いない。ちなみに、マクマスターは、アーサー・ウォーの親友の一人の名前だった。

ヘンティーは、自分を裏切った妻を取り戻す目的で探検旅行をしているあいだに、偶然マクマスター氏のランチに辿り着く。ついに三人のイギリス人が救出に来ると、ヘンティーは、マクマスターに強烈な酒のようなものを飲まされ、三人に会う機会を失う。マクマスターは、彼が目を覚ますと静かに言う。

「……あんたが自分で挨拶できなかったんで、ちょっとした記念品をやったよ、あんたの腕時計――あんたは気にしないと思ったのさ。三人は、あんたの消息に莫大な懸賞金をかけているあんたの妻に、持って帰るものを欲しがった。とても喜んでたよ。それから、あんたが来たことを記念して立てた、あの小さな十字架の写真を何枚か撮った。それにも喜んでたよ。三人は、ひどく簡単に喜ぶ連中だった。しかし、またここを訪れるとは思わないね、ここのわたしらの暮らしは、とてもひっそりしたものだからね……朗読以外、なんの愉しみもない……もう二度と客人は来ないと思うね……さて、さて、あんたの気分を良くする薬をあげようかな。頭が痛むんだね……今日は、ディケンズはやめにしよう……しかし、あした、あさって、しあさって。『リトル・ドリット』を、また読もうじゃないか。あの本には、泣きたい気持ちにならずには聞けないところがある」

ヘンティーとは違い、イーヴリンはボア・ヴィスタに二週間いたあと、ついになんとか逃げ出した。約束されていた商用ボートが来なかったので、馬ではあったが。そして、マナウスに行くという考えを捨て、ジョージタウンに戻ることにした。二日目に、案内人の先を行くと、道に迷ってしまった。そして、彼も馬も、それ以上行けなくなってしまった。まさにその時、なんとも運がよいことに、英語を話すインディアンの小屋に行き当たった。その幸運の確率は、イーヴリンによると、五千四百万分の一だった。そのインディアンも、たまたまボン・サクセスに行くところだった。そういう訳で、二日のうちにイーヴリンは無事にセント・イグナティウスのメイザー神父のところに戻った。そこから聖灰水曜日にベイビーに手紙を書き、自分は「聖クリストファーの奇跡的な助けにより救われた」(32)と言い、彼の帰りを、「僕の態度と美しさとウィットと性格の高貴さゆえに」待ち望むように命じた。

だが彼は、それから六週間経っても、ジョージタウンに到着しなかった。パカライマ山脈からポタロ川に至り、それからエセキボ川に下る「まったくなよなよしていない」(33)ルートを軽率にも選んでしまったからである。「ラマ〔南米産ラクダ科の動物〕のための小径がないので、人は終始歩かねばならない」と彼はベイビーに書いた。「そして、前方に手斧を持ったインディアンの一行がいて小径を切り拓いて行くので、ごくゆっくりとしか進めない」(34)。それは、予想したより、もっと厳しい旅だった。篠突く雨が降り、カブーラ蝿〔南米のブユの一種〕に悩まされ、踵から、しょっちゅう恙虫《つつがむし》をほじくり出さねばならなかった。ついにジョージタウンに戻ると、ベイビーから二通の「喜ばしい」手紙が来ていたので、ほっとし、「ウィンシー［彼女の犬］のために小さな死んだ鰐」を手に入れたと返事をした。[35] 彼は一ヵ月後にロンドンに着き、すぐさまバースのホテルに行った。「ああした小屋や森にいたあとなので、しばらくのあいだ立派な建築に囲まれているために」、また、溜まっている郵便物の整理をするために、とベイビーに説明した。[36]

イーヴリンは、ループヌーニの牛の通り道について『デイリー・メール』に書いたエッセイが、「メイフェアからの我が逃走」と改題されているのを見て、ちょっと嫌な気がした。（「人の顔がまともに見られるまで、あと二年くらいかかるだろう」とベイビーに言った）。だが、もっと腹立たしかったのは、自分がいないあいだに、英国最古のカトリック系の週刊新聞『タブレット』の道学者的編集長アーネスト・オールドメドーが『黒い悪戯』の書評で、彼を瀆神と猥褻の廉で非難したことである。「『タブレット』は、僕はカトリック教徒ではないと言っている」とイーヴリンはベイビーに書いた。「だがしかし、僕は［帰国の途中、聖金曜日に］トリニダードで、聖体拝領のパンの前を二マイル、松明を掲げて歩いたのだ。そして、白人は僕だけだった」[37]。嬉しいことに、十二人の著名なカトリック教徒がすでにイーヴリン擁護に立ち上がっていて、彼の留守中に、「ウォー氏に対する尊敬の念」を表する手紙を書き、同紙の「背信行為」に抗議した。イーヴリン自身もいまや、同紙の所有者、グレートブリテン・カトリック首座司教、ボーン枢機卿に四千語の痛烈な「公開書簡」を書いた。賢明にもベイビーは、それを公表するのを思いとどまらせた（「枢機卿についての小冊子に関し、君の助言を受け容れた、というか、君の意向に従ったと言わなかっただろうか？」）。[38] しかし彼はそれにもかかわらず、小冊子を友人たちに配った。

イーヴリンはバースからマダーズフィールド・コートに行った。そこで彼は、ある「寝苦しい夜」、ベイビーが、北ウェールズ出身の美男子で両性愛者のサー・マイケル・ダフとの婚約を発表するところだと思い込み、「彼が僕らの抱えている問題の解決になると確信するまで」、おめでとうと言うのを延ばす、という手紙を書いた。[39] 翌朝、それが事実ではないのに気づいたが、彼女を面白がらせるかもしれないと思い、その手紙を送った。四ヵ月彼女から離れていたことは、彼の一途の恋心を一層強めただけのようで、彼は、躊躇《ためら》うことなく、そう言った。「僕は四六時中、君のことを考えている」と、七月に彼女に宛てて書いた。「君は、僕が恋に落ちた最初の女性だと思う……心から愛している」[40]。彼は『九十二日間』を書き始めるために、クーパー家のボグナーにある海沿いの家を借りた際（それを驚くべき速さで、一《ひと》月も経たぬうちに書き上げた）、ダイアナに言った。「問題は、オランダ娘のことを日がな一日考えている、ということだ——甘美な淫夢ではなく。いやはや、ただ苛立たしく、仕事をサイクスする」[41]。同日ベイビーに、君への手紙をどう書き出したらよいのかわからず、便箋を三枚無駄にしてしまった、と言った——「僕は、優しいテス、と書いたが、それは馬鹿げて見えた、そして、親愛なる心《ハート》、は一層馬鹿げて見えた。愛らしいテリーザ、その方がよかった……」

二日後彼は、ノーフォークにあるモンタギュー家のブレックルズ・ホールに滞在しているあいだに、再び手紙を書いた。「君以外のことは、あまり考えない——君の美しさ、それは非常に脆く、触れることができず、真水と早朝と夜明けの静寂《しじま》と、僕がこの前の冬、旅で下った川の日の出に似た、黄金と深い穏やかな緑に染まった霧だ——そして、君の複雑な性格、すべてが謎で、人に挫折感を与え、中心に無限の秘密と無限に貴重な何かがある迷路……君ほど理解できず、君ほど望ましい者はいない……愛するテス、君の美しさはベールのように僕を包んでいるので、君から離れているどの瞬間も、漠然とし、半分しか現実ではないように思える[42]」

ベイビーがいかにイーヴリンを好いていようと、彼女が彼の気持ちに十分に応えられないということが、依然として摩擦を起こした。「あなたがわたしと関係を持ちたいと思うことなしにわたしを見ることができない、というのは信じ難いのです」と彼女は彼に書いた。「でも、もしそういうことなら、それについて恨みがましく思わず、わたしたちがお互いに完全には理解し合っていず、お互いに大変好き合ってはいないかのように振る舞わないよう、心からお願いします、本当に、何はともあれ、どうか、わたしの言うことを理解しようとし、そんなに不親切なことは言わないようにして下さい——あなたはとてもたくさんお友達がいるので、わたしと喧嘩をする余裕があるのかもしれませんが、わたしほどあなたを好いている者が多くいるはずはありません。そういう訳で、お願いですからイーヴリン、寛《ひろ》い心を持ち、わたしを恨まないで下さい——もしあなたが邪悪な意図を持つことにそれほど固執しなければ、わたしたちはまったくこれまで通り、お互いに会うことができるでしょう[43]」

「あなたがわたしに腹を立てているなら、それはわたしのせいに違いないと思います」と彼女は続けた。「わたしが悲しい思いをしていたあの何週間か、わたしはあなたをあまりに利用したと、あなたはおそらく感じていることでしょう——もしそうなら許して下さい——それは、あなたが同情的だと感じ、あなたをすっかり信頼していたからに過ぎません——ただ、あなたがカトリック教徒だったからではないのです、なぜなら、結局のところ、司祭になる素質があり、わたしに助言できる人は大勢いるでしょうから！[44]」

この場合、ベイビーの不幸は、ある種の宗教的危機から生まれたようで、イーヴリンは、君が修道女になるのは本当かと、最近、レディー・ジュリエット・ダフに訊かれたと彼女に言った。「いいや、と僕は言った、それ以上に考えられないことはない、ただ、愛していない誰かと彼女が結婚するということ以外[45]」。彼は、その頃にはマダーズフィールド・コートに泊まっていて、「僕が恋に落ちた時に駄目になった仕事」ができることを願っていた。[46] 彼のほかにそこにいたのは、メイミー、クート、ヒューだけだった。ヒューは「ひどく面目を失っている」と、イーヴリンはベイビーに話した。「週末ずっとほろ酔いで、召使をサイクスし、C・ブロクルハースト［サセックス州の地主で、もう一人のベイビーの崇拝者――何年ものちに、彼女に金を遺贈することを遺言書に記した］を殺害しようとした」。イーヴリンは、かつてレディー・シベルがいた「悪趣味の品物で一杯の」部屋で、「東洋的汚さ」の中で寝ていた。そして例によって、子供部屋を書斎代わりに使っていた。「いつも、どこでも、君に僕の愛を」と彼はベイビーに書いた。[47]

ベイビー自身、休みに母と姉のジータと一緒にイタリアに発とうとしていたので、イーヴリンは彼女に勧められるままに、マーティン・ダーシー神父が主催した、カトリックの仲間のグループと一緒の、彼の想像では「悪夢的」なギリシャへのクルーズ旅行に参加することにした。「こう話すと、君は僕が気が狂ったと思うだろう」と彼はナンシー・ミットフォードに書いた、「そうして、君はまったく正しいだろう」。[48] しかし、ベイビーが間もなく出発することで、彼はまたしても恋の悩みに苦しんだ。それはおそらく、人を混乱させる彼女の曖昧な態度で、一層ひどくなったであろう。

> 愛しいイーヴリン、
>
> どうかわたしに腹を立てないで下さい、そして、いつも話の途中で電話を切らないで下さい――わたしがあなたをどんなに好いているかということ、そして、わたしは惨めな気持ちの時、最初に会いたかったのはあなただったということを、あなたは知っています――だから、どうか、そのことを疑わないで下さいね？　でも、あなたがわたしと恋に落ちるかもしれないとか、自分の意図は邪悪なものだとかあなたが言う時、あなたはわたしがどうすることを期待している

のでしょう！　そう、わたしはその状況をあまりに愉しんでいるので、無意識にそれを煽ってしまうのです――そして、悪い振る舞いはすまいとできるだけ努めているので、年中あなたに会い続けるのは、わたしとしては、あまり首尾一貫していないのではないでしょうか！　そして、それとはまったく別の話ですが、できるだけ人を唆《けしか》けておきながら、タクシーの中で取り澄ますという自分の狭量さに、不意に非常な嫌悪感を覚えました――説明の仕方がとても下手ですが、わかってくれるのを知っています――わたしの人生で、今度こそ、自分がただ人をうんざりさせ、厄介な事態を作り出して愉しんでいるのではないのです――少なくとも、わたしはそうしているとは思いません！　わたしは本当にあなたが好きで、生涯、あなたの友達でありたいと思っています――そして、わたしが本気でこういうことを言っているのがあなたにわかってもらえるよう、あなたのために何かとても大きなことがしたいと思っています――そしてもし、あなたが今後惨めな気持ちになり、誰かに同情してもらいたいと思う時があれば、わたしは自分が、あなたがわたしに優しかったように、あなたに優しくできることを願うのみです――わたしに優しくしてくれたことに、百万回、お礼を言います、愛しいイーヴリン――あなたは天使でした――そしてどうか、わたしが堅苦しかったことを許して下さい、笑わないで下さい。でもわたしは、わかってくれるのを知っています、なぜなら、あなたはいつもわかってくれましたから――もしあなたが結婚していなかったら、事情は違っていたかもしれません。なぜなら、わたしはあなたと結婚したいと思ったかもしれないし、思わなかったかもしれないから。でも、確信はなかったでしょう――今の状況では、自分がどうするかについてすっかり決心している時に、このまま続けるほど、わたしは不正直ではいられません[49]――おやおや――わたしは己惚れたことを言っているので、トロイのヘレンかもしれません！

イーヴリンはクルーズ旅行に出発するまでの数週間ボグナーに滞在していたが、「カトリックの連中のクルーズ参加者のために、もっと見た目をよくしようと」縄跳びを始めたと、ベイビーに話した。[50] クルーズ旅行の参加者の中に「昔の恋人へイゼル」「レイヴァリー」がいるはずだったが、彼女は船に乗り損なった。イーヴリンは、ほっとした。彼はギアナから帰ってきて以来、彼女をできるだけ避けていたからである。

その間イーヴリンは、思いの丈をベイビーに吐露した。「僕は君を愛している、それだけの話だ。そして僕は君を少し知っているので、君が非情なことと善いことの両方をするのは難しいと思っているのがわかる。あまり大したことのない人間なら、簡単にそうできるが。君は、ほとんどあらゆる美点を持っている――寛容、自制、忍耐、家族愛、分別、寡黙、純潔――それはすべて、僕には得られないものだ。しかし君は怠惰で、冷淡で、優柔不断でもある。僕は、君を芯から恋するようになるずっと前から、そのことをすべて知っていた」[51]

イーヴリンがクルーズ旅行に参加しようとした動機は、ベイビーがイタリアに行っているあいだ忙しくしていたいと思ったことだけではなく、旧友のアルフレッド・ダガンを酒から引き離して、彼が棄てたカトリック信仰になんとか戻そうとしたことでもあった。イーヴリンは、その使命をその後何年も辛抱強く果たそうとし、やがて成功した。しかし、その船旅では、アルフレッドはほとんどいつも飲んだくれていて、イーヴリンがダイアナに話したように、「彼はビールからユーゴスラヴィアのブランデーに替えたせいで、航海の最後の何日か、ひどく衰弱していた」[52]。

イーヴリンが汽船、王妃マリア《クラリッツア》号の船内で早速成功を収めたのは、将来、彼にとって非常に重要な存在になる二つの家族と友人になったことだった。アスキス一家とハーバート一家である。彼は、最初の妻のいとこであるハーバート家の二十一歳の娘ゲイブリエル・ハーバートに非常に好い印象を与え、クルーズ旅行のあと、ポルトフィーノにある一家の家に泊まりに来るよう誘われた。彼はその間の週に、キャサリン・アスキスとその息子に、ラヴェンナとボローニャを自分と一緒に数日観光するように勧めた。

当時四十八歳だったキャサリンは、H・H・アスキスの才気煥発の息子レイモンドの寡婦だった。レイモンドは一九一六年、ソンムで戦死した。翌年、彼女の兄のエドワードも戦死したので、彼女はサマセット州にある一家のメルズの所有地と、その美しい十六世紀の領主館を受け継いだ。その領主館は、グラストンベリー修道院が解体されたのち、彼女の実家のホナー家の先祖の一人によって建てられた。彼女は寡婦になってからカトリックに改宗し、ある面でかなり敬虔で高潔だったが、それでも、イーヴリンを「途方もなく面白く、船内のゴシップの大の蒐集家」だと思った。[53]彼女の十七歳の息子ジュリアン（「トリム」）も、そう思った。ジュリアンは一九二八年に祖父の跡を継いで、第二代オックスフォード＝アスキス伯爵になった。イーヴリンは彼を、「勤勉で、敬虔で、礼儀正しい」と思った。[54]そして、キャサリンの「牝鹿にそっくりの優しい」二十五歳の娘、レディー・ヘレンは教師だと思った。[55]

クルーズ旅行は、イーヴリンが恐れていたのとは違い非常に楽しく、彼はベイビーに、「僕を参加させてくれて嬉しい」ということを認めた。船には、彼のさまざまな古い、あるいは新しい友人がいただけではなく、「高位の人々で一杯だ」と彼はリゴン姉妹に話した。「王族の血を引く二人のプリンセス」がいた。「あまり女遊びができない」ことも、食事が「ひどい」ことも、さして気にならなかったらしい。事実、彼の楽しみに水を差した唯一のものは、ベイビーがイタリア旅行を予定より早く切り上げ、ロンドンに帰ったという知らせだった。「もし君がそんなに早く帰るのを知っていれば、僕は今、マルマラ海にはいないだろう」と彼は九月一日に彼女に書いた。「もし君がもっと進取の気性に富んだ娘だったら、君はアテネでこのクルーズ旅行に参加しただろう」(56)

船はやがて九月十二日にヴェネツィアに戻り、イーヴリンはアスキス一家と数日観光をしたあと、ポルトフィーノと「アルタキャーラ」に向かった。「アルタキャーラ」というのは、ハーバート家がハイクリアをイタリア語に訳して名付けたものである。『名誉の剣』の中のガイ・クラウチバックの「カステッロ・クラウチバック〔本来は「ヴィラ・ハーマイオニ」〕」のように、地元の人間は、いつもそれを「ヴィラ・カナーヴォン」と呼んでいたが。ゲイブリエルの母のメアリー・ハーバート（イーヴリンによると「きわめて上品な女主催者《ホステス》」）が取り仕切って開かれたハウス・パーティーには、メアリーのカトリックの友人のヒレア・ベロック、彼女の子供たちのさまざまな若い友人たち、ハーバート家の一男三女がいた。そのうちの下から二番目のローラは当時十七歳で、やがてイーヴリンの二番目の妻になるのだが、最初の出会いの際、ほんのわずかでも彼の胸がときめいたという証拠はない。それどころか、彼は彼女にほとんど注目しなかったようである。アスキス家宛の手紙に、彼女を「白鼠」と書いているだけである。

イーヴリンは、もちろん依然としてベイビー・ユングマンの虜になっていたが、いずれにせよ離婚者なので、カトリック教会の規則の範囲内では、誰とであれ結婚できる見込みはないようだった。王妃《クラリッツア》マリア号でのクルーズ旅行で一緒だった彼の友人の一人、クリストファー・ホリスは、イーヴリンが時事問題にさして関心がないようなのに、毎日非常な苦労をしてイギリスの新聞を買っているのに気づいた。「そう」と、なぜそうしているのかと訊かれると、イーヴリンは答えた。「何かいいニュースがあるかどうか知りたいのさ――例えば、ヘイゲイト夫人が死んだとか」(57)。改宗してからしばらくのあいだイーヴリンは、シーヴリンが死ななければ、教会が彼に再婚を許さないのは当然だと、実際見なしていた。だが、この頃には、自分の結婚を無効にしてもらうよう教会に申請する可能性について、カトリックの友人たちと探り始めていた。イーヴリンが七月にシーヴリンと昼食を共にしたのは、おそらくそのことについて話し合うためだろう——彼は、そのことについてベイビー宛の手紙の一通で、それとなく触れている。(「僕は妻に手紙を書いた。彼女は、来週、僕と昼食をとると言った。僕は髪を長く伸ばした。十二本白髪があると彼女は言った(58)」。)その頃までには、シーヴリンとジョン・ヘイゲイトの結婚は破綻し始めていて、彼女は、イーヴリンに関する限り、自分にできる償いをしようと本気で思っていた。「わたしは、すべては自分が悪いのだと感じた」と彼女はのちに書いた。「自分に罪がないふりをするのは偽りだった……当然わたしは、彼が結婚無効宣言をしてもらうのを願った(59)」

十月にイーヴリンは、クート・リゴンに書いた。「僕は水曜に、宗教裁判で拷問にかけられるために哀れな妻をロンドンに連れて行く(60)」。その前に二人のイーヴリンは、また一緒に昼食をとったが、その間イーヴリンは「愛想がよかった」とシーヴリンは回想している。「わたしに、正確にどう言うべきか、どの神父に気をつけるべきか、誰が彼の味方なのかを教えてくれた。彼は、また結婚したがっていて、相手の少女が待ってくれないのではないかと恐れていた(61)」

聴聞自体はウェストミンスター大聖堂に接する、広い陰気な部屋で行われた。シーヴリンの回想では、「一見果てしのないテーブルについている一群の神父」と、四人の追加証人がいた——アレック・ウォー、パンジー・ラム、シーヴリンの姉アラシア、その夫のジェフリー・フライ。イーヴリンは、第一に、自分と妻はどちらかの意思で結婚は解消できる、第二に、子供は当分作らないということを互いに理解したうえで結婚生活に入ったと申し立て、「真の同意の欠如」を理由に結婚無効を求めた。

　第二の論拠は、結局、必要な証拠の水準に達しないという理由で却下されたが、第一の論拠は、二人のイーヴリンが、自分たちは結婚当時は名目上英国国教会の信徒（せいぜい）だったと述べ、教会での自分たちの結婚式は「慣例の形式」で、式での言葉は何も意味しなかったと証言した結果、認められた[62]。イーヴリンの申し立てを支持しようと、パンジー・ラムは、こういうことさえ思い出して言った。「二人は、わたしのいるところで、もし結婚が幸せでなかったら、自分たちはそれに縛られないだろうということに同意しました。そしてミス・イーヴリンは、もし結婚がうまくいかなかったら、そのまま結婚しているつもりはないと、わたしに言いました。その取り決めは書面での契約ではなく、双方の合意によるもので、二人は、離婚を、起こりうる不幸の最終的解決だということを受け容れました[63]」。ウェストミンスターの判事たちはその時、その証言は「当事者自身が言ったより多くのこと」を言っているように思えるという理由で疑念を表明したが、教皇庁控訴院は、結局判事たちの疑念を却下し、結婚の無効宣言を認めた。「証拠にもとづき、両人は特別な意志の行為により、結婚の絆の不解消性を排除したことが疑問の余地なく立証された[64]」

　しかし、結婚無効宣言が実際に出されるまで、ほぼ三年が経過するのである。それは、ウェストミンスターのボーン枢機卿の事務局における、教皇庁控訴院が言うところの「憂うべき遅滞」のせいだった。イーヴリンの件に関する書類は、一九三五年に彼が再び問い合わせるまで、うっかり放置されていたのである。しかし当時イーヴリンは、自分の結婚は間もなく無効になることを確信していたので、ベイビー・ユングマンに結婚を申し込むのは、ついに自由になったと感じた。「僕の離婚は今日成立すると、きのう聞いたばかりだ」と彼はメイミー・リゴンに書いた。「だから欣喜雀躍し、オランダ娘に結婚を申し込んだ。そして、断られた。そういうことだ。ああ、歯を食いしばり、陰茎《コック》はだらりと垂れる。さあ、去らねばならぬ。なんと悲しいことか、なんと悲しいことか[65]」

第15章 自分の有利になるような助言はできない

これほどに長く気を揉んだ事態が続いたあとでは、思い切って結婚の申し込みをしたのは、イーヴリンにとって、ほっとするようなことだった——返事は、彼の望んでいたものではなかったにせよ。その後間もなく、大司教の事務局は、彼が結婚無効の決定を受けるのは確かだが、それまでに少なくともあと一年半はかかるだろうと言ってきた。「妙なことになった」と彼は、その知らせを聞いた時にベイビーに書いた。「もし僕が名誉を重んじ、自由になるまで結婚の申し込みを待っていたなら、僕の焦燥感と絶望感はどんなだったか、想像してくれ給え。いまや求婚し、返事を貰ったので、まずまずオーケイだ[1]」

彼は強がっていたにせよそうでないにせよ、ほかの点では、ベイビーに結婚を断られたことは、辛く侘しい秋の、気分が沈む経験だった。秋の大部分は、サセックス州の海辺にあるダイアナ・クーパーの家で過ごし、『九十二日間』の執筆に取り組んだ。そして、十一月の第二週に書き上げた。「僕は非常に悲しい生活を送っている」と彼はクート・リゴンに宛てて書いた。「イギリスで最も醜い場所の汚いコテージで、ひどく淋しい、ひどく不快な暮らしをしている。唯一の仲間は、ロンドン塔の囚人のように、鼠だ。でも、僕は退屈な本を書いている、着々と。それは、ちょっとしたことだ[2]」

彼は一日四千語をタイプで打つという、これまでにない速さで書いて自分を元気づけてはいたが、誕生日は侘しく、内省的になった。「僕は土曜日に三十になったが、六十のような気分だ」とメイミー・リゴンに書いた。「僕はその日を、ボグナーまで歩いて行って映画館に入り、一シリング六ペンスの最上の席を買って祝った。恋をしている二人の人間についての映画だ。二人は非常に愛し合っていて、泣けた」[3]。人生の重大な節目に達したことは、彼には強く応えた。「気にかかるのは、無駄にした時間ではなく、これから四十五年ほどあることだ」とベイビーに話した。「人は二十と三十のあいだなら、いつだって若くして死ねる、それは結構なのさ、高い望みが果たされずに、とかなんとか。誰も、三十と七十五のあいだでは死なない」[4]

イーヴリンは、ベイビーに結婚を断られたことをなんとか冷静に受け止めているふりをしていたが、間もなく彼女に懇願し始めた。「もちろん、僕が昨晩頼んだことは論外だ」と、十二月の初めに認めた。「人が奇跡を願わねばならない時期があるということさ。なぜなら、物事が自然の理《ことわり》に従って正しく動いて行く可能性がないようだから」[5]。ベイビーは、もうキスやプレゼントを貰う訳にはいかないと彼に言い、彼がクリスマス・プレゼントとして彼女のために買ったネックレスを送り返した。しかし間もなく、またもや彼女の手紙は複雑な気持ちを表わす場合が多くなり、イーヴリンがクリスマスにマダーズフィールド・コートに行った時、彼女は彼にスポンジを送った。それは、彼の恋情を再び掻き立てたようだった。「僕は君からこの前貰ったスポンジを、いろんな浴室で大切に使ってきた。ぼろぼろになったので、今日、それを捨てた。これから先何ヵ月も、今度貰った新しいのを大事に使うつもりだ」[6]

そうした時、イーヴリンにとって事態に対処する最も簡単な方法は外国に行くことだった。十二月二十九日、彼はモロッコ行きの汽船から、ベイビーに手紙を書いた。「何も言わずに行ってしまうのは狭いと、君は言うだろう……でも、それは単なる利己的な振る舞いではないのを信じてくれ給え――苦痛から逃げているんだ（僕が君にとって、次第に魅力的でも重要でもなくなるのを毎日自覚していたこの数ヵ月は、君が知っている以上に苦しかったが）――しかしまた、僕は君の愛なしには君にとって良い人間ではあり得ない、また、僕らのあいだで生じた状況に、君が対処しなければならないのは、考えうる最悪のことだ[7]」

タンジールで下船した彼は夜行列車でフェスに行った。「驚くほど美しい都市だ」とキャサリン・アスキスに書き送った。「至る所に小川が流れ、噴水がある。ごく狭い通りに、屋根のある巨大な門が聳えている――どんな車も通らず、何マイルも市場が続き、精緻に造られた中世の砦があり、要塞が点在するいくつもの丘が四囲にあり、オリーヴの木、砂の絶壁、春の草、滝がある。ムーア人が犇《ひし》めき、わずかな数のフランス兵士――大方はセネガル人か外人部隊――がいる。観光客に物をしつこく売りつける人間は、ほとんどいない[8]」

もっと世故に長《た》けたダイアナ・クーパー（彼を見送った）とリゴン姉妹は、赤線地区からの便りを貰った。「そこは実に愉しく、一人十フランと一杯の薄荷茶で買える十五歳と十六歳のアラブの少女がいた。そこで僕は一人買ったが、あまり愉しまなかった。と言うのも、彼女の肌はサンドペーパーのようで、巨大な腹をしていたからだ。服を脱いで初めて、それが現われたのだ。その時には手遅れだった[9]」。もっと気に入ったのはファティマという少女で、彼はその後何度か赤線地区を訪れているあいだに知り合ったのだ。彼は、その少女を自分の下宿に置こうかと、束の間、考えた。「彼女の挙措は全然オランダではない」とメイミーに言った。「肌は茶色で、顔は青い模様の刺青で覆われている。大変可愛いが、ピアノは上手くない。金歯が一本あり、彼女はそれが大変自慢だが、僕らはお互いの言語が喋れないので、媾合の合間にすることは、あまりない[10]」

イーヴリンがモロッコで優先させた別のことは、前の年に考えていて、チャグフォードで十二月に試しに書き始めた小説だった。彼はのちに、やがて『一握の塵』になるものの「起源」を説明した際、こう回想している。英領ギアナで「ディケンズ好きの男」を書いたあと、「そのアイディアが絶えず、わたしの頭の中にあった。わたしは、虜囚がどうやってそこに来る羽目になったのかを発見したかった、そして結果的に、それはイギリスにいるほかの種類の野蛮人たちと、そのあいだにいる一人の文明人が置かれた救いのない窮状の研究になっていった[11]」。

彼の新作における文明人は、ヘットン・アビーに住む、素朴な大地主トニー・ラーストで、野蛮人は、彼の不実な妻ブレンダと、彼女の若い愛人ジョン・ビーヴァーである。この小説は、イーヴリンのこれまでのすべての小説同様、自分自身の経験にしっかりと根差していて、シーヴリンの裏切りに対して依然として抱いている怨恨と、ベイビー・ユングマンに拒絶された、もっと最近の事件を基《もと》にしている。しかし彼はいまや、これまでの自分のブラック・コメディーよりずっと深刻な何かを書こうとしていた。「僕は今、その種のものとしては瑕疵のないように自分には思える小説を、こつこつと書いているところだ」と彼はキャサリン・アスキスに宛てて書き送った。「書くのが非常に難しい、なぜなら、奇人ではなく正常な人間を初めて扱おうとしているので。喜劇的なイギリス人の登場人物は、三十にもなると、ごく簡単に書ける[12]」。一九三四年二月の初め、イーヴリンは彼女に言った。「この小説は一週間で一万語の割合でのろのろと進んでいる。僕は、狩猟パーティーで少年を殺し、その母に不貞を働かせ、父を酔っ払わせたところなので、君は結局、気に入らないだろう[13]」。彼は時折、書けた分をロンドンの著作権代理人に送り、タイプで清書してもらった。その小説をどう終わらせるかはまだ決めていなかったが、彼はピーターズに、結末はおそらく、「ディケンズ好きの男」

と同じになるだろうと告げた。
結局、その通りになった。その年の夏に『一握の塵』が出版されると、ヘンリー・ヨークは、結末が「あまりに素晴らしいので、ほかの部分と釣り合いがとれなくなっている」と思った一人だった。「君は、二つのものを混ぜてはいないだろうか？　この小説の最初の部分は納得がいく。人が出会った、そして、いつであれ、また出会うかもしれない人間の姿だ。そして、家族が崩壊する原因になる、完全にあり得る、非常に感動的で、美しく書かれた、あの実に不愉快な少年の死（そのあと一家は崩壊する）の箇所が来る。そして父は、あの非常に巧みに描かれた、なんとも無能なメッシンジャーと一緒に外国に行く。それも素晴らしく、なんの不平もない。ところが、トニーを、ある狂人の虜囚にさせるというのは、まったく新しい調子を導入することになり、われわれは直ちにファンタジーの世界に入る。僕は最後の方を読みながら、君は彼を熱病で死なせるのではないかと恐れた。それは、僕の考えでは間違った終わり方だっただろう。ところが、君のしたことは、遥かに、遥かに悪い。それは、拵《こしら》えごとであって、真実ではないように思える」[14]
イーヴリンは、友人の批判に動じなかった。「君の批評の手紙に大いに感謝する」と彼は返事を書いた。「僕にとっては、野蛮人は『人が出会った、そして、いつであれ、また出会うかもしれない人間』のカテゴリーに入るのを、君は忘れてはいけない。彼らが君に偽物に見えるのは、もっぱら、彼らが現実に存在すると君は本当には考えていないからだと思う……トッドのエピソードはファンタジー的だということには、僕は同意すると思う。それはウェブスター〔一六三四年に没した英国の劇作家〕流の〝奇想〟だ――僕はトニーを悲しい結末に持って行こうと願い、結末を入念に、あり得ないようなものにしたのだ。また、船内でのテレーズを巡る感傷的なエピソードは、おそらく失敗だと僕も思う。しかし、アマゾンの部分はなくてはならなかった。書こうとしたのは、野蛮人たちの掌中にある、新ゴシック様式好きの男だ――野蛮人とは、まず、ビーヴァー夫人等、次に本物、最後にヘットンの銀狐たち。失われた都市のああした探求は、僕には、正当化できるシンボリズムのように思える」[15]

この小説の二〇〇三年版の序文でウィリアム・ボイドは、本当のところは、彼が「結末の部分を必要とし、それに使えるだろうものをすでに書いたことに気づいた」ということだと論じ、また、「ウェブスター流の奇想とかなんとか大袈裟に言っているが」、著者の主眼は、運命の働きは残酷で、しばしば不公平であるという信念に合わせ、トニーを悲しい結末に持って行くことにあったとも論じて、ここではイーヴリンは不誠実ではないかと言っている。トニーの地獄の運命は、イーヴリンの悲観的な世界観と軌を一にしているし、彼が前に書いたものをしばしば再利用しているのも本当である(彼の手紙は、ほかの者に宛てた手紙から一言一句違《たが》わずに、恥ずかしげもなくそのまま使っている箇所が多い)。だが、「ウェブスター流の奇想」という文句は、ヨークへの返事を書いている際に咄嗟に思いついたものではなく、この小説がまだ半分しか書かれていない二月に、早くもイーヴリンの頭の中にあったのである。彼はダイアナ・クーパーに、今度の小説は「現代の言葉で書かれた、かなりウェブスターに似たもの」だと話した。[16]

イーヴリンは一九三四年二月末に、モロッコから戻ってきた。「孤独のおかげで優しくなって」とダイアナに言った。そして、小説を完成させようと、そのままチャグフォードに行った。そのあと、教皇、大グレゴリウス一世の伝記を書くためにオックスフォードに行って住む計画を立てていた。その間、アメリカの雑誌『ハーパーズ・バザー』は、「ディケンズ好きの男」が前年に『コスモポリタン』に載ったことを考慮し、『一握の塵』の結末を変えれば、その連載に同意すると言ってきた。「土曜日までにハッピーエンドに変える」と彼は四月初めにピーターズに腹立たしげに言った。トニーとブレンダが仲直りをする場面を五千語で書き飛ばすつもりだった。どうやら彼は逡巡したらしく、数週間後、『ハーパーズ・バザー』が書き直したものを早く送るようせっつき始めると、怒りを爆発させた。「アメリカ人なんて大嫌いだ……奴らは結末を明日手に入れることはできない、まだ書いてないからだ、でも、必要なら、今週書く[17]」

七月の初めまでには、彼はロンドンに戻り、ベルグレイヴ・スクエアにあるリゴン家のタウンハウスに立ち寄った。ヒューが書斎でジンを飲んでいた。ヒューは、二日後にアレグザンダー（「サンディー」）・グレンという名の若い探検家（のちの英国政府観光庁長官のサー・アレグザンダー・グレン）と一緒に、北極海のスピッツベルゲンに行くことになっていると言った。ヒューはグレンに姉のシベルを通して最近会ったのだ。イーヴリンは、その場で、二人に同行する決心をした。

グレンに旅費として二十五ポンド渡し、いくつかの装備——スキー、ピッケル、バラクラヴァ帽、風防服、寝袋、マッキントッシュ・カバー——を買い、出発の前に、メリック夫人の経営するクラブ〈43〉〔娼館を兼ねたナイトクラブ〕の彼のお気に入りの少女ウィニーと、彼女のフラットでその晩を過ごした。彼女は、「僕が出発するのを悲しんでいるふりを立派にやってのけた[18]」と彼は日記に記している。翌朝、彼はファーム・ストリート教会に行き、「ウィニーのことを懺悔」し、ベイビー・ユングマンのためにバースデーケーキを買った。

半年間、彼はベイビーに連絡するのを慎重に避けてきたので、また旅立つことになった今、「僕の愛しいテス」に、彼女の誕生日に思い切って愛の言葉を送る気になった。「君は、僕がどこにいようと、僕の想いの中では、いつも近くにいる」と彼は書いた。「幸福な一年を過ごし給え。もし幸福ではなく、僕が君を助けることができると思ったなら、そう言ってくれ給え[19]」。彼女の誕生日がやってきた時には、彼らはベルゲンに到達していて、イーヴリンは日記に、ベイビーは「送り主の名前のない僕からの一連の小包を、もう受け取っているはずだ。彼女には、その方が面白い」と書いた。[20] 数日後、一行がトロムセーに向かって北に縫うようにして進んだあと、ダイアナに宛てて書いた。「ノルウェー人は、まったく好きではない。太陽は決して沈まない、バーは決して開かない、国全体、燻製鰊のにおいがする[21]」

七月十七日の夕方、ついにスピッツベルゲンの南の岬が見えてきた。「黒い山脈のあいだを氷河が海に向かって流れ落ちている――時折、鉄灰色の空と鉄灰色の海のあいだの細い銀の隙間に光が燦然と射し、氷河は輝かしい白で、雲が山巓《さんてん》を包んでいる[22]」。アドヴェント湾から一行は捕鯨船に乗り、遠くの採掘小屋に向かって西海岸沿いに進んで行った。そこでグレンは捕鯨船の乗組員に別れの挨拶をした際、ラム酒の瓶をやるという許し難い過ちを犯した。イーヴリンによると、「貰った彼らはほとんど喜ばず、ヒューイと僕は大いに心配した」。

一行は次の二日を、その侘しい海岸で、小型の橇を紐で縛ったり、スキーにワックスを塗ったり、糧食を詰め直したりしてから、小さなボートを漕いで湾を渡り、別の遺棄された小屋に着いた。「海豹《あざらし》が僕らの周りの海で、ひょいひょいと動いていた」とイーヴリンは書いた。「無数の小さな氷山があった、あるものは白くてふんわりしていて、ほかのものは風雨に曝された銅貨のような深い緑と青だった。また、あるものは不透明で、あるものはガラスのように透明で奇怪な形をし、氷の脆い、偶然に出来た翼と羽を持ち、いくつも孔が空いていた。湾全体が、そうしたものの音楽で満たされていた。時にはクリケットの歓声のような音、時には鋭い、カチカチという連続音、時には蜂の巣のような低いブーンという音、時には鋭い裂ける音、時には反響する轟音……[23]」

一行の計画は、氷河を登り、内陸の氷原を橇で渡り、島の北東の未踏の地域に行く、というものだったが、最初に彼らは、蚊が群がるぬかるんだ渓谷を一切の装備を引っ張りながら三マイル行かねばならず、それには、最大四十ポンドの荷物を持って、日に二回、行進しなければならなかった。イーヴリンによると、それは「ひどい仕事」だった。彼らは、氷原に着くまでには最悪のことは終わってしまうだろうと期待していたが、異例の雪解けで、氷は粗く、氷丘状になり、雪はひどく湿気を含んでいたので、十時間非常な苦労をしても一日わずか五マイルしか進めなかった。そして氷河自体、クレヴァスがやたらにあって危険なので、西の岸の方に向かうことにした。グレンは、そこに行けば猟師の丸太小屋があり、彼の前回の探検の際、置いていったボートがあると約束した。

グレンの不屈の、そしてイーヴリンには馬鹿げた楽天的考えが、ずっと前からイーヴリンの神経に障り始めていた。そのうえ、イーヴリンは二十二歳の大学生からあれこれ指図されるのは、とりわけ気に入らなかった。日記に、グレンを「指導者」と皮肉に書き、彼がその探検について発表した唯一のエッセイ（副題は「北極での大失態」）に、一連の当てこすりを撒き散らした。「Gは泳ごうとしたが、青い顔をして震えながらすぐさま這い出してきて、泳いで温かくなったと言った……Gは、沿岸では、人は『その土地のものを喰って暮らせる』と言った。彼とヒューは銃を持って出て行ったが、手ぶらで帰ってきた……Gは、人は氷の上にいるとすぐに脂肪がやたらに欲しくなると請け合った。われわれは、そうは思わなかった[24]」。イーヴリンはまた、食べる必要があるかもしれないからという理由で、グレンが海豹を撃つことにあまりに熱心なのを叱った。そして、人間にとってと同様、動物にとっても命は大切だというお説教をした。

一行がやがて丸太小屋に着くと、ボートがないことにイーヴリンはさして驚かなかった。六、七時間眠ったあと、グレンとヒューは、疲労困憊したために途中で放棄せざるを得なかった橇を取りに出掛けた。あとに残ったイーヴリンは、丸太小屋の中を片付けた。それが終わると、毛皮で覆ってある寝棚に横になり、ぐっすり眠った——やがてグレンに、慌ただしく起こされた。数時間前に一行がやすやすと渡った小さな流れが、その後、荒れ狂う奔流になっていた。そして、背が高く頑健なヒューがなんとかそこを渡り、橇を取り戻しに行った。グレンは渡れずに引き返した。そして、ヒューは助けなしに戻ってくるのは途轍もなく難しいだろうと思った。イーヴリンとグレンが急いでそこに戻りかけると、そこに着く三十分も前から流れの轟音が聞こえた。「われわれは、ついに堤に立った時、轟音は耳を聾するばかりで、互いの耳元で叫び合った」とイーヴリンは回想している。「流れは凄まじかったが、まだそう深くはなく、依然として丸い小石の堤で四つか五つの細流に分かれていて、めくるめくような速さで流れ、ぐるぐると回る大きな玉石と大きな氷塊とで一杯だった[25]」

グレンとイーヴリンは、腰に結わえたタールを塗った撚り紐で互いの体を繋ぎ、流れの中を徒渉し始めた。水はあまりに冷たかったので「氷塊が体にぶつかるのを感じなかった」。そして流れは非常に速いので、撚り紐の支えがなければ立っていることは不可能だった。ついに二人が向こうの堤にいるヒューの近くまで辿り着くと、二人は、スキーのストックに結んだ撚り紐を彼に向かって投げ、彼を引っ張って戻し始めた。だが、グレンが岸に着いた途端、撚り紐が切れ、ヒューとイーヴリンは流され、無数の岩と氷塊にぶつかった。彼らがやっと安全なところに這い登るまで、途方もない時間がかかったように思えた。イーヴリンは、そのずっと前から、もう駄目だろうと思っていた。川を避けてもとのベースキャンプに行くには、いまや地図もテントもピッケルもロープもなしで、山脈に向かって三日の徒歩旅行をしなければならなかった。「もし僕がローマ教会に加わっていなかったら」とイーヴリンは、岩陰で嵐から身を隠していた最中にグレンに言った、「君のぞっとするような無能さを生き延びることは決してできなかったろう[26]」。一行が八月末にやっとイギリスに戻ると、彼は今度の冒険を痛烈に批判し、トム・ドライバーグに言った。「地獄――惨事を辛うじて免れた大失態[27]」

『九十二日間』は春に出版され、イーヴリンが期待したより遥かにいい書評が出た――『ニューヨーク・タイムズ』は、それは「最近の堕落した時代の旅行記における真実の歪曲と派手な自己宣伝」とは異質のものだと賞讃した[28]――だが、彼が北極から戻ってきた時に世に出た『一握の塵』は、今では傑作と見なされているが、当時は、そう考えた批評家はほとんどいなかった。ピーター・クウェネルは『ニュー・ステーツマン』誌上で、「ウォー氏がこれまでに書いたものの中で最も成熟した最良の小説であるのは確か」だと考えたけれども[29]。しかしイーヴリンに関する限り、その作品は成功だった。特に、ブック・オヴ・ザ・マンス・クラブの選定図書になり、四週目の終わりには五刷りになったからである。「僕はどこに行っても」と彼はメイミー・リゴンに書いた。「人はボー（ボーアズ）万歳と叫び、僕の通る道に花輪を投げる」

彼は、その頃までには再び両親のところに泊まっていた。両親はアンダーヒルを売り、ハイゲイトのハムステッド・レインのフラットに移ったばかりだった。「今のところは威厳と平和に満ちている」と彼は報告した。「けれど、僕らは間もなく喧嘩し、お互いの目の周りに黒い痣を作り、髪を毟り合い、狩猟用乗馬鞭で互いに叩き合うだろう、愛らしいリゴン姉妹のように。僕は死んだ獣の伝記を書いて、なんとも勤勉な秋を過ごすつもりだ。サヴィル〔ロンドンのクラブ〕の悪魔の誘惑に負けて娼婦と出歩いて病気にならぬよう（善き両親から離れると、そうなるのだが）、ここにいようと思う[30]」

「死んだ獣」とは、十六世紀のイエズス会の神父で殉教者のエドマンド・キャンピオンのことだった。その伝記は、カトリックのグループ内でのイーヴリンの株を上げただけではなく、彼が改宗したカトリックと、クリストファー・ホリスが言うように、「完全に神に身を委ねることの価値についての概念」に関する彼の理解を一層深めることにもなったのである。彼は、両親と一つ屋根の下で暮らすことにうんざりし、チャグフォードに行った。そこで、執筆の合間に狐狩りをし、メルズにいるアスキス一家のような友人たちを訪ねた。また、二つの短篇、「ラヴデイ氏のちょっとした遠出」*1と、「見張り」を書いた。彼はクート・リゴンに、それらは「瘋癲《ふうてん》院(31)についての愉快な短篇と、ある婦人の鼻を噛み切る犬についての非常に退屈な短篇だ」と言っている。

クリスマスのあとイーヴリンは、ゲイブリエル・ハーバートから、サマセット州にあるピクストン・パークに来て泊まるように誘われた。それは、陽気で雑然としたハーバート家への三度目の訪問だった。そのアイルランド風のみすぼらしさ――「どのテーブルにも本のピラミッドがある――ソファーには犬の食事がある等々(32)」――はのちに、『スクープ』のブート・マグナ・ホールのモデルになった。『スクープ』のいくらかは、そこで書かれた。エクスムアの縁のなだらかに起伏する広大な緑地に建つ、もとは約五千エーカーの所有地に囲まれていた、その化粧漆喰を塗った立派な家は、一八〇三年から五年にかけて第二代カナーヴォン伯爵によって建てられ、第四代伯爵の次男オーブリー――ゲイブリエルの父（シーヴリンの母の異母弟でもある）――に、彼が一九一〇年にメアリー・ヴィージーと結婚した際に贈られたものだった。イーヴリンが到着すると、喧しい大勢の若者がいた。「いやまったく、連中は僕を老いて病気になったような気分にした」と彼はメイミーに話した。だが、ホッケーやら狐狩りやらシャレードやらで皆が疲れているあいだに、彼は間もなく、ハーバート姉妹の一番下のローラ、物静かな「白鼠」に恋したのである。彼はこれまで、彼女にほとんど注目しなかったのだが、いまやメイミーに、自分は彼女が「大いに気に入った」と打ち明けた。

「彼女はどんなかだって？ そう、金髪で、非常に可愛らしく、ペゴティ〔一種の五目並べ〕が実に上手い……鼻がかなり長くて薄く、肌はブロモ〔トレーシングペーパーのようなトイレットペーパーの商標〕のように薄く、体が非常に痩せていて、見かけは結核で死にかけているようだ。そして、髪を首の後ろで小さく束ねているが、そうきちんとではない。まだたった十八で、処女で、カトリックで、物静かで、明敏だ。だから、難しい。まだ、

あまり事態は進行していない、シャレードで二回抓《つね》り、ペゴティを手助けするふりをして、彼女の腿に凭れた以外」(33)

見かけは内気で、控え目で、かなり虚弱だったローラは、お喋りで、狐狩りに夢中の姉たちと非常に違っていた。また、イーヴリンがこれまでに恋に落ちたどの少女とも非常に違っていた。だが彼女は、彼もおそらく気づいていただろうが、物静かで、でしゃばらない外見の下には、毅然とした独立心に富んだ性格が潜み、かつ、独創的で皮肉なユーモアの感覚、驚くほど激しい気性を持っていた。そして、昂《たかぶ》った気持ちが冷めるまで、ベッドに行くこともあった。

彼女の自立心は、専横な母との冷たい関係から生まれたのかもしれない――メアリー・ハーバートは義姉のウィニフレッド・バークレア同様、あからさまに、子供たちより夫を大事にした――そして、彼女がわずか七歳の時、素晴らしい父が、衰えた視力の治療だと考えられていたのだが、歯を数本抜いて敗血症に罹って死んだ。オーブリー・ハーバートが死んだあと――のちに彼は孫娘マーガレット・フィッツハーバートが書いた見事な伝記『グリーンマントルだった男』で不滅の存在になった――ローラの母は、すぐさまカトリックに改宗した。だがローラは、十代半ばに入って自分なりのしっかりした考えを持つようになるまで、母のあとを追うのを頑なに拒否した。

彼女はイーヴリンの目を捉える頃には、王立演劇アカデミーで女優になる訓練を受けていた。それ以前に、ウィンブルドンの小さな寄宿学校で教育を受け、そのあと、パリ郊外のカトリック系の花嫁学校に一年いた(それはヌイイにある幼子イエス修道院で、「キック」・ケネディも数年後にそこを出た)。イーヴリンはローラと大きな年齢差があり、結婚無効宣言がすぐに出される保証もなかったが、ローラへの求愛の最も大きな障害は、ローラの母の抵抗だった。彼女は、このやや非紳士的な男――彼女は、そう彼を見ていたことが知られている――が再び現われたことを、まったく喜んではいなかった。彼は数年前、義姉に非常な迷惑をかけたのだ。「あの青年を二度と見ることはないと思っていました」と、ローラとシーヴリンの両方の未婚のおばであるレディー・ヴィクトリア・ハーバートは言った。

メアリー・ハーバートは「ランドシアの描いた堂々として尊大な牡鹿、あるいは多分、鷲」に似ていると、ジェイムズ・リーズ＝ミルンは言った。「自信満々で、非常に聡明……独自の見解とカトリックの偏見に満ちている」(34)。彼女は一九三三年にポルトフィーノでイーヴリンに初めて本当の意味で会ったのだが、とりわけ幸先がよかった訳ではなかった。彼は泊まってから程なく、アイルランドについて無礼なことを言ったので、彼女は堅いイタリア風ロールパンを彼に投げつけ、家から追い出した。彼女は、ドヴェシ子爵夫妻の一人っ子としてアイルランドのアビーライックスで育った。しかし、総じてイーヴリンは至って礼儀正しく振る舞い、卑屈なほどに慇懃だった。そして、カトリックに改宗したばかりの者として、有名なカトリックの客、ヒレア・ベロックに熱心に取り入った。イーヴリンは、それまで何度か、ちょっと彼に会っていた。また、最近では、ボグナーでダイアナ・クーパーと一緒に会った。イーヴリンが去ると、メアリー・ハーバートは、彼をどう思うかとベロックに訊いた。ベロックは、かなり人を不安にさせるような返事をした。「彼の中に悪魔がいる」(35)*2

イーヴリンはクリスマス直後にピクストンに滞在したあとローラに求愛したが、スムーズにはとてもいかなかった。一九三五年二月の初め、彼は彼女をロンドンに招いたが、会った時は二日酔いで、「三個の牡蠣を食べ、ソーダ水を少し飲んだだけだった」とメイミー・リゴンに宛てて書いた。「そしてテーブルに盛大に吐いたので、おそらくロマンスは砕けたろう」(36)。五月の初め、イーヴリンは、いくつものカントリー・ハウスに泊まってキャンピオンの伝記をこつこつと書いているあいだ、自分は君に再会する希望を捨て始めていると、ローラに書き送った(37)。翌月、キャサリン・アスキスに宛てて書いた。「M・ハーバートに関しては、疎遠、という言葉が当たっている。彼女の魅力と性格を高く評価している気持ちは変わらないが、ばつの悪さを覚えずに彼女に会うことはできない[38]」

七月末、彼は最後の試みをした。「愛しいローラ」と、ピカデリーにある〈セント・ジェイムジズ・クラブ〉から手紙を書いた。「僕は悲しく、退屈していて、君にそばにいてもらいたいのだ。もし、君がロンドンを発つまでに暇な晩があれば、出て来てくれないか。喜んで破れないような約束はないので、僕はいつでもいい。まず、君のお母さんに訊いてもらいたい、そして、僕が君に訊いてもらいたいと言ったことを話してくれ給え。それは、君が来たければの話だ。多分、来たくはないだろう。僕は秋にどこにいるのかわからないので、長いあいだ会えないかもしれない。どうか来てくれ給え。礼儀正しく振る舞うと約束する[39]」

秋にどこにいるか確かではないと彼が言ったのは、目前に迫ったムッソリーニのアビシニア侵攻について報じるために、アビシニアに、もうすぐ発つことを指していた。ローラが結局彼に再会する気になったのは、そうした事情に加え、母が彼に強い反感を抱いていたことと、ローラが母から独立したいと強く思っていたことが原因だった。イーヴリンから手紙を貰ってすぐ、彼女は週末にピクストンに来るよう、彼を誘った。そして、その際に、彼女は彼と恋に落ちた。「思っていたより早くあなたにお手紙を書いています」と彼女は、彼が去ったあとで大胆に書いた。「でも、そうしたいのです――わたしはどんなに幸福だったか、また、この週末、あなたがここにいるのをどんなに愛したか、あなたにはわかりません――これほど何かを愛したことはないと思います……ダーリン、あなたにわたしの愛のすべてを。口ではとても言えないほど、あなたを心から愛しています――アビシニアが面白くて、危険ではないのを願っています[40]」

「愛しい、愛しいローラ」と、大いにほっとしたイーヴリンは、アフリカ行きの船に乗船する準備をしながら逗留していたリヴァプールのアデルフィ・ホテルから手紙を書いた。「僕がいなくても幸福だなどと感じないでくれ給え。僕も君がいないと、全然幸福ではない。僕の大事な、愛しい子に幸《さち》あれ(41)」

ジャーナリズムに関する限り完全に日和見主義者だったイーヴリンは、ムッソリーニの間近に迫った侵攻のニュースが伝えられると、彼のアビシニアでの以前の経験を売りにするよう、著作権代理人に頼んだ。だが結局、アビシニア行きが決まったのは、ロザミア卿に、その友人のダイアナ・クーパーが話したからで――ちょうど、『スクープ』で、スティッチ夫人がコパー卿に、若き小説家ジョン・ブートのことを話したように――『デイリー・メール』に特派員として非常に高給で雇われることになった。同紙は、その花形記者（イーヴリン同様、一九三〇年にハイレ・セラシエの戴冠式について報じたサー・パーシヴァル・フィリップス）を、危機が目前に迫った時に『デイリー・テレグラフ』に取られてしまったのである。

イーヴリンはアビシニアについての知識があっただけではなく――当時、そういう人物はフリート・ストリートではごく稀だった――ロザミアの親イタリアの立場の断固たる唱道者だと信じられてもいた。ロザミアは、ムッソリーニをヒトラーに対する最も効果的な防壁と見、アビシニアを、国内の不法分子が制御できない、気紛れで暴力的な政権の言いなりになっている国と見ていた。「貴族が生の牛肉を食べる国を見るのは面白いが」とイーヴリンは、その年の二月に『イヴニング・スタンダード』に書いた。「彼らが近隣の国々の村民を奴隷にしたり、去勢したりすると、さほど面白くなくなる」。アビシニア帝国は、と彼は論じた、無残に奪取されたもので、武力によって保たれている、「ともかくも保たれているなら」。「観念的正義ということでは、イタリア人も同じく統治する権利を持っている。実際的な政治の面では、イタリア政府がエチオピア帝国の利益になり、アフリカのほかの国々のためになるのは確かである(42)」

イーヴリンは、これまでのいくつかの旅の場合同様、『デイリー・メール』との契約のほかに、今度の冒険をもとに二冊の本を書くことを目論んでいた。一冊は戦争に関するノンフィクション、『アビシニアのウォー』だった。彼は、それをロングマン社の彼の友人トム・バーンズから依頼され、当時としては破格の九百五十ポンドの前金を受け取っていた。もう一冊は小説で、やがて『スクープ』になるものだった。それは、ほかの記者団に対して抱いていた軽蔑の念に触発されたものである。彼は、その中の『ニュース・クロニクル』の几帳面なスチュアート・エメニーが、とりわけ滑稽だと思った。「彼にとってすべての事件は、たった一つの意味と判断基準を持っていた——〝新聞種〟になるかならないか。彼は友人を作らなかった。彼は〝連絡相手〟を作った。彼の個人的意見でさえ、自分の社の意見だった……(43)」

だがイーヴリンは、ジャーナリズム全体と自分のジャーナリストとしての適性を貶《おとし》めたが、実際には優れた新聞記者としての資質の多くを持っていた。アビシニアで特派員の仲間の一人だったW・F・「ビル」・ディーズは、こう回想している。「彼の耳は、世の中の愚行に対して鋭敏だった。彼は好奇心が旺盛で、どんな調査をしても完璧で、呑み込みが非常に早く、忍耐強く、観察眼が鋭く、誰であれ人を当惑させるのを恐れなかった(44)」。四分の一トンもの手荷物をアビシニアに持って行き、それが『スクープ』のウィリアム・ブートで有名になったディーズは、イーヴリンの勇気、友人あるいは敵を怯ませる能力、窮地をはったりで切り抜ける能力、および、「優秀な将校が持つとされている資質の多くに恵まれているように見える」ことを賞讃した(45)。そしてディーズは、こう指摘した。「多くのいわゆるスノッブとは異なり、彼は取るに足りない者とも会話をするのが上手かった、もっとも連中を彼一流のウィットで面喰らわせはしたが。彼は、連中が自分に話すことに十分な注意を払った。だから彼の小説の会話は、非常に真に迫って響くのである[46]*3」

ディーズはイーヴリンのジャーナリストとしての才能を認めたかもしれないが、イーヴリンは『デイリー・メール』に関する限り、栄光に包まれることはなかった。同紙の最大の不満は、イーヴリンが今度の戦争全体の中で最もセンセーショナルな特ダネを『デイリー・テレグラフ』にことごとく攫われてしまったことだった――それは、フランシス・リケットという、バークシャー州出身の猟犬管理者〔狐狩りの責任者〕に関するものだった。彼は、図々しくも「アフリカ開発・発展法人」と名乗る団体のために、アビシニアの半分に及ぶ、石油、鉱物その他の天然資源の独占権をせしめたのである。それによって、その法人が属するイギリスとアメリカに、アビシニアの主権を維持するうえで直接的な商業上の利権をもたらした。

イーヴリンは、謎めいたリケット氏とたまたま一緒に旅行したが、その時、彼には何か胡散臭いところがあると思い、自分はアビシニア正教会にコプト教の資金を届ける使命を帯びているという説明を信じず、また、彼が旅の途中で受け取った、さまざまな長文の電報を無造作にポケットに入れ、「わたしの猟犬係から来たんですよ。仔狐狩りは大成功するだろうと言ってます」と言うのにも疑念を抱いていた[47]。だがイーヴリンは、リケットが本当は何をしているのかあとを追って探り出そうとはせず、ペネロピ・ベッチェマンに問い合わせの悠長な手紙を出し（郵便は数週間かかった）、彼女のバークシャー州の隣人はスパイなのか、武器商人なのかなんなのか訊くという、常軌を逸した迂遠な方法を取った。

数週間後、『デイリー・テレグラフ』がリケットに関する記事を報道した時、イーヴリンはアディス・アベバから四日間離れてハラールにいた（イタリアが侵攻する確率の最も高い場所だと、彼は考えた）。その結果、その記事がすでに用済みになってしまうまで、戻って追跡記事を送ることさえできなかった。この事件は、『デイリー・メール』との関係を修復できぬほど悪化させ、同社からの何通もの苦情の電報に嫌気が差した彼は、ついに特派員を辞めることにした。「そう、僕は『メール』をよした」と彼はダイアナ・クーパーに書いた。「連中が日に二回、侮辱的な電報を僕に送ってきたのは、よくなかった。僕は腹を立てた。連中は、僕にアディスに留《とど》まってもらいたがったが、僕はすっかり嫌になった(48)」。だが、本を書く契約を果たさねばならなかったので、まだアビシニアを離れることができなかった。そして後任がジブチで足止めになったせいで、『デイリー・メール』が十一月末に契約を最終的に解除するまで、同社のために働いた。彼は合計四ヵ月以上、母国を離れていたが、その間、彼を愛していることを別れ際に保証してくれた少女に頻繁に手紙を出した。「君は元気だろうか」と彼はアディスに着いて間もなく、ローラに短い手紙を書いた。「実の話、日のほとんど、君のことを考えている……僕が一番考えるのは、枕の上で蝙蝠《こうもり》のように音を立てる、君の睫毛だ。なんと疑いを招きかねない言葉だ——僕の言う意味がわかるだろう。でも、僕の手紙と電報を全部読むエチオピア人にはわからないだろう……愛しい子よ、僕は君から遥かに離れているように感じる(49)」。十月には、彼はクリスマスまでに帰国したいと思っていた。「僕は淋しく退屈だが、ジャーナリストについての非常にいい小説の材料は、すべて手に入れた。自分にとって新鮮なうちに書きたい(50)」

結局彼は、クリスマスをベツレヘムで過ごした。そのあと週末に、観光バスで一晩かけて砂漠を横断してバグダッドで気晴らしをし、次いでダマスカスを訪れ、最後にローマに行った。ローマでは、「妻に関して獣［神父］に反対尋問を受けた」と彼はメイミー・リゴンに宛てて書いた。そして、イル・ドゥーチェ〔ムッソリーニ〕にインタヴューして感銘を受けた。彼は一九三六年二月初めにロンドンに戻り、「ライオンの皮を着て」到着した。そのため、「タペンス［ウォー家の犬］」がひどく興奮した」と父は記している(51)。ローラは、もし母が許してくれれば、是非彼に会いたいと思った。「ロンドンに着いたら、すぐ電話を下さい」と彼女は手紙に書いた。「あなたが戻り、わたしがあなたに会うのを許される場合に備え、今週ずっと空けてあります。愛しいイーヴリン、あなたがこんなに早く戻ってくるのを考えると、どんなにわたしが幸福か、あなたには言えません――あなたに会えなくとも、あなたが近くにいて、どんな危険にも晒されていないのを知っているのは、そうでないのとは大違いです……あなたに会いたくて、または声だけでも聞きたくて仕方がありません[52]」

イーヴリンは、すぐにノンフィクション、『アビシニアのウォー』に懸命に取り掛かった。そして、その多くを、ペリー・ブラウンローの客になっている時に書いた。ペリー・ブラウンローは、ダイアナ・クーパーの実の父ハリー・カストを通して彼女の遠戚だった。彼はエドワード八世の友人で、侍従だった。エドワード八世は皇太子時代、イーヴリン同様、かなりの時間を、リンカンシャー州にあるブラウンロー卿の大邸宅ベルトン・ハウスで過ごした。一九三六年の春、イーヴリンはアビシニアの本を書いているあいだ、シュロップシャー州にあるブラウンローの別の所有地に滞在した。そこで彼は、所有地管理事務所の上のフラットで暮らした。「そういう訳で今、僕はここで大エルズミア所有地の世話をしながら暮らしている」と彼はメイミー・リゴンに書いた。「いやはや、僕の責任で植林し、伐採し、動産差押えをし、債務証書を書いたが、まだうまくいかないだろう[53]」

二週間後、彼はそこからローラに宛てて手紙を書いた。それは、珍しいほど率直で現実的なプロポーズの手紙だった。

　君がピクストンで独りでいる時に、君がするかもしれないことを言おう。君は、僕のことを少し考えるかもしれない、そして、もしあのイタ公の神父たちがまともな結論を出したら、僕と結婚するという考えに耐えられるかどうか考えるかもしれない。もちろん、君はまだ決断していないが、それについて考えてくれ給え。僕は自分の有利になるような助言はできない、なぜなら、それは君にとってひどいことになるだろうから。でも、僕にとってはどんなに素敵か、考えてみてくれ給え。僕は落ち着きがなく、気分屋で、人間嫌いで、怠惰で、稼ぐ以外の金はなく、もし病気になれば、君は飢えるだろう。事実、それはひどい話だ。一方、僕はグラーント［ローラの姉ブリジットと結婚したエディー・グラーント］のようになり、行いを改め、酔っ払わないよう厳しく努めることができると思う。そして、妻を裏切るような真似はしないのはかなり確かだ。また、再び大きな金融市場の大暴落がある恐れはいつもかなりあるが、その場合、もし君が大邸宅を持った貴族と結婚したなら、君は飢えるかもしれない。一方、僕は非常に頭がいいので、多分、どこかで何かをして生活費を稼ぐことはできるだろう。また、君は僕という年配のおどけ者と結婚することになっても、僕は抜けない癖を持った男ではない。君は、ある特定の場所、あるいはグループに制約されることはないだろう。また、僕は、疎遠になった一人の兄を除いて、事実上、生きている親戚がいない。君は大家族と、大家族の諍いに巻き込まれることはないだろうし、義姉やおばから、世間でよくあるように、庇護者ぶった態度で接しられたり、干渉されたりはしないだろう。これらはすべて、僕の性格のおぞましさに比べたら、ごく些細な利点だが。僕はいつも、君に対して好い人間であろうとしてきたので、君は、僕が本当に好い人間だと思い込んでいるかもしれないが、それはすべて馬鹿げた話だ。好い人間であろうとするのは、君に対してだけ、君のためだけなのだ。僕は嫉妬深く、気短だ――だが、僕の悪徳をすべて列挙しても意味がない。君は批判的な乙女だから、君がそのすべてに加え、僕自身が知らない非常に多くのことを知っているのを、僕は疑わない。しかし、僕が言いたかったのは、もし君が誰であれほかの者と結婚すれば、君は、いわば厖大な数の事物と他人とも結婚することになるが、そう、もし僕と結婚すれば、ほかの何物も関わってこない。それは不利であると同時に利点だ。何であれ、僕を縛る唯一ものは、僕の仕事だ。それは、毎年数ヵ月、僕らは別々でいるか、君は僕と一緒に非常に淋しい場所にいなければならないことを意味する。しかし、それ以外は、僕らは好きなことができるだろうし、好きな所に行けるだろう——そして、もし君が軍人か株式仲買人か議員か猟犬管理者と結婚したら、もっと君は縛られるだろう。自分は十九の乙女と恋に落ちていると友人たちに言うと、彼らはショックを受けたような顔をし、「哀れな娘《こ》だ」と言うけれど、僕は君を、君が美しくても非常に若いとは見ていない。そして、まだ何年も続く君の全人生に影響を与える決断を君はすることができないなどという考えには意味がないと、僕は思う。僕は、君のいとこのイーヴリンから自由になれないかもしれない。何はともあれ、ダーリン、やきもきしてはいけない。しかし、このことを君の可愛い頭の中で、よく考えてみてくれ給え。(54)

原注

＊1　最初は「クラットウェル氏のちょっとした遠出」だった。その題は、クラットウェルは精神病院で生涯を終えたので、さほど不適切ではなかったろう。

＊2　何年ものち、ダイアナ・クーパーは息子に宛てた手紙の中で、グレアム・グリーンは「悪魔に憑かれた善人」で、イーヴリンは「それと反対に悪人で、天使が彼のために闘っている」と言った。ジョン・ジュリアス・ノリッジ編『愛しい怪物——レディー・ダイアナ・クーパーから息子ジョン・ジュリアス・ノリッジに宛てた手紙、一九三九年〜一九五二年』、四三六頁。

＊3　オーベロン・ウォーはのちに、戦後、父は毎年楽団が彼らの家にクリスマスキャロルを演奏しに来ると、急に機嫌がよくなったと証言している。「父が庶民性を培おうとしなかったのは確かだ

が、必要な時は、かなり驚くべきやり方で、それを示した」。オーベロン・ウォー著『これでよいのだろうか?』、四九頁。

第16章 いやもう、彼女はちゃんとした娘だ

イーヴリンは、世界一扱いやすい夫にはなるつもりはなかったが、自分がいかに気難しい夫になりそうかということについて十分に率直ではなかったと、誰も非難することはできないだろう。いずれにせよ、彼のプロポーズに対するローラの返事は、かなり色よいものだったに違いない。彼は一九三六年六月にダイアナ・クーパーに送った手紙の中で、自分は彼女に会うために、しょっちゅうエルズミアの机を離れて出掛けて行くと書いている。「彼女を大いに愛している。彼女は絶妙に非オランダ的だ。いやもう、彼女はちゃんとした娘だ[1]」

だが、二人がいかに熱望しようと、教皇がイーヴリンの最初の結婚の無効宣言を出すまで結婚できなかった。そして、ローラはまだ未成年だったので、母が同意しなければ結婚できなかった。最初の障害は、七月七日に取り除かれた。その日、イーヴリンは、アイルランドのダーグ湖に巡礼に行ったあと、夜明けに自分のクラブに着くと、ローマのゴドフリー枢機卿から一通の電報が届いていた。「有利ナ決定」。その日の朝、彼はローラとその母がファーム・ストリート教会にいるのを見つけ、二人の後ろに跪いた。そして礼拝のあと、ポーチでローラにその知らせを伝えた。翌週、毎日ローラに会い、一緒にクロスワードパズルをし、ミサに出席し、映画に行き、カフェ・ロイヤルで二回食事を

し、一度、ナンシー・ミットフォードの寝室で食事をした。七月十六日、ローラの母に、ブルートン・ストリートにある彼女のタウンハウスで会って、いろいろ訊かれた。その際母は、十月まで待って婚約し、クリスマスに結婚するようにと言った。

メアリー・ハーバートの抵抗は、四月末にイーヴリンが、『エドマンド・キャンピオン』で、当時イギリスで最も権威のあった文学賞、ホーソーンデン賞を獲得したという発表で弱まったと思われる。『エドマンド・キャンピオン』は、彼が前年の秋にアビシニアにいるあいだに出版され、仲間のカトリック改宗者、グレアム・グリーンが『スペクテイター』誌上で、「短い伝記はどうあらねばならないかの手本」だと絶讃した。(2) 受賞のことを聞いたヘンリー・ヨークは、イーヴリンに手紙を書いた。「君が僕らの世代の傑出した作家でなければ、また、この種の評価がずっと前に君に与えられるべきだったのでなければ、受賞を祝うだろう。こんな風に言うと無礼に聞こえるかもしれないが、君が出した本の中で、今までの受賞作を遥かに凌駕していない本は一冊もないと痛感している。傑出した作品が、奴らの分厚い頭蓋骨の中に入って行くには時間がかかるのさ」。(3)『紳士録』の頭の鈍い出版社が、とうとうイーヴリンを載せたのは、おそらくその賞が原因だろう——彼は一九三七年版に初めて同書に載った(彼は自分の唯一の趣味は「旅行」だとしている)。兄のアレックが、その崇められている年鑑に先に載ってから十七年後というのは信じ難い。

イーヴリンはヘンリーに、賞が「特にカトリックの本」に与えられたというのはとりわけ嬉しいと答えた——このことがピクストンでの自分の評判になんのマイナスにもならないのを十分に知っていたので。(4) また、彼がハーバート夫人と話をする一週間前に、モーリス・バウラがまたも『スペクテイター』で、短篇集『ラヴデイ氏のちょっとした遠出』を褒めたことも、ローラとの結婚の見込みを危うくすることはあり得なかったであろう。「ウォー氏は、モーム氏のように、自分の試みるあらゆる種類の作品において成功している」とバウラは書いた。「彼は短篇小説を、円熟した巨匠の自信に溢れたタッチで書いている……伝記はさほど大物ではない者に任せ、彼にはもっと小説と、こうした短篇をもっと書いてもらいたいと言うのは過ぎた要求だろうか？[5]」

　しかしイーヴリンは、支払い能力を失わないためには、ノンフィクションとジャーナリズムにもっぱら頼らざるを得なかった。そして、結婚後は出費が増えるのは確かなので、イタリア軍の侵攻がどういう結果になったかを記すことによって書きかけの本を補強するため、アビシニアに戻る必要があるという結論に、しぶしぶ達した。ローラに別れを告げるためにピクストンに行ったあと、キャサリン・アスキスに言ったように、「なんとも暗い予感」を抱いて、ローマ経由でアフリカに行った。「僕はアビシニアと、それについての自分の本に、うんざりしている。親イタリアであるのは、それが不人気で、大義に悖《もと》る（と僕は思った）時には愉快だった。今では、ああいう意気揚々としているファシストどもには、ほとんど共感していない[6]」。着いてみると、出来たばかりの植民地は、見たところ混乱状態にあった。「イタ公は窮地にあるというのが真相だ」と日記に書いた[7]。だが、本を書き上げる頃には、イタリア軍の侵攻は「秩序と良識、教育と医療の拡大を、恥ずべき国にもたらした」と見るようになった。それは、「アメリカ人の西部大進出、インディアンの部族の追放、荒蕪地における新しい牧場と都市の造成」と同じものだった[8]。

　その時にローラと別れたのは、思ったより遥かに応えた。「君がここにいたら、どんなにいいだろう」と彼はアッシージから書いた。「可愛い子よ、素敵な物を見ても君と一緒でないと、大変な無駄に思える。片目で、ピンボケのまま目玉をぎょろぎょろさせているようなものだ。四六時中、君が恋しいいし、君が必要だ。とりわけ、僕が幸福な時[9]」。翌日、再び手紙を書いた。

君がいつでも必要だが――苛々して、不安で、疲れた時――今夜のように森羅万象が、この世の物ではないほど美しい時には、なおさらだ。いいかい、愛しい子よ、実によくあることなのだが、人が恋に落ちて結婚したいと思うのは、相手を必要とする、特別な種類の人生を予見するからだ。でも、僕はそう感じない。ある時には僕は、この十年、独りで送ってきたような生活を君と一緒に送ったら素敵だろうと思う――財産も家もないが、時には派手で贅沢な暮らしをし、時には地味に懸命に働く暮らしをする。別な時には、大家族と共に、かなり刺々しく、かなり質素な暮らしに落ち着くか、時にはごく小さい家に住み、友人はごく少なく、仕事も余暇も愛もほとんどない生活を想像する。でも、確かにわかっているのは、君のいないどんな人生も想像できないということだ。僕は自分の半分をイギリスに置いてきた、そして今、ほんの少しの自分を引きずり回しているだけだ。僕は今まで送ってきた、いい加減で不幸な人生をまったく後悔していない。なぜなら、そういうことがなかったなら、君をこれほど愛することはできないだろうと思うからだ。お休み、僕の幸せな子よ。言葉では言えないほど、君を愛している。(10)

彼はメアリー・リゴンに話した。「僕は**ローラ**に会えないので、号泣する。でも、レディー・ホーナー〔芸術家の後援者〕は、会わないというのは風みたいなものだと言っている――それは、小さな炎は消してしまうが、大きな炎は煽ってもっと強い熱を出させる」(11)。ところが、ローラの母が二人の婚約発表の延期に固執していたので、イーヴリンはどうやら、絶対的な男の貞操に縛られてはいないと感じたらしく、ローマを通って戻る途中、「入浴し、着替え、ファックし、豪華な食事をするつもりだった。だがそうする代わりに、その晩は車でイングリッシュ・コレッジ〔イングランドおよびウェールズの神父を養成する神学校〕に行き、こっそり持ち込んだリラで借金を払った〔多分、彼の結婚無効宣言に関するものであろう〕」と日記に書いた。[12]ローラの心にまだ迷いがあったとしても、イーヴリンがアビシニアに行っているあいだに、それはなくなったようである。「わたしは、この世で欲しい何にも増して、あなたと結婚したいと、はっきり思っています」と彼女は、外国にいる彼に書き送った。「あなたが、まだわたしと結婚したいと思っていることを望みます。日増しに、あなたを愛するようになっていると思います[13]」

イーヴリンは九月十二日にロンドンに戻ってくると、ヒュー・リゴンがババヴァリアを車で周遊中に死んだという衝撃的な知らせに接した。ヒューは、原因は謎だが道路で転倒し、歩道の縁石に頭をぶつけて死んだのだ。おそらく酒を飲んだためか、オープンカーを運転していて日射病に罹ったためかであろう。「こんな悲しい知らせは聞いたこともない」とイーヴリンはメアリー・リゴンに書いた。「彼がいなくなって、ひどく淋しくなる」。『タイムズ』は、ヒューは「多彩で冒険的な人生」を送ったと婉曲に書いているが、[14]シティーで働いて惨めな思いをしたあと、馬を競走馬用に訓練しようとして失敗し、破産裁判所と揉めた。だが、アルコール依存症は克服できなかったものの、ついに、マダーズフィールドの農場の一つを経営するという、最も新しい冒険には成功し始めたように見えた。「彼が新しい家に入り、飾り付けや家具の手配をしていて、ここ何年にもなく幸せそうに見えた、まさにその時に死んだというのは、なんとも悲劇的だ」とイーヴリンは書いた。[15]

ヒューが死んだのは、母が死んでから、たった数週間後だった。そして、まだヴェネツィアで異境暮らしをしていたビーチャム卿は、妻の葬式に出るためにドーヴァーで下船しようとしたところ、陸に上がれば逮捕されると警告され止められたが、今回は、どうなろうと構わないと思い、八月二十四日にマダーズフィールドで行われたヒューの葬式に出る決心をした。それを知ったウェストミンスター公爵は激怒したが、内務大臣は逮捕状の執行を一時停止した。翌年、逮捕状がついに撤回されると、ブームは生涯の最後の年を過ごすためにマダーズフィールドに戻った。『ブライズヘッド再訪』

で、マーチメイン卿がブライズヘッドに戻るのと非常に似たような具合に。

『ブライズヘッド再訪』の最終章が示しているように、このことはすべて、イーヴリンの想像力に深い、永続的な印象を与えた。その当座は、ローラとの間近に迫った結婚のことで頭が一杯だったが。そして、結婚のことを考えて満ち足りた気分になっていたので、ジョン・ヘイゲイトと和解する心づもりさえしていた。ジョンは、イーヴリンがアビシニアから帰ってきて間もなく、彼に手紙を書いた。「僕は君に非常に悪いことをした。済まない。許してくれるだろうか？」イーヴリンは葉書で返事をした。「O・K。E・W」[*1]

イーヴリン自身はまだ両親に言わなかったのだが、帰国してから二週間後、両親は、結婚無効が教皇に認められたこと、また、彼がクリスマスのあとに結婚したいと思っていることを、アレックから電話で知らされた。「しかし彼は、わたしたちにそのことを手紙で知らせていない！」とアーサーは日記の中で抗議した[16]。五日後、ケイトはイーヴリンから、二月に結婚するつもりだという短い手紙を受け取った。そして翌日、彼はやっと父に手紙を書き、婚約を知らせるのが遅くなった「不孝」を遠回しに詫びた[17]。一週間ほどのち、彼はローラをハイゲイトに連れて行った。「イーヴリンとローラのために大変な準備をした」とアーサーは記している。「楽しい晩だった。彼女はチャーミングに振舞った。彼は申し分なかった。ディナーはよかった[18]」。翌日、アーサーとケイトは、「イーヴリンとローラとの楽しい晩について、食事をしながら明るい気分で話した。妻がとても幸せそうなのを見て、非常に嬉しかった。最後の便で、ローラからKに、〝大層優しく〟してくれたことをわたしたちに感謝する、可愛い小さな手紙が来た。そのためわたしたちは、一層幸せな気分になってベッドに行った[19]」。

イーヴリンもベイビー・ユングマンに手紙を書き、君に最初に知ってもらいたいと告げた――もちろん、二、三人はすでに知っていたけれども。

彼女［ローラ］は実際非常に若い。とても痩せていて蒼白く、目が大きくて鼻が長い――乙女というよりガゼルだ。どんな文学的、芸術的、社交的野心もなく、墓のように静かで、間の悪い時に気を失う傾向があり、臆病で、無知で、愛情深く、ごく優しく、歌わず、ナルシス・コンプレックスがあり、乗馬姿は可愛らしいが、たびたび落馬し、演技を勉強しているが、それほど真剣ではない。カトリックだが、それもそれほど真剣ではない。ランプという名の、かなり薄汚い犬を飼っているが、間もなく死にそうだ。僕は彼女を非常に愛していて、僕らの結婚は、僕の知っているどんな結婚にも劣らないほどうまくいく見込みはあると思う。[20]

ベイビー宛のこの手紙は、メルズで書かれたものだった。彼はそこで『アビシニアのウォー』の最終章を書いていた。それは、十月二日に書き終えた。月の中頃には、『スクープ』の執筆に移っていて、「ダイアナの早朝の場面の第一頁の出だしは実に快調だ」と日記に書いた[21]――ダイアナ・クーパーがスティッチ夫人のモデルなのだが、彼女のあまり感じのよくない面は、ダイアナがローラに対しあからさまに不親切な態度をとったことで、イーヴリンがダイアナに対し次第に愛憎相半ばする気持ちが強くなったことを表わしていた。彼は二週間のうちに第二章を書き上げたが、その速筆は、金を稼がねばならないといういつもの事情から、間もなく中断された。十一月の初め、彼は『ナッシュ・マガジン』の編集長に会い、「なんでも好きなことについて二千語足らず書いて、月に三十ギニーという、割のいい仕事を貰った[22]」。

仕事は別として、その秋の多くの時間は、彼とローラの住む場所を探すのに費やされた。メルズの周辺は、新婚生活を始めるには最適の場所に思えた。その時、彼がそこにいたからというだけではなく、ミッドサマー・ノートンのおばたちの家にごく近かったのと、ロンドンと、ピクストンのローラの家族の家の中間の、便利な立ち寄り先だったからでもあった。二人は間もなく、ナニーの廃墟の城の外壁の中にある、とりわけ綺麗なジョージ王朝の領主館が非常に気に入った。だが、その持ち主(イーヴリンの評価では、「人殺しでもしそうな小地主」)と交渉するのは不可能だとわかった。クリスマスの数日前、探索の範囲を北にグロスターシャー州まで広げた結果、イーヴリンは日記にこう書いた。「二軒の良くない家を見た。それから、スティンチクーム村のピアズ・コートを見た。掛値なく一級で、嬉しかった」[23]。「ローラとわたしは、バースとストラウドのあいだにある、びっくりするほど美しい家を見つけた」と彼はダイアナ・クーパーに話した。「だから、僕らはそこに住むだろう」[24]

ブリストルの北東約二十二マイルのところにあるコッツウォルズの西の急斜面にある村の少し上にあるピアズ・コートは、その庭からバークリー渓谷越しに(そのパノラマは幹線道路M5が出来たせいで、やや損なわれたが)セヴァン河口と、その向こうのディーンの森まで素晴らしい景観が望めた。だが、その立派な漆喰塗りのジョージ王朝の正面《ファサード》の裏にある家自体は、相当な修理を必要としていて、水道もガスも電気もなかった。二人は、ピクストンでクリスマスを送ったあと――狐狩りや銃猟(イーヴリンの場合は、雉の狩り立て)をし、彼が皮肉な調子で、ハーバート家の「家族の楽しみ」と記しているものに耐えた――何をしなければならないかを調べるため、新年にそこに戻った。イーヴリンはその頃、ポーチの上の何もない三角形の切妻壁に、ウォー一族の紋章を彫った石を置こうと考えていて、アレックに、その紋章の由緒正しさについて問い合わせてもいる。一九三七年一月二十二日、彼はピアズ・コートとその周辺の四十エーカーの土地に三千五百五十ポンド出そうと申し出、持ち主は承諾した――一週間後、彼はハイゲイトで両親と一緒に一晩を過ごし、ローラの祖母のレディー・ドヴェシが、その家を買うための四千ポンドを二人の結婚祝いとしてくれることになったと話した。
それには太刀打ちできなかったアーサーは、フランネルで包んで自分のベッドの下に置いてあった、祖父が遺したものの中から、いくつか銀器を選んでくれと謙虚に頼み、二十五ポンドやるから、「明確で永続的な何か――お前にわたしを思い出させるような」物を買うようにと言った。「それは気前のいい話だ」とイーヴリンはローラに書いた。「彼の窮乏した境遇と、数年前に僕のインチキ結婚にかなりの祝い金をしぶしぶ出してくれたことを考えると[25]」

イーヴリンがそうやって感謝し、理解を示したのは、父に対するそれまでのしばしばぶっきら棒な態度とは違っていた。それまでは、父に対してむっつりしているか、父の「気取った会話」に難癖をつけるかだった[26]。そんな二人の関係を一層こじらせたことには、彼はその頃珍しく両親のもとを訪れた際、アーサーの書斎で煙草の火の不始末から小火《ぼや》を起こしてしまったのである。その結果彼がのちに認めているように、「イギリスのほとんどすべての著名な作家からの献呈本の数百冊」を、不注意から駄目にしてしまった。アーサーは、イーヴリンの計算では、「現存するどんな者より数多くの本を献呈された[27]」。しかし、当時の数ヵ月は、イーヴリンは父に、今までよりずっと寛容な気持ちと愛情を抱いていた。それは歓迎すべき変化で、アーサーは、ローラの影響だろうと思った。「わたしたちが彼から以前よりずっと親切にしてもらっているのは確かだ」と、大晦日に日記に書いている[28]。二ヵ月後、イーヴリンがチャップマン&ホールの役員になるのに先立ち、サヴォイ・グリルで昼食をとったあとアーサーは、痛ましくも日記にこう記した。「イーヴリンは、わたしに対し大変親切で思いやりがあった[29]」

しかしアーサーは、「チャーミングな」将来の義理の娘に最初は好印象を受けただけで、ローラを本当にはよく理解することはできなかった。彼は明らかに、アレックの妻、ジョーンに非常な好意を抱いていた。それは、彼女が大変裕福だったからというより——彼女はオーストラリアの父から、アレックの計算では三十万ポンド(30)の遺産を相続した(イーヴリンがピアズ・コートに支払った額の八十倍以上)——もっぱら彼女が、イーヴリンがひどく苛立たしいと感じた、アーサーの何もかもが非常に魅力的だと思っているようだったからである。だがアーサーは、ローラに関しては、そのような親近感はまったく感じなかった。数年後、彼はジョーンに手紙を書いた。「確かに、わたしの二人の義理の娘は非常に違った手紙を書く。非常に違った気性を持っている。わたしはローラを理解することはできないだろう。わたしたちはそれぞれ違った世界に住んでいて、違った言葉を話す。でも、わたしは少しも淋しくはない。わたしは自分の欲するすべてのものを、我が心の娘ジョーンの中に見つけているので(31)」

イーヴリンは父のジョーン贔屓に気づいていたにせよいなかったにせよ、義姉についてはさほど感傷的ではなく、彼女が、二人の新婚旅行の費用を負担しようとすでに約束したあとで、いくらかのリンネルを結婚祝いにくれることになった際、図々しく打算的になった。「君は今、彼女に手紙を書くべきだと思う」と彼は、ダートムーアにある執筆のための隠れ家からローラに言った。彼はそこで、アレグザンダー・コルダのために、実入りのいい映画の脚本をさっさと仕上げていた。*2「イーヴリンがあなたの親切な申し出についてわたしに話した等々と言ってから、僕らの必要とするものの長いリストを作るんだ——二台のダブルベッド、三台のシングルベッド(少なくとも)、五人の客のためのタオル。君は、テーブルクロス、テーブルナプキン等々のことを仄めかしてもいい。こうしたこと全部を君に押しつけるのは済まないが、映画の仕事を片付けるのに実際非常に忙しく、実のところ、手紙を書くのに午前の半分を使う(32)」

結果はどうやら期待外れだったらしい。「ジョーン・ウォーは度し難いしみったれだ」とイーヴリンは、その後のある時に言った。「そう、僕はこの二年、彼女を蔑《ないがし》ろにしていた付けを払わなくてはならないと思う(33)」。彼女の贈り物だけが期待を下回ったのではなかった。「贈り物はいくつか来たが、大方は貧弱なものだ」とイーヴリンは、二月初めに日記に書いた。「アスキス家から来たのは別だ。僕らに見事な大型燭台、突き出し電灯燭台、テーブルをくれた(34)」。クーパー夫妻からのガラスのシャンデリアも、嬉しいものだっただろう、もし、結婚式の三ヵ月後に届いた時、ウォー夫妻の新しい執事が、「割れたガラスで一杯の箱が外にございます」と暗い顔で言わなければ。だが実際は少し割れただけで、イーヴリンはそのことをダイアナに話した。「もし直すことができれば［間もなく彼らは直した］見事な飾りになるだろう。実際、僕らのホールと階段全体は、それを中心に計画され、塗られたのだ(35)」

結婚式は、俄雨の降る四月十七日、土曜日の午前十一時に、ソーホーのウォリック・ストリートにある、十七世紀に建てられたカトリックの聖母被昇天教会（元来は、旧ポルトガル大使館の礼拝堂）で行われた。前の晩に、リージェント・パークの端のグロスター・ゲイト一四番地で、招待客全員のためにカクテル・パーティーが開かれた。披露宴も、そこで開かれた。式を執り行った三人の司祭のうちのダーシー神父が式辞を述べた。イーヴリンは、彼は「センセーショナルなほど、ごく簡単な職業上の義務も知らない」と思ったけれども。ローラの弟のオーベロンが、花嫁を花婿に引き渡す役を務めたが、教会に着くまで、決心を変えるようにと姉に頼んだ(36)*3。教会は、家族と友人たちで一杯だった。その中には、トム・ドライバーグが『デイリー・エクスプレス』で報じたように、「多くの美しい婦人」がいた。「リゴン姉妹、ユングマン姉妹［ベイビーとジータ］、レディー・ダイアナ・クーパー（ウィンザー城から真っすぐに来た）、オナラブル・ピーター・ロッド夫人（小説家ナンシー・ミットフォード。彼女は、赤と紺の駝鳥の羽根を小さなリボンで結んだ帽子をかぶっていた。それは、さほど野暮なものではなかった）」
　欠席者の中で目立ったのは、イーヴリンの最初の結婚式の時の花婿付添人、ハロルド・アクトンだった。彼は自分の文学的名声が英国で下がったことに嫌気が差し、北京の大学で教え、中国の詩を翻訳するために一九三二年に北京に腰を落ち着けた。披露宴は一時少し過ぎに「すっかり終わった」。アーサー・ウォーは、「二時四十分までに家に帰り、一切れのブローン〔豚の頭を煮て作る肉ゼリー〕とチーズを食べ」、どうやら満足したことを記している。[37]
　一方イーヴリンは、自分のクラブの寝室に行き、花婿付添人のヘンリー・ヨーク、そしてフランシス・ハワード、ダグラス・ウッドラフ、ジョン・スートロー、ペリー・ブラウンロー、ビリー・クロンモア、ヒューバート・ダガンに祝杯を上げてもらった。そのあと、イーヴリンとローラは八十五歳のレディー・ドヴェシに別れの挨拶をしにエングルフィールド・グリーンに車で行った。彼女は結婚式には出られなかったが、その埋め合わせは十分してもらったことだろう。それから二人はクロイドンからパリに飛び、パリから夜行列車でローマに行き、翌日の午後、辻馬車でポルトフィーノに着いた。その晩、イーヴリンは日記に書いた。「素敵な日、素敵な家、素敵な妻、なんたる幸せ[38]」
　三週間後、イーヴリンはキャサリン・アスキスに宛てて書いた。「結婚しているというのは、いいことだ。実際、悪くない……今のところ、僕の結婚は無条件の成功だ[39]」。ポルトフィーノに十日いてから、彼はローラを連れてローマに行き、教皇の祝福を受けた。教皇は、がっかりするはどお座なりだった。それからフィレンツェに行き、ポルトフィーノに戻った。そこで、『スクープ』の執筆を続けた。それは、「すっかり書き直す必要がある」と著作権代理人に言ったが、クリスマス前に出版するのに間に合うようにすると約束した[40]。五月末にイギリスに帰ると、二人は七月にピアズ・コートに最終的に移る前に、ローラの姉からチェルシーにある家を借りた。ピアズ・コートに移ると、イーヴリンはダイアナ・クーパーに話した。「僕らは実際、元気で至極幸福だ、そして、家の美しさは日ごとに増す」。妊娠したことにローラが気づくと、二人とも一層幸福になった。

二人がスティンチクーム、あるいはしばしば「凄い難物《スティンカーズ》」と好んで呼んだ自分たちの家の改修は、翌年になってもかなり続いた。イーヴリンは、ほとんどどんな細部にも関心を寄せた。書斎と、家の中の建具類の設計をしただけではなく、家を立派な家具と絵で一杯にもした。そうした絵には、ロセッティの木炭によるヌード『虹の精』(「いやはや、あれは醜い」と彼はダイアナに言った)、ホールマン・ハントの油彩『オリアーナ』と、ジョージ・スミスとジョージ・エルガー・ヒックスの作品を含む、ヴィクトリア朝の風俗画の油彩の優れたコレクションが含まれていた。

彼は庭を造園し直し始め、肉体労働の多くを自らした。イーヴリンは、派手なツイードの服を着、葉巻を銜えてぶらぶら歩き、盛んに地主階級を気取ったということが、よく言われる。だが彼は、地元の旧家の連中と親しく交わるより、庭で茨を抜き、樹木を植え、新しい芝を地面に広げて杭で止める方を遥かに好んだのである。

数人の親しい友人が半径五十マイル内に住んでいたが——バークシャー州のアフィントンにはベッチェマン一家、マダーズフィールドにはリゴン一家、メルズにはアスキス一家が住んでいた——イーヴリンもローラも運転免許試験に通っていず、友人たちを訪れるということは、自分たちの車に、横に坐る監督の男を雇うということを意味したが。もっとずっと遠くに住む友人たちは、泊まっていくようにと言われた。その中には、パンジー・ラムとパトリック・バルフォアがいた。バルフォアは母に報告した。「素敵な家。かなり大きく、〝館《プレイス》〟と言ってもいい。イーヴリンは大層幸福で、極度に家庭的。二人は、ほとんど誰にも会わない。今のところはいいけれども、彼女は遅かれ早かれ、もっと何かを欲しがり始めるのではないかと思う。彼女はとても若く、イーヴリンの言いなりになっている。問題は、どのくらい長くその状態で満足しているかだ。妻も、自分たちのある種の生活をしなければならない(41)」。だが、バルフォアが予言した不安が生まれる徴候は、その後もまったく現われなかった。

二人の最初の子供が生まれたあとにダイアナ・クーパーが泊まりに来た時、イーヴリンは彼女に前もって、「赤ん坊も犬も見ることはないだろう、どっちも遠ざけておく」と請け合った。イーヴリンはグレアム・グリーンを何年も前から知ってはいたが、グリーンが創刊者の一人だった、短命に終わった文芸雑誌『ナイト・アンド・デイ』に毎週書評を寄稿していたので、つい最近友人になった。グリーンも、妻のヴィヴィアンと一緒に泊まりに来た。「ええ、僕は通常、晩にはディナー・ジャケットを着ます」とイーヴリンはグリーン夫人に書いた。「ローラはドレッシングガウン。一番便利なものを着て下さい。僕はグレアムの特別のファンを招待しましたが、彼は皆に会う時、正装するのは確かだと思います(42)」

しかしイーヴリンは、地元の有力者には、さほど魅力を感じなかった。「ドイリー伯爵が電話をしてきて、週末をバークリーで過ごすよう僕らを誘った」というのが、イーヴリンの日記に出てくる典型的な項である。「断った、自分はすぐ近くの隣人は訪ねないと説明したい気持ちを抑えて(43)」。「また小説に取り掛かった」と彼は別な折、二人が越してきて数ヵ月後、疲れたような調子で記した。「もう一人の二重姓の婦人が電話をしてきた(44)」

スティンチクーム・ヒルの野原の向こうに、またもう一人の二重姓の、イーヴリンの親友にはなりそうもない、熱心なヨット愛好家で射撃の上手い、陸軍少佐サー・フェザストン＝ゴドリーという人物が住んでいた。彼は英国在郷軍人会の当時の会長で、一九三五年にナチス・ドイツを訪れた際、その指導者たちと親しく交わったことで、のちに悪名高くなった*4。「レディー・フェザーストーン「ママ」・ゴドリーと食事をした」とイーヴリンは、大きな口髭を生やした陸軍少佐とその妻の家で晩を過ごしたあと記した。「不味い食事、不味いワイン、自分の先祖の自慢をする中年の軍人たち[45]」。ニンプスフィールドに住むカトリック教徒のミス・リー姉妹についての印象は、最初は好意的だった――「鋭く、しっかりしていて、面白い」。ところが、二人が地元の教区司祭と一緒にお茶にやってくると、イーヴリンは、こう記した。「厄介な連中[46]」

総じて彼は、ロンドンに出掛けた時に都会生活をたっぷり楽しんだ。チャップマン&ホールの重役としての新たな責任を果たすだけではなく、時々、本、手工芸品、建築廃材、さらには基本的な金物類を買いにも行った。「今月の数字は、はっきりと向上していた[47]」と彼は、その年の十一月の重役会議のあとで記している。「したがって、どの重役も大変懐疑的だ」。アーサーも、その疑念を抱いていた。アーサーは翌年の最初の頃、同じような調子で書いた。「一九三七年の利益は一九三六年を上回ったと聞いた。驚くべきことだが、ありがたい[48]」

一九三八年三月九日、ローラは最初の子を産んだ。女の子だった。「大きくてブロンドの娘だ」とイーヴリンは著作権代理人に言った。「僕に似ていると仄めかす図々しさを誰も持っていない[49]」。トマス・ボルストンには、こう書いた。「彼女が厄介な子になるのがわかる――尼になるには喧し過ぎ、妻になるには不器量過ぎる。そう、美の標準があと十八年のうちに変わることを願う[50]」。そして、ベイビー・ユングマンには、こう書いた。「親愛なるテス、僕らは娘を授かった――非常に大きくて醜い――来週の初め、洗礼を施すつもりだ。教母になってくれないだろうか？　お願いだ[51]」

娘は、三月十六日、イーヴリンとローラが十一ヵ月前に結婚した教会で、マリア・テリーザと名付けられた。フランシス・ハワードと、キャサリン・アスキスの息子のジュリアン（トリム）・オックスフォードが教父になった。あとでイーヴリンは、ベイビーに手紙を書いた。「教母になって洗礼式に来てくれた君は親切だ。いつの日か、お互いにもっと会えることを願っている」[52]

『スクープ』は、ついに五月に出版された。それを書くのにイーヴリンは、これまでのどの小説よりも遥かに時間がかかった。二〇〇〇年にクリストファー・ヒチンズが、「ウォーの人生の半ばの絶頂期に書かれた完璧な作品——若々しく、しなやかで、羽根のように軽い」[53]と評した『スクープ』の刊行当時の書評は、熱狂的ではないにしても、好意的だった。「極上のエンターテインメント」と『タブレット』は言った。[54]「途轍もなく面白い」と『ニュー・ステーツマン』は思った。[55]「彼の仕事は笑いを提供することである」と、『デイリー・テレグラフ』の書評家は宣言した。「そして、彼はなんと立派にその仕事をしていることか」。[56]多分、最も明敏な書評は、アーノルド・ハウス校でイーヴリンの生徒だった、デリク・ヴァースコイルのものだったろう。彼は、ヨーロッパの方が「彼の「ウォーの」登場人物には、ほかの大陸より効果的」だと思ったが、ウォーの同時代のほとんどすべての者は、ウォーの技法から学ぶことができるだろう、と書いた。「彼の本はきわめて読みやすいので、それらがいかに精緻に構成されているのかが見過ごされがちである。それらは、主題が要求する長さと形式に、ぴたりと合っている。無駄な言葉は一語もなく、誤ったところが強調されてもいない」[57]

イーヴリンの両親が初めてピアズ・コートを訪れたのは、イーヴリンがこの最も新しい成功の余韻に浸っている時だった。アーサーはその家に「喜んだ」と明言した。[58]どうやら、執事が彼のスーツケースの中身を取り出し、朝の紅茶を運んでくるという贅沢を愉しんだようだ。二人の息子が、ついに比較的大きなカントリー・ハウスに住むことになった事実に、アーサーは漠然とした戸惑い、あるいは多分、嫉妬さえ感じていたかもしれない。アレックとジョーンは、エドリントンを買ったばかりだった。それは、ハンプシャー州とバークシャー州の境にあるアン女王時代の牧師館で、イーヴリンは、室内装飾家でもあったシビル・コールファックスを二人の家に送り、装飾してもらった。どちらの場合も、家を買う金は妻の家族の側から出た。ただ、違ったのは、アレックは、エドリントンはジョーンのものであり、自分の原稿料ではそれを維持することはできないと、いつも感じていたことだった。そのためアレックは、自分の書斎として、小さな屋根裏部屋を選んだ。イーヴリンの場合は、自分のペンが一家の出費をすべて賄ったので、一階の一番いい部屋を自分の書斎として選んだことに、なんの疚しさも感じなかった。彼はそこの一連の立派な壁の入り込み《ベイ》に本棚を取り付け、見事な書き物机を置いた——そのすべてが彼の死後、取り外されてテキサスのオースティン大学に全部運ばれることになる。その部屋は、蒐集した本ですでに一杯になり始めていて、アーサーは、訪問した際に感心して眺めた。そして、それから何年も、そこはイーヴリンにとって、家庭生活の煩わしさや苛立ちから逃れるための大事な避難所になった。数年後、ケイト・ウォーは、イーヴリンの二人の小さな子供に、その中に入ったことがあるかどうか訊いた。「ないの」と二人は言った。「でも、窓から覗いたことはある」[59]

イーヴリンは、両親が訪ねてきて滞在した四日間のほとんど、両親に優しく接した。両親をストラウド駅で出迎え、庭のあちこちを案内し、何度か二人を連れて遠出をし、周辺の景色を見せた。だが最後の晩、アーサーは、自分がまたしても息子の神経に障り始めたのを感じたのだろう、「イーヴリンもローラも非常に疲れた」と日記に記した。「過度のもてなし！　夕食のあと、Kとローラはチェスをした。イーヴリンは本を読み、わたしは静かにしていた」[60]

『スクープ』はイーヴリンのそれまでのどんな小説よりも商業的に成功した。だが彼は、養うべき家族がいるので、金を稼ぐ新たな機会を、これまで通り見つけようとしていた。『スクープ』の刊行直後、石油王カウドレイ子爵の息子、クライヴ・ピアソンからの実入りのある委嘱を引き受けた——

「奴は大金持ちだ」とイーヴリンはピーターズに言った。「僕にメキシコについての本を書いてくれと言っている」[61]。メキシコの大統領カルデナスは、最近、ピアソン一家のものであるいくつかの油田と、さまざまな外国の会社のものである油田を接収した。イーヴリンは、自分とローラの旅費と、二人が出発する前にピーターズが先方に出させた九百八十九ポンドの小切手と引き換えに、そうした非道な不正を暴き、カルデナス将軍は進歩的な改革者だという、英国の左翼の新聞が広めている印象を正す本を書くことに同意した。イーヴリンにとってもう一つの魅力は、それがカトリック教会を迫害している現政権を非難する機会になることだった。

イーヴリンとローラは七月三十日に発ち、ニューヨークとハバナ経由で、八月中旬にメキシコ・シティーに着き、リッツに宿泊した。「クライヴおじさんの慈悲心は、どの段階でも追ってきて、僕たちは、まったく支障のない旅をしました」とイーヴリンは義母に宛てて書いた。「メキシコは面妖な場所で、僕らはここで、寛いだ気分になったとは到底言えません。映画館に坐って、訪ねたい気のまったくない国の紀行映画を観ているようです。何千ものアメリカ人の観光客、一握りの不機嫌なイギリスの実業家、殺人的な交通、騒音、埃――すべてスティンカーズとは大違いです[62]」

メキシコの旅はほぼ三ヵ月続き、その成果の本（挑発的な題名『法のもとの強奪』は、「金持ちのピアソン」に対する義務をより一層果たした）は、一九三九年四月まで書き上がらなかった。イーヴリンはダイアナ・クーパーに、今度の本は「一八八〇年の『タイムズ』のだらだら続く果てしない社説のよう」だと言ったが、それは、石油とカトリック教会を扱っている、イーヴリンらしくない重苦しい文体の数章には一応当て嵌まる。だが、総じてイーヴリンの書いたものを非常に賞讃していたハロルド・ニコルソンが、『デイリー・テレグラフ』で、それは「退屈な」本だと評したけれども、ほかの者は驚くほど積極的に評価した。特に『ガーディアン』は、自分の経験を「非常に快適に」語っているど言ってイーヴリンを褒めた[63]。イギリスとは違ってメキシコにまだ大使館を置いていたアメリカでは、『メキシコ――教訓となる実例』という無難な題に変えられた同書は、『ニューヨーク・タイムズ』で激賞された。「通常のエッセイの最良の伝統に従って真面目に構想され、機知に富んだ文章で書かれた本書は、自己満足、甘さ、軽さに対する解毒剤として時折現われる痛烈な本の一冊である。著者の明白な誠実さ、文学的才能の高い質、テーマを追う際の冷静なロジックは、この国で傾聴されて然るべき考えを持っている存在に彼をしている[64]」

イーヴリンは「殺しの請負人」ではあったが、執筆契約の主眼は、彼の保守的な政治観と一致していた。したがって、彼の記述には誠実さがあり、書評家たちは、それに反応したのである。そのうえ、イーヴリンよりもずっと左の政治観を持っていた友人のグレアム・グリーンが、もっと有名なメキシコ旅行記『無法の道』(のちに『権力と栄光』を生むことになる)で、同じような多くの結論に達したことに彼らは気づかざるを得なかったろう。『無法の道』は『法のもとの強奪』の少し前に出た。

いずれにしろ、イーヴリンの本が一九三九年六月に出る頃には、イギリスの大衆は、自国にずっと近いところで起こっている不吉な出来事のせいで、メキシコで起こっていることなど、どうでもよかった。三月にヒトラーがチェコスロヴァキアに侵攻し、さらにその後、彼は軍の指揮官たちに、ドイツの生活圏《レーベンスラウム》を東に拡大し、バルト海のダンツィヒ港を経由してその食糧を確保するために、ポーランドと戦う用意をするよう命じた。イーヴリン自身、非常事態が起こることを、その年の初めから予想していた。「僕らは戦争が勃発するまで、ここから動けない[65]」と彼は、一九三九年の元日に、ピアズ・コートからベイビー・ユングマンに宛てて書いた。彼は、迫りくる紛争を、どんな形のものであれ全体主義の暴力に対する反対運動と見ていた。そして八月二十二日、両親が二度目にスティンチクームに泊まった直後、こう記した。「ロシアとドイツが不可侵条約を結んだ。だから、戦争勃発が遅れる理由はないようだ」

『法のもとの強奪』を書き終えてから、彼は新しい小説に懸命に取り組んでいたが（結局、『中断された作品』という題で未完のまま出版された）、その頃、落ち着きがなくなり、執筆に集中できなくなったので、その代わり、庭に精力を注いだ。八月二十四日、こう記した。「午後庭で仕事をし、小径を綺麗にしながら考えた。こんなことをして、なんになる？ 数ヵ月経てば、スウェーデン蕪とジャガイモを、ここと テニスコートに植えるのだ。あるいはおそらく、自分はここからいなくなるだろう、そうすれば、もう二、三年で雑草がここに生い茂り、庭は二年前に僕らがここに来た時のようになるだろう」

その年の十一月、ローラが二人目の子供を産むことになったので、彼は、これまでになく幸福で、落ち着いた気分だったが、同時に、自分たちの牧歌的生活が短いものだということを意識して不安でもあった。不自然なことではないが、国際的危機をできるだけ考えないようにし、「ラジオを避けるイギリスで唯一の家族」であるのを自慢した。(66) ダイアナ・クーパーが、彼女の献身的な友人で崇拝者のコンラッド・ラッセルと一緒に泊まりに来て、あとでイーヴリンに、彼の「無性に欲しくなる家」の「素晴らしさ」になんと感銘を受けたことか、また、彼が「大層幸せで大層穏やか」なのを見てなんと嬉しかったことかと手紙に書いた。しかし彼女は、なぜ国際的危機が――「その性質上、わたしたちすべての心に絶えず存在しているのに違いない問題」――それほどタブーでなければならないのか、理解できなかった。イーヴリンは、外務大臣ハリファックス卿の演説を聴くために彼女が車からラジオを持ってくるのさえ禁じた。そして彼女は、夕食が終わってその話題を持ち出そうとすると、イーヴリンに「ひどく不愉快にあしらわれた」。「わたしは、二人の執事が、あなたの口調で真っ青になるのを見ました」と彼女は彼に宛てた手紙に書いた。「なぜなの、ボー?」[67]

八月二十六日、月曜日、ドイツ軍がポーランドにまさに侵攻する形勢だった時、地元の女校長が訪ねてきて、ピアズ・コートが疎開者の宿舎に指定されたとイーヴリンに告げた。「心が沈んだ」と彼は記した。「しかし、子供のことでではなく、子供が来るのに先立って手配してから一週間で出て行く五人の大人のことでだ」。しかし、「彼らに使わせる部屋からすべての貴重品を片付けて」準備が終わると、予期したより疎開者が少ないことがわかり、結局、誰も来ないことになった。その代わりイーヴリンたちは、一台のベッドといくらかの衣服を、教区牧師が厩舎の屋根裏に庇護している困窮した一家のために持って行った。

九月三日、日曜日の朝食後、イーヴリンは誘惑に負け、戦争が始まったことについての首相のネヴィル・チェンバレンのラジオ放送を聴いた。「彼は、大変うまく話した」とイーヴリンは日記に書いた。二日後、『タイムズ』の第一面の個人消息欄に広告を出した。「**イーヴリン・ウォー氏**は、**グロスター、ダーズリー近くのピアズ・コート、家具付き**を戦時中貸すことを希望。最近現代化した古い家。客間四、寝室十、浴室四他。四エーカーあるいはそれ以上。教養人の借り手に安い家賃で」[68]

原注

＊1　ヘイゲイトは、シーヴリンと駆け落ちしてから間もなくイーヴリンに手紙を書いたが、返事は貰わなかった。一九三六年、あなたは聖体を拝領する許可を得る前に、あなたが罪を犯した相手の許しを得なければならない、とヘイゲイトは、ある司教に言われた。そこで、イーヴリンに再び手紙を書いた。のちにヘイゲイトがオーベロン・ウォーに話したところでは、イーヴリンの返事を見せると、その司教は「かなり驚いていたようだったが、満足した」。(サー・ジョン・ヘイゲイトよ

りオーベロン・ウォー宛、一九七三年十一月十一日。AWA）

＊2　イーヴリンはコルダの撮影所に行くと、キャバレー・ガールについての俗悪な映画の筋を聞かされた。仮題は、「アメリカからの可愛い子ちゃん」だった。彼は脚本料として七百五十ポンド貰ったが、映画は作られなかった。*EDW*、四一三頁の注。

＊3　オーベロン・ハーバートがイーヴリンを認めなかったことについて、アレグザンダー・ウォーは、こう書いている。それは、「成り上がり者に対する貴族の生来の嫌悪感と、父が好んで言った、『特権階級と実際の成功者のあいだの伝統的嫉妬』に由来した。オーベロンは、決して馬鹿ではなかった。六ヵ国語を流暢に話し、生来、稀なウィットに富んでいて、サー・アイザイア・バーリンと、彼のポーランド人の執事カロルのような、実に多種多様な者に大変好かれていた。だが、彼の話し方、話しながら顔の両脇で手首をひねる癖、体からむっと漂ってくる窒息しそうな香水の匂いを嘆いたイーヴリンにとっては、彼は甘やかされた怠け者以外の何物でもなかった。『父親たちと息子たち』、二七二頁。

＊4　イーヴリンの短篇「イギリス人の家」（一九三八年）のマッチ・マルコック領主館《マナー》の持ち主、ホッジ大佐のモデルであろう。

第17章 ウォーを終わらせる戦争《ウォー》

「なんと悲しいこと！」とイーヴリンの母は、イーヴリンたちがピアズ・コートを貸そうとしているのを見て手紙を寄越した。「戦争がすぐ終わって、あなた方が、素敵な家に早く帰れますように(1)」。しかしイーヴリンは、戦争がどのくらい続くのかについては悲観的で、戦争が近づいてくるのを無視しているような印象を与えたけれども、実は、ほかのことはほとんど考えていなかった。彼にとって、なすべき明らかなことは、情報省に志願することだった。そこでは、グレアム・グリーンやトム・バーンズのような友人が、間もなくプロパガンダを伝播するのに忙しくなった。だが、芸術家、冒険家としての彼は、実質的にもっと行動的で刺激的なものに惹かれた。「陸軍に一兵卒として加わりたい気がする」と日記で告白した。「ローラは大方の妻よりもよい境遇にある。そして、戦争のあいだ、家を貸すことができれば、財政的には非常に安定する。自分は、この先三十年小説を書くことを考えねばならない。僕の作家生命を終わらせるおそれが一番あるのは、政府での仕事だ。日常の習慣をすっかり変えることほど、刺激的なことはない。兵士として戦うことと、民間人として奉仕することとのあいだには象徴的な相違がある。たとえ、民間人の方がもっと価値があるとしても(2)」

まだ愛国的な奉仕にも就けず家の借り手もなかったので、ピアズ・コートでの暮らしは、当座はほぼいつもの通りに続いた。イーヴリンは、庭師のプルーイットの助けを借りて、柘植《つげ》の生垣を植えたり、塀を作ったり、ゴシック風の欄干を立てたりすることに時間を費やした。だが、九月末に、何人かのドミニコ修道女が、女学校として使うために、年六百ポンドでピアズ・コートを借りた。イーヴリンとローラは、ピクストン・パークに引っ込んだ。そこには、二十六人の疎開児童を含め、五十四人が住んでいた。「僕らはホールで食事をした」とイーヴリンは、その晩記した。「踊り場の一番上から子供たちの唾の恰好の標的になった[3]」

「姻戚と恐るべき子供と同居するということより」とヘンリー・ヨークは同情の手紙を寄越した、「ひどい拷問は考えつかない[4]」。イーヴリンは、あらゆる機会を捉えてロンドンに逃げ出した。そして十月の末、ロンドンでイアン・フレミングに会い、海軍の情報部の仕事について訊いた。当時、フレミングはほんの知り合いに過ぎなかった。翌日イーヴリンは、近衛歩兵第五連隊に受け容れられて喜んだが、数日後、同連隊には結局、空きがないと言われた。その頃には諦めかけていたイーヴリンは、「陸軍省の誰かが、僕のチャンスを阻むことに専念しているに違いない[5]」と疑ったが、それは、彼が『アビシニアのウォー』でムッソリーニを賞讃し、『法のもとの強奪』でフランコを賞讃したことを考えると、あり得ることだった。もっとも、その後、彼に面接した者たちが、彼のスエードの靴は「不適切」だと思ったという噂があったことは[6]、むしろ面接者たちのまったくの俗物根性を物語っている。

ピクストンに戻った彼は、「嫌な連中の新しい波が入ってきた」と記した[7]。そして、翌日――「仕事は論外だ。疎開児童が、いまや僕の部屋の窓の下の、家の裏庭に入ることが許されたからだ。膿痂疹、鵞口瘡、その他さまざまな病気が蔓延している」。それに対して取れる唯一の手段は、チャグフォードの執筆用隠れ家に行くことだった。「君が文句も言わずに僕を行かせてくれたことに感謝する」と彼は、イーストン・コート・ホテルからローラに書いた。「それが理に適った唯一の手段だったのだ。僕は、ここでなら仕事ができるだろう。子供が生まれる前に、小説が軌道に乗るのを願っている」(8)。二日後、彼は報告した。「僕は午前中ずっと仕事をする。それから散歩。それから少し仕事。それから入浴、カクテル、夕食、クロスワード、早めにベッドに行き、長時間眠る。一つのこと「ローラがそこにいないこと」を除き、牧歌的生活だ——しかし、その一つのことで、事態は決定的に変わる」(9)

四日間で彼は、戦争が勃発する前に書いた一万五千語に、四千語を加えた。ローラは彼の誕生日に、エクセターにいる彼に会いに来た。そして、次の週末もやってきた。だが、それを除けば、彼は独りで小説を苦労しながら書いていた。そして、その頃には執筆に没頭していたので、兵役に就けないことについて思い煩うのを一時的にやめた(10)。十一月十六日、ピクストンの近くの下宿屋に移り、赤ん坊が生まれるのを待った。翌日、ローラが陣痛を起こすと、車でピクストンに行った。そのあとで、彼はメイミー・リゴンに言った。「ローラは息子を産んだ。教母になってくれないだろうか？オーベロン・アレグザンダーという名になる。かなり大きくて男前なので、ローラは大変喜んでいる」(11)。メイミー自身、ロシアの最後の皇帝の甥で、ロシアの亡命者でワイン商のフセヴォルト・イヴァーノヴィチ・ロマノフ公爵と結婚したばかりだった。したがってメイミーはいまやロマノフスカヤ＝パーヴロスカヤ公爵夫人になった。イーヴリンは彼女に、オーベロンが話せるようになったらすぐ、その名前を言わせるようにすると約束した。ローラは、息子を持つことをイーヴリンより遥かに強く望んでいたように見える。「僕は君の反・娘感情に苛立っている」とイーヴリンは以前、彼女に書いたことがあった。「娘は、両親にとって非常な慰めだ、つまり、息子に比べて(12)」

オーベロンが生まれてから四日後、イーヴリンは英国海兵隊の面接を受けるためロンドンに出掛けた。彼の申請が、ブレンダン・ブラッケンに嘁《けしか》けられたウィンストン・チャーチルに「強く支持」されていた(13)。イーヴリンは、一九三〇年代初頭からブラッケンについては薄々知っていた。[*1] ハイゲイトに滞在中、イーヴリンは両親が「戦争に参加しようという僕の計画に、まったく賛成していない」のに気づいた(14)。翌日、面接に先立って、セント・ジェイムジズのフラットにある医療局で身体検査を受けた。「まず視力検査を受けたが、嘆かわしい結果だった」と彼は日記に記している。「少し離れた所から片目で表を読むように言われたが、文字はもちろん、線すら識別できなかった。身を乗り出して少しインチキをした。それから隣の部屋に入って行くと、医師が言った、『丸裸になって下さい。ああ、中年太りですね。入れ歯はしていますか?』彼はハンマーで、僕のさまざまな器官を軽く叩いた。それから、服を着ていいことになった」。海軍省での面接では、友好的な大佐が、「医師は、あなたの視力はあまりよくないと言っています」と告げたが、通りの向こうの大きな広告を読むようにと言ったあと、彼を合格させ、気さくに言った。「いずれにせよ、あなたの仕事の大半は闇の中で行われる(15)」

その日の午後、さらによいことがイーヴリンに起こった。アメリカの雑誌『ライフ』の編集長が、「千ドルという破格の稿料」で二篇のエッセイを彼に依頼してきたのである。それは、彼が抱えていた当面の借金を払うのに大いに役立った。彼は自分のクラブでシャンパンをがぶ飲みし、夕食にパトリック・バルフォアとワインの大瓶を飲み、そのあとナイトクラブで、さらにワイン三本とラム酒一本をキャスリーン・メイリックと飲んだ。「五時頃、吐いた(16)」

十二月七日に海兵隊に出頭することを求められた彼は、それまでの一週間、ピクストンでローラと一緒に過ごし、飲み騒いで崩した体調の回復に努めた。ローラはその時、肋膜炎に罹っていた。そして海軍基地のあるチャタムに向かった時、同行の仲間の将校たちは、「ストランドで最初に見かけたバスから徴兵したような、なんの特徴もない連中」という印象を彼に与えた。しかし目的地に到着し、ピンク・ジンで迎えられ、暖炉の火が絶えず赤々と燃えている大きな寝室を自分用に与えられると、元気を回復した。「食べ物は実に旨い」とローラに報告した。「最初の晩は、基地の中の劇場で演じられる劇のせいで、冷たい夕食だった。僕は、盛んに詫びを言われながら、ロブスター、新鮮なサーモン、冷たい鳥肉、ハム、ブローンの置かれた夕食のテーブルに導かれた。セント・ジェイムジズの冷たい料理の並んだテーブルにそっくりだった。そのあと、見事な当たり年のポートを何杯か飲んだ[17]」

翌週、六週間に及ぶ歩兵集中訓練が始まった。それは、地図作製、衛生、小火器、軍法、果てしない武器演習、恐れられている軍隊式体操から成っていた[18]。イーヴリンは、新たに口髭を生やしても(ダイアナ・クーパーは、それを「エロール・フリン風の粋なちょび髭」と言った[19])、軍服を着てしまうと、あまり冴えないのを認めた最初の者だった。メアリー・パケナムは、自分の知り合いのうちで、彼は軍服を着るとあまり立派に見えない唯一の人物だと言った。だが彼はそれにもかかわらず、普通の軍隊の演習ではかなり良くやっていると自分では思っていた。軍旗護衛下士官は、その評価に、いつも同意した訳ではなかった。「ウァフ中尉、そのライフルの床尾をぐっと押し、あんたの目玉を正面に向け続けるんだ。正面に、と言ったんだ！　あんたはここに、雛菊を摘みに来たんじゃない！[20]」

だが、概してそこでの生活は、彼に非常によく合っていた。「海兵隊の兵舎は大学の教員休憩室に似ている。ただ、教員の退屈なお喋りがないだけ」とヘレン・アスキスに言った。「――立派なジョージ王朝の建物、古い銀器とマホガニー、当たり年のポート――そのどれも大学を舞台にした探偵小説の付き物だ。体を十分に動かすため、人は食欲が湧く。なんの責任もないし、プロテスタントの従軍牧師に主の奇跡の真正さを納得させる試み以外、知力を行使することもない[21]」

そうした経験をしたあと、ピクストンでのクリスマスの料理がなんとも不味かったのは、イーヴリンにとって大変なショックだった。おまけに、家はいまや「スラムの子供たち」と、「皮肉にも〝ヘルパー〟と呼ばれている、無口な未婚の職業婦人」で一杯だった。ローラがまだベッドで回復期を送っていたので、食事はほとんどいつも、トレーに載せて彼女の部屋でとった。新年を迎えた直後に彼はチャタムに戻ったが、次の週末はトム・バーンズとロンドンで過ごした。そして、カクテルを飲みながらベイビー・ユングマンと仲直りができたことに感動した。「オランダ娘は戦争で新しい青春を経験した」とローラに話した。「(それと、彼女のキング・チャールズ・スパニエルの死で)。彼女はカナダの兵士とナイトクラブで週に三晩ダンスをし、残りの四晩は空襲監視員の監視所で徹夜をする[22]」。その年の夏、彼女はダンスの相手の一人の虜になった。その男は、グレアム・カスバートソンという、カナダ連隊に勤務していた、海象髭《せいうちひげ》を生やしたスコットランド人だった。のちにフランク・パケナムは、こう回想している。「彼は明らかに、性的魅力をたっぷり持った男だった。おそらく、ベイビーの純潔を征服するには、そのような男が必要だったのだろう。彼は、そのことに気づきさえしなかったろう[23]」。ベイビーのかつての求愛者たちは、彼を卑劣漢だと思ったようだが、イーヴリンは騎士道精神を発揮し、君の結婚は「グラーフ・シュペー〔一九三九年に自沈したドイツの戦艦〕以来の良い知らせだ」とベイビーに言い、君の夫は「非常に多くの者が斃《たお》れたのに勝利を収めた天才児に違いない』と付け加えた。「僕ら四人全員で会おう。ローラも、くれぐれもよろしくと言っている。君も、僕がこの三年間幸福であったように、結婚して幸福になるのを祈る[24]」。ベイビーは間もなく二人の子を産んだが、イーヴリンの祈りにもかかわらず、ほどなく二人は別れた。

一月中旬、海兵隊はディールの近くのキングズダウンにある、使われていない陰気な休暇村に移った。そこは非常に寒くて不快だったので、イーヴリンは可能な限り「老いぼれのためのクラブ」に避難所を求めた――〈ディール&ウォルマー・ユニオン〉。彼らの愛想のよい新しい大佐、ゴッドフリー・ワイルドマン＝ラッシントンは、四月までには野営することになるだろうと言った。イーヴリンは、あまり気に入らなかった。大佐はまた、「戦地勤務をするには、きわめて優れた運動能力が必須」だとも言ったので、イーヴリンはローラに、「もっとセンセーショナルな冒険が試みられる場合は、僕は荷物と一緒に取り残されるだろうから君は安心していいと思う」と言った。[25] 明らかに軍隊式体操を嫌っている目立った享楽家で、将校食堂で好き放題に飲食をして日ごとに太っていったにもかかわらず、イーヴリンは、装具を全部担いで、きつい三十マイルの行軍を驚くほど見事にやり遂げた。ある正規将校はイーヴリンを評し、「彼は大変良い肺を持っていて」、「驚くほど体調がよい」と言った。[26] 旅団指揮官アルバート・セント・クレア＝モーフォードは瞠目すべき性格の持ち主で、『名誉の剣』の愛すべき残忍な准将、リッチー＝フックのモデルなのは明らかである。「［彼は］シンシン刑務所から脱走した男に見える」とイーヴリンは、准将の最初のレクチャーのあと記している。「そして、学校の四年生の少年のように話す――白貂《しろてん》のような歯、ファウヌスのような耳、海賊ごっこをしている子供のような輝く目、『それから我々は、奴らをぶん殴る、諸君』。彼は人を半ば怖がらせ、半ば魅了する」[27]

翌月、イーヴリンはセント・クレア＝モーフォードを自宅に訪ねた。それは、「株式仲買人のチューダー王朝の堕落した家」に、イーヴリンの目には映った。「僕は取り入るように訊いた。『この家をご自分でお建てになったんですか?』すると彼は言った。『建てた、だって? この家は四百年前のものなんだ!』准将の奥さんは、つけ上がらないように非常によく躾けられていて、大声で命令される。『お前、わたしのキャビンに上がって行って、ブーツを取って来い』。もっと変わっているのは、彼女が悪戯《ブービー・トラップ》の仕掛けにかかるということだ。彼は僕らに、ひどく嬉しそうにこんな話をした。前の晩、妻は病気の娘の様子を見に何度か起きねばならなかったが、妻が戻ってくるたびに、妻を苛めるための新たな恐怖の手段を使った――ドアに横に紐を張り、ドアの天辺に水差しを置く等。しかし彼女は、こうした扱いを受けても元気そうで、非常に健康そうで、明るく、無数の子供を産んでいる[28]」

イーヴリンは、准将の奇矯さに愉しまされたのと同じくらい、准将の好戦的態度に感化され、英国空軍に志願して医学的理由で断られたジョン・ベッチェマンに言った。「絶対に、女々しい移動基地防衛隊に入ってはいけない[29]。歩兵旅団が一番だ……この状況をめでたく終わらせる唯一の方法は、厖大な数のドイツ人を殺すことだ。もし僕らが防衛のことばかり考え続ければ、防衛するのに値するものが何もなくなってしまう。なんで君は防衛の方が好きなんだ？　僕には理解できない[30]」

イーヴリンはクリスマス以降、ローラに前よりずっと頻繁に会っていた。しばらくのあいだ兵舎を離れて地元のホテルに泊まり、週末をロンドンで一緒に過ごした。四月に、彼女は、オーベロンを産んでから初めて気分がよくなり始めた、まさにその時、自分がまたも妊娠しているのを知り、あまり嬉しくなれなかった。「もう一人赤ん坊が出来るというのは、君にとっては悲しいニュースだが、僕は君の悲しみを悲しむ」とイーヴリンは彼女に書いた。「人を殺すように仕組まれている世界の現状に囲まれている僕としては、新しい命が与えられつつあるのを知ることに、いささかの慰めを感じずにはいられない。君の悩みは命を世に与えることだが、僕らが悩まなければならないとすれば、それは命を奪うことだ。今は一つの危険であり苦痛である子供は、将来は、君の最大の幸福になるかもしれない。もし僕がこの戦争を生き延びることができないとしても、君には、君を愛し、必要とする子供たちがいる[31]」

イーヴリンの軍隊での生活について記録している者の大多数は、彼は「兵士との関係がよくなかった」、そして、辛辣で短気で、兵士たちには理解できないような高尚な話し方をする傾向があったので嫌われていた、と異口同音に言っている――彼が一度、十九歳の兵士の一団に、「口笛を吹いたり口笛で野次ったりするのは、稀にしか結婚という結び付きに至らない求愛の形式である」と優しく助言したのを聞いた者は、それを忘れなかった。[32] 彼が不人気だったという報告には、いくらかの真実があるのは、ほぼ確かである。だが、その証拠は、兵士自身の回想ではなく、仲間の将校の証言である場合が大半であるように思われる。兵士の何人かは、逆の証言をしている。ほとんどいつも、イーヴリンは兵士たちと完全にうまくやっていたという、ほかのいくつかの証拠もある。兵士たちは、彼が時に癇癪を破裂させたとしても、軍務に対する彼の大胆なほど非協調的な態度を愉しんだ。彼は軍法会議で部下の兵士を何度か弁護し、大佐の命令に逆らって、ある若い水兵に、「若い婦人」とダンス大会に出られるよう、一夜の外出許可を与えた。イーヴリンがローラに語っているように、その水兵は「南イングランドのチャンピオンになって、自分の背ほどに高い銀のカップ」を持って戻ってきた。[33] 四月の初めにイーヴリンは、自分は戦闘中隊の指揮官になった、自分の大隊でただ一人の臨時将校だと言った。「しかし、非常に愛着のある自分の小隊を去るのは悲しい」[34]

翌月、彼は大尉に昇進し、ワイルドマン＝ラッシントンとセント・クレア＝モーフォードから際立って好意的な評価を貰った。「生来の指揮官で経験を積んだ人物。任務に励み、部下によい仕事をさせるが、次席指揮官に頼る傾向を抑えねばならない。精神的勇気は十分にあり、自分の知っている問題については自信がある。少々短気。軍隊でさらに経験を積めば、第一級の大隊指揮官になるものと思われる」[35]

ところが、八月にイーヴリンは、突如指揮官の任を解かれた。バーケンヘッドに向かう列車の中で、飲料水がないことで補給部付き軍曹を、兵士たちの面前で大声で叱責したことが広く伝わったためだった。中隊はスカパ・フロー〔スコットランドの海軍基地〕に行く途中で、そこから――二週間の航海ののち――西アフリカに行った。その少し前彼は、サー・ロジャー・キーズが共同作戦の指揮官として編成しているコマンドに転属する件について、ブレンダン・ブラッケンに会いに行った。だが、いまや彼は、信用を失ったので転属するように見えることを心配した。しかも、彼の中隊が、まさに初めて戦闘に参加する時に。したがって、即時転属の話に応ずる代わりに、大隊情報将校に任命されることを承諾した。情報収集という役割は、中隊指揮官よりも、彼の特異な才能に合っていただろう。しかし彼が待ち望んでいた戦闘は、結局行われなかった。ドゴール将軍と自由フランスをダカールに置くという軍の試みにおけるイーヴリンたちの役割は、今日ならば「不利な気象状態」と言われるだろう気象のためと、将軍が、軍の望んだようにはダカールにいる同国人に心から歓迎されなかったため、果たされることはなかった。その後イーヴリンはローラに宛てて、非常に危険なものになるのは間違いないと思われている作戦が実行されるまでの数時間、「僕は君のことを考えた、君だけのことを考えた」が、結局、「名誉を代償に、流血は避けられた」と書いた[36]。数日後、彼はローラに書き送った。「僕は［その時］、いかに君が僕を変えてしまったのかを悟った、なぜなら、もはや死を無頓着に見ることはできなかったからだ。僕は生きたかった、そして、僕らが逃げた時、嬉しかった」。だが、イーヴリンはその後、戦闘に参加するたびに、危険をほとんど顧みなかったことを身をもって示した。そして、のちに退却を余儀なくされた時、安堵感はまったく覚えず、ただ屈辱と幻滅の深い感情に襲われたようである。

イーヴリンがロバート・レイコック中佐から、自分のコマンドに彼のためのポストがあるという手紙を受け取ったのは、帰国の途中のジブラルタルでだった。イーヴリンは少々軽率にも、心配している両親に、それは「海兵隊よりもメロドラマチックな部隊」だと書いた。[37] 一九三〇年代初めからリゴン姉妹を通しての淡い知り合いだったボブ・レイコックは、イーヴリンが軍で一緒だったほかの誰よりも賞讃するようになった将校だった。当時、三十三歳でイーヴリンより四歳若く、勇敢で、魅力的で、飛び切り良い縁故に恵まれた彼は、ノッティンガムシャー州の遊び人風の地主、聖ミカエル・聖ジョージ上級勲爵士、殊勲章受章者の准将サー・ジョーゼフ・「ジョー」・レイコックの息子だった。父のレイコックは、エドワード七世の愛妾デイジー・ウォリックに二人の子を産ませたあと、ボブの美人で有名だった母を、当時の夫ダウンシャー侯爵から奪った。[38] ボブ・レイコック自身、ウォリス・シンプソンが出現する前に皇太子の第一の愛妾だったフリーダ・ダドリー・ウォードの娘と結婚していた。イートン校とサンドハーストを出たあと、一九二七年、エリートの近衛騎兵連隊に入り、騎兵隊で輝かしい活躍をし、フィンランドの帆船で平水夫として世界を半周するという冒険をした。[39] 戦争が勃発すると、科学の専門知識があったため、彼は対ガス参謀将校としてカイロに派遣された。だが、映画スターのデイヴィッド・ニーヴンの助けを借り、その退屈で先の知れた仕事から逃れることができた。

ニーヴンは間もなくレイコックの姪と結婚することになっていたので、将来のおじを陸軍省の上司のダドリー・クラークに推薦するのになんの躊躇《ためら》いもなかった。クラークは、ドイツ軍に占領されているフランスの前線の背後で襲撃作戦を実行するコマンドを編成しているところだった。それは、彼の生まれ故郷の南アフリカでイギリス軍を悩ました、ボーア人の騎手からヒントを得たものだった。レイコックが帆船を操った経験があるということは、彼が揚陸作戦に理想的な人物だということを意味した。ニーヴンの話では、クラークは「彼こそ、まさに自分が欲している男だと、即座に決めた」[40]。レイコックはこうして、第八コマンドの編成に着手した。並外れた進取の気性、想像力、大胆さを具えていた将校の彼は、三年のうちに、陸軍で最も若い少将になった。

「友人が将校として率いる挺身隊を作るというのは、戦争をする最も楽しい手段にわたしには思えた、そして、今でもそう思える」とレイコックは回想している[41]。彼の将校の多くは、彼のクラブ〈ホワイツ〉のバーで誘われた。レイコックの将校たちは、まだそのクラブの会員ではなかったが、間もなく会員になった。レイコックは、イーヴリンのように危険な仕事に志願した者から選ばれたが、彼は信用できると思える者を探していた。イーヴリンの小説の大ファンだったレイコックはのちに、イーヴリンは「フィクションより本人の方がもっと面白い場合が多く」、「戦争という侘しい仕事で彼が貴重な財産にならないはずがない」ので、彼を採用したらどうかというブラッケンの提案に賛成したことを思い出している[42]。

エアシャー州の自分の新しい部隊に入る前にイーヴリンは、休暇をピクストンで過ごし、ピアズ・コートを訪れた。そこは「避難民で溢れ」、庭は「急速に密林と化していた」。彼はロンドン大空襲が苛烈を極めていた時にロンドンに行き、ハイゲイトの両親のところに泊まった。そこには、フランスが陥落したあと、ブーローニュから避難してきたアレックもいた。アレックは、家族がオーストラリアにいて留守なのを幸い、自分よりずっと若い、背が高く豊胸の女と情事に耽っていた。イーヴリンは、その女とデヴォンの作家の隠れ家で会ったことがあり、彼女を「チャグフォードの大女」と名付けていた。

十一月中旬にイーヴリンは、第八コマンドが駐屯している、エアシャー沿岸のラーグズに行くため北に向かった。町のマリーン・ホテルが、同部隊の将校食堂になっていた。そこで、さまざまな友人や知り合いに会った。その中に、かつてロイターの通信員だったロビン・キャンベルがいた。キャンベルの父は、フランスが陥落するまでパリ駐在の大使だった[43]。イーヴリンがオックスフォード大学時代から知っていたハリー・スタヴァーデイルもいた。ロンドンのホランド・パークにあった一家のジェイムズ一世時代の壮麗なホランド・ハウスは、ロンドン大空襲で破壊されたところだった。また、ランドルフ・チャーチルもいた。彼は首相の甘やかされた手に負えない息子で、イーヴリンとは、二人がダイアナ・ギネスの息子ジョナサンの教父になって以来、愛憎関係にあった。さらに、フィッツウィリアム伯爵の不運な跡継ぎ、ピーター・ミルトン*2の率いる数名の男たちもいた。彼らは「至極楽しいが、僕には少々手に余る」とイーヴリンはローラに話した。こうした人間が第八コマンドの「社交界の名士《スマート・セット》」、金持ちのプレイボーイのグループを作っていた。イーヴリンは、まだ彼らに加わる余裕はなかったが、寛大な気持ちで面白がって眺めていた。「スマート・セットは酒を鯨飲し」と彼はローラに話した、「高額の金を賭けてトランプをし、夜ごとグラスゴーで食事をし、自分たちの調教師に果てしなく電話する」。その間、中尉の給料に戻ったイーヴリンは、「威厳のある貧しさ」で暮らさざるを得なかった[44]。

イーヴリンは、スマート・セットの因習に捕われぬ態度を愉しみ、彼らの「陽気さと独立心」は戦闘の際、利点になるだろうと考えた[45]。まず彼は、キャンベルとスタヴァーデイルと一緒に連絡将校を務めた。「僕は、郭公時計を分解し、ルードー〔一種のすごろく遊び〕をすることしかしていない」とローラに書いた。「将校は全員長髪で、ペット犬と葉巻を持ち、思い思いの軍服を着ている[46]」。一週間後、こう報告している。第八コマンドでの生活は「日ごとにハウス・パーティーのようなものになってきて、小規模な作戦行動が、安逸を貪るのをやめさせるのに役立つと思う……今日、大査察があり、僕は参謀の後ろを歩きながら、僕の訓練された海兵隊の目で、近衛歩兵連隊の目を逃れた多くの欠陥を見つけた」[47]。

十一月末にイーヴリンは、スコットランド高地地方のインヴァレイロート城で、戦場で必要な技術を教わることになった。ランドルフ・チャーチルも一緒に行くことになっていた。しかしランドルフは以前の教練で、下士官の教官（その何人かはボーフォートの彼の屋敷の従僕あるいは猟師だった）の一人を野次ったので、その教練から追い出されていた[48]。（もう一人の教官はシミー・ラヴァットのいとこ、ラヴァット卿に、デイヴィッド・スターリングで、彼はのちに陸軍特殊空挺部隊を創設した。）結局イーヴリンは、そこには行かなかった。というのも十一月三十日、土曜日の晩、メアリー・ハーバートがピクストンから電話をかけてきて、その年の春から懐妊したことがわかっていたローラが、予定より早く陣痛を起こしたと言ったからだ。

イーヴリンは翌日夜行列車に乗り、月曜の午前十時半にティヴァトン駅に着いた。「ローラの赤ん坊は日曜日に未熟児で生まれ、二十四時間しか生きませんでした」と彼は、その日の遅く、母に手紙を書いた。「彼女は死ぬ前にメアリーと洗礼名を付けられ、あす、ブラッシュフォードの墓地に葬られるでしょう」。手紙は、それから奇怪な調子になる。「それは安産で、ローラはすこぶる元気です……僕は三日間の休暇を貰っていて、金曜日に僕のコマンドに戻ります。そこでの暮らしは海兵隊での暮らしより楽です。たくさんの旧友と知り合いが一緒です。僕には、そこの暮らしは非常に楽しい……[49]」

かねがね娘が欲しいと思っていたアーサーは、イーヴリンが自分の子供を喪っても、どうやら平然としていることにショックを受けた。さらに、その知らせが葬式のあとに届いたことに気持ちを傷つけられた。「この小さな生命の星には、実に哀切な何かがあるようだ」とアーサーは、アレックのオーストラリアにいる妻のジョーンに書いた。「それは、ちょっと瞬いただけで消えてしまった。彼女は望まれなかった、そして、地上に留《とど》まらなかった。イーヴリンは、彼女が生まれることで『誰もが遺憾に思い、ある者は当惑した』と書いて寄越した。そう、彼女は彼らに長く迷惑をかけず、彼女も大いに救われた[50]」

イーヴリンの孫はのちに、彼の奇妙なほど冷淡な反応は、「アーサーの最大の欠点――感傷癖――とは自分は無縁だということを証明」したいという、本能的な衝動に起因すると考えた。その結果イーヴリンは、「しばしば馬鹿げているほど誇張した、極端な超然たる態度をとった。アーサーが情緒的になればなるほど、イーヴリンは一層自分の冷静さ《サンフロワ》を誇示した[51]」。これは実際、本当であろう。娘を喪ったことについてイーヴリンが日記に書いていることも、奇妙なほど非情緒的だが。悲しげにこう認めている以外は――「哀れな女の子だ、彼女は望まれなかった[52]*3」。

十二月七日までにはイーヴリンはスコットランドのコマンドのもとに戻った。そして間もなく、イタリアのパンテッレリーア島襲撃の訓練をするためにアラン島に向かった。「君を一人残すのは大変悲しい」とローラに言ったが、クリスマスにピクストンに戻れるかどうか怪しいとも言った。「僕がそれを避けることになってなんと喜んでいるか、君はよく知っている[53]」。彼はまた、ペンギンブックスが、彼の未完の小説を『中断された作品』という題で出してくれることになったことにも喜んだ。その作品には「消えてしまうには惜しい非常に多くの材料」があると、ローラに言った[54]。そして、それはこれまでに書いたものの中で最良のものだと思った。一人称で語られ、叙述的で懐古的な散文で書かれた『中断された作品』は、文体上『ブライズヘッド再訪』の先駆的なもので、戦争で中断されなかったら、もっとよい小説になっていただろう[55]。

結局、イーヴリンはキリスト降誕日を、兵員輸送船、グレンロイ号の船上で過ごした。船長は、テーブルクロスを燃やしてから、坐ったままゲロを吐くことで、ディナーを活気づけた。イーヴリンは、その日の大半を眠って過ごした。その後しばらくして、パンテッレリーア島襲撃は取り止めになった。キーズは憤慨した。彼は、自分のコマンドが戦闘の気構えの頂点に達していたこと、また、もし頻繁に作戦中止になれば、部下の士気を高めておくのがずっと難しくなることを知っていた。こうした事情のもとで、一月末、イーヴリンの部隊は、荷物を纏めて北アフリカに向かうよう突如命令された。それは、ボブ・レイコックの総指揮のもとで「Z部隊」（のちにレイ部隊と改名された）に加わるためだった。

息子のジェフリーが第一一コマンドに勤務していたキーズは、同部隊が出発するのを見送り、のちにチャーチルに宛てて書いた。同部隊は、「あとに残された者の羨望の的だった。君がよろしくと言っているとランドルフに伝えた。彼は、幸運な者の一人なのを喜んでいる。僕らの相互の友人の非常に多くの者の息子が、あの素晴らしい集団にいる。あれは、僕の打撃部隊《ストライキング・フォース》〔即座に出撃できる部隊〕の花だ」[56]

イーヴリンは旅団副官代理に任命され、喜望峰を回っての長い航海中、狭い船室を首相の息子とハリー・スタヴァーデイルと共有した。「二人とも映画スターのハネムーンに十分なくらいの手荷物を持ち込んだ」と彼はローラに言った。チャーチルは口髭を生やし、イーヴリンは頬髯を生やそうとした。「目下、髯は特におぞましく見える」と彼はローラに告白した。「さまざまな色のまばらなごわごわした毛の塊だが、それはいわばペットか鉢植えの花のように僕に興味を起こさせる」[57]。二週間後、こう書いた。「航海が続くにつれ、コマンドは次第にトルストイの『戦争と平和』のロシアの騎兵隊に似てくる。トランプの賭けのこの前の決済日に、ランドルフは八百ポンド払った。哀れなパメラは仕事に出なければなるまい[58]」。（チャーチルのすでに不幸なものになっていた結婚生活は、それがきっかけでついに破綻し、やがて二人は一九四六年に離婚した。）一方イーヴリンは、「貧乏人と、ちょっとした貧弱な賭け」をして我慢した、とローラに話した。「僕が賭けで勝った分は、全部君のものだ。次の決済日に、もう一、二ポンド君の懐に入る(59)」

イーヴリンは出発前に、執事のエルウッドに、自分の従卒になってくれないかという手紙を書いていたが返事が来なかった。すると、ラルフ・タナーという十九歳の考古学者が従卒に志願した――タナーは「大変なハイブラウだ」とイーヴリンはローラに書いた。「感じがよい若者だ」。イーヴリンを貶《けな》す者には信じ難いことだろうが、タナーも、自分の新しい雇い主を感じがよいと思った。何年ものちに雑誌『パンチ』のインタヴューアが、イーヴリンは「ひどく不人気だったので、ほかの兵士から護らねばならなかった」のではないかと尋ねると、タナーは答えた。「まったくの戯言《たわごと》。彼は、非常によく溶け込んでいた。理想的な将校だった」。「少しばかり暴君という意味？」と、懐疑的なインタヴューアはしつこく訊いた。「全然」とタナーは言った。「あなたを、ほんの少しでも不当に利用しなかったんですか？」「使用人に対し、模範的な雇い主でしたよ」。「ほう……(60)」

イーヴリンが無礼だったという評判は、「わたしの知っているウォーには、まったく当て嵌まらない」とタナーは付け加えた。そして、冷えた肉と熱い肉汁を一緒に出した時と、イーヴリンの帯剣用帯革《サムブラウン・ベルト》の裏側に光沢剤を塗ってしまい、軍服にそれが付いてしまった時に叱られただけだったのを思い出した。タナーはまた、別のインタヴューでこうも回想している。「もし熱帯地方に行くなら、フランネルの背骨当て《スパイン・パッド》〔熱帯の暑熱から身を守るため、かつて英国の軍隊で使われた〕を持って行かねばならないという馬鹿げた考えを自分は持っていたので、『スパイン・パッドをお作りしましょうか？』と言ったのを覚えています。彼はちょっと困惑していましたが、『その必要はないと思う』と言いました。少しも皮肉っぽくなく(61)」

イーヴリンが非常に思い遣りがあったので、タナーは、「親切に報いるため、湯を用意して寝ないで待っていたこともありました」と回想している。一方、タナーが耳にした、兵士たちのあいだで流れていた彼についての唯一の噂は、彼が「ちょっと高貴な人好き《オナラブルズ》(62)」で、ランドルフ・チャーチルとスタヴァーデイル卿と船室を共有することに固執したというものだった。それはもちろん、イーヴリンがスノッブだということを暗に意味していて、完全に的外れの評価ではないかもしれないが、公平に考えれば、その二人は彼の旧友で、いずれにしても彼は、第八コマンドの将校の中で、大雑把に言って「オナラブルズ」に当て嵌まらない、船室の同室者を見つけるのに苦労したことだろう。

レイ部隊はやがて三月初めにスエズ運河に入り、「嫌と言うほど多くの戦闘」に間もなく参加することになると約束された。(63)だが彼らが、またも結局中止になった任務——ロードス島攻撃——のために本格的な訓練を始めた、まさにその時、ドイツ軍はキレナイカ〔アフリカ北部、リビアの東部地方〕を再び占領した。中東駐留軍司令官ウェーヴェル将軍は、レイ部隊がエーゲ海のドデカネス諸島であれどこであれ、急に割り込んで行くのを可能にする上空掩護機や護衛艦を割くことは、もはやできないと感じた。

レイ部隊はアレクサンドリアに向かうことを命じられたが、指揮官が兵士を臨戦態勢でいさせる努力をしているあいだ、コマンドは、彼らが派遣された作戦から撤退するよう、繰り返し命じられた。ある剽軽者《ひょうきん》は、自分たちは「取り止め《ビレイ》部隊」と名前を変えたらどうかと言い、チャーチルの演説をもじった文句が兵員輸送船の甲板に書かれた。「人類の努力の歴史において、かくも少ない者が、かくも多くの者によって、かくもくたくたにさせられたことはない」(64)

四月十九日、彼らはついに、リビアの沿岸の町バルディーヤに夜間攻撃をして戦闘を開始した。報告では、ロンメルの率いるアフリカ軍団の二千人によって、その町は占領されていた。攻撃の目的は、敵の補給線と後方連絡線を絶ち、ロンメルを「迫る危険に怯え」させ、兵を前線から撤退させることだった。だが、彼らが匍匐《ほふく》して上陸すると、町には、オートバイでパトロールしている一人の兵士のほか、誰もいないのがわかった。彼らは、その兵士を射殺しようとしたが失敗し、その兵士は敵襲来のニュースを、運よく届けることができた。その結果、ドイツの一旅団が、あわやという時に前線から戻された。作戦は、その他ほぼすべての点で大混乱した。一艘のボートは海に下ろすことができず、もう一艘のボートは浅瀬に乗り上げたので破壊せねばならなかった。一人の将校は味方に射殺された。別の男は自分の手榴弾で負傷した。六十人のコマンドの一行は間違った川床を戻り、岸に取り残され、その後捕虜になった。のちにイーヴリンは、雑誌『ライフ』に高額の稿料で寄稿したプロパガンダ用のエッセイで、その襲撃は成功だったと義理堅く書いた――「あなたはエッセイではなくフィクションを頼まれているように思われる」[65]と、彼の著作権代理人は言った――しかし彼は、作戦は失敗だったことを十分に承知していた。日記の中でイーヴリンは、何人かの将校が、自分たちの指揮官、フェリックス・コルヴィン中佐の振る舞いは悪かったと苦情を言ったのを回想している。だがイーヴリンは、「誰も事後の検証に耐えられるほど立派な振る舞いをしなかった」と思い、彼らの批判をレイコックには伝えなかった。「もしそうしていたら、僕らはクレタ島での恥辱の幾分かを免れたかもしれない」とイーヴリンは反省している。[66]

クレタ島が、レイ部隊の次の戦場になることになった。彼らは、五月二十日のドイツ軍の空挺侵攻の六日後に島に到着した。アレクサンドリアを出る前にイーヴリンは、「マレーメ飛行場の守備隊は苦境に立たされている」[67]が、そのほかの点では、状況は「制圧されている」と聞いたことを回想している。この誤った情報は、クレタ島の連合軍最高指揮官、ヴィクトリア十字勲章受章者バーナード・フライバーグ少将がウェーヴェル将軍に、飛行場がいかに早々と陥落したかという事実を認めたがらなかったこと、同島がもはや持ち堪《こた》えられないということを彼に警告するのを渋ったことに多く起因していた。

いずれにしろ、レイ部隊が五月二十六日の真夜中近く、島の北の沿岸のスーダ湾に到着した時には、すでに戦闘は負けていて、彼らは黙示録的な修羅場を目にした。彼らを岸に連れて行く艀《はしけ》は負傷兵で一杯で、一人の泥まみれの、ヒステリックになった海軍将校が船長室のドアをさっと開けて入ってきて、悲痛な声で叫んだ。「いやもう地獄だ、僕らは引き揚げる！」コマンドは全員呆気に取られて彼を見つめた。イーヴリンは、その男の臆病ぶりを軽蔑した。彼は、ついにドイツ軍と本格的に戦うことになるのを切望していたのだ。[68] レイコックはのちに、その哀れな男に黙るように命じたことを思い出している。

上陸する時間が非常に限られていたので、彼らは岸に向かう前に装備の大方を捨てねばならなかった。いったん波止場に着くと、レイコックと、情報将校の役を務めていたイーヴリンは、兵士に防衛態勢をとらせるのを旅団副官のフレディー・グレアムに任せ、島の英軍司令官、E・C・ウェストン少将を捜しに行った。二人は彼が、本部として使っている丸太小屋の土の床に眠っているのを見つけた。そこで二人は、退却の全容を話してもらった。自分たちはアレクサンドリアで決められたように飛行場と海港を襲撃するどころではなく、後衛にいて、白い山《レフカ・オリ》を越えて南の海岸の小さな漁港のスファキアに退却する兵士たちを掩護することになったと彼は言った。二人が「クレ部隊」の本部に着いた時には空が明るんできた。レイコックはフライバーグに、自分たちは「最後の一人、最後の一発」まで防戦するのかと訊いた。それに対して将軍は答えた。「いや、後衛だ。追い詰められたら退却する」[69]

レイコックは自分のコマンドのところに戻ると、二日間続く、設定した時刻に行われる後衛戦に関する指示を作成した。そしてイーヴリンとタナーは、その命令をコルヴィン中佐に伝えるために出発した。コルヴィン中佐は、イーヴリンがバルディーヤ攻撃の失敗のあとの批判から護ってやった将校である。イーヴリンは、無人地帯をトラックで通りながら、頭上を旋回しているスツーカ爆撃機には平然としていたようで、のちに、敵の出撃を「ドイツ歌劇のようだ――長過ぎ、喧し過ぎる」と一蹴した。[70] トラックが先に進めなくなると、彼は仲間を残して徒歩で三十分、灌木と岩のあいだを通り、やがてコマンドの将校と出会った。将校は、彼を農場の建物に連れて行き、テーブルの下を指差した。イーヴリンの記録によると、コルヴィンはそこに「悄然とした猿のように、背を丸くして坐っていた」。[71] イーヴリンは戦争神経症に罹った中佐に挨拶し(中佐は、『名誉の剣』の「ファイドー」・ハウンド少佐のモデルになる)、命令を伝えたが、結局、彼を本部に連れ帰った。イーヴリンの容赦ない記述によると、惨めな男は、「飛行機が頭上を飛ぶたびに、約四時間、ハリエニシダの中に頭を突っ込んで、じっと横になっていた」。日が暮れるとコルヴィンは自分の大隊に帰って行ったが、数時間後に戻ってきて、「オートバイに乗っているところを待ち伏せされたという、支離滅裂な話をした」とイーヴリンは書いた。「自分の大隊は激しい交戦をしていた、と彼は言った(それは馬鹿げた話だった)。そして、なぜ自分が大隊と一緒にいないのかの説明はせずに、われわれに退却の命令を出した。それはすべて、胡散臭かった……」。[72] それでも彼らは命令に従い、夜通し行進した。コルヴィンは、「夜が明ける前にできるだけ遠くに行かなくてはいけない」と言った。朝日が射すと同時に、コルヴィンは「道路の下の下水溝に飛び込み、そこに坐った」とイーヴリンは記している。一時間ほど眠ったあと、イーヴリンは状況を自分の目で確かめようと決心し、夜、自分たちが通った丘やいくつもの村を徒歩で戻り、敵が食い止められている場所の半マイル内に入った。そして、そこでボブ・レイコックを見つけた。二人は車で、まだ下水溝の中にいたコルヴィンのところに戻った。「ボブはできるだけ丁重に、彼を指揮の任務から解いた」[73]――この話はのちに、レイ部隊のもう一つの大隊の再展開を掩護する地点からも退却するよう、コルヴィンが兵士に命じたことがわかったあと、盛大な罵りの言葉と共に繰り返されることになった。[74]

その夜、イーヴリンとレイコックはトラックに乗り、レフカ・オリの南側にあるイムブロスまで戻った。そこから道路は、深い峡谷をスファキアまで二千フィート下がっていた。葡萄園で一休みしたあと、二人は正午に、再び一連のヘアピンカーブを下り、空しく搭載係士官を捜している、襤褸《ぼろ》を纏った落伍者で一杯のいくつもの洞窟の前を過ぎた。夕方になってやっと二人は、いまやフライバーグ将軍の本部になっている洞窟を見つけた。二人はカップ半分のシェリーと、スプーン一杯の豆を振る舞われたあと、こう言われた。「君たちは最後にやってきたのだから、最後に出るんだ[75]」

暗闇の中を戻るのは遥かに難しく、「一、二時間、這うようにして進み、ボブがひどく転倒したあと」、二人はその夜の残りを丘の頂上の小さな寺院で過ごした。そこから、英国海軍の水兵が、下の海岸で兵士を乗船させている怒鳴り声が聞こえた。レイ部隊は翌日と次の半日をスファキアの峡谷を守りながら過ごしてから、イーヴリンとレイコックは午後、クレ部隊の洞窟に戻った。そして、最後の撤退の夜になる前に、さらに命令を待った。その夜の三時頃、二人とレイ部隊の二百余名の兵士は、島を離れる最後の船で撤退した。

過去二十五年にわたりボブ・レイコックは、嘘をつき、命令に真っ向から違反し、クレタ島から撤退する際に列に割り込んだと広く非難され、一方イーヴリンは、レイ部隊の日誌をレイコックのために改竄したと批判されてきた。こうした申し立てを最初にしたのはアントニー・ビーヴァーで、彼は高く評価され賞も獲得した著書『クレタ島——戦闘と抵抗』（一九九一年）においてそうした。そして、同書が出版される少し前に『スペクテイター』に書いたエッセイ、語呂合わせの題「ウォーの最初の犠牲者」〔「戦争の最初の犠牲者は真実である」というアイスキュロスの言葉のもじり〕で、一層痛烈に二人をやっつけた。彼の論旨は、その後ほぼあまねく認められてきた。申し立てられた違反行為の直接的証拠——それは、人が想像するかもしれないほど有無を言わさぬものではない――の問題はしばらく措くとして、その論旨がなぜ広く受け容れられたのかは理解できる。その論旨は、イーヴリンが、『名誉の剣』三部作の第二部『士官と紳士』で、クレタ島撤退をフィクションにした話に染み込んでいる強い失望感から生まれているのである。とりわけ、アイヴァー・クレアの不名誉な脱走の描写から。そして、彼の所属するフック部隊の日誌は、彼の不審な行動の唯一の証拠を湮滅しようと、のちにガイ・クラウチバックによって焼却される。『士官と紳士』は一九五五年に出版され、「陸軍少将サー・ロバート・レイコック、聖ミカエル・聖ジョージ上級勲爵士、バス勲爵士、殊勲章受章者、軍人の誰もが模範とする人物」に捧げられた。

イーヴリンが、悪戯好きの友人アン・フレミングに一部送ると、彼女は電報を寄越した。「アイヴァー・クレア ハ レイコック ガ モデル ダト思ウ 献辞ハ 皮肉 アン」。イーヴリンの返事は、こうだった。「君の電報にはぞっとする。もちろん、ボブとクレアのあいだには、まったくなんの関係もない。もし君がどこかでそんなことを仄めかせば、僕らの美しい友情はおしまいだ……お願いだから、ボブ＝クレアなどという考えを捨ててくれ給え……レイコックについては何も言うな、くたばれ。E・ウォー[76]」

イーヴリンの反応の激しさは、自分は見抜かれたということを示していると、多くの者は思った。ビーヴァーがもっともながら言っているように、イーヴリンのその後の日記の項は、その疑念をほとんど晴らしていない。「もし彼女が、この残酷な事実に対する疑念を少しでも洩らせば、僕らの友情はおしまいだと返事をした[77]」。だが、それ以来、事実は反対であることを示す大量の証拠が、散在する軍事文書から、ウォー学者ドウナット・ギャラハー教授によって見出された。そして、いまやいくつかの他の重要な文書も――これまで誰も見なかった、ボブ・レイコックの回想録を含め――明るみに出た。それは、イーヴリンと彼の軍事上の師に対する非難を論破するのに非常に役立つ。したがって、五月三十一日の午後にイーヴリンとレイコックがクレ部隊のいる洞窟に着いたあと、何が起こったかを再吟味するのは価値のあることである。

二人がそこに着くと、フライバーグは前の晩、飛行艇で島を去っていて、ウェストン将軍が責任者だった。レイコックが回想録に書いているように、ウェストンは極度に意気消沈していて、弾薬も食糧も非常に不足していると二人に警告した。レイコックは、自分のコマンドは食糧徴発の訓練を受けているし、退却中に遺棄された無数の弾薬を拾ったので、撃ち切れないほどの弾薬があると言って、将軍を安心させた。二人は、命令を託されて洞窟を去った。イーヴリンはのちに、その命令をレイ部隊の戦時日誌に記した。「撤退に関するクレ部隊からの最終命令。（a）レイ部隊の陣地は、最後の一人および最後の一発まで保持することはなく、他の戦闘部隊の撤退を掩護するのに必要な期間のみ保持すること。（b）本部からの命令の前に撤退しないこと。（c）レイ部隊は、他の戦闘部隊のあとで、また、落伍者の前に乗船すること[78]」

その晩、レイコックは再びウェストンの洞窟に呼び出された。すると「彼は、表現できないほど、すっかり意気沮喪しているように見えた」。ウェストンは、数時間後に飛行艇で立ち去ることになっていた。レイコックは回想している。

彼は、しばらくわたしを見るともなく見てから、ごくゆっくりと、ごく静かに言った。「わたしはこれから、戦場の英国将校に対して言えるとは、なんともおぞましい悪夢の中でさえ思わなかったようなことを言う。この命令を書き取ってくれ給え」。わたしはフレディー［グレアム］の方を向いた。フレディーはノートと鉛筆を取り出した。再びウェストン将軍は、あまりに抑えたせいでほとんど聞き取れないほどの声で、書き取らせ始めた。「クレタ島司令長官より残留クレ部隊へ。諸君は白旗を用意するように。明朝、朝日が射し初《そ》めたならば、ドイツ軍の司令官を探し出し、降伏するように」

彼が話し終わると、フレディーがメッセージをわたしに手渡した。わたしは、それをしばらくじっと見てから、もしわたしが命令に従うのを断固拒んだなら、あなたはそれを甚だしい不従順だと見なすだろうかとウェストンに訊いた。

レイコックは、自分のコマンドはまだ戦意を十分に持っているということを指摘し、ウェストンに、自分は残って丘でゲリラ戦を展開することができるのではないか（結局、彼のコマンドの何人かは自らそうした）、あるいは、自分の旅団の参謀と兵士を、手遅れにならないうちに、できるだけ多く海岸に撤退させることができるのではないかと言った。ウェストンはしばらく考えてから、二番目の手段が今後の戦争遂行のためになるとレイコックに言った。レイコックが書いているように、将軍はまた、ドイツ軍は「われわれにとどめの一撃を加えるつもりはない」ようだという事実をも考慮した。したがって、レイコックに関する限り、「数時間のうちに降伏することになっている部隊の後衛を務める責任はなくなった[79]」。レイコック自身の説明によると、こうして彼は降伏の責務を委譲する権限を与えられた。彼は最初その責務をコルヴィン中佐に課したが、結局はもっと上級のニュージーランドの士官がその責務を引き受けることになった。

ビーヴァーはのちに、レイコックは撤退についての自分の権限について嘘をついたと非難したが、ウェストン将軍は公式報告書の中で、降伏するためコルヴィン中佐を送ったと書いていて、それは、自分はそこを離れる許可を得たというレイコックの証言を事実上裏付けていることを、どうやら見落としているらしい。フレディー・グレアムは、ウェストンとの重要な最後のやりとりの状況を、やや違った風に思い出している。しかし、結論は本質的に同じである――レイコックは、自分の旅団本部を、集められるだけの兵士と一緒に撤退させることが許された。イーヴリンがその場にいたのかどうかははっきりしないが、のちにイーヴリンは日記の中で、こう回想している。ウェストンが「最初は、その任務をボブに委ねたが、その任務で第一級の人物を失うのは愚かだと悟り、代わりにコルヴィンを選んだ……ウェストンは、われわれは撤退を掩護する、そして、われわれがいつ退却できるのかの連絡は、スファキアの海岸にいる搭載係士官からあるだろう、と言った」(80)。

結局、なんの連絡もなく、真夜中を過ぎた頃レイコックは、自分のコマンドが、さまざまな後衛地点から、乗船に間に合うように海岸に着く時間がなくなるのが心配になった。そこで彼はイーヴリンとグレアムを連れてスファキアに急ぎ、揚陸将校を捜したが、揚陸将校はすでにウェストンおよびクレ部隊の他の参謀と一緒に、午後十一時五十分に飛行艇で去っていた。そこでレイコックは自分で事を運ぶことにし、イーヴリンの従卒のタナーに、外辺部を防御している自分の部隊に、撤退せよという命令を伝えさせた。

一方イーヴリンは、自ら記すところによれば、「オーストラリア兵がスパイだとして射殺しようとしていた、ギリシャ人の船乗りの一行を救った」。そして、自分たちにできることはもう何もないとして、彼とレイコックと、ほかのレイ部隊の旅団本部の者は小さなモーターボートに乗り込み、駆逐艦キムバーリー号に乗船した。同艦は、午前三時頃出発した最後の船だった。

イーヴリンはのちに、レイ部隊日誌に書いた。「クレ部隊の全参謀が乗船したのがわかり、また、すべての戦闘部隊がいまや乗船の態勢にあり、敵との接触がないという事実に鑑み、レイコック大佐は、自らの権限でヤング中佐に対し、町までの混雑する主要通路は避けるルートを取ってスファキオンに部隊を導き、師団命令によって決められている乗船の優先権を得るよう、全力で努めるべし、という命令を出した」[81]。ビーヴァーは『スペクテイター』に載せた一文で、こう書いている。「これ以上の真実の歪曲を、一つの文章に圧縮するのは難しいであろう」[82]。だが、イーヴリンが記録したことはすべて完全に正しいように思える。敵との接触がなかったのは、ドイツ軍は昼間戦い、夜は休息していたので、戦闘は午後八時四十五分に中止されたからである。イーヴリンの最も深刻な事実の捏造は、「すべての戦闘部隊がいまや乗船の態勢に」あったと明記していることだと、ビーヴァーは主張している。ビーヴァーの推定通り、レイ部隊より乗船の優先権を持っていたオーストラリアの第二／七大隊も海兵隊も、まだ海岸に着いていなかったとすれば。しかしながら、どちらの部隊も、レイコックが撤退命令を出す前に小さな海岸の入口に着いていたのだが、彼らの通り道は、暴徒と化した兵士たちと、職務に忠実過ぎる移動統制士官によって阻まれていたのである。その時刻は、ウェストン将軍の飛行艇サンダーランドが、彼らがそこに着いて間もなく離陸する音を聞いた者がいるので、特定できる[83]。レイ部隊の兵士の大方は、自分たちの行く手が、海岸までの狭い沈下した小径で、やはり阻まれているのを見た。海岸まで脱出できたわずかなコマンドは、遥か西の外辺部から急いで来て、ほとんど混雑していない脇道を通って海岸に着いたのである。彼らのうちの最初の百二十人は、午前二時三十分に、島を離れる最後の上陸用舟艇に這い登った[84]。

約五百五十人の、もっと優先順位が高かったオーストラリア兵と海兵隊員が、ほぼ同時刻に海岸に着いたにもかかわらず脱出できなかったのは、レイ部隊のコマンドが割り込みをしたせいではなく、秩序が完全に崩壊していたせいと考えた方が遥かに正しい。その夜、島を脱出したのは、計画されていた五千人より千人少なかった。そして、多くの証言によると、最後の上陸用舟艇には近くにいたどんな兵士も乗っていて、戦闘部隊に入っていなかった非常に多くの者が含まれていた。こうした話を総合すると、コマンドが乗らなかったなら、彼らの場所は、優先順位の低い部隊によって占められた可能性は非常に高い。もっと秩序が保たれていたなら、オーストラリア兵と海兵隊員を含め、さらに多くの戦闘部隊の兵士が脱出できただろう。しかしそれは、ボブ・レイコックあるいはイーヴリン・ウォーの責任とはとても言えない。

フレディー・グレアムはのちにマイケル・デイヴィーに、レイコックはクレタ島に残るべきだったとイーヴリンが仄めかしたことはまったくないと話した。「おそらく彼［イーヴリン］が捕虜になることに個人的恐怖を抱いていたからだろう!」[85] イーヴリンが捕虜になることを激しく嫌悪したことは、レイコックによっても裏付けられている。レイコックはイーヴリンが、「自分は虜囚の辱めは受けない覚悟をしている」と言ったことを回想している。またイーヴリンは、もしエジプトに泳いで帰ろうとして溺死したら、それは自殺と見なされるのかどうか、従軍牧師に訊きたがった。[86] 彼らが撤退したことで、この思い切った行動をとる必要はなくなったが、レイコックが回想しているように、島を離れる最後の船に乗ったことにイーヴリンがすっかり満足している訳ではないのは明らかだった。「当時、イーヴリンの顔の表情から、それが不名誉な行為だと思っているのを推測した。少なくともわたしには、それは意味のある行為だったが。なぜなら、少なくともわれわれは生き残って、また戦ったのだから」[87]

だが、反省する時間が与えられると、彼らが脱出したことの道義的正しさは、ボブ・レイコックにも、さほどはっきりしなくなった。

わたしがウェストンに彼の最初の命令を撤回させた論旨は正しかったのだろうか? わたしはあの夜、自分の部隊の約四分の三がまだ岸にいるのを知りながら、船に乗るべきだったのだろうか？　多分、乗るべきではなかったろう。船長は、沈みゆく船から離れる最後の者、という原則には十分な理由がある。しかし、あの時は、わたしの動機は十分理に適っているように思えた。また、多分イーヴリンを除いて、わたしの旅団の参謀たちが、収容所で捕虜としてその後の戦争の期間を過ごすより、第七コマンド、第五〇コマンド、第五二コマンドの生き残りの隊員と一緒に戻って、エジプトで第八コマンドと第一一コマンドに再び加わる方が国のためになるという、わたしの主張に心から賛同してくれただろうことを確信している。いったん降伏命令が出されれば、エジプトに戻ることに成功した身体健全な者は誰であれ正しい行動をとったことになる、とわたしは主張した。「Qui s'excuse s'accuse〔「言い訳をする者は、自分が悪いのを知っている」〕[88]」。わたしは、ヤングとその勇敢な部下を置き去りにしたことに満足したことは決してない。

イーヴリンがアン・フレミングに激しく反応したこと、また、日記に「この残酷な事実」と、明らかに自分に不利になるような文句を書いたことは、おそらく、アイヴァー・クレアの不名誉な逃亡が、ある意味で、クレタ島撤退に関する自分の道義的迷いと確信のなさの記憶を具現しているのを、彼なりに認めていることになるのだろう。同時に彼はボブ・レイコックを、渝《かわ》らぬ友、支持者としてだけではなく、抜きん出た司令官として、依然として英雄視していた。したがってイーヴリンが、レイコックのクレタ島撤退は、部下を見捨て、最後の一人まで戦ってから降伏せよという命令に反して自分はなんとか撤退したクレアの場合と同じだという、アン・フレミングが広め始めたらしい悪質な噂に、芯からぞっとしたのは疑いない。

『士官と紳士』でレイコックに最も近い登場人物は、トミー・ブラックハウスである。彼はクレタ島に向かう船の昇降階段から転落して脚を折り、そのおかげで、その後の作戦失敗の責任を負わずに済む。一方、アイヴァー・クレアは第八コマンドの「ホワイツ・クラブ仲間」の何人かの特徴を具えている。その誰も、クレタ島ではイーヴリンたちと一緒ではなかった。レイコックによると、クレアのモデルと思《おぼ》しき人物は数多く、その中にエディー・フィッツクラレンス、ボウンズ・シュードリー、ピーター・ビーティー、ランドルフ・チャーチル、フィリップ・ダン、ピーター・ミルトンが含まれる。(89)

もし、イーヴリンが「クレタ島からの我が逃走」と自ら呼んだことに、のちに屈辱感を覚えたとすれば、非常に多くの者——レイ部隊のコマンドのほとんど——が置き去りにされて降伏したことに一抹の罪の意識を抱いていたのも疑いない。脱出したほかの者も、ほぼ同じように感じていた。さらに彼は、自分は軍事上の不名誉な行為に関与していたという思いを抱き、また、クレタ島が維持できず、維持しなければならない時に、クレタ島の連合軍全部が、至極おとなしく降伏したことに深い失望感を覚えていた。ビーヴァーは、それを簡潔に要約している。「クレタ島を失ったのは、連合軍がヒトラーの国防軍《ヴェーアマハト》によって味わわされた屈辱の、あの最初の時期の最も不必要な敗北だった(90)」

クリストファー・サイクスは、クレタ島撤退のすぐあと、イーヴリンがこう話したのを記憶している。自分は「軍の精神を汚した、あれほどの堕落した怯懦《きょうだ》を見たことがない。クレタ島は必要もないのに降伏した。士官と兵士は、急降下爆撃で催眠術にかけられてしまったのだ」。タナーもビーヴァーに語った。「誰も彼も臆病だったという感じを受けた。誰も軍の部隊の一員として行動せず、誰もが自分勝手に行動した」

アントニー・ビーヴァーは傑出した、そしてきわめて読みやすい軍事史家である。だが、彼のボブ・レイコックとイーヴリン・ウォーに対する批判は、もっぱら想定にもとづいていて、かつ、その想定の多くは、彼が『クレタ島——戦闘と抵抗』を書いて以来明るみに出た証拠によって論破されている。いずれにせよ、理由はなんであれ、イーヴリンの従卒のラルフ・タナーに対するインタヴューの筆記録からわかることだが、列の割り込みについて何が起こったのかを語る資格があると思われる証人の話を聞く前から、ビーヴァーは、すでに結論を出していたように思われる。「レイコックが非常に勇敢な男だったのは間違いない」とビーヴァーは会話の中でタナーに言った。「しかし、疑いもなく、彼は、自分たちが脱出することになっている順番より早く脱出しようとし、レイ部隊の兵士をできるだけ多く脱出させようとしたが、彼らはオーストラリア兵や海兵隊を飛び越し、大変な割り込みをした[91]」

セリーナ・ヘイスティングズが、彼女の見事なウォー伝の中で、その引用をタナーの発言と誤解し、レイコックとイーヴリンが犯したとされている罪の裏付けとして引用したのは意味深い。速記タイピストは、ビーヴァーがタナーと話しているあいだに持ち出した説を文字にする際、文頭の「The」を省略して「T」と書いた。それは、セリーナ・ヘイスティングズがおそらく考えたであろう「Tanner」ではなかったのである。この間違いは、タナーがインタヴューのあいだ最初から最後まで、レイコックとウォーが、なんであれ不適切な、あるいは無責任な行動をとったと仄めかす言葉を一切発しなかったのを考えれば、理解できる。イーヴリンはレイ部隊の日誌を改竄したのではないかという質問に、タナーは答えた。「わたしの知る限り、イーヴリン・ウォーが日誌に書いたことは、すべて正しい[92]」

また、取り残されたレイ部隊の士官たちは、レイコックを違反行為で非難することはなかった。ヤング大佐は、レイコックは「正当であるのが証明され」、「必要とされる」と「固く信じている」と言った。クレタ島作戦の英軍の「語り手」、E・E・リッチ大佐は、「レイ部隊は、[93]晩の遅くに乗船を命じられた」と記録し、全員が「船に辿り着く」ことができなかったのを残念がった。このリッチの報告書は、すべての上級士官の意見を求めるために配られたものなので、特に重要である。ガイ・ソールズベリー＝ジョーンズ准将のもとの軍間委員会の報告書には、ほぼ同じようなことが書かれている。上級士官に対する腹蔵のないいくつかの批判が記載されている中で。さらに、もしレイコックのクレタ島での行動に、いささかでも疑念があったなら、彼がその後、戦時のいくつもの役職に就けたとは考え難い。

原注

＊1　一九三一年に、二人がベルトンのブラウンローの家に滞在している時に初めて出会ったあと、イーヴリンはメイミー・リゴンに、「ブレンダン・ブラッケンという、男装の可愛らしい鳶色の髪の少女がいて」、彼女と寝ずにはいられなかったと、ふざけて話した（クリストファー・サイクス著『イーヴリン・ウォー』、一一三～一一四頁）。イーヴリンは、その後、いろいろと仲介してもらい、ブラッケンに非常に世話になったものの、彼をいつも途方もない食わせ者だと考え、のちに裏切られたと感じると、彼を『ブライズヘッド再訪』のおぞましい人物レックス・モットラムのモデルに使った。

＊2　イギリス最大のカントリー・ハウスであるウェントワース・ウッドハウスを含め、推定四千五百万ポンドを受け継ぐことになっていたミルトン子爵は、寡婦のハーティントン公爵夫人、かつての「キック」・ケネディ（将来のJ・F・ケネディ大統領の妹）と、のちにロマンチックな関係になった。一九四八年、二人の乗っていた飛行機がフランスで墜落し、共に死亡した。

＊3　メアリーは二十四時間そこそこしか生きなかったけれども、母乳を飲んだローラの唯一の子供という栄誉を担っている。医者は、母乳が彼女の命の綱だと言った。おそらく、彼女を喪ったトラウマのせいでローラはのちに、娘は一週間生きたと思い込んだのだろう。しかしイーヴリンの日記は、それを否定している。

第18章 頭は血塗《まみ》れではないが屈服し

〔ウィリアム・アーネスト・ヘンリーの詩「揺るがぬ信念」の一行「わたしの頭は血塗れだが屈服せず」のもじり〕

レイ部隊の非常に多くの者がクレタ島で捕虜になったので、同部隊は間もなく解隊され、イーヴリンは自ら要求して海兵隊に再び入った。彼がイギリスに戻ったルートは、Uボートを避け、またもケープタウンを経由した。そこから大西洋を横断してトリニダードに至り、アメリカの沿岸を上ってアイスランドに行き、一九四一年九月初め、ついにリヴァプールに着いた。彼は、その二ヵ月の航海を、『さらに多くの旗を掲げよ』の執筆に使った。それは、「見かけの戦争《フォーニー・ウォー》」〔第二次世界大戦初期の非戦闘状態〕のあいだの、バジル・シールの非軍事的冒険を奔放に諷刺したもので、一九三〇年の『卑しき体』以来、彼のどの作品より時代精神《ツァイト・ガイスト》をよく捉えているように思われる。『卑しき体』と同じように、統一に欠けるという欠点はあるけれども。イーヴリンはこの作品を、父に宛てた手紙の中で、「退屈な航海の徒然《つれづれ》に書き飛ばしたマイナーな作品」だと一蹴しているが、戦時で紙が制限されていたにもかかわらず、翌年初めまでに一万八千部がたちどころに売れた。

イーヴリンがロンドンに戻ってから一《ひと》月も経たない頃、兄のアレックは、スピアーズ将軍の広報係として二年勤務するためにシリアに発った。イーヴリンはローラに話した。「それは両親と僕にとって悲しいことだ。いまや両親のことで気が咎めるからだ[1]」。七十五歳で、健康が衰えていたアーサー・ウォーは、お気に入りの息子が出発することを考えると、ひどく侘しかった。息子に二度と会えないのではないかと恐れた。アレックが発つ日に、イーヴリンが電話をしてきて昼食にやってきたので、稀なことだったが、アーサーは救われたような気がした。アーサーは日記に書いた。「来てくれて非常に良かった。愛想がよく、陽気で、アレックの出発で心配しているわたしたちの気を紛らしてくれた。彼とイーヴリンは午後四時に帰った。さようならを言うのは苦痛だった。とりわけ、彼が大層親切で優しかったから。しかし、彼の乗ったタクシーは私設車道を抜けて姿を消し、わたしたちは悲しみのうちに残された[2]」

アレックはその晩自分のフラットで、シャンパンと、母が作ってくれたサンドイッチとでささやかな送別会をしたあと、寝台車でグラスゴーに向かった。イーヴリンは最初、送別会に出るのを断った。ブレンダン・ブラッケンから、バルディーヤへのコマンドの攻撃について、雑誌『ライフ』にエッセイを書いてもよいという「秘密情報使用許可」を貰ったところだったからだ。イーヴリンは、海兵隊にまた入る前にそれを書き上げたかった。翌日の晩、遅くなっても彼はまだ悪戦苦闘していて、ローラに宛て、「僕が書こうとする何もかも常套句になってしまう」と書いた[3]。書き上がったエッセイには、確かに『ボーイズ・オウン』的なところがあった。しかしイーヴリンにとってもっと問題だったのは、ピーターズがそのエッセイを彼には言わずに、ロンドンの『イヴニング・スタンダード』を通して各紙に配信してしまったことだった。すると『サンデー・クロニクル』に、ベヴァリー・ニコルズによるメロドラマチックな記事が載った。それには、イーヴリンは「目に砂漠の砂が入り、手にライフルを持った、百戦錬磨の陽に焼けたコマンド隊員で……カクテルを飲む合間に精妙な無駄話を書く元ディレッタントは、コマンドの最もタフな男の一人であることを証明した……昔だったらわれわれのほとんど誰も、イーヴリンが丑三つ時にバルディーヤの絶壁を攀じ登るのを想像することはできなかったろう……」と書いてあった。[4]

ニコルズの描くイーヴリン像は、おそらく冷やかし半分のものだったろう。だが、ウォー大尉よりタフだと自任していた、ほかの何人かのコマンド隊員を激怒させたのは十分想像できる。また、その記事に関し、ブレンダン・ブラッケンが、イーヴリンの見たところでは「責任逃れ」をしたため、海兵隊事務局の許可を求めようとしなかったとしてイーヴリンは厳しく叱責されることにもなった――そのことでブラッケンは、『ブライズヘッド再訪』のレックス・モットラムとして実際より悪く描かれる種を蒔いたのである。「一人前の男のふりをしている半人前の男」

イーヴリンは軍隊生活に戻る前、ロンドンにいた最後の日に、ベイビー・ユングマンに会った。彼は、彼女が結婚していたにもかかわらず、そう呼んだ。彼女は「非常に大きな赤ん坊の世話を一人でしている」と、彼はローラに話した。「粗暴なカナダ人たちと付き合っていて処女を喪ったので、すっかり変わってしまった。今では思ったことをずばずば言い、言葉遣いは荒く、生《き》のウイスキーが好きだ。なんともびっくりだ[5]」。彼は「ごく強い不安を抱きながら」、ハンプシャー州の沿岸にあるヘイリング島で軍務に復帰した[6]。チャタムで軍に入った時の冒険心に満ちた熱意を取り戻すことのできなかった彼は、新しい基地での生活は「惨めで、怠惰で、孤独」だとローラに話した。ただ、達観して、こう付け加えはしたが。これは「コマンドで楽しい思いをし、無事にエジプトから帰還したことにふさわしい代償だ[7]」。十一月にイーヴリンたちは北のホーイックに移った。「陰鬱で、絵のような小さな町」とイーヴリンは記している。そこでの生活は、厳しい寒さと風と雨とで一層陰鬱なものになった。恐れていたラジオが、会食堂で絶えずかけられていた。「疲労し、雨で、淋しく、退屈だ」と彼はピーターズに宛てた手紙を締め括った。そして、「ここにはユーモアの感覚を持った者は一人もいない」と、ローラにこぼした。「それなのに、連中は年中笑っている[8]」。無聊《ぶりょう》は、『スペクティター』と『タブレット』が書評用に送ってくる本によってのみ慰められた。一九四二年一月初め、中隊長訓練コースが、たまたまボナリー・タワーで行われることになった。その館《やかた》はエディンバラ郊外にあった。イーヴリンは、館の階段にコウバーン家の紋章があるのに気づいた。そして、館が、自分の母方の高祖父、コウバーン卿のために建てられたことを発見した（一八三六年に、建築家ウィリアム・ヘンリー・プレイフェアによって）。

ローラは彼の提案で、訓練期間中しばらく彼と一緒になり（「君が来られるというのは、なんとも素晴らしい」と彼は言った[9]）、二人は最初、プリンシズ・ストリートのカレドニアン・ホテルに泊まったが、その後、もっと慎ましい、安い所に移った。イーヴリンは、毎日タクシーでボナリーに通った。教官たちは「賞讃すべき」だと思ったが、押しつけがましく、鋭敏な精神分析医は別だった。「少佐の服装をした神経症的な男の面接を受けた。奴は僕が思春期のあらゆる段階で、不幸でフラストレーションを感じていたことにしようとしていた」[10]〔将校養成団から来た多くの者が将校として不適格だったので、軍は精神分析医の助けを借りた〕

二月に彼は、戦争が日増しに陰鬱なものになるという思いを抱いてホーイックに戻った。英ソ同盟条約が締結されたことは、彼の考えでは、戦争から「英雄的で騎士道的な偽装」を剝ぎ取り、その代わり、戦争を「互いに見分けがつかない乱暴者のチーム同士の汗まみれの綱引き」にしてしまった。「君は今になるとわかるだろうか」と彼はダイアナ・クーパーに宛てた手紙で、彼女が一九三九年にピアズ・コートに来た際に自分がぶっきらぼうな態度をとったことに触れて書いた。「なぜ僕がスティンチクームでラジオもなく、中欧のことを話しもしなかったのか？……旧友たちが、まるで自由の身であるかのように、まだ話せる隅があるだろうか？　もしあれば、もう何も残されていないと、そういう隅で彼らは言わなくてはならない――一瓶のワインも、雄々しい死も、なんであれ扱うのが愉悦である見事に作られた物もない――そして、二度と再びあることはない」。四月二日に彼がBB

Cのラジオ討論番組『ブレーン・トラスト』に初めて出た時、彼はそうした嫌な気分に陥っていた。番組が始まる前にほかのパネリストと一緒に昼食をとるのを断り、放送中に彼らをからかい、最後に、君たちみんな、出演料を戦争基金に寄付すべきだと言って、パネリスト全員をひどく怒らせた。

軍務に復帰して友人のあいだで暮らしたいと切に思った彼は、ボブ・レイコックに宛てて書いた。「戻って君と一緒になりたい。空きはないと思うが？」レイコックは特務旅団を指揮するためにエジプトに行って、戻ってきたばかりだった。彼は、リビアでロンメルの本部を襲って失敗したあと行方不明になっていた。その際、ジェフリー・キーズは戦死し、死後、ヴィクトリア十字勲章を授けられた。そして、イーヴリンの友人ロビン・キャンベルは片方の脚に重傷を負い、結局、捕虜収容所でその片脚を失った。「［レイコックは］生き延びなかったようだ」とイーヴリンは当時書いた。「しかし、〈ホワイツ〉では、彼は捕まるにはあまりに〝抜け目がない〟と誰もが言っている」。その通りだった。レイコックは敵の前線の背後で、六週間、小果実《ベリー》を食べて生き延びたあとキリスト降誕日に、英軍の部隊に奇跡的に姿を現わした。自分が生き残ったのは、狐の習性を知っていたからだと彼は言い、その恩を忘れず、二度と再び狐狩りには行かなかった。レイコックは、イーヴリンがどんなに気難しいかを十二分に知っていたが、彼が好きなのは変わりなかった。それに加え、クレタ島の砲火のもとで彼が示した勇気と冷静沈着さに大いに感銘を受けていたので、彼を情報将校として復帰させることに同意した。「ブルーズ［近衛騎兵連隊］が僕を引き受けてくれた」と彼はローラに宛てて書いた。「だからもう、髪を長く伸ばし、懐中時計の鎖を胸に横に掛けることができるし、彼らの格子縞のツイードでスーツを作ることもできる」[11]。エアシャー州沿岸のアードロッサンにある新しい部隊に入ったあとイーヴリンは、「毎日グレープフルーツと卵のたっぷりした料理《チヤツカー》が食べられる素敵な闇市のホテル」からクート・リゴンに宛てて書いた。「約束破りレイコックは、まったく約束を破らない男だということがわかった」と満足そうに記した。「で、僕は彼とフィリップ・ダンと、ほかの昔馴染みと一緒にいる(12)」

二週間後、依然として陽気な気分でいた彼は、これまでよく引用されてきた手紙をローラに宛てて書いた。それは、失敗談にいかに喜びを覚えていたかということ、また、言うまでもなく、なんであれ自分の話す出来事に尾鰭を付け、なんとも面白おかしいものにするのを好む生来の気質をも示していた。

そういう訳で、第三コマンドはグラスゴー卿［彼のケルバーンの所有地《エステート》は、アードロッサンのコマンド基地の真北にあった］と親しくなろうと懸命だった。そこで彼らは、古い木の切り株を吹き飛ばしましょうと申し出た。彼は大いに感謝してから、その近くの若木を植えてある所は駄目にしないように、ごく大切なものなので、と言った。すると彼らは、もちろんですとも、われわれは一本の木が六ペンス銅貨の上にちゃんと倒れてくるように吹き飛ばすことができるんです、と答えた。するとグラスゴー卿は、いや驚いた、君たちは頭がいい、と言って、大爆発のために昼食に皆を招いた。殊勲章受章者ダーンフォード＝スレイター大佐は副官に向かい、君は木にたっぷり爆薬を入れたかね、と言った。はい、大佐、七十五ポンド入れました。それで十分かね？　はい、大佐、計算した結果ですので、まさに正確です。そうだな、もう少し入れた方がいい。かしこまりました、大佐。

そして、殊勲章受章者D・スレイター大佐はポートを飲むと副官を呼びにやり、あの木にもう少し爆薬を入れた方がいい、グラスゴー卿を失望させたくないから、と言った。かしこまりました、大佐。

そして一同は、爆発の様子を見に行った。殊勲章受章者D・S大佐は言った、あの木が、どんな若木も傷つけない角度で倒れるのをご覧になりますよ。するとグラスゴー卿は、いや驚いた、君たちは頭がいい、と言った。

そこですぐに彼らは、導火線に点火して爆発を待った。するとたちまち木は、静かに横に倒れずに、半エーカーの土壌と植えた若木もろとも、空中に五十フィート上昇した。

すると副官は、大佐、わたしは間違いを犯しました、爆薬は七十五ポンドではなく、七ポンド半であるべきでした、と言った。

グラスゴー卿はすっかり動顛し、ひとことも言わずに城に戻った。第三コマンドの一同は城の見える私設車道の曲がり角に来ると、建物のすべてのガラスが割れているのを目にした。

そしてグラスゴー卿は小さな叫び声を上げ、動揺した様子を人に見られまいと便所に駆け込んだ。そして貯水タンクのプラグを引くと、爆発で緩んでいた天井全体が彼の頭の上に落ちてきた。

これは、まったく本当のことだ[13]。

ローラはその頃、また懐妊していた。するとイーヴリンは、出産に先立って提案した。「もし男の子ならジェイムズ。女の子なら、哀れな姉のようには育てず、溺死させた方が親切というものだ」。これは文字通りにとられることを意図していないにせよ、テリーザはピクストンで十分に面倒を見てもらっていないのではないかと、イーヴリンが芯から懸念していたことを示している。その年の復活祭にそこに滞在していた彼は、息子のブロン〔オーベロンの愛称〕は「血色がよく、自信に満ち」ていて、テリーザは「話と違い、礼儀正しく、知的で、落ち着いた少女」だが「言語不明瞭で、蒼白い」とも思った。そして、ハイゲイトの母のもとに「長期間滞在」すれば、「ピクストンでなおざりにされていたために蒙った害の幾分かをなくすことができるのではないかと考え、復活祭のあと一家はロンドンに行った。ローラが子供たちをハイゲイトに連れて行き、イーヴリンはフランク・パケナム、メイミー・リゴンと夜飲み歩き、最後は〈セント・ジェイムジズ・クラブ〉のベッドに倒れ込んだ。彼は二週間後、その時までには自分の部隊に戻っていたが、父から一通の手紙を受け取った。「テリーザの訪問を非常に楽しんでいる。彼女は優しく、愛情に満ちた愛すべき幼児だ……母さんは、自分の時間を彼女にすっかり捧げている――ブリッジをしたり、赤十字の物資集積所の世話をしたりするのをやめた」(14)

ローラの女の赤ん坊は一九四二年六月十一日にピクストンで生まれ、二週間後、マーガレット・イーヴリンと名付けられた。イーヴリンは赤ん坊が生まれた直後にピクストンに行ったが、洗礼命名式の前に、ダービーシャー州で行われた写真解読コースに出るため呼び戻された。そこで彼は、ロンメル襲撃についての講演で聞いた、ある「無礼な」文句をレイコックに伝えることで、自分に対するレイコックの忠誠心に早速報いた。その文句で「腸《はらわた》が煮えくり返った」ことをレイコックは認めた。(15)「この邪《よこしま》な大佐［講演者］は、こっぴどく鞭打たれるだろう」とイーヴリンは、満足げにローラに語った。

ところが八月に、イーヴリンはレイコック家での夕食に、「日中したたま飲んだ」あと酔っ払ってやってきて、レイコックのためによいことをしたのが帳消しになってしまった。「あの晩以来、次第にボブに評価されなくなった」と彼は記している。「次の十日間、リッツ、セント・ジェイムジズ、クラリッジズを三角形にうろつき回り、時間の大半をランドルフかフィル［ダン］と過ごした」。その年の秋、いつもの飲み騒ぎが、さまざまなちょっとした災難に終わったことをイーヴリンは日記に書いている。アードロッサンのあと彼らが駐屯していたシャーボーン野営地に近いエヴァーショットにあったハリー・スタヴァーデイルの家で「食べ過ぎ、飲み過ぎた、美しく晴れた日」の翌日、こう彼は記している。「六時半［午前］に起こされる〔イーヴリンはロンドンに戻るようにという命令を受けた〕。酒のせいで依然として頭がひどくぼんやりしていて、〝オレンジ・ジン〟のにおいを発散。意識朦朧の状態でキャンバリーまで車を運転して衝突し、車を壊した[16]」。「見ての通り」と彼はローラに宛てて書いた。「僕は頬髯なしだと問題を起こすのさ[17]」。（頬髯というのは、イーヴリンがローラに付けた愛称だった。）

その年のクリスマス、彼は別の旧友、ダフネ・ウェイマスとロンググリートで飲んで「泥酔した」パーティーの様子を書いている。翌朝、彼はオリヴィア・プランケット・グリーンを訪ねたが、いかにも彼らしく、彼女がアルコール中毒患者になっても、彼女に対する愛情は変わらなかった。当時、彼女はロングリートの所有地《エステート》にあるコテージに住んでいて、イーヴリンが訪ねると、「彼女は下着姿ですっかり酔っていて、グウェンは暖炉の火格子を磨いていた。それから僕はシャーボーンに戻り、ビル・スターリングとピーター・ミルトンが開いた大ディナー・パーティーに僕らは再び出掛けた。昨夜、数羽の黒いミヤマガラスが僕の寝室の中をぐるぐる飛び回っている妄想に苦しめられた[18]」。

十月二十八日、三十九回目の誕生日を迎えたイーヴリンは、こう記した。「良い年。素敵な娘を授かり、成功を博した本を出し、三百本のワインを飲み、三百本以上のハバナ産葉巻を吸った。友人たちのいる軍務に戻った。去年の今頃は、第五海兵隊に入るためにホーイックに行く途中だった。僕は時の経過と共に軍人として徐々に悪くなってきたが、前より忍耐強く、謙虚になった――軍務に関する限り。手元に九百ポンドあり、政府に対して以外、深刻な借金はない〔税金のこと〕。健康は、ワインで損なわれていない場合はすこぶる良い。愛する妻がいて、実に美しい環境の中で快く仕事ができる。

そう、これ以上は望めない[19]」

　だが彼は、一層の軍事活動を依然として切望していた。それが欠乏しているということは、イーヴリンが日記の中で無念そうに書いているように、レイコックが、「遥か先の狩りの催しの招待」に応じていることで浮き彫りになっていた。さらに、言うまでもなく、ほかのコマンドによって最近遂行され成功を収めた、さまざまな襲撃でも。その中で最も目覚ましいのは、一九四二年八月に第四コマンドがディエップで行ったものだった。その時、シミー・ラヴァットはヴァランジュヴィルの砲台を占領し、その前のブーローニュでの襲撃で貰った戦功十字章に加え、殊勲章を授与された。ラヴァットは最も勇猛なコマンドの一人、恐れを知らぬスコットランド高地の族長で、ウィンストン・チャーチルが、「喉を搔っ切る随一の美男子」と彼を評したのは有名である。しかしイーヴリンは、目立ちたがり屋だと彼を見なし、密かに「ダンスホールの英雄」と呼んでいた[20]。そして何年ものちに、『名誉の剣』三部作の中で、彼を元美容師のトリマー／マクタヴィッシュ〔トリマーの別名〕にして、容赦なく戯画化した。

　イーヴリンは最初、軍人としてのラヴァットの資質に感銘を受けた。〈共同作戦クラブ〉でディエップ襲撃の映画を観、その時の作戦についてかなり詳しく聞いたあと、「シミー・ラヴァットは、襲撃の完全に成功した唯一の部分で見事な活躍をした」と結論せざるを得なかった[21]。だが、彼に対する賞讃の念は、焦燥感に取って代わられた。「シミーとのごく些細な戦闘［地図に関する論争］で大勝利を収めた」と彼は十月にローラに語った。「そして、ウェイクフィールドの代わりに奴を憎んだ[22]」。その後のある時、彼は、こう報告した。「シミーは僕に、彼のコマンドに講演させようとした。そこで僕は、英帝国の地理について一連の講義をし、そのあとで全階級の兵士に筆記試験をするか、または、デイヴィッド・スターリングを讃える通俗的な話をするかにしたいとやり返した。奴は困るだろう[23]」。そして、翌年。「シミーの己惚れは限りを知らぬ。奴は今では多分、少々おとなしくなるかもしれない何かをしでかしたのではないかと思っていた。ところが、上院で〝陸軍の声〟になるのを画策している[24]」。二人はどうやら互いに憎み合っていたようで、何年ものちにラヴァットは、自伝の三頁を使い、イーヴリンはだらしない軍人で、厚かましい出世主義者で、「貪欲なチビ――外見は宦官――で、社会的地位の高い者になんとか〝取り入ろう〟としたように見えた」とくさした[25]。

傲岸な貴族と生意気な成り上がりとのあいだの鬱積した緊張感は、ボブ・レイコックが、ハスキー作戦――連合軍のシチリア侵攻――の一環として北アフリカに向かって出発したあと、一九四三年の夏に頂点に達した。レイコックは出発する際、イーヴリンは、移動手段が確保され、彼と一緒になるまで、ロンドンの共同作戦本部での現在の連絡将校の地位に留《とど》まるべし、という命令を残した。

イーヴリンは先遣部隊に含まれなかったことが腹立たしかったが、ボブ・レイコックが出発したその日の早朝に父が死んだことで、当座は気が紛れていた。イーヴリンはローラと一緒にロンドンに滞在し、父の死後数日、両親のハイゲイトのフラットに泊まって、父の文書を調べた――「父は至極退屈な人間たちから来た厖大な数の手紙を保存していた」とイーヴリンは書いている。そして、彼とアレックが父の本をそれぞれの書斎に保管することができるよう、蔵書票を彫らせた。彼は日記にも、悔やみの手紙の返事にも、ほとんど感情を現わさなかった。もっぱら、母の心配をしていた。母の神経は、ロンドン大空襲ですでにずたずたになっていた。「老人にとっては嫌な世の中だ。父は世を去って喜んでいると思う」とイーヴリンはトム・ドライバーグに宛てて書いた。ドライバーグは、無所属の議員になったばかりだった。「父の唯一の無念は、母を残したことだろう。僕は目下、戦争の淀みにいるが、もうすぐ冒険ができることを願っている[26]」

イーヴリンは八月初めに北アフリカに行きたいとしきりに思っていて、アレックに宛てた手紙の中で、こう提案している。アレックがシリアから戻ってこられるというのは「いいことだろう、なぜなら母さんは無為《デズーヴレ》で孤独だから……一番いいのは、兄さんが母さんと一緒に住むことだろう……僕が行ってしまったあと、兄さんが戻ってきていろいろと面倒が見られることを願っている」[27]。ところがシミー・ラヴァットは、スコットランドのアクナキャリーにある、恐るべきコマンド訓練所で一定のコースに出るのは、非常に長いあいだデスクワークをしていたあとでは悪くあるまい、と言った。それはイーヴリンにとって、明らかに歓迎できない提案だった。というのも、そんなことをすれば出発が遅れ、シチリアにいるレイコックにとって自分がもはや役に立たなくなるだろうからだ。それはまた、訓練所の所長ヴォーン大佐の支配下に置かれることにもなるのだった。大佐は元練兵係軍曹で、有名な喧し屋で、イーヴリンは彼と衝突したばかりだった。大佐は彼を上官だと勘違いして敬礼したが、イーヴリンはそれに対し乗馬用鞭をちょっと上げただけだった。間違いに気づいた大佐は無礼だとイーヴリンを叱責したが、イーヴリンはその報復として、大佐が同性愛的意図をもって自分に近づいてきたという噂を流した。

　イーヴリンはラヴァットの提案に対し、乗船するまで自分は今の地位に留《とど》まらねばならないとレイコックから明確に言われているし、自分は「できるだけ長くロンドンに留《とど》まりたい「立派な個人的理由［父の死に関する］」があると応じた[28]。ラヴァットは、それに対し返事を寄越し、レイコックの命令は「自動的に取り消された」（レイコックの上官のチャールズ・ヘイドン将軍により）、また、イーヴリンは八月一日に訓練所に出頭しなければならないと言った。「貴殿はアクナキャリーで健康であると認められなければ、海外には行けない。これでおわかりになったことを願う[29]」

　これはラヴァットの私怨が動機の故意の挑発行為だと解釈したイーヴリンは――旅団本部の仲間の将校はのちに、それは「子供じみた、ちょっとした明らかな脅し」だと言った[30]――自分の場合はなぜ例外扱いなのかを知るためにヘイドン将軍に面会を求めた。彼は、将校が海外勤務をする際に健康について疑念があれば、通常のやり方は、その将校を医者に診てもらうというものだと指摘した。ちなみにイーヴリンは、ハーリー・ストリートの顧問医に自分で診てもらい、健康であると診断されていた。だがヘイドンは融通が利かず、イーヴリンは訓練所でのコースだけではなく、情報に関するコースにも出なければならないと言い張った。ヘイドンは面会を、こう言って締め括った。イーヴリンは旅団に加わった時から、旅団に不名誉しかもたらさなかった、したがって、旅団のために、できるだけ早く辞めるべきだと忠告する。二つのコースを終える頃には、いずれにしろシチリア行きはなくなっていると踏んだイーヴリンは、辞めることに同意した。あとでボブ・レイコックには、こう説明した。「二人の下劣な男［ラヴァット］と一人の狂人［ヘイドン］が一緒になってわたしをやっつけようとすると、恐るべき二人組になる」

ヘイドンはのちに、レイコックに手紙を出して説明した。「イーヴリン・ウォーは問題を起こし、去って行く」。そして、付け加えた。「このことが君を失望させ、おそらく怒らせるであろうのは十分承知している。なぜなら、君は戦場でのウォーの個人的勇気を高く買っているのを、わたしは知っているから。それが問題なのではない……」。レイコックは確かに怒った。そして、ある将校から、イーヴリンがどんな風に「ラヴァットとヘイドンに苛められた」かを聞くと、彼は妻に「なんと不甲斐ない奴らだ――僕は腹を立てている」と言った[31]。その反応ぶりは、彼はシチリアでイーヴリンと一緒になるつもりはまったくなかったという、クリストファー・サイクスとシミー・ラヴァットの考えを否定しているように思われる。

ある種の人間の神経を逆撫でするイーヴリンの性癖が、軍人としての失脚の原因の一つだったのは明らかである――レイコックでさえ、君は「人に使ってもらえないほど不人気だ」と、初めの頃警告した。イーヴリンが、レイコックの言葉を抗議もせずに日記に書いていることを考えると、嫌いな人間と付き合う際の自分の欠点に気づいていたことは、はっきりしている。仲間の将校にとってもっと許せないのは、彼が時折、自分の部下をからかったり、ある者の感じでは「苛めたり」する性癖だった。[32]ただ一方、彼がのちに指揮した何人かの部下は、いかに自分たちは彼が好きだったかを思い出しているが。しかし、レイコックはイーヴリンの欠点に十分に気づいていたものの、イーヴリンの解任に、ともかく密かに関わっていたという考えは――たとえイーヴリンが最初は、そうだと信じていたにせよ――現存している手紙によって否定されているだけではなく、ボブ・レイコックとシミー・ラヴァットの過去の緊張した関係を考えると、根拠がないようでもある。

「親愛なるシミー」とレイコックは、その前の年、ラヴァットに宛てて書いた。「いつ君は、いささかの如才なさを身につけるのかね？　スノビッシュな言い方だが、君が平和時に付き合っていた人間と同じ社会的地位の者ではない将校を扱うのは骨の折れる仕事なのを、僕は知っている……そうではあるけれども、君は彼らに耐えることを学ばなくてはいけない」。[33]別の折、「ラヴァットなる、君のところの怒りっぽい自尊心の強い人物《プリマ・ドンナ》の一人」[34]について苦情が寄せられると、レイコックは、ラヴァットの「下級参謀将校に対する際の無意味な不作法」と「誰にも少しの関心も抱かず、誰彼なしにずけずけと物を言う」癖*1を非難した。[35]

　シミー・ラヴァットが自伝の中でイーヴリンの特務旅団からの「解雇」について書いている話は、ほかの主役たちが死んだ大分あとで発表され、著者が公平な証人とはとても言えないにもかかわらず、イーヴリンのその後の伝記作者に疑問視されることがなかった。イーヴリンは、家族が死んだために貰った特別休暇を大方〈ホワイツ〉で費やしたという主張は、彼のいつもの習慣にぴったり合っているが、この場合は、彼が父の書類を整理し、葬式その他のことをしなければならなかったことを考えると、成り立たないようである。「イーヴリンがロンドンにいるのは素晴らしい」と母は、葬式の四日あとの七月三日にアレックに宛てて書いた。「あの子は、親切に、てきぱきと一切の面倒を見てくれました……あの子なしには、どうすべきだったのかわかりません」[36]

ラヴァットのほかの主張も、やはり疑問である――例えば、イーヴリンは「なんの予告もせず、ヘイドン将軍の執務室に飛び込んできた」と彼は言っている。イーヴリンが手紙で面会を求めたのは、はっきりしているのに。そして、イーヴリンは「不服従の廉で、その場で解雇された」とラヴァットは言うが、ヘイドンの話でも、イーヴリンは辞めるべきだと忠告されただけなのである。こうしたことは、やや衒学的に見えるかもしれないが、一つに纏められ、次にのちの伝記作者によって誇張されると、イーヴリン・ウォーの戦争についての真実を、一層歪めてしまったのだ。イーヴリンは至極簡単に人を怒らせたし、理想的な中隊長とは程遠かったが、軍にとってほかの面で非常に有用な存在であり得た。彼は飛び切り優れた頭脳の持ち主で、作戦を練る段になると、本部と戦場において、非常に価値があったろう。また、長たらしくてくどい草稿を、簡潔で読みやすい文に書き直すのが得意だった。そして、とりわけ砲火のもとで驚くほど勇敢で冷静沈着だった。レイコック自身、本をよく読んでいてウィットに富み、イーヴリンをきわめて面白い人物だと思っていたのは疑いない。だが、イーヴリンの軍人としてのいくつかの資質にも感銘を受けていなかったら、彼を自分の参謀に加えたいと思ったとは信じ難い。

最初イーヴリンは、自分の処遇にひどく憤慨し、「君が暇な時に読むように、僕が旅団を去ったことに関する事実」[37]を書いた長い手紙をレイコックに書き、「君を裏切ったのは僕ではないことがわかるだろう」と言った。彼は、やはり長い手紙を共同作戦本部長ルイス・マウントバッテン卿に宛てて書いた。だが、やがて八月初めに卿に会った時には、イーヴリンは、こうしたごたごたに飽きてしまっていて、二人は「互いに愛情を感じたと言えるほどに打ち解けた」関係になっていた。[38] 同月の末に、彼はウィンザーの近衛騎兵連隊に戻り、こう思った。

軍隊は嫌いだ。また仕事がしたい。人生の経験は、これ以上欲しくない。経験の十分な量を瓶に詰め、地下貯蔵室に注意深く置いた。何本かはまだ熟成中だが、大方はいつでも飲める。少しばかりこくを失い始めてはいるが。戦争のごく初めにフランク［パケナム］に手紙を書き、戦争の主な効用は、自分たちは行動の人間だという芸術家の思い込みを正すことにあるだろう、と言った。自分の場合、その思い込みは正された。また、世の中から、ほとんど縁を切ることにも成功した。もう、世の中の明らかな愚行にも苛立たないし、さまざまな意見や出来事に影響を及ぼそうとも、ペテンあるいは、なんであれそういった類いのことを暴きたいとも思わない。誰の役にも、なんの役にも立ちたくない。ただ、芸術家として仕事がしたいだけだ。[39]

執筆に戻る機会は、思っていたより早く来ることになる。しかし当座は、軍人として再び活動することに固執し、第二陸軍特殊空挺部隊に空きがないかどうか、シミー・ラヴァットのいとこのビル・スターリングにうるさく訊き始めた。その隊は、ビル・スターリングが、弟のディヴィッドが北アフリカで捕虜になったあとで結成したものだった。「組織と訓練と百人もの新しく知り合う人間のことを考えると怖くなる」とイーヴリンは日記に書いた。「しかし、ヘイドンにあんな風に扱われたあとでは、自分は軍人として〝成功〟しなければならぬ。僕が彼の乱暴な言動の結果昇進したのを見るより、彼を動顚させることはない」。イーヴリンは、パースシャー州にあるスターリングの宮殿のようなカントリー・ハウス、キアに、前年泊まったことがあった。その時は、弟のディヴィッドがベンガジ襲撃のあと、まだ行方不明だった。その後、イーヴリンとビル・スターリングは、〈ホワイツ〉のバーで親交を深めた。しばらくのあいだスターリングは、陸軍省に提出する、連隊拡大に関する説得力のある陳情書の草稿をイーヴリンに作らせた。「彼は上官としてボブとは大違いだ」とイーヴリンはローラに宛てて書いた。「――掴みどころがなく、神秘的で、想像力に富み、気短で、騎士道精神に富み、道徳的で、鈍重で、非因習的で、スマートではなく、貴族的――あらゆる資質において、ボブとは劇的に異なり、多くの面でボブより好ましい」。配属先がついに決まったイーヴリンは、十一月中旬にはクリストファー・サイクスと一緒に出発し、北アフリカにいる残存する陸軍特殊空挺部隊に加わる用意がすっかり整っていた。ところが、地中海南部での連合軍の作戦が予想より遥かにうまくいったので、イーヴリンたちは結局、必要ではなくなった。その代わり彼らは、チェシャー州にあるタトン・パーク〔タトンの領主エジャトン家の広大な領地〕でのパラシュート・コースに送られた。イーヴリンは、そこからローラに宛てて書いた。「パラシュートは、例外なく、僕がしたどんなことより気分が昂揚する。この数ヵ月の退屈な暮らしは、飛行機から初めて離れる数秒のための価値があった。飛び出す際、まったくなんの気後れも感じなかった――冷水の風呂に入る時よりも」[40]。日記の中で彼は、喧しい飛行機から、「梢の上の明るい空中で、完全な静寂と孤独と、一見不動の存在の中へと」踏み出した時を回想している。何年ものち、その経験が記憶の中で熟した時、小説の中の分身ガイ・クラウチバックが初めてパラシュートを身に着けて飛行機から飛び出した際の恍惚感を描いた。

……地上に縛られた彼の魂に最も近い何かが、天国、安らぎ、光、平安の場所《ロクム・レフリゲリイ・ルーシス・エト・パーシス》〔カトリックのミサの一句〕を前もって味わうことができた。飛行機は遥かに彼方に見えた。死の瞬間に、ぐるぐる回る地面のように。彼は、肉と筋肉と神経の、自分を拘束する絆を投げ捨てたかの如く、自分が自由に浮遊しているのに気づいた。狭く、薄暗く、喧しい機内で彼をひどく苛立たせた軛《くびき》は、いまや、気づかぬくらいにそっと彼を支えていた。彼は、天地創造の日のように新鮮な空間の中の自由な精神だった。[41]

だが、イーヴリンが前もって味わった天国は、クラウチバックの場合同様、短命に終わった。彼は二度目の降下で着地した際にしくじり、左脚の腓骨を折ってしまった。結局、その傷のおかげで、彼は『ブライズヘッド再訪』を書くのに必要な時間を恵まれたのである。そのクライマックスは、その年の十月に、信仰を捨てたカトリック信者の友人、臨終のヒューバート・ダガンの魂を救おうと努力して以来、彼の心の中で形作られていた。

カーゾン卿の継子だったダガンは、十年以上アクトン選出の保守党議員で、イーヴリンは、彼の兄のアルフレッドとオックスフォード大学で一緒だった時から、彼を少し知っていた。もっとも、イーヴリンとヒューバートは、二人とも驚くほど似た状況で妻に棄てられ、ヒューバートがメイミー・リゴンと情事を始めたあと、一九三〇年代初めにマダーズフィールドで、やっと本当の意味で友人になったのだった。二人は戦時中、一層親密になった。ヒューバートは、イーヴリンが娘のマーガレットの教父にした唯一の友人だった。その頃にはヒューバートは、ダイアナ・クーパーの長年の友人のフィリス・ド・ジャンゼと同棲していた。フィリスは有名な美人で、やはり離婚していて、彼より十歳年上で（そして、イーヴリンの友人のレイモンド・ド・トラフォードをピストルで撃ったアリス・ド・ジャンゼの元義妹）、一九四三年四月に死に、その後間もなく、ヒューバートは重い結核に罹った。

「ヒューバートに関する知らせは、実際ひどく悪い」とイーヴリンは、その年の九月、ローラに宛てて書いた。「彼は面会謝絶だ……決して眠らない。薬で譫妄《せんもう》状態になるが、眠るのではない。彼はひどい鬱状態にあり、妄想に苦しめられている。医学的に彼にしてやれることは何もない。超自然的助けが必要だ」。三週間ほぼ毎日イーヴリンは、病に冒された友人を、ベルグレイヴィアのチャペル・ストリートにある彼の家に見舞った。ついにある日、ヒューバートは、宗教のことと、イーヴリンが言うところでは、「教会に戻る」ことについて話し始めた。しかしヒューバートは、フィリスと送った日々を懺悔《ざんげ》するのは、彼女に対する裏切りではないのかと心配した。翌日、イーヴリンはカトリックの司祭と相談し、メダル〔キリスト、聖母、聖人等の像が表裏に刻んである〕を貰った。「部屋のどこかに隠すんです」と司祭は言った。「神の恩寵が、そんな風にして授けられた、実に素晴らしいケースを知ってるんです」

イーヴリンが、その日の午前の遅い時間にチャペル・ストリートに行くと、レディー・カーゾンが、ヒューバートは今日一杯は持たないだろうと言った。そこでイーヴリンは、すぐにファーム・ストリート教会にディヴァス神父を呼びに行った。『ブライズヘッド再訪』のマーチメイン卿の愛人カーラのように、ヒューバートの妹は神父がそばにいるのを望まなかったが、それにもかかわらずイーヴリンは神父を連れてきたのである。神父はヒューバートに罪の赦しを与えると、ヒューバートは「ありがとう、神父さん！」と言った。それは、彼の同意と受け取られた。イーヴリンが、その日の午後、ヒューバートの家に戻ると、妹は依然として敵対的だったが、ディヴァス神父は、ヒューバートに塗油をする自分の意図を穏やかに説明していた。「いいですか、わたしは、ただ彼の額に塗油し、お祈りをするだけなのです。この小さな箱に入っている油をご覧なさい。怖がるようなものではない」

「そういう訳で」とイーヴリンは記している。「彼は自分が何を欲しているのかを知っていて、それに固執したので、僕が第一原理からそれについて論じ尽くすと、自分の欲していたものを得た。そしてヒューバートは十字を切り、あとで僕を呼び寄せて言った。『僕がカトリック信者になったのは、恐怖からではなかった』。だから彼は、何が起こったのかを知っていて、それを受け容れたのだ。そこで僕らは、神の愛に対する感謝の念の煌めきを待ちながらその日を過ごし、その煌めきを見た[42]」

神の赦しを得たと信じたヒューバートは、わずかなあいだ持ち直したが、十二日あとに死んだ。イーヴリンは、十一月三日にファーム・ストリート教会で行われた彼のための鎮魂ミサに出席し、一九四四年一月末、本を書くため軍に休暇を申し出た。その手紙は彼の連隊の指揮官、現在のヨーク公爵夫人の祖父A・H・ファーガソン大佐に宛てたものだった。イーヴリンは、「娯楽はいまや、戦争遂行に対する正当な貢献と見なされております」という理由で三ヵ月の休暇を願い出た。彼は続けた。「いったんある着想が作者の頭の中に完全に形作られた場合、使わずにおくと劣化する、というのが文筆業の特異な点であります。実際、もし今、その本が書かれなければ、永久に書かれないでしょう[43]」

ファーガソンは、ウィンザーで国防市民軍を訓練して時間を使った方がよい、という理由で、最初はイーヴリンの願いを却下した。だがイーヴリンは、情報省のブレンダン・ブラッケンの口添えで、結局休暇を貰った。ローラは、当然ながら、それで夫に会う機会が増えたと思い、ピクストンにコテージを借りたらどうかと言ったが、常日頃、芸術家の中でもとりわけ冷酷なほど自己防衛的だったイーヴリンは、その考えを即座に潰した。「僕はいつも君と一緒にいたい。ただし、一つの場合を除いて。それが理由だ」とイーヴリンは説明した。「僕は仕事をする時は、独りでなければならない。もし君が僕のすぐそばにいると、創作には絶対に必要なのだが、全身全霊で没頭するということができなくなる……チャグフォードに滞在できるかどうか調べてみよう[44]」

そういう訳で、彼は一月の最後の日に、イーストン・コート・ホテルに着き、翌朝十時までには、執筆を始める決心をした。「まだ風邪を引いている」と彼はその晩、日記に書いた。「気分は沈んでいるが、創作意欲に満ちていると感じる。その感じは、今夜になって初めて、無力感の不安に取って代わられた」。彼は、そのホテルに次の四週間籠もり、自分の最も重要で、自己表出的な作品になるとすでに信じていたものに熱心に取り組んだ。それは、自分自身の人生のいくつかの面を、きわめてロマンチックに描いたものであると同時に、彼がのちに作品のカバーに書いたように、「異教の世界における、また、イギリスのカトリックの一家の暮らしにおける神意の働きの跡を辿ろうとする試み」でもあった。

原注

＊1　『分列式』（ヴァイデンフェルト＆ニコルソン、一九七八年）

第19章 涙を誘う本

　一九四四年二月二日、イーヴリンはチャグフォードからローラに宛てて書いた。「難物の出だしは、なかなか手ごわかった。大作の書き出しの一千語が満足できるものになるまで、三度書き直さねばならなかったが、今では調子が出てきて、一日半で二千三百八十七語書いた。今晩は二千語になるだろう。間もなく、一日二千語になるのを期待している。それは、カトラー大佐[*1]と、僕がいかに軍隊を憎んでいるかについての、非常に質の高いものだ[1]」

　彼は最初の一週間の終わりには一万語書き上げ、もし軍務に邪魔されなければ、本は五月中旬までに書き上がると期待している、と著作権代理人に宛てて書いた。彼は、チャップマン&ホールがクリスマスにそれを出版するために紙をいくらか取って置きたがるかもしれないと言ったが、同社の製本水準が自分の傑作にふさわしくないかもしれないと心配した。「この本は、ちゃんとした恥ずかしくない形で出したい」と彼はピーターズに話した。「なぜなら、これは非常にいいからだ[2]」。時折彼は、書き直しに没頭した。「毎日僕は、前日に書いたものを読み返し、短くしている。文体について、老嬢のようになりつつある[3]」。だが、ほかの時は執筆の速度は遥かに満足のゆくもので、夕食のあと、三時間で三千語、一気呵成に書いた日もあった。四週目の終わりには三万三千語書き上げ、第三章の終わりに達した。ジュリアがブライズヘッド城から車で去るのをチャールズが眺めていて、セバスティアンが彼に、「僕ら二人だけで素晴らしい時を過ごそう」と言う箇所である。

だがイーヴリンは、次の章を書き始めようとした時、アイヴァー・トマス少将の副官になるためロンドンに召喚された。イーヴリンはすぐさま、ひどくおぞましく振る舞ったので、将軍は彼を使うのを拒否した。「気が合わなかったのは、もっぱら、僕が彼の会食堂で、最初の晩に少々酔ったのが原因のようだ」とイーヴリンは、平然と書いている。「あんたの気紛れに合わせて、これまでの人生の習慣を変えることはできないと言ってやった(4)」。ローラに宛てて、彼は書いた。「僕のした最悪のことは、彼の膝にクラレットを注《そそ》いだことだ(5)」。だが、一人の将軍から逃げ出すや否や、次の将軍が彼のために用意された。イーヴリンは、その将軍を、ほんの少し知っていた。マイルズ・グレアムというイートン校出身者で、前の将軍よりずっとのんびりしていた。イーヴリンは彼を、「やや上のタイプだ」と思った。「そういう訳で、今度の将軍はトマス［Thomas を Tomas と書いている］より遥かに横柄ではない」と彼はローラに話した。「そして、紳士が自分の生活を送る重要性を十分に認識している、あるいは、認識しているように見える」。グレアムは直ちに彼に六週間の休暇を与えたが、二十四時間後に、彼を自分の副官にするという取り決めを取り消した。おそらく、自分がどんな目に遭うかを考えたのであろう。

十日の中断があったあとチャグフォードに戻ったイーヴリンは、元の調子に戻るのにしばらく時間がかかったが、十一日後、新たに一万三千語の原稿をタイプしてもらうよう送り、その六日後、さらに七千八百語の原稿を送った。「僕は非常に美しい本を書いている」と彼はクート・リゴンに言った、「涙を誘うような。非常に裕福で、美しく、高い位に生まれ、館《やかた》に住んでいる人々の話だ。彼らには何の悩みもない。自分で作り出した悩み以外。その悩みは、主にセックスと酒の悪魔で、結局のところ、当節の悩みに比べれば容易に耐えられる」[6]。彼は、自分が一番好きなことが再びできるようになったことに、芯からほっとした。また、ロンドンから離れたことにも。クートに告白したように、ロンドンでは「素面《しらふ》の息をしたことは決してないと言っても過言ではない。僕は記憶を失い始めていた。それは、完全に過去に生きている人間にとっては、人生自体を失うようなものだ」[7]。ホテルのほかの客は大方が年配の女で、天気の良い日以外は彼の気持ちを乱さなかった。天気が良いと彼女たちは「蜥蜴《とかげ》のように」出てきて、彼の部屋の窓の真ん前に坐って彼を苛立たせた[8]。そういうことがあったにもかかわらず、また、逢引をしている男女に何度か邪魔されたにもかかわらず、彼は三月二十九日までには合計六万二千語を書き上げ、第二部の終わりに達した。

五番目の子ハリエットが五月に生まれる前に、ローラがチャグフォードを最後に短期間訪れたのは、そういう時だった。イーヴリンもローラも、子供を持つことをさして喜んでいるようには見えなかった。イーヴリンは、ローラの新たな懐妊を知って、いつものように同情した。「君の子育て人生が耐え難いものではないのを心から望む」と彼女に宛てて書いた。「このことと、また子供が生まれることで君の将来の幸福が脅かされることに対する、君の忍耐心と諦念を、いかに深く僕が賞讃しているかについて、十分に言ったとは思わない。もし僕が、それを軽く見ていたように思えたなら、それは、僕のがさつな態度のせいだ。僕は心から君のことを思っていて、君のために悲しんでいる」[9]。二人の息子のブロンはのちに、ピクストンでの自分の幼年期に母の存在を強く感じたことはほとんどなかったし、母に「なんらかの特別な感情的近さ」を覚えたことはないと回想している。父の存在は「まったく感じなかった」と思い起こしている[10]。

ブロンは、イーヴリンが軍服姿で時折現われたのをうっすら覚えていたが、大抵の場合イーヴリンは、子供から離れていようという、驚くべき決意を示した。「僕はクリスマス休暇中には子供のところには行かない」と一九四一年十二月にローラに宛てて書いた。「子供たちは、僕についての印象を、もう三ヵ月保っていられるはずだ。僕は、自分の愉しみに使える時間を、子供に使って無駄にする余裕はない。その償いに、子供たちに燻製鰊《にしん》を少し送った(11)」。そして、翌年――「クリスマスには子供と一緒ではないのを非常に喜んでいる。大変見事なサイドボードのあるホテルがシャフツベリーにある。君がファックできるようになったら、すぐにそこで週末を過ごしてもいいと思っている(12)」。

イーヴリンは子供たちと時を過ごすことを考えると怯《ひる》んだが――あるいは怯むふりをしたが―妻と一緒にいることを絶えず切望した。「万一、僕の子供たちが死ぬようなことがあれば」と、また懐妊したローラに宛てて書いた、「是非、ロンドンに来給え。君がいないと四六時中淋しい(13)」。彼は彼女が自分の見かけに無頓着なのを時折叱ったが――「僕に会う前に歯を白くしようとし給え(14)」とその春、束の間のランデヴーの前に彼女に宛てて書いた――あるいは、自分たちの家や子供について、また、手紙をもっと生気のあるものにする方法について威張った指示をやたらに与えたが、彼女に宛てた手紙は、面白いと同時に、しばしば優しく、彼女への愛情と欲求の心からの表現に満ち溢れている。そして、どのくらい彼女がそばにいなくて淋しいかについて、さまざまな言い方をしている――「ひどく」、「口で言えぬほど」、「耐え難いほど」、「我慢できないほど」等々。彼は一九四一年六月にクレタ島から脱出したあと、彼女に宛てて書いた。「僕らが会った時、お互いになんと多くのことを喋らねばならないだろう。僕らの将来の人生は、今年、どんな風に離れて暮らしたかについて話すことに費やされるだろうと感じる。危殆に瀕した時、僕は一つの恐怖を覚える、それは、君から一層別れることになるという恐怖だ(15)」

復活祭の直前、イーヴリンは再びロンドンに呼び出され、その夏に開くことになっていた第二戦線の方々を、新聞記者たちを引き連れて回るという仕事を提案された。「それは、そうひどいことにはならないだろう」と彼は思った。「なぜなら、本がちょうどよい按配に停止段階に入っているので、一、二週間執筆から離れていても害はないだろうからだ[16]」。だが例によってその仕事は実現せず、その代わり彼は、〈ホワイツ〉で怠惰な二週間を過ごし、旧友と旧交を温め、「日増しに少なくなっていくが、それでも苦労すればまだ手に入る良質のワインを大量に飲んだ[17]」。それからピクストンに行き、『ブライズヘッド再訪』の第一部と第二部の推敲を終えた。レディー・ドヴェシの年老いた継母グレイス、すなわちレディー・ウィームズも滞在していた。イーヴリンは、こう記している。「オーベロンは彼女が風呂に入っているところを急襲した。したがって彼は、高祖母の裸を見たと言えるごく少数の者の一人だ[18]」。ロンドンに戻ると、旧友のジョン・スートローとハロルド・アクトンに夕食を御馳走した。アクトンは、インドの英国空軍情報部で働いていた。鷗《かもめ》の卵、コンソメ、山鶉《やまうずら》、トーストに載せた鱈を食べ、ペリエ・ジュエ28を一人ほぼ一瓶飲みながら、イーヴリンは、ハロルドが話す「ホモが見た軍隊生活の様子」に魅了された。「彼は、快楽と熱烈な愛国心を結び付けている[19]」

すべきことが何も決まっていなかったので、イーヴリンは一週間チャグフォードに戻り、「客船での情交の非常に難しい章に、苦労しながら再び取り掛かった」と日記に書いた[20]。彼は第三部の第一章（一万二千語）を一週間後になんとか発送したが、その部分が成功したかどうか確信がなかった。「性行為を描写することなしに性的感情を描写する空しさを非常に強く感じる」と日記に書いた。「食事の場合同様に詳しく、二つの性交を書きたいものだ――彼「チャールズ」の妻との、そしてジュリアとの。そうするのは、それを読者の想像に委ねるより、さほど猥褻ではないだろう。この場合、読者の想像は、わたしのそれより鋭敏ではあり得ない。読者が、僕の登場人物のセックスの習慣の代わりに自分のセックスの習慣を持ち込むと、ギャップが生じる(21)」

ロンドンに戻ると、彼は陸軍省が絶えず彼に提供してくる、金輪際彼には合わないいくつかの仕事から救ってもらおうと、再びボブ・レイコックの助けを求め（目下の選択は、インドでの一時滞在用キャンプの副官か、病院の記録係助手かだった）、ビル・スターリングを説得してもらい、第二陸軍特殊空挺部隊に戻ることになった。その際、『ブライズヘッド再訪』を書き上げるのに必要なだけの休暇を貰った。スターリングの援助に深く感謝したイーヴリンはすぐさま彼に、ロンドンにいる時はよく泊まるようになったハイドパーク・ホテルの所有者バジル・ベネットと一緒に、ハリエットの教父になってくれるように頼んだ。教母の一人はメアリー・ハーバートの秘書ミス・ヘイグで（「ローラの説明のつかない気紛れの選択」とイーヴリンは言った）、ローラが選んだもう一人の教母はグレーテル・クーデンホーヴェ＝カレルギだった。彼女は年配のオーストリアの伯爵夫人で、戦争が勃発した時、メイドと一緒にピクストンに滞在していて、戦時中、そのまま滞在することに決め、戦争が終わっても、さらに数年滞在した。その間、「二階の一番いい二つの寝室を占めた」と、イーヴリンの息子のブロンは、のちに戸惑い気味に回想している。「それに加え、引退した大勢のナニー、家政婦、メイドが家のそれぞれ違った場所を占め、思い思いの暮らしをし、自分の領分をしっかりと守っていた(22)」

ハリエットの三人目の教母はナンシー・ミットフォードだった。イーヴリンは彼女に、「精神的指示」を求めるのではなく、「世智、如才なさ、生きる歓び《ジョワ・ド・ヴィーヴル》といったもの」を求めるのだと請け合った(23)。イーヴリンは、イーヴリン・ガードナーと結婚して以来ナンシーを知っていたし、のちにナンシーの妹のダイアナ・ギネスと短いが深い友情を結んだ時期も彼女と親しかった。その間イーヴリンは、ナンシーが小説家になりたての頃、いろいろ助言した。一九三〇年代の初め、二人は、シットウェル姉弟、シリル・コノリー、ロバート・バイロン、ジョン・ベッチェマンのようなほかの文学仲間と一緒に、互いにしばしば会った。また、ウェイマス家、パケナム家、チャーチル家でのハウス・パーティーでも、よく会った。ナンシーがピーター・ロッドと結婚して以来（イーヴリンはロッドが衒学的であると同時に無能であるという奇妙な取り合わせの人物ゆえに、彼を嫌っていた）、二人の友情は一時目に見えて冷えたが、一九三九年までには、ナンシーの結婚は終わったのも同然で、イーヴリンは間もなく、ナンシーが戦時中の多くの時間働いていた、メイフェアにあるヘイウッド・ヒル書店の常連客になった。その書店を、「旧世界のゴシップの、残された一つの中心地」と見なした。[24]それ以降、二人の友情は、最も有名な文学者同士の友情に発展した。

　五月中旬までにはイーヴリンは調子を取り戻していて、『ブライズヘッド再訪』を書き終える段階に入っていた。そして、ついに六月六日のDデーに、そのクライマックスに持って行った。「今朝、朝食の際、第二戦線が開かれたと、給仕が僕に言った。早めに仕事に取り掛かり、マーチメイン卿が死の苦しみに見舞われている見事な箇所を書いた……僕はマーチメイン卿に終油の秘跡を与えるために司祭を呼びにやった。四時までずっと仕事をし、最終章を書き上げ――最後の会話は貧弱だ――郵便局に持って行き、上の道路を通って家に歩いて帰った。いまや、あとはエピローグを書くだけだ、それは簡単だ。唯一の心配は、セント・レナーズ〔イングランド南東部の保養地、セント・レナーズ＝オン＝シー〕のタイピストが今度の進攻で気が動顚しないか、彼に宛てて郵送した原稿が無事に着くか、ということだけだ[25]」。イーヴリンがタイプ原稿の誤りを正しているあいだの一週間、ローラが彼のところに来て泊まった。そして六月二十日、彼はピーターズに報告した。「完全な原稿、『ブライズヘッド再訪』をチャップマン＆ホールに渡した。オックスフォードの友人「マーティン・ダーシー神父」が神学上の大へまを調べてくれたらすぐ、ヤンキー用の写しを送る[26]」

『ブライズヘッド再訪』が完成するとイーヴリンは、パースシャー州にあるビル・スターリングの狩猟小屋の一つで訓練を受けるため、第二陸軍特殊空挺部隊に加わらざるを得なかった。だが、そこに行く前にロンドンで幾晩か過ごした。最近の連合軍のノルマンディー上陸の報復として行われるようになったV-1飛行爆弾による爆撃でイーヴリンは、不思議なことに（少なくとも彼にとっては）動揺した。「一つが近くを低く飛ぶのを聞いた。人生で初めて、そして最後なのを願うが、怯えた」と記している。「この不愉快な経験をとくと考えると、酒のせいで神経が弱っているためだと思う（ロンドンで何日も痛飲していた）。したがって今日、二度と酔っ払わない決心をした[27]」。スコットランドから、ローラに宛てて書いた。「僕は一生、酔っ払うのをやめた。君は喜ぶだろうか、悲しむだろうか？　それは、僕を人間社会に繋ぎ止めている、残ったわずかな撚糸《よりいと》の一本を切ることだ[28]」

第二陸軍特殊空挺部隊の新しい指揮官ブライアン・フランクスが、イーヴリンを自分の指揮下に置くことに不安を覚えたのは明らかである。ところが幸い、ランドルフ・チャーチルが、チトーのパルチザンのところに行く、フィッツロイ・マクレインの軍事使節団の一員になり、ユーゴスラヴィアにイーヴリンに一緒に行ってもらいたがっているという知らせが、早速届いた。マクレインは、イーヴリンがクレタ島で勇敢だったという報告を聞いていたし、彼が若い頃何度も旅をしたことは彼の冒険心と忍耐力を一層証明していると信じ、ランドルフの考えを躊躇なく支持した。おまけにのちにマクレインは、こう認めた。「ここに、ランドルフを抑える資格のある人物が、とうとう現われた。細かい点はさておき、ランドルフはその人物を、社会的、知的に自分と同等とさえ見なすかもしれない[29]」。マクレインは、新しい使節団をクロアチアに是非とも送りたいと思っていた。クロアチアを占領しているドイツ軍に抵抗している、チトーの率いるゲリラ部隊は苦戦していた。そしてマクレインは、チャーチルとウォーに、「可及的速やかに」潜入するよう然るべく指示した。ランドルフは自分の副官としてのイーヴリンに、「君がカトリックと東方正教会のあいだの大分裂を修復する」のを期待していると言った。その分裂は、戦略の支障になっていた。[30] イーヴリンはその頼みを「喜んで引き受け」、ピクストンの家族とロンドンの母に別れを告げたあと、七月四日に、ジブラルタルとアルジェを経由するという、迂回のルートを取った。アルジェで彼は、英国大使館で開かれた「見事なほどに非大使的な」クーパー夫妻のハウス・パーティーに出た。ほかの客には、イーヴリンの旧友のブロッグズ・ボールドウィン、ヴィクター・ロスチャイルド、ヴァージニア・カウルズ、新聞記者のマーサ・ゲルホーンがいた。彼女はダイアナ・クーパーの親友で、その頃には夫のアーネスト・ヘミングウェイと別居していて、イーヴリンによると、「一日の大半を素っ裸で過ごし、実におぞましかった」。[31]

　イーヴリンはゲルホーンの小説『リアーナ』を長椅子に坐って読んだが、読み終わっても、当てつけがましいことに、その本について何も言わなかった。彼女はのちに、彼を「チビの、ひどく醜い糞ったれ野郎」と呼んだ。[32] 彼の女招待主《ホステス》も、なんと彼はむっつりしていたことか、と言った。ダイアナとブロッグズがその頃「軽い気持ちの」情事を始めたという噂を耳にし――それは、ダイアナの人生では珍しいことだった――彼がほんの少し嫉妬していたということは考えられる。いずれにせよ彼は、それに対し、こう応じた。自分は傑作だと思っている小説を書き上げ、自分が熱愛している妻を持っているうえに四人の立派な子供を持ち、素晴らしい健康に恵まれているので、今ほど幸せだったことはない、そして、「活動的な人生を送っているおかげで、愛するランドルフとユーゴスラヴィアに来られた……それならば、あなたは自分の幸福をもう少し表に出すことを願うと、わたしは言った」とダイアナは回想している。「ほかの者も同じことを言ったと彼は言った」[33]

　彼らはアルジェからカタニア、ナポリ、バーリを経由してクロアチアの沿岸沖のヴィス島に着いた。そこで間もなくイーヴリンは、チトー元帥に生涯に一度だけ会った。彼はチトーを、その共産主義と反カトリックの立場ゆえに本能的に嫌った。さらに、元帥は女だと、すでに決めつけていた。それは、謎めいたレジスタンスの指導者の正体が次第に広く知られるようになる前に流布したいくつかの噂の、彼が大好きなものだった。マクレインはのちに、イーヴリンが到着した数日後に二人を紹介した際のことを回想している。その時チトーは、非常に短い海水パンツを穿いて海から出てきて、「なぜわたしが女だと考えているのか、ウォー大尉に訊いてくれませんか」と言った。イーヴリンは、このややばつの悪い出会いについて日記に書いていない。彼は、日記はつけてはいけないという継続命令を平然と無視して、日記をつけていたのだが。しかしのちにイーヴリンは、チトーの「水着」で、「彼女の」性について疑念がなくなったと言っている。

　彼らの次の目的地は、荒廃した小さな湯治場トプスコにある、パルチザンのクロアチアの本部だった。それは、本土の解放された丘陵と森林地帯の一部の真ん中にあった。彼らは夜陰に紛れて、そこに飛行機で行った。だが、彼らの乗ったダコタ輸送機が着陸しようとすると、闇の中で機体が降下してから急上昇するのにイーヴリンは気づいた。「次の瞬間、気づくと、自分は燃えている飛行機の光に照らされた玉蜀黍《とうもろこし》畑を歩きながら、戦争の進捗状況について、見知らぬ英国の士官と冷静に話していた。士官は言っていた、『坐ってちょっと休んだ方がいいですよ』。自分は、墜落した際の記憶がなく、また、その時、自分がどこにいるのかも、なぜいるのかもわからず、自分たちが逃げる最中、不時着したという、混濁した意識があるだけだった[34]」

　イーヴリンは意識を取り戻すとすぐ、ランドルフが、自分の従卒が機内にいて即死した十人に入っているので泣いているのを見た。ランドルフがのちにローラに宛てて書いたように、彼とイーヴリンが生き残ったのは「実に天祐」だった[35]。飛行機のエンジンが地上四百フィートのところで止まり、機体は地面に激突するとすぐに炎上したのだ。二人ともひどい火傷を負った。イーヴリンは頭と両手、両脚に。

ミイラのように包帯を巻かれた二人は、やがてバーリの病院に移送され、間もなく、ハーマイオニ・ランファーリー伯爵夫人が見舞いに来た。彼女は、二人が何度も大声を出し合い、「特になんということもないことで議論する」のを面白がった[36]。クート・リゴンも、近くの空軍婦人補助部隊の基地からやってきたが、ランドルフが自分の膝について「大騒ぎをし」、イーヴリンが、書き上げたばかりの小説『ブライズヘッド再訪』について語り、その校正刷りが出版社から届くのを今か今かと待っていた様子を回想している。「それは要するに、父親が外国いる家族の話なんだ、ブーム〔クートの父、ビーチャム卿〕のように――でも、ブームじゃない――それと、次男。彼はヒューイに似ていると人は言うだろうが、君もわかるだろうように、実際にはヒューイじゃない――そうして、マド〔マダーズフィールド・コート〕のような家が出てくるんだが、実際にはマドじゃない[37]」

イーヴリンはローマでその後回復期を送っているあいだに、項《うなじ》に出来た痛む膿瘍の手術を受けた。また、ホームシックにも罹っていた。「何ヵ月も家を離れているような気がする」とローラに宛てて書いた。「二ヵ月も経っていないが。そうして、君と一緒になりたい[38]」。彼はダイアナ・クーパーとブロッグズ・ボールドウィンに再会したが、それ以外の時間は、さまざまな教会や美術館を訪れたり、本を読んだりするのに使った。九月中旬までには彼もランドルフもトプスコに戻れるくらいに回復した。二人はトプスコで使節団を町の外れにある小さな農場に泊まらせた。そして、ゾラという、働き者の料理人兼家政婦と、スタリとして知られる、酒好きの何でも屋に面倒を見てもらった。スタリは何年かアメリカに住んでいたので、なんであれ頼まれると、陽気に、かつ無責任に、「いいですとも、ボス、やりましょう！」と答えた[39]。一方、農場の仕事は、「もっぱら五歳かそこらの小さな女の子がやっている」ようにイーヴリンには見えた(40)。

イーヴリンは、自分だけの寝室を確保した。「ランドルフから離れているためだ」とローラに語った。「奴の酔言には少々うんざりだ」。湯治町の鉱泉浴場は、窓は戦争のせいでなくなっていたが、それ以外は無傷だった。イーヴリンは、こう報告した。「僕らは毎日そこに行って、ラジウム温泉に入る。非常に消耗する。この町は、完全にレジャー用に出来ていて、なおざりにされた庭と森林地帯のプロムナードはマトロック〔ダービーシャー州の田舎町〕を思い出させる。それは、僕らの暇な生活にはよく合う。僕らは、まったくと言っていいくらい何もせず、パルチザンの連絡将校と、共産党の書記長と、農民党の指導者といった連中以外、ほとんど誰にも会わない。僕らはまた、困窮しているユダヤ人を疎開させる手配をしている(41)」

自分は「賞讃すべき」健康状態にあると、イーヴリンはその後の家への便りで報告した。「僕の頭は非常に明晰だ――あまりに明晰なので、あの傑作を書き直したくて仕方がない」。手に入る唯一のアルコールはラキアと呼ばれる地元の酒で、イーヴリンには、下水と膠《にかわ》の中間のような嫌な臭いがした。したがって、彼がロンドンで立てた禁酒の誓いを守るのは難しくなかった。そのため、彼の標準では稀なほどよく眠った――十時半から六時半まで。だが、ほかの時は、ランドルフが間断なく騒々しいのが相当応えた。「僕にとって良い時間は」と彼はローラに語った、「ランドルフが目を覚ます前の、日が射し初《そ》める最初の二時間だ」。

十月中旬に、フレディー・バーケンヘッドが彼らと一緒になった。バーケンヘッドはF・E・スミスの息子で、ウィンストン・チャーチルの教子《きょうし》だった。そして、ランドルフはイートン校時代、彼に雑用をさせた。イーヴリンも彼をかなりよく知っていて、母に宛てて、彼は「無愛想で不機嫌ながらいつも面白い旧友」だと書いた。しかし、「彼と一緒にいるのを愉しむことより、彼がランドルフを僕からちょっとばかり引き離してくれることの方をありがたく思っています」と続けた。[42]

バーケンヘッドは、スティーヴン・クリソールド少佐を伴っていた。イーヴリンはクリソールドを、「優しい学校教師」と評した。クリソールドはセルビア＝クロアチア語を流暢に喋り、パルチザンに通暁していた。クリソールドはのちに、「同窓会か、予期しないハウス・パーティーの最中にやってきた邪魔者」のように自分が感じられたと回想している。だが、イーヴリンは思いがけず「気さくな仲間で、わたしを気楽にさせようといろいろ気を遣ってくれた」と書いている。[43]

だが、イーヴリンとランドルフのあいだの緊張した関係が、すぐさま露《あらわ》になった。「奴はあそこだ！」とランドルフは、イーヴリンが空港で何人かの新来者に会って戻ってくると、吠えるように言った。「駱駝の毛のガウンを着た、あのチビだよ！」イーヴリンはランドルフを、「北極海のように冷たい、敵意に満ちた」目で見たと、バーケンヘッドは回想している。「そして、悪意に満ちた、押し殺したような声で言った。『君は今夜は酔いがいやに早く回ったな。もう無線送信はするな』」[44]

一週間ほどのち、彼らはある日の早朝、「飛行機《アヴィヨン》！　アヴィヨン！」という叫び声と、頭上を飛ぶドイツ軍飛行機の脅すようなブーンという音で、全員が目を覚ました。いつもは、イーヴリン同様、正気を疑うほどに恐れを知らぬランドルフは、父のせいで自分が故意に標的になっていると思い込んで、この時ばかりはヒステリー状態になった。ほかの者全員が溝に這い降りて身を隠した時、イーヴリンは、わざと撃たれようとするかのように、白いダッフルコートを羽織って、農家から悠然と歩み出てきた。「そのチビの豚野郎、そのコートを脱げ！」とランドルフは怒鳴った。「**そのアホなコートを脱げ！**　これは命令だ！　軍事命令だ！」

イーヴリンはコートを脱ごうとせずに、わざとゆっくりと塹壕に入った。その途中立ち止まり、ランドルフに向かって言った。「爆撃が終わったら、君の忌むべき態度について、僕がどう思っているのか話してやろう」。バーケンヘッドはのちに、イーヴリンの行動は「われわれ全員を危険に陥れた[45]」、なぜなら、使節団は機銃掃射を浴び、爆弾は使節団のいた建物の窓を吹き飛ばしたくらい、近くに落ちたからだと回想している。だがクリソールドは、その空襲をもっと冷静に思い返している。それは「かなり効果のない敵の襲来」で、その間、「われわれの近くには爆弾は落ちなかった[46]」。

いずれにしても、すぐにランドルフは、二人のあいだの緊張した空気をなんとか和らげようとし、自分が刺々しい態度をとったことを詫びた。イーヴリンは、クレタ島でのコルヴィン中佐の惨めな振る舞いに対して抱いた軽蔑の念を思わせるかのように、答えた。「親愛なるランドルフ、僕が苦情を言っているのは、君の態度じゃない。君の怯懦《きょうだ》だ[47]」。もっと優しく扱ってくれとランドルフに頼まれても、イーヴリンは心を動かされなかった。そして日記に、こう記した。

> こうした問題において、彼は単なる軟弱な弱い者苛めで、自分より弱い者に対しては威張り散らし、大声を出して黙らせるが、自分と同じくらい強い者に会うや否や泣き言を言い始める。彼は口先だけで理解し、他人を批判しても、自分への批判は受け付けない……退屈な男というのが事実だ――なんの知的な創意もないし、機敏さも持ち合わせていない。彼は子供じみた記憶力のよさを持っていて、反復が思考の代わりになっている。彼は、非常に低い目標を設定しているが、それを着実に追求する自制心を持っていない。独立心を持っていず、彼の魅力的な愛嬌は、そこから生まれている。彼は長いあいだ付き合える良い仲間ではないが、結論はいつも同じだ――ほかの誰も僕を選ばなかっただろうし、ほかの誰も彼を受け容れなかっただろう。僕らのどちらも戦時労働に関する限り能力の限界に来ていて、それを最大限に使わねばならない[48]。

ランドルフの絶え間のないお喋りの流れを止めようと、イーヴリンとフレディーは、彼が二週間で聖書を初めから終わりまで読むことはできない方に二十ポンド賭けると言った。だが期待は外れ、ランドルフは次の二週間、聖書からの引用を大声で騒々しく読んだり、イーヴリンがナンシー・ミットフォードに話したように、「脇腹をぽんぽんと叩き、『神よ、神はなんたる糞ったれか！』と嬉しそうに言ったりした。(49)」結局、イーヴリンとランドルフの友情は驚くほど長続きした。トブスコで、友情が最も冷めた時、彼はローラに宛て、こう書きはしたが。「僕はランドルフを嫌う段階に達した。それは、自分は彼が好きだと考え、彼のおぞましい行為となんとか折り合いをつけようと絶えず努めるより、実際便利だ。いまや僕は彼を、カトラー大佐やトム・チャーチルやロジャー・ウェイクフィールドのような戦争の悪の一つと見なし、その結果、彼と仲良く暮らすことができる(50)」

イーヴリンとバーケンヘッドは、表面上は仲が良かった。バーケンヘッドはのちに、イーヴリンは自分に対し「好意的で愛想がよかった」と回想し、彼が持ってきた百本の葉巻と、飛行機が墜落した際にイーヴリンが失くしたさまざまなものの代わり——一足の靴、一瓶のシェービングクリーム、一対のヘアブラシ、剃刀の刃——と、それに加えローラからの手紙を持ってきたことに、イーヴリンが哀れなほど感謝したと言っている。ところが、バーケンヘッドはランドルフ同様大酒飲みで、敵機の襲来のあとの不安な雰囲気の中で、彼もまた、一時的に禁酒していたイーヴリンの神経に障り始めた。

「昼食の時、ランドルフとフレディーは陽気になった」とイーヴリンは二日後、記している。

彼らは新しい冗談を言わず、自分の考えた冗談さえ繰り返さない。僕が愛する会話——話しているうちに発展するファンタジー、当意即妙の答え、互いに受け容れた前提にもとづいた議論、自発的な回想と引用――については彼らは何も知らない。彼らは、自分たちの父親か公人の記憶に残る言葉を騒々しく引用して笑うだけだ。そうした言葉は無尽蔵なのに、彼らは毎日、あるいは一日置きに同じ言葉を繰り返す――ある場合には一時間のうちに。また、マコーリーの陳腐な一節、ジョン・ベッチェマン、ベロックの詩、その他の古典を、熱を込めて朗誦する。僕は、ランドルフになんでも二度言わねばならないのは、なんとうんざりすることかと言った――一度は、彼が酔っている時、もう一度は、彼が素面《しらふ》の時。

二週間ほどのち、イーヴリンはローラに話した。「酔っ払うというのは、素面の者にとっては非常に悲しいことだ。フレディーは晩は大抵、酒で頭がぼうっとしていて、〈ホワイツ〉では、彼は虫《ワーム》の友達〔「自分の友達」。英国のユーモリスト、ナサニエル・ガビンズは、自分を「ワーム」と呼んだ。その借用〕の中で最もウィットに富んだ者と思っていたが、今では、彼は同じ事ばかり繰り返す月並みな男だと思っている」[51]

バーケンヘッドは、回想録集『イーヴリン・ウォーとその世界』（一九七三年）に収められた、ユーゴスラヴィアでイーヴリンと一緒に過ごした時についてのエッセイの中で、イーヴリンを総じて好意的な言葉で書いている。しかし、イーヴリンの出版された手紙と日記の中で、自分が実際以上に悪く見えるように書かれているためか、のちにヒュー・トレヴァー＝ローパーに（彼自身、イーヴリンの大ファンではなかった）、自分は実のところ、イーヴリンは「おぞましい、まさしく精神病質的性格」の人物だと思っていたと語り、残念そうに、こう付け加えている。「彼の未亡人が当時生きていなかったら、また、彼の不快極まる息子〔オーベロン・ウォー〕の正気の沙汰ではない悪意を、臆病にも、避けたいと思わなかったら、彼を遥かに厳しく批判したことだろう」[52]。バーケンヘッドは、イーヴリンが共産主義を蛇蝎のごとく憎んでいたことが、パルチザンを相手の連絡将校としての有用性の限界になったとも考えた。しかし、クリソールドは違った見方をしている。イーヴリンは「自分に課せられた義務を几帳面に果たした」と彼は回想し、イーヴリンの日記は、パルチザンがドイツ軍と戦うことには真の関心がなく、内戦を続けることの方に関心があったという事実に関して「多くの先見の明」を示していると書いている。(53)フィッツロイ・マクレインも、「イーヴリンは自分の仕事をきわめて能率的にこなし」、総じて「良い士官であることに非常に熱心で、それに成功している」ということを躍起になって強調している。しかし、いずれにせよイーヴリンは、いまや軍隊生活にうんざりし、家に帰りたがっていた。「戦争は僕には、エスキモーのように脂肪に包《くる》まり、冬支度に入ったように思える」と彼は、その年の十一月、ローラに宛てて書いた。「春になる前に帰国できる望みは、あまりない」(54)

イーヴリンの望郷の念は、ランドルフにうんざりしたためばかりではなく、『ブライズヘッド再訪』の五十部の私家版として印刷された新刊見本が、イギリスの家族と友人たちに届けられたことを知ったためにも一層募った。イーヴリンはナンシー・ミットフォードに、「みんなが陰でなんと言っているか」知らせてくれと頼んだが、母には、もっと自信をもって、来年春に普通の版が出たら、「大成功」すると思っていると告げた。(55)

戦争がユーゴスラヴィアで果てしなく続いているあいだ、イーヴリンが最低限必要としたのは、ランドルフから解放されることだった。その気持ちは、どうやら二人とも同じだったらしく、ランドルフは、自分は「ウォー疲れ」だという電報を打った。十二月初旬に二人の願いは叶った。イーヴリンは、英軍部隊とパルチザンの仲介をするためにドゥブロヴニクに配属され、また、フィッツロイ・マクレインから許可を得て、自分が一番関心を持っている問題、当地でのローマ・カトリック教会の状況についての報告書を書くことになった。

彼は新しい任地で、クリスマスをたった一人で過ごした。「独りでいるのは」とローラに宛てて書いた、「君と一緒にいることの次に一番好きだ」[56]。「再び第一級の建築物に囲まれているのは歓びだ」ともローラに伝えた。宿舎は「スラム街」にあったが、ジープが自由に使え、「腕のいいダルマティア人のコック」とほかに二人の召使がいて、ワインが豊富にあり、シェパードが一匹いた。

新年になると、『ブライズヘッド再訪』に対する反応が届き始めた。まず、ナンシーが、それは「管見によれば、偉大なイギリスの古典」と思うし、「文字通り賞讃の念で目が眩むほど」だったと言って、彼を安心させた。その後に来た葉書には、「人は、その本について討論するため、午餐会を開いていますそして、ウィンザー夫妻はクリスマスに、それをみんなに贈りました。ちょっとローブラウの連中と思いますが、それでも!」とあった[57]。

ナンシーは、まるで噂話をするように手紙を書くイーヴリンの才能を共有していた。彼女の手紙は、ぴりっとして挑発的で、しばしば非常に愉快だった。それゆえにイーヴリンは、彼女を生涯の親しい友にした。だがそのことは、ローラが才気煥発な手紙の書き手ではまったくなかった事実を浮き彫りにした。「優しい頬髯さん」とイーヴリンは彼女に宛てて書いた。

もっとよい手紙を書くようにし給え。十二月九日付の君の一番新しい手紙を、今日受け取った。ずっと前から心待ちにしていたものだが、ひどく失望した。手紙というものは、ただの出来事の羅列である必要はないのを悟り給え。君が今、退屈な暮らしをしているのはわかる。大いに同情する。君は、その気になりさえすれば、それをもっと面白いものにすることができると思うけれども。だがそれは、君の手紙を自分の暮らしと同じくらい退屈なものにする理由にはならない。僕は、ブリジットの子供などに関心はない。それを理解し給え。手紙というものは、会話の一形式でなければならない。あたかも、君が僕に話しているかのように書かれたものでなければ。例えば君は、僕のクリスマス・プレゼントが届き、エディーが喜んでいると言う。君は、その本をどう思うのだ？　君のための本はまだ製本中だが、彼に届いた本は見たはずだ。僕がまだ見ていないのを、君は知っている。どんな本か、教えてくれ給え。それは、君に捧げられている。それを、こういう形で見るのは嬉しいだろうか？　君は、僕が最終校正で何を変えたか知りたくはないのだろうか？　その本には、君が前に読んだものとは違う多くの変更がある。僕が、自分の最初の重要な本と見なしていて、君に捧げたこの本について、エディーが喜んでいるというコメントしかないのに僕がどれほどがっかりしているか、君にはわからないのだろうか。[58]

クリスマスを、ずっと一人で孤独に過ごした彼は、一月初旬に東方正教会のクリスマスを、ティー・パーティーと言われるもので祝った。もっとも彼がナンシーに言ったように、「この国では何が出るのかわからない」のだったが。軍のパーティーの主催者からなんの挨拶もなしに、招待客には、すぐさま「（a）緑のシャルトルーズ、（b）紅茶とハム・サンドイッチ、（c）ケーキとチェリー・ブランデーと紙巻煙草、（d）二つの愛国的スピーチが供された。それでパーティーは終わったと考えるのが理に適っていたが、そうではなく、冷えた羊肉、赤ワインが来た。僕の齢では困惑する」[59]。数日後イーヴリンは、食べ物にも金にも不足しているパラヴァチーニ氏という老彫刻家に会い、同情した。イーヴリンは五十ポンド払ったうえ、制作中は食料を提供するという条件で、自分の胸像を依頼した。「彼が石を手に入れることができるかどうか、また、完成させられるかどうか疑わしい」[60]とイーヴリンは日記に書いた。「もし完成すれば、自分の剝製を作るのに次ぐよいものになるだろう」。「大変見事だ」と彼は、胸像が出来かけた時にローラに話した。「かなり不機嫌な表情だが、ベートーヴェンにちょっと似ていて、実に力強い。君の美しい所有物になるだろう――実際には、万人の一連の所有物になるだろう、というのも、僕は、ブロンズとテラコッタと鉛と鉄その他でその胸像を鋳造し、ゲリー・ウェルズリー〔第七代ウェリントン公爵〕が、自分の偉大な先祖の胸像を持って旅をしたように、それを持って旅をするつもりだからだ。それが僕にとって、なんと面白く刺激的なことか、君なら想像できる[61]」

その間彼は、「十分に応じてやれないのに僕のところに援助を求めてくる、非常に多くの不幸な人々」に囲まれて、次第に疲れを覚えるようになった、とローラに語った。「僕のところに来て、なんと自分たちは惨めかと話すと気休めになるようなのだ。それは、僕を悲しくする。でも、妙じゃないか？　君は、僕が親切な性格の持ち主だと思っただろうか？　僕は、ここでは、実に親切な人間として知られているのだ。[*2]ところが、バーリの本部では、僕は非常に厄介で嫌な人間だと見られてい[62]る[*3]」

イーヴリンの最後の暴挙は、トレビニェに転属になるのを拒否したことだった。自分は、ドゥブロヴニクの聖職者の現状と、パルチザンが五十二人のローマ・カトリックの司祭を殺害したという申し立ての調査を終えていない、というのがその理由だった。しかし数日後、バーリに戻れという命令に従った。バーリで彼は、自分が発見したことを報告するために、ローマのピウス十二世を訪問する許可を貰ったが、教皇は、彼の言ったことをほとんど理解しなかったように見えた。「教皇の悲しい点は」とイーヴリンは拝謁後、ローラに宛てて書いた、「英語を話すのが大好きで、いくつかの格調の高いちょっとしたスピーチを鸚鵡のように丸暗記し、ほとんどなんの訛りもなく喋るが、実は英語の一語も解していない、ということだ」。イーヴリンがドゥブロヴニクの聖職者の窮状について説明し終わると、教皇は「英語で短いスピーチをしたが、生憎それは、彼が一九二〇何年かにポーツマスで見た観艦式を大いに楽しんだことを水兵に向かって告げるためのものだった」[63]。拝謁から一週間後、イーヴリンは、クロアチアにおける教会の現状についての報告書を書きかけのままローマを離れ、ナポリ経由でロンドンに向かって飛び、三月十五日にロンドンに着いた。

「解放されたクロアチアにおける教会とその現状」についてのイーヴリンの報告書は、最終的に約七千五百語になった。それはまず、フィッツロイ・マクレインに提出された。彼は、「かなり公正」だと言った。しかし、イーヴリンがそれを、さらに多くの者に読んでもらおうとすると、外務省の事務次官サー・オーム・サージェントは、それはチトー元帥を支持する英国政府の方針に反するあからさまなプロパガンダと解釈し、厳しく禁じた。結局イーヴリンにできたのは、五月に下院で、クロアチアのカトリック教徒を保護するためにどんな手段がとられているかと質問してもらうことだった。それに対し外務大臣のアントニー・イーデンは、そうした問題は英国政府の責任の外にあり、ユーゴスラヴィア国家の問題でなければならないと答えた。

　チトーとパルチザンに遥かに同情的だった者は、イーヴリンが偏った報告書を書いたこと、また、ユーゴスラヴィアをファシストが占領中、イタリアを支持したウスタシ〔クロアチアのファシズム政党〕のテロリストにカトリックの司祭が協力した証拠を無視していることを非難した。イーヴリンは、何人かの司祭が恐るべき罪を犯したことを率直に認めたが、そのような例は稀だと主張した。いずれにしろ、イーヴリンの見方が偏っていたのを認めても、戦後のユーゴスラヴィアで司祭が絶えず冷遇された事実は、共産主義者のカトリック教会迫害についての彼の分析が、おおむね正しかったことを証明している。一方、イーヴリンは終始チトーの痛烈な批判者で、冷戦の緊張が絶頂に達した一九五二年に、イーデンがチトーを国賓として英国に招いた時、「われらの不名誉の賓客」を怒りを込めて非難するエッセイを新聞に書いた。

原注

＊1　S・G・カトラー大佐は、一九四二年に英国海兵隊のイーヴリンの指揮官で、イーヴリンの評価では「尊大な間抜け」で、トム・チャーチル、シミー・ラヴァット、ロジャー・ウェイクフィールドと共に、軍隊での彼の主な頭痛の種だった。

＊2　戦後、ドゥブロヴニクでイーヴリンのもとで働いた者の一人は自分の選挙区の議員にユーゴスラヴィアから手紙を出し、いかにイーヴリンが「ここの驚くほど数多くの市民に知られ、愛されていることか、彼らのために尽力したので」と言った（通信兵レズリー・ジョン・マーフィーよりサー・トマス・ムーア中佐宛、一九四五年九月二十日。ドウナット・ギャラハー著『真相』、二六五頁）。

＊3　バーリにおけるイーヴリンの直属上官、ジョン・クラーク少佐はのちに、マクレインがイーヴリンをドゥブロヴニクに、「ローマ・カトリックの聖職者を喜ばせるために」送るという「信じ難いほど愚かな」決断をし、イーヴリンが「一悶着起こした」ことで、自分の人生が地獄のようなものになったと回想している（フランク・マクリン著『フィッツロイ・マクレイン』、二四五頁）。

第20章 占領

　戦争はイーヴリンにとって苛立たしいものであると同時に、幻滅するものでもあった。だが、日頃の習慣の変化が、芸術家としての彼をともかくも刺激し、彼は二冊の優れた小説を書いた。その一番新しいものが彼を裕福にし（「至極裕福に」と彼はローラに請け合った）、有名にしようとしていた。その後である。『ブライズヘッド再訪』は、一九四五年五月の終わりに出版された。ヨーロッパ戦勝記念日の三週間後である。イーヴリンは当時、それが自分の最も重要な作品だということを十分確信していた。一九四四年二月に書き始めて以来、それを自分の「最高傑作」と呼んでいた。[1]「一九二八年以来初めて」とナンシー・ミットフォードに話した、「自分の本が大変気にかかる」。

　友人の誰もが、それを愉しんだ訳ではなかった。キャサリン・アスキスは、愉しまなかった者の中で最も目立っていた。しかし、私家版の新刊見本に対する反応は、おおむね非常に好意的だった。イーヴリン同様、グレアム・グリーンものちに考えを変えることになるが、最初は、それを、彼のそれまでのお気に入りの作品、『中断された作品』よりも高く評価した。もう一人のカトリックの友人、ダフネ・アクトンは、マーティン・ダーシーの報告では、「夢中になって賞讃した」。一方、ロニー・ノックスは「最初、反感を抱いた」が、のちに、「死の床の場面で涙を流し、最後の章までには熱心な転向者になっていた」[2]。のちにカトリックに改宗したペネロピ・ベッチェマンは書いている。「ボヴァリー夫人くらい良いと思う」[3]

非カトリック教徒の友人たちのあいだでは、驚くべきことではないが、「カトリックの要素が多過ぎる」というのが一致した感想だった。[4] だが、宗教に無関心で次第に平等主義に傾いていたヘンリー・ヨーク[*1]でさえ、『ブライズヘッド再訪』のテーマはひどく不愉快だと告白したものの、「僕の考えでは、君は現役のどんなイギリスの作家より、自分の着手したことをうまくやり遂げている」と結論づけざるを得なかった。[5] 一方ナンシーは、レイモンド・モーティマーが、それは「偉大なイギリスの古典」だと断言し、シリル・コノリーが、「巻を措《お》く能わず」と思ったことを伝えた。[6]

だがコノリーも、「美文」のいくつかが気に入らない者の一人だった。のちにイーヴリンも、その見解を共有することになる。彼は一九六〇年の改訂版の序文で、『ブライズヘッド再訪』は「生活が不自由で、災厄が迫ってくる侘しい時期――大豆とベーシック・イングリッシュ〔オグデンが主唱した、八百五十語の英語から成る国際補助語〕の時代――に書かれたため、本書は、食べ物とワイン、近い過去の華麗さ、修辞的で装飾的な言葉に対する一種の貪欲さに満ち溢れている。満腹になった今となっては、それに嫌悪を覚える」と説明している。[7]

同書が五月に出版されたあと、イーヴリンが受け取った最初の祝福の手紙は、ハロルド・アクトンからのもので、いかにも彼らしく、過剰な讃辞を連ねたものだった。自分は「ペーパーナイフを、まだ処女の頁に、うずうずしている花婿のように差し込み、全頁をカットし終えるまでには、喘ぎ、震え、疲れ果てていた」。

一息つき、再び同書を読み始めると、アクトンは、快楽と苦痛によって交互に押し流された。われらの素早く蒸発してゆく言語を扱う、君の絶えず上達する名人芸と熟達ぶりに覚える快楽。というのも、君がこれまで書いたもののどれよりも、この本には微妙な陰影に富んだ文章があるからだろう。君が呼び起こした、非常に多くの旧友の苦い思い出に覚える苦痛。それに伴う情熱が、これほどの歳月を経ても、なお僕の胸の中に燻《くすぶ》っているのを知って驚く。この本は、僕が知っている時代を見事に喚起している唯一のものだ。しかし、その時代同様、この本は、物悲しい挽歌のような後味を残す。これまでは、人は生き残ってきたが、今後どれだけ長く、何に向かって生きてゆくのか？[8]

最初の頃の新聞の書評の中で、予想されたことだが、『マンチェスター・ガーディアン』は『ブライズヘッド再訪』の題材に偏見を抱いた。[9]「彼の文章の見事さ」は認めたが。『タイムズ文芸付録』は、イーヴリンが神意の働きを「明確に」辿り得たかどうか疑問だとし、「話の装飾」は、彼の全体的テーマを十分に展開するためより、話を引き立てるために考案されたと考えた。貴族に対する過度の崇敬の念に思われることについても疑念が表明された。『ニュー・ステーツマン』は、『ブライズヘッド再訪』は「そのテーマと意図において深く感動的」で「見事な素晴らしい作品」だが、「貴族とイートン校に対する崇敬の念の重荷が――前者に属する者あるいは後者を出した者は、それを軽々と棄てることができるように思える――彼に重くのしかかっている」[10]ようだと言った。もっと痛烈だったのは、翌年の初めに『ニューヨーカー』に載ったエドマンド・ウィルソンの評価だった。「これまでは諷刺的視点によって抑えられていたウォーのスノッブ根性は、この作品において、恥ずかしげもなく放縦に現われた……彼の貴族崇拝は、本書における唯一の真の宗教だという印象を最終的に与えるほど、熱狂的で荘重なものになっている」[11]

ウィルソンは当時、アメリカの傑出した批評家で、かつてイーヴリンを特に取り上げ、「バーナード・ショー以来、イギリスに現われた唯一の第一級の喜劇の天才」だと言ったことがあった[12]。彼がカトリックと保守主義に反感を抱いていたことを考えると、『ブライズヘッド再訪』を、イーヴリンの初期の作品ほど好かなかったのは当然だった。だが彼は、恨みを晴らそうとも思っていたのかもしれない。イーヴリンは一九四五年四月に、〈ホワイツ〉で夕食をとっていた際、シリル・コノリーのテーブルで彼に会い、彼の最近書いた小説が、猥褻が理由で英国で出版社が見つけられないことを容赦なくからかった。翌日イーヴリンは日記に、「エドマンド・ウィルソンという名のつまらぬヤンキーを、ロンドンの方々を案内するという約束を反故にした」と書いた[13]。

イーヴリンはウィルソンの批判を無視した。そして、いずれにせよ、『ブライズヘッド再訪』に出てくるさまざまな貴族は、決して神聖化されてはいず、大方は、はっきりとした欠陥を抱えている、と反論することができた。また、戦後の反エリート主義がもたらした「平民の時代」が、『ブライズヘッド再訪』をそれほどの大ベストセラーにした、消えゆく貴族の暮らし方に対するノスタルジアを掻き立てたのは、彼にとっては満足のゆく皮肉だった。英国では初版は刊行後一週間で売り切れ、アメリカでは、たちまち五十万部以上が売れた[14]。それが七月にアメリカのブック・オヴ・ザ・マンス・クラブの選定図書になるとイーヴリンは、「即金で一万ポンド、通常の売上と映画化権で、多分一万ポンド」の価値があると計算した[15]。そして、次の五年間、年収が少なくとも二万五千ポンド入ることを期待した。

だが、金を儲けることにいつも彼が覚えていた満足感は、税金でそれを失うのではないかという恐怖と、すぐさま鬩《せめ》ぎ合った。とりわけ、戦後の総選挙で労働党が勝利を収めたあとでは。間もなくイーヴリンは、労働党政府を「アトリーの恐怖[16]」あるいは単に「占領[17]」と呼ぶようになった。

彼は、うまくいかない物事に愉しみを覚えたので（特に傲慢な政治家の場合）、最初は総選挙の衝撃的な結果に大きな喜びを見出した。*2 アン・ロザミアの〝選挙の日の夜〟のパーティーに田舎から出てくるよう、ローラを説得できなかった彼は、のちに報告した。「シャンパンはわずかでウォッカは水っぽかったが、完敗の詳細がわかるにつれ誰もが仰天する様《さま》は、実にうっとりするくらいだった」[18]。だが、彼が「ウェルファリア」〔福祉国家〕と呼んだものの権力機構が出現すると、新体制があらゆる階級区分をなくすことに熱心に取り組んでいるのを、惨めな気持ちで眺め始めた。イーヴリンにとってはイギリス文化のまさに核心にある構造、「すべての社会的、個人的関係に影響を与え、しばしばそれを決定づけ」、数世紀にわたって「非常に複雑になったので、どんな外国人も完全には理解できない構造（本国人でさえ完全に理解できる者は、ごく少ない）」を、彼らは破壊しているように思えた[19]。彼は、自分が生きてきたあいだに、イギリスは世界一美しい国の一つから、世界一醜い国の一つになり果てたと主張した。そして、こう付け加えた。「ドイツの爆弾による破壊は、われわれ自身が破壊したものに比べれば取るに足りない。こうした事態は、貴族支配の衰退に原因があると言えよう[20]」

新たに選ばれた議員の中に、イーヴリンが「カトリック教徒の希望[21]」と見ていたクリストファー・ホリスとヒュー・フレイザーがいた（イーヴリンは、彼の兄のシミー・ラヴァットとより彼との方がうまが合った）。一方、ランドルフ・チャーチルは、落選した友人たちの一人だった。イーヴリンは九月までピアズ・コートに戻れず、一時的であれピクストンで暮らすのに気が進まなかったので、ハートフォードシャー州のイクルフォードにある、その時までには仲直りしていたランドルフの家に滞在することにした。イーヴリンが行ってみると、ランドルフは選挙で敗北したことで「潮垂れてはいたが、すっかり参ってはいなかった[22]」。もっとも、妻のパメラと別居したばかりで、彼が借りていた古い牧師館には、妻が残した雑多な家具しかなかったが。「〈ホワイツ〉が再開するまで、ここに滞在するつもりだが」とイーヴリンは日記に書いた、「二人がそれほど長く仲良く暮らせる自信はない」[23]。だが、どこであれ姻戚たちと暮らすよりはましで、彼はそこに八月まで断続的に滞在した。そして、最後の二週間、ブロンがやってきて泊まった。ブロンは六回目の誕生日を迎える寸前で、ランドルフの息子の、ブロンよりほんの少し年下のウィンストンの遊び仲間になれた。

数日後イーヴリンはローラに、息子がやってきたのは「非の打ちどころのない成功」だったと言い、こう付け加えた。息子はこれまでのところ「立派に振る舞い、周囲のみんなに褒めそやされた」。しかし息子をロンドンに連れて行き、祖母の家に泊まらせ、名所巡りをさせると、イーヴリンは、こう報告した。

息子のオーベロンは、まだ僕にふさわしい連れではないという結論に、残念ながら達した。きのうは、最高の自己犠牲の日だった。彼をハイゲイトから連れてきて、セント・ポール大聖堂のドームに登り、三角の切手の入ったパケットを買い与え、ハイドパーク・ホテルに連れて行き、昼食をとってからホテルの屋上に連れて行き、それからハロッズに連れて行き、大量の玩具を買ってやり（君の支払いにした）、彼を連れてメイミーのところでお茶を飲み（メイミーは彼に一ポンドとマッチ一箱をくれた）、ハイゲイトに連れて帰った。へとへとに疲れた状態で（僕がであって、息子がではない）。母が言った、「今日は楽しかったかい?」彼は答えた、「ちょっと退屈だった」。という訳で、自分の子供のために不便を忍ぶのは、数年はこれが最後だ。君は、そのことを彼の肝に銘じさせるといい[24]。

イーヴリンとローラは二週間後、ついにピアズ・コートに戻った。ほぼ正確に、六年間離れていたのだ。二人は、家の中を整理するあいだ子供はピクストンに残した。「二日酔いと帰郷の興奮が競い合っている状態で、灰色の、やたらに蠅が飛んでいる、どんより曇った夕方に着いた」とイーヴリンは日記に書いている。「一見すると、庭は草が茫々《ぼうぼう》で、小径はなくなり、樹木は生長が妨げられているか、不規則に伸び過ぎているかだ。家の中は、どこもかしこも湿っているが、表面上は綺麗だ。よく眠れなかった」。翌日、彼は書いた。「尼僧は半分いなくなり、僕らは半分いる。何もかも完璧に見えるとローラは言うが、そこかしこに、失われた物、損なわれた物を見る」[25]

イーヴリンはのちに、こう認めている。「多くの感傷的な心の震え」を覚えながら家に戻ったが、「家に対する愛情はすっかり消えていた、ちょうど非常に多くの兵士が妻に対してそうなるように。しかし、ありがたいことに、僕はそうではない」[26]。だが、一週間のうちにタンクは熱い風呂に入れるだけ満杯になり、書斎は整理され、彼は戦前の日常生活を再び始めた。「ピアズ・コートの便箋に再び母さんへの手紙が書けるのは嬉しい」と、彼は母に宛てて書いた。

ヴィクトリア女王のブロンズ像とジョージ三世の肖像画に面と向かいながら、自分の書き物机で。僕らは、この一週間、引っ越しで大忙しでした。尼僧たちは、なんでも表面上は綺麗にしておいてくれ、六年間学校として使ったにしては、これ以上望めないくらいいい状態にしておいてくれましたが、どの家具も置き場所が違っていて、絨毯は蛾に食い荒らされ、ペンキは剝げ、無数の小さな破損箇所が毎日明るみに出ています。上水道は村から迂回するようにされたので、水はゆっくりとしか戻ってきません。最初の二、三日はボイラーに点火できなかったので、水はすべて井戸からバケツで運ばねばなりませんでした。庭は哀れな状態で、多くの小径はすっかりなくなりましたが、樹木と生け垣はよく育ち、とりわけマルメロはよく実をつけています。厩舎は崩れ落ちたあと修理されました[27]。

家にいた使用人を再び集めるのに数ヵ月かかった。その年の秋は、夫婦はローラのやや変則的な料理と家事に頼ることが多かった。「覚束ないが粘り強い」とイーヴリンは評した。「リトル・ローラと僕は、ここで至極厳しい環境の中で二人だけで暮らしている」と彼はメイミーに話した。「雌鶏が二十七羽いて、一日に時に三個、しばしば二個卵を産み、L・Lは栄養のある餌をたっぷりやるのに絶えず忙しい。彼女と僕は、何も塗らないパンと当たり年のポートで生きている……[28]」。ランドルフには、こう報告した。「ローラは台所のレンジの上に落胆したように屈み込み、定期的に黒煙の柱を立て、僕らの配給の肉が灰になってしまったと告げる。やむなく僕は近所の宿屋《イン》で夕食をとる[29]」

十一月中旬に執事のエルウッドが戻ってきたことが、気分を明るくする出来事だったのは間違いない。「銀器、ブーツ、家具がピカピカになる」とイーヴリンは満足そうに言った。クリスマス直前にテリーザとブロンがやってきたことは、そうした出来事ではなかった。「子供たちをベッドに長時間とどめて置くことによって、僕らはなんとか我慢できる日が過ごせた[30]」とイーヴリンは記している。「子供たちは十日にピクストンに発つ。その間、僕は書斎で食事をとる」。一九四六年の年明け早々、彼はダイアナ・クーパーに宛てて書いた。

ここに僕の上の二人の子供がいる、男の子と女の子だ。二人の女の子はピクストンで惨めに暮らしている。五番目は子宮の中で飛び跳ねている。僕は子供たちと一緒にいるのが大嫌いだ。なぜなら、子供は欠陥のある大人としか思えないし、彼らの肉体的無能さを憎むし、彼らの冗談は面白くなく、単調だと思うからだ。二人とも、仲間からは大変な才子と思われている。長女は、神学に対して早熟な趣味を持っていて、尼僧院長になる見込みが大いにある。息子の方は愚か者で、世間的成功に取り憑かれている。息子をブルーズ［近衛騎兵連隊］に将来入れようと思う。今のところ彼は、今月末に寄宿学校に行くのを芯から喜んで待ち望んでいる[31]。

ブロンは六歳でプレップ・スクールにやられた時のことを、後年、次のように回想している。「パパの最高の悪戯は、わたしがまだ非常にそわそわしていた一学期の時にしたものだ。パパは、自分の名前をスティンクボトム〔臭う尻〕に変えようと思うと言った。もしそうしたら、校長先生は全校生徒を集めて、こう言うだろう。『諸君、君たちがこれまでウォーと呼んでいた人物は、これからはスティンクボトムと呼ばれる』。朝礼は毎朝行われ、毎朝わたしは、ディックス先生が朝の挨拶をするために前に歩み出た時、胸がやや締めつけられるのを感じた[32]」

戦争が終わると、イーヴリンは聖ヘレナについての新しい小説に取り組み始めた。そのための調査で、「馬とセックスに関してベッチェマン夫人と至極面白い手紙のやりとり」をすることになったと、ナンシー・ミットフォードに語った。イーヴリンは、一九三〇年代初めにアイルランドのパケナム家に滞在中に、ペネロピ・チェットウッドに初めて会った。その時、彼女はジョン・ベッチェマンと婚約していた。ハンス大尉の乗馬学校でレッスンを受け終わったばかりのイーヴリンは、お転婆娘のペネロピと是非とも馬に乗って出掛けたかったが、彼女はパケナム家の唯一の良馬に乗ってしまい、彼が乗った馬はまだ仕込まれていない、まったく手に負えない鹿毛《かげ》のコップ種の馬で、デラヴァラー湖に向かってギャロップで駆け出し、たちまち彼を運び去った。ペネロピがあとを追うと、馬は湖のそばで静かに草を食《は》んでいた。そして、木の枝からイーヴリンが彼女を呼ぶのが聞こえた。彼は、やがて木から降ろしてもらった。それが、深い友情の始まりだった。彼女は彼の勇敢さと文学的天才を賞讃し、彼は彼女にいちゃいちゃし、時には性的な含みのあることを大胆に口にした。「この件でいい娘《こ》でいてくれれば」と彼は、一九三五年にアビシニアから彼女に宛てて書いた、「戻ったら、立派なファックで君に報いるつもりだ[33]」。その時彼は、謎めいたリケット氏についての情報を彼女に求めていたのである。

それはイーヴリンの冗談か少なくとも願望的思考に見えるかもしれないが、彼はのちに、オズバート・ランカスターに、苦々しげにこう不平を洩らしたと言われている。「彼女は、僕が達すると、いつも笑うんだ[34]」。ペネロピの方は、彼女が結婚する前にも、したあとにも彼が言い寄ってきたのに驚いたことを回想し、こう言った。「彼はわたしをまったく惹きつけなかった[35]」。何年ものち、イーヴリンが死ぬ直前にオーベロンは、レディー・ベッチェマンと寝たことがあるのかどうか父に訊いた。それに対し彼は答えた、「訊かれたから言うが、ある[36]」。

それが冗談であるにせよないにせよ、イーヴリンがペネロピを魅力的だと思っていたのは明らかで、ジョン・ベッチェマンがそのことを知っていたのはほぼ確かなのを考えると、自分は若かりし頃の女帝ヘレナを、馬気違いのペネロピの「ヒポラスティック」〔ウォーの造語で、「乗馬で性的に興奮するような」の意〕な経験をモデルに書いたとイーヴリンが一九四五年五月に彼に出した手紙で説明しているのは、ほとんど嗜虐的である。「彼女」［ヘレナ］は十六歳で、セクシーで、馬の夢想で頭が一杯だ。僕はこれを正しく書きたい。乗馬に関係した、思春期の性的夢想について詳しく僕に手紙で書くよう、彼女［ペネロピ］に伝えてくれないだろうか。僕は、そうした経験がない、ローラもない。僕は乗り手が馬を手懐けた時、馬と床入りしたということに、いつもしている。それは正しいだろうか？　彼女に説明させてくれ給え。そして、乗馬だけで十分なのだろうか、それとも彼女は馬になって曳かれねばならないのだろうか？　その際、拍車は重要なのだろうか、それとも革製の乗馬用具だけでいいのだろうか？(37)」

それに対する返事がなかったので、イーヴリンは結局ペネロピに直接尋ねた。「初夜の翌朝彼女は狩りに行くと、鞍が傷ついた処女膜を慰撫するように感じた、と僕は書いた。それでオーケイだろうか？　そのあと、彼女はセックスになんの関心も持たない……(38)」。ペネロピは、その頃までにはイーヴリンの進行中の作品の抜粋を『タブレット』で読んでいて、ヘレナの狩りの場面は「非常にいいけれども、ダーシー神父がなんと言うでしょうか」と返事をした。彼女はさらに、こう打ち明けた。「わたしの最初の乗馬セックスの実験は、十一歳の時、オールダーショットの松林で、父の騎兵用轡《くつわ》を嚙ませたわたしの驢馬《ろば》を乗り回していた時でした」。そして、「結婚後、イギリスかローマの神父がわたしの隣に坐っていると空想しながら、きつく銜《はみ》を嚙ませた二頭立ての馬車を頻繁に御した時、セックスと宗教を切り離すのは非常に難しいと思いました。女帝は、二輪戦車にドルイドを乗せて走り回るのに非常な悦びを覚えることができなかったのでしょうか？……お読みになったら、台所のボイラーにくべて下さい(39)」。

ジョン・ベッチェマンは、イーヴリンからの妻についての詮索好きな質問に加え、彼自身の宗教観についての矢継ぎ早の質問にも耐えねばならなかった。「僕は、『平信徒による五つの説教』と題する小冊子〔ベッチェマンとC・S・ルイスが書いたもの〕にショックを受け、心が痛んだ」とイーヴリンは、一九四六年のクリスマスの直前に彼に宛てて書いた。

> この前君に会った時、君はキリストの復活は信じていないと言った。そうして今、君は説教壇から、プロテスタントの信仰の仕方を説いている。**それは駄目だ**……教会についての君の立場

は、まったく理に適っていない。君が正しい訳がない。マルクス主義的無神論者なら、いいかもしれない。熱心なプロテスタントなら、いいだろう（つまり、最初から教会はまったく間違っていて、われらの主が語ったことをすべて誤解した、したがって、人々を正しい道に再び戻すには、十六世紀に新しい神の摂理を必要としたとは言えるかもしれない。それは、まさに考えうる）。考えられないのは、キリストは教会を作るために肉体を与えられ、キリストは彼の恩寵を秘跡という形にし、時の終わりまで教会に留《とど》まると約束し、教会を人間の体、彼の神秘体の一部、勝利の聖人と一体と見たということだ――そしてキリストが、一握りのホモセクシュアルの副牧師を指して、「これぞ真の教会である」と言うことだ。[40]

ペネロピ・ベッチェマンは自分自身がカトリックに改宗することについて、イーヴリンが夫をカトリックに改宗させようとするのに熱心だったのと同じくらい熱心だったが、イーヴリンはやり過ぎているのではないかと心配した。そして、一九四七年四月、彼女はイーヴリンに、ジョンが「恐るべき状態にあり、あなたは悪魔だと思い、真夜中に目を覚まして怒鳴り、もしお前が改宗したら、直ちにお前と別れると言っている」と話した。二ヵ月後、彼女は書いた。「今できる**唯一の**ことは、彼を放っておくことです。彼はカトリックに関しては、ひどい被害妄想に取り憑かれています……[41]」。イーヴリンは答えた。「僕は生まれつき弱い者苛めで、うるさい奴だ。そして、過ちを認めないジョンの頑固さが、僕の中の最悪のものをすべて引き出す。まことに申し訳ない。今後、彼を放っておく[42]」。二ヵ月後イーヴリンは日記に記した。「ベッチェマン夫妻と仲直りするため、ファーンバラに行った。その点では成功した……ペネロピは、秋にカトリックになる決心をしたようだが、そうすれば、ジョンは彼女を棄てるつもりのようだ[43]」

イーヴリンに何度も辛酸を舐めさせられた、もう一人の長年の友は、シリル・コノリーだった。『ブライズヘッド再訪』が商業的に成功したことは、いまやイーヴリンが、自分で選んだ新聞雑誌にエッセイが書けるようになったのを意味した。だが、一九四五年秋に、『タブレット』のダグラス・ウッドラフが、コノリーの『静かでない墓』の「痛烈な」書評を書いてはくれまいかと頼むとイーヴリンはそれに応じ、書評を書いた。それは、彼がナンシー・ミットフォードに嬉しげに言ったように「感情を逆撫でする」(44)もので、コノリーがそれに反論するのを賢明にもやめなかったならば、二人の友情は終わっていただろう。

イーヴリンとコノリーはオックスフォード大学以来、時折付き合う仲だった。イーヴリンは彼を批評家として大いに賞讃し――コノリーが終始一貫して彼の支持者だったことを考えれば、それも当然だった――飲み仲間として好いていた。そして、自分たちが文学的、芸術的、快楽主義的関心以外にも多くのものを共有しているのに気づいた。二人とも飽きっぽく、悪名高いほど気分屋で、気紛れで、時折、無礼千万だった。だがコノリーがイーヴリンを警戒していることが見え透いていたので、イーヴリンに繰り返し苛められ、左翼的考えゆえに仮借なくからかわれ、怠惰と宗教心の欠如を糾弾された。「コノリーは報復すべき数多くの傷を負った」とイーヴリンは一九五一年、コノリーが雑誌『タイム』のために彼のプロフィールを書く材料を集めているのを知ると言った。「彼がその機会を利用しても非難しない」。だが、その記事が出たら(出ることはなかった)、「君を〈ホワイツ〉の石段で馬の鞭で打つ」と警告した。(45)

一九三八年にコノリーの『希望の敵』の書評でイーヴリンは、コノリーは文芸批評を芸術形式にまで高めるなんらかの徴候を見せている、四十歳以下の唯一の人物だと言ったが、同書を「構造的に安普請」だと批判した[46]。『静かでない墓』は、古典になりうるものとしてすでに広く賞讃されていた。しかしイーヴリンは、同書は「わたしの知る現代の英語の散文のどれにも劣らぬくらい美しい」文章を含んでいることは認めつつも、コノリーは「精神分析学者のお喋りによって騙され、気を散らされている」のではないかと言い、さらに、コノリーは「駄馬を行きたい方に行かせ、どの場合も終わりから二番目の節を、駄馬の蹄は雷鳴のような音を立てて駆け抜ける」と言った[47]。ナンシーが一九四四年、ユーゴスラヴィアにいるイーヴリンに同書を送った時、彼は、特にキリスト教に関する箇所が「まったくの戯言」だと言い、「コノリーは共産主義者の若い婦人たちのあいだで、あまりにも長く暮らした。彼はもっと〈ホワイツ〉で時間を過ごすべきである」と結論づけた[48]。

〈ホワイツ〉は、イーヴリンがロンドンにいた時に、もっぱら時を過ごした場所だった。彼は一九四六年三月、そこで友人になった、元第八コマンドの同僚で、当時はニュルンベルクの検察官になっていたマーヴィン・グリフィス＝ジョーンズに、裁判のオブザーヴァーとして法廷に出席するよう誘われた。バイエルン王国の古都は、戦争の最後の数ヵ月の連合軍の爆撃によって、ほぼ完全に破壊されていた。イーヴリンは日記に、こう記している。「死体の臭いがする瓦礫の荒地で、ホンブルク帽をかぶった五、六人の中年の中産階級のドイツ人が、廃墟のあいだを道を拾いながら歩いていた。僕らは、無傷だがおそらく取り壊されるスポーツ・パレスに車で向かった——マス・パレード用に造られた、典型的な現代の機能的な大建築で、今は、ヒトラーの演壇からナチ式敬礼をしているところを互いに写真に撮り合っている、アメリカ軍の制服を着たドイツ系ユダヤ人で一杯だ[49]」

翌日彼は、VIPとして傍聴席の最前列に坐り、裁判が行われる様子を観察した。そして、ナチのさまざまな高官が被告席に連れてこられ、また連行されるのを見た。ゲーリングは「チトーの寮母風の魅力の多く」を持っていると、イーヴリンはランドルフ・チャーチルに話した。一方、リッベントロップロープは、「盛んにからかわれているみすぼらしい学校教師のようだ。自分は授業がわからないことを知っていて、生徒の方はわかっていることを知っている(50)」

ぞっとするものに常日頃魅せられていたイーヴリンは、その日閉廷になったあと、「一人のフランス系ユダヤ人が、人間の皮で作ったランプの笠、縮んだ頭部、死体から作られたと言われている石鹸等を管理している部屋を見に行った」。二日後、法律論議を聞くのにうんざりし、パリに飛行機で行き、クーパー夫妻のところに泊まった。ダフは、パリ駐在の大使になったばかりだった。イーヴリンは最初、穏やかな気分だったのでみんな驚いたが、間もなく、ほかの客をからかい始めた。ジュリアン・ハクスリー〔一九七五年に没した英国の進化生物学者〕を「自分の飼っているパンダの食餌以外、人生になんの興味もない、隠れ共産主義者の動物園飼育員」扱いにし、ピーター・クウェネルのことをダイアナに向かい、「ひどく悪臭を放つ邪悪」な言葉を使って評したので、「彼に対するわたしの気持ちに、甚だフェアではない影響を与えてしまう」とダイアナは回顧している(51)。「気の毒なウー」と彼女はその後、コンラッド・ラッセルに宛てて書いた。「――彼は、自分がしきりに欲しがっている他人の愛情から自分を引き離すことばかりするのです(52)」。大使館には、イーヴリンの義弟のオーベロン・ハーバートもいた。彼がブリュッセルに向かって発った時、ダイアナはイーヴリンに、階下《した》まで追いかけて行って、彼が好きだと言ってくれと頼んだ。「彼は信じた」とイーヴリンは日記に記している(53)。

その年の六月にイーヴリンは、「名前は忘れてしまったが、あるトマス主義の哲学者」(フランシスコ・デ・ビトリア)の没後四百年の祝典に出席するため、ダグラス・ウッドラフと一緒にスペインに行った。それが、中篇小説『スコット=キングの現代ヨーロッパ』を書くきっかけになった。彼は、ローラが六人目(一人死亡)の子供、ジェイムズを産んだ二日後の七月二日に帰国した。

その年の終わりに、ダックワース社はイーヴリンの旅行記『状況の良かった時に』を編纂した。その序文で彼は、「わたしの旅をする日々は終わった」と断言した。ところがすぐ、またも旅をした。翌年、『デイリー・テレグラフ』に二つの旅行記を書くためスカンディナヴィアに旅行し、アメリカを数度訪れた。最初のアメリカ旅行は一九四七年の初めにしたものだった。メトロ＝ゴールドウィン＝メイヤー社が、『ブライズヘッド再訪』の映画化の可能性について話し合うため、彼とローラのハリウッドへの旅費の全額を負担すると申し出た。ピーターズがイーヴリンのために交渉した結果の気前のいい条件は、イーヴリンは滞在中、週に二千ドル（現在の額だと二万ドル以上）払ってもらい（結局滞在は二ヵ月以上に及んだ）、もし映画化の条件が折り合えば、MGMがすでに使った費用を差し引いて、最終的に十四万ドル（現在の百五十万ドル）払う契約をする、というものだった。

無理もないことだが、ピーターズはイーヴリンのアメリカ訪問に神経質になっていた。というのも、イーヴリンは、現代世界の憎むべき事柄の非常に多くのものを体現していた「忌まわしいヤンキー」に対する敵意を、何度となく表明していたからだ。一九四六年二月、イーヴリンはメイミー・リゴンに宛てて書いた。「僕の本がアメリカで大成功を博している。それは心を乱すことだ。なぜなら、僕はその本がいい趣味のものだと以前は思っていたのだが、今は、そんなはずがないのがわかったからだ[54]。大衆から喝采されるより悪かったのは、『ブライズヘッド再訪』がアメリカで出版されたあと、アメリカから来た大量のファンレターだった。「わたしは束の間、アメリカ人にとって好奇心の対象になった」と、彼はその年の春、雑誌『ライフ』に書いた。「彼らは、わたしの友情と信頼も、わたしの本の値段に含まれていると信じていると、わたしは思う」。それほど友好的ではない手紙もあった。「あるアメリカの女のカトリック信者からの無礼な手紙」について、イーヴリンは三月に日記に記している。「こういう文句を付けてそれを、女の亭主に返した。『あなたの妻が、自分の知らない男に生意気な手紙を書かないよう、なんであれ、あなたの国で慣習になっている懲罰手段を用いて下されば忝《かたじけな》い(55)』」

『ライフ』のエッセイはイーヴリンに、「わたしが受けたすべての質問に一括して答える」機会を与えたが、彼はそれを自分の芸術的目的を広く知らせるためと、「俗物根性」に対する批判を含め、いくつかの当てつけの批判に応えるためにも使った。「階級意識、とりわけイギリスにおける階級意識は、当節、きわめて高まっているので、貴族のことを口にするのは、六十年前に娼婦のことを口にするのに似ている。新種のかまととは言う。『そうした人間がいるのは疑いないが、彼らについては何も聞かない方がいい』。わたしは、自分が一番よく知っている人々を扱う権利を保持したい(56)」

イーヴリンがアメリカに出発する前に、ピーターズはニューヨークから警告した。「君はここで——MGMとそのほか至る所で——気難しく、気が短く、人を苛々させる無礼な男という評判があるということを言わねばならない。君が、セント・ジェイムズ宮廷から来た十八世紀の大使のように振る舞って、みんなを驚かせ、まごつかせることを願う。彼らは子供なのだ。君は、子供に示す寛容さと理解を彼らにも示してやらなければいけない。君は、その結果に驚くだろう（そう願う）[57]」。それに対しイーヴリンは冷静に答えた。「僕はカリフォルニアの野蛮人どもと商売をするつもりだ、できるなら……マトソン［イーヴリンのニューヨークでの著作権代理人］とその同胞は、君の言う通り、根は小さな少年に過ぎない、しかし、小さな少年は、何度も何度も鞭で打たれ、夕食なしで寝かされねばならない(58)」

イーヴリンとローラは一九四七年一月二十五日にニューヨークに船で向かった。その直前に彼は痔の手術を受けたが結果が思わしくなかったので、到着した時は不機嫌だった。そしてすぐに、ウォルドルフ・アストリア・ホテルの「味のない」食べ物、「ひどい地下室」によって台無しになったワイン、金属の物に触れるたびに受ける電気ショックを痛罵した。また、お喋りなタクシー運転手（「ああした退屈な駄弁に金を取られるというのは言語同断だ[59]」)、チューインガム、食事中、コースとコースのあいだに煙草を吸う習慣に文句を言った。ニューヨークの有名な高層ビルについては、彼はダイアナ・クーパーに宛てて書いた。「ああいったものは、せいぜいのところナッシング、ナッシング、ナッシングだ。最悪の場合、つまり連中が何か装飾を施そうとすると、積極的に邪悪だ。ああいったものを、君のすぐそばにあるような物と比べてみ給え――近衛騎兵連隊司令部閲兵場、バンケティング・ハウス、セント・マーティン＝イン＝ザ＝フィールズ、ウェストミンスター寺院――あるいは、スティンカーズの半径五マイル内にある僕が持っている物と。真の建築家が一ヤードごとに解決しなければならない無限の審美的問題を考えてみ給え――そのあとで、こうした馬鹿でかい間抜けな箱のことを。内部はすべて不快極まる[60]」

少なくともローラは楽しんでいたようで、高価な衣裳店に一人で入ると、「まさに数分のうちに」二千ドル使い果たした。四日後、二人は豪華な〈二十世紀特急〉に乗って旅を続けシカゴに行き、さらにパサデナに行った。二人はそこに二月六日の朝に着き、MGMの迎えの車に乗り、ベル・エアー・ホテルに行った。アレック・ウォーはのちに、イーヴリンがカリフォルニアに着いた際の様子について聞いたことを記している。「太陽は燦々と照り、熱帯植物の花は満開で、どの若者も半ズボン、スラックス、開襟シャツという恰好だったが、イーヴリンは、堅い白い襟と山高帽という姿で、巻き上げた傘を手にしていた[61]」。やはり当時たまたまロサンゼルスにいたハロルド・アクトンは、イーヴリンの性格には適応性というものがなかったと言った。

翌日イーヴリンは、カルヴァー・シティーにある広大なMGMのスタジオに行った。そこで、脚本を書くことになっているのがキース・ウィンターだと知って、全然嬉しくなかった。イーヴリンは日記に、「彼をウィリー・モームの稚児としてヴィルフランシュで知ったのが最後だ」と、不吉な調子で書いている[62]。一九三一年のその時、二十四歳のウィンターは、二人のウォー兄弟と同じホテルに泊まっていた。サマセット・モームが三人の青年を食事に招《よ》んだ際、ウィンターはその夜をそこで過ごし、翌日、悦に入った様子で戻ってきた。「ウィリーは彼に、彼の指使いは実に上手いと言ったのだ」とアレック・ウォーは回想している。「それは、『月と六ペンス』のストリックランドを思い出させた。彼は、自分が愉しんだ相手を、よく軽蔑した[63]」。イーヴリンはその時ウィンターに激しい嫌悪の情を抱き、パトリック・バルフォアを介してでなければ彼と話をしなかった。そして今度も、依然として彼を嫌っているようだった。「彼は地元の服装をしていた」とイーヴリンは蔑むように記している。「一種のだぶだぶのウールのブレザー、緑がかった藍色のベスト、バックル付きの靴。彼は何年もハリウッドにいるので、『ブライズヘッド再訪』を、純粋に恋物語と見ている」

アメリカ人の誰も同書の神学論的意味合いに大して関心を示さなかったので、同書の映画化についての論議は、イーヴリンに関する限り「無意味」だった[64]。もっとも、「他人が金を貰って完全に理解するようにと言われている本のあらゆる含蓄について事細かに話すのは、ちょっとした贅沢」だと感じはしたけれども[65]。ＭＧＭのもてなしぶりにも贅沢な点が多くあった。それはイーヴリンでさえ「終始一貫気前がいい」と認め、「すっかり満足した」と感じ、「映画についての危険がなくなるや否や、ほぼ平静な気分にもなった」。一方ローラは「日ごとに垢抜けて若々しくなり人気も出、平静で満ち足りた気分になった[66]」。

イーヴリンとローラは、自分の保護者であるアメリカ人の独身のおじに会いに来ていたハロルド・アクトンに、ハンティントン美術館で偶然会っただけではなく、慌ただしい講演旅行をしていたランドルフ・チャーチルにも会った。「もう彼が僕にショックを与えることはないと思っていたけれど、そうではなかった」とイーヴリンはピーターズに書いた。「いつも泥酔していて、午餐会等で、ちゃんとした女に言い寄る。彼の講演は（僕らはパサデナで聴きに行った）、当人が深刻な状態にあることを考えると、驚くほどよかった(67)」

三月までには、イーヴリンはピーターズに、自分たちは驚くほど快適な時間を過ごしていると伝えることができた。そして、予期に反して、「陽気で洗練された(68)」社交生活を送った。マール・オベロン〔英印混血の女優〕と親しくなり、ウォルト・ディズニーのスタジオを訪問し、アイリス・トリーの招きで、チャーリー・チャップリンと夕食を共にした。「こうして、ここの二人の芸術家〔ディズニーとチャップリン〕に敬意を表することができた」とイーヴリンは日記に書いた(69)。

二人はまた、旧友のイギリスの肖像画家サイモン・エルウィズに何度も会った。エルウィズは妻のゴリー（ピーター・ロッドの妹）と一緒にロサンゼルスを訪れていた。エルウィズ夫妻の女招待主《ホステス》のアンドレア・カウディンはウォー夫妻を毎日昼食か夕食に招き、さまざまなパーティーに連れて行った。「彼女の家で、すべて至極感じのよい人々」に紹介されたとイーヴリンは記している(70)。もう一人の在米イギリス人のサー・チャールズ・メンドル（室内装飾家のエルシー・ド・ウルフと結婚した）は、ウォー夫妻を中国系アメリカ人女優のアンナ・メイ・ウォンとのお茶に連れて行き、オルダス・ハクスリーとの昼食に連れて行った。十年ほど前にイーヴリンがハクスリーの小説『ガザに盲《めし》いて』を『タブレット』紙上で酷評したことを考えると、二人はばつの悪い思いをしたことだろう(71)。しかし二人は、共に魅了されていたフォレスト・ローン・メモリアル霊園については少なくともいろいろ話ができたことだろう。それはグレンデールにある墓地で、イーヴリンが最近発見し、それが「深い文学的金鉱」だということにすぐに気づいたものである(72)。

「僕はフォレスト・ローンズに、すっかり取り憑かれている」とイーヴリンは、ピーターズに宛てて書いた。「週に二、三回そこに行く。主任死体化粧師と親しくなった。来週、**ドクター・ヒューバ**

ート・イートン［創設者］と昼食を共にする。それは、なんともユニークな場所だ――カリフォルニアで、何かほかのもののコピーではない唯一の物だ。素晴らしい文学的原料だ。オルダスは『幾夏を過ぎて』でそれを弄《もてあそ》んでいるが、表面的でしかない。僕は、その核心を摑む。非常に良い話になるだろう(73)」

イーヴリンは、途方もない三百エーカーの霊園に足繁く通ったあと、死体化粧師ハウエル氏と「友人にごく近いもの」になったと言った。ハウエル氏は、「化粧を施した死体に〝個性的な微笑〟をさせる(74)」のだが、化粧を施した死体はフォレスト・ローンでは婉曲に「愛されし者《ラヴド・ワン》」と呼ばれる。イーヴリンは、『愛されし者』の「囁きの霊園」の死体化粧師ジョイボーイ氏のモデルとすっかり仲良くなったので、「半分化粧を施された数十の愛されし者を、遺族が見る前に見た(75)」。死の現実を感傷的に飾り立てるフォレスト・ローンはイーヴリンにとって、「アメリカン・ドリーム」の中核にある、無意味な異教信仰と一般的な偽造の完璧な具現だった。十四万ドルの『ブライズヘッド再訪』の映画化の話は実現しなかったが、『愛されし者』の末尾のデニス・バーローのように、彼はハリウッドから「芸術家の重荷である、大きな、形のない経験の塊」を抱えて帰国した。

だが、彼はアメリカ社会は予期に反して魅力的だと思ったものの、アメリカ社会のすべての者が彼に魅了された訳ではなかった。ニューヨークでウォー夫妻を招待した者の中に、一九三〇年代にイーヴリンと喧嘩をした、彼のアメリカの元著作権代理人の二人がいた。カール・ブラントとその妻のキャロル、旧姓キャロル・ヒルである。イーヴリンは密かに彼女を「知的関心のまるでない女……最高の権力の座に登った秘書」と見なしていた(76)。彼女はのちにピーターズに、イーヴリンは「楽しく、優雅で、言葉のあらゆる意味で鑑識眼がありました。でも、この陽光の土地で、わたしたちは二人だけになってしまったように思えたと言わねばなりません」と話した。彼女はその頃にはMGMのニューヨークのストーリー編集者になっていて、ロサンゼルスまでウォー夫妻に同行したので、同地でのイーヴリンの人に対する接し方を、すっかり知っていた。「ここの人々は、友好的で丁重であろうと努めたと芯から思います」と彼女は書いた。「いつものディナーの面で、仕事の面で。でもイーヴリンは終始傲慢で無礼だったので、あとに、〝頭は血塗れだが屈服しない人々〟を残したようです。そのいくつかの場合は完全に彼の悪意によるのですが、あとの場合は、彼特有のユーモアとウィットをすっかり誤解したことによると思います[77]」

イーヴリンの魅力に無感覚だった者の中に、ビリー・ワイルダーと一緒に映画の脚本を書いたチャールズ・ブラケットがいた。ブラケットは、イーヴリンに敬意を表して監督のジョージ・キューカー（ちなみに、後年フォレスト・ローンに埋葬された）が催したパーティーで彼に会った。グレタ・ガルボ、オリヴィア・デ・ハヴィランドのいる集まりで、ブラケットがウォー夫妻を、彼らに比較して「ひどく見栄えがしない」と思い、二人を「銀行員と、仕立屋の不器量なマネキンのような、青い目のエルサ・ランチェスターのやる役に似た、口臭のある、鼻声で話す妻」と評したのも驚くには当たらないだろう。ブラケットはあとでキューカーのところに戻ると、「わたしのいないあいだにウォーが、みんなに不快な印象を与えたやり方で妻を帰してしまっていた[78]」のを知った。

おそらくその時のことではないかもしれないが、イーヴリンの無作法は、雰囲気を盛り上げようとするための、からかいから始まることが多かった。そうでなければ、自分が実際にどう感じているのかを、歯に衣《きぬ》着せずに言った結果だった。しかし、そのどちらなのかを見分けるのは、いつも容易という訳ではなかった。イゴール・ストラヴィンスキーは一九四九年、ニューヨークでイーヴリンと昼食を共にしたが、のちに言った。「ウォー氏が不愉快な人物なのか、それとも単に途轍もなく茶目っ気があるのか、わたしには言えない」。ストラヴィンスキーが、最近の自作の合唱用ミサ曲について話して共通の話題にしようとすると、イーヴリンは答えた。「どんな音楽も、わたしにはひどく苦痛です」[79]。たまたま、それは本当だった。

イーヴリンのユーモアの多くは翻訳すると明らかに失われるが、英語圏の人間でさえ、彼の冗談が理解できないことがあった。例えばデイヴィッド・ニーヴンは、自分の黒人の家政婦の面前でイーヴリンが「君の土人の下女」と言った時、激怒した[80]。イーヴリンは、国籍の如何を問わず、自分が他人に一番いい面を見せることは滅多にないこと、また、自分が、妻に対してさえ、不愉快な人間になりうることを十分に承知していた。ギルバート・ピンフォールドが、「なぜ自分以外の誰もが、そんなに簡単にいい人間になれるのだろう?」[81]と問う時、イーヴリンが自分のことを言っているのは明らかである。イタリアでハロルド・アクトンは、レストランでの彼の途轍もない無礼な振る舞いと、相手のごく近くに立つ癖のあった、フィレンツェの英国研究所の所長フランシス・トイに対する途方もない言葉を回想している。「僕にキスしたいんなら、さっさと済ましてくれ給え」。ティー・パーティーに賓客として招かれたイーヴリンは、パーティーのあいだ中紅茶とケーキを配り、こう女招待主《ホステス》に説明した。「話すより、こうしていた方がずっといいんですよ」。自分のいとこが『ブライズヘッド再訪』をどんなに愉しんだことかと、ベイビー・ユングマンがイーヴリンに言うと、彼は、こう警告するのが一番だと思った。「僕に会うといかにがっかりするか、君は彼に十分説明しておいたろうね。作家は人に聞かれるべきであって、人に見られるべきではないんだ……作家は巣穴に留《とど》まるべきなんだ。ともかく僕は、鼬《いたち》が攻めてくるまで、そうするつもりだ[82]」

二人が復活祭直前にイギリスに帰ると、ローラは子供たちがいるピクストンにそのまま向かい、一家再会にさほど熱心ではなかったらしいイーヴリンは、ロンドンで五日過ごしてからサイモン・エルウィズと一緒に、四日間の黙想をするためにダウンサイド修道院に行った。それからやっと復活祭の日に、ピアズ・コートでローラ、テリーザ、ブロンと一緒になった。その二週間後、イーヴリンは日記に記している。「ローラは農作業で忙しく、楽しげだ。そしてカリフォルニア風の気取りを一切失くした」[83]。その後間もなく、彼はアイルランドに行った。彼は社会主義体制と、グロスターシャー州の社交生活の退屈さから逃れるために、そこで城を買ってみようかと考えていた。「田舎の隣人たちがジェイン・オースティンの登場人物のように人の噂や趣味について話すのならいいのだが」とナンシーに宛てて書いた。「そうではなく、連中はみんなモロトフとドゴールのことを知りたがる……僕は移住したい。ローラは残って平民の世紀に直面する。彼女は僕より若く、勇敢で、僕ほど想像力はない。奴らが原爆でここを爆破し始めるといいのだが」[84]。五月中旬までには、彼はピアズ・コートに戻り、書き物机の前に坐った。

彼がハリウッド経験について最初に書いたものは、『『ライフ』のための〝死〟についてのエッセイ[85]」で、フォレスト・ローンとその創設者ドクター・イートンについて二千五百語で書いたものだった。「葬式代込みで永遠の救いを提供する最初の男」とイーヴリンは書いた[86]。五月二日に、彼は『愛されし者』を書き始め、九月初めまでには最初の草稿をピーターズに送ることができた。そして、「アメリカとイギリスで公刊された時、どんな形を取るべきか」について助言を求めた[87]。

今度はいつになく真面目腐ってピーターズは、「腹蔵なく言えば」、問題はむしろ、「ともかく公刊されるべきか否か」ということだと答えた。「非常に面白いところもある、もちろん。でも、僕にはおぞましい部分もある。この話を読み終わったうえでの全体的確信は、これはイーヴリン・ウォーに似つかわしくない、というものだ……きわめて面白い着想だけれども、死体について二万五千語書いて、なおかつ愉快ということはあり得ない。ユーモアは腐敗し始め、最後に、非常に嫌な後味を残す[88]」

イーヴリンは自分の著作権代理人を、批評家としてより交渉人として評価していたので、如才なく、こう言った。「この話は葬儀屋を諷刺したものとして読まれるべきではなく、葬儀場を愉快な舞台にした、英米文化の袋小路の研究として読まれるべきである[89]」。『愛されし者』は芸術作品だと依然として信じていたイーヴリンは、シリル・コノリーに当たってみた──イーヴリンは彼と「彼の内縁の妻[90]」リース・ラボックを六月に自宅に泊めて仲直りした。そして、『ホライズン』に一度に全部載せる気はあるだろうかと訊いた。コノリーは答えた──「あり《エスト》、あり《エスト》、あり《エスト》! あの司教〔十二世紀のドイツ人司教〕が言ったように!〔「この宿屋に見事なワインあり!」の意〕君の最高の作品の一つだと思う。僕にとって名誉だ……[91]」

『愛されし者』は、やがて『ホライズン』の一九四八年二月号で初めて世に出た。コノリーは序文を書き、それは、死と、死の代替物である挫折に対する態度において、スウィフト的諷刺であり……物質主義的社会の最大の弱点を暴いている」と賞讃した。そして、こう言った。「この十年間で最も完璧な中篇小説の一つで、〔ウォーの〕作品の中で最も完全なもの、レーシングカーのワンピースのシャーシのように、一種の軽いがきわめて頑丈なアルミニウム合金で鋳られた物語である[92]」

『ホライズン』は一夜にして売り切れたが、『愛されし者』がハードカバーになるまでには八ヵ月かかった。『スコット=キングの現代ヨーロッパ』がクリスマスの準備期間中に一万四千部売れ、まだよく売れていたせいだった。イーヴリンは『ブライズヘッド再訪』で人気を博したのに乗じ、なんとしても『愛されし者』をアメリカで出版したがった。しかし英米の出版社は、この小説の「囁きの霊園」がフォレスト・ローン・メモリアル霊園であることがあまりにも容易にわかってしまい、ドクター・イートンに名誉毀損で訴えられるのではないかと恐れた。

そうした恐れを和らげるためにイーヴリンは、気概のある友人、オールダリーのスタンリー卿に、次のようなことを明記した条項を遺言書に追加することを頼んだ——死後、自分の遺体をロサンゼルスに運び、フォレスト・ローンに埋葬してもらいたい、なぜなら、「この墓地は、我が友イーヴリン・ウォー氏によってきわめて感動的に描かれている美しい墓地に幾分似ている」のを知っているからである[93]。エド・スタンリーがそのことを自分の事務弁護士に依頼した手紙は（おそらく上院の便箋に書かれたのだろう）、出版業者を安心させるのに十分だった。『愛されし者』は十一月に英米で出版され、おおむね好評だった。イーヴリンの仇敵エドマンド・ウィルソンは、「囁きの霊園の客と経営者は、司祭に導かれているイーヴリン・ウォーより物がわかっていて、馬鹿げていない」と悪意を込めて主張した[94]。

『愛されし者』はナンシー・ミットフォードに捧げられた。彼女は新刊見本をパリで受け取った。彼女は、生涯の恋人である、捕まえ難い自由フランスの大佐、ガストン・パレウスキーを追って、一九四六年にパリに移ったのである。「少し笑ってくれ給え」とイーヴリンは書いた。「それは、僕の知っている最も非情な、いや、最もタフな、と言うべきだ、少女である君に捧げられている」。ナンシーは答えた。「素晴らしい、いい『愛されし者』を、わたしに捧げて下さるなんて、なんて親切なんでしょう、ありがとう、ありがとう。それが着いて以来、読みながら大声で叫びっぱなし。幸い、一人で昼食をとっていました。そうしながら仔牛の肝臓《フォワ・ド・ヴォー》を食べるのはちょっと大変だったと言わねばなりません……でも、幸いバナナとはうまく合いました。そして、読み終えてしまって、今は絶望的な気分……ゆうべ、若いアメリカ人と食事をし、あなたの本は『愛されし者』という題だと教えました。『なんて美しい題だ』と彼は言いました。可哀想な男[95]」

イーヴリンは、ヘイウッド・ヒル書店で彼女と噂話ができないのを大いに残念がった。だが、どちらかと言えば、二人は手紙の方が一層話が合った。二人の冗談は、シリル・コノリーと違い、共に他人に対してすぐに悪口を言ったり、しばしば残酷になることから生まれた。コノリーは、時折二人から意地の悪いことをされた。彼はイーヴリンに、仲間の不幸はユーモアの材料としてはふさわしくないと言った。ナンシーに関する限り、イーヴリンは単に途轍もなく面白い友人で忠実な相談相手ではなく、非常に価値のある文学上の共鳴板でもあった。彼女が認めた、言葉の細工師、散文の文章家としての彼の才能は、まったく次元の違うものだったが――「あなたは一打ちで釘を打ち込むという、よく知られたこつを心得ているけれど、ほかのわたしたちは釘を何時間も叩き続ける」――ロマンスや宗教のような事柄についての彼の助言は、彼女は勝手に無視してよいと感じた。

彼女が一九四五年に出した、彼女の最初のベストセラー、『愛の追跡』の題を提案したのはイーヴリンだった。また、マシューおじの家、アルコンリーを、死の「厳しく現実的な」イメージで支配されているものにすべきだとも彼は言ったが、しばしば彼の提案は無視された。「僕は君の小説を読み、批評したいのだが、君は僕の助言に決して耳を貸さないのだから、無駄なことだ(96)」とイーヴリンは、彼女が『恩恵』を書いていた一九五〇年に手紙で言った。それでも彼は、ナンシーが最も頻繁に心の中で自分と比較した作家で、彼から認められることを彼女は切望した。同時に、彼女の一歩も譲ろうとしない頑固な決意ゆえに、彼は彼女に非常な好意と敬意を抱き続けた。

ほかの何人かも、イーヴリンが気前よく与えた文学上の助言の恩恵に浴した。その中に、スコットランドの作家、モレイ・マクラレンがいた。イーヴリンは、ちょうどオックスフォード大学時代の旧友アルフレッド・ダガンの場合と同じように、彼をアルコール中毒の絶望的状態と信仰の喪失から救った。マクラレンが遅咲きの歴史小説家としてベストセラーを書いたのは、イーヴリンの助けと励ましに負うところが非常に大きい*3。イーヴリンが指導したもう一人の人物は、トマス・マートンだった。彼はフランスに生まれケンタッキーに住んだ話好きのトラピスト修道士で、イーヴリンは彼の自伝『七重の山』を編纂して三分の一にカットして『選んだ沈黙』という英国版にした。「アメリカ人は非常に冗漫な会話をする傾向がある」とイーヴリンは、その修道士に説明した。そして、付け加えた。「もちろん、簡潔に書く方がずっと苦労する」

イーヴリンは、一九四八年十一月に二度目にアメリカに行った際、マートン神父を初めて彼の修道院に訪ねた。それはイーヴリンが、アメリカにおけるカトリック教会の現状について書くという、うまい狙いの申し出を『ライフ』にした結果実現したことだった。同誌の所有者ヘンリー・ルースは、その考えに大乗り気だった。とりわけ、妻である作家クレア・ブース・ルースがイーヴリン同様、熱心な改宗者だったからだ。イーヴリンは最初、彼女はかなり自己中心的だと思ったものの、やがて彼女に特別な愛着を抱くようになった。彼は、その後二人で会うたびに、彼女にすっかり参ってしまった。翌年、彼女がロンドンに来た時、彼は彼女を英国の傑出したカトリック教徒の何人かに紹介するために、トム・バーンズの家で晩餐会を開いた。レディー・パメラ・ベリーはナンシー・ミットフォードに皮肉な調子で、こう報告した。クレアはイーヴリンを「時にはなるほど意地の悪いことができるけれど、総じて、教会によって癒され天福を授かった、聖人めいた善良な人物で、高貴で優しい人間という風に、風変わりなカトリック的見地から見ています。まったく驚くじゃない？」[97]

一九四八年のアメリカ旅行のあいだに、イーヴリンはアン・フリーマントルと旧交を温めもした。それは、生涯にわたる友情に発展した。彼女も改宗者で、彼は一九二〇年代に彼女を少し知っていたが、いまや指導的なカトリックの知識人になっていた。彼女には、彼のかつてのチューター、クラットウェル氏が結婚を申し込んだ唯一の女という評判があった。イーヴリンはアンに、日曜日の昼食でキャヴィアと「十分な量のブリストル・クリーム〔甘口シェリー酒〕」を御馳走したあと、彼女は「至極感じがいい」が、アメリカ市民になるという彼女の決断はまったく理解できないとローラに言った。「とくと納得したうえで、故意にこの恐ろしい行いをするというのは」[98]。その頃、ジョーンと別居し、ニューヨークで多くの時間を過ごしていたイーヴリンの兄のアレックは、自分も、その理解し難い行動を取るところだったが――一九五〇年に、合衆国「在留外国人」になった――彼が同日あとでイーヴリンをホテルに訪れると、イーヴリンはローラにこう伝えた。アレックは「不相応に派手な服装をし、聞き慣れない、似合わない、のろくさい話しぶりの女にぞっこんだ。僕はひどく気分が悪くなり、悲しくなって、夕食をとらずに寝た」[99]。

イーヴリンは一九四九年にアメリカをまた訪れた。今度はローラと一緒だった。それは、「三人の重要な作家」、G・K・チェスタトン、ロナルド・ノックス、グレアム・グリーンについての連続講演をするためだった。三月末に帰国した。「実の話、あと五十年行かなくてもいいくらいたっぷりとUSAを見た」と彼は家に帰った時にナンシーに宛てて書いた。「″斟酌″しなければならない人間たちと絶えず一緒にいるというのは、非常に品位を落とすことだ」[100]。だが、六千語のエッセイ、「カトリック教会におけるアメリカの新時代」がやがてその年の秋に『ライフ』に出ると、アメリカのカトリック教徒のあいだで、またもイーヴリンを呼ぼうという機運が高まり、彼は一九五〇年の秋に、またしてもアメリカに行った。彼のアメリカ到着は、『ヘレナ』の出版と時を同じくしていた。それは執筆を開始してから約五年後の、その年の春にやっと書き上がった。イーヴリンは、それは断然自分の最良の本だと、いつも言い張っていた。だが、彼がニューヨークで今度もルース夫妻から豪勢なもてなしを受けているあいだに、ヘンリー・ルースの雑誌『タイム』の匿名の書評子は、イーヴリンの「空色の散文」は、今度は、「感情によって紫色〔美文〕」になっていると言った。批評家の反応はイギリスでもよくなく、イーヴリンはのちにクリストファー・サイクスに、『ヘレナ』の受け容れられ方は、「自分の全文学生活において最大の失望」だと話した[101]。

原注

＊1　ヘンリー・ヨーク／グリーンの当時一番新しい小説『愛する』は『ブライズヘッド再訪』の二ヵ月前に出版された。やはり衰退するカントリー・ハウスについての小説だったが、視点が非常に違ったものだったので、イーヴリンは密かにそれを「召使についての猥褻な本」と呼び、友人が「熱烈なプロレタリアートに変身」したことを嘆いた。一九四五年三月三十一日。*EWD*、六二四頁。イーヴリン・ウォーよりパトリック・キンロス宛、一九四五年八月一日。AWA。

＊2　イーヴリン自身は決して投票せず、その理由を次のように説明している。「わたしはわたしの君主が彼女の僕《しもべ》を選ぶ際に助言しようなどという大それた望みは持っていない」。『スペクテイター』、一九五九年十月二日。*EAR*（『イーヴリン・ウォーのエッセイ、評論、書評』）、五三七頁。

＊3　イーヴリンは、彼が賞讃した、さほど知られていない作家の作品に快く序文を書きもした。エリック・ニュービーの『ヒドゥークシュ山脈を少し歩く』（一九五八年）と、クリスティー・ロレンスの埋もれた傑作『不規則な冒険』（一九四七年）にも序文を書いた。後者は、イーヴリンの第八コマンドにいた「至って個性的な」かつての同僚が、一九四一年にクレタ島で捕虜になったあとの英雄的行為を詳しく書いたものである。「これ以上優れたスリラーを誰も求めることはできないだろう」とイーヴリンは序文で断言した。ロレンスの冒険譚は、「現代の戦争の状況下で、義侠という行為がまだ可能なのか疑う危険にあるかもしれないすべての者に勇気を与える」。

第21章 気の触れた自分

三ヵ月前の一九五〇年七月十一日に、ローラは七番目の、そして最後の子であるセプティマスを産んだ。その後間もなくイーヴリンは、その男児の洗礼式にピクストンに行ったが、ローラの弟のオーベロンもやってくると聞いて逃げ出した。「子供全員と弟が混ざると、あなたにとっては耐え難いだろうと思います」とローラは、イーヴリンが逃げ出したあと、彼に宛てて書いた。「あなたが弟に礼儀正しく接してくれるのは知っていますが、物事がうまくいっていないと感じると、わたしは熱を出し、惨めになるでしょう(1)」。『ヘレナ』を書き終えたあと、あまりすることもなく独りでピアズ・コートにいたイーヴリンは、間もなく退屈し、物憂くなった。「君がいなくて耐え難いほど淋しい。家の中や野原を口笛を吹きながら歩き回るが、何の返事も聞こえない(2)」とローラに宛てて書いた。「もしオーベロンが出て行きそうだったら知らせてくれ給え、早速帰る」

イーヴリンは、ローラと離れている時はいつであれ、また、その期間がどのくらいであれ、彼女を恋しがった。彼の愛情は、ローラが自分をまったく恐れず、彼の不謹慎を注意することができる、おそらく唯一の人間だという気持ちに支えられていた。彼は時折、彼女の奇矯な家事のやり方や服装のセンスの悪さについて小言を言うことはあったが、概して二人は、一緒にいて驚くほど幸せそうに見えた。二人は非常に多くの面でまったく似ていなかったにもかかわらず、重要なことだが、ごく似たユーモア感覚を共有していた――ギルバート・ピンフォールドを苦しめる者たちが言ったように、「至って特異なユーモア感覚」を。

ローラは本質的に非常に孤独を好む人間で、家族と地元の農場主以外の者に会わなくても満足だった。また、社交好きな夫が友人に会うため、しょっちゅうロンドンに出掛けて行くことにも満足していた。二人はピアズ・コートにいる時はいつでも一緒にクロスワードパズルをしたが（彼は妻が自分よりずっと速く解くことを気にかけなかったらしい）、それ以外では、それぞれ自分のしたいことをした。彼は書斎で執筆するか、庭をぶらぶら歩くか、長い散歩に出掛けるか、ダーズリーの映画館の昼興行《マチネー》を観に行くかし、彼女は自分の乳牛の世話をした。「母は六、七頭以上は決して飼わなかったが」と息子のオーベロンは回想している、「乳牛を溺愛した。ほかの女たちが犬や、聞いたところでは、自分たちの子供を可愛がるように(3)」。

イーヴリンは、その無政府主義的気質から、子供たちが幼い時は、書斎の静謐を乱さない限り好きなようにさせておく傾向があった。したがってブロンの子供時代の多くの時間は、さまざまな武器を持ってピアズ・コートの周りの森をうろついたり、家の裏の「実験室」で、父からふんだんに貰った火薬で化学実験をしたりすることに費やされた。ダウンサイド修道院付属学校でブロンは、没収された空気銃を校長の机から取り出し、一人の少年の脚を撃った。あとで彼は、少年の足元の砂利を掻き立てるだけのつもりだったと言い張った(4)。彼は、たった一学期に十四回鞭で打たれたという記録を作った。

一九五三年にランドルフ・チャーチルがウォー夫妻を自宅に泊まるように招待すると、イーヴリンは答えた。「悲しい哉、夏のあいだずっと農園と子供の世話で忙しいローラは、残念ながら君の親切な招待に応じられない。よろしくとのことだ。息子のオーベロン・アレグザンダーは、小さなウィンストンを楽しませることができる。彼の主な関心事は、止まっている鳥を空気銃で撃つことと、化学薬品で恐るべき悪臭を出すことだ。彼は教養に欠けているが陽気で、胡椒をたっぷり使った食べ物を渇望している。厳しく監督していないと、煙草を吸い酒を飲む。八月の最初の週末に彼を連れて行こうか？(5)」

子供たちは寄宿学校に入るや否や、食堂で両親と一緒に昼食をとるため、緑のベーズのドアを通ってよいことになり――ブロンによると、「ひどく陰気な食事」だった(6)――学校の休暇が終わるごとに、エルウッドが給仕をする、かなり陽気な家族の晩餐会が開かれた。その際、誰もが、「わたしは人前で話すことに慣れてはいませんが」で始まる短いスピーチをした。一九五六年イーヴリンは、ダウンサイド校にいるブロンに手紙を書いた。「人前で話すことに慣れていないお前が弁論賞を獲得し、弁論部の仲間と一緒にシャーボーン校に行くと聞いて嬉しい(7)」

多くの面で父同様芝居気のあったイーヴリンは、学校の休暇の終わりのためのディナーに、白いネクタイを締め燕尾服を着た。そして、勲章をこれ見よがしに付け、服装の仕上げをした。一同がシャレードや韻探しジェスチャー・ゲームをし終える前に彼がしたスピーチは決まって、「学校の休暇が終わり、子供たちが学校に戻るのがなんと嬉しいかというテーマの変奏だった」とブロンは回想している(8)。この例ではっきりとわかるように、イーヴリンはふざけていた訳ではないので、子供たちは、父の言葉にひどく傷ついた。父に対する敬愛の念は彼らが大きくなるにつれ増しはしたが、小さな子供の頃は、父に対してもっぱら無関心だった。「父に対して畏怖の念を持っていたのは確かだが」とブロンは書いている、「その段階では、あまり愛情は持っていなかった(9)」。

イーヴリンは、幼い頃の子供たちに、一緒にいるといかに退屈かということを隠さなかった。ちょうど、彼の言ったことに知的に、あるいは少なくともユーモラスに反応できない者に出会った時は、いつもそうであったように。だが、学校にいた子供たちに出した彼の手紙には、愛すべき奇矯さがあった。大抵は噂話風のもので、しばしば痛烈なものだったが、ほとんどいつも愛情に満ちていた。特異な形ででではあれ。メグ〔三女マーガレット〕が、ほかの少女たちはみんな、親から復活祭の卵を送ってもらったことを指摘した手紙を書くと、イーヴリンは答えた。「お前に復活祭の卵は送らない。ほかの少女たちの卵を、ちょっと齧らなくてはいけない。多分、お前の非常に非利己的な態度に対する褒美として、代わりに小さな信仰書を送るだろう(10)」。一九五四年に、ブロンが自分の十五歳の誕生日をダウンサイド校で祝う準備をした時、イーヴリンは珍しく非難めいた手紙を書いた。「お前の十六回目の年が慎重に始まるように。地元の密猟者と一緒にビールを飲み煙草を吸うという、その馬鹿げた考えを捨てるように。たらふく食べなさい。人を爽快にする紅茶を何杯も飲んでクランペットとケーキを流すのだ。良い仲間と付き合うように(11)」

　全部の子供たちの中で、イーヴリンが時折子供を苛めた際に一番割りを食ったとみんなに思われたのは、真ん中の息子ジェイムズだった。彼は不運にも、いつも弟のセプティマスと比較された。セプティマスはジェイムズより四つ年下で末子だったので、両親から溺愛された。「お前の弟のジェイムズは家にいるが至極退屈だ」とイーヴリン一九六四年、テリーザに宛てて書いた。「お前の弟のセプティマスは才気煥発だ」。ある時期にイーヴリンは、ジェイムズにはユーモア感覚が欠けていると思い、それを直そうと、毎日彼に新しい冗談を言わせた。「さあ、息子が面白い話をしますよ」とイーヴリンは、夕食に客がいると告げるのだった。だが、そうした試煉を経験したにもかかわらずジェイムズは、自分の子供時代はきわめて自由で、概して「大層幸福」だったと思い出している。そして、虐待されたという感情はまったく残っていないと、陽気に告白している。下の三人の子供は、いつも

「あまり特権を与えられていなかったが、わたしたちは大家族の一員なので、それが問題のようには思えなかった」と回想している。一方、セプティマスは父に畏敬の念を抱きながら大きくなったが、それは「恐怖からというより、父の前で愚か者に見えたくないという気持ちからだった」。父についての変わらぬ印象は、「自分の置かれた状況を戯画化することにもっぱら愉しみを覚えていた、優しい、メランコリックな男」というものだった。父が年を取るにつれ、彼は父を護ってやりたいという気持ちが強くなった。家が子供で一杯になるとイーヴリンは、こう歌うように言いながら家の中を歩き回るのだった――「ああ、嫌だなあ、ああ、嫌な臭いだなあ、ああ、家庭生活は嫌だなあ……」[12]

イーヴリンは、一九五〇年代にも依然として遠くに旅をした。一つには、冬に、とりわけクリスマスに襲ってくる鬱に対する解毒剤として。彼にとっては昔から、クリスマスは一年で特に気が滅入る時期だった。一九五一年一月、彼はまたもヘンリー・ルースの財政的支援を得て、クリストファー・サイクスを連れて聖地エルサレムへ旅立った。ルースの妻は『ヘレナ』を愉しんだ。たとえ、大方の批評家が愉しまなかったにせよ。ヘンリー・ルースの好意に報いるため、イーヴリンは雑誌『ライフ』に長いエッセイを書いた。それはのちに短い本『聖なる場所』になって、イアン・フレミングのクイーン・アン・プレスから一九五二年に刊行された。それには、「聖ヘレナ皇后」についての、もう一つのエッセイが加えられた。一九五一年の夏までには、イーヴリンはフィクションに戻っていて、グレアム・グリーンに、自分は「軍隊での会話の記憶に取り憑かれていて、軍隊生活についての果てしのない小説」を書いていると話した。[13]

グリーンは、愛人のキャサリン・ウォルストンを連れてピアズ・コートを訪れようとしていた。彼女は美しく快活なアメリカ生まれのカトリック改宗者で、イーヴリンは、彼女とグリーンが「仲間《チャム》」

（イーヴリンの言葉）になる以前から知っていて、かねてから好きだった。ウォルストン夫人は五人の子供のいる既婚者で、イーヴリンに、「あなたは終始、わたしたちによくして下さいました」と言ったものの、[14] イーヴリンが姦通者に対して時折怒りを爆発させるという噂を耳にしていたらしく、自分が泊まりに行くことで、なんであれ「ばつの悪い」思いをしないかどうか、前もって確認する手紙をイーヴリンに出した。イーヴリンは答えた。「わたしは自分の、非ロマンチックなものであれ、忌むべき罪にあまりに滅入っているので、他人の罪には関心が持てないということを、どうか信じて下さい。わたしとしては、あなたをここにお迎えするのは喜びでしょう[15]」。その訪問は大成功で、イーヴリンが次の数年間、グリーンに前よりずっと頻繁に会い、二人の無数の意見の違いや不一致にも常に影響されることなく、深い友情が固まったのは、もっぱら彼女のおかげだった。

グリーンが一九五一年に訪れた時にイーヴリンが取り組んでいた作品は、第二次世界大戦の経験にもとづいた三部作『名誉の剣』の第一部『戦士』だった。それは、それまでの彼のどの作品より自伝的要素が濃く、『ブライズヘッド再訪』同様、カトリック信仰の回復を全体的テーマにしている。『名誉の剣』は、戦争によって生まれた最高の小説の一つと位置づけられている。だが『戦士』は、一九五二年九月に最初に出版された時の反応は、賛否まちまちだった。最も好意的な書評はルースの雑誌『タイム』に載ったもので、その匿名の書評子は、その小説を読んだ経験を、「これまで一オクターヴの中でしか弾かなかったピアニストが、鍵盤全部を使って弾くのを聴いた」場合に譬え、「もし彼の三部作が第一部の調子で続くなら、それは第二次世界大戦を扱った英国の最高の小説になるであろう」と予言した。[16]

イーヴリンは、その年の恐れていた家族のクリスマスを、ゴアに巡礼に出掛けることでなんとか避けた。ゴアでは、イエズス会の偉大な宣教師、聖フランシスコ・ザヴィエルの遺体が没後四百年を記念して公開された。公開されるのは、それが最後だった。「一本の茶色の太く短い足指が、白い覆いから突き出ていた」とイーヴリンは感心したように書いている。「完全に衣服を着けた体、一本の灰色の前腕と手、灰色の粘土めいた頭蓋が見える(17)」。それがフォレスト・ローンの死体化粧師を思い起こさせるとしても、ここでは、彼の態度はきわめてうやうやしく、それを拝むのは、もっと人がいない時にすることにした。「インドは非常にスティンカーズに似ている」と彼は、故郷にいるローラに書き送った。ローラは、子供たちと一緒に家に残っていた。「牛はすべての庭を歩き回り、すべての花を食べている。すべての下層階級の者は、僕を『マスター』と呼ぶが、非常に馴れ馴れしい(18)」。彼は帰国してからナンシーに、ゴアは「天国」で、南部の寺院は「魅惑的で精神を昂揚させ」、インド人は「大方の外国人より卑屈だ」と話した。「実際、僕は親密なのには、なんとか耐えられる」と彼は付け加えた。「そして、その次に、堅苦しさ、あるいは卑屈さ。おぞましいのは、馴れ馴れしさだ(19)」

一九五三年の晩春、『戦士』がジェイムズ・テイト・ブラック・メモリアル賞を受賞したことに元気づけられ、イーヴリンは『廃墟の恋』を出版した。それは奇妙なディストピア的な「近未来のロマンス」で、前年に書いたものだった。例によって彼は、その薄い本の特装版を友人たちに配った。彼はいつも、批評家の意見より友人たちの意見の方を遥かに重要視した。「君の非常に気前のよい贈り物に大いに感謝」とジョン・ベッチェマンは礼を言った。「実に時宜を得ていた、というのも、僕はまさにこの前の日曜に、雨の午後、スティーヴニッジ・ニュー・タウンを訪れたからだ。君の本にそっくりだった。ライオネル・ブレット〔二〇〇四年に没した英国の都市計画者〕流の三マイルに及ぶプレハブが、ヒュー・キャソン〔一九九九年に没した英国の建築家〕の数ブロックのフラットと、二つのショッピング・アーケードと、コンクリートの街灯柱によって中断されているだけで、木は一本もなく、ぬかるんだハートフォードシャーの傾斜面があるだけだ。一軒の家のだだっ広い、プライバシーの保たれない一階の窓を覗くと、灰色の顔をした女が洗濯をしていた。いやはや、恐るべきことだった。そして、子供のスクーターが雨の降る通りにいくつか横になっていて、支柱の上に出来た、ヴァイタグラス〔紫外線を通すガラスで、当時は健康に良いと考えられていた〕張りの大きな学校がある[20]」

宗教観の違いがイーヴリンとベッチェマンのあいだに摩擦を引き起こしたのとは逆に、現代建築と都市計画を二人が嫌ったということが二人の絆を強めるのに役立った。また、二人がゴシック復古調の装飾と家具を好んだことも。ただ、この点でイーヴリンの趣味は、どちらかと言うと、かなり大胆だったが。一九五三年十月、イーヴリンの五十回目の誕生日の祝いに、ベッチェマンはリンカンの古道具屋で見つけた、精巧な洗面台——それは、かなり価値のあるものだということがわかった——を贈った。その洗面台は、十九世紀の建築家でデザイナーのピュージンの信奉者のウィリアム・バージェスのデザインによるものだった。バージェスの奇妙な装飾曲線は、人の「頭をぼうっとさせる」とベッチェマンは言ったが、その贈り物が友人にまさにそうした影響を与えると考えたのも無理はないかもしれない。「そう、我が友よ」[21][*1]とイーヴリンは礼を述べた、「僕に言えるのは、のけぞった、ということだけだ。なんたる贈り物！」

だが、イーヴリンのめくるめくような喜びは、ロンドンでそれを一時預かってくれたパトリック・キンロスの家で見たことを非常に鮮明に覚えていた部品の一つがない状態でスティンチクームに着いた時、すぐに消えてしまった。「煩《うるさ》いことを言って申し訳ない」と彼はキンロスに宛てて書いた。「ベッチェマンの恩恵は、重要な部分が一つ欠けた状態で到着した——竜の口から洗面ボウルに通じている蛇の形のブロンズのパイプだ。僕は、ピクフォード〔引っ越し業者〕と喧嘩をしているところだ。それが無傷の状態で君の家を出たのを証明してくれるかい？[22]」彼はベッチェマンにも手紙を書き、自分の意味するもののスケッチを同封した。しかしベッチェマンは、彼が何を言っているのか皆目わからなかった。「いや、そうじゃないよ、君」とベッチェマンは答えた。「蛇口から洗面ボウルまで、君が見たと言っているものは初めからなかった」[23]。イーヴリンは元日の翌日に返事をした。「僕は精神科医に診てもらわねばならない。こういう妄想に次第に頻繁に襲われるようになった」[24]

友人たちはしばらく前から、イーヴリンがいつもとは違うことに気づいていた。一九五二年の春、彼はクリストファー・サイクスに、一緒にシチリア島に行かないかと言ったが、サイクスは、今度は断った。その理由を、のちにこう説明した。「最近、イーヴリンが変わったことに気づいた。彼は一層傲慢になり、一層喧嘩腰になった。そして、人の弱みを以前より遠慮会釈なく突くという恐るべき歓びに浸っていた……二人がたまたま会うと、彼は決まって不愉快な態度をとった」[25]。かねてからイーヴリンには、ちょっとやり過ぎるという評判があったが、いまや彼の振る舞いは以前よりさらに悪魔的になったように見えた。一九五二年十一月、当時シリル・コノリーと結婚していた、有名な妖婦バーバラ・スケルトンは、アン・フレミングのパーティーで（彼女はロザミア卿と離婚した翌年、イアン・フレミングと結婚した）、イーヴリンが言語道断な振る舞いをしたことを記録している。イーヴリンは「誰に対しても無礼で、ロザモンド・レーマン〔一九九〇年に没した、当時有名だった英国の小説家〕が両手を広げて彼のところに挨拶に駆け寄ると、彼女が誰だか知らないふりをした。ウォーはアラン・ロスの顎鬚に難癖をつけ、ジェニファー・ロスと一緒にソファーに坐っているところにセシル・ビートンが近づいてくると、ウォーは叫んだ。『僕らに男色についてなんでも話してくれる人物が来た！』それから彼は、午前三時にタクシーの中に運び込まれねばならなかった」[26]

イーヴリンは、ある期間禁酒することができたけれども（とりわけ四旬節に）、依然として浴びるほど酒を飲んだ。特にロンドンに出掛けていたあいだは。その際、中年になっても、床につく前にしょっちゅう吐き、翌日、女招待主《ホステス》に花を送り、彼女の客に嫌な思いをさせたことを詫びねばならないという気になったのも稀ではなかった。また、自分の重大な無分別な行為を贖うために友人の助けを借りることもあった。ある時、やりたい放題をしたあと、イーヴリンはダイアナ・クーパーを午前中訪ねた。「参事会員のように恰幅がよく」と彼女は息子のジョン・ジュリアスに報告した、「派手な、形の崩れた格子模様の服を着ていました。彼は前の晩大騒ぎをし、招待主のデカンターを割ってしまったの。だからわたしは、謝罪《アマンド》の品を買うため、一時間という貴重な時間を割かねばならなかったのです[27]」。

　彼がなんとかピアズ・コートに戻れた時の二日酔いは、数日続くことがあった。その症状は、常に「不眠症、胃の不調、膝の弱り、震える手（それはペンを使おうとすると、はっきりする）」だった[28]。「あそこに行くたびに、苦しいほどひどく酔う」と彼は、ロンドンに行っていつものように過ごしたあと、ナンシーに宛てて書いた。「（シャンパン、それは福祉国家《ウエルファリア》から逃げ出す近道）、そして当節は、頭痛とかアスピリンとかという問題ではなく、完全に駄目になってしまうという問題だ。それは、初期の狂気のはっきりした徴候を伴っている。僕は気違いすれすれで、もう十年、拘束衣（strait? straight? jacket）なしに生き延びるとすれば、非常に慎重な治療が必要だと思う[29]」

　長時間の昼食と深夜の大酒が、いまや祟ってきた。馬に乗って猟犬を連れて狐狩りに行く体力があると感じていた日々は、遠いものになった。戦後間もなく彼はベッチェマン家に泊まりに行ったが、その時ペネロピに、自分はまだ四十代初めだが、馬に乗るには年を取り過ぎていると感じると話した。かつては取り憑かれていた庭弄《いじ》りも、あまりにきつくなり始めた。一九五三年までには、時間の多くを肘掛椅子で過ごすようになり、体調が次第に悪くなると感じていた。肝臓が悪く、病的に眠く、周期的に痛風、関節痛、リューマチ、腰痛に悩まされた。彼のフィクションの分身ギルバート・

ピンフォールドのように「あまり食べなくなり、一層酒を飲むようになり、肥満した」。また、よく眠れなかった。もし何かを書いている最中に、「日中に書いた文章が頭に浮かび、言葉が万華鏡のように動いて色が変わると、何度もベッドから出て、階下《した》の書斎までパタパタ歩いて行き、細かい訂正をして寝室に戻り、闇の中に横たわって、意味に関係のない音の組み合わせの語のパターンにくらくらしてくると、もう一度原稿のところに降りて行くのだった[30]」。

彼は、夜明けに起き上がって髯を剃る習慣を身につけた。滑らかな枕に滑らかな顔を押しつけると眠りに誘われるという理論を持っていたからだ。だが、その他の点では、「また新しい無為の日に、嬉しさに近い気持ちで直面する」のに必要だと感じた「六時間か七時間の無感覚状態」を与えてくれるクロラールとブロム剤のカクテルに頼った[31]。だが、睡眠薬に対して耐性が出来てしまうと（彼はリューマチのための鎮痛剤としても、日中も睡眠薬を使っていた）、薬の量を無闇に増やした。その結果、妄想を経験し始めた。そして、彼がベッチェマンに話した、バージェスの洗面台のエピソード以前からのことだが、「僕の記憶力は、まったくぼやけていない――実に鮮明で微細なのだが、まるっきり間違っている」という状態になった[32]。

一九五三年の後半、イーヴリンはBBCのための二つのインタヴューにも悩まされた。その最初のものは（オーベロン・ウォーによれば、「やがて父をひどく怒らせた[33]」）、海外放送用で、八月にピアズ・コートの書斎で、スティーヴン・ブラックという男によって行われた。十三歳だったブロンは、外の録音ヴァンの中で全部聴き、あとで、インタヴューアは父をあまり好かなかったようだと言った[34]。小説の中では、ギルバート・ピンフォールドは「エンジェル」と彼のチームの手にかかって同じような不愉快な経験をし、BBCのヴァンが私設車道を通って姿を消すと、ピンフォールド氏の子供の一人が言う。「パパは、あの人たちをあんまり好かなかったんだね？[35]」だがイーヴリンは、いかに彼らを好かなくとも悪くないインタヴュー料が貰えるので、もう一度我慢する心づもりをした。その結果、数ヵ月後彼は、BBCの国内放送の『率直に言って《フランクリー・スピーキング》』という番組のためにロンドンでインタヴューを受けた。三人のインタヴューアがいた。その一人は、前回のブラック氏だった。今度の質問は前より一層意地の悪いものだった。イーヴリンは、仮借ない、真面目腐った顔の警官めいた尋問者より遥かに見事だったが。死刑について訊かれ、「膨大な数の犯罪を考えると」死刑に賛成だとイーヴリンが答えると、自分で死刑を執行する覚悟があるかどうか、さらに訊かれた。「実際に絞首をするという意味ですか？」とイーヴリンは訊いた。「そうした仕事に小説家を選ぶというのは、至極奇妙だと思いますね」

そのあとイーヴリンは、「どういう点であなたは人間として、もっぱら失敗したとお考えですか？」と訊かれた。それに対し彼は答えた。「フランス語をよく学ばなかった、ほかのどんな言語もまったく。ギリシャ・ローマの古典も、ほとんど忘れてしまった。通りで人の顔が思い出せないことが多い。それに音楽が嫌いだ。そういったことが、まさに重大な失敗ですよ」

「でも、ほかのことは気にしていないのですか？」

「それがわたしの一番気になること」[36]

一九五四年の元日、イーヴリンがローラ以外のどの女よりも愛した女の夫が、ジャマイカに行く途中、洋上で死んだ。いくつかの面でダフ・クーパーは（一九五二年にノリッジ子爵になった）、イーヴリンに大変よく似ていた。時折ひどく苛立ち、自制できないほど無礼な振る舞いをしがちだった。だが、前の年の夏にイーヴリンがダイアナに言ったように、「ダフと僕はまったくそりが合わない」のだった。[37]

何年かのあいだに、二人は何度か大喧嘩をした。ごく最近のは、一九五三年四月の大喧嘩だった。イーヴリンは列車の中でブルゴーニュ産ワイン一瓶とブランデーをいくらか飲んで「へべれけ」になって、シャンティイにあるクーパー夫妻の城《シャトー》に着いた。そして、もう一人の客を嬲《なぶ》り始め、そのあと夕食の席でマウントバッテンをけなした。するとダフは、癇癪玉を破裂させた。『たまたま、二、三冊のまあまあ面白い小説を書いただけのあんたのような平民のチビが、あの偉大な愛国者の紳士を批判するとは何事だね？　すぐに、わたしの家から出て行き給え！[38]」

そのあと、いくらかの率直なやりとりがあったあと、二人はやがて仲直りしたが（「僕はノリッジに謝った」とイーヴリンはダイアナに言った。「そして、彼は僕の謝罪を受け容れたので、オーケイだ[39]」）、その前にダイアナは、イーヴリンは人の仕打ちを許すことも忘れることもできないと非難した。するとイーヴリンは、人をひどく傷つける言葉を彼女に向かって発した。「ダフが、二十三年間僕に嫌われていたのを知って驚き、悲しんでいるのを聞いて、大いに同情する。僕は、世間の連中が普通思っているより良いマナーを身につけているのに違いない[40]」

ダフは、その頃にはすでに体の具合が悪く、シャンティイでイーヴリンと大喧嘩をした一《ひと》月後の五月に、最初の深刻な吐血をした。そして、その年の終わりに、病後の療養を終えるという目的で、命取りになる旅が企てられた。ダフは乗船した時から気分が悪く、ダイアナは、船がサウサンプトンを離れる前に下船すべきだと夫を説得したが、無駄だった。翌日、大晦日の正午、「それが起こりました」とダイアナは、のちにセシル・ビートンに語った。「浴室に大急ぎで連れて行きましたが、それまで以上に大量の、どす黒い血を吐きました[41]」。彼は入院すれば助かったかもしれないが、荒波で横揺れしている船の中では、出血を止めるのは至難の業だった。彼は翌日の午後三時三十分に、ビゴ湾で死んだ。

「君とダフのために心から祈る」とイーヴリンは、翌日そのことを聞き、ダイアナに宛てて書いた。「僕にできることが何かあったら言ってくれ給え。もし僕が一緒にいると少しでも慰めになるなら、呼んでくれ給え。僕の真実の、深い愛を信じてくれ給え(42)」。ダフの遺体と一緒に飛行機で帰国したダイアナは、一月六日に行われるビーヴァー城での葬儀に出ることに耐えられなかったのでロンドンに残った。イーヴリンは、一時間彼女と二人だけで過ごした。彼女は「ひどく興奮していて機知に富み、面白い話を盛んにした(43)」が、彼女が日記に、やや冷淡に記しているように、「クーパーの断末魔の苦しみについての詳細」についても話した。「新聞が人に思わせているような、あっと言う間のあっさりした死ではない(44)」

イーヴリン自身、当時、身体的にも精神的にも具合が悪かった。翌月彼は、恒例の冬の逃亡になりつつあった旅に出発した。今度はセイロン島行きの船に乗った。自伝的小説であることを自ら認めている『ギルバート・ピンフォールドの試煉』に、のちに描かれることになる恐るべき航海の始まりである。出発前にローラに、これまでに嚥《の》んだクロラールのせいで「僕の頭に問題が生じた」のかもしれないと思うと話した。そして、セント・ヴィンセント岬から、「家に帰ってしばらく瘋癲《ふうてん》病院暮らしをする」つもりだという手紙を受け取ったローラは、到底安心などできなかったろう。

「ロセッティがクロラールを服用した結果自殺未遂をしたのは、五十の時だった」とイーヴリンは陽気な調子で付け加えた。「半ば盲目、半ば麻痺。僕らは、それは避けよう……僕の頭が変なのに加え、個人用船室で第三放送のトーク番組が間歇的に聞こえ、二回、僕の名前がごくかすかに口にされ、僕のp・m「被害妄想《パーセキューション・メイニア》」が、それをほかの乗客が僕について陰口を利いていると取った(45)」ほかの乗客たちは、イーヴリンの行動が奇妙なのにすでに気づいていた。彼は食堂で卓上スタンドに向かって話しかけ、朝食の時トースト立てに向かって話しかけ、彼の船室の下の船室のドアを何度もノックし、「ミス・マーガレット・ブラック」に会いたいと言った。船上でのささやかなダンスパーティーが開かれているあいだイーヴリンは、音楽で頭が変になると苦情を言い、別の折、パジャマ姿で階段の天辺にしゃがみ、不意にスツールを、妄想の中の的に向かって投げつけるのが目撃された。船がポートサイドに着くと、船長は彼に、下船して乗客の一人に同行して車でカイロに行くよう説得した。カイロからイーヴリンはローラに手紙を書き、「君と一緒にでなければ、二度とどこにも行かない決心をした」と言ってから、自分はテレパシーの実験の犠牲者だったと付け加えた。「それは実際のことで真実だ。実存主義者が考え出したトリックで――半ば催眠術だ――警告なしに用いられると、もしくは病人に用いられると、きわめて危険だ(46)」

イーヴリンはカイロからコロンボに飛び、そこでもう一通の奇妙な手紙をローラに出し、ダイアナ・クーパーに、次のような手紙を書いた。「一団の心理学者が一千マイル先にいて、僕の書く一語一語を肩越しに読む。これを書いている時、一語一語を繰り返す、奴らのおぞましい声が聞こえる……それは一連の手の込んだ悪戯として始まり、その間に僕は、自分が気が狂っていると確信した。僕の苦しみは激しかったが、それは単なるテレパシーのトリックだということが、いまやわかっている(47)」

ローラはイーヴリンの手紙で一層不安になり、カイロから来た手紙を読んだあと、イーヴリンが親しくしていた地元の数少ない隣人の一人、ジャック・ドナルドソンに、イーヴリンを家に連れて帰るのにコロンボに一緒に行ってくれまいかと頼んだ。だが、二人が必要な予防注射をする前にイーヴリンは帰途に就いていて、ローラは彼に会うため、ロンドンのハイドパーク・ホテルに行った。

イーヴリンは「甲高い、彼の声とはわからないようなキーキー声(48)」で、自分に最近インタヴューしたBBCのブラック氏がたまたま家族揃って乗船していて、航海中、自分を苦しめた顚末をローラに話し始めた。そして彼ら全員、手紙に書いたようなテレパシーの力を使って自分を迫害したが、娘だけが哀れんでくれた、と言った。イーヴリンはローラに、僕ら二人共そのミス・ブラックを知っている、彼女が婚約している、グロスターシャー州の僕らの隣人と一緒に彼女に会ったことがあるからだと話した。「でも、イーヴリン」とローラは、彼が言っているのが誰なのかピンと来て、口を挟んだ。「その女《ひと》の名前はブラックじゃない、何々さんよ、あのBBCの男とはなんの関係もないの」(49)。イーヴリンはローラが正しいことをすぐに悟った。そして、そのあと、彼女がBBCに電話すると、ブラック氏は数週間病気で入院していたので、イーヴリンの船に乗っていたはずがないのがわかった。それを聞いてやや正気に戻ったイーヴリンは、ローラが二人の友人のフィリップ・キャラマン神父を呼ぶことに同意した。キャラマンはイエズス会の定期刊行物『月《マンス》』の編集長で、イーヴリンは同誌に寄稿していた。キャラマンは午後七時半頃着くと、イーヴリンは食堂のテーブルの前の椅子に坐っていたが、テーブルに身を乗り出し、自分を苦しめている悪魔を祓ってもらいたいと言った。イーヴリンはまた、聞こえてくるさまざまな声がキャラマンについて言った、無礼な言葉をも伝えた。イーヴリンがテーブルからちょっと離れると、神父はローラに、彼の行動は、彼が好んでするような手の込んだ冗談なのかどうか訊いた。キャラマンは直ちに友人の著名なカトリックの精神科医のエリック・ストラウスに電話した。ストラウスはすぐさまやってきて、イーヴリンは九分九厘、睡眠薬中毒に罹っていると結論づけた。しかし、まず必要なのは、ぐっすり眠ることだとイーヴリンに言った。そこでストラウスは、別の鎮静剤の処方箋を書いた。それは酢のようなにおいのするパラアルデヒドで、イーヴリンはそれを一生嚥《の》み続けることになった。それでは四時間しか眠れず、「ワインに対する熱意を殺《そ》ぐ」(50)と彼は嘆いたけれども。のちにロンドンの内科医が徹底的に検査すると、イーヴリンの幻覚は、実はブロム剤中毒によるものなのが確認された。数晩よく眠ると、正常に戻った。
　イーヴリンは、人に面白がられるのをいつも愉しんだようには見えなかった。だが、今度の場合は、いったん原因が確定されると、自分の気の狂った状態について、誰にでも熱心に話した。その経験の奇妙さを、少なくとも懐古的に愉しみながら。「僕は、すっかり気が狂っていた」[51]と彼はダイアナに宛てて書き、セイロン島から彼女に奇天烈な手紙を書いた理由を説明した。ナンシー・ミットフォードに宛てては、こう書いた。「僕は、強烈だが短い狂気の発作に見舞われた」[52]*2。シリル・コノリーに宛てては、こう書いた。「狂気の発作に初めて襲われた――なかなか強烈なのに」[53]。イーヴリンはダウンサイドでクリストファー・ホリスに会った時、どんな調子かと訊かれ、こう答えた。「狂ってたんだ！　すっかり狂ってたんだ。キ印さ！」[54]
　このエピソード全体の特にプラスの面は、それがイーヴリンに、「新鮮で豊かな経験の詰まったバスケット」を与えたことである。彼はそれをもとに、最後のコミック・ノヴェルを書くことになった。彼は、戦争三部作の『名誉の剣』の第二部『士官と紳士』を書き終えたあとで、それを書き始めた。それも、母が八十四歳で十二月に死んだのと時を同じくした。「ヤクスリー夫人［彼女のメイド］が、母がお茶のあと、自分の椅子に坐って死んでいるのを見つけたのだ」とイーヴリンは娘のメグに宛てて書いた。「お前はお祖母さんが非常に老いてか弱くなっている姿を、今後も覚えていることだろう、残念ながら。お祖母さんが若くて活発だった頃をお前が知っていたらと思う」[55]。ナンシー・ミットフォードに宛てては、それは「幸福な解放」だ、なぜなら、母は人にすっかり頼ることに飽きてきたので、と書いた。「でも、母が生きているあいだ、十分に愛し気遣ってやれなかったことに対し、後悔の念で一杯だ」[56]
　イーヴリンは新年早々、健康回復のためにジャマイカに旅行していたあいだに、「頭の変な本《バーミー・ブック》」と間もなく自分で呼ぶようになったものに取り掛かった。彼は最初の二週間を、旧友のペリー・ブラウンローが所有していた農園の家で書き始めた。ブラウンローは鰥夫《やもめ》になって間もなく再婚し、これまで以上に酒を飲んでいた。イーヴリンは何年にもわたって大変ペリーの世話になってはいたが、それにもかかわらず、こう思った。「彼らと話すのにふさわしい単純な言葉を見つけるのは、非常な知的負担だ。彼らの家庭は、実際不気味だ。十時半以降、ジンだ……女たちは、斑《むら》のない日焼けと、褐色に焼けた無毛の脛にもっぱら関心を向けている。男たちは寛いで横になり、欠伸《あくび》をし、もしくはトランプをする……赤い水着でマットレスの上で寝込んだ女がいたが、どの禿鷹も彼女は死んで血を流していると思い、喰おうとした」[57]。別荘のゴールデンアイにいたフレミング夫妻のところに移って、イーヴリンはほっとした。イアン（別名「サンダーバード」）は、そこで『ダイヤモンドは永遠に』を執筆するのに忙しかった。「ここは勤勉と健康の刺激的な場所だ」とイーヴリンは、のちにアンに宛てて書いている[58]。

イーヴリンは次の二年間、『ギルバート・ピンフォールドの試煉』を断続的に書き進めた。「気の触れた自分の話を書いている最中だ」[59]と彼は一九五六年十月に、ダフネ・フィールディングに話した。一九五七年に出版されたこの小説には、彼の最も率直な自己表出の箇所がいくつかある。だが、彼の「中年の芸術家」としての自画像は、いかにも彼らしい愉快で微妙な陰影に富んでいるのだが、「プラスチック、ピカソ、日光浴、ジャズ——要するに、彼自身の生存中に起こったあらゆる事柄」を嫌悪する、不機嫌な反動的人物の象徴という評判を確固たるものにしたのである。

　「ピンフォールド氏は」誰に対しても悪意を抱いてはいなかったが、世界を永遠の相のもとに見ていて、世界は地図のように平らだと思っていた。個人的な苛立ちに襲われない時は（かなり頻繁に襲われたのだが）。襲われると、世界を観察している高みから転がり落ちるのだった。

不味い一瓶のワイン、図々しい他人、構文法《シンタックス》の間違いにショックを受けると、彼の心は映画のカメラのように、レンズをギラギラ光らせて、忌むべき物にクローズアップで対決しようと、猛烈な勢いで前方に移動するのだった。もたもたしている分隊を閲兵している教練指導官の、憤怒で怒張している半ば滑稽な目で……

彼は学者でも、正規の軍人でもなかった。彼が自分に割り振っている役は、変人の大学教師と怒りっぽい大佐の組み合わせで、それを自分の子供たちと仲間の前で精力的に演じ、やがてそれは彼の見かけの全個性を支配するに至った。一人ではない時、自分のクラブに飛び込んだり、子供部屋に通ずる階段をドシドシ登ったりする時、自分の半分を後ろに残した。そして、もう半分が膨れ上がってそれを埋めた。世間には、尊大な外面《そとづら》（それは無分別な行為によって軽減されはしたが）で接した。[*3] その外面は胴鎧のように固く、ピカピカし、時代遅れだった。(60)

厳しい批判的な声もいくつか聞かれたが、大方の批評家は、『ギルバート・ピンフォールドの試煉』は、イーヴリンの最良の作品の一つだと考えた。ジョン・レイモンドは『ニュー・ステーツマン』誌上で、イーヴリンを「作品が真の深化の印を見せる、英語で書く唯一の大作家」だと賞讃し、彼は最も初期の作風に戻ることによって「われわれに、彼の最もウィットに富んだ、最も人間的な愉しみの一つを与えてくれた」と言った。(61) フィリップ・トインビーは『オブザーヴァー』紙上で、自分はイーヴリンの文章家としての「型に嵌まった正確さ」の大礼讃者ではないと正直に告白したが、この作品は「驚くほど正直で勇敢な男の自己表出であり、その男は人好きのする人物であるということを、われわれに見せてくれる」と結論づけた。(62)

原注

＊1　一九五五年、若き建築史家マーク・ジルアードがピアズ・コートを訪れ、イーヴリンの寝室を見せられた際、その洗面台を目にすると、「驚いた、バージェスだ！」と叫んだ。「悪くない」とイーヴリンはベッチェマンに宛てて書いた。EWよりJB宛。一九五五年七月四日、AWA。

＊2　ナンシーは、イーヴリンが十二月に神経衰弱になったのを見て、レイモンド・モーティマーに話した。「あの人は気違いになるかもしれない――少なくとも、もっと気が変に」。（一九五三年十二月十二日。セリーナ・ヘイスティングズ著『イーヴリン・ウォー』、五五八頁に引用されている。）

＊3　「僕は前より肥満し、短気になり、尊大になった」とイーヴリンは一九四九年、ダイアナ・クーパーに話した。「女たちは、尊大さというものを理解しない。それは、ほとんどいつも、間違いなく個人的冗談なのだ――世間に対する。防御の最後の一線なのだ」。一九四九年十二月二十一日。*MWMS*（『ウー氏とスティッチ夫人』）、一〇五頁。

第22章 ふさわしい、ひっそりした場所

イーヴリンは戦争が終わりピアズ・コートに戻って暮らすようになってからも、そこに対する愛情をすっかり取り戻すことはなかった。そして、次第に落ち着かなくなった。孫の一人は言っている。「彼は何か作ったり、飾り付けたり、家を修繕したりするのを愉しんだが、そうしたことをし終えると、興味を失くした(1)」。イーヴリンはまた、二マイル先の地方都市のダーズリーの周辺に開発の脅威が迫ってくると、不安を感じた。だが、我慢の限界を超えさせる出来事は、一九五五年六月に起こった。『デイリー・エクスプレス』の記者ナンシー・スペインが、ある晩、夕食の寸前に彼の家の玄関の石段に、招かれもせずに姿を現わしたのだ。

ミス・スペインは男っぽい服装をし、レスビアンとして性生活を送っていることに誇りを抱いていたことで知られた*1、初期のテレビの元気旺盛な「パーソナリティー」だったが――彼女のさまざまな女友達の中にマレーネ・ディートリヒがいた――彼女が十年後に飛行機事故で死んだ際の死亡記事にあるように、「さほど文学的ではないとしても、活発な書評家(2)」でもあり、また、派手な言動で知られた「特集記事」の記者でもあった。彼女は、その日の早くにピアズ・コートに電話し、自分と連れのノエル＝バクストン卿がイーヴリンに会えるかどうか訊いた。そしてローラに、大は「『デイリ

ー・エクスプレス』には留守」だと、きっぱりと言われた。(3) 二人はそれにもかかわらずやってきたので、イーヴリンが、門のところにある、「御用《ビジネス》の方はお断り」と明記してある掲示を無視したのかと訊いた。すると、短期間『ファーマーズ・ウィークリー』の記者で、さまざまな川を渡渉しようとして時折ニュースになった、背の高い臆病な変人のノエル＝バクストン卿は、つっかえながら言った。「わたしはビジネスで来たんじゃない。わたしは上院議員です」(4)

その後間もなく、イーヴリンは『スペクテイター』にエッセイを書き、一風変わった貴族の「感動的で、かなり謎めいた言葉」について考察した。「ノエル＝バクストン卿においてわれわれは、略奪卿を見る。彼は自分の男爵という地位が、英国のどんな個人の家の食事の席にも坐れる権利を彼に付与すると思っているらしい」(5)

個人的にはイーヴリンは、日記に記しているように、二人が押し掛けてきて以来、一晩中「怒りで震えて」いた。「そして、翌日も終日」(6)。二週間のうちに彼は、「汚染された」ピアズ・コートを売りに出した。もっともその前に、アメリカ人のテレビ撮影班を、話してやれば百ドル貰えると誤解し、家の中に入れはしたが。それは「なんとも辛い」一日だった。「監督は、絶えずポケットからメモを取り出した。『ウォーさん、あなたは怒りっぽくて反動的って、ここに書いてあります。何か無礼なことを言ってもらえませんか？』」(7)

七月四日、イーヴリンは不動産業者のナイト・フランク＆ラトリーに手紙を書いた。「あなたは、わたしがアイルランドに移ろうと思っていた九年ほど前に、ここに来られたことを覚えておいででしょう。今、わたしはどこでもいいから移ろうと思っています。この一帯にうんざりしたのです……家を広告に出したくありません。しかし、このおぞましい界隈に住みたいと思っている狂人にたまたま出会いましたら、どうか話してやって下さい」(8)。イーヴリンたちは、探していたものを見つけるまで一年かかった。それは、トーントンの北西七マイルのクーム・フローリーにある、「実に美しい、真の田園地帯」に建つ、「こぢんまりとして、ひっそりとした」家だった。それは、イーヴリンがナンシー・ミットフォードに話したように、「美しくできる可能性」を秘めていた。「もし僕が家族を養う義務のないホモだったら、それを宝石にすることができるのだが[9]」

彼はクーム・フローリーを、「一生を終えるのにふさわしい場所」と見なした。彼がアン・フレミングに話したその魅力の中に、「すぐ隣に精神病院があること」が含まれていた。「それは、次のような意味で価値がある。(a)僕にとって。もしまた気が狂った場合。(b)奴隷賃金で疲れを知らぬ庭師が雇える。(c)ハリエット「ウォー」のための夫[10]」。彼は六月にピアズ・コートを九千五百ポンドで売却した。三ヵ月後、クーム・フローリーに七千五百ポンド支払った。

家にいろいろと手を加えるために是非とも必要だった差額の金は、彼らが移ってから四ヵ月後の一九五七年二月に、倍になった。名誉毀損の賠償金である非課税の二千ポンドによって。ナンシー・スペインはピアズ・コートを訪れたあと間もなく、イーヴリンは恨みがましい失意の作家で、初版の売上の合計は、兄が最近出した小説『太陽の島』のそれによって「矮小化」されたという記事を載せたのである。それは、イーヴリンにとって有利に働いた。『太陽の島』は「わたしの『デイリー・エクスプレス』の記事の直接的結果として」、六万部売れたとミス・スペインは主張した——それは「かなり事実を誇張している」と判事は、のちに語った。だが判事は、彼女のほかの主張のいくつかは「どうしようもないほど不正確[11]」である、イーヴリンの本は英米で四百万部以上売れ、彼の初版の売上部数の合計は十八万に達するのでと、事件の概要の説明で言った。イーヴリンは、それでも自分は裁判に負けると、神経過敏になって思い込んだ。その不安は、陪審員が退席し、彼の弁護をしていたオックスフォード大学時代の旧友ジェラルド・ガードナーが、「君をこんな窮地に陥れて申し訳ない」

と詫び、君は五千ポンドの裁判費用を払わねばならないかもしれないと言った時、一層強まった。「一日目の終わりに、僕は五ポンドで和解しただろう」とイーヴリンは、のちにナンシー・ミットフォードに話した。「でも、用心のため、ダーズリーの教区司祭に、賠償金の一割をやると言ったんだ。彼の祈りは劇的な形で叶えられた。旧約聖書的な具合に。サー・ハートリー・ショークロスがこの事件を引き受けた瞬間から、一連のエジプトの災難が彼に降りかかり、ついに、彼が僕に反対尋問をし、僕をかなり馬鹿に感じさせていた、まさにその瞬間、彼の義母が命を落とす寸前の自動車事故に遭ったんだ。彼は事件を投げ出し、下っ端に任せなくちゃならなかった……僕の陪審員は、王室一家に対して無礼な言辞を弄した廉で、正しかろうと間違っていようとまったく関係なく、断固として『エクスプレス』に罰金を科したような、立派で堅実な陪審員だった」[12]。被告は、と彼はダイアナ・クーパーに言った、「何度も偽証をしたが、あとになって立派に振る舞い、僕の手を握り、『勝つべき人が勝った訳ね』と言った」[13]。

アレックは、弟の裁判を支援するためにタンジールから飛行機でやってきた。彼は今では、一年の多くの時間をそこで過ごしていた。「君は稀少な熱帯の蝶のように裁判所から飛び出した」とイーヴリンは、あとで彼に宛てて書いた。「君は、君の異国的愉しみに向かって去ったのだと思う。そうでなければ、僕のために証言しようと、僕の冷えびえとした島に来てくれた、君の驚くべき忠誠心に感謝しようと、君を捜し出すべきだったのだが」[14]

イーヴリンのクーム・フローリーの「美化予算」に、ビーヴァブルックの新聞社からの三千ポンドの賠償金が四月に加わった。今度は、ビーヴァブルックの昔の恋人で、イーヴリンの旧友のレベッカ・ウェストの『裏切りの意味』の新版の書評を巡るものだった。その本の中で彼女は、イーヴリンとグレアム・グリーンは「美徳と悪徳の馬鹿げた混乱の風潮を作り上げた……その風潮の中では裏切り者が活躍する」と非難した。『デイリー・エクスプレス』の文芸担当編集長は、その見解を書評の中で支持した。イーヴリンは以前、レベッカ・ウェストの本を出した出版社を訴え、彼女の本を回収処分にさせた。彼は寛大にも賠償金を要求するようなことはしなかったにもかかわらず、そのことで彼女は彼を決して許さなかった。おまけに彼女は自分自身、H・G・ウェルズとのあいだに出来た私生児の息子が、両親をありのままに書いたという理由で、彼の自伝的小説の出版を差し止めたばかりなので、文句を言う資格はなかったのである。[*2]

名誉毀損の訴訟で勝ったことは、イーヴリンにとって大満足だった。とりわけ、ビーヴァブルックの新聞社は、長年、彼に復讐しようとしていたらしいからだ。同社はその頃、彼を嘲るさまざまなプロフィールを新聞に掲載するようになり、一九五三年、『廃墟の恋』の特に敵意に満ちた書評をいくつか新聞に載せた。イーヴリンとビーヴァブルック卿との険悪な関係は、イーヴリンが一九二七年に『デイリー・エクスプレス』の新米記者として失態を演じた時にまで遡る。そして彼はまず、『卑しき体』で権力亡者の新聞王をモノマーク卿（原稿に書かれている、最初の名前、オッタークリークは、イーヴリンが誰のことを言っているのか、かなりはっきりと示していた〔beaver は「海狸」、otter は「カワウソ」〕）として描き、『スクープ』でコパー卿として、さらに印象的に彼を描いた。その時点でビーヴァブルックは、同書の最初のカバーの『デイリー・ビースト』という新聞名の書体は直ちに『デイリー・エクスプレス』を想起させると主張して（もっともな話だった）イーヴリンの本を出した出版社を訴えた。カバーからは問題の新聞名は省かれたが、それ以降イーヴリンは、ビーヴァブルックの新聞での彼の扱いは、やや非友好的だと思わざるを得なかった。

非課税の五千ポンドの賠償金は、イーヴリンが新しい家の装飾に、例によって惜しみなく金を使ったので、非常に歓迎すべきものだった。「僕は酔いどれ水夫のように物を買っている――枝付き燭台、絨毯、暖炉」と彼は、最初の名誉毀損の賠償金が入る少し前に、アン・フレミングに話した。「ストン・イーストンで買った巨大なサイドボードは、据え付けるのに途方もない熟練の技を要した[15]」。彼はまた、賠償金の一部を、ローラと一緒にモンテカルロで贅沢な休暇を過ごすために取って置いたが、旧友のロナルド・ノックス大司教が肝臓癌で死にかけていたので、イーヴリンはローラと一緒に、彼に同伴して南デヴォンの海辺に、気の重い旅をすることに同意した。イーヴリンはロニー・ノックスを、有名で、鼓舞してくれる仲間のカトリック改宗者として（そして、貴族の館好きの仲間として、と二人を中傷する者は付け加えるかもしれない）一九二〇年代の初めから知っていて、十年後ノックスは、将来、義理の息子になるかもしれないイーヴリンの長所を、メアリー・ハーバートに納得させるのに力を貸した。二人の友情は、戦後深まった。ノックスはシュロップシャー州のオルデナム・パークにあるアクトン家の個人の礼拝堂付き司祭だったが（彼は、そこで彼の有名な聖書の翻訳の第一巻を仕上げた）、戦後メルズのアスキス家に移り、ピアスズ・コートをよく訪れるようになった。一九五〇年、ノックスはイーヴリンに、遺著管理遺言執行人になってくれと頼んだ。イーヴリンは一緒にモンテカルロに（それが駄目ならブライトンに）行くようノックスを説得したが、ノックスは遠くには旅行できないほど体の具合が悪かった。そこで、イングランド南西部の保養地、トーキーに行くことにした。「トーキーは、まったくの地獄だ[16]」とイーヴリンは、到着して間もなくジャック・ドナルドソンに宛てて書いた。「哀れなロニーはひどく衰弱していて、苛々している」と彼はアン・フレミングに言った。「食べられず、酒も飲めず、本を読むこともできない。クロスワードパズルに没頭することだけが、彼にとっての息抜きだ……一月《ひと》ほど僕の厄介になるつもりかのような話をする。僕は彼を愛し、尊敬しているが、そうなると大変なことだ――[17]」。一週間後、イーヴリンとノックスがデヴォン州の海辺の保養地シドマスに移るあいだに、ローラは新しく来る乳牛に会うためという口実で帰宅した。だがイーヴリンは、シドマスも「ひどい」所だとすぐ思うようになり、ノックスを二週間、クーム・フローリーに連れて帰った。そこで、彼の病める友人は、「英訳について」という題で、オックスフォード大学でその年の夏行うことになっていたロマネス公開講座の草稿の大方を書いた。「それは驚くべき偉業だった」とイーヴリンは書いた。「彼は、だるさと吐き気に苦しめられていた。彼には、招待主のささやかな書斎しか、頼るべきものがなかった。しかし、書き上がった論文は、彼が青春時代に書いたどんなものにも劣らず犀利で、溌剌としていた[18]」

ロナルド・ノックスは、その年の八月に六十九歳で死んだが、その前に、彼の伝記を書こうというイーヴリンの申し出に同意した。そして、医師から興奮剤を与えられ、シェルドニアン・シアターで見事に講演を行った。その際の様子は、イーヴリンがのちに書いた本に感動的に描かれている。「講演の半ばで、ある点をはっきりさせるため、彼「ノックス」はコーリーの訳でよく知られた、ギリシャ語のエレジー、『ヘラクレイトスは死んだと、人はわたしに言った、あなたは死んだと』を朗誦した。会場にいたほとんどの者は、その言葉が彼自身のオックスフォードへの別れの言葉なのに気づいた。そして昔、よく彼と一緒に『話に興じて太陽を疲れさせ、空から落とした』何人かは、涙を禁じ得なかった。終わりの拍手は凄まじかった[19]」

イーヴリンは、すぐさまノックスの伝記に取り掛かった。「ロニーの死は、僕の人生を変えた」と彼は、その年の十一月、ダイアナ・クーパーに言った。「今は、退屈して怠けて坐ってはいず、終日忙しい[20]」。ノックスの人生について一番よく知っていた二人の人物、キャサリン・アスキスとダフネ・アクトンと、イーヴリンがすでに昵懇《じっこん》だったということは役に立った。彼は時を移さず、エディンバラに住んでいる、ノックスの生存している姉のレディー・ペックと、アンプルフォースにいる、ノックスの旧友で弟子のロレンス・エアーズと、ダウンサイド修道院にいる、ノックスの腹心の友で聴罪司祭のドム・ヒューバート・ヴァン・ゼラーの居所を調べた。イーヴリンは、ノックスの精神の問題に取り組む段になると、背の立たぬ深みにいるような気がした。しかしドム・ヒューバートは、彼を安心させた。「ロナルドの宗教生活には触れないという点について、あなたは正しいと確信しています」。ほっとしたイーヴリンは、彼と話したあと、一九五八年一月に彼に宛てて書いた。「ロニーは、わたしがそれについて何も知らないのを知っていましたが、ダフネへの手紙に、自分の伝記を書くのにわたしよりふさわしい者は思いつかないと書きました。ですから彼は、自分を祈りの人ではなく文人として扱ってもらいたいと、明らかに思っていたのです。しかしもちろん、わたしは彼の本質的な点を見逃していると、大勢の人が言うでしょう。そしてもちろん、彼らは正しいでしょう[21]」

一九五八年二月、イーヴリンはローデシアに行き、アクトン夫妻の家に泊まった。アクトン夫妻は戦後、ムベビに農園を作るためにそこに移住したのだ。レディー・アクトンは、ノックスとの激しいプラトニックな恋について包み隠さずにイーヴリンに話した。それは、彼女が、何世紀にもわたって一家がカトリック教徒だった第三代アクトン卿と結婚した六年後の一九三七年に、ローマ・カトリック教に改宗する準備をノックスがしてやっていた時のことだった。彼女はイーヴリンに、ノックスと文通した際の手紙のいくつかの束を送り、「あたかも、わたしが死んでいるかのように[22]」伝記を書くよう促した。ノックスは二人が交際中、「ごく自然に貞潔に」振る舞ったので、「それが自分には、なおのこと応えた[23]」ということを彼女は認めたにもかかわらず。イーヴリンは、ダフネの美貌、知性、とりわけ率直さを大いに賞讃した。彼女の乱脈な家庭（子供が十人いた）は、「普通なら地獄そのものだ」と彼はアン・フレミングに話した。ただ、「ダフネの静謐な高潔さが超自然的な平安を輝かせているが」。そして、彼女は「僕の知っている最も瞠目すべき女だ」と言い添えた[24]。

三週間の旅から戻ったイーヴリンは、すぐに執筆に取り掛かり、さらに調査を続けながら、六月までは草稿の半分以上を書き上げた。「それは敬虔の念からの仕事だ」と彼はハロルド・アクトンに語った。「それをするのを愉しんでいる」[25]。だが、その時、ブロンが、自分の装甲車の回転砲塔の具合の悪い機関銃を調べている最中に、うっかりその機関銃で自分の胸を撃ってしまい、キプロス島で重態だという衝撃的な知らせが届いた。ローラは翌日の六月十一日に飛行機に乗り、キプロス島に到着後、イーヴリンに宛てて書いた。

ブロンは肺の片方と脾臓を失いました。弾が肩を貫通し、左手に大怪我をしました。大変親切な近衛騎兵連隊の医師は、あの子の勇気は本当に素晴らしいと、わたしが着いた時に言いました。医師はダウンサイド修道院付属学校の出身で、ブロンの諦念と、病院に入るまでブロンが静かに祈ったのは、見ていて鼓舞されたと言いました。そして、ブロンの終始変わらぬ勇敢さにも。病院の話では、次の四十八時間は、依然として危篤状態ですが、感染の危険が依然としてあるので、あと十日は重態だろうと言っています。最初は、あの子は生き延びる見込みはまったくないと、病院は考えていました。わたしは今夜、十分ほどあの子に会いましたが、非常に痛がっているのは、はっきりしていました。とりわけ、息をする時——まったく泣き言を言いませんが、息が足りないので、話すのがとても難しいのです[26]。

ブロンは前年に、わずか十七歳で近衛騎兵連隊に入った。オックスフォード大学に行く前に国民兵役を済ませることにしたのだ。だがその決断を、恐ろしい事故に遭うずっと前から大いに嘆くようになっていた。両親がケイタラムの兵舎にケーキと本を送った際、ブロンは返事を書いた。「悪意と暴力と愚かさの荒野の外のどこかに、慈悲の力が働いていると考えると、なんと心が休まるか、口では言えないほどです[27]」

しかし、キプロス島に着いて以来、軍人生活は以前よりずっと快適なものに思えたようだった。「ここでは実にたくさんのことが起こっているので、何から書き始めたらよいのか、わかりません」と彼は両親に宛てて書いた。「生活は途方もなく刺激的で、信じられないほど快適です[28]」。だが、不吉なことも書き添えている。「十ヤード離れた、人間の大きさの標的を、僕のピストルで一回に二十発撃ちますが当たりません。ピストルを失くしそうで、いつも心配です[29]」。ブロンが事故に遭った日、イーヴリンは誇らしげにダイアナ・クーパーに宛てて書いている。「息子は騎兵隊旗手だ。いくらか戦闘もすることを望む[30]」。数日後、彼は彼女からの同情の手紙に答えた。「詳細はわからないが、彼は完全には治らないような気がする。もし死んだら、あっちに行って、ローラと一緒に帰る[31]」

ローラは頻繁に家に報告の手紙を書いた。事故の九日後、イーヴリンはアン・フレミングに宛てて書いた。「心配な一週間だったが、今日、多分ブロンは生き延びるらしいという知らせがキプロスから届いた。彼は六発弾丸を体に受け、片肺、脾臓、肋骨二本、片手の一部がなくなった。そんな一斉射撃を受けたあとでも生き残れる者は、ほとんどいない。それはすべて、新式の機関銃の自分勝手な行動によって引き起こされたのだ。僕は味方によって撃たれた大勢の良い兵士を知っている（死後にヴィクトリア十字勲章を貰った者も含め）[*3]、そして、自分を撃った、何人かのかなり穏健な兵士も。これは僕の知る限り、武器が人を支配した最初の事件だ[32]」

ブロンの窮状に対するイーヴリンの反応ぶりは、遥か昔、赤ん坊の娘メアリーが生まれた翌日に死んだ際に彼が示した、際立って超然とした態度をいくつかの面で思い出させる。ローラと一緒にキプロスにブロンを見舞いに行かないという彼の決断に奇妙な印象を受けた者もいた。しかし彼は、自分が行ったところで息子の回復には関係がないと思ったようである。「祈るしかない」と彼はダイアナに言った。「新聞で報道された結果生まれた一つの良いことは、国中の修道士と尼僧と神父が彼のために祈っているということだ[33]」

それに加え、家に残って留守を預かっていた彼は、農事に関するローラのすべての指示を伝えることができた。「ジョヴァンニ*4に、今週はモードリンとデズデモーナに毎日スプーンで一杯のケイク〔カウ・ケイク。蛋白質が豊富な粒状の餌〕を、来週の月曜日からは二杯のケイクをやるように言って下さい。また、もしルーシーがまだ一日四十ポンドの乳を出していたら、今度彼女がアバディーン・アンガス種の牡牛で発情した際、人工授精した方がいいのです。もし四十ポンドの乳を出していなかったら、彼女に交尾させたくありません[34]」

その手紙には、ブロンが間もなく重症入院患者名簿から外されるということも書いてあった。しかしイーヴリンは、息子の回復はまだずっと先のことで、簡単ではないだろうと思った。それは正しかった。そこで彼はダウンサイド校でのかつてのブロンの寮監、エイルレッド神父に手紙を出した。「どうか彼のために祈り続けて下さい。これまで彼を救ったのは祈りだったのは確かです[35]」。キャラマン神父にも手紙を出した。「息子のために祈ってくれている親切な人々に、どうか、ほかの事柄に注意を向けないようにさせてほしい[36]」。ブロンの容態が再び悪化した時はいつでもイーヴリンは、息子のために「一心不乱に祈っていた」、尼僧、修道士、聖職者、平信徒が、祈るのを不意に怠ったのではないかと疑った。息子の容態が回復すると、その逆のことが起こったのだとイーヴリンは思った。「九日間の祈り《ノヴェーナ》が効いたのだ」とイーヴリンは、八月にダフネ・アクトンに宛てて書いた。「息子は快方に向かっている。なんともありがたい。君に心から感謝する[37]」

ブロンはやがて、七月初旬に飛行機でミルバンクのクイーン・アレグザンドラ陸軍病院に運ばれた。「お帰り」とイーヴリンは書き送った。「お前があのキプロスの酷熱の危険な島から逃げてきたことを喜んでいる。お前を見舞いに行きたいが、ドイツに前々からの非常に退屈な仕事の約束がある。それは、お前の母さんを喜ばそうとして始まったことなのだ。ところが今は、母さんはわたしと一緒に行けない。わたしはミュンヘンの劇場の舞台に立って、フン族の聴衆に一時間、朗読するのだ。フン族は、そうしたパフォーマンスが、彼らの都市の創建八百年を祝うのになぜか資すると考えている。フン族もわたしも、それを愉しまないのは確かだ[38]」

　イーヴリンは一週間後、ついにブロンに会った。そして、もっと快適な、マリルボーンにあるエドワード七世士官病院（尼僧アグネス）にブロンを移すことを即座に決断した。だが、ブロンの背中の膿瘍がたちまち広がって、胸郭の慢性感染症になった。そこで彼は、サー・クレメント・プライス・トマスの治療を受けるため、ブロンをウェストミンスター病院に移した。トマスは「有名な胸の外科医で」とブロンは、のちに記している、「故ジョージ六世の肺癌の手術に失敗したことで、もっぱら有名だった[39]」。

　ひどく具合が悪く、死ぬのではないかと再び恐れたブロンは、父に宛てて手紙を走り書きした。「親愛なるパパ、なぜか生前はあなたに示すことができなかったことを、ちょっと言います。わたしは、この世のほかのどんな人間より、あなたを賞讃し、敬い愛しています。わたしの持ち物は、いずれにしろあなたのもので、あなたの判断で、そのままになるか、分けられるか、古道具屋に売られるかでしょう。しかし、わたしの蒐集したレコードはグロシエ夫妻（つまりヴェラ［ウォー家のナニー］と、その夫）に与えられることを強く望みます。愛を込めて、ブロン[40]」。彼はそれを封筒に入れて封をし、自分が父より先に死亡した場合に父に渡すように、という指示をし、銀行に預けた。

　八月初めには、ブロンは、サー・クレメントが計画していた大手術を受けるにはまだあまりに衰弱していたので、その外科医は、結局、エドワード七世病院に行くことを勧めた。「彼は解体されるために、尼僧アグネスの家で今、肥育されている。そして、みんなに大いに甘やかされてご機嫌だ」とイーヴリンはダフネ・アクトンに言った。「この手紙の主眼は、ブロンのために祈るのはやめるように、というものだ。君に注意を向けてもらうのを待っている、もっと急を要する患者がいるのは確かだからだ[41]」。現役の士官だったブロンは入院費を免除されていたので、イーヴリンは息子に、お前が金が足りなかったので毎月渡していた二十五ポンドの手当を打ち切る、お前は病院では金の必要がないから、と告げた。その決定を聞いたブロンは、本人が言うところでは「苦い悔し涙」を流した。当然ながら、父宛の次の手紙ではそうは言わなかったけれども。「あなたの取った手段に気が動顛したどころか」とブロンは答えた、「あなたが今この瞬間まで手当をずっと下さった非常な気前の良さに深く感謝します。あなたがすぐに、財政上の難問を克服することを願っています。茸の栽培は儲かるということです。あるいは、あなたは下宿屋を始めることもできるでしょう[42]」。

だが、ブロンの容態は一進一退だった。「彼についての知らせは、あやふやです」とイーヴリンは十月にエイルレッド神父に宛てて書いた。「これまで三つの病院を盥《たらい》回しなっていて、今はウェストミンスター病院にいます。サーなんとかかんとかは、いつ手術をするのか決めかねています」。彼は付け加えた。ブロンが「甘やかされて」いるのは「避け難いけれども遺憾です、まさに連隊がブロンを一人前の男にしているところなので。あなたが彼のために祈って下さる時は、彼の肉体面の幸福のための祈りの中に、彼の性格の強靭さのための祈りも含めて下さい[43]」。イーヴリンは、ブロンの教母のメイミー・リゴンに宛て、同じような趣旨の手紙を書いた。息子の性格は「彼のベッドの周りに坐り、彼のあらゆる気紛れに応えている善意の人々によって」損なわれつつあるので、「彼のところに行って、鞭打ち、へこまし、他人が及ぼした一切の悪影響を取り除いてくれ給え[44]」。

ブロンがその年の十一月に二十歳《はたち》になると、イーヴリンは彼に宛てて書いた。「誕生日おめでとう。この一年は勝利と災難の年だったね？　お前は、一年より遥かに年を取ったように感じているはずだ。十九で死の淵を覗き込んだというのは、馬鹿にできない経験だ」。その同じ手紙の中で彼は、オックスフォード大学で英文学を専攻するのはやめた方がよい、とブロンに言っている。「作家になるかもしれない者（お前も作家になるのをわたしは願っているが）にとって、それは致命的な学科だ……だが、お前はいまや十代ではないのだから、自分の運命の主人で、魂の船長だ」(45)

　ブロンはついに翌年三月に退院した。「その頃」と彼はのちに書いた、「父がとても好きになり始めた。子供時代、あるいは十代初めの頃は父はあまり好きではなかったのだが。わたしが家を出て、ほかの所に居を定めることにしようと準備を始めた時、父はわたしのさまざまな欠点に一層寛大になり、父の最後の五年間は、わたしたちの気持ちは、はっきりと通じ合った(46)」。

　もしイーヴリンと長男との関係が時に緊張したものだったとすると、真ん中の娘マーガレットとの関係は、時折、恋愛すれすれのものになった。家族の中でメグと呼ばれていて、「豚《ピッグ》さん」、「むかつく飼い豚《ホッグ》さん」、「優しい豚さん《スイート・スワイン》」とイーヴリンにさまざまに呼ばれていたマーガレットは五歳になり、気性の荒いナニーから救うために早くも食堂で食べることを許されて以来、彼にとって目の中に入れても痛くない存在だった。九歳の彼女を寄宿学校に入れるに先立ち、イーヴリンは女校長に宛て、彼女は「大層可愛らしく、大層愚かで、魅力に富んでいます」と書いた(47)。彼女はすぐにホームシックに罹った。そして、一九五三年の夏学期を、イーヴリンに家で勉強を教わりながら送っていた時、彼女は「彼の公式のお気に入り」になった。彼女はのちに、「それは、わたしの兄弟姉妹に妬まれもせず、何も求められもしなかった立場で、特権の有利な点もありましたが、父の秘蔵の娘ゆえに却って厳しく父に叱られる危険を伴ってもいました」と回想している(48)。

　その前年にイーヴリンはアン・フレミングに手紙を書いた。「僕の十歳の娘に対する性的情熱は偏執的だ。君は、自分の息子にこんな風に感じるようになるだろうか？　彼女に手を出さないではいられない[49]」。これが、誇り高くて物に動じない友人にショックを与えるのを意図した、九分九厘挑発的な冗談だったとしても、イーヴリンとメグの絆は明らかに強く、彼女が学校で惨めだった結果、一層強くなった。「今度わたしたちが会った時、お前は本当に惨めなのか、それとも、馬鹿げた気分に負けているだけなのか、わたしに言わねばならない。わたしはお前を愛している、そして、お前を本当に惨めにはしない、もし、そうならないようにできるなら……愛しい小さな娘よ[50]」

反抗的で、気紛れで、時折怠け者だった十代のメグは、セント・メアリー・アスコット女子校で頻繁に問題を起こした。イーヴリンは、そのたびに安心させた。「お前が困ったことになっているというのは気の毒だ。お前は、彼女の十五回目の誕生日の直前に書いた。「お前が困ったことになっているというのは気の毒だ。お前は、本当に悪いことはしなかったと、わたしに言う必要はない。わたしは、わたしはお前を知っている。お前が決して破廉恥なことや、不純なことや、残酷なことはしないのを確信している……お前の手紙でまったく気に入らない箇所は、尼さんたちがお前を〝憎んでいる〟とお前が言っているところだ。それは戯言《たわごと》だ。それと、お前より良い振る舞いをしている少女たちをけなしているところだ。それは卑劣だ。それはよすんだ、メグ……お前は、お前には過ぎているほど愛されている、とりわけお前のパパに[51]」

結局、メグも学校も互いにうんざりし、メグは一九五八年、ブロンが事故に遭う数ヵ月前に、十五歳で家に戻り、再びイーヴリンに勉強を教えてもらうことになった。「ブロンは近衛騎兵連隊で士官に任じられた」とイーヴリンは、その時ダイアナ・クーパーに宛てて書いた。「――近衛騎兵連隊の息子たちの多くが任じられなかった。彼にはいささか覇気があるに違いない。彼は成功している。学寮「オックスフォード大学クライスト・チャーチ」で奨学金、そして今度。でも、あれは風変わりなむっつりした少年で、銃を持って森を一人でぶらついたり、蓄音機でオペレッタのレコードをかけたりする。テリーザは今学期素晴らしい成績を収めた。でも、僕にとってはいつでもメグだ、目下大いに太っていて、異常な量を食べているが(52)」

その年、イーヴリンはあとでメイミー・リゴンに、メグは「僕の心の歓びだ、多分、ブームにとっての君のような存在だ。ただ、僕のカクテルを僕の浴室に持っては来ないが(53)」と書いた。その年のクリスマス、ブロンはロンドンでまだ入院していたが、イーヴリンはその機会を捉え、メグとハイドパーク・ホテルで三日過ごした。「僕らの表向きの理由は」と彼はアン・フレミングに話した、「看護婦が外科医の服装をし、外科医が看護婦の服装をしてキャロルを歌うお祭り騒ぎをブロンが恐れているので、院内の馬鹿騒ぎの最悪のものから守ってやることだ。僕の動機は、家でのお祭り騒ぎから逃れることだ。マーガレットの動機は劇場と大聖堂に行くことだ。僕が直接監視している時は、彼女をおとなしくさせておくのは容易だろう(54)」。

イーヴリンは一九五九年一月に、ついにノックスの伝記を書き上げ、数週間後、恒例の冬の休暇を過ごしに出発した。その年は中央アフリカと東アフリカを二ヵ月旅行するというものだった。「暗黒大陸全体を横断するということになった」と彼はダイアナ・クーパーに宛てて書いた、「家に帰ったら、それについての胸糞の悪くなる話を書くことになる。いやはや(55)」。彼は四月に、大いに若返ったような気分で帰国し、旅の費用を払うために、「言語に絶するほど退屈で些末な本を、嫌々ながら(56)」すぐに書き始めた。『アフリカの旅行者』(一九六〇年)は、当然ながら優雅な文章で書かれ、いくつかの非常に愉快な箇所があるが、シリル・コノリーが言ったように、それは「ウォー氏が引き受けた、最も薄い本作り(57)」だと言うのが公正だろう。

イーヴリンにとって遥かに重要だったのは、一九五九年の秋にチャップマン&ホールから出版された彼の最新の大作『ロナルド・ノックス』に対する反響だった。出版直前に、著作権代理人のピーターズはイーヴリンに話した。自分は『ノックス』を彼の全作品の中で最も高く評価する、「なぜなら、君は、これまで書いたどの作品によりも、多くの注意、思考、時間、労力を注ぎ込んだと思うので。確かに、それは君がこれまでに引き受けた最も難しい仕事だ。そして、それが見事に達成されているのは確かだ」[58]。批評家も概して同意した。対象の人物が時に「不快」だと感じたことを認めたグレアム・グリーンでさえも。そして、売上は予想を大きく上回り、一《ひと》月のうちに一万二千部を超えた。

同書は不正確な箇所がなくはなかった。ウェストミンスター大司教は著者宛の二千五百語の手紙で詳細にその箇所を指摘したが、イーヴリンは、その間違いを潔く認め、次の版で訂正することを約束した。彼にとってもっと具合の悪かったのは、彼もノックスも自分たちの本で「C」として注意深く隠した人物の正体が暴かれたことだった。その人物は、オックスフォード大学の奨学生になろうとしてノックスの個人指導を受けた若いイートン校の生徒で、ノックスはその際、彼にプラトニックな恋をした。「『ノックス』の中のCの正体についての君の質問だが」とイーヴリンはモーリス・バウラに宛てて書いた、「マガリッジという極めつけの糞ったれが新聞で答えている。奴は、僕の老いた義母を言いくるめて真実を知ったんだ[59]」。謎の人物は、ほかならぬ時の首相ハロルド・マクミランだった。それは、『ニュー・ステーツマン』連載のマルコム・マガリッジの「日記」での大スクープで、二年前、イーヴリンの栄誉のために催されたフォイルズ書店での午餐会で、マガリッジのスピーチのあいだ、イーヴリンがこれみよがしに喇叭《らっぱ》型の補聴器を外したことを考えると、多分、マガリッジにとってそれは二重に満足のゆくことだったろう（あるいは、復讐でさえあっただろう）。

一九六〇年一月、彼は再び冬の小旅行に出掛けた。そして、「費用は『デイリー・メール』持ちで素晴らしい時」を愉しんだ。[60] ローラと一緒にヴェネツィアとモンテカルロに行った直後に、彼は旧友のクート・リゴンを訪ねるため、マーガレットとアテネに行った。当時クートはそこに住んでいた（クートの家族は、彼女は諜報部員だと思っていた）。それからイーヴリンたちはローマに行き、三月初旬にクーム・フローリーに戻った。二週間後、二百五十ポンドの出演料で、彼は『フェイス・トゥ・フェイス』に出ることを了承した。それは前年に始まったテレビのインタヴュー・シリーズで、カール・ユングからヨルダンのフセイン国王に及ぶ多くの有名人がすでに出演していた。

「BBCに僕宛に送られてくる手紙はすべて、〝住所不明〟と書いて差出人に返送することを条件にしてくれ給え」とイーヴリンは、前もってピーターズに手紙で頼んだ。「僕は、自分の幻覚を僕の幻覚と比較したがる『ピンフォールド』の読者にひどく悩まされた[61]」。試煉の日が近づくと、彼はトム・ドライバーグに連絡した。「僕はテレビで、フリーマン少佐という男の反対尋問を受ける羽目になった。その男は労働者階級運動で君の同僚だったという話だ。もし彼が横柄になったら二人の会話に持ち出せる、何か彼の弱みを握っているだろうか？[62]」だが、それは杞憂だった。ジョン・フリーマンはスティーヴン・ブラックより遥かに明敏で洞察力のあるインタヴューアだったかもしれないが、イーヴリンの方がまたも上手《うわて》で、彼の舌鋒鋭い返答は、明晰であると同時に落ち着いていて、答えた際の目の光は、答えを求められているすべての生意気な質問に、やや困惑しているということを暗示しているのみだった。フリーマンはのちに、それは自分の一番がっかりしたインタヴューだったと言った。おそらく、二人のやりとりのあいだ、終始一貫出し抜かれたからであろう。

「あなたは、そもそもスノッブですか？」

「そうは思いませんね」

「あなたのご家族や赤の他人に苛々しますか？」

「文字通りあらゆるものに。無生物と人間、動物、その他一切に」

「不当な、あるいは悪意的な批評と、あなたに思えるものについて、あれこれ考えますか？」

「いいえ。誰かがわたしを褒めれば、『なんて馬鹿な奴だ』と思うし、わたしの悪口を言えば、『なんて馬鹿な奴だ』と思いますね」

「では、誰もがあなたについて何も言わず、あなたに注意を払わなければ？」

「それが一番望ましい」

「そうなるのがいいんですね？」

「ええ」

「なぜあなたは、この番組に出演なさったんです？」

「貧乏。わたしら二人は、こういう浮かれ気分で話すために雇われたんですよ」


イーヴリンは、伝記『ノックス』に、非常に少ない報酬（前金は三千ポンドだった）で非常に多くの時間をかけたので、金について心配していたのももっともだった。税金は過酷で、『ブライズヘッド再訪』の印税がずっと前から事実上入ってこなくなったので、彼は戦前から享受していた生活水準を維持するのに悪戦苦闘していた。一家がクーム・フローリーに移った際に執事のエルウッドを手放し、ジョヴァンニ・マンフレディとその妻のマリアがついに一九六一年初めに去ったあと、イーヴリンの家には通いの手伝いがいるだけになった。その年の秋、一家は「皿を洗うためのエンジン」を買った。それはたちまち、「初期のボルシェヴィストの映画に出てくるトラクターのように崇拝の対象」になった[63]。

イーヴリンはある意味で、マンフレディ夫妻が行ってしまって大いにほっとした。ローラがもはや、イーヴリンが見たところでは、「彼らの癇癪と貪欲に苛々する[64]」必要がなくなったのだ。彼女はまた、可愛がっていた乳牛をすべて売ってしまったので（それも、一家が零落した結果だった）、することが少なくなった。「ローラは、とうとう乳牛の群れを手放さねばならなくなり、嘆いている」とイーヴリンは、その年のクリスマス・イヴの直後にダイアナ・クーパーに話した。「乳牛はバレエ団の少女たちを養うくらい金がかかり、恐るべき政治家たちは、もはや乳牛は所得税の控除の対象にならないという法律を作った[65]」

イーヴリンはその頃、戦争三部作の最後の『無条件降伏』を懸命に書いていた。それは一九六〇年四月に書き始められ、書き上がるまで一年かかった。彼は、その本からの稼ぎは、ささやかなものだろうと思っていた。だが、彼の本を出している出版社に説明したように、依然として芸術的使命を達成しようとしていた。「間もなく僕は、保険会社の社史か、学校の教科書の序文を書く、あらゆる機会に飛びつかねばならなくなるだろう。スクワイアとベロックは、長生きの恐ろしさについて僕らに警告している。だが一方、想像力が少しでも残っているうちは、僕は小説を書かねばならない[66]」

一九六一年の春に『無条件降伏』を書き終え、秋に出版するまでのあいだに、彼の上の二人の子供が結婚することになり、出費が増えた。テリーザはオックスフォード大学の最終学年に、プリンストン大学から来た、ギリシャ・ローマの古典文学を専攻している、ジョン・ダームズという、大学院の奨学生と恋に落ちた。彼女は彼を、一九五九年の春に、初めてクーム・フローリーに連れてきた。その年の夏、ダームズがもう一度クーム・フローリーに来てから、イーヴリンはブロンに宛てて書いた。「彼は表面的にはあまりアメリカ人らしくない（彼の父もオックスフォードで学んだ）。服装は地味で、髪を分けていて、低い声で話す。しかし、僕には耐え難い、彼の同胞特有の基本的生真面目さを持っている。しかし、それはテリーザの問題であって、僕の問題ではない。彼が優しく良心的な夫になるのは確かだ。僕は、彼と話さなくても済むだろう[67]」。一九六〇年十一月に、テリーザと結婚したいというジョンからの正式な申し出があったあと、イーヴリンは、将来の義理の息子に対し、「わたしの娘に対する求愛に成功したことを祝う」、また、「カトリック教徒になると君が決心したことを、さらに一層祝う」という手紙を書いた。「わたしは君に、彼女の系図を送る」と付け加えた。「それは、わたしの系統は輝かしくはないが、彼女は血の中に受け容れ難い汚点はないことを示すだろう[68]」

一方ブロンは、テリーザ・オンズローという、明るい、若いブルネットの娘と頻繁に会うようになっていて、一九六一年の初め、二人も結婚することに決めた。イーヴリンは、パンジー・ラムに話したように、その決断は、「イーヴリン[ガードナー]と結婚した際のことを思い出して心が痛むのだが、無責任で浮ついた気分」で下したものではないのかと恐れた[69]*5。ブロンとテリーザは当時、共にわずか二十一歳で、彼女はカトリックに改宗するのを断った。だが、プラスの面は、彼女が第六代オンズロー伯爵の娘で、彼女が生まれた時の国王、ジョージ六世より数の多い英国君主の末裔だったことだった[70]。「四十歳の社交界の女《ファム・デュ・モンド・ド・カランタン》に教育してもらわねばならない齢に、息子が結婚を考えるというのは実に悲惨だ」とイーヴリンはジャック・ドナルドソンに宛てて書いた。「しかし、君の言うように、この雑婚の時代に、自分と同じ階級の配偶者を選んだというのは、いいことだ[71]」。兄のアレックに宛てては、こう書いた。「兄さんの甥のオーベロン・アレグザンダーは、無分別にも婚約した……残念ながら相手はプロテスタントだが、可愛らしくて頭が切れる。彼女のことはよく知らないが、彼は運がいいと思う[72]」

二組の結婚を考えると、イーヴリンは暗澹とした気分になった。「目下、僕の人生は、二つの結婚式で、恐ろしく陰鬱で動揺している」と彼は五月に、ダフネ・フィールディングに宛てて書いた。「娘はあと二週間で、勤勉で文無しのヤンキーと結婚し、そのすぐあと、息子は可愛らしくて持参金がたっぷりあるイギリス娘と結婚する。しかし、騒動と出費は恐るべきものだ(73)」

テリーザとジョン・ダームズの結婚式は六月の初め、トーントンのカトリック教会で、ダーシー神父によって執り行われ、披露宴はクーム・フローリーで行われた。イーヴリンはのちにカトリックの友人に、指輪がテリーザの右手の指に嵌められたと打ち明け、こう付け加えた。「そのことが、婚姻無効の訴訟の理由になることを願っている(74)」。彼は、その結婚に反対という訳ではなく、結婚生活がうまくいかなかった場合、娘に逃げ道があることを強く願っていた（当節の心配性の両親が離婚や死別に備え「婚姻前夫婦財産合意《プリナップ》」を主張するように）――もちろん彼は、イーヴリン・ガードナーから解放されるまでの、いろいろな問題のことが念頭にあった。イーヴリンには、長時間の結婚式は「きわめて苦痛」だった。マサチューセッツからやってきたジョンの両親は「なかなか陽気な夫婦で、まったく疲れを知らなかった」けれども、ウォー家に数日滞在したその夫婦の驚くべきスタミナには、イーヴリンは、アン・フレミングに話したように、「参ってしまった(75)」が。皆が帰ってしまうと、彼は優しい調子で、「愛しい長女」に宛てて書いた。「お前はとりわけ素晴らしい夫を見つけたと思う。お前が幸せになるのは確かだ」

追伸として彼は、こう付け加えた。「きのうの『サンデー・タイムズ』に、議員のマシュー氏の書いた、父性についてのエッセイが載っている。父と子の幸福な関係にとって重要なのは、父と子供たちが入浴時に集まることだと彼は言っている。子供たちは、父の入っている浴槽の周りに立たねばいけないのだ。子供たちが服を着ていて乾いているのに、父が裸で濡れているのを見ることは、自信と平等の感覚を生む。お前にそうしてやれなかったことを済まないと思う[76]」

ブロンとテリーザの結婚式は一ヵ月後、ロンドンのウォリック・ストリートの教会で行われることになった。イーヴリンとローラが結婚した教会である。だが、結婚式の日が迫ってくると、イーヴリンは欠席する口実を探し始めた。ブロンは、その危険に気づいていた。前にイーヴリンを、軍の訓練期間終了パレードに誘うことにも、ハイドパーク・ホテルで開かれた彼の二十一歳の誕生日パーティーに誘うことにも失敗していたからだ。そのパーティーはチャップマン&ホールの費用で開かれ、ブロンの最初の小説『フォックスグラヴ・サガ』の出版祝いを兼ねたものだった。それはハードカバーで、たちまち一万四千部売れた。アレグザンダー・ウォーは、こう記している。「パーティーは、重要人物でごった返していた――首相、デヴォンシャー公爵夫妻、サー・アイザイア・バーリン、イーヴリンの多くの親友と旧友。だが、イーヴリンとローラは家にいた[77]」。ブロンは結婚式の一週間前、イーヴリンに宛てて書いた。「披露宴のあいだ、ずっと留《とど》まるだけの忍耐心があることを望みます――ともかくも、握手と写真撮影が終わるまで[78]」。数日後、イーヴリンは返事を書いた。「お前の妹のマーガレットが流行性感冒に罹っている。お前の母さんがお前の結婚式に出ているあいだ、わたしは家にいて、マーガレットの面倒を見なくてはいけないかもしれない[79]」。しかしローラが、結局彼が結婚式に出るようにした。

四日後イーヴリンはメグに、自分は結婚式から「ほぼ」回復したと話した。「わたしが回復していないのは、『サンデー・エクスプレス』に載った、わたしの写真からだ。自分がなんと年老い、でぶになったのか気づかなかった。わたしは何も食べていないので、酒のせいに違いない。日曜日以来、ワインもウイスキーもジンも、一滴も飲んでいない。今度会う時、お前は大きな変化に気づくことを願う[80]」。イーヴリンはその頃、毎日、蒸留酒半瓶とワインを一瓶飲んでいた。ひとたび厳しい節制が始まると、彼は間もなく、「小さな萎びた猿に縮まった」(81)と言った。そして、酒がなくとも淋しくないのに気づいた。禁酒すると頻繁に起こったことだが、寡黙になり、塞《ふさ》ぎ込んだ。ただ今度は、暗く沈んだ気分を晴らすのは、一層難しくなったが。

原注

＊1　今より素朴だった一九六〇年代初頭、『ニュース・オヴ・ザ・ワールド』はナンシー・スペインをコラムニストとして雇った際、紙面でこう告げた。「彼女は陽気で、挑発的で……どこにでも行く」

＊2　アントニー・ウェストの『遺産』は一九五五年にアメリカで出版されたが、イギリスで同書を出版すれば訴えるとレベッカ・ウェストが脅かしたので、同書がイギリスで出版されたのは、彼女の死後の一九八四年だった。

＊3　イーヴリンはおそらく、一九四一年にロンメルを襲った際に殺された仲間のコマンド、ヴィクトリア十字勲章受章者ジェフリー・キーズのことを考えていたのであろう。

＊4　ジョヴァンニ・マンフレディはクーム・フローリーで、牛飼いとしてばかりではなく給仕としても雇われていた。妻のマリアは料理をした。

＊5　レディー・テリーザ・オンズローは、イーヴリン・ガードナーのいとこの孫だった。

第23章 衰亡

「人は将来に対する好奇心をすべて失った時、自伝を書く齢に達する」[1]。イーヴリンが一九六一年七月、二つの結婚式のあと間もなく書き始めた、三部作になる予定の自伝の第一部『少しばかりの学問』は、そう始まる。三巻本は「二万九千ポンド以上——そう、六年間にわたり年に五千ポンドもたらす[2]」とピーターズに請け合ってもらったイーヴリンは、翌年出ることになっていた兄の回想録『アレック・ウォーの若い時代』の草稿を読むことから始め、「僕について君が言っている親切な事柄」に、読後感謝した。彼は、アレックの本を「深い関心と喜び」を覚えながら読んだと、如才なく兄に言ったが[3]、のちに娘のメグには、それは実際「さほどよくない——自分の性的冒険について、やたらに自慢している[4]」と言い、ダイアナ・モーズリー〔ブライアン・ギネスと離婚後、オズワルド・モーズリーと再婚した〕には、それは「困惑するほど暴露的[5]」だと打ち明けた。

二つの結婚式のあと、痩せるために節制をまだ続けていたイーヴリンは、アレックが「十日に一日、完全に絶食してベッドで過ごすことで猿のような体形を保つ[6]」のを習慣にしているのを知って興味を惹かれた。「日に二回、僕は小さなグラスでサイダーを一杯飲む」と彼は翌月、アン・フレミングに言った。「葉巻を吸う量は半分にした。まったく無口になった。時折、草刈り鎌を持って颯爽と出掛けるが、一時間後、疲れ果ててよろよろ戻ってくる」[7]

夏の終わり頃、イーヴリンがまたイギリスの冬から逃げ出したいと思っているのを知っていたピーターズは、彼が二十九年前に英領ギアナに行った跡を再び辿る手配をした。英領ギアナは、八月の選挙のあと、自治国になった。完全な独立を勝ち取る五年前だった。『デイリー・メール』は、五篇のエッセイの原稿料として二千ポンド（旅費も含め）払うことに同意し、さらに、「秘書」の費用も持つことにした。イーヴリンは、十九歳の娘のマーガレットを秘書として連れて行くことにした。「メグを連れて行く。彼女と一緒にいるのが楽しいからでもある」と、当時ローマに住んでいたテリーザに伝えた。「しかし、もっぱら、ロンドンで一緒に晩を過ごしている青年たちから引き離すためだ」[8]

オックスフォード大学に入れなかったマーガレットは、それまでの半年、ファーム・ストリート・ローマ・カトリック教会のイエズス会会員たちのために、殉教者についての小冊子を書いていた（「僕の娘の商売は聖人伝作者だ」と彼女の父は友人たちに話した）[9]。その教会のイーヴリンの旧友、フィリップ・キャラマン神父は、たちまち彼女に惚れ込んだ。彼はイーヴリンに、マーガレットの慎み深さと判断の健全さは、「彼女の齢以上に大人びている」と請け合った。「彼女は、君に対する深い敬愛の念から生まれた独立心と健全な感覚を持っている」[10]。しかしイーヴリンは、娘は仕事から離れると、「ノッティング・ヒル・ゲイトで、パブの梯子をしたり煙草を吸ったりして」[11]無鉄砲な放埒な暮らしをしているのを心配していた。前年彼は、彼女がブロンから部屋を借りるという計画に反対し、「お前はコンゴと同じくらい、〝独立〟するには早過ぎる」と言い、彼女が酔っ払ってみんなを心配させたあと、「すぐさま行って懺悔し」、以後は十分に慎むように、と忠告した。「どんなことがあっても酔ってはいけない、また、長時間、人目に立つほど浮かれてもいけない。わたしたちが望まないのは、『あのウォーの娘が、また酔っ払ってる』と人に言われることだ」[12]。別な折に、彼は彼女に宛てて書いた。「お前が無茶な運転をしていると聞いた。そんなことをしてはいけない。それは俗悪だ[13]」。メグが、一人のボーイフレンドとコテージで週末を過ごしたいと言うと、イーヴリンは彼女に宛てて書いた。「どんなに付添いが見張っていても、姦淫をしたい者を止《と》めることはできないのを、わたしは十分承知している。それはモラルの問題ではなく、礼儀作法の問題だ。生まれが良く、育ちが良い娘は、若い男と外泊はしない。生まれが良く、育ちが良い若い男は、娘がそうするのを期待していないし、もしそうすれば、尊敬しない[14]」。だが、悪い仲間（少なくともイーヴリンの目には）との付き合いは続いた。そして一九六一年の春、彼はアン・フレミングに話した。「メグは、人の家に押し入って、食料貯蔵室にある食べ物を食べ尽くし、ウィスキーをすっかり飲んでしまうチンピラ共と一緒に歩き回って、ロンドンで鼻つまみになっている[15]」

メグは週末には、よくクーム・フローリーに帰ってきたが、イーヴリンは、彼女と心ゆくまで一緒にいることはできなかった。というのも、彼女は金曜日の遅くに帰ってきて、土曜日は一日中寝ていて、日曜日にはまた出て行ったからである。時折彼は、愛情に飢えているようなことを言った。「もしお前がわたしを無視すれば、お前に対する関心を失うだろうと、わたしはちゃんと警告した」と彼は、テリーザの結婚式の直前にメグに宛てて書いた。「寛大な性格の者は、いつも貰うのではなく、与えたいと思うものだ。慎重な性格の者は、自分が頼っている者に、ずっと気に入られていようとする。名誉を重んずる性格の者は、約束を守る[16]」。その後、彼は彼女に次のことを思い出させた。「アレック・ウォーはお前の齢だった時、父に毎日手紙を書いたものだ[17]」。しかし、イーヴリンが暗に言ったように、メグは、彼が彼女にぞっこんだったと同様、彼にぞっこんだった。「わたしがこの世で誰よりもパパを愛しているのを知っているでしょう」と彼女は、やや怒った手紙を父《ちち》から貰ったあとで書いた。「わたしを愛するのをやめないで。やめたらわたしは耐えられないでしょう……パパ、わたしはロンドンで暮らすのを諦め、家にずっといることにします、それがお望みなら。ここのわたしの友達を、パパを愛している四分の一も愛していません(18)」

二つの結婚式のあいだに、末娘のハリエットがその年の夏、学校を卒業することになり、ロンドンのどこかで暮らす必要があったので、イーヴリンはダイアナ・クーパーに手紙を書き、彼女がリトル・ヴェニスで新たに手に入れた家の地階について訊いた。「僕は娘のメグとハティー〔ハリエットの愛称〕が、この秋一緒に住むことができ、信用できる友人が二人を監視することのできる部屋をロンドンで見つけたいんだ。二人は、必要なら、侍女として忠実に義務を果たすことができるだろう」。ダイアナは、大歓迎の旨の返事をしたので、すぐさまイーヴリンは「娘に関する基本的データ」を彼女に送った。

ハリエット。十七歳。低い知力、高い品格。君に対する父の深い愛を受け継いでいる。君を社交界、文学、ハイ・ポリティックス〔軍事・外交・対外経済政策等〕の淑女としてよりは、劇場の淑女と見なしている。彼女は微笑むと可愛らしい。よく微笑む。時に、ひどくむっつりとなる。田園生活にはなんの歓びも見出さず、都会についてもなんの知識もない。演劇に強い興味を示す。強烈なユーモア感覚。純潔で、真面目で、結婚したいと思っているが、自分の市場価値を過大評価していて、由緒ある貴族の長男しか自分にふさわしくないと思っている。身綺麗で節約家。外国語をひとことも学ばずに今学期学校を出るので、外国の花嫁学校には不適格。父がベイルートの英国大使館に勤めている学校友達と、八月と九月の最初の三週間、そこに行く。そのあと、彼女は問題になる。彼女は手下として実に面白く、役に立つということがわかるだろう。綴りがまったく駄目。秘書としての資格なし。

メグ。十九歳。ファーム・ストリート教会でイエズス会員と一日中「働いて」いる。無一文の青年たちと夜通し飲んでいる。金のかかる趣味。純潔だが放縦。僕が近くにいないと煙草を吸う。愛情はあるが欲が深い。やはり、君に対する父の愛を受け継いでいる。不潔が習い性。常に借金。目下、いとこのアン・フレイザーと住んでいる（S・W・一〇、ドレイトン・ガーデンズ六〇番地、フリーマントル九〇〇〇〔電話番号〕）。アンは今赤ん坊が二人いて、彼女を厄介払いしたがっている。僕は彼女に一人暮らしをさせたくない。彼女は、一緒に住む適当な相手が見つからない。彼女をハティーと一緒に住まわせるのはよくないだろう。彼女はハティーの面倒は見ないだろうし、ハティーは終日、何もすることがないだろう。メグは君の提案する家事の手筈については、なんでも熱心に口を出すだろうが、ほかの者が骨折って働いているあいだ楽しく喋るだけで、自分では何もしないだろう。僕は彼女と一緒にいることがなんとも素晴らしいので、それが彼女の嘆かわしい欠点の償いになっている。[19]

その計画は、ダイアナがロンドンに戻るのが遅れたので延期になり、結局は流れた。しかしその頃にはイーヴリンは、メグをギアナに一緒に連れて行くという考えをすでに抱《いだ》いていた。キャラマン神父はその考えに大賛成で、「彼女はここで日中働き、それから週に四晩か五晩パーティーに行き、真夜中過ぎまで帰らないという暮らしを続けるほど頑健ではない。長い休息こそ、彼女が必要としているものだ」と言った。[20] アン・フレミングには、イーヴリンはこう書いた。「ちょっとのあいだラム酒に替えるのが彼女［メグ］にとっていいことだろう。ポートは、彼女の鼻を炎症させている[21]」

イーヴリンの戦争三部作の最終巻『無条件降伏』は、二人が出発するちょっと前に出版され、「困窮の歳月の子供、我が娘のマーガレットに」献呈された。いつものことだが、イーヴリンは批評家の意見より友人や家族の意見の方に関心があった。そして、大方の者は、それは「君がこれまでに書いたどんなものにも劣らず良いと思う」と考えているようだった。[22] モーリス・バウラは、「変幻自在な言葉の使い方、文章の佇まい、臨機応変な語彙。なんとわたしは君を羨望することか……」と絶讃した。[23] イーヴリンの義母のメアリー・ハーバートは、こう思った。「ガイの父の死と葬式の素晴らしい章は、カトリック教徒の暮らしの核心と、さらに田園生活と地主階級の消えゆく関係の核心についての一切の大事なことを、なんの誇張もなく書いている」

　書評の中で飛び抜けてべた褒めだったのは、『サンデー・タイムズ』に載ったシリル・コノリーの書評だった。この三部作は「疑いなく、今度の戦争から生まれた最良の作品」だと賞讃した。[24] エヴァラード・スプルースと、彼が創刊した雑誌『サヴァイヴァル』は、コノリーと『ホライズン』の意地の悪い戯画だとアン・フレミングがコノリーに教えたことを考えると、それは驚くほど寛大な讃辞である。「人を不快にさせるのは、イーヴリンが、あまり彼らしくないと同時に十分に彼らしい」とバウラはフレミング夫人に書き送った。「イーヴリンが、彼を苦しめたいという、そうした衝動を抱えているのは悲しいことだ。それは、愛情の一つの形式に違いない[25]」。フレミング夫人が悪戯心《いたずらごころ》から介入した結果、「非常に長く、常にやや危なっかしかった友情[26]」と自分が呼んだものが壊れるのではないかと恐れたイーヴリンは、関係を修復しようと全力を尽くした。「もちろん、ロンドンには想像力の働きについて理解していない馬鹿者がいて、連中の趣味は、フィクションをゴシップ欄として扱うことだ」と彼はコノリーに書き送った。「しかし、僕を悲しませるのは（もし本当のことなら）、僕が大事な友人をおおやけに戯画化すると君が考えているということだ[27]」。コノリーは、依然として懐疑的だった。「君の伝記の索引で僕を調べる者同様、後世の人間は僕らの友情を信じることはないと思う！[28]」イーヴリンは十一月末に英領ギアナの船旅に出る準備をしていた際、半ば愛し半ば憎んでいた友人を宥めようと、こう言って最後の別れを告げた。「アマゾナスの血吸い蝙蝠はいまや狂犬病に罹っているので、僕らは二度と会わないかもしれない[29]」

奇妙な偶然で、イーヴリンとメグが乗った、カリブ海に向けて出港した船は、彼と最初の妻が一九二九年に地中海を航行したステラ・ポラリス号だった。今度の旅は、遥かに楽しかった。「リトル・メグは、旅の伴侶として合格だった」とイーヴリンは、帰国するとダイアナ・クーパーに書き送った。「最悪の嵐の中でどんな小さな船に乗っても決して船酔いにならず、不快なことがあっても決して文句を言わず、時折ちょっとした贅沢をすると大いに感謝した。僕らは、老衰した文士で一杯の、可愛らしいフランスの蒸気船で帰ってきた。いまや彼女はおとなしくなった。そして、地球を周航したがっている[30]」。テリーザには、こう書き送った。「メグは今度の旅のあいだ中、五十歳以下の者には会わなかった。老人に対する可愛らしいマナーを身につけつつある[31]」

旅行中に彼らを招いてくれた者の中に、六十歳のヘイルズ卿がいた。チャーチルのかつての個人秘書で、その時は、間もなく消滅する西インド諸島連邦の総督だった。トリニダード島でヘイルズ夫妻の家に泊まり、楽しく贅沢な思いをしたイーヴリンは、アン・フレミングから、「イーヴリンはひどく退屈な男だとヘイルズ夫妻は思った」と聞かされ、唖然とした。それは、彼女がクラリッサ・エイヴォンから聞いた噂だった。「いやはや、これは驚いた[32]」とイーヴリンは、最初、レディー・エイヴォンが誤解したのに違いないと確信して、ダイアナ・クーパーに書き送った。その後、真相がわかると、彼はナンシーに宛てて書いた。

ヘイルズ夫妻を退屈させたということについて説明しなくてはいけない。なぜならそれは、若い者が言う僕の「トラウマ」になっているからだ。ヘイルズはかなり若い政治家だった。君はパトリック・バカン＝ヘップバーン〔ヘイルズ男爵になる前の名前〕として知っていたかもしれない。僕は、何年も前に彼をちょっと知っていた……僕は彼の妻は知らなかったが、会ってみると好感を抱いた。二人は、メグと僕をとてもよくもてなしてくれた。大事な点は、二人とも僕の訪問を愉しんだと僕が確信したことだ。僕の訪問は、二人の公式の訪問客の大方とは違う、よい気分転換になる、と僕は思った。僕がトリニダード島にちょっと戻ると、二人は副官を寄越して、僕を、いわば引きずり戻した。僕は大声で長時間喋り、二人は盛んに笑った。そして今、僕が二人を退屈させたことがわかった。そう、もちろん、誰でも、誰かにとっては退屈な人間だ。それは、わかる。しかし、もし、自分が退屈な人間だという自覚を失くせば、それはひどい話だ。それは、僕が二度と外に出られないことを意味するのが、君にわかるだろう(33)。

イーヴリンの自尊心は、一週間ほどのち、〈ホワイツ〉での出来事で、またも打撃を受けた。「僕は午後七時に、ホールに坐っていた。誰にも迷惑をかけずに。すると、名前は知らないが顔だけは知っている男——僕より年上で、同じ背恰好で、良い服を着ている平民だ——が、近づいてきて言った。『なんで独りなんです?』『誰もわたしに話したがらないからですよ』。『なぜなのか、はっきり言ってあげましょう。あなたはそこに、槍で刺された豚みたいに、でんと坐ってるからですよ(34)』」

ナンシーは、すぐさまイーヴリンを安心させた。「あなたはほかのなんであろうと、あなたは退屈な人ではありません。バカン＝ヘップバーンのような輩には、あなたのことはわからないのだと思います。昔の舞踏場時代の記憶では、あの男と踊るのは金輪際ご免だったでしょう(35)」。ただし彼女は、妹のデボ〔デボラ〕・デヴォンシャーが、「あなたの言うのをわたしが聞いた事柄から判断して（わたしはそれを人には言わなかったけれど、ほかの人は言い触らしました）、怒るのももっとも(36)」だとも言った。イーヴリンは、前々からデボを賞讃してはいたが、その頃、酔って無礼なことを言って、やはり自分から遠ざけてしまったのである。そうしたことは、「ピンフォールドの強い被害妄想」を生むことになった。彼は自伝をなんとか書き進め、[*1]仕事に戻ろうとしたが、四月にメグに、自分は「気分がすぐれず、意気消沈している」ことを認めた[37]。

メグの気分は、カリブ海から戻ってきて以来、相当に昂揚した。とりわけ、イーヴリンからの沈んだ手紙を受け取った頃には、彼女は熱烈な恋をしていたからである。彼女の新しいボーイフレンドは、ジャイルズ・フィッツハーバートというアイルランド人で、彼は一九五〇年代にピクストンで、少女だった彼女に初めて会ったのだが、彼女を本当の意味で意識するようになったのは、一九六二年三月、イーヴリンが「夜郎自大《スコファーズ》」と呼んだ友人たちと共有していた彼女のフラットに行って、グランド・ナショナルを観た時だった。マーガレットは、当時「大変内気で、ぎごちなく」見えたが、フィッツハーバートは、スコファーズの中でも並外れた彼女の知性に感銘を受けたことを覚えていた。スコファーズの中には、将来の首席裁判官トム・ビンガムがいた。彼女は「言語明晰で、信じ難いほど明敏」だったと彼は回想している。「誰もがそれに気づいた。彼女は大袈裟に喋り立てたり、世間話をしたりしなかった[38]」。八月の初め、マーガレットとジャイルズは車でクーム・ソローリーに行き、イーヴリンに結婚の許しを求めた。そのあとジャイルズは「あのような宝物を、あれほど稀な潔さで下さった」ことに対して礼状を書いた[39]。

「そう、彼女はぞっこん惚れ込んでいて、婚姻の完成を禁じる気にはなれない」とイーヴリンはナンシーに宛てて書いた。「彼は文無しのアイルランドの株式仲買人の事務員で、フィッツハーバートという名だ。家柄はいいが、少々育ちの悪い、不良っぽい風貌だ。二十七歳で、全然仕事をしたことがない――株式仲買人の事務員の仕事は、婚約をした日に始めたのだ。さほど敬虔ではないカトリック教徒で、父親は名誉の戦死をした。僕は、兄には会うのは許されなかった。兄は一家の恥なのではないかと思う（僕の兄のように。その点ではローラの弟のように）。彼女には、旧弊な父親が好んだような何人かの求婚者がいたが、フィッツハーバートでなくてはならなかった、だから、そういう訳だ。彼女は子供を欲しがっている。それは、僕には彼女にちゃんとした形で与えられないものだ。あと十年すると、彼女は何人もの子供を連れて僕の家の玄関先に戻ってくるだろう(40)」

アン・フレミングはイーヴリンに同情した。「娘さんがいなくなって、あなたはひどく淋しがるでしょうから」。そしてダイアナ・クーパーは、その時を「あなたのために大変恐れていたのです――それは、自分の宝を、寛大に認める風をして他人に渡さねばならぬ際に、わたし自身が経験した時です「彼女の一人息子のジュリアスは、二十二歳で結婚した(41)」」と手紙に書いた。それは実際、「苦い丸薬で、飾らぬ真実だ」とイーヴリンは認めた。「もし、嫉妬とスノッブ根性以外の理由があったなら、僕は、この結婚を禁じただろう。実際には、僕は嬉しそうなふりをしている。リトル・メグは、僕が与えられないような愛を得る機が熟している。だから僕は、名誉降伏という形で降伏する――実際は、戦争をした訳ではないが……僕はメグで、愛の対象を見つける能力を使い果たしてしまったように感じるのだ。人は、愛の対象なしに、どうやって生きるのだろう？　僕には、老人に売春婦を追い回させる底抜けの陽気さはない(42)」

イーヴリンは、ダイアナに手紙を書く前日、彼の最後のフィクションになるもの、『バジル・シール、再び元気になる』を書き始めた。それは、『黒い悪戯』（一九三二年）と『さらに多くの旗を掲げよ』（一九四二年）の主人公の最後の登場だった。バジルは常にイーヴリンの性格の要素を具えていたが、これまで以上に、いまや六十になったイーヴリンの自画像に近くなった。友人たちは、自分の娘の結婚計画に対するバジルの嫉妬と、マーガレットを手放すことについてのイーヴリン自身の気持ちの類似に気づかざるを得なかった。また、この小説の中の父娘関係に見られる近親相姦的な潜在的性質にも気づかざるを得なかったろう。「二本の腕が彼の首を抱き、自分の方に引き寄せた。糊の利いた彼のワイシャツの隆起した部分の上に傾いている敏捷な肢体。頬は彼の頬に押しつけられ、歯は彼の耳朶を優しく齧った……彼は身を振りほどき、彼女の尻を音高く叩いた[43]」

マーガレットとジャイルズは十月二十日に、リッチモンドにある〈ポルトガルのセント・エリザベス〉カトリック教会で結婚した。披露宴は、キューに住む、二人の友人のジョン・チャンセラーの家で行われた。メグは、元は曾祖母のイーヴリン・ドヴェシのものだった正装用衣裳箪笥にあった茶会服を着た。「それを着ると大層可愛らしかった」とイーヴリンはダフネ・フィールディングに話した。「そして、黒いビロードの帽子と赤いブーツで新婚旅行に出掛けるというのは大変面白かった[44]」。イタリアでハネムーンを過ごしていたメグはイーヴリンに、結婚式で「とても素敵に振る舞ってくれた」ことを手紙で感謝した。また、その前に、「わたしの婚約について、大層親切だった」ことにも感謝した。「あなたは、世界の歴史の中で人が持ちうる最高の父親です――実際、お世辞でもおべんちゃらでもありません。本気です。そして、わたしたちが離れることはありません――わたしは、週末にはできるだけ頻繁に家に行きます――ジャイルズは気にしないでしょう[45]」

自分の生活は「過剰な結婚式で大いに乱された」とイーヴリンは友人たちに話した。そして、三人の上の子供たちが相次いで結婚したことは、まだ家にいた下の子供たちによって償われたようには見えなかった。「ジェイムズとセプティマスの休暇は、まだあと六日ある」と彼は九月にアン・フレミングに書き送った。「ああ、地獄だ[46]」。その年の夏に彼の最初の孫娘ソフィア・ウォーが誕生したことは、仕事がひどく邪魔される恐れを意味していた。「ブロンは、娘をここに泊まらせることを、不吉な口調で話している」とイーヴリンはテリーザに書き送った[47]。

その年の秋は、自伝の最初の草稿を推敲することに費やされた。「僕は苦労しながら弄《いじ》り回している」と彼はダフネ・アクトンに言った。「問題は、自分に（芯から）関心が持てないこと、また、友人たちが生きているあいだは、彼らについて率直には書けないことだ」(48)。ナンシー・ミットフォードには、こう書いた。「僕は学校で一緒だったさまざまな者に手紙を出し、自分たちの非行を暴くことに異議があるかどうか問い合わせている。それは、いくつかの悔い改めた胸に、季節に合った冷気をもたらしたかもしれない。君は会ったことはないと思うが、ホット＝ランチ・モールソンという尊大な馬鹿者がいる。僕は、一九二一年から二二年までの彼の悪行をすべて日記に記録してある。おそらく彼は、この国から高飛びするだろう」(49)

イーヴリンがモールソン卿に手紙を書き、学校でキリスト昇天日に彼が「酔っ払った」ことを書いてもいいかと訊くと、モールソンは、人の興を殺《そ》ぎたくはないが、「自分の弱点は完全に克服されていない」という事実を考えると、それは「わたしの妻をひどく動揺させるだけではなく、ハイ・ピークの忠実な友人たちをも動揺させるだろう」と答えた。ハイ・ピークは、彼が一九六一年に貴族になる前、議員だった頃のダービーシャー州にある自分の選挙区だった(50)。

結局、イーヴリンはモールソンについて、キリスト昇天日よりずっと前のことを書いた。彼は本名は書かなかったものの、「プリターズ」と「ホット・ランチ」という綽名を使ったので、彼のダービーシャー州の選挙区民にはわからなかったとしても、それが誰か多くの者が完全に知ることになった。やがてイーヴリンの自伝が一九六四年に出版されると、ジョン・ベッチェマンはイーヴリンに手紙を書き、「ホット・ランチ・モールソンは、なんと愛すべきほど滑稽に見えることか」と祝福した(51)。

モールソン同様慌てたのは、彼の仲間の貴族、マシュー・ポンソンビー（その時までには卿）だった。治安判事の彼は、一九二五年に泥酔の廉で逮捕された事実がほじくり出されるのをありがたがらなかったろう。だがほかの者は、驚くほど平然としているように見えた。アーノルド・ハウス校でイーヴリンの同僚だった、少年相手の隻脚の男色家ディック・ヤングが最も平然としていた。イーヴリンは、彼がウィンチェスターの救貧院にいるのを突き止めた。「結構だとも、僕に関する限り〝公表するならご随意に〟」とヤングは陽気に返事をした。「僕は自分がグライムズ大尉のモデルなのを、いつも嬉しく思っている」(52)

数日後、彼はまた手紙を寄越した。

ついでながら、「公表するならご随意に」と言うのは、僕を――「地元の教区司祭」であるセント・クロス〔救貧院の名〕の院長の頭の中で――君と少しでも結び付けるようなスキャンダルには君が言及しないのを信用しているからだ。人は誰でも実際以上に高く評価される資格はないのは本当だ。しかし僕は、ある程度「身元保証人」の推薦でセント・クロスにいるので、自分に関する「疑念」が広まると、至って具合の悪いことになるだろう。もっとも、僕らの修道僧の何人かも、過去に、わざわざ人の注意を惹きたくない出来事があったかもしれないが！(53)

それだけ言うとヤングは、「グライムズ大尉」という偽名で自分の非行がイーヴリンの自伝ですっかり語られるのに異議を唱えず、やがてその自伝を読むと、それはすべて、かなり「ノスタルジック」だと思ったという手紙をイーヴリンに寄越した。(54)

イーヴリンとローラは一九六三年の一月の多くをクーム・フローリーで雪に閉じ込められていたので、二月に南フランスのマントンに逃げ出した。しかし、病床にある教皇ヨハネ二十三世の五千ドルで請け負った死亡記事を前もって書くため、早めに戻った。教皇は六月に死んだ。その年の春、マーガレットとブロンの妻のテリーザは、共に妊娠したことを皆に告げた。「これらの孫の少なくとも何人かは、老齢のあなたの喜びの源泉になることを望んでいます」とブロンは書いた。「孫に髯を引っ張らせますか？」[55]十月の六十回目の誕生日の直前に、イーヴリンは娘のテリーザも妊娠したと聞き、祝福の手紙を書いた。「ジョンは、子供がアメリカの土の上で生まれることを熱望しているのだろうか？」と彼は訊いた。そうでなければ、「子供が僕らの良き女王の臣下になるように」テリーザの飛行機代を払うと申し出た。「その子が共和主義的感情を強く抱くなら、丁年に達した時、いつだって忠誠の義務を放棄することができる」[56]

　イーヴリンは五十九歳で早くも老人のような気分で、「非常に足が不自由だ」とアン・フレミングに話した。「体重があり過ぎる。足が悪いので歩いて体重は減らせない。悪循環だ」[57]。彼が次第に衰えると、庭師の「コギンズ」（本名はウォルター・コガン）は、家庭菜園でローラに、うやうやしく農事の知恵を授ける時間が段々と増えるようだった。ついにイーヴリンは、彼のことを「僕のライバル、コギンズ氏」と呼ぶようになった。「コギンズは、この屋敷の完全な主人になった」とイーヴリンは八月の末に報告した[58]。九月に、イーヴリンはメグに言ったように次第に体調がすぐれなくなったので、ニュー・フォレスト〔イングランド南部の森林地帯〕にある健康道場《ヘルス・ファーム》に予約した。「さて、マダム」と、イーヴリンが二週間いなくなると聞いたコギンズが、ローラに言うのが聞こえた。「これで、わたしらは本格的にやれますな」[59]。ヘルス・ファームで一週間ほど過ごすと、イーヴリンはアン・フレミングに書き送った。「僕は十三ポンドと、元気をすっかり失った」[60]

　しかし、六十歳の誕生日を過ぎると、イーヴリンは明るくなり始め、「老いていることに満足している」と、一人のいとこに話した。「いまや誰も、僕が何かを運ぶのを期待することはできない」[61]。彼はまた、身近な家族以外の誰にも、旧友にさえも会わずにいて満足だった。その年の十一月に開かれた、オックスフォード大学鉄道クラブの四十周年の集いも「ひどいもの」と感じた。テレンス・グリーニッジが出席していて興味深かったが。グリーニッジは、脳のかなりの部分を摘出したと言った。その結果、「非常に陽気」になったとイーヴリンはアルフレッド・ダガンに話した。しかし、「彼を人に愛される人物にしていた特質の大方」もなくなっていたと付け加えた。[62][*2] クーム・フローリーでのクリスマスは、例によって「地獄」だったとイーヴリンはメグに言ったが、彼は少なくとも、「男子の血統の孫が出来て嬉しかった」。ブロンの妻のテリーザが、一九六三年十二月三十日に息子を産んだのだ。のちに息子はアレグザンダー・イーヴリン・マイケルと名付けられた。

『少しばかりの学問』は、やがて一九六三年の終わりに書き上がり、一九六四年の秋に出版された。批評家はおおむね讃辞を呈したが、何人かは、少々控え目だと思った。V・S・プリチェットは『ニュー・ステーツマン』で、イーヴリンは「心の内奥を明かす、というよりは思慮深い自伝作家である……彼は、蓋をしている」と言った。[63] イーヴリンは、のちにダイアナ・モーズリーに、こう認めることで、その見解に事実上同意している。「それは、偽りは何も言っていないという意味で真実だが、もちろん、たくさん省略している」。[64] アントニー・バージェスは、自伝の「ギボン風クラシシズム」に喜んだが、「それは演技、ポーズであって、フィクションの才能同様、父のもっとディケンズ風の芝居っ気に由来している」と確信した。[65] ごくお手柔らかに扱われたことに安心したらしいアレック・ウォーは、『少しばかりの学問』を「重要な本である、なぜなら、それは現代の最も重要な作家の一人の播《は》種《しゅ》期を描き、解釈しているからである」と評した。[66] イーヴリンの友人の中でキャサリン・アスキスは、予想されたことだが、グライムズ大尉に関する部分に動揺したものの、総じて同書は「人を夢中にさせ……ある所は大層楽しく——ある所は恐ろしいほど物悲しく、ある所は大層滑稽で、すべてが大層美しく語られている」と思った。[67]

ウォーの自伝を読んで一番惨めな思いをしたのは、ランシング校時代のイーヴリンの「手下」、ダドリー・カルーである。イーヴリンはカルーの名前は出さなかったものの、自伝の中で、自分が「魅了し支配した」、「別の寮にいた少年」として、カルーを意地悪く書いている。「いつも君の幸福を願っていた者を、なんで故意に侮蔑するのか、理解に苦しむ」とカルーは、彼の自伝を読んだあとで、彼に書き送った。「僕は何年にもわたる君の何通もの長い手紙を持っているが、それには、君が一学期か二学期、寛大にも庇護した薄馬鹿の取り巻きの地位に僕を落としてしまっている、軽蔑心に満ちた僕らの友情の殴り書きの戯画とは非常に違ったことが書かれている……僕が尊重している意見の持ち主の多くは、君が余計な鍵を提供しているおかげで、〝別の寮にいた少年〟であるグロテスクな人物が僕だということに気づくのに、ほとんどなんの苦労もしないだろう。僕の気持ちについて言えば、君はなんともひどく傷つけた[68]」

事実を正しく記録しようと、カルーは十年後、自分自身の回想録(『友情の断片——若かりしイーヴリン・ウォーの思い出』)を出し、『少しばかりの学問』は「イーヴリンが書いた最悪の本」と言っているが、その苦々しい調子は、イーヴリンがかなり辛辣なペンで作り出した印象を強めただけだった。いずれにせよ、『少しばかりの学問』が出た頃には、イーヴリンは歯を急速に失いつつあった。比喩的にも、文字通りにも。「最後の歯が無くなったら、塩で歯茎を強くし、柔らかい食べ物を食べる」と彼は十月にダイアナ・クーパーに言った[69]。しかし、十二月には、こう告げた。「新年に、たくさんの新しい歯を買い、役に立つかどうか見てみよう。僕の食欲不振の原因の大方は、ぐらぐらする、残り少ない歯で噛むことの退屈さにある。物を食べないと、瓶に頼る——酒と薬の。人は空腹では眠れない[70]」

「僕は歯ブラシを持っているが、歯がないので余計な持ち物だ」と彼は新年に、アン・フレミングに宛てて書いた。「どこにも招待されない婦人のティアラのようなものだ[71]」。一九六五年三月、イーヴリンは新しい一組の入れ歯を入れるため、ぐらぐらしている数少ない歯を抜いてもらった。その際、父と同じように麻酔薬を使わずに、そうしてくれと言い張った。「もし僕がくたばったらローラに迷惑をかけるだろうが」と彼は、前もってナンシー・ミットフォードに言った、「それ以外は、なんの心配もない(72)」。入れ歯を入れた二ヵ月後、彼女に言った。「ホンクス［ダイアナ・クーパー］は、僕が死にかけていると、みんなに言っている。それは本当とは思わない。しかし、新しい歯のせいで、威厳と快楽の点で苦しんでいる。仕事は何もしていない(73)」

だが、新しい入れ歯は最初は具合がよかったものの、完全な成功ではなく、数ヵ月後、彼は言った。「食べる術《すべ》を失った(74)」。総じて、それまでの十二ヵ月は、歯の治療によってだけではなく、何人かの死によっても、彼にとってかなり暗いものだった。まず、アルフレッド・ダガンが死に、続いてベイビー・ユングマンの息子リチャード・カスバートソンが自動車事故で死亡し、それからハリー・イルチェスター（伯爵になる前はスタヴァーデイル）とフィル・ダンが死んだ。「葬式のない二週間はなかった」とイーヴリンは五月にナンシーに話した。「イアン・フレミング［一九六四年八月に死んだ］は、インテリゲンチャによって聖者の列に加えられつつある。ひどく変な話だ(75)」

九月にエドワード・オールビーの『ヴァージニア・ウルフなんて怖くない』を観に行ったあとイーヴリンは、ナンシーに告白した。「今時のどんな劇や映画の筋も追えない。それが僕の衰退のせいなのか、彼らの衰退のせいなのか、わからない(76)」。しかし、彼の最大の悲しみは、第二ヴァチカン公会議の結論に失望落胆したことから生まれた。同会議で、ラテン語のミサが根本的に変わり、司祭の役割から神秘性が取り除かれ、ラテン語が母国語に替わった。その結果イーヴリンは、いまや教会に行くのを嫌った。「教会を駄目にしてしまったことは、僕にとって、また、僕の知っているみんなにとって深い悲しみだ」と彼はナンシーに話した。「僕らは新聞に投書する。そうしても無駄だが(77)」。

「僕より気にしている者はいない」と彼はアン・フレミングに書き送った、「そして、僕より何もできない者はいない[78]」。

彼が次第に陰鬱になっていくので、友人たちと家族は心配し始めた。「わたしが出て行く前には、そんなに気分の沈んだパパを見たことがありません」とメグは、十二月の初めにイーヴリンに宛てて書いた。「これまでより持続的で根深い鬱状態のように見えました。愛しいパパ、惨めな気分でいないで下さい――生意気だと思うかもしれませんが、これは愛情から書いているのです――パパの問題は、サクラメントにあまり行かないことです。信仰を維持しなければ、信仰がこうした鬱の猛攻撃に耐えることを期待することはできません[79]」

イーヴリンは答えた。「お前はわたしの状態について心配してはいけない。わたしは老いつつあり、老人は、いろいろな種類の異常に苦しむ。睡眠薬は、例えば、酒を飲むことや、若い女や男を追い回すことより害もなく、罪深くもない。もちろん、聖人であることの方がいいだろう。しかし、聖人を選ぶのは神だ。これから先恐ろしいのは、わたしがあと二十年以上生きるかもしれないことだ。その期間に、わたしが〝来世への心構え〟が出来るように祈ってくれ給え。わたしは、もっともっと退屈な人間になるのではないかと恐れている。わたしの耄碌《もうろく》でお前の気分が重くならないように[80]」

いまやマーガレットは、父が本気で自殺をしようとしているのではないかと恐れた。「お願いだから、パパ、お医者さんに診てもらって――ちゃんとした専門医に。パパの胃は多分縮まったのでしょう、あるいは、縮まるのは確かです。パパは、目に見えて肉体的に次第に衰弱していっています……もし、［死後に］永遠というものがなければ、生命は貴重です、そして、もしあっても、生命はやはり貴重です。永遠は未来永劫に続きます。［自ら命を絶って］永遠をさらに長くするのは意味がありません[81]」

イーヴリンは、年が明け一九六六年になるとやや持ち直したが、前年に約束した十字軍についての本の原稿を早く渡してくれと、ある出版社からせっつかれると、彼は絶望気味に答えた。「ヴァチカン公会議の結果、一時的に理性が失われたと、彼らに言ってくれ給え」とイーヴリンはピーターズに頼んだ。「なんとでも言ってくれ給え。僕の無謀な約束から解放してくれるよう、彼らに言ってくれ給え」[82]。彼はその代わり、自伝の第二巻に集中するつもりだった。だが、それは完成しないだろうと、クリストファー・サイクスに、かなりはっきり匂わせた（サイクスは、第二巻で自分がどう書かれるのか、心配していた）。「僕の人生は、おおまかに言って、終わった。ろくに眠れない。時たま朝、よく眠れることがあるくらいだ。僕は、遅く起きる。手紙を読もうとする。新聞を読もうとする。ジンを少し飲む。また新聞を読もうとする。もう少しジンを飲む。自伝について考えようとする。それから、もう少しジンを飲む。そして昼飯の時間になる。それが僕の暮らしだ。ひどい話だ」[83]。友人に出す手紙の所々に、間接的に死が言及されるようになった。「モーリス［バウラ］」が、彼の回想録の、僕に触れている箇所の抜粋を送ってくれた（頼まなかったのだが）」とイーヴリンはアン・フレミングに言った。「死亡記事のように、うやうやしく、愛情の籠もったものだ」[84]

一九六六年四月十日、イーヴリンは復活祭の日、クーム・フローリーから五マイル離れた、市《いち》の立つ町ウィヴェリスカムにあるカトリックの礼拝堂で行われたラテン語のミサに出席した。ローラ、ハティー、ジェイムズ、セプティマス、そしてフィッツハーバート一家全員――マーガレット、ジャイルズ、二人の小さな娘エミリーとクローディアが同行した。ミサは、ピクストンに滞在していたフィリップ・キャラマン神父によって執り行われた。イーヴリンは驚くほど陽気で、穏やかで、誰に対してでも、オーベロン・ハーバートに対してさえ、親しげに見えた。オーベロンも、母のメアリーと姉のブリジットと一緒に会衆の中にいたのだ。そのあと一同は揃って車でクーム・フローリーに戻った。

そこでもまたイーヴリンは、全員が午前の間《モーニング・ルーム》に集まると上機嫌だった。そのうち彼は部屋を出て、書斎に行った。のちにそこで、ロビン・アンダーソン教授というカトリック教徒の学者に宛てた、四月十日付の葉書が発見された。「君の興味深い同情的な手紙に大いに感謝。僕らは暗い時代に生きている。僕は、それが明るくなるのを見るまで生きられない[85]」

それが、イーヴリンの最後に書いたものであるのは、ほぼ確かである。昼食の時間になっても彼が姿を現わさなかったので、みんなが彼を捜した。当時十五歳だったセプティマスが、やがて階下の便所のドアをノックすると、中から鍵が掛かっていた。返事がなかったので彼は、高い窓から中が覗けるようにと梯子を持ってきた。すると、父が心臓麻痺を起こして床にぐったりと倒れているのが見えた。ショックを受けたセプティマスは、十九歳の兄のジェイムズを大声で呼んだ。ジェイムズは窓まで登ってなんとか中に入り、ドアの鍵を外した。それからイーヴリンは廊下に引き摺《ず》り出された。廊下で、フィッツハーバート家のアイルランド人のナニー、モーリーン・リーガンが、口移しの人工呼吸蘇生術を試みた（その努力で、彼女はその後「看護婦《ナース》リーガン」と呼ばれるようになった）。その日の朝、イーヴリンがミサを執り行った謝礼として十ギニーの小切手を渡したキャラマン神父は、条件付き罪の赦しを与えた――「Si vivis, ego te absolvo a peccatis tuis. In nomine Patris et Filio et Spiritus Sancti, amen[*3]」。それからキャラマン神父は、ウィヴェリスカムの司祭フォーモーサ神父に、死者に塗るための油を持ってこさせた。当時、ブロンとテリーザはハンガーフォードに住んでいて、二人の幼い子供、ソフィアとアレグザンダーをナニーと一緒に家に残し、友人たちと長い昼食をとっていた。その晩、家に戻ると、一人の警官が玄関の石段に立っていた。ブロンは、子供たちに何か恐ろしいことが起こったのではないかと咄嗟に思ったが、そうではなく、父がサマセットで急死したことを知り、「自覚的安堵感」を覚えた。

ブロンはさらに考えてから、こう書いた。「復活祭の日に聖体拝領のあとで、身内に囲まれ、身体的、精神的機能が長きにわたって徐々に衰えることなしに死ぬというのは、安楽死と考えるべきである[86]」。マーガレットも、打ちひしがれはしたが、慰めになる根拠を見出した。「パパのことで、そんなに動顚しないで下さい」と彼女は父の大の友達、ダイアナ・クーパーに宛てて書いた。「パパがどんなに死にたがっていたか、ご存じでしょう。そして、典礼がすべて死と復活についての復活祭の日に、ラテン語のミサと聖体拝領のあとで死ぬというのは、パパがまさに望んでいたことでしょう。パパがミサで死を願って祈ったのは確かです。わたしは、パパのために、とても、とても喜んでいます[87]」

原注

＊1 「僕は自伝で［先祖のことを書いたあと］、自分のことを書く段になった」と彼は五月にアン・フレミングに書いた。「そして、それはなんとも退屈だ」

＊2 その小旅行にさえ、彼はブロンと義理の息子のジャイルズ・フィッツハーバートを連れて行き、家族で自分を囲んだ。

＊3 「もし、汝生きてあれば、汝の罪を赦す。父と子と聖霊の御名において、アーメン」

イーヴリンは、復活祭後の金曜日に、英国国教会のセント・ピーター・アンド・セント・ポールの教会墓地に隣接する、クーム・フローリーの庭の端に埋葬された。葬儀は、トーントンのカトリック教会〈リジューのセント・テレーズ〉で、キャラマン神父によって執り行われた。彼はまた、六日後に、ウェストミンスター大聖堂で催された、省略なしの「死者のためのミサ」でも弔辞を述べた。そこでは、ラテン語でミサを行う特別許可を得た。会衆は、イーヴリンが大好きだった讃美歌「過ぎし昔も来《きた》る世々にも主は我が助けぞ」の六節を歌った。彼は書斎で執筆中、よくそれを一人でくちずさんでいたものだった。

いくつかの死亡記事は、彼の散文の正確さ、途方もなくコミックな創意、ユニークな諷刺的態度に讃辞を呈すると共に、現代世界に対する深い嫌悪感、揺るぎないカトリック擁護論、人間嫌いとスノッブ気質の評判にも触れていた。記事は、「ごく少数のものを除いて、極端に消極的だ」とブロンは思った。[*1] 事実、記事の大方は、イーヴリンの性格の人間的な面を見落としていた。その面については、ローラに宛てた友人たちの悔やみの手紙に記されることになった。復活祭の日の遅くに彼の死の知らせがパリにいるグレアム・グリーンに届くと、グリーンは即座に、「言葉にはできないほどのショックを受けました」という短い手紙をローラに寄越した。「わたしは、現存しているほかのどんな小説家よりも作家としての彼を賞讃していましたし、人間としての彼を愛していました。彼はわたしに対して非常に誠実で、忍耐強い友人でした。わたしが彼について一番愛したのは、本人のいないところでだけその者を褒めるという、あの類い稀な資質でした(1)*2」

その後に来た多くの手紙の中に、ダイアナ・モーズリーからのものがあった。彼女はイーヴリンとは三十年以上不仲だったが、彼が死ぬ数週間前に和解した。「イーヴリンは稀に見る才能に恵まれ、聡明で、本当によい人でした」と彼女はローラに書き送った。「並外れていて、稀に見る才能に恵まれ、とてもユニークでしたので、あなたが失ったものを考えるに忍びません。彼は、会えなくなると淋しさが募るような人です。長いあいだ会わなかったわたしでさえ、今日は大変悲しい思いをしています(2)」。彼女の姉のナンシー(ミットフォード)は、こう言った。「イーヴリンが大好きでした。わたしのすべての友達の中で一番の人だと芯から思っています……彼は疑いもなく、英語で書く現存の作家のうちで最高の存在でした。彼について人が言えるのは、彼は現代の世界を憎んだということです。現代の世界は、日ごとにもっと良くなるということはありません(3)」

イーヴリンの著作権代理人のピーターズは、彼が自伝を完成させなかったことを「文学的悲劇」と呼び、顧客だった彼について、こう回想している。「わたしが彼を知ってからの四十年、わたしに対して常に渝《かわ》らず親切で寛大でした——厳しい言葉を投げつけることも、叱責することもありませんでした、そうするのが当然の場合でさえ。彼を知らなかった世間の人々の目に映ったのは、歪められた姿でした。当人にも、いささか責任があるのですが。しかし、本当のイーヴリンは、非常に立派な人でした。わたしは彼を愛していました。彼がいなくなって、わたしは一生淋しい思いをすることでしょう(4)」

イーヴリンの性格の強さと特異さについて、多くのことが、いくつもの手紙に言及されている。パトリック・キンロスにとっては、彼は友人の中で「最も生き生きとし、最も終始一貫個性的な人間」だった。「気取った態度でさえ、自分自身のある部分を、ただ茶化しているだけでした。彼と一緒にいること、彼から便りを貰うこと、彼について話すことは、なんと楽しかったことでしょう！　彼はどんな気分であっても、陽気でも陰気でも、穏やかでも怒っていても――いつも完全に積極的で、徹頭徹尾人間的でした。なんと強い、生き生きした個性だったことでしょう。部屋の中にいるだけで、誰も彼ほど辺りを支配した者はいません。彼の愛情は常に渝らず、彼は友人の中で最も信頼できる存在で、最も率直に物を言う男でもありました。彼の友情は慰藉と刺激であるばかりではなく、挑戦でもありました。それが彼を理想的な文学上の助言者《メンター》にしたのです。単に励まし褒めるだけではなく、鋭く批判する助言者に[5]」

何人かの作家が、イーヴリンの寛大さを回想している。その一人がP・G・ウッドハウスである。イーヴリンは長いあいだ彼を「巨匠」として支持し、ウッドハウスが戦時中ドイツから放送したことで攻撃されたあとも、断固として彼を擁護した。二人はニューヨークで一度しか会ったことがなかったが、ウッドハウスは「ずっと彼をわたしの最愛の友人の一人と見なしていました」とローラに話した。「そして、彼がわたしにしてくれたすべてのことを、決して忘れません[6]」。アンガス・ウィルソンは、彼の最初の短篇が一九四七年に発表された際にイーヴリンが褒めてくれたことを、「わたしの文筆活動に関して思い出しうる最も心が躍ったこと」だと述べ、初期の小説を、ほかの批評家に誤解されたと感じた時、イーヴリンが好意的に書評してくれたことにも感謝した。「その励ましが、すべての社会的、政治的問題において、わたしとは考えの違う者からのものだったということは、物を書くこと自体に全力を尽くす者から、まさしくわたしが期待していたことでした。しかし、わたしにとっては、それがわれわれの最良の小説家からのものだったのは、何物にも代え難いことでした」[7]。ロバート・ヘンリーキズも、何年にもわたってイーヴリンがくれた手紙を読み返し、「なんと彼は芯から親切な人間だったのかということを身に沁みて感じた」一人だった。いつも、少々彼が怖かったということを認めてもいるが。「わたしにとっては、彼は卓越した人物でした。知的にだけではなく、また、わたしたちの世代の最高の作家としてだけではなく、精神的にも、明確には定義できないいくつかの面でも。しかし、わたしは自分の知っている誰の前よりも彼の前で謙虚な気持ちになりますが、彼が友人たちを非常に気遣ったのを、いつも痛感しました。友人たちが元気でやっているかどうかについて、彼ほど気にかけている者は、ごく少ないようです。それに加え、彼の寛大さと非常な忠実さは友人たちにとって、彼のウィットと傑出した才能に劣らず重要だったのです[8]」

　多くの者は、彼の死のタイミングから慰めを得ようとした。また、ダフネ・アクトンが書いているように、彼は「世の中の風潮が気に入らなかったので、それをあの世から眺めて楽しむでしょう[9]」という事実から。ドロシー・リゴンの思い出では、「イーヴリンはわたしたちの青春の非常に多くの部分を占めていて、無限の愉しみと幸福の焦点でしたが、それ〔イーヴリンの死に方〕は、わたしたちも願うような終わり方のように、また、おそらく、彼も選んだであろうようなものに思われます[10]」。ダイアナ・クーパーはローラに、イーヴリンは「あなたにとってはあまりに若くして死にましたが、多分、彼にとってはよかったのでしょう。彼は、この世とその幻影にしっかりと繋ぎ止められていなかったのですから」。彼は「とりわけ、あなた」を残したことが気懸かりだろうと付け加えた。「なぜなら、あなたは、どんな女にもできなかったであろうほど彼を愛し、彼に仕え、彼のためにいろいろ手配し、彼のために生きたのですから[11]」

　ジョン・ベッチェマンにとっても、「あなた［ローラ］と彼がなんと完璧に相性が良かったかということ、また、ブロンが一家の天分を受け継いだということを考えるのは喜び[12]」だった、少なくとも。妻のペネロピは言った。「あなたは彼にとって、なんと素晴らしい妻だったことでしょう[13]」。ダフネ・アクトンも同じようなことを言ったが、敢えて付け加えた。イーヴリンは「あなたにとってフルタイムの仕事だったに違いありません。あなたはそれを誠心誠意やり遂げました[14]」。

人生の大きな要《かなめ》を失ってしまったローラは次第にシェリー酒に耽溺するようになり、村の肉屋に貸した屋敷の周りの牧草地で草を食む乳牛を眺め、クロスワードパズルを解いて時を過ごした。イーヴリンが死んでから三ヵ月も経たないうちに、彼女はクーム・フローリーを売りに出したが、のちに決心を変え、ブロンとその家族が一九七一年にその家を引き継ぐまでそこに住み続けた。そして、裏の翼《よく》に移った。イーヴリンは死ぬ数年前、引退後の資金の一助にしようと、自分の文書をテキサス大学に売ることを口にしていた。事務弁護士から、金はほとんど遺されていないと誤ったことを聞かされたローラは、彼の全蔵書と書架その他すべてを売却することに同意した。数年後、彼女は彼の日記の著作権を、彼女も家族の誰も日記を読まずに『オブザーヴァー』に売った。日記が、抜粋の形で一九七三年にまず同紙に載り、三年後に本として出版されると、無数の不穏当な箇所がある者たちの激しい怒りを掻き立て、イーヴリンを人喰い鬼と見なすに至った者たちにその証拠を提供したと、広く考えられた。少なくともローラは、その騒動の多くから免れた。最初の抜粋が新聞に載ってから間もなく、肺炎で急死したので。彼女は、五十七歳の誕生日に埋葬された。「慎ましい性格の本人には理解できなかったであろうほど、みんなに深く悼まれて」とブロンは、のちに書いた。

*1　ブロンは、イーヴリンのいくつかの死亡記事に関して、その年の五月、『スペクテイター』に一文を載せた。「父に関する重要な点は、興味のあることであろうが……彼が家系に関心があったということではない。それは、彼の関心のごく一部である。彼が保守主義者だったということでもない。政治は彼を退屈させた……それは要するに、彼が彼の世代の最も面白い人間（the funniest man）だったということである」

*2　数日後グリーンは『タイムズ』で、イーヴリンは「わたしの世代の最高の小説家」であると述べてから、こう書いた。「わたしたちは互いに政治的立場が大きく違い、同じ教会の考え方においてさえも違った。そして、ある種の大衆的ジャーナリストたちが、わたしたち二人を、インドネシア人なら〝対立〟と呼ぶであろう状態に陥れようとしたが、イーヴリンは友人たちに対して揺るがぬ忠誠心を持っていた。たとえ彼らの見解や、時には行動を嫌ったかもしれない場合でさえ。人は、彼が簡単に他人を認めたり、阿諛追従《あゆついしょう》したりするのを期待することはできなかったが、彼の助けが必要だと感じた時は、いつでも助けてくれた」。『タイムズ』、一九六六年四月十五日。

訳者あとがき

二十世紀のイギリス文学を代表する作家イーヴリン・ウォーの没後五十年を機に、二〇一七年から四十三巻に及ぶ完璧なウォー全集が、四年がかりでオックスフォード大学出版局より刊行されることになった。長篇小説、短篇小説が十五巻、自伝、伝記が四巻、旅行記が六巻、エッセイ、評論、書評が四巻、書簡、日記等が十二巻、若書きの作品とドローイングが一巻、それに総索引と文献というもので、殊に、これまで一五パーセントしか公刊されなかった書簡が、この全集で初めて無削除で刊行されることになったので、今後のウォー研究に資するところは絶大であろう。二〇一八年現在すでに数点が発刊されているが、第一回配本は第十九巻、自伝『少しばかりの学問』で、本文のほぼ倍の頁数の、驚くばかりに詳細な注その他が付されている。二十世紀のイギリスの作家で、これほどの規模の全集が出るのは稀有であると言ってよい。ちなみに「少しばかりの学問」は一七四四年に没したイギリスの詩人、アレグザンダー・ポープの詩句で、「少しばかりの学問は危険である」、つまり「生兵法は大怪我のもと」の意である。ウォーは三部の自伝を書くつもりだったが、第二部の『少しばかりの希望』の冒頭を書いたところで急死した。

イードは本書の「序」で次のように言っている。「華麗で明晰極まる文章を書いたイーヴリン・ウォーを頁の上で理解し愉しむのはごく容易だが、彼の性格の特異さは、空想や喜劇的効果、悪戯《いたずら》っぽい擬態を好む性癖ゆえに見抜くのが難しい場合が多い」。まさにそのために、人間イーヴリン・ウォーは多くの伝記作者を惹きつけてきたのに違いない。数ある伝記の中で代表的なものは、クリストファー・サイクスの『イーヴリン・

ウォー』（一九七五年）、マーティン・スタナードの浩瀚《こうかん》な二巻本『イーヴリン・ウォー伝』（上巻は一九八六年、下巻は一九九二年）、セリーナ・ヘイスティングズの『イーヴリン・ウォー伝』（一九九四年）である。では、本書フィリップ・イードの『イーヴリン・ウォー伝――人生再訪』（二〇一六年）は屋上屋を架するものだろうか（「人生再訪」はウォーの最もよく知られた小説『ブライズヘッド再訪』を踏まえている）。著名なウォー研究家のドウナット・ギャラハーは『オーストレイリアン』紙（二〇一七年八月十四日付）に、イードのウォー伝の長文の書評を載せている。

「イーヴリン・ウォーにほんの少しでも関心のある者は――彼が確実に再び評価が高まっていることに興味を惹かれない者があろうか――フィリップ・イードの『イーヴリン・ウォー伝――人生再訪』を買って手元に置くべきである。なぜか？　本書はウォーと彼の家族、友人、恋人についてのまったく新しい魅惑的な情報に満ちているからである。さらに本書は、人間および軍人としての彼に対するいくつかの抜き難い、歪んだ見方の〝バランスを取り直して〟いるからである。そして本書は、抗し難いほどにリーダブルである。

ウォーの人生と経歴は、三つの主要な伝記と無数の専門的研究によってすでに探究されている。では、なぜわれわれはイードを必要とするのか？　答えは簡単である。ウォーおよびウォーを取り巻く人々による、あるいは彼らについての、これまで誰も目にしなかった資料の宝庫――書簡、日記、未発表原稿、回想録、友人の思い出話、公表されていたインタヴューから削除された箇所――が、イーヴリン・ウォーの孫であり、オックスフォード大学出版局から刊行される全集の中心的編纂者であるアレグザンダー・ウォーによって徹底的に探索されてきた。そしてアレグザンダーは、自分が蒐集したものをイードに見せた」

その新資料をもとに新しい人間イーヴリン・ウォー像を描いたイードの主な「功績」は、次の事柄だとギャラハーは指摘している。イーヴリンの父とイーヴリンの兄アレックとの異常なほどの強い絆、あるいは、オックスフォード大学時代のイーヴリンと、後年著名な歴史家になったリチャード・ペアーズと、『ブライズヘッド再訪』のセバスティアンのモデル、アラステア・グレアムを相手の同性愛的恋愛に関する詳細な事実が明らかになった。本書で初めて公開された、ウォーを裏切った最初の妻イーヴリン・ガードナーの回想録は、悪女のイメージとは違い、謙虚で率直でフェアなものだった。ウォーが最初の妻と別れたあと片思いの相手のテリーザ・ユングマンに宛てて切々たる思いを吐露した、これまで「ウォーの伝記における聖杯」とされた未公開だった手紙も本書に引用されることで、諷刺家ウォーの若かりし頃のまったく別の面を知ることができるようになった。一九四一年のクレタ島脱出でウォーが着せられた汚名を、伝記という形では、イードが初めてですらいだ。

ギャラハーは本書の書評で、こう結論づけている。「本書は、読む者を愉しませる形で情報を提供し、面白く、感動的で、リーダブルである。エピローグは忘れ難い。イードはストーリーテラーである。彼は、定説になっているウォーに対する軍事上の非難を論駁する事柄に関する箇所を除いて、どの情報が新しいのかをわざわざ指摘したり、また、その重要性を分析したり議論したりはしない。だがわたしは、一九六三年以来ウォーについて調査し、書いてきたが、イードがわたしを何度も驚かせ、喜ばせたということを、こう言っていいなら、まさに証言することができる」

ギャラハーは、ウォーの死を悼む友人たちの言葉を記録したエピローグは忘れ難いと書いているが、ウォーが溺愛した娘のマーガレット、愛称メグが、晩年鬱状態に陥り、自殺もしかねない父を気遣って書いた、最終章に引用されている手紙も感動的で忘れ難い。そして、セリーナ・ヘイスティングズの『イーヴリン・ウォー伝』によると、マーガレットは一九八六年一月、ロンドンのチョーク・ファーム・ロードを横断中、車に撥ねられて死亡した。四十三歳という若さだった。彼女も文才に恵まれていて、母方の祖父の伝記を書いたが、父の回想録も書く意図を持っていた。

なお、『イーヴリン・ウォー伝――人生再訪』は二〇一六年に『ガーディアン』、『サンデー・タイムズ』、『フィナンシャル・タイムズ』で「今年の最良の本」の一冊に選ばれた。

著者フィリップ・イードは一九六六年、イギリスのシュロップシャー州に生まれ、ブリストル大学で歴史を専攻した。刑事弁護士として短期間活動したのちジャーナリストになり、『デイリー・テレグラフ』の死亡記事を担当した。二〇〇七年に『首狩り族の王妃、シルヴィア』を発表した。これは、三代にわたってボルネオのサラワク王国を支配したイギリス人の三代目の最後の藩王《ラージャ》、サー・ヴァイナー・ブルックの妻、自称首狩り族の王妃、奇矯な女シルヴィアの数奇な人生を克明に辿ったもので、伝記作家クラブ賞の次点になり、数多くの新聞雑誌で絶讃された。第二作の『フィリップ殿下――エリザベス二世と結婚した男の波瀾の若き日々』もベストセラーになった。

イーヴリン・ウォーの小説はほとんどが邦訳されているが、未訳だった彼の最後の大作『名誉の剣』も、目下、小山太一氏によって翻訳が進められている。これは、第二次世界大戦中ブカレストにいたブリティッシュ・カウンシル所属の英語講師とその妻の、侵攻してくるドイツ軍からの逃避行をスリリングに描いたオリヴィア・マニングの「バルカン三部作」と並ぶ、第二次世界大戦を背景にした傑作であると評されている。

最後に、訳者の数多くの質問に懇切に答えて下さった著者と、本書の刊行に尽力して下さった白水社編集部長、藤波健氏に心から感謝したい。

二〇一八年五月

高儀進

訳者略歴
高儀進（たかぎ・すすむ）
一九三五年生まれ。早稲田大学大学院修士課程修了。翻訳家。日本文藝家協会会員。
訳書に、デイヴィッド・ロッジの小説のほかに、トマリン『チャールズ・ディケンズ伝』、デイヴィソン編『ジョージ・オーウェル書簡集』『ジョージ・オーウェル日記』、ウォー『スクープ』『イーヴリン・ウォー傑作短篇集』（以上、白水社）がある。

イーヴリン・ウォー伝　人生再訪

二〇一八年一〇月二〇日　印刷
二〇一八年一一月一〇日　発行

著　者　フィリップ・イード
訳　者 ©　高　儀　進
装丁者　日　下　充　典
発行者　及　川　直　志
印刷所　株式会社理想社
発行所　株式会社白水社
東京都千代田区神田小川町三の二四
電話　営業部〇三（三二九一）七八一一
　　　編集部〇三（三二九一）七八二一
振替　〇〇一九〇-五-三三二二八
郵便番号　一〇一-〇〇五二
www.hakusuisha.co.jp
乱丁・落丁本は、送料小社負担にてお取り替えいたします。

株式会社松岳社

ISBN978-4-560-09660-4
Printed in Japan

主要人名・主要作品索引

（「イーヴリン・ウォー」は割愛した）

ア行

カ行

サ行

タ行

ナ行

ハ行

マ行

ヤ行

旅行記

評伝

自伝

注

引用されている作品の頁は，原則として参考文献の版による．

AWA　Alexander Waugh Archive

BL　British Library

BU　Boston University Library

CU　Columbia University

EAR　*The Essays, Articles and Reviews of Evelyn Waugh*, Donat Gallagher 編

EWCH　*Evelyn Waugh: The Critical Heritage*, Martin Stannard 編

EWD　*The Diaries of Evelyn Waugh*, Michael Davie 編

EWL　*The Letters of Evelyn Waugh*, Mark Amory 編

GU　Georgetown University

HRC　The Harry Ransom Center, University of Texas at Austin

IWM　Imperial War Museum

LHC　Liddell Hart Centre for Military Archives, King's College, London

LNMEW　*Letters of Nancy Mitford and Evelyn Waugh*, Charlotte Mosley 編

MWMS　*Mr Wu & Mrs Stitch: the Letters of Evelyn Waugh and Diana Cooper*, Artemis Cooper 編

第1章◆次男

(1)　*A Little Learning*, p. 28.

(2)　同.

(3)　同書，p. 63.

(4)　次のものを参照のこと．John Howard Wilson, *Evelyn Waugh: A Literary Biography 1903–1924,*　p. 18 および p. 180; Alexander Waugh, *Fathers and Sons*, p. 77 に引用されている．

(5)　同書，p. 77. Alec Waugh, *My Brother Evelyn*, p. 164.

(6)　Christopher Sykes, *Evelyn Waugh*, p. 7.

(7)　Alexander Waugh, *Fathers and Sons*, p. 79; Alec Waugh, *My Brother Evelyn*, p. 164.

(8)　誰がその綽名を考え出したのかは記録にないが，アレグザンダー・ウォーは，イーヴリンか彼の母ではないかと思っている．

(9)　*A Little Learning*, p. 22; Alexander Waugh, *Fathers and Sons*, p. 25.

(10)　Alec Waugh, *The Early Years of Alec Waugh*, pp. 7–8; Alexander Waugh, *Fathers and Sons*, pp. 24–8; *A Little Learning*, pp. 20–3.

(11)　*A Little Learning*, p. 22.

(12)　Arthur Waugh, *One Man's Road*, p. 34.

(13)　Alexander Waugh, *Fathers and Sons*, p. 24.

(14)　Alec Waugh, *Early Years*, p. 7.

(15)　*A Little Learning*, p. 22.

(16)　Alexander Waugh, *Fathers and Sons*, p. 24.

(17)　Arthur Waugh, *One Man's Road*, p. 61.

(18)　Alexander Waugh, *Fathers and Sons*, pp. 90–1; Arthur Waugh, *One Man's Road*, p. 63.

(19)　Sykes, *Evelyn Waugh*, p. 4.

(20)　一つの例としてイーヴリンは，ジェイムズが，真鍮の板に書いて教会の壁に嵌め，自分の記念にしようとした，「ユーモアのかけらもない」文句（結局使われなかった）を記録している．*A Little Learning* の p. 18 と p. 20 を参照のこと．

(21)　Auberon Waugh, *Will This Do?*, p. 19.

(22)　*A Little Learning*, p. 21.

(23)　同書，p. 9.

(24)　Arthur Waugh, *One Man's Road*, pp. 12–3.

(25)　*A Little Learning*, p. 21.

(26)　Alec Waugh, *Early Years*, p. 7.

(27)　*A Little Learning*, p. 49.

(28)　同.

(29)　同書，p. 47.

(30)　同書，pp. 44–7.

(31)　同書，p. 48.

(32)　Arthur Waugh, *One Man's Road*, p. 23.

(33)　Alec Waugh, *Early Years*, p. 9 に引用されている．

(34)　Alexander Waugh, *Fathers and Sons*, p. 32.

(35)　*A Little Learning*, p. 69.

(36)　Alexander Waugh, *Fathers and Sons*, p. 41.

(37)　同書，p. 42 に引用されている．

(38)　Arthur Waugh, *One Man's Road*, p. 159.

(39)　*Nash's Pall Mall Magazine*, 1937 年 3 月，p. 8.

(40)　Arthur Waugh, *One Man's Road*, p. 208; *The Times*, 1892 年 10 月 20 日付，p. 7：「ウォー氏の緻密な判断には，長い時間と思考が費やされているのは明白である．またそれは，かなり優れた批評眼から生まれている」

(41)　Arthur Waugh, *One Man's Road*, pp. 217–8.

(42)　*A Little Learning*, p. 4.

(43)　Sykes, *Evelyn Waugh*, p. 5.

(44)　*A Little Learning*, p. 31.

(45)　Arthur Waugh, *One Man's Road*, p. 218.

(46)　Selina Hastings, *Evelyn Waugh*, pp. 6–7.

(47)　*A Little Learning*, p. 31.

(48)　Alexander Waugh, *Fathers and Sons*, p. 75.

(49)　Arthur Waugh, *One Man's Road*, p. 218.

(50)　アーサー・ウォーよりアレック・ウォー宛，1914 年 5 月 20 日付；BU.

(51)　アーサー・ウォーよりキャサリン・ウォー宛，1893 年 7 月 10 日付，AWA; Alexander Waugh, *Fathers and Sons*, p. 116 に引用されている．

(52)　同書，p. 116.

(53)　*A Little Learning*, p. 31.

(54)　同書，p. 32.

(55)　Arthur Waugh, *One Man's Road*, pp. 257–9.

(56)　Alec Waugh, *Early Years*, p. 12.

(57)　Margot Strickland, *Catherine Waugh's Diary*, p. 7 の注；AWA.

(58)　Alec Waugh, *The Early Years of Alec Waugh*, pp. 13–4.

(59)　Michael Holroyd, *Bernard Shaw*, Vol.1, p. 267.

(60)　Alexander Waugh, *Fathers and Sons*, pp. 50–1.

(61)　Alec Waugh, *Early Years*, pp. 14–5.

(62)　Arthur Waugh, *One Man's Road*, p. 290.

(63)　同書，p. 321.

(64)　Alec Waugh, *My Brother Evelyn*, p. 163.

(65)　Alexander Waugh, *Fathers and Sons*, pp. 74–5.

(66)　*A Little Learning*, p. 27.

第2章◆少年のサディズム

(1)　Hugh Petrie, *Hendon and Golders Green Past*（Historical Publications, 2005 年），p. 54.

(2)　*A Little Learning*, p. 34.
(3)　同.
(4)　同書，p. 42.
(5)　同書，p. 44.
(6)　同書，p. 78.
(7)　同書，p. 71.
(8)　同書，p. 72.
(9)　アレック・ウォーに対するマイケル・デイヴィーのインタヴュー，1972年12月，AWA.
(10)　*A Little Learning*, p. 43.
(11)　同書，p. 36.
(12)　ジーン・フレミングよりセリーナ・ヘイスティングズ宛，インタヴューの筆記録，p. 2, AWA.
(13)　*A Little Learning*, p. 44.
(14)　同書，pp. 47–8.
(15)　ステラ・リースよりクリストファー・サイクス宛，1974年4月19日付，AWAにあるコピー.
(16)　*A Little Learning*, p. 41.
(17)　同.
(18)　同書，p. 30.
(19)　ステラ・リースよりクリストファー・サイクス宛，1974年4月19日付；Sykes Papers，GU.
(20)　ジーン・フレミングよりセリーナ・ヘイスティングズ宛，1991年3月17日付，AWA.
(21)　*A Little Learning*, p. 43.
(22)　日記，1912年夏；HRC.
(23)　*A Little Learning*, p. 59.
(24)　Alec Waugh, *Early Years*, pp. 20–2.
(25)　J・S・グランヴィル・グレンフェルよりキャサリン・ウォー宛，1910年10月31日付，BL.
(26)　*A Little Learning*, p. 81.
(27)　同.
(28)　「わたしの父」という題のエッセイ，*The Sunday Telegraph*, 1962年12月2日付.
(29)　1911年9月；*EWD*, p. 5.

(30) *A Little Learning*, p. 63.
(31) ステビング氏，イーヴリンの学級担任.
(32) 日記，［1914年9月〜10月］；HRC.
(33) ヒンチクリフ氏，ラテン語，ギリシャ語担当教師.
(34) *A Little Learning*, p. 84.
(35) Cecil Beaton, *The Wandering Years*, p. 173.
(36) Hugh Burnett（編）, *Face to Face*, Jonathan Cape（1964年）, p. 38.
(37) *The Spectator*, 1961年7月21日付.
(38) ステラ・リースよりクリストファー・サイクス宛，1974年4月19日付；Sykes Papers，GU.
(39) *The Spectator*, 1961年7月21日付.
(40) Alec Waugh, *My Brother Evelyn*, p. 166.
(41) Alexander Waugh, *Fathers and Sons*, p. 79.
(42) アーサー・ウォーよりアンドルー・ウォー宛，1933年．Selina Hastings, *Evelyn Waugh*, p. 25に引用されている.
(43) アレック・ウォーの「わたしの子供時代」のコピー，AWA.
(44) アレック・ウォーよりイーヴリン・ウォー宛，1908年3月29日付および1909年3月21日付；BL.
(45) Alec Waugh, *My Brother Evelyn*, pp. 163–5.
(46) 同書，p. 168.
(47) *A Little Learning*, p. 86.
(48) キャサリン・ウォーの日記，1912年6月16日，1912年6月17日，1912年6月18日；BU.
(49) *A Little Learning*, pp. 55–6; キャサリン・ウォーの日記，1912年7月7日；BU.
(50) キャサリン・ウォーの日記，1912年7月11日〜8月22日；BU.
(51) *A Little Learning*, pp. 56–7.
(52) 同書，p. 58.
(53) 同書，p. 60.
(54) Arthur Waugh, *One Man's Road*, p. 333.
(55) *A Little Learning*, p. 60.
(56) Arthur Waugh, *One Man's Road*, p. 334.
(57) 同書，p. 338.
(58) *A Little Learning*, p. 60.
(59) 同書，pp. 60–1.

(60) 同書, p. 61.

(61) 1912年6月12日, 13日；*EWD*, p. 6.

(62) *A Little Learning*, p. 91.

(63) 「中に入り給え」, John A. O'Brien（編）, *The Road to Damascus*（1949年）所収；*EAR*, pp. 366–8.

(64) *A Little Learning*, p. 52.

(65) 同書, pp. 92–3.

(66) 同書, p. 93; *EWD*, p. 9.

(67) Jane Ridley, *The Architect and His Wife: A Life of Edwin Lutyens*, pp. 175–6.

(68) 「チャールズ・ライダーの学校時代」, *Work Suspended and Other Stories*, p. 305所収.

(69) クリストファー・サイクスのイーブリン・ウォー伝に, アレック・ウォーが付けた注, HRC.

(70) *A Little Learning*, p. 92.

(71) *A Little Learning*の校正刷りのp. 92に, オーブリー・エンソーが書き入れたもの. 著者所有.

(72) *A Little Learning*, p. 92.

(73) セント・ジュード教会の教区司祭, アラン・ウォーカー師から来た, 2013年1月16日のeメール. 1914年, バウチャーは赤十字付き司祭としてベルギーに行ったが, スパイ容疑でドイツ軍によって捕えられ, 払暁に銃殺されることになった.「それは人生最大のスリルだった」と彼は回想している. しかし執行猶予になり, 1916年3月にイギリスの郊外のセント・ジュード教会に戻った. その後間もなく, イーヴリンは堅信の秘跡を受けた.

(74) Alec Waugh, *Early Years*, pp. 43–4.

(75) *A Little Learning*, p. 68; クリストファー・サイクスのイーヴリン・ウォー伝に関するアレック・ウォーの備忘録で, 1976年3月6日付のアレックからオーベロン・ウォーに宛てた手紙に付けられている; AWA.『チャールズ・ライダーの学校時代』においては, チャールズの家庭は「神を恐れる家庭」ではないが, 父は「毎朝“家庭の祈り”を捧げた. 戦争が勃発すると, 彼は不意にその習慣をやめた. その理由を尋ねられると, いまや祈るべきものが何も残っていない, と説明した」

(76) アーサー・ウォーよりケネス・マクマスター宛, 1916年8月24日付, HRC, ヘイスティングズのイーヴリン・ウォー伝のp. 40に引用されている.

(77) Alec Waugh, *My Brother Evelyn*, p. 168.

(78) *A Little Learning*, p. 94.

第3章◆キッチナー卿に仕える

(1) アーサー・ウォーよりケネス・マクマスター宛，1914年8月25日付，HRC.

(2) *A Little Learning*, p. 87; *A Little Learning* の校正刷りに，オーブリー・エンソーが書き入れたもの．著者所有．

(3) *A Little Learning*, p. 87.

(4) 同書，pp. 87–8.

(5) アーサー・ウォーよりケネス・マクマスター宛，1915年元日，HRC.

(6) *A Little Leaning*, p. 89.

(7) 同書，pp. 94–5.

(8) 日記，［1914年10月8日〜18日］, HRC.

(9) 同.

(10) 同，［1914年9月12日〜10月1日］,HRC.

(11) *A Little Learning*, p. 88.

(12) 日記，［1915年6月中旬］，HRC.

(13) 同，［1914年11月初め］；*EWD*, p. 8.

(14) Alec Waugh, *My Brother Evelyn*, p. 168.

(15) *The Times*, 1926年1月26日付.

(16) Hugo Vickers, *Cecil Beaton*, p. 15.

(17) オーブリー・エンソーが，*A Little Learning* の校正刷りに書き入れたもの．著者所有．

(18) 同.

(19) Alec Waugh, *My Brother Evelyn*, p. 169.

(20) オーブリー・エンソーが，*A Little Learning* の校正刷りに書き入れたもの．著者所有．

(21) 同.

(22) 同.

(23) *A Little Learning*, p. 90; 日記，［1915年11月〜12月］，HRC.

(24) *A Little Learning*, p. 90.

(25) Vickers, *Cecil Beaton*, p. 15.

(26) *The Times*, 1925年7月20日付，p. 11.

(27) *A Little Learning*, p. 90.

(28) 日記，1916年1月2日頃，HRC.

(29) 同，1916年1月末.

（30） *A Little Learning*, p. 94.
（31） Alexander Waugh, *Fathers and Sons*, p. 53.
（32） アーサー・ウォーよりケネス・マクマスター宛，1913年12月13日付，HRC.
（33） *A Little Learning*, p. 95.
（34） アーサー・ウォーよりアレック・ウォー宛，1914年5月20日付；BU.
（35） Arthur Waugh, *One Man's Road*, p. 332.
（36） Alexander Waugh, *Fathers and Sons*, p. 76.
（37） キャサリン・ウォーよりアレック・ウォー宛，1915年5月25日付；BU.
（38） アーサー・ウォーよりアレック・ウォー宛，1916年10月19日付；BU.
（39） *A Little Learning*, p. 95.
（40） アレック・ウォーよりヒュー・マッキントッシュ宛，1915年2月25日付；BU.
（41） アレック・ウォーよりヒュー・マッキントッシュ宛，1915年10月25日付；BU.
（42） アーサー・ウォーよりアレック・ウォー宛，1915年6月5日付，Alexander Waugh, *Fathers and Sons*, p. 69に引用されている；BU.
（43） キャサリン・ウォーよりアレック・ウォー宛，1915年6月24日付；BU.
（44） アーサー・ウォーよりアレック・ウォー宛，1916年1月21日付；BU.
（45） アーサー・ウォーよりアレック・ウォー宛，1917年2月1日付；BU.
（46） *A Little Learning*, p. 141.
（47） Arthur Waugh, *One Man's Road*, p. 367.

第4章◆イートン校より劣る所

（1） *A Little Learning*, p. 163.
（2） 同書，pp. 99–100.
（3） B.W.T.Handford, *Lancing 1848–1930*, p. 247.
（4） Dudley Carew, *A Fragment of Friendship*, p. 38.
（5） *A Little Learning*, p. 99.
（6） ロジャー・フルフォードの日付のない備忘録；AWA.
（7） Handford, *Lancing*, p. 263.
（8） *A Little Learning*, p. 99.
（9） バジル・ハンドフォードに対するセリーナ・ヘイスティングズのインタ

ヴューの筆記録；AWA.

(10) *The Times*, 1940年2月9日付の死亡記事.

(11) *A Little Learning*, p. 99.

(12) *Daily Express*, 1929年3月20日付.

(13) Terence Greenidge, *Evelyn Waugh in Letters*, p. 24.

(14) アーサー・ウォーよりケネス・マクマスター宛，1927年1月6日付，HRC.

(15) *A Little Learning*, p. 101.

(16) ロジャー・フルフォードの日付のない備忘録；AWA.

(17) David Pryce-Jones 編，*Evelyn Waugh and His World*, p. 17.

(18) アレック・ウォーよりヒュー・マッキントッシュ宛，1917年10月13日付；BU. ヘイスティングズのウォー伝，p. 57に引用されている.

(19) Pryce-Jones, *Evelyn Waugh and His World*, p. 17.

(20) *A Little Learning*, p. 107.

(21) キャサリン・ウォーよりアレック・ウォー宛，1918年5月19日付；BU. ヘイスティングズのウォー伝，p. 57に引用されている.

(22) *A Little Learning*, p. 109.

(23) 同.

(24) 同書，p. 110.

(25) 同書，p. 113.

(26) C・L・チェインバリンに対するセリーナ・ヘイスティングズのインタヴューの筆記録，p. 5; AWA.

(27) Arthur Waugh, *One Man's Road*, p. 358.

(28) *A Little Learning*, p. 120.

(29) アレック・ウォーよりヒュー・マッキントッシュ宛，1919年1月31日付；BU.

(30) *A Little Learning*, p. 117.

(31) Hastings, *Evelyn Waugh*, p. 54.

(32) *A Little Learning*, p. 122.

(33) 同書，p. 117.

(34) アーサー・ウォーよりイーヴリン・ウォー宛，1919年2月6日付．この手紙は「献辞」として，アーサー・ウォーの評論集，*Tradition and Change*（1919年）に収められている.

(35) アーサー・ウォーよりジーン・フレミング宛，1918年4月14日付；個人蔵，ヘイスティングズのウォー伝，p. 55に引用されている；AWAにある

コピー.
（36） *A Little Learning*, p. 124.
（37） 同書，p. 125.
（38） 同.
（39） 同書，p. 130.
（40） 同書，p. 131; イーヴリン・ウォーよりランドルフ・チャーチル宛，1963年9月5日付，*Encounter*, Vol.31, p. 17.
（41） *A Little Learning*, p. 131.
（42） 同.
（43） 同書，p. 126; 1919年9月23日；*EWD*, p. 19.
（44） *A Little Learning*, p. 146.
（45） フランシス・クリースの *Decorative Designs*（1927年）の序文．*EAR*, p. 23.
（46） *A Little Learning*, p. 147.
（47） *EWD*, pp. 53–4; EW よりアーサー・ウォー宛，1920年1月29日付，Alexander Waugh, *Fathers and Sons*, pp. 140–1 に引用されている；AWA.
（48） 1920年5月8日；*EWD*, p. 74.
（49） 1929年1月29日；*EWD*, pp. 53–4 および *A Little Learning*, p. 148.
（50） アマゾンでは，そう宣伝されている.
（51） 1920年2月5日；*EWD*, p. 55.
（52） クリースの *Decorative Designs* の序文．*EAR*, p. 24.
（53） 1920年3月25日，ヘイスティングズのウォー伝，p. 67 に引用されている．AWA にあるコピー.
（54） 1920年3月；*EWD*, pp. 65–6.
（55） Ian Mackenzie, *The Darkened Ways*（Chapman & Hall, 1919年）の，アーサー・ウォーによる序文.
（56） フィリッパ・コドリントンよりセリーナ・ヘイスティングズ宛，1991年1月27日付；AWA.
（57） *A Little Learning*, p. 69.
（58） 同書，p. 153.
（59） 同書，p. 150.
（60） *EWD*, p. 78.
（61） 1921年7月19日；*EWD*, p. 132.
（62） *A Little Learning*, p. 162.

第5章◆完全な区分

(1)　Noel Annan, *Roxburgh of Stowe*, p. 47.

(2)　1919年9月26日；*EWD*, p. 20.

(3)　Annan, *Roxburgh of Stowe* の Evelyn Waugh の書評，*The Observer*, 1965年10月17日付；*EAR* pp. 638–9.

(4)　1920年10月19日〜25日；*EWD*, p. 107.

(5)　日記，1921年4月23日；アレックの要請で修正されたヴァージョン，*EWD*, p. 125.

(6)　*A Little Learning*, p. 158; EW よりナンシー・ミットフォード宛，［1951年］1月6日付，*EWL*, p. 343.

(7)　*A Little Learning*, pp. 159–60.

(8)　1921年10月11日；*EWD*, p. 141（マクドナルドの名前は削除されている）.

(9)　*A Little Learning*, p. 160.

(10)　同書，p. 161.

(11)　1920年10月25日；*EWD*, p. 107.

(12)　Robert Murray Davis, *Evelyn Waugh, Apprentice*, p. 63.

(13)　同書，p. 68.

(14)　1920年12月21日；*EWD*, p. 108.

(15)　*A Little Learning*, p. 161.

(16)　1921年10月29日；*EWD*, p. 144.

(17)　EW よりアーサー・ウォー宛，［1921年］6月13日付；*EWL*, p. 3.

(18)　*A Little Learning*, p. 132.

(19)　1921年3月31日；*EWD*, p. 122; *A Little Learning*, pp. 134–5.

(20)　1921年7月19日；*EWD*, p. 131.

(21)　アーサー・ウォーより EW 宛，1921年6月1日付；BL; *A Little Learning*, p. 136.

(22)　1921年6月3日；*EWD*, p. 127.

(23)　*Evelyn Waugh, Apprentice*, p. 114.

(24)　アーサー・ウォーより EW 宛，1921年5月17日付；BL.

(25)　1921年6月26日；*EWD*, p. 129.

(26)　ジェイムズ・リーズ＝ミルンの日記，1973年7月29日，*Ancient as the Hills*, p. 66.

(27)　クリストファー・チェインバリンがセリーナ・ヘイスティングズに話し

たこと．インタヴューの筆記録，AWA.
(28) Henrietta McCall, *The Life of Max Mallowan*, p. 15.
(29) Max Mallowan, *Mallowan's Memoirs*, pp. 19–20.
(30) Richard Ollard（編）, *The Diaries of A.L.Rowse*, p. 414.「イーヴリンは嫌な性格の持ち主だった（その気になると魅力的だったが）」
(31) EW よりナンシー・ミットフォード宛，1962 年［12 月 28 日付］；*LNMEW*, p. 471.
(32) 1919 年 10 月 2 日；*EWD*, p. 23.
(33) 1921 年 5 月 6 日；*EWD*, p. 126.
(34) Ollard, *Rowse Diaries*, p. 414.
(35) 1919 年 10 月 2 日；*EWD*, p. 23.
(36) *A Little Learning*, p. 128.
(37) 1919 年 10 月 17 日；*EWD*, p. 23，イーヴリンは彼の書いたものの一つを「恐るべき感情的表現」だと評した.
(38) 1919 年 10 月 23 日；*EWD*, p. 31.
(39) 1921 年 5 月 2 日；*EWD*, p. 126.
(40) 1921 年 2 月 27 日；*EWD*, p. 114（名前は削除されている）.
(41) Francis Wheen, *Tom Driberg*, p. 27.
(42) 1919 年 11 月 7 日；*EWD*, p. 35.
(43) *A Little Learning*, pp. 143–4.
(44) Tom Driberg, *Ruling Passions*, p. 49.
(45) 1921 年 6 月 13 日；*EWD*, p. 127.
(46) Wheen, *Tom Driberg*, pp. 29 および 32–3.
(47) Driberg, *Ruling Passions*, p. 49.
(48) 1920 年 10 月 15 日；*EWD*, p. 106.
(49) *A Little Learning*, p. 135.
(50) リネッド・ハミルトン＝ジェンキンズ（旧姓ジェイコブズ）よりセリーナ・ヘイスティングズ宛，1991 年 12 月；AWA.
(51) アレック・ウォーよりヒュー・マッキントッシュ宛，1919 年 1 月 31 日付；BU.
(52) 1919 年 9 月 27 日；*EWD*, p. 21.
(53) 1921 年 1 月 24 日；*EWD*, p. 109.
(54) リネッド・ハミルトン＝ジェンキンズ（旧姓ジェイコブズ）よりセリーナ・ヘイスティングズ宛，1991 年 12 月；AWA.
(55) 1920 年 8 月 12 日；*EWD*, p. 95.

(56) 1920年4月22日，23日および8月31日；*EWD*, pp. 69, 99.
(57) ダドリー・カルーの日記，1921年8月21日；HRC.
(58) 1921年1月24日；*EWD*, p. 109.
(59) ダドリー・カルーの日記，1921年8月21日；HRC.
(60) ダドリー・カルーの日記，1921年5月12日；HRC.
(61) 1920年6月27日；*EWD*, p. 87.
(62) ダドリー・カルーに対するマイケル・デイヴィーのインタヴュー（1972年11月17日）の注；AWA.
(63) ダドリー・カルーの日記，1921年8月15日；HRC.
(64) Alec Waugh, *Early Years*, p. 152.
(65) 同書，p. 160.
(66) Alec Waugh, *Early Years*, pp. 155–6.
(67) アンドルー・ウォーに対するセリーナ・ヘイスティングズのインタヴューの筆記録，p. 7; AWA.
(68) Alexander Waugh, *Fathers and Sons*, p. 147.
(69) 同.
(70) アンドルー・ウォーよりセリーナ・ヘイスティングズ宛；AWA.
(71) *A Little Learning*, p. 138.
(72) 1921年10月16日；*EWD*, p. 141.
(73) *A Little Learning*, p. 138.
(74) 1921年10月16日，19日；*EWD*, pp. 141–2.
(75) 1921年10月19日；*EWD*, p. 142.
(76) 1921年10月29日；*EWD*, p. 144.
(77) 1921年12月6日；*EWD*, p. 150.
(78) C・R・M・F・クラットウェルよりEW宛，1921年12月14日付；BL.
(79) 1921年12月16日；*EWD*, p. 154.

第6章◆人が夢見るすべてのもの

(1) アーサー・ウォーよりEW宛，1921年12月15日付；BL.
(2) *A Little Learning*, p. 137.
(3) Lancing College report, Christmas Term 1921, AWA.
(4) ロックスバラよりEW宛，1922年3月12日付；BL.
(5) EWよりダドリー・カルー宛，日付なし（1922年元日頃），HRC.
(6) *A Little Learning*, p. 163.
(7) 同書，p. 166.

(8)　［1922 年初め］; *EWL*, p. 4.

(9)　［1922 年］2 月 13 日付；*EWL*, p. 7.

(10)　Terence Greenidge, *Evelyn Waugh in Letters*, p. 43.

(11)　*A Little Learning*, p. 191.

(12)　［1922 年］；*EWL*, p. 10.

(13)　EW よりダドリー・カルー宛，［1922 年 3 月］, *EWL*, p. 8.

(14)　Claud Cockburn, 'Evelyn Waugh's Lost Rabbit', *Atlantic Monthly*, 1973 年 12 月.

(15)　EW よりダドリー・カルー宛，日付なし（1922 年春）, HRC.

(16)　Christopher Hollis, *Oxford in the Twenties*, p. 76.

(17)　Martin Stannard, *Evelyn Waugh: The Early Years: 1903–1939*, p. 74.

(18)　*The Isis*, 1922 年 2 月 8 日付，p. 12.

(19)　*Oxford Magazine*, 1922 年 2 月 23 日付，p. 246; 1922 年 11 月 30 日付，p. 123; *The Isis*, 1922 年 11 月 29 日付.

(20)　*A Little Learning*, pp. 180–1.

(21)　Noel Annan, *Our Age*, p. 113 に引用されている.

(22)　Terence Greenidge, *Degenerate Oxford?*, p. 91.

(23)　Driberg, *Ruling Passions*, p. 55.

(24)　Sykes, *Evelyn Waugh*, p. 48.

(25)　EW よりダドリー・カルー宛，1922 年 3 月 10 日付；*EWL*, p. 8.

(26)　EW よりトム・ドライバーグ宛，1922 年 5 月 21 日付，クライスト・チャーチ , オックスフォード；*EWL*, p. 10.

(27)　EW よりトム・ドライバーグ宛，1922 年 5 月末，クライスト・チャーチ , オックスフォード.

(28)　A・L・ラウスに対するセリーナ・ヘイスティングズのインタヴューの筆記録，1990 年 3 月 17 日；AWA.

(29)　Clive Fisher, *Cyril Connolly*（Macmillan, 1995 年）, p. 58 に引用されている.

(30)　EW よりナンシー・ミットフォード宛，1954 年 12 月 18 日付；*EWL*, p. 435.

(31)　クリストファー・ホリスよりシリル・コノリー宛，Jeremy Lewis, *Cyril Connolly*, p. 111 に引用されている.

(32)　A・L・ラウスよりセリーナ・ヘイスティングズ宛，1991 年 6 月 4 日付；AWA.

(33)　A・L・ラウスに対するセリーナ・ヘイスティングズのインタヴューの筆記録，1990 年 3 月 17 日；AWA.

(34)　リチャード・ペアーズより EW 宛，日付なし；BL.

(35)　同.

(36)　Ollard, *Rowse Diaries*, p. 414.

(37)　Isaiah Berlin, *Personal Impressions*,（Hogarth, 1980 年）, p. 92.

(38)　*A Little Learning*, pp. 191–2.

(39)　*The Isis*, 1924 年 12 月 3 日付.

(40)　リチャード・ペアーズより EW 宛，日付なし［1922 年 12 月 / 1923 年 1 月］；BL.

(41)　David Pryce-Jones, *Cyril Connolly: Journal and Memoir*, p. 63. に引用されている.

(42)　*Arena*〔BBCテレビのドキュメンタリー・シリーズ〕でのアントニー・ブッシェルに対するインタヴューの筆記録；AWA.

(43)　Hollis, *Oxford in the Twenties*, p. 79.

(44)　Stannard, *Evelyn Waugh: The Early Years*, pp. 82–3.

(45)　EW よりダドリー・カルー宛の日付のない 2 通の手紙．1923 年春および 1924 年春 / 夏.

(46)　*Brideshead Revisited*, p. 25.

(47)　BBC, *Arena* でのアントニー・ブッシェルに対するインタヴューの筆記録，p. 250（p. 249 に載っている，その前のインタヴューでは，その事件は「まったくのフィクション」であると彼は言ったが）；AWA にあるコピー.

(48)　同.

(49)　Anthony Powell, *Infants of the Spring*, p. 154.

(50)　James Knox, *Robert Byron*, p. 43.

(51)　Powell, *Infants of the Spring*, p. 113.

(52)　Rowse, *A Cornishman at Oxford*, p. 23; Lucy Butler（編）*Robert Byron Letters Home*, p. 16; Emlyn Williams, *George: An Early Autobiography*, pp. 315–6.

(53)　John Rothenstein, *Summer's Lease*, p. 94.

(54)　Rowse, *Cornishman at Oxford*, p. 24.

(55)　Marie-Jacqueline Lancaster（編）*Brian Howard: Portrait of a Failure*, p. 126.

(56)　ハロルド・アクトンより EW 宛，1923 年 9 月 23 日付；BL.

(57)　*The New York Times Magazine*, 1952 年 11 月 30 日付；*EAR*, pp. 423–4.

(58)　Harold Acton, *Memoirs of an Aesthete*, p. 126.

(59)　同書，p. 120.

(60)　ハロルド・アクトンより EW 宛，日付なし；BL.

(61)　*A Little Learning*, p. 198.

(62)　同.
(63) 同書, p. 204; Stannard, *Evelyn Waugh: The Early Years*, p. 89.
(64)　*A Little Learning*, p. 204.
(65)　*Put Out More Flags*, p. 19.
(66)　Sefton Delmer, *Trail Sinister*, pp. 337–443; イーヴリンのいとこでマリーの友人であるクロード・コウバーンはそれに対し，雌猿は，飼い主を眠りから起こそうとして，うっかり頸静脈を噛んでしまった，というもっと単純な説明をしている．次のものを参照のこと．Claud Cockburn, 'Spying in Spain and Elsewhere', *Grand Street*, Vol.1, No.2（1982 年）; Paul Preston, *We Saw Spain Die*, pp. 125–6.
(67)　Alec Waugh, *My Brother Evelyn*, p. 172.
(68)　*Hertford College Magazine*, No.78（1992 年）, p. 12.
(69)　Cockburn, 'Evelyn Waugh's Lost Rabbit', *Atlantic Monthly*, 1973 年 12 月.
(70)　*A Little Learning*, p. 171.
(71)　同書，p. 171–2.
(72)　Alexander Waugh, *Fathers and Sons*, pp. 177–9.

第7章◈哀れな死んだ心

(1)　EW よりトム・ドライバーグ宛，［1922 年 5 月］; *EWL*, p. 9.
(2)　Alexander Waugh, *Fathers and Sons*, p. 169.
(3)　ヒュー・モールソンは，クリストファー・ホリスが話してくれたことを回想している．*Arena* でのモールソン卿に対するインタヴュー ; AWA.
(4)　Alec Waugh, *Early Years*, p. 165.
(5)　Cockburn, 'Evelyn Waugh's Lost Rabbit', *Atlantic Monthly*, 1973 年 12 月.
(6)　Alec Waugh, *My Brother Evelyn*, p. 169.
(7)　自伝の第 2 巻の断片，'A Little Hope', HRC. 同書，p. 170 に引用されている．
(8)　例えば , *The Isis*,1923 年 6 月 20 日付，p. 12 の Arundel del Re の批評を参照のこと．
(9)　*Arena* でのモールソン卿に対するインタヴューの筆記録，AWA にあるコピー．
(10)　ハロルド・アクトンよりクリストファー・サイクス宛，1972 年 10 月 16 日付，AWA; *The Complete Short Stories of Evelyn Waugh* への Ann Pasternak Slater による序文．
(11)　Terence Greenidge, *Evelyn Waugh in Letters*, p. 7.

(12) *A Little Learning*, p. 192.

(13) アントニー・ポーエルに対するセリーナ・ヘイスティングズのインタヴュー；AWA；Duncan Fallowell, *How to Disappear*, p. 175.

(14) ハロルド・アクトンよりアラステア・グレアムとEW宛, 1924年4月8日付；BL.

(15) Humphrey Carpenter, *The Brideshead Generation*, p. 85.

(16) Fallowell, *How to Disappear*, p. 178.

(17) *A Little Learning*, p. 193.

(18) アラステア・グレアムよりマイケル・デイヴィー宛, 1975年10月30日付, Michael Davie Papers; AWA.

(19) 「わたしは父に, ここから連れ出し, [ジョージ・デュ・モーリアの]『トリルビー』の暮らしを満喫させてくれないかという手紙を書いた」, *A Little Learning*, p. 175.

(20) EWよりダドリー・カルー宛, 日付なし；*EWL*, p. 12, 同書では, 1924年のものと推定されている. しかし, その手紙には, EWがユニオンで演説をしたことが書かれていて, *The Isis* に記録されている彼の唯一の演説は, 1923年の終わり頃のものである.

(21) ジェシー・グレアムよりブレイズノーズ・コレッジ宛, 1923年11月6日付, Brasenose College Archives, Oxford.

(22) *A Little Learning*, p. 192.

(23) *Brideshead Revisited* (Penguin Classics edition, 2000年), p. 25.

(24) キャサリン・ウォーの日記, 1923年12月15日；BU.

(25) アラステア・グレアムよりEW宛, 1925年9月5日付；BL.

(26) *A Little Learning*, p. 208.

第8章◆吹き寄せられた半溶けの雪のように純潔

(1) EWよりダドリー・カルー宛, 1924年6月12日頃, HRC.

(2) 1924年7月29日から8月30日まで；*EWD*, p. 172.

(3) C・R・M・F・クラットウェルよりEW宛, 日付なし；BL.

(4) *A Little Learning*, p. 210.

(5) 1924年6月25日；*EWD*.

(6) Paula Byrne, *Mad World*, p. 63.

(7) タマーラ・トールボット・ライスに対するセリーナ・ヘイスティングズのインタヴューの筆記録；AWA.

(8) ハーマン・グライズウッドに対するセリーナ・ヘイスティングズのイン

タヴューの筆記録；AWA.
(9) Powell, *Infants of the Spring*, p. 98.
(10) *A Little Learning*, p. 210.
(11) *Arena* でのアントニー・ブッシェルに対するインタヴュー；AWA.
(12) 1924年10月29日；*EWD*, p. 183.
(13) Rothenstein, *Summer's Lease*, p. 110.
(14) *A Little Learning*, p. 212.
(15) Douglas Goldring, *Odd Man Out*, p. 282.
(16) Kate Summerscale, *Queen of Whale Cay*（Fourth Estate, 1997年）, p. 76に引用されている.
(17) 1924年7月3日；*EWD*, p. 166.
(18) 1924年7月12日；*EWD*, p. 169.
(19) アントニーおよびヴァイオレット・ポーエルに対するセリーナ・ヘイスティングズのインタヴューの筆記録；AWA.
(20) 1924年11月9日，*EWD*, p. 186.
(21) *A Little Learning*, p. 213.
(22) 1924年11月12日；*EWD*, p. 187.
(23) 1924年11月18日；*EWD*, p. 188.
(24) 1924年10月29日；*EWD*, p. 183.
(25) EWよりハロルド・アクトン宛，［1924年12月15日頃］；BL；1924年12月19日；*EWD*, p. 192.
(26) Acton, *Memoirs of an Aesthete*, p. 146.
(27) *Irais* のある公的な図書館は，キンゼイ研究所，コーネル大学，英国図書館のみである.
(28) 1924年12月24日；*EWD*, pp. 193–4.
(29) *A Little Learning*, pp. 217–8.
(30) ドロシア・ポンソンビーの日記，1924年7月28日，Taylor, *Bright Young People*, p. 56に引用されている.
(31) 「オリヴィア・プランケット・グリーン」と題された，ハーマン・グライズウッドの備忘録；AWA.
(32) ハーマン・グライズウッドに対するセリーナ・ヘイスティングズのインタヴューの筆記録；AWA.
(33) ハーマン・グライズウッドよりクリストファー・サイクス宛，1973年4月2日付，GU.
(34) 1925年1月11日；*EWD*, p. 197.

(35) 1925 年 1 月 21 日；*EWD*, p. 199.

(36) 1925 年 1 月 25 日；*EWD*, p. 201.

(37) *A Little Learning*, p. 221.

(38) EW よりキャサリン・ウォー宛，日付なし［1925 年 1 月 23 日頃］；BL.

(39) 1925 年 5 月 5 日；*EWD*, p. 211.

(40) Sykes, *Evelyn Waugh*, p. 60 に引用されている．

(41) 同書，p. 60 に引用されているヴァースコイルの回想．

(42) *A Little Learning*, p. 224.

(43) 1925 年 3 月 2 日；*EWD*, p. 203.

(44) 1925 年 3 月 29 日；*EWD*, p. 204.

(45) *A Little Learning*, p. 225.

(46) ジョージアーナ・ラッセル（のちのブレイキストン）よりパトリック・バルフォア宛，1925 年 4 月 22 日付，Balfour Papers, ハンティントン図書館．

(47) 同．

(48) *The Daily Telegraph*,1925 年 4 月 16 日付．

(49) ジョージアーナ・ブレイキストンよりパトリック・バルフォア宛，1925 年 4 月 22 日付，ハンティントン図書館．

(50) アーサー・ポンソンビーよりドロシア・ポンソンビー宛，1925 年 4 月 7 日付，Shulbrede Archives, Raymond A.Jones, *Arthur Ponsonby*,（Christopher Helm, 1985 年), p. 161 に引用されている．

(51) 1925 年 10 月 20 日；*EWD*, p. 229.

(52) 1925 年 4 月 24 日；*EWD*, p. 209.

(53) Terence Greenidge, *Evelyn Waugh in Letters*, p. 135.

(54) 1925 年 4 月 15 日；*EWD*, pp. 207–8（名前は削除されている）．

(55) 同．

(56) 1925 年 4 月 18 日；*EWD*, p. 208.

(57) 同．

(58) Alexander Waugh, *Fathers and Sons*, p. 192.

(59) 1925 年 5 月 14 日；*EWD*, p. 211.

(60) *Decline and Fall*, p. 45.

(61) *A Little Learning*, pp. 227–8. 日記には書かれていない．

(62) 1925 年 7 月 3 日；*EWD*, p. 213.

(63) 1925 年 5 月 28 日；*EWD*, p. 212.

(64) *A Little Learning*, p. 228.

(65) 同．

(66) 1925年7月1日；*EWD*, p. 213.

(67) *A Little Learning*, p. 230.

第9章◆文人になる

(1) 1925年7月28日；*EWD*, p. 241.

(2) EWよりハロルド・アクトン宛［1925年2月18日付］；*EWL*, pp. 23–4.

(3) 1925年8月26日；*EWD*, p. 218.

(4) アラステア・グレアムよりEW宛，1925年9月1日付；BL.

(5) アラステア・グレアムよりEW宛，1925年9月5日付；BL.

(6) 1925年8月16日，20日；*EWD*, pp. 216–7.

(7) 1925年9月23日；*EWD*, p. 223.

(8) 1925年8月1日，7日；*EWD*, pp. 214–5.

(9) 1925年12月22日；*EWD*, p. 238.

(10) 1925年キリスト降誕日；*EWD*, p. 238.

(11) 1925年11月15日；*EWD*, p. 234.

(12) 「オリヴィア・プランケット・グリーン」と題された，ハーマン・グライズウッドの備忘録；AWA.

(13) Michael Holroyd, *Augustus John*, Vol.2, pp. 167–8.

(14) 1925年12月29日；*EWD*, p. 240.

(15) ハーマン・グライズウッドに対するセリーナ・ヘイスティングズのインタヴューの筆記録，p. 9; AWA.

(16) 1925年10月8日；*EWD*, p. 226.

(17) 1926年1月26日；*EWD*, p. 244.

(18) 1926年2月25日；*EWD*, p. 247.

(19) 1926年3月13日；*EWD*, p. 248.

(20) 1926年1月20日；*EWD*, p. 243.

(21) 1926年1月26日；*EWD*, p. 244.

(22) 1926年1月29日；*EWD*, p. 244.

(23) 1930年1月30日；*EWD*, p. 245.

(24) *Nash's Pall Mall Magazine*, 1937年3月，*EAR*, p. 191.

(25) Stannard, *EvelynWaugh: The Early Years*, p. 120.

(26) 1926年3月13日；*EWD*, p. 249.

(27) 1926年6月10日；*EWD*, p. 254.

(28) 1926年4月1日；*EWD*, p. 250.

(29) *A Little Learning*, p. 229.

(30) 1926年1月11日；*EWD*, p. 242.
(31) 1926年4月1日；*EWD*, p. 250.
(32) 1926年3月8日；*EWD*, p. 248.
(33) 1926年7月24日；*EWD*, p. 256.
(34) アラステア・グレアムよりマイケル・デイヴィー宛，1975年11月，AWA.「自分が仲間としては決して選ばなかったであろう大勢の他人と一緒に閉じ込められ，逃げ出す手段がなかったのは，イーヴリンにとって恐るべきストレスであったに違いない」
(35) 1926年8月25日；*EWD*, p. 263.
(36) *PRB* のあとがき（Dalrymple Press edition, 1982年）, p. 44.
(37) 1925年9月28日；*EWD*, p. 225.
(38) Alec Waugh, *Early Years*, p. 216.
(39) *Manchester Guardian*, 1926年10月29日付.
(40) 1926年10月30日；*EWD*, p. 268.
(41) *Literary Review*, 1927年4月9日付，Robert Murray Davis, *Evelyn Waugh, Writer* に引用されている.
(42) EWよりヘンリー・ヨーク宛，［1926年］, *EWL*, p. 24; その本は，ヨークがその年のクリスマスに学位を取らずにオックスフォード大学を去る前に出版された.
(43) 1926年9月22日；*EWD*, p. 265.
(44) 1926年10月2日；*EWD*, p. 266.
(45) 1926年12月6日；*EWD*, p. 272.
(46) James Knox, *Robert Byron*, p. 101.
(47) Fallowell, *How to Disappear*, pp. 177–8.
(48) Andrew Sinclair, *Francis Bacon: His Life and Violent Times*, p. 42.
(49) 1927年1月1日；*EWD*, p. 275.
(50) 1927年1月7日；*EWD*, p. 277.
(51) 1927年1月4日；*EWD*, p. 276.
(52) Sykes, *Evelyn Waugh*, p. 71.
(53) 1927年2月20日；*EWD*, p. 281.
(54) 同.
(55) 1927年2月21日；*EWD*, p. 281.
(56) エドマンドよりEW宛，［消印の日付は1927年2月21日］；BL.
(57) 1927年3月7日；*EWD*, p. 282.
(58) 1927年2月28日；*EWD*, p. 281.

(59)　同.

(60)　Bill Egan, *Florence Mills: Harlem Jazz Queen*, (Scarecrow Press, 2004 年), p. 174.

(61)　1927 年 2 月 28 日；*EWD*, p. 281.

(62)　1926 年 3 月 15 日；*EWD*, p. 249.

(63)　「オリヴィア・プランケット・グリーン」と題された，ハーマン・グライズウッドの備忘録 ; AWA.

第10章◆シーヴリン

(1)　1927 年 5 月 23 日；*EWD*, p. 284.

(2)　イーヴリン・ガードナーの「わたしのイーヴリン・ウォーとの結婚と，その破局について」の無題の未発表原稿；AWA にあるコピー.

(3)　*The Times*, 1933 年 9 月 29 日付.

(4)　「イーヴリン・ガードナー」と題された，レディー・メアリー・クライヴの備忘録（1987）；AWA.

(5)　1927 年 7 月 1 日；*EWD*, pp. 284–5.

(6)　'Careers for our Sons: The Complete Journalist', *Passing Show*, 1929 年 1 月 26 日付；*EAR*, p. 48.

(7)　アラステア・グレアムよりマイケル・デイヴィー宛，1975 年 11 月；AWA.

(8)　イーヴリン・ガードナーより友人のジョン・マクシ宛，1927 年 11 月 21 日付，コロンビア大学，Selina Hastings, *Evelyn Waugh*, p. 166 に引用されている.

(9)　同，p. 16.

(10)　イーヴリン・ガードナーに対するマイケル・デイヴィーのインタヴュー，1973 年 2 月 24 日；AWA.

(11)　イーヴリン・ガードナーよりジョン・マクシ宛，1927 年 11 月；CU.

(12)　レディー・パンジー・パケナムよりジョン・マクシ宛，1927 年 12 月 29 日付；CU.

(13)　同.

(14)　イーヴリン・ガードナーに対するマイケル・デイヴィーのインタヴュー，1973 年 2 月 24 日；AWA.

(15)　1927 年 9 月 3 日；*EWD*, p. 249.

(16)　イーヴリン・ガードナーよりアーサー・ウォー夫人宛，1927 年 12 月 28 日付；HRC.

(17)　イーヴリン・ガードナーよりジョン・マクシ宛，1927年11月；CU.
(18)　Alexander Waugh, *Fathers and Sons*, p. 200.
(19)　EWよりナンシー・ミットフォード宛，1952年1月8日付；*EWL*, p. 364.
(20)　Donat Gallagher, 'Evelyn Waugh and the Vatican Divorce' を参照のこと．Alain Blayac（編), *Evelyn Waugh: New Directions*, p. 73.
(21)　イーヴリン・ガードナーよりジョン・マクシ宛，1928年5月4日付；CU.
(22)　パンジー・パケナムよりジョン・マクシ宛，1928年5月8日付；CU.
(23)　イーヴリン・ガードナーよりジョン・マクシ宛，1928年5月2日付；CU.
(24)　パンジー・パケナムよりジョン・マクシ宛，1928年5月8日付；CU.
(25)　EWより*TLS*宛，1928年5月17日付；*EWL*, p. 28.
(26)　*EWCH*, p. 79.
(27)　Anthony Powell, *Messengers of Day*, p22.
(28)　Carew, *Fragment of Friendship*, pp. 81–2.
(29)　イーヴリン・ガードナーよりジョン・マクシ宛，1928年2月2日付；CU.
(30)　イーヴリン・ガードナーよりジョン・マクシ宛，1928年3月28日付，7月18日付；CU.
(31)　パンジー・パケナムよりジョン・マクシ宛，1928年3月19日付；CU.
(32)　パンジー・パケナムよりジョン・マクシ宛，1928年6月12日付；CU.
(33)　1928年6月27日；*EWD*, p. 295.

第11章◆ありきたりの経験だそうだ

(1)　イーヴリン・ガードナーの「わたしのイーヴリン・ウォーとの結婚と，その破局について」の無題の未発表原稿；AWAにあるコピー；イーヴリン・ガードナーからジョン・マクシ宛，1928年7月18日付；CU.
(2)　Acton, *Memoir of an Aesthete*, p. 202.
(3)　1928年6月25日，*Robert Byron Letters Home*, p. 103.
(4)　キャサリン・ウォーの日記，1928年6月27日；BU.
(5)　イーヴリン・ガードナーに対するマイケル・デイヴィーのインタヴュー，1973年2月24日；AWA.
(6)　ナンシー・ミットフォードよりヘイウッド・ヒル宛，1966年5月22日付，*The Bookshop at 10 Curzon Street*, pp. 117–8.

(7)　イーヴリン・ガードナーよりジョン・マクシ宛，1928年7月18日付；CU; 1928年7月6日；*EWD*, p. 295.
(8)　EWよりトム・ボルストン宛，［1929年1月27日頃］，AWAにあるコピー.
(9)　1928年7月14日，土曜日；*EWD*, p. 295.
(10)　*The Observer*, 1928年9月23日付；*EWCH*, p. 8.
(11)　*Evening Standard*, 1928年10月11日付；*EWCH*, p. 82.
(12)　ネイオーミ・ミチソンよりEW宛，日付なしの手紙［1928年秋］; BL.
(13)　Derwent May（編）, *Good Talk: An Anthology from BBC Radio*, p. 15.
(14)　*Evening News*, 1928年11月2日付，*EWCH*, p. 84.
(15)　*New Statesman*, 1928年11月3日付，*EWCH*, p. 85.
(16)　Hollis, *Oxford in the Twenties*, pp. 105–6.
(17)　The Anthony Powell Society Newsletter, Issue 3, 2001年夏に載ったHugh Massingberdの一文.
(18)　ハロルド・アクトンよりEW宛，1928年9月18日付；BL.
(19)　1928年10月8日；*EWD*, p. 295.
(20)　*Decline and Fall*, p. 120（Penguin Modern Classics edition）.
(21)　1924年10月18日；*EWD*, p. 295.
(22)　Wheen, *Tom Driberg*, p. 258.
(23)　*Decline and Fall*, p. 120（Penguin Modern Classics edition）.
(24)　EWよりトマス・ボルストン宛，1928年10月1日付；BL.
(25)　*Good Talk*, p. 16.
(26)　Acton, *Memoirs of an Aesthete*, p. 204.
(27)　イーヴリン・ガードナーの「わたしのイーヴリン・ウォーとの結婚と，その破局について」の無題の未発表原稿；AWAにあるコピー.
(28)　1928年10月8日；*EWD*, p. 297.
(29)　1928年10月12日；*EWD*, p. 298.
(30)　EWよりA・D・ピーターズ宛，日付なし；*EWL*, p. 30.
(31)　1928年10月25日；*EWD*, p. 300.
(32)　Duncan McLaren, ‘Margot, I Presume’, www.evelynwaugh.org.uk を参照のこと.
(33)　1928年10月27日；*EWD*, p. 300.
(34)　イーヴリン・ガードナーに関するレディー・メアリー・クライヴの備忘録（1987年）; AWA.
(35)　*Daily Express*, 1929年2月13日付，p. 19.
(36)　*Labels*, pp. 45–6.

(37) イーヴリン・ガードナーの「わたしのイーヴリン・ウォーとの結婚と，その破局について」の無題の未発表原稿；AWA にあるコピー.

(38) EW よりトマス・ボルストン宛，［1929 年 1 月 27 日頃］；AWA にあるコピー.

(39) *Labels*, pp. 29–30.

(40) 同書，p. 69.

(41) イーヴリン・ガードナーに対するマイケル・デイヴィーのインタヴュー，1973 年 2 月 24 日；AWA.

(42) EW よりトマス・ボルストン宛，［1929 年 3 月 10 日頃］；AWA にあるコピー.

(43) EW よりハロルド・アクトン宛，［1929 年 3 月 7 日頃］；*EWL*, p. 31.

(44) EW よりヘンリー・ヨーク（筆名ヘンリー・グリーン）宛，［1929 年 3 月 19 日付］；AWA.

(45) EW よりアーサー・ウォー宛，日付なし；BU.

(46) EW よりトマス・ボルストン宛，1929 年 3 月 18 日付；BL；EW よりアーサー・ウォー宛，日付なし；BU.

(47) イーヴリン・ガードナーに対するマイケル・デイヴィーのインタヴュー，1973 年 2 月 24 日；AWA. 注意—彼女は，そのインタヴューと彼女が書いたものの中で，イーヴリンはキプロスに旅行をしたと言っているが，ほかのすべての証拠は，彼がカイロに行ったことを示している.

(48) EW よりハロルド・アクトン宛，1929 年 3 月 31 日付；AWA にあるコピー.

(49) EW よりヘンリー・ヨーク宛，1929 年 5 月 4 日付；*EWL*, pp. 33–4.

(50) EW よりハロルド・アクトン宛，1929 年 5 月 10 日頃；AWA にあるコピー.

(51) 同.

(52) 同.

(53) イーヴリン・ガードナーよりジョン・マクシ宛，1929 年 5 月 26 日付；CU.

(54) *Labels*, p. 206.

(55) イーヴリン・ガードナーよりジョン・マクシ宛，1929 年 5 月；CU.

(56) EW よりヘンリー・ヨーク宛，1929 年 6 月 2 日頃；*EWL*, pp. 35–6.

(57) Powell, *Messengers of the Day*, p. 99.

(58) 同書，p. 101.

(59) 同書，p. 99.

(60) イーヴリン・ガードナーの「わたしのイーヴリン・ウォーとの結婚と，その破局について」の無題の未発表原稿；AWA にあるコピー．

(61) Nancy Mitford, *A Talent to Annoy*, p. 177 の 'My Friend Evelyn Waugh'.

(62) *Daily Express*, 1929 年 6 月 12 日付.

(63) エレナー・キャンベル＝オードに対するセリーナ・ヘイスティングズによる電話でのインタヴュー，1990 年 3 月の備忘録；AWA.

(64) イーヴリン・ガードナーの「わたしのイーヴリン・ウォーとの結婚と，その破局について」の無題の未発表原稿；AWA にあるコピー．

(65) EW よりヘンリー・ヨーク宛，1929 年 6 月 20 日付；AWA にあるコピー．

(66) サー・ジョン・ヘイゲイトよりマイケル・デイヴィー宛，1975 年 2 月 11 日付；AWA.

(67) *The Tatler*, 1929 年 7 月 3 日付，p. 46; *Sketch*, 1929 年 7 月 3 日付；また，www.evelynwaugh.org.uk の，Duncan McLaren による 'Those Parties Again' も参照のこと．

(68) Powell, *Messengers of Day*, p. 126.

(69) Elizabeth Montagu, *Honourable Rebel*, p. 105.

(70) Powell, *Messengers of Day*, p. 128.

(71) 同書；電報の日付は 7 月 26 日頃だったとポーエルは記憶している．次のものも参照のこと．Jacqueline McDonell, 'The Tatler's Role in Waugh's Downfall' , *Times Higher Educational Supplement*, 1989 年 6 月 23 日付.

(72) Sykes, *Evelyn Waugh*, p. 94; Selina Hastings, *Evelyn Waugh*, p. 195.

(73) Evelyn Waugh Petition for Divorce, AWA にあるコピー．

(74) Alec Waugh, *My Brother Evelyn*, p. 191.

(75) *Bystander*, 1929 年 7 月 17 日付.

(76) マーガレット・ウィンダムよりジョン・マクシ宛，1929 年 7 月 30 日付；CU.

(77) サー・ジョン・ヘイゲイトよりマーク・エイモリー宛，1976 年 2 月 25 日付；AWA.

(78) エレナー・キャンベル＝オードに対するセリーナ・ヘイスティングズのインタヴュー，1991 年；AWA.

(79) EW よりトム・ボルストン宛，日付なし , AWA にあるコピー．

(80) Alec Waugh, *My Brother Evelyn*, p. 191.

(81) 同書，p. 192.

(82) EW よりキャサリンおよびアーサー・ウォー宛，［1929 年 8 月 5 日付］；

BU.
(83)　同.
(84)　イーヴリン・ガードナーに関するレディー・メアリー・クライヴの備忘録（1987年）; AWA.
(85)　EWよりハロルド・アクトン宛，1929年8月4日付；*EWL*, pp. 38–9.
(86)　ハロルド・アクトンよりEW宛，1929年8月5日付；BL.
(87)　EWよりヘンリー・ヨーク宛，［1929年9月13日頃］；*EWL*, p. 40.
(88)　セリーナ・ヘイスティングズのエレナー・キャンベル＝オードへのインタヴュー（1991年）の注を参照のこと，AWAにあるコピー．エレナーはジョン・ヘイゲイトに宛てて書いた手紙の中で，自分は「様子を見る」と言ったと，やや違った風に回想している．

第12章◆ローマ･カトリックへの逸脱

(1)　ヘンリー・ラムよりEW宛，1929年8月14日付；BL.
(2)　レディー・パンジー・ラムよりJ・H・マクシ宛，1929日9月26日付；CU.
(3)　イーヴリン・ガードナーに関するレディー・メアリー・クライヴの備忘録（1987年）; AWA.
(4)　Nancy Mitford, *A Talent to Annoy*, p. 234の 'My Friend Evelyn Waugh'; ナンシー・ミットフォードよりクリストファー・サイクス宛の手紙（日付なし）も参照のこと；Christopher Sykes Papers, ジョージタウン大学.
(5)　イーヴリン・ナイティンゲールよりマイケル・デイヴィー宛，1975年10月13日付.
(6)　ナンシー・ミットフォードに対するクリストファー・サイクスのインタヴュー；Sykes Papers, GU.
(7)　Jessica Mitford, *Hons and Rebels*, p. 34.
(8)　1930年6月18日；*EWD*, pp. 315–6.
(9)　ナンシー・ミットフォードよりマーク・オーグルヴィー＝グラント宛，1930年，Laura Thompson, *Life in a Cold Climate*, p. 93に引用されている．
(10)　*The Independent*, 2003年8月13日付.
(11)　EWよりヘンリー・ヨーク宛，［1929年9月13日頃］；*EWL*, p. 39.
(12)　1929年12月30日，*Love From Nancy: The Letters of Nancy Mitford*, p. 34.
(13)　ダイアナ・モーズリーよりクリストファー・サイクス宛，1975年9月30日付，Sykes Papers, GU.
(14)　EWよりダイアナ・モーズリー宛，1966年3月30日付，*EWL*, pp. 638–9.

(15) ダイアナ・モーズリーよりクリストファー・サイクス宛，1975年9月30日付，Sykes Papers, GU.

(16) キャサリン・ウォーの日記，1929年12月24日；BU.

(17) EWよりブライアンおよびダイアナ・ギネス宛，1930年1月4日付，AWAにあるコピー.

(18) *Evening Standard*, 1930年1月30日付.

(19) *Paris Review*, Vol.30（1963年）, p. 77.

(20) BBCテレビ, *Face to Face* でのジョン・フリーマンによるインタヴュー，1960年6月.

(21) *Daily Mirror*, 1931年2月7日付.

(22) J・F・ロックスバラよりEW宛，1930年7月11日付；BL.

(23) 1930年5月26日；*EWD*, p. 311.

(24) EWよりライオネル・フィールデン宛，1930年7月7日付；AWAにあるコピー.

(25) ライオネル・フィールデンよりEW宛，1930年7月10日付；BL.

(26) 1930日7月5日；*EWD*, p. 320.

(27) EWよりダイアナ・ギネス宛，1930年7月17日付；AWAにあるコピー.

(28) ブライアン・ギネスよりEW宛，1930年7月23日付.

(29) EWよりダイアナ・モーズリー宛，1966年3月9日付；AWAにあるコピー.

(30) Hastings, *Evelyn Waugh*, p. 219に引用されている.

(31) Diana Mosley, *Loved Ones*, p. 54.

(32) Alec Waugh, *The Best Wine Last*, p. 45; アレック・ウォーよりマイケル・デイヴィー宛，1972年；AWA.

(33) アーサー・ウォーの日記，1930年4月29日；BU.

(34) 1930年5月29日；*EWD*, p. 312.

(35) 1930年6月12日；*EWD*, p. 314.

(36) 1930年6月19日；*EWD*, p. 316.

(37) *John Bull*, 1930年8月23日付；*EAR*, pp. 94–5.

(38) Alec Waugh, *My Brother Evelyn*, pp. 191–2.

(39) *Face to Face* でのインタヴュー，1960年.

(40) Sykes, *Evelyn Waugh*, p. 107に引用されている.

(41) Pryce-Jones, *Evelyn Waugh and His World*, p. 62.

(42) 「中に入り給え」. John A. O'Brien（編）,*The Road to Damascus*（1962年）；

EAR, p. 367.

(43) *Face to Face* でのインタヴュー，1960 年.

(44) EW よりマーティン・ダーシー宛，［1930 年 8 月 21 日付］；AWA.

(45) Pryce-Jones, *Evelyn Waugh and His World*, p. 64.

(46) Alexander Waugh, *Fathers and Sons*, p. 217.

(47) Terence Greenidge, *Evelyn Waugh in Letters*.

第13章◆オランダ娘

(1) Loelia, Duchess of Westminster, *Grace and Favour*, p. 117.

(2) *The Times*, 1935 年 8 月 16 日付.

(3) *Grace and Favour*, p. 117.

(4) Cecil Beaton, *Book of Beauty*（Duckworth, 1930 年）, p. 35.

(5) テリーザ・カスバートソンの死亡記事．*The Times*, 2010 年 6 月 15 日付.

(6) Jacqueline Mcdonnell, *Waugh on Women*, p. 21.

(7) Jacqueline Mcdonnell のインタヴュー，1984 年．同書，p. 23 に引用されている.

(8) Hastings, *Evelyn Waugh*, p. 222.

(9) 1930 年 6 月 1 日；*EWD*, p. 313.

(10) *Daily Mail*, 1930 年 6 月 14 日付；*EAR*, pp. 78–80.

(11) テリーザ・ユングマンより EW 宛，日付なし；BL.

(12) ロングフォード卿よりセリーナ・ヘイスティングズ宛，日付のないインタヴューの筆記録；AWA.

(13) Sarah Bradford, *Sacheverell Sitwell*, p. 217.

(14) *Daily Mail*, 1930 年 7 月 12 日付，Hastings, *Evelyn Waugh*, p. 213 に引用されている.

(15) ［1930 年 9 月 2 日～12 日］；*EWD*, p. 328.

(16) クリスティーン・ロングフォードの未発表回想録，Bevis Hillier, *Young Betjeman*, p. 309 に引用されている.

(17) Elizabeth Longford, *The Pebbled Shore*, pp. 105–6.

(18) ［1930 年 9 月 2 日～12 日］；*EWD*, p. 328（フランクとエリザベスに関する文は削除されている）.

(19) Bradford, *Sacheverell Sitwell*, p. 201.

(20) エリザベス・ロングフォードは，のちに，こう回想している．「わたしはその時の訪問で，イーヴリンがアラステアと一緒でないのを滅多に見なかった」．*Pebbled Shore*, p. 105.

(21) EWよりパトリック・バルフォア宛，1931年9月25日付；Balfour Papers，ハンティントン図書館．
(22) アラステア・グレアムよりマイケル・デイヴィー宛，日付なし；AWA.
(23) Fallowell, *How to Disappear*, p. 218.
(24) 同書，p. 202.
(25) David N.Thomas, *Dylan Thomas: A Farm, Two Mansions and a Bungalow*, p. 86.
(26) Paul Ferris, *Dylan Thomas：The Collected Letters*（Dent, 2000年）p. 603.
(27) Fallowell, *How to Disappear*, p. 16.
(28) 同書，pp. 170–3.
(29) EWよりキャサリンおよびアーサー・ウォー宛，1930年11月16日付；AWA.
(30) EWよりテリーザ・ユングマン宛，［1931年2月1日付］；個人蔵，AWAにあるコピー．
(31) Alec Waugh, *A Year to Remember*, p. 95.
(32) 同書，p. 96.
(33) Arthur Waugh, *One Man's Road*, p. 372.
(34) Alexander Waugh, *Fathers and Sons*, p. 216.
(35) Alec Waugh, *A Year to Remember*, p. 190.
(36) ジョン・ファラーよりバーニス・ボームガーテン宛，1931年10月9日付，HRC, Hastings, *Evelyn Waugh*, p. 247に引用されている．
(37) アレック・ウォーよりパトリック・バルフォア宛，1931年7月15日付，ハンティントン図書館．
(38) Alec Waugh, *A Year to Remember*, p. 123.
(39) EWよりパトリック・バルフォア宛，［1931年7月26日付］，ハンティントン図書館．
(40) Alec Waugh, *A Year to Remember*, p. 123.
(41) 同書，p. 124.
(42) EWよりパトリック・バルフォア宛，［1931年8月3日付］，ハンティントン図書館．
(43) Paula Byrne, *Mad World*, p. 144に引用されている．
(44) Alec Waugh, *A Year to Remember*, p. 106.
(45) Jane Mulvagh, *Madresfield*, p. 23.
(46) Pryce-Jones, *Evelyn Waugh and His World*, p. 50.
(47) *A Little Learning*, pp. 205–6.
(48) EWよりテリーザ・ユングマン宛，［1931年10月24日頃］，個人蔵，

AWA にあるコピー.

(49) EW よりパトリック・バルフォア宛, [1931 年 10 月 27 日付]; Balfour Papers, ハンティントン図書館.

(50) EW よりレディー・シベル, レディー・メアリー, レディー・ドロシー・リゴン宛, [1931 年] 11 月 5 日付; *EWL*, p. 59.

(51) EW よりメアリーとドロシー・リゴン宛, 1931 年 11 月 14/15 日付; AWA にあるコピー.

(52) EW よりテリーザ・ユングマン宛, 1931 年 11 月 11 日付; 個人蔵, AWA にあるコピー.

(53) EW よりテリーザ・ユングマン宛, [1931 年 11 月 13 日頃]; 個人蔵, AWA にあるコピー.

(54) EW よりテリーザ・ユングマン宛, 1931 年 12 月 3 日付; 個人蔵, AWA にあるコピー.

(55) EW よりテリーザ・ユングマン宛, [1932 年 1 月 6 日頃]; 個人蔵, AWA にあるコピー.

(56) EW よりアーサー・ウィンダム・ボールドウィン宛, [1932 年]1 月 14 日付; *EWL*, p. 61.

(57) *EWL*, p. 649.

(58) EW よりテリーザ・ユングマン宛, 1932 年 2 月 29 日付; 個人蔵, AWA にあるコピー.

(59) EW よりテリーザ・ユングマン宛, [1932 年 3 月 7 日頃]; 個人蔵, AWA にあるコピー.

(60) EW よりテリーザ・ユングマン宛, 1932 年 4 月 16 日付; 個人蔵, AWA にあるコピー.

(61) EW よりアーサー・ウィンダム・ボールドウィン宛, [1932 年 4 月 16 日付]; *EWL*, p. 63.

(62) EW より W・N・ラフヘッド宛, [1932 年 5 月 8 日頃]; AWA にあるコピー.

(63) EW よりレディー・ドロシー・リゴン宛, [1932 年 4 月]; AWA にあるコピー.

(64) 1933 年 5 月 15 日付の, フランシス・ボーン大司教宛の彼の公開状に言及されている.

(65) James Fox, *White Mischief*, (Cape, 1982 年), p. 50 を参照のこと. ド・ドラフォード夫妻がやがて離婚したことは, *The Times* (1937 年 10 月 26 日付) で報じられた.

(66)　EWよりレディー・ドロシー・リゴン宛，［1932年4月20日頃］；*EWL*, p. 64.

(67)　EWよりテリーザ・ユングマン宛，1932年5月23日付；個人蔵，AWAにあるコピー.

(68)　Byrne, *Mad World*, p. 192に引用されている.

(69)　*Brideshead Revisited*, p. 92.

(70)　Philip Ziegler, *Diana Cooper*, p. 150.

(71)　同書，p. 160.

(72)　Diana Cooper, *The Light of Common Days*, p. 112.

(73)　Ziegler, *Diana Cooper*, p. 150.

(74)　*The Spectator*, 1932年10月1日付.

(75)　*The Listener*, 1932年10月15日付.

(76)　*Bookman*, 1932年11月.

(77)　Eileen Agar, *A Look at My Life*, pp. 103–5.

(78)　クレア・マッケンジーよりEW宛，日付なし；BL.

(79)　ジョイス・ギルよりEW宛，日付なし；BL.

(80)　EWよりテリーザ・ユングマン宛，1932年9月28日付；個人蔵，AWAにあるコピー.

(81)　EWよりテリーザ・ユングマン宛，1932年10月23日付；個人蔵，AWAにあるコピー.

(82)　EWよりテリーザ・ユングマン宛，1932年11月20日付；個人蔵，AWAにあるコピー.

(83)　EWよりダイアナ・クーパー宛，［1932年12月2日付］；*MWMS*, p. 20.

第14章◆密林の方へ

(1)　EWよりレディー・ダイアナ・クーパー宛，［1932年11月8日付］；*MWMS*, p. 19.

(2)　EWよりテリーザ・ユングマン宛，1932年12月4日～8日付；個人蔵，AWAにあるコピー.

(3)　*Ninety-Two Days*, pp. 3,5.

(4)　1932年12月4日；*EWD*, p. 355.

(5)　同.

(6)　Pryce-Jones, *Evelyn Waugh and His World*, p. 89.

(7)　EWよりレディー・メアリー・リゴン宛，［12月20日頃］；AWAにあるコピー.

(8) 1932年12月4日；*EWD*, p. 356.

(9) EWよりレディー・メアリー・リゴン宛，［12月20日頃］；AWAにあるコピー.

(10) EWよりテリーザ・ユングマン宛，1932年12月1日付；個人蔵，AWAにあるコピー.

(11) EWよりテリーザ・ユングマン宛，1932年12月2日付；個人蔵，AWAにあるコピー.

(12) EWよりテリーザ・ユングマン宛，1932年4日〜8日付；個人蔵，AWAにあるコピー.

(13) *Ninety-Two Days*, p. 20（Serif edition, 2007年）.

(14) 1932年12月20日；*EWD*, p. 359.

(15) 同.

(16) 1932年12月20日；*EWD*, pp. 359–60.

(17) 1932年12月20日；*EWD*, p. 360.

(18) 1932年キリスト降誕日；*EWD*, p. 360.

(19) EWよりテリーザ・ユングマン宛，1932年12月31日付；個人蔵，AWAにあるコピー.

(20) EWよりレディー・ダイアナ・クーパー宛，［1933年1月2日付］；*MWMS*, p. 19.

(21) *Ninety-Two Days*, p. 30（Serif edition, 2007年）.

(22) *Ninety-Two Days*, p. 50（Serif edition, 2007年）.

(23) 1933年1月11日；*EWD*, p. 364.

(24) *Ninety-Two Days*, p. 61.

(25) EWよりレディー・ダイアナ・クーパー宛，［1933年］1月28日付；*MWMS*, p. 23.

(26) *Ninety-Two Days*, pp. 71–2.

(27) 同書，p. 67.

(28) 同書，p. 74.

(29) 同書，p. 88.

(30) 同書，p. 87.

(31) EWよりレディー・ダイアナ・クーパー宛，1933年2月10日付；*MWMS*, pp. 25–6.

(32) EWよりテリーザ・ユングマン宛，［1933年3月1日付］灰の水曜日；個人蔵，AWAにあるコピー.

(33) EWよりレディー・ダイアナ・クーパー宛，［1933年］3月2日付；

MWMS, p. 27.

(34)　EW よりテリーザ・ユングマン宛，［1933 年 3 月 1 日付］灰の水曜日；個人蔵，AWA にあるコピー.

(35)　EW よりテリーザ・ユングマン宛，1933 年 4 月 7 日付；個人蔵，AWA にあるコピー.

(36)　EW よりテリーザ・ユングマン宛，［1933 年 3 月 8 日頃］；個人蔵，AWA にあるコピー.

(37)　同.

(38)　EW よりテリーザ・ユングマン宛，［1933 年 5 月 21 日頃］；個人蔵，AWA にあるコピー.

(39)　同.

(40)　EW よりテリーザ・ユングマン宛，1933 年 7 月 23 日付；個人蔵，AWA にあるコピー.

(41)　EW よりレディー・ダイアナ・クーパー宛，［1933 年 7 月 29 日頃］；*MWMS*, p. 38.

(42)　EW よりテリーザ・ユングマン宛，1933 年 7 月 31 日付；個人蔵，AWA にあるコピー.

(43)　テリーザ・ユングマンより EW 宛，日付なし［1933 年 7 月頃］；BL.

(44)　テリーザ・ユングマンより EW 宛，日付なし［1933 年 7 月頃］；BL.

(45)　EW よりテリーザ・ユングマン宛，1933 年 8 月 2 日付；個人蔵，AWA にあるコピー.

(46)　EW よりテリーザ・ユングマン宛，1933 年 7 月 31 日付；個人蔵，AWA にあるコピー.

(47)　EW よりテリーザ・ユングマン宛，1933 年 8 月 2 日付；個人蔵，AWA にあるコピー.

(48)　EW よりナンシー・ミットフォード宛，［1933 年 8 月 4 日付］；AWA にあるコピー.

(49)　テリーザ・ユングマンより EW 宛，［1933 年 8 月 7 日頃］；BL.

(50)　EW よりテリーザ・ユングマン宛，1933 年 8 月 16 日付；個人蔵，AWA にあるコピー.

(51)　同.

(52)　EW よりレディー・ダイアナ・クーパー宛，［1933 年 9 月 /10 月］；*MWMS*, p. 35.

(53)　キャサリン・アスキスの日記，Hastings, *Evelyn Waugh*, p. 286 に引用されている.

(54) EWよりレディー・ダイアナ・クーパー宛，［1933年9月/10月］；*MWMS*, p. 35.

(55) EWよりテリーザ・ユングマン宛，1933年9月1日付［および1933年8月28日頃］；個人蔵，AWAにあるコピー．

(56) EWよりテリーザ・ユングマン宛，1933年9月1日付；個人蔵，AWAにあるコピー．

(57) Hollis, *Oxford in the Twenties*, p. 84.

(58) EWよりテリーザ・ユングマン宛，［1933年7月3日頃］；個人蔵，AWAにあるコピー．

(59) イーヴリン・ガードナーの「わたしのイーヴリン・ウォーとの結婚と，その破局について」の無題の未発表原稿；AWAにあるコピー．

(60) EWよりレディー・ドロシー・リゴン宛，［1933年10月20日頃］；AWAにあるコピー．

(61) イーヴリン・ガードナーの「わたしのイーヴリン・ウォーとの結婚と，その破局について」の無題の未発表原稿；AWAにあるコピー．

(62) 次のものを参照のこと．Gallagher 'Evelyn Waugh and the Vatican Divorce', Blayac（編）, *EvelynWaugh: New Directions*, pp. 62–84 所収．

(63) 同書，pp. 73–4.

(64) 同書，p. 74.

(65) EWよりレディー・メアリー・リゴン宛，［1933年10月］；*EWL*, p. 81.

第15章◆自分の有利になるような助言はできない

(1) EWよりテリーザ・ユングマン宛，［1933年11月16日頃］；個人蔵，AWAにあるコピー．

(2) EWよりレディー・ドロシー・リゴン宛，［1933年10月19日頃］；AWAにあるコピー．

(3) EWよりレディー・メアリー・リゴン宛，［1933年10月31日付］；AWAにあるコピー．

(4) EWよりテリーザ・ユングマン宛，1933年11月6日付；AWAにあるコピー．

(5) EWよりテリーザ・ユングマン宛，1933年12月3日付；AWAにあるコピー．

(6) EWよりテリーザ・ユングマン宛，1933年12月24日付；個人蔵，AWAにあるコピー．

(7) EWよりテリーザ・ユングマン宛，1933年12月29日付；個人蔵，AWA

にあるコピー.
(8) EW よりキャサリン・アスキス宛, ［1934 年 1 月］; *EWL*, pp. 83–4.
(9) EW よりレディー・メアリーおよびレディー・ドロシー・リゴン宛, ［1934 年 1 月 4 日頃］; *EWL*, p. 82.
(10) EW よりレディー・メアリー・リゴン宛, ［1934 年 1 月 20 日頃］; *EWL*,p. 82.
(11) 'Fan-Fare', 雑誌 *Life*, 1946 年 4 月 8 日付; *EAR*, p. 303.
(12) EW よりキャサリン・アスキス宛, ［1934 年 1 月］; *EWL*, pp. 83–4.
(13) EW よりキャサリン・アスキス宛, ［1934 年 2 月 9 日頃］; *EWL*, p. 85.
(14) ヘンリー・ヨークより EW 宛, 1934 年 9 月 2 日付; BL.
(15) EW よりヘンリー・ヨーク宛, ［1934 年 9 月 3 日頃］; *EWL*, p. 88.
(16) EW よりレディー・ダイアナ・クーパー宛, ［1934 年 2 月 11 日頃］; *MWMS*, p. 43.
(17) EW より A・D・ピーターズ宛, ［1934 年 4 月 30 日頃］; HRC, AWA にあるコピー.
(18) 1934 年 7 月 6 日; *EWD*, p. 386.
(19) EW よりテリーザ・ユングマン宛, 1934 年 7 月 7 日付; 個人蔵, AWA にあるコピー.
(20) 1934 年 7 月 9 日; *EWD*, p. 388.
(21) EW よりレディー・ダイアナ・クーパー宛, ［1934 年 7 月 13 日付］; *MWMS*,p. 45.
(22) 1934 年 7 月 17 日; *EWD*, p. 390.
(23) 「初めてわたしが北方に行った時：北極での大失態」. Theodora Benson 編のアンソロジー, *The First Time I…* に発表された (1935 年); *EAR*, p. 146.
(24) 「初めてわたしが北方に行った時」; *EAR*, pp. 144–9.
(25) 「初めてわたしが北方に行った時」; *EAR*, p. 148.
(26) サー・アレグザンダー・グレンよりセリーナ・ヘイスティングズ宛, Hastings, *Evelyn Waugh*, p. 306.
(27) EW よりトム・ドライバーグ宛, ［1934 年 8 月末］, クライスト・チャーチ, オックスフォード; AWA にあるコピー.
(28) *NYTBR*, 1934 年 5 月 27 日付; *EWCH*, pp. 146–8.
(29) *New Statesman*, 1934 年 9 月 15 日付; *EWCH*, pp. 154–7.
(30) EW よりレディー・メアリー・リゴン宛, ［1934 年 9 月 8 日頃］; *EWL*, p. 89.
(31) EW よりレディー・ドロシー・リゴン宛, ［1934 年 10 月 26 日頃］;

EWL, pp. 90–1.

(32)　Nicola Beauman, *Cynthia Asquith*,（Hamish Hamilton, 1987 年）, p. 314.

(33)　EW よりレディー・メアリー・リゴン宛,［1935 年 1 月 10 日頃］; *EWL*, p. 92.

(34)　James Lees-Milne, *Ancestral Voices*, p. 184.

(35)　A.N.Wilson, *Hilaire Belloc*,（Hamish Hamilton, 1984 年）, p. 325.

(36)　EW よりレディー・メアリー・リゴン宛,［1935 年 2 月 8 日頃］; *EWL*, p. 93.

(37)　EW よりローラ・ハーバート宛,［1935 年 5 月 3 日付］; *EWL*, p. 94.

(38)　EW よりキャサリン・アスキス宛,［1935 年 6 月 24 日付］; *EWL*, p. 95.

(39)　EW よりローラ・ハーバート宛,［1935 年 7 月末頃 ?］.

(40)　ローラ・ハーバートより EW 宛,［1935 年 8 月 8 日付］; BL.

(41)　EW よりローラ・ハーバート宛,［1935 年 8 月 9 日頃］; *EWL*, p. 95.

(42)　*Evening Standard*, 1935 年 2 月 13 日付 ; *EAR*, p. 163.

(43)　*Waugh in Abyssinia*,（Peguin Modern Classics edition, 2000 年）, p. 41.

(44)　W.F.Deedes, *At War With Waugh*, p. 116.

(45)　同書, pp. 90–1.

(46)　同書, p. 35.

(47)　*Waugh in Abyssinia*, pp. 44–5.

(48)　EW よりダイアナ・クーパー宛,［1935 年］9 月 13 日付 ; *MWMS*, p. 52.

(49)　EW よりローラ・ハーバート宛,［1935 年］8 月 24 日付 ; *EWL*, pp. 97–8.

(50)　EW よりローラ・ハーバート宛,［1935 年］10 月 26 日付 ; AWA.

(51)　アーサー・ウォーの日記, 1936 年 2 月 3 日 ; BU.

(52)　ローラ・ハーバートより EW 宛, 1936 年 1 月 28 日付 ; BL.

(53)　EW よりレディー・メアリー・リゴン宛, 1936 年 4 月 15 日付 ; *EWL*, p. 105.

(54)　EW よりローラ・ハーバート宛, 1936 年 4 月 28 日付 ; *EWL*, p. 104.

第16章◆いやもう, 彼女はちゃんとした娘だ

(1)　EW よりダイアナ・クーパー宛,［1936 年 6 月］; *MWMS*, p. 60.

(2)　*The Spectator*, 1935 年 11 月 1 日付 ; *EWCH*, p. 165.

(3)　ヘンリー・ヨークより EW 宛, 1936 年 6 月 18 日付 ; BL.

(4)　EW よりヘンリー・ヨーク宛, 1936 年 6 月 20 日付 ; AWA にあるコピー.

(5)　*The Spectator*, 1936 年 7 月 10 日付, *EWCH*, pp. 183–4.

(6)　EWよりキャサリン・アスキス宛，1936年8月4日付；AWAにあるコピー.
(7)　1936年8月18日；*EWD*, p. 398.
(8)　*Waugh in Abyssinia*, p. 167.
(9)　EWよりローラ・ハーバート宛，1936年8月4日付；*EWL*, p. 109.
(10)　EWよりローラ・ハーバート宛，1936年8月5日付；*EWL*, p. 110.
(11)　EWよりレディー・メアリー・リゴン宛，1936年8月6日付；AWAにあるコピー.
(12)　1936年9月10日；*EWD*, p. 405.
(13)　ローラ・ハーバートよりEW宛，1936年8月；BL.
(14)　*The Times*, 1936年8月20日付.
(15)　EWよりレディー・メアリー・リゴン宛，1936年9月12日付；*EWL*, pp. 110–1.
(16)　アーサー・ウォーの日記，1936年9月23日；BU.
(17)　EWよりアーサー・ウォー宛，1936年9月29日付；AWA.
(18)　アーサー・ウォーの日記，1936年10月6日；BU.
(19)　アーサー・ウォーの日記，1936年10月7日；BU.
(20)　EWよりテリーザ・ユングマン宛，1936年10月1日付；個人蔵，AWAにあるコピー.
(21)　1936年10月15日；*EWD*, p. 409.
(22)　1936年11月5日；*EWD*, p. 412.
(23)　1936年12月21日；*EWD*, p. 417.
(24)　EWよりレディー・ダイアナ・クーパー宛，［1936年12月21日頃］；*MWMS*, p. 62.
(25)　EWよりローラ・ハーバート宛，［1937年2月］；AWA.
(26)　1936年12月21日；*EWD*, p. 417.
(27)　'General Conversation Myself', *Nash's Pall Mall Magazine*, 1937年3月；*EAR*, p. 190. 小火自体は，アーサー・ウォーの日記（1935年1月29日）に記されている；BU.
(28)　アーサー・ウォーの日記，1936年12月31日；BU.
(29)　アーサー・ウォーの日記，1936年2月26日；BU.
(30)　Alec Waugh, *The Best Wine Last*, p. 48.
(31)　Alexander Waugh, *Fathers and Sons*, p. 242.
(32)　EWよりローラ・ハーバート宛，1937年2月；AWA.
(33)　EWよりローラ・ハーバート宛，1937年2月；AWA.

(34) 1937年2月4日；*EWD*, p. 420.
(35) EWよりダイアナ・クーパー宛，［1937年7月18日頃］；*MWMS*, p. 64.
(36) Hastings, *Evelyn Waugh*, p. 364.
(37) アーサー・ウォーの日記，1937年4月17日；BU.
(38) 1937年4月18日；*EWD*, p. 422.
(39) EWよりキャサリン・アスキス宛，1937年5月；AWAにあるコピー.
(40) EWよりW・N・ラフヘッド宛，1937年7月7日付；AWAにあるコピー.
(41) パトリック・バルフォアよりキャロライン・キンロス宛，1937年12月15日付，スコットランド国立図書館；Hastings, *Evelyn Waugh*, p. 366に引用されている.
(42) EWよりヴィヴィアン・グリーン宛，［1938年］3月8日付；*EWL*, p. 116.
(43) 1939年7月8日；*EWD*, p. 432.
(44) 1937年11月27日；*EWD*, p. 428.
(45) 1939年6月28日；*EWD*, p. 431.
(46) 1937年11月17日と24日；*EWD*, pp. 426–7.
(47) 1937年11月26日；*EWD*, p. 428.
(48) アーサー・ウォーの日記，1938年2月25日，BU.
(49) EWよりA・D・ピーターズ宛，1938年3月10日付；HRC.
(50) EWよりトマス・ボルストン宛，1938年3月11日付；AWAにあるコピー.
(51) EWよりテリーザ・ユングマン宛，1938年3月12日付；個人蔵，AWAにあるコピー.
(52) EWよりテリーザ・ユングマン宛，1938年3月17日付；個人蔵，AWAにあるコピー.
(53) 新しいPenguinのペーパーバック版の*Scoop*（2000年）の序文.
(54) 1938年5月7日；*EWCH*, p. 194.
(55) 1938年5月7日；*EWCH*, p. 195.
(56) 1938年5月13日；*EWCH*, p. 199.
(57) *The Spectator*, 1938年5月13日付；*EWCH*, pp. 200–2.
(58) アーサー・ウォーの日記，1938年7月7日；BU.
(59) Alec Waugh, *The Best Wine Last*, p. 58.
(60) アーサー・ウォーの日記，1938年7月8日；BU.
(61) EWよりA・D・ピーターズ宛，［1938年5月16日頃］；HRC.

(62)　EW よりメアリー・ハーバート宛，［1938 年］8 月 17 日付；AWA にあるコピー.

(63)　1938 年 7 月 28 日；*EWCH*, p. 204.

(64)　1939 年 11 月 19 日；*EWCH*, p. 207.

(65)　EW よりテリーザ・ユングマン宛，1939 年 1 月 1 日付.

(66)　1939 年 8 月 23 日；*EWD*, p. 437.

(67)　ダイアナ・クーパーより EW 宛，［1939 年 7 月］；*MWMS*, p. 68.

(68)　*The Times*, 1939 年 9 月 5 日付，p. 1.

第17章◆ウォーを終わらせる戦争《ウォー》

(1)　キャサリン・ウォーより EW 宛，1939 年 9 月 5 日付；BL.

(2)　1939 年 8 月 27 日；*EWD*, p. 438.

(3)　1939 年 10 月 1 日；*EWD*, p. 444.

(4)　ヘンリー・ヨークより EW 宛，1939 年 10 月 14 日付；BL.

(5)　1939 年 10 月 21 日；*EWD*, p. 447.

(6)　Carol Mather, *When the Grass Stops Growing*,（Leo Cooper, 1997 年）, p. 35.

(7)　1939 年 10 月 18 日；*EWD*, p. 447.

(8)　EW よりローラ・ウォー宛，1939 年 10 月 23 日付；AWA.

(9)　EW よりローラ・ウォー宛，［1939 年 10 月 25 日頃］；AWA.

(10)　1939 年，諸聖人の祝日［11 月 1 日］; *EWD*, p. 448.

(11)　EW よりメアリー・リゴン宛，［1939 年 11 月 18 日頃］.

(12)　EW よりローラ・ウォー宛，［1939 年 11 月 30 日頃］.

(13)　1939 年 10 月 26 日；*EWD*, p. 437.

(14)　1939 年 11 月 23 日；*EWD*, p. 437.

(15)　1939 年 11 月 24 日；*EWD*, p. 437.

(16)　同.

(17)　EW よりローラ・ウォー宛，［1939 年 12 月 10 日付］；AWA.

(18)　EW よりローラ・ウォー宛，1939 年 12 月 18 日付；AWA.

(19)　Diana Cooper, *Trumpets from the Steep*, p. 36.

(20)　John St John, *To the War with Waugh*（The Whittington Press, 1973 年）, p. 6.

(21)　EW よりヘレン・アスキス宛，1939 年 12 月 27 日付；AWA にあるコピー.

(22)　EW よりローラ・ウォー宛，1940 年 1 月 7 日付；*EWL*, p. 133.

(23)　テリーザ・カスバートソンの死亡記事，*The Daily Telegraph*, 2010 年 6 月 12 日付.

(24)　EW よりテリーザ・カスバートソン宛，1940 年 8 月 1 日付，個人蔵，AWA にあるコピー．

(25)　EW よりローラ・ウォー宛，1940 年 1 月 14 日付；AWA.

(26)　R・D・ホートン少将に対するセリーナ・ヘイスティングズのインタヴューの筆記録，side 2, p. 1；AWA.

(27)　1940 年 1 月 15 日；*EWD*, p. 461.

(28)　EW よりローラ・ウォー宛，1940 年 2 月 25 日付；AWA.

(29)　ベッチェマンは英国空軍の健康診断を受けたあと「精神異常と記録された」と，イーヴリンはローラに語った．

(30)　EW よりジョン・ベッチェマン宛，1940 年 1 月 24 日と 2 月 15 日付；AWA にあるコピー．

(31)　EW よりローラ・ウォー宛，［1940 年 4 月］；*EWL*, p. 139.

(32)　R・D・ホートン少将に対するセリーナ・ヘイスティングズのインタヴューの筆記録，side 1, p. 6；AWA.

(33)　EW よりローラ・ウォー宛，1940 年 3 月 31 日付；AWA.

(34)　EW よりローラ・ウォー宛，1940 年 4 月 2 日付；AWA.

(35)　G・E・ワイルドマン＝ラッシントン大佐の署名（1940 年 5 月 18 日）とセント・クレア＝モーフォード准将の署名（1940 年 5 月 25 日）のある，海軍本部の書式 S 206 b, Gallagher, *In the Picture*, p. 139 に引用されている．

(36)　EW よりローラ・ウォー宛，［1940 年］9 月 26 日付；*EWL*, p. 141.

(37)　EW よりアーサー・ウォー宛，1940 年 11 月 5 日付；AWA.

(38)　次のものを参照のこと．Sushila Anand, *Daisy: The Life and Loves of the Countess of Warwick*（Piatkus, 2008 年）.

(39)　‘Commando Raid On Bardia’, 雑誌 *Life*, 1941 年 11 月 17 日付；*EAR*, p. 263.

(40)　David Niven, *The Moon's A Balloon*（Coronet Books, 1972 年）, p. 220.

(41)　R・E・レイコックによる ‘A History of the Commandos’ のタイプ原稿，Laycock Papers 6/28, Liddell Hart Centre for Military Archives, Gallagher, *In The Picture*, p. 142 に引用されている．

(42)　ロバート・レイコックの未発表回想録，個人蔵．

(43)　1940 年 11 月 13 日；*EWD*, pp. 487–8.

(44)　EW よりローラ・ウォー宛，1941 年 11 月 21 日付；AWA.

(45)　‘Memorandum on Layforce; July 1940–July 1941’, *EWD*, p. 491.

(46)　EW よりローラ・ウォー宛，1940 年 11 月 15 日付；AWA.

(47)　EW よりローラ・ウォー宛，1940 年 11 月 20 日付；AWA.

(48)　Mather, *When the Grass Stops Growing*, pp. 30–1.

(49)　EW よりキャサリン・ウォー宛，1940 年 12 月 2 日付，AWA.

(50)　アーサー・ウォーよりジョーン・ウォーに宛てた手紙（1940 年 12 月 6 日付）に引用されている抜粋.

(51)　Alexander Waugh, *Fathers and Sons*, p. 252.

(52)　1940 年 12 月 3 日；*EWD*, p. 437.

(53)　EW よりローラ・ウォー宛，［1940 年 12 月 8 日頃］；AWA.

(54)　EW よりローラ・ウォー宛，1940 年 12 月 25 日付；*EWL*, p. 149.

(55)　クリストファー・サイクスとアン・パスターナック・スレイターは，もっとよいものになっていただろうと考えている；ダグラス・レイン・ペイティーは，そう考えていない.

(56)　1941 年 2 月 3 日付，James Owen, *Commando*, p. 29 に引用されている.

(57)　EW よりローラ・ウォー宛，1941 年 2 月 8 日付；AWA.

(58)　EW よりローラ・ウォー宛，1941 年 2 月 23 日付；*EWL*, p. 150.

(59)　EW よりローラ・ウォー宛，1941 年 3 月 6 日付；AWA.

(60)　'I was Evelyn Waugh's Batman', *Punch*, 1975 年 11 月 19 日付.

(61)　R・E・S・タナー博士とアントニー・ビーヴァーとの会話，1990 年 12 月 2 日，筆記録のコピー，AWA.

(62)　'I was Evelyn Waugh's Batman', *Punch*, 1975 年 11 月 19 日付.

(63)　'Memorandum on Layforce; July 1940–July1941'; *EWD*, p. 494.

(64)　同書，p. 495.

(65)　A・D・ピーターズより EW 宛，1941 年 9 月 23 日付，Douglas Lane Patey, *The Life of Evelyn Waugh*, p. 189 に引用されている.

(66)　'Memorandum on Layforce; July 1940–July 1941'; *EWD*, p. 496.

(67)　同書，p. 498.

(68)　同書，p. 499.

(69)　同書，p. 500.

(70)　レイコックの話；National Archives, DEFE 2/699.

(71)　'Memorandum on Layforce; July 1940–July 1941'; *EWD*, p. 502.

(72)　同書，p. 503.

(73)　同書，p. 504.

(74)　Major F.C.C.Graham, 'Cretan Crazy Week', p. 5, IWM 76/180/1.

(75)　'Memorandum on Layforce; July 1940–July 1941'; *EWD*, p. 507.

(76)　EW の返事，1955 年 7 月 4 日付；Mark Amory（編）,*The Letters of Ann Fleming*, p. 155.

(77)　1955 年 7 月 6 日；*EWD*, p. 728.

(78) レイ部隊日誌，National Archives, WO 218/186.
(79) サー・ロバート・レイコック少将の未発表回想録.
(80) 'Memorandum on Layforce; July 1940–July 1941'; *EWD*, p. 509.
(81) レイ部隊日誌，National Archives, WO 218/186.
(82) Antony Beevor, 'The First Casualty of Waugh', *The Spectator*, 1991年4月5日付，p. 26.
(83) R・W・マドック少佐の日誌，pp. 101–2, IWM, Gallagher, *In the Picture*, p. 207に引用されている.
(84) F・R・J・ニコルズ大尉の文書にある，ニコルズの母宛の手紙，IWM 93/17/1.
(85) F・C・C・グレアムよりマイケル・デイヴィー宛，1976年6月9日付，IWM 76/180/1.
(86) レイコックの未発表回想録，p. 380.
(87) 同書，pp. 380–1.
(88) 同書，p. 388.
(89) 同.
(90) Anthony Beevor, *Crete 1941*（ペンギン版の序文，2014年）, p. xv.
(91) R・E・S・タナー博士とアントニー・ビーヴァーとの会話，1990年12月2日，筆記録のコピー，AWA.
(92) 同.
(93) Colonel E.E.Rich, 'The Campaign in Crete', National Archives, CAB 44/121; Gallagher, *In the Picture*, p. 86に引用されている.

第18章◆頭は血塗《まみ》れではないが屈服し

(1) EWよりローラ・ウォー宛，1941年9月28日付；AWA.
(2) アーサー・ウォーの日記，1941年9月27日；BU.
(3) EWよりローラ・ウォー宛，1941年9月28日付；AWA.
(4) Selina Hastings, *Evelyn Waugh*, p. 422に引用されている.
(5) EWよりローラ・ウォー宛，1941年9月30日付；AWA.
(6) EWよりローラ・ウォー宛，1941年9月28日付；AWA.
(7) EWよりローラ・ウォー宛，［1941年11月頃］；AWA.
(8) EWよりローラ・ウォー宛，1941年11月16日付；*EWL*, p. 157.
(9) EWよりローラ・ウォー宛，［1942年1月］；AWA.
(10) 日記，1942年1月5日〜2月7日；*EWD*, p. 518.
(11) 「英雄的で騎士道的な偽装」, *Scott-King's Modern Europe*, p. 5;「君は今にな

るとわかるだろうか……」，EW よりダイアナ・クーパー宛，［1942 年春］，*MWMS*；「戻って君と一緒になりたい」，EW よりレイコック宛，1942 年 3 月 23 日付，AWA にあるコピー；「生き延びなかったようだ……」，*EWD*, p. 517; EW よりローラ・ウォー宛［1942 年 5 月］；AWA.

(12) EW よりレディー・ドロシー・リゴン宛，1942 年 5 月 7 日付；AWA にあるコピー.

(13) EW よりローラ・ウォー宛，1942 年 5 月 31 日付；*EWL*, p. 161.

(14) アーサー・ウォーより EW 宛，［1942 年 4 月 25 日付］；BL.

(15) レイコックより EW 宛，1942 年 6 月 26 日付；BL.

(16) 1942 年 10 月 26 日；*EWD*, p. 530.

(17) EW よりローラ・ウォー宛，［1942 年］10 月 27 日付；*EWL*, p. 164.

(18) EW よりローラ・ウォー宛，1942 年 12 月 27 日付；*EWL*, pp. 164–5.

(19) 1942 年 10 月 28 日；*EWD*, p. 530.

(20) EW よりローラ・ウォー宛，［1943 年 9 月 28 日付］，*EWL*, p. 172.

(21) 1942 年 8 月 27 日；*EWD*, p. 525.

(22) EW よりローラ・ウォー宛，［1942 年］10 月 24 日付；AWA.

(23) EW よりローラ・ウォー宛，［1942 年 12 月 10 日頃］；AWA.

(24) EW よりローラ・ウォー宛，［1943 年 7 月 26 日付］；AWA.

(25) Lord Lovat, *March Past*, p. 233.

(26) EW よりトム・ドライバーグ宛，［1943 年 7 月 1 日頃］；クライスト・チャーチ，オックスフォード.

(27) EW よりアレック・ウォー宛，1943 年 7 月 8 日付；BU.

(28) EW よりラヴァット卿宛，1943 年 7 月 12 日付，*EWD*, p. 541.

(29) ラヴァット卿より EW 宛，1943 年 7 月 13 日付，*EWD*, p. 542.

(30) A・F・オースティン中佐よりオーベロン・ウォー宛，1978 年 11 月；AWA.

(31) ヘイドン将軍よりレイコック宛，1943 年 7 月 31 日付，Laycock Papers, 6/20, Liddell Hart Centre.

(32) ジェイキー・アスターよりクリストファー・サイクス宛，Sykes, *Evelyn Waugh*, p. 228 に引用されている.

(33) Laycock Papers, Box 6/15, Liddell Hart Centre; Owen, *Commando*, p. 312 に引用されている.

(34) アントニー・ヘッド准将よりレイコック宛，1942 年 9 月 9 日付，Laycock Papers, 6/4, LHC, Gallagher, *In the Picture*, p. 227 に引用されている.

(35) レイコックよりラヴァット宛，1942 年 9 月 12 日付；Laycock Papers,

6/13, LHC, 同書，227 に引用されている.
(36) キャサリン・ウォーよりアレック・ウォー宛，1943 年 7 月 3 日付，Alexander Waugh, *Fathers and Sons*, p. 265 に引用されている.
(37) EW より R・E・レイコック准将宛，1943 年 7 月 19 日付，*EWD*, p. 543.
(38) 1943 年 8 月 10 日；*EWD*, p. 545.
(39) 1943 年 8 月 29 日；*EWD*, p. 548.
(40) EW よりローラ・ウォー宛，［1943 年 12 月 6 日付］；*EWL*, p. 174.
(41) Evelyn Waugh, *Sword of Honour*, p. 533（Penguin Classics edition）.
(42) 1943 年 10 月 13 日；*EWD*, pp. 552–3.
(43) EW より A・H・ファーガソン大佐宛，1944 年 1 月 24 日付；AWA にあるコピー.
(44) EW よりローラ・ウォー宛，1944 年 1 月 25 日付；*EWL*, p. 176.

第19章◆涙を誘う本

(1) EW よりローラ・ウォー宛，1944 年 2 月 2 日付；*EWL*, p. 176.
(2) EW より A・D・ピーターズ宛，1944 年 2 月 8 日付；*EWL*, p. 177.
(3) 1944 年 2 月 13 日；*EWD*, p. 558.
(4) 1944 年 3 月 2 日；*EWD*, p. 559.
(5) EW よりローラ・ウォー宛，［1944 年］3 月 2 日付；*EWL*, p. 179.
(6) EW よりレディー・ドロシー・リゴン宛，1944 年 3 月 23 日付；*EWL*, p. 180.
(7) 同.
(8) EW よりローラ・ウォー宛，［1944 年 3 月 26 日付］；AWA.
(9) EW よりローラ・ウォー宛，1943 年 9 月 19 日付；*EWL*, p. 169.
(10) Auberon Waugh, *Will This Do?* p. 29.
(11) EW よりローラ・ウォー宛，1941 年 12 月 6 日付；AWA.
(12) EW よりローラ・ウォー宛，［1942 年 12 月 15 日頃］；AWA.
(13) EW よりローラ・ウォー宛，1943 年 9 月 19 日付；*EWL*, p. 170.
(14) EW よりローラ・ウォー宛，［1944 年 2 月 13 日頃］；AWA.
(15) EW よりローラ・ウォー宛，1941 年 6 月 2 日付；*EWL*, p. 179.
(16) 1944 年 4 月 1 日；*EWD*, p. 561.
(17) 1944 年 4 月 3 日；*EWD*, p. 561.
(18) 1944 年 4 月 16 日；*EWD*, p. 561.
(19) 1944 年 5 月 4 日；*EWD*, p. 562.
(20) 同；*EWD*, p. 564.

(21)　1944年3月9日；*EWD*, pp. 564–5.

(22)　Auberon Waugh, *Will This Do?*, pp. 13–4.

(23)　EWよりナンシー・ミットフォード宛，［1944年］5月18日付；*LNMEW*, p. 4.

(24)　EWよりレディー・ドロシー・リゴン宛，1944年3月23日付；*EWL*, p. 182.

(25)　1944年6月6日；*EWD*, pp. 567–8.

(26)　EWよりA・D・ピーターズ宛，1944年6月20日付；HRC.

(27)　1944年6月24日；*EWD*, p. 568.

(28)　EWよりローラ・ウォー宛，1944年6月25日付；AWA.

(29)　Fitzroy Maclean, 'Captain Waugh', Pryce-Jones, *Evelyn Waugh and His World*, p. 134所収.

(30)　1944年7月2日；*EWD*, pp. 568–9.

(31)　EWよりローラ・ウォー宛，1944年7月6日付；AWA.

(32)　Nicholas Shakespeare, 'A Life Less Ordinary', *The Independent*, 2011年9月21日付.

(33)　Diana Cooper, *Trumpets from the Steep*, p. 201. John Julius Norwich, *Trying to Please*, p. 99.

(34)　1944年7月16日；*EWD*, p. 573.

(35)　ランドルフ・チャーチルよりローラ・ウォー宛，1944年7月26日付；AWA.

(36)　1944年7月31日；Hermione Ranfurly, *To War with Whittaker*,（Heinemann, 1994年）, p. 260.

(37)　Pryce-Jones, *Evelyn Waugh and His World*, p. 53.

(38)　EWよりローラ・ウォー宛，［1944年］8月17日付；*EWL*, p. 182.

(39)　Stephen Clissold, 'Civil Waugh in Croatia', *The South Slav Journal*, Vol.3, No.3, 1980年9月.

(40)　1944年9月16日；*EWD*, p. 579.

(41)　EWよりローラ・ウォー宛，1944年9月16日付；*EWL*, p. 182.

(42)　EWよりキャサリン・ウォー宛，1944年10月17日付；AWA.

(43)　Clissold, 'Civil Waugh in Croatia', *The South Slav Journal*, Vol. 3, No. 3, 1980年9月.

(44)　Pryce-Jones, *Evelyn Waugh and His World*, p. 143.

(45)　The Earl of Birkenhead, 'Fiery Particles', 同書，p. 152.

(46)　Clissold, 'Civil Waugh in Croatia', *The South Slav Journal*, Vol.3, No.3, 1980年9

月.

(47) The Earl of Birkenhead, 'Fiery Particles', Pryce-Jones, *Evelyn Waugh and His World*, pp. 151–3 所収.

(48) 1944年10月27日；*EWD*, p. 587.

(49) EWよりナンシー・ミットフォード宛，［1944年］11月12日付；*LNMEW*, p. 7.

(50) EWよりローラ・ウォー宛，［1944年］11月2日付；*EWL*, p. 192.

(51) EWよりローラ・ウォー宛，［1944年］11月5日付；*EWL*, pp. 192–3.

(52) バーケンヘッド伯爵よりヒュー・トレヴァー＝ローパー宛，1973年10月29日付；*Evelyn Waugh Newsletter*, Vol.43, No.3.

(53) Clissold, 'Civil Waugh in Croatia', *The South Slav Journal*, Vol.3, No.3, 1980年9月.

(54) EWよりローラ・ウォー宛，1944年11月5日付；*EWL*, pp. 192–3.

(55) EWよりキャサリン・ウォー宛，［1944年］12月11日付；AWA.

(56) EWよりローラ・ウォー宛，1944年12月25日付；AWA.

(57) EWよりナンシー・ミットフォード宛，1945年1月4日付；AWA.

(58) EWよりローラ・ウォー宛，1945年1月7日付；*EWL*, p. 195.

(59) EWよりナンシー・ミットフォード宛，1945年1月7日付；*EWL*, p. 196.

(60) 1945年1月12日；*EWD*, p. 608.

(61) EWよりローラ・ウォー宛，1945年1月5日付；AWA.

(62) EWよりローラ・ウォー宛，1945年2月10日付；*EWL*, p. 201.

(63) EWよりローラ・ウォー宛，1945年3月8日付；*EWL*, p. 202.

第20章◆占領

(1) EWよりナンシー・ミットフォード宛，1945年1月7日付；*LNMEW*, p. 14.

(2) マーティン・ダーシーよりEW宛，1945年4月21日付；BL.

(3) ペネロピ・ベッチェマンよりEW宛，1945年1月23日付；BL.

(4) ナンシー・ミットフォードよりEW宛，1945年1月17日付；BL.

(5) ヘンリー・ヨークよりEW宛，1944年キリスト降誕日；BL.

(6) ナンシー・ミットフォードよりEW宛，1945年1月17日付；BL.

(7) *Brideshead Revisited*, 1960年版（Chapman & Hall）の序文.

(8) ハロルド・アクトンよりEW宛，1945年5月30日付；BL.

(9) *Manchester Guardian*, 1945年6月1日付；*EWCH*, p. 233.

(10)　1945年6月23日；*EWCH*, p. 239.

(11)　1946年1月5日，*EWCH*, p. 245.

(12)　*EWL*, p. 219n.

(13)　1945年4月12日；*EWD*, p. 625.

(14)　EWよりダグラス・ウッドラフ宛，1946年1月12日付；AWAにあるコピー.

(15)　1945年7月1日；*EWD*, p. 628.

(16)　EWよりアルフレド・ギルビー宛，1945年10月31日付；AWAにあるコピー.

(17)　*The Daily Telegraph*, 1947年11月11日付，*EAR*, p. 339.

(18)　EWよりローラ・ウォー宛，1945年7月28日付；AWA.

(19)　'What To Do With the Upper Classes', *Town and Country*, 1946年9月，*EAR*, p. 312.

(20)　同.

(21)　1945年7月28日；*EWD*, p. 629.

(22)　EWよりローラ・ウォー宛，1945年7月28日付；AWA.

(23)　1945年7月28日；*EWD*, p. 629.

(24)　EWよりローラ・ウォー宛，1945年8月25日付；*EWL*, p. 211.

(25)　1945年9月11日；*EWD*, p. 608.

(26)　EWよりレディー・ダイアナ・クーパー宛，1947年1月12日付；*MWMS*, p. 93.

(27)　EWよりキャサリン・ウォー宛，1945年9月19日付；AWA.

(28)　EWよりレディー・メアリー・リゴン宛，1945年10月12日付；AWAにあるコピー.

(29)　EWよりランドルフ・チャーチル宛，1945年10月8日付；*EWL*, p. 213.

(30)　1945年12月26日；*EWD*, p. 608.

(31)　EWよりレディー・ダイアナ・クーパー宛，1946年1月3日付；*MWMS*, p. 82.

(32)　Auberon Waugh, *Will This Do?* p. 65.

(33)　EWよりペネロピ・ベッチェマン宛，［1935年8月］；*EWL*にある削除版，pp. 96–7.

(34)　リチャード・イングラムズよりオーベロン・ウォー宛，1987年1月，Bevis Hillier, *John Betjeman: New Fame New Love*, 2002年，p. 661.

(35)　ペネロピ・ベッチェマンよりマーティン・スタナード宛，Stannard, *Evelyn Waugh*, p. 282に引用されている.

(36)　Auberon Waugh, *Literary Review*, 1986 年 12 月.

(37)　EW よりジョン・ベッチェマン宛，1945 年 5 月 27 日付；*EWL*, p. 207.

(38)　EW よりペネロピ・ベッチェマン宛，1946 年 1 月 15 日付；*EWL*, pp. 217–8.

(39)　ペネロピ・ベッチェマンより EW 宛，1946 年 1 月 23 日付；BL.

(40)　EW よりジョン・ベッチェマン宛，1946 年 9 月 22 日付；AWA にあるコピー.

(41)　ペネロピ・ベッチェマンより EW 宛，1947 年 6 月 1 日付；BL.

(42)　EW よりペネロピ・ベッチェマン宛，［1947 年］6 月 4 日付；*EWL*, pp. 252–3.

(43)　日記，1947 年 8 月 4 日；*EWD* にある削除版，p. 608.

(44)　EW よりナンシー・ミットフォード宛，［1946 年］8 月 7 日付；*LNMEW*, p. 46.

(45)　EW よりグレアム・グリーン宛，1951 年 8 月 21 日付；*EWL*, p. 353. EW よりナンシー・ミットフォード宛，1951 年 10 月 29 日付；*LNMEW*, p. 244.

(46)　*The Tablet*, 1938 年 12 月 3 日付，*EAR*, pp. 238–41.

(47)　*The Tablet*, 1945 年 11 月 10 日付，*EAR*, pp. 281–3.

(48)　EW よりナンシー・ミットフォード宛，1945 年 1 月 7 日付；*LNMEW*, p. 14.

(49)　1946 年 3 月 31 日；*EWD*, p. 645.

(50)　'Notes on Nuremburg'; EW よりランドルフ・チャーチル宛，［1946 年 4 月］, *EWL*, p. 226.

(51)　Philip Ziegler, *Diana Cooper*, p. 241.

(52)　ダイアナ・クーパーよりコンラッド・ラッセル宛，1946 年 4 月 7 日付，Ziegler, p. 241 に引用されている.

(53)　1946 年 4 月 1 日, 2 日；*EWD*, p. 647.

(54)　EW よりレディー・メアリー・リゴン宛，1946 年 2 月 4 日付；*EWL*, p. 233.

(55)　1946 年 3 月 6 日；*EWD*, p. 643.

(56)　'Fan-Fare', *Life*, 1946 年 4 月 8 日付，*EAR*, pp. 300–4.

(57)　A・D・ピーターズより EW 宛，1946 年 11 月 15 日付；HRC.

(58)　EW より A・D・ピーターズ宛，1946 年 11 月 21 日付；HRC.

(59)　Harold Acton, *More Memoirs of an Aesthete*, p. 225.

(60)　EW よりレディー・ダイアナ・クーパー宛，［1947 年 2 月 2 日頃］; *MWMS*, p. 94.

(61) アレック・ウォーよりキャサリン・ウォー宛，1948年2月22日付；BU.

(62) 日記，1947年2月7日（*EWD* からは削除されている）.

(63) Selina Hastings, *The Secret Lives of Somerset Maugham*, p. 381.

(64) EW より A・D・ピーターズ宛，1947年2月19日付；HRC.

(65) 1947年2月7日；*EWD*, p. 673.

(66) 1947年4月7日；*EWD*, p. 675.

(67) EW より A・D・ピーターズ宛，［1947年］3月6日付；HRC.

(68) 同.

(69) 1947年4月7日；*EWD*, p. 675.

(70) 同.

(71) *The Tablet*, 1936年7月17日付.

(72) 1947年4月7日；*EWD*, p. 675.

(73) EW より A・D・ピーターズ宛，［1947年］3月6日付；HRC.

(74) EW よりレディー・ダイアナ・クーパー宛，［1947年］5月10日付；*MWMS*, pp. 95–6.

(75) EW より A・D・ピーターズ宛，［1947年］3月6日付；HRC.

(76) 1947年2月1日；*EWD*, p. 670.

(77) キャロル・ブラントより A・D・ピーターズ宛，1947年3月18日付，HRC, Hastings, *Evelyn Waugh*, p. 517 に引用されている.

(78) Anthony Slide（編），*'It's the Pictures That Got Small': Charles Brackett on Billy Wilder and Hollywood's Golden Age*（2014年），1947年2月16日，p. 304.

(79) Craig Brown, *One on One*,（Fourth Estate, 2011年），p. 53 に引用されている.

(80) Hastings, *Evelyn Waugh*, p. 517.

(81) *The Ordeal of Gilbert Pinfold*, p. 23（Penguin Modern Classics edition）.

(82) EW がトイに言った言葉は，Michael Swan より Maurice Cranston 宛の［1952年］7月16日付の手紙にある．Cranston Papers, HRC. ベイビーに対する EW の警告は，EW がテリーザ・カスバートソンに宛てた，1946年1月4日付の手紙にある；個人蔵，AWA にあるコピー.

(83) 1947年4月19日；*EWD*, p. 675.

(84) EW よりナンシー・ミットフォード宛，［1946年］10月16日付；*EWL*, p. 246.

(85) EW よりマーガレット・スティーヴンズ宛，1947年5月26日付；AWA.

(86) 'Half in Love with Easeful Death: An Examination of Californian Burial Customs', *Life*, 1947年9月29日付，*The Tablet*, 1947年10月18日付，*EAR*, pp. 331–7.

(87)　EW より A・D・ピーターズ宛，1947 年 9 月 11 日付；HRC.
(88)　A・D・ピーターズより EW 宛，1947 年 9 月 13 日付；HRC.
(89)　EW より A・D・ピーターズ宛，［1947 年］9 月 14 日付；HRC.
(90)　1947 年 6 月 29 日；*EWD*, p. 681.
(91)　シリル・コノリーより EW 宛，［1947 年 9 月 2 日付］；BL.
(92)　*Horizon*, 1948 年 2 月，pp. 76–7; *EAR*, pp. 299–300.
(93)　Sykes, *Evelyn Waugh*, p. 312.
(94)　Jeffrey Meyers, *Edmund Wilson*,（Houghton Mifflin, 1995 年）, p. 271 に引用されている.
(95)　ナンシー・ミットフォードより EW 宛，1948 年 2 月 9 日付；*LNMEW*, p. 90.
(96)　EW よりナンシー・ミットフォード宛，［1950 年 12 月］；*LNMEW*, p. 207.
(97)　レディー・パメラ・ベリーよりナンシー・ミットフォード宛，1949 年 11 月 27 日付，Hastings, *Evelyn Waugh*, pp. 537–8 に引用されている.
(98)　*EWL*, pp. 288–9n.
(99)　EW よりローラ・ウォー宛，［1948 年］11 月 9 日付；*EWL*, p. 288.
(100)　EW よりナンシー・ミットフォード宛，［1949 年］4 月 2 日付；*LNMEW*, p. 121.
(101)　Sykes, *Evelyn Waugh*, p. 337.

第21章◆気の触れた自分

(1)　ローラ・ウォーより EW 宛，［1950 年 7 月］；BL.
(2)　EW よりローラ・ウォー宛，1950 年 7 月 30 日付，7 月 31 日付；*EWL*, p. 334 および AWA.
(3)　Auberon Waugh, *Will This Do?*, p. 46.
(4)　Alexander Waugh, *Fathers and Sons*, p. 312.
(5)　同書，pp. 312–3.
(6)　Auberon Waugh, *Will This Do?*, p. 41.
(7)　EW よりオーベロン・ウォー宛，1956 年 2 月 20 日付，*EWL*, p. 466.
(8)　Auberon Waugh, *Will This Do?*, p. 41.
(9)　Auberon Waugh, *Will This Do?*, p. 41; オーベロン・ウォーに対するニコラス・シェイクスピアの，*Arena* でのインタヴュー.
(10)　Alexander Waugh, *Fathers and Sons*, p. 308 に引用されている.
(11)　Alexander Waugh, *Fathers and Sons*, p. 310.

(12) EW よりテリーザ・ダームズ宛，1964 年 4 月 17 日付；AWA；ジェイムズ・ウォーより著者宛，2016 年 2 月；Septimus Waugh, 'Let Evelyn Waugh back into Combe Florey churchyard', *The Spectator*, 2016 年 3 月 26 日付.

(13) EW よりグレアム・グリーン宛，1951 年 8 月 18 日付；*EWL*, p. 353.

(14) キャサリン・ウォルストンより EW 宛，［1951 年 8 月 24 日付］；BL.

(15) EW よりキャサリン・ウォルストン宛，1951 年 8 月 25 日付；*EWL*, p. 355.

(16) *Time*, 1952 年 10 月 27 日付，*EWCH*, pp. 341–3.

(17) 1952 年 12 月 19 日，*EWD*, p. 705.

(18) EW よりローラ・ウォー宛，1953 年 1 月 5 日付；*EWL*, p. 389.

(19) EW よりナンシー・ミットフォード宛，1953 年 2 月 10 日付；*LNMEW*, p. 300.

(20) ジョン・ベッチェマンより EW 宛，1953 年 5 月 24 日付；Candida Lycett Green（編）, *John Betjeman Letters*, Vol.2（Methuen, 1995 年）, p. 42.

(21) A.N.Wilson, *Betjeman*, p. 209 に引用されている.

(22) EW よりキンロス卿宛，［1953 年］；*EWL*, p. 416.

(23) ジョン・ベッチェマンより EW 宛，1953 年 12 月 31 日付，*John Betjeman Letters*, Vol.2, p. 47.

(24) EW よりジョン・ベッチェマン宛，1954 年 1 月 2 日付；AWA にあるコピー.

(25) Sykes, *Evelyn Waugh*, p. 472.

(26) Barbara Skelton, *Tears Before Bedtime*（Hamish Hamilton, 1987 年）, pp. 135–6.

(27) John Julius Norwich（編）, *Darling Monster: The Letters of Lady Cooper to her son John Julius Norwich, 1939–1952*, p. 229.

(28) 1947 年 7 月 29 日；*EWD*, p. 682.

(29) EW よりナンシー・ミットフォード宛，［1949 年］12 月 5 日付；*LNMEW*, p. 158.

(30) *The Ordeal of Gilbert Pinfold*, pp. 11–2.

(31) 同書，p. 12.

(32) EW よりジョン・ベッチェマン宛，1953 年 9 月 17 日付，*EWL*, p. 410.

(33) オーベロン・ウォーよりマーティン・スタナード宛，1989 年 2 月 9 日付；Stannard, *Evelyn Waugh: The Later Years 1939–1966*, p. 334.

(34) 同.

(35) *The Ordeal of Gilbert Pinfold*, p. 15.

(36)　*Frankly Speaking. The Ordeal of Gilbert Pinfold* のペンギン版の付録に引用されている.

(37)　EW よりダイアナ・クーパー宛, [1953 年] 8 月 7 日付 ; *MWMS*, p. 179.

(38)　Philip Ziegler, *Diana Cooper*, p. 266.

(39)　EW よりダイアナ・クーパー宛, [1953 年] 9 月 19 日付 ; *MWMS*, p. 183.

(40)　EW よりダイアナ・クーパー宛, [1953 年] 8 月 19 日付 ; *MWMS*, p. 178.

(41)　Ziegler, *Diana Cooper*, p. 277.

(42)　EW よりダイアナ・クーパー宛, 1954 年 1 月 2 日付 ; *MWMS*, p. 186.

(43)　1954 年 1 月 6 日 ; *EWD*, p. 724.

(44)　1954 年 1 月 6 日 ; 同.

(45)　EW よりローラ・ウォー宛, [1954 年] 2 月 3 日付 ; *EWL*, p. 418.

(46)　EW よりローラ・ウォー宛, [1954 年] 2 月 8 日付 ; 同.

(47)　EW よりダイアナ・クーパー宛, [1954 年] 2 月 18 日付 ; *MWMS*, pp. 187–8.

(48)　Frances Donaldson, *Evelyn Waugh: Portrait of a Country Neighbour*, p. 59.

(49)　同書, p. 60.

(50)　EW よりシリル・コノリー宛, 1954 年 3 月 13 日付 ; AWA にあるコピー.

(51)　EW よりダイアナ・クーパー宛, 1954 年 3 月 6 日付 ; *MWMS*, p. 189.

(52)　EW よりナンシー・ミットフォード宛, 1954 年 3 月 5 日付 ; *LNMEW*, p. 332.

(53)　EW よりシリル・コノリー宛, 1954 年 3 月 13 日付 ; AWA にあるコピー.

(54)　Hollis, *Oxford in the Twenties*, p. 82.

(55)　EW よりマーガレット・ウォー宛, 1954 年 12 月 11 日付 ; *EWL*, p. 434.

(56)　EW よりナンシー・ミットフォード宛, 1954 年 12 月 18 日付 ; *LNMEW*, p. 332.

(57)　EW よりアン・フレミング宛, 1955 年 ; Matthew Parker, *Goldeneye* (Hutchinson, 2014 年), p. 188 に引用されている.

(58)　EW よりアン・フレミング宛, [1955 年] 3 月 6 日付 ; AWA にあるコピー.

(59)　EW よりダフネ・フィールディング宛, [1956 年] 10 月 2 日付 ; *EWL*, p. 476.

(60) *The Ordeal of Gilbert Pinfold*, pp. 9–10 (Penguin Modern Classics edition, 2006 年).
(61) 1957 年 7 月 20 日，*EWCH*, pp. 384–6.
(62) 1957 年 7 月 21 日，*EWCH*, pp. 386–7.

第22章◆ふさわしい，ひっそりした場所

(1) Alexander Waugh, *Fathers and Sons*, p. 338.
(2) *The Times*, 1964 年 3 月 23 日付.
(3) Nancy Spain, 'My Pilgrimage to See Mr Waugh', *Daily Express*, 1955 年 6 月 23 日付.
(4) 'Awake My Soul! It Is A Lord', *The Spectator*, 1955 年 7 月 8 日付.
(5) 同.
(6) 1955 年 6 月 21 日，22 日；*EWD*, p. 725.
(7) 日記，1955 年 6 月 30 日；*EWD*, p. 726.
(8) EW よりオールドフィールド宛，1956 年 7 月 4 日付，*EWL*, p. 443.
(9) EW よりナンシー・ミットフォード宛，1956 年 10 月 14 日付；*LNMEW*, p. 397.
(10) EW よりアン・フレミング宛，［1956 年］9 月 13 日付，Amory（編），*Letters of Ann Fleming*, pp. 186–7.
(11) *The Times*, 1957 年 2 月 20 日付，21 日付.
(12) EW よりナンシー・ミットフォード宛，1957 年［3 月 5 日付］，*LNMEW*, p. 405.
(13) EW よりダイアナ・クーパー宛，［1957 年］2 月 24 日付；*MWMS*, p. 237.
(14) EW よりアレック・ウォー宛，1957 年 2 月 23 日付；BU.
(15) EW よりアン・フレミング宛，1957 年 1 月 28 日付，*EWL*, p. 484.
(16) EW よりジャック・ドナルドソン宛，［1957 年］3 月 12 日付；AWA にあるコピー.
(17) Sykes, *Evelyn Waugh*, pp. 390–1 に引用されている.
(18) *Ronald Knox*, p. 286.
(19) 同書，p. 329.
(20) EW よりダイアナ・クーパー宛，［1957 年］11 月 20 日付，*MWMS*, p. 245.
(21) EW よりドム・ヒューバート・ヴァン・ゼラー宛，1958 年 1 月 23 日付；AWA にあるコピー.

(22) ダフネ・アクトンよりEW宛, 1958年8月25日付；BL.
(23) 同.
(24) EWよりアン・フレミング宛, 1958年3月10日付, *EWL*, p. 505.
(25) EWよりハロルド・アクトン宛, 1958年12月4日付；AWAにあるコピー.
(26) ローラ・ウォーよりEW宛, 1958年6月11日付；BL.
(27) Alexander Waugh, *Fathers and Sons*, p. 353に引用されている.
(28) オーベロン・ウォーよりEW宛, 1958年4月27日付；同書, p. 354.
(29) オーベロン・ウォーよりEW宛, 1958年5月, 同書, p. 356.
(30) EWよりダイアナ・クーパー宛, 1958年6月9日付, *MWMS*, p. 254.
(31) EWよりダイアナ・クーパー宛, ［1958年］6月13日付, 同書, p. 255.
(32) EWよりアン・フレミング宛, 1958年6月18日付；個人蔵, AWAにあるコピー.
(33) EWよりダイアナ・クーパー宛, ［1958年］6月13日付；*MWMS*, p. 255.
(34) ローラ・ウォーよりEW宛, 1958年6月18日付；AWA.
(35) EWよりエイルレッド・ワトキン神父宛, 1958年6月17日付；AWAにあるコピー.
(36) EWよりフィリップ・キャラマン神父宛, 1958年6月29日付；AWAにあるコピー.
(37) EWよりダフネ・アクトン宛, 1958年8月21日付；*EWL*, p. 512.
(38) EWよりオーベロン・ウォー宛, 1958年7月8日付；*EWL*, p. 510.
(39) Auberon Waugh, *Will This Do?*, p. 109.
(40) オーベロン・ウォーよりEW宛, 1958年7月21日付；BL.
(41) EWよりダフネ・アクトン宛, 1958年8月21日付；AWAにあるコピー.
(42) オーベロン・ウォーよりEW宛, 1958年［9月］; BL.
(43) EWよりエイルレッド神父宛, ［1958年10月8日頃］; AWAにあるコピー.
(44) EWよりレディー・メアリー・リゴン宛, 1958年8月26日付；AWAにあるコピー.
(45) EWよりオーベロン・ウォー宛, 1958年11月14日付, Alexander Waugh, *Fathers and Sons*, p. 373.
(46) Auberon Waugh, *Will This Do?*, p. 112.
(47) EWよりマザー・イグネイシアス宛, 1950年8月2日付, *EWL*, p. 334.

(48)　Christopher Sykes, *Evelyn Waugh*, p. 452.
(49)　EW よりアン・フレミング宛，［1952 年］9 月 1 日付；*EWL*, p. 380.
(50)　EW よりマーガレット・ウォー宛，1953 年，聖霊降臨日；AWA.
(51)　EW よりマーガレット・ウォー宛，［1957 年］6 月 3 日付，*EWL*, pp. 489–90.
(52)　EW よりダイアナ・クーパー宛，1958 年 3 月 29 日付，*MWMS*, p. 250.
(53)　EW よりメアリー・リゴン宛，1958 年 8 月 26 日付；AWA にあるコピー.
(54)　EW よりアン・フレミング宛，1958 年 12 月 3 日付；Amory（編）*Letters of Ann Fleming*, p. 224.
(55)　EW よりダイアナ・クーパー宛，1959 年 1 月 14 日付，*MWMS*, p. 262.
(56)　EW よりアン・フリーマントル宛，1959 年 7 月 31 日付；AWA にあるコピー.
(57)　*The Sunday Times*, 1960 年 9 月 25 日付，*EWCH*, p. 415.
(58)　A・D・ピーターズより EW 宛，1959 年 10 月 7 日付；BL.
(59)　EW よりモーリス・バウラ宛，1959 年 10 月 22 日付，*EWL*, p. 530.
(60)　EW よりアン・フレミング宛，1960 年 2 月 17 日付，*EWL*, p. 533.
(61)　EW より A・D・ピーターズ宛，1960 年 3 月 17 日付，HRC.
(62)　EW よりトム・ドライバーグ宛，1960 年 6 月 11 日付，クライスト・チャーチ，オックスフォード.
(63)　EW よりテリーザ・ダームズ宛，1961 年 9 月 16 日付；AWA.
(64)　EW よりマーガレット・ウォー宛，1961 年 2 月 20 日付；AWA.
(65)　EW よりダイアナ・クーパー宛，1960 年 12 月 24 日付，*MWMS*, p. 282.
(66)　EW よりジャック・マクドゥーガル宛，1958 年 4 月 18 日付，*EWL*, p. 507.
(67)　EW よりオーベロン・ウォー宛，1959 年 7 月 28 日付；AWA.
(68)　EW よりジョン・ダームズ宛，1960 年 11 月 11 日付；AWA にあるコピー.
(69)　EW よりパンジー・ラム宛，1961 年 7 月 18 日付；AWA にあるコピー.
(70)　Alexander Waugh, *Fathers and Sons*, p. 394.
(71)　EW よりジョン・ドナルドソン宛，［1961 年 4 月 24 日付］，AWA にあるコピー.
(72)　EW よりアレック・ウォー宛，1961 年 3 月 22 日付；BL.
(73)　EW よりダフネ・フィールディング宛，1961 年 5 月 22 日付；*EWL*, p. 566.

(74)　EWよりクリストファー・サイクス宛，1961年6月5日付，Sykes Papers, GU.
(75)　EWよりアン・フレミング宛，1961年6月13日付；AWAにあるコピー.
(76)　EWよりテリーザ・ダームズ宛，1961年6月5日付；AWAにあるコピー.
(77)　Alexander Waugh, *Fathers and Sons*, p. 399.
(78)　オーベロン・ウォーよりEW宛，1961年6月24日付；BL.
(79)　EWよりオーベロン・ウォー宛，1961年6月29日付；AWA.
(80)　EWよりマーガレット・ウォー宛，［1961年］7月5日付；AWA.
(81)　EWよりアン・フレミング宛，1961年7月17日付；AWAにあるコピー.

第23章◆衰亡

(1)　*A Little Learning*, p. 1.
(2)　A・D・ピーターズよりEW宛，1961年4月27日付；HRC.
(3)　EWよりアレック・ウォー宛，1961年7月19日付；BU.
(4)　EWよりマーガレット・ウォー宛，1961年7月20日付；AWA.
(5)　EWよりダイアナ・モーズリー宛，1966年3月9日付；*EWL*, p. 638.
(6)　EWよりマーガレット・ウォー宛，1961年7月20日付；AWA.
(7)　EWよりアン・フレミング宛，1961年8月8日付；AWAにあるコピー.
(8)　EWよりテリーザ・ダームズ宛，1961年9月16日付；AWAにあるコピー.
(9)　EWよりパメラ・ベリー宛，［1961年］10月30日付；AWAにあるコピー.
(10)　フィリップ・キャラマンよりEW宛，1961年4月21日付；BL.
(11)　EWよりアン・フレミング宛，［1960年］10月19日付；AWAにあるコピー.
(12)　EWよりマーガレット・ウォー宛，1960年12月7日付；AWA.
(13)　EWよりマーガレット・ウォー宛，1961年7月20日付；AWA.
(14)　EWよりマーガレット・ウォー宛，1961年3月12日付；AWA.
(15)　EWよりアン・フレミング宛，1961年3月27日付；*EWL*, p. 563.
(16)　EWよりマーガレット・ウォー宛，1961年5月24日付；AWA.
(17)　EWよりマーガレット・ウォー宛，1961年7月20日付；AWA.
(18)　マーガレット・ウォーよりEW宛，1961年4月6日付；BL.

(19)　EWよりダイアナ・クーパー宛，1961年6月22日付，*MWMS*, p. 288.
(20)　フィリップ・キャラマンよりEW宛，1961年9月15日付；BL.
(21)　EWよりアン・フレミング宛，1961年8月30日付；AWAにあるコピー.
(22)　クリストファー・サイクスよりEW宛，1961年10月21日付；BL.
(23)　モーリス・バウラよりEW宛，1961年10月15日付；BL.
(24)　*The Sunday Times*, 1961年10月29日付；*EWCH*, p. 430.
(25)　Amory（編）, *Letters of Ann Fleming*, p. 295.
(26)　EWよりテリーザ・ダームズ宛，1961年10月28日付；AWAにあるコピー.
(27)　EWよりシリル・コノリー宛，1961年10月23日付；AWAにあるコピー.
(28)　シリル・コノリーよりEW宛，1961年10月30日付；BL.
(29)　EWよりシリル・コノリー宛，1961年11月20日付；AWAにあるコピー.
(30)　EWよりダイアナ・クーパー宛，1962年6月30日付，*MWMS*, p. 291.
(31)　EWよりテリーザ・ダームズ宛，1962年2月19日付；AWAにあるコピー.
(32)　EWよりダイアナ・クーパー宛，1962年3月30日付；*MWMS*, p. 291.
(33)　EWよりナンシー・ミットフォード宛，1962年4月1日付，*LNMEW*, pp. 449–50.
(34)　EWよりナンシー・ミットフォード宛，1962年3月27日付；同書，p. 447.
(35)　ナンシー・ミットフォードよりEW宛，1962年4月10日付；同書，p. 450.
(36)　ナンシー・ミットフォードよりEW宛，1962年3月29日付；同書，p. 449.
(37)　EWよりマーガレット・ウォー宛，［1962年］4月12日付；AWAにあるコピー.
(38)　ジャイルズ・フィッツハーバートより著者宛，2013年12月.
(39)　ジャイルズ・フィッツハーバートよりEW宛，1962年8月6日付；BL.
(40)　EWよりナンシー・ミットフォード宛，［1962年8月22日頃］；*LNMEW*, p. 457.
(41)　ダイアナ・クーパーよりEW宛，［1962年8月25日付］；*MWMS*, p. 293.

(42) EW よりダイアナ・クーパー宛，1962 年 8 月 28 日付；同書，p. 293.
(43) *Basil Seal Rides Again*, p. 13.
(44) EW よりダフネ・フィールディング宛，1962 年 10 月 25 日付；AWA にあるコピー.
(45) マーガレット・ウォーより EW 宛，1962 年 8 月 7 日付；BL.
(46) EW よりアン・フレミング宛，1962 年 9 月 19 日付；AWA にあるコピー.
(47) EW よりテリーザ・ダームズ宛，1962 年 6 月 27 日付；AWA にあるコピー.
(48) EW よりダフネ・アクトン宛，1963 年 6 月 10 日付；AWA にあるコピー.
(49) EW よりナンシー・ミットフォード宛，1962 年 12 月 28 日付；*LNMEW*, p. 471.
(50) ヒュー・モールソンより EW 宛，1962 年 1 月 2 日付；BL.
(51) ジョン・ベッチェマンより EW 宛，1964 年 9 月；Lycett Green（編），*John Betjeman Letters*, Vol.2, p. 279.
(52) W・R・B・ヤングより EW 宛，1963 年 11 月 21 日付；BL.
(53) W・R・B ヤングより EW 宛，1963 年 11 月 27 日付；BL.
(54) EW よりテリーザ・ダームズ宛，1964 年 10 月 29 日付；AWA にあるコピー.
(55) オーベロン・ウォーより EW 宛，1963 年 6 月 8 日付；BL.
(56) EW よりテリーザ・ダームズ宛，1963 年 10 月 14 日付；AWA にあるコピー.
(57) EW よりアン・フレミング宛，1963 年 3 月 13 日付；*EWL*, p. 601.
(58) EW よりテリーザ・ダームズ宛，1963 年 8 月 28 日付；AWA にあるコピー.
(59) EW よりマーガレット・フィッツハーバート宛，1963 年 9 月 22 日付；AWA にあるコピー.
(60) EW よりアン・フレミング宛，1963 年 10 月 10 日付；AWA にあるコピー.
(61) EW よりザリータ・マテイ宛，1963 年 11 月 20 日付；AWA にあるコピー.
(62) EW よりアルフレッド・ダガン宛，1963 年 11 月 18 日付；AWA にあるコピー.
(63) *New Statesman*, 1964 年 9 月；*EWCH*, p. 461.

(64) EW よりダイアナ・モーズリー宛，1966 年 3 月 9 日付；*EWL*, p. 638.
(65) *Encounter*, 1964 年 12 月；*EWCH*, p. 471.
(66) *Cosmopolitan*, 1964 年 11 月；*EWCH*, pp. 469–70.
(67) キャサリン・アスキスより EW 宛，1964 年 9 月 9 日付；BL.
(68) ダドリー・カルーより EW 宛，1964 年 9 月 4 日付；BL.
(69) EW よりダイアナ・クーパー宛，［1964 年］10 月 24 日付；*MWMS*, p. 311.
(70) EW よりダイアナ・クーパー宛，1964 年 12 月 20 日付；同書，p. 315.
(71) EW よりアン・フレミング宛，1965 年 1 月 27 日付，*EWL*, p. 630.
(72) EW よりナンシー・ミットフォード宛，1965 年［3 月 2 日付］, *LNMEW*, p. 497.
(73) EW よりナンシー・ミットフォード宛，1965 年 5 月 29 日付；*EWL*, p. 631.
(74) EW よりナンシー・ミットフォード宛，1966 年 1 月 25 日付；*LNMEW*, p. 503.
(75) EW よりナンシー・ミットフォード宛，1965 年 5 月 29 日付；*EWL*, p. 631.
(76) EW よりナンシー・ミットフォード宛，1965 年 9 月 5 日付；*EWL*, p. 633.
(77) 同.
(78) EW よりアン・フレミング宛，1966 年 1 月 3 日付；AWA にあるコピー.
(79) マーガレット・フィッツハーバートより EW 宛，［1965 年 12 月 4 日付］；BL.
(80) EW よりマーガレット・フィッツハーバート宛，1965 年 12 月 6 日付；*EWL*, p. 635.
(81) マーガレット・フィッツハーバートより EW 宛，1965 年 12 月 19 日付；AWA にあるコピー.
(82) EW より A・D・ピーターズ宛，1966 年 1 月 29 日付；HRC.
(83) Sykes, *Evelyn Waugh*, p. 445.
(84) EW よりアン・フレミング宛，［1966 年 1 月 31 日付］；AWA にあるコピー.
(85) EW よりロビン・アンダーソン教授宛，1966 年 4 月 10 日付；AWA にあるコピー.
(86) Auberon Waugh, *Will This Do?* , pp. 184–5.
(87) マーガレット・フィッツハーバートよりダイアナ・クーパー宛，［1966

年 4 月〕; *MWMS*, p. 326.

エピローグ

(1)　グレアム・グリーンよりローラ・ウォー宛，1966 年 4 月 10 日付 ; BL.
(2)　ダイアナ・モーズリーよりローラ・ウォー宛，1966 年 4 月 11 日付 ; BL.
(3)　ナンシー・ミットフォードよりローラ・ウォー宛，1966 年 4 月 11 日付 ; BL.
(4)　A・D・ピーターズよりローラ・ウォー宛，1966 年 4 月 12 日付 ; BL.
(5)　パトリック・キンロスよりローラ・ウォー宛，1966 年 4 月 17 日付 ; BL.
(6)　P・G・ウッドハウスよりローラ・ウォー宛，1966 年 4 月 11 日付 ; BL.
(7)　アンガス・ウィルソンよりローラ・ウォー宛，1966 年 4 月 13 日付 ; BL.
(8)　ロバート・ヘンリーキズよりローラ・ウォー宛，1966 年 8 月 12 日付 ; BL.
(9)　ダフネ・アクトンよりローラ・ウォー宛，1966 年 4 月 13 日付 ; BL.
(10)　レディー・ドロシー・リゴンよりローラ・ウォー宛，1966 年 4 月 12 日付 ; BL.
(11)　ダイアナ・クーパーよりローラ・ウォー宛，1966 年 4 月 12 日付 ; BL.
(12)　ジョン・ベッチェマンよりローラ・ウォー宛，1966 年 4 月 16 日付 ; BL.
(13)　ペネロピ・ベッチェマンよりローラ・ウォー宛，1966 年 4 月 18 日付 ; BL.
(14)　ダフネ・アクトンよりローラ・ウォー宛，1966 年 4 月 13 日付 ; BL.

参考文献

イーヴリン・ウォーの作品

PRB: An Essay on the Pre-Raphaelite Brotherhood, 1847-54, privately printed, 1926.

Rossetti: His Life and Works, Duckworth, 1928.

Decline and Fall: An Illustrated Novelette, Chapman & Hall, 1928.『ポール・ペニフェザーの冒険』柴田稔彦訳（福武文庫，1991 年），『大転落』富山太佳夫訳（岩波文庫，1991 年）.

Vile Bodies, Chapman & Hall, 1930.『卑しい肉体』大久保譲訳（新人物往来社，2012 年）.

Labels, A Mediterranean Journey, Duckworth, 1930; US edition: *A Bachelor Abroad*, J. Cape & H. Smith, 1930.

Remote People, Duckworth, 1931; US edition: *They Were Still Dancing*, Farrar & Rinehart, 1932.

Black Mischief, Chapman & Hall, 1932.『黒いいたずら』吉田健一訳（白水社，1964 年）.

Ninety-Two Days, Duckworth, 1934.『ガイアナとブラジルの九十二日間』由木礼訳（図書出版社，1992 年）.

A Handful of Dust, Chapman & Hall, 1934.『ラースト夫人』二宮一次・横尾定理訳（新潮社 , 1954 年），『一握の塵』奥山康治監訳（彩流社，1986 年），『一握の塵』小泉博一訳（山口書店，1993 年）.

Edmund Campion, Longman, 1935.『夜霧と閃光―エドマンド・キャンピオン伝』巽豊彦訳（中央出版社，1979 年）.

Mr Loveday's Little Outing and Other Sad Stories, Chapman & Hall, 1936.

Waugh in Abyssinia, Longman Green & Co, 1936.

Scoop: A Novel About Journalists, Chapman & Hall, 1938.『スクープ』高儀進訳（白水社，2015 年）.

Robbery Under Law, Chapman & Hall, 1939; US edition: *Mexico: An Object Lesson*, Little, Brown, 1939.

Put Out More Flags, Chapman & Hall, 1942.

Work Suspended, Chapman & Hall, 1942.

Brideshead Revisited: The Sacred and Profane Memories of Captain Charles Ryder,

Chapman & Hall, 1945.『ブライヅヘッドふたたび』吉田健一訳（筑摩書房, 1963年；ブッキング, 2006年),『回想のブライズヘッド』小野寺健訳（岩波文庫, 2009年).

Scott-King's Modern Europe, Chapman & Hall, 1947.『スコット・キングの現代ヨーロッパ』吉田健一訳（集英社, 1972年).

The Loved One, Chapman & Hall, 1948.『囁きの霊園』吉田誠一訳（早川書房, 1970年),『愛されたもの』中村健二・出淵博訳（岩波文庫, 2013年),『ご遺体』小林章夫訳（光文社古典新訳文庫, 2013年).

Helena, Chapman & Hall, 1950.『ヘレナ』岡本浜江訳（文遊社, 2013年).

The Holy Places, Queen Anne Press, 1952.

Men at Arms, Chapman & Hall, 1952.

Love Among the Ruins: A Romance of the Near Future, Chapman & Hall, 1953.『廃墟の恋』小野寺健訳（白水社, 1971年).

Officers and Gentlemen, Chapman & Hall, 1955.

The Ordeal of Gilbert Pinfold, Chapman & Hall, 1957.『ピンフォールドの試練』吉田健一訳（白水社, 2015年).

The Life of the Right Reverend Ronald Knox, Chapman & Hall, 1959.

A Tourist in Africa, Chapman & Hall, 1960.

Unconditional Surrender, Chapman & Hall, 1961.

Basil Seal Rides Again, Chapman & Hall, 1963.

A Little Learning: The First Volume of An Autobiography, Chapman & Hall, 1964.

Sword of Honour (his final version of the war trilogy *Men at Arms, Officers and Gentlemen and Unconditional Surrender*), Chapman & Hall, 1965.

日記, 書簡集等

The Diaries of Evelyn Waugh, edited by Michael Davie, Weidenfeld & Nicolson, 1976 (NB: the 2009 Phoenix paperback edition has a greatly improved index).

The Letters of Evelyn Waugh, edited by Mark Amory, Weidenfeld & Nicolson, 1980.

Evelyn Waugh, A Little Order: A Selection from his Journalism, edited by Donat Gallagher, Eyre Methuen, 1977.

The Essays, Articles and Reviews of Evelyn Waugh, edited by Donat Gallagher, Methuen, 1983.

Mr Wu & Mrs Stitch: The Letters of Evelyn Waugh and Diana Cooper, edited by Artemis Cooper, Hodder & Stoughton, 1991.

The Letters of Nancy Mitford & Evelyn Waugh, edited by Charlotte Mosley, Hodder &

Stoughton, 1996.
The Complete Short Stories of Evelyn Waugh, edited by Ann Pasternak Slater, Everyman, 1998.『イヴリン・ウォー作品集』別宮貞徳訳（八潮出版社，1978年），『イーヴリン・ウォー傑作短篇集』高儀進訳（白水社，2016年）.

その他

Acton, Harold, *Memoirs of An Aesthete*, Methuen, 1948.
Acton, Harold, *More Memoirs of An Aesthete*, Methuen, 1970.
Acton, Harold, *Nancy Mitford*, Hamish Hamilton, 1975.
Agar, Eileen, *A Look at My Life*, Methuen, 1988.
Amory, Mark (ed.), *The Letters of Ann Fleming*, Collins Harvill, 1985.
Amory, Mark, *Lord Berners*, Chatto & Windus, 1998.
Annan, Noel, *Roxburgh of Stowe*, Longman, 1964.
Annan, Noel, *Our Age*, Weidenfeld & Nicolson, 1990.
Barber, Michael, *Anthony Powell*, Duckworth, 2004.
Barber, Michael, *Evelyn Waugh*, Hesperus Press, 2013.
Beaton, Cecil, *The Wandering Years: Diaries 1922-1939*, Weidenfeld & Nicolson, 1966.
Beevor, Antony, *Crete: The Battle and the Resistance*, John Murray, 1991; rev. edition: Penguin, 2014.
Blayac, Alain (ed.), *Evelyn Waugh: New Directions*, Macmillan, 1992.
Blondel, Nathalie, *Mary Butts: Scenes from Life*, Kingston, NY, 1998.
Bowra, C. M., *Memories*, Weidenfeld & Nicolson, 1966.
Boyd, William, *Bamboo*, Hamish Hamilton, 2005.
Bradbury, Malcolm, *Evelyn Waugh*, Oliver & Boyd, 1964.
Bradford, Sarah, *Sacheverell Sitwell*, Sinclair-Stevenson, 1993.
Butler, Lucy (ed.), *Robert Byron: Letters Home*, John Murray, 1991.
Byrne, Paula, *Mad World: Evelyn Waugh and the Secrets of Brideshead*, Harper Press, 2009.
Carew, Dudley, *A Fragment of Friendship: A Memory of Evelyn Waugh When Young*, Everest Books, 1974.
Carpenter, Humphrey, *The Brideshead Generation*, Weidenfeld & Nicolson, 1989.
Charteris, Evan (ed.), *The Life and Letters of Edmund Gosse*, William Heinemann, 1931.
Cooper, Diana, *The Rainbow Comes and Goes*, Rupert Hart-Davis, 1958.
Cooper, Diana, *The Light of Common Day*, Rupert Hart-Davis, 1959.
Cooper, Diana, *Trumpets from the Steep*, Rupert Hart-Davis, 1960.

Davis, Robert Murray, *Evelyn Waugh: A Checklist of Primary and Secondary Material*, Whitston, 1972.

Davis, Robert Murray, *A Catalogue of the Evelyn Waugh Collection at the Humanities Research Center, The University of Texas at Austin*, Whitston, 1981.

Davis, Robert Murray, *Evelyn Waugh, Writer*, Pilgrim Books, 1981.

Davis, Robert Murray, *Evelyn Waugh, Apprentice*, Pilgrim Books, 1985.

Davis, Robert Murray et al., *A Bibliography of Evelyn Waugh*, Whitston, 1986.

Deedes, W. F., *At War with Waugh: The Real Story of Scoop*, Macmillan, 2003.

Delmer, Sefton, *Trail Sinister*, Secker & Warburg, 1961.

Donaldson, Frances, *Evelyn Waugh: Portrait of a Country Neighbour*, Weidenfeld & Nicolson, 1967.

Driberg, Tom, *Ruling Passions*, Quartet Books, 1978.

Fallowell, Duncan, *How to Disappear: A Memoir for Misfits*, Ditto Press, 2011.

Fussell, Paul, *Abroad: British Literary Traveling Between the Wars*, Oxford University Press, 1980.

Gale, Iain, *Waugh's World: A Guide to the Novels of Evelyn Waugh*, Sidgwick & Jackson, 1990.

Gallagher, Donat, *In the Picture: The Facts Behind the Fiction in Evelyn Waugh's Sword of Honour*, Rodopi, 2014.

Gallagher, Donat, Ann Pasternak Slater and John Howard Wilson (eds), *A Handful of Mischief: New Essays on Evelyn Waugh*, Farleigh Dickinson University Press, 2011.

Goldring, Douglas, *Odd Man Out*, Chapman & Hall, 1935.

Green, Henry (Henry Yorke), *Pack My Bag: a Self-Portrait*, Hogarth Press, 1979.

Green, Martin, *Children of the Sun: A Narrative of 'Decadence' in England After 1918*, Constable, 1977.

Greenidge, Terence, *Degenerate Oxford?*, Chapman & Hall, 1930.

Grisewood, Harman, *One Thing at a Time: An Autobiography*, Hutchinson, 1968.

Handford, B. W. T., *Lancing 1848-1930*, Blackwell, 1933.

Hastings, Selina, *Nancy Mitford*, Hamish Hamilton, 1985.

Hastings, Selina, *Evelyn Waugh: A Biography*, Sinclair-Stevenson, 1994.

Hastings, Selina, *The Secret Lives of Somerset Maugham*, John Murray, 2009.

Heath, Jeffrey, *The Picturesque Prison*, Weidenfeld & Nicolson, 1982.

Hillier, Bevis, *Young Betjeman*, John Murray, 1988.

Hillier, Bevis, *New Fame, New Love*, John Murray, 2002.

Hillier, Bevis, *The Bonus of Laughter*, John Murray, 2004.

Hollis, Christopher, *Evelyn Waugh*, Longman, 1966.

Hollis, Christopher, *The Seven Ages*, Heinemann, 1974.

Hollis, Christopher, *Oxford in the Twenties: Recollections of Five Friends*, Heinemann, 1976.

Holman-Hunt, Diana, *My Grandfather, His Wives & Loves*, Hamish Hamilton, 1969.

Holroyd, Michael, *Augustus John, Vol. 2*, Heinemann, 1975.

Holroyd, Michael, *Bernard Shaw, Vol. 1*, Chatto & Windus, 1989.

Ker, Ian, *The Catholic Revival in English Literature, 1845-1961*, University of Notre Dame Press, 2003.

Knox, James, *Robert Byron*, John Murray, 2003.

Lancaster, Marie-Jacqueline (ed.), *Brian Howard: Portrait of a Failure*, Antony Blond, 1968.

Lees-Milne, James, *Ancestral Voices*, Chatto & Windus, 1975.

Lees-Milne, James, *Ancient as the Hills: Diaries 1973-1974*, John Murray, 1997.

Lewis, Jeremy, *Cyril Connolly*, Jonathan Cape, 1997.

Linck, Charles E., *The Development of Evelyn Waugh's Career*, unpublished PhD thesis, 1962.

Linck, Charles E., *Evelyn Waugh in Letters by Terence Greenidge*, Cow Hill Press, 1994.

Longford, Elizabeth, *The Pebbled Shore*, Weidenfeld & Nicolson, 1986.

Lovat, Lord, *March Past*, Weidenfeld & Nicolson, 1978.

Lycett, Andrew, *Ian Fleming*, Weidenfeld & Nicolson, 1995.

Lycett, Andrew, *Dylan Thomas: A New Life*, Weidenfeld & Nicolson, 2003.

McCall, Henrietta, *The Life of Max Mallowan*, British Museum Press, 2001.

Maclean, Fitzroy, *Eastern Approaches*, Cape 1949.

McDonnell, Jacqueline, *Waugh on Women*, Duckworth, 1986.

McLaren, Duncan, *Evelyn! Rhapsody for an Obsessive Love*, Harbour, 2015; see also his website www.evelynwaugh.org.uk.

Mallowan, Max, *Mallowan's Memoirs*, Collins, 1977.

May, Derwent (ed.), *Good Talk: An Anthology from BBC Radio*, Victor Gollancz, 1968.

Mead, Richard, *Commando General: The Life of Major General Sir Robert Laycock*, Pen & Sword, 2016.

Mitford, Jessica, *Hons and Rebels*, Victor Gollancz, 1960.

Mitford, Nancy, *A Talent to Annoy: Essays, Articles and Reviews, 1929-1968*, Hamish Hamilton, 1986.

Montagu, Elizabeth, *Honourable Rebel*, Montagu Ventures, 2003.

Morriss, Margaret and D. J. Dooley, *Evelyn Waugh: A Reference Guide*, G. K. Hall & Co, 1984.

Mosley, Charlotte (ed.), *Love from Nancy: The Letters of Nancy Milford*, Hodder & Stoughton, 1993.

Mosley, Diana, *A Life of Contrasts*, Hamish Hamilton, 1977.

Mosley, Diana, *Loved Ones*, Sidgwick & Jackson, 1977.

Mosley, Diana, *The Pursuit of Laughter*, Gibson Square, 2009.

Mulvagh, Jane, *Madresfield: The Real Brideshead*, Doubleday, 2008.

Norwich, John Julius, *Trying to Please*, Dovecote, 2008.

Norwich, John Julius, (ed.) *Darling Monster: The Letters of Lady Diana Cooper to her son John Julius Norwich, 1939-1962*, Chatto & Windus, 2013.

Ollard, Richard, *A Man of Contradictions: A Life of A.L. Rowse*, Allen Lane, 1999.

Ollard, Richard (ed.), *The Diaries of A. L. Rowse, 1903-1997*, Allen Lane, 2003.

Owen, James, *Commando: Winning WW2 Behind Enemy Lines*, Little, Brown, 2012.

Pakenham, Frank, *Born to Believe*, Cape, 1953.

Patey, Douglas Lane, *The Life of Evelyn Waugh: A Critical Biography*, Blackwell, 1998.

Powell, Anthony, *Infants of the Spring*, Heinemann, 1976.

Powell, Anthony, *Messengers of Day*, Heinemann, 1978.

Powell, Anthony, *Faces in My Time*, Heinemann, 1980.

Powell, Anthony, *The Strangers All Are Gone*, Heinemann, 1982.

Powell, Anthony, *Journals 1982-1986*, Heinemann, 1995.

Preston, Paul, *We Saw Spain Die: Foreign Correspondents in the Spanish Civil War*, Constable, 2008.

Pryce-Jones, David, *Cyril Connolly: Journal and Memoir*, Collins, 1983.

Pryce-Jones, David (ed.), *Evelyn Waugh and His World*, Weidenfeld & Nicolson, 1973.

Rothenstein, John, *Summer's Lease: Autobiography 1901-1938*, Hamish Hamilton, 1965.

Ridley, Jane, *The Architect and His Wife: A Life of Edwin Lutyens*, Chatto & Windus, 2002.

Rowse, A. L., *A Cornishman at Oxford*, Jonathan Cape, 1965.

Rowse, A. L., *A Cornishman Abroad*, Jonathan Cape, 1976.

Rowse, A. L., *A Man of the Thirties*, Jonathan Cape, 1979.

St John, John, *To the War with Waugh*, Leo Cooper, 1973.

Saumarez Smith, John (ed.), *The Bookshop at 10 Curzon Street: Letters between Nancy Mitford and Heywood Hill, 1952-1973*, Francis Lincoln, 2004.

Shakespeare, Nicholas, *Priscilla: The Hidden Life of an Englishwoman in Wartime*

France, Harvill Secker, 2013.
Stannard, Martin, *Evelyn Waugh: The Critical Heritage*, Routledge & Kegan Paul, 1984.
Stannard, Martin, *Evelyn Waugh: The Early Years 1903-1939*, JM Dent & Sons, 1986.
Stannard, Martin, *Evelyn Waugh: No Abiding City 1939-1966*, JM Dent & Sons, 1992.
Stopp, Frederick, *Evelyn Waugh: Portrait of an Artist*, Chapman & Hall, 1958.
Taylor, D. J., *Bright Young People*, Chatto & Windus, 2007.
Thomas, David N., *Dylan Thomas: A Farm, Two Mansions and a Bungalow*, Seren, 2000.
Thompson, Laura, *Love in a Cold Climate: Nancy Mitford-A Portrait of a Contradictory Woman*, Review, 2003.
Thwaite, Ann, *Glimpses of the Wonderful: The Life of Philip Henry Gosse*, Faber & Faber, 2002.
Thwaite, Ann (ed.), *My Oxford*, Robson Books, 1977.
Treglown, Jeremy, *Romancing: The Life and Work of Henry Green*, Faber & Faber, 2000.
Sieveking, Paul (ed.), *Airborne: Scenes from the Life of Lance Sieveking*, Strange Attractor Press, 2013.
Sinclair, Andrew, *Francis Bacon: His Life and Violent Times*, Sinclair - Stevenson, 1993.
Sykes, Christopher, *Evelyn Waugh: A Biography*, William Collins, 1975.
Vickers, Hugo, *Cecil Beaton*, Weidenfeld & Nicolson, 1985.
Vickers, Hugo, *The Unexpurgated Beaton: The Cecil Beaton Diaries as He Wrote Them*, Weidenfeld & Nicolson, 2002.
Waugh, Alec, *The Early Years of Alec Waugh*, Cassell, 1962.
Waugh, Alec, *My Brother Evelyn & Other Profiles*, Cassell, 1967.
Waugh, Alec, *The Fatal Gift*, WH Allen, 1973.
Waugh, Alec, *A Year to Remember: A Reminiscence of 1931*, WH Allen, 1975.
Waugh, Alec, *The Best Wine Last*, WH Allen, 1978.
Waugh, Alexander, *Fathers and Sons: The Autobiography of a Family*, Headline, 2004.
Waugh, Arthur, *Alfred Lord Tennyson*, William Heineman, 1894.
Waugh, Arthur, *One Man's Road*, Chapman & Hall, 1931.
Waugh, Auberon, *Will This Do? The First Fifty Years of Auberon Waugh: An Autobiography*, Century, 1991.
Westminster, Loelia, *Grace and Favour*, Weidenfeld & Nicolson, 1961.
Wheen, Francis, *Tom Driberg: His Life and Indiscretions*, Chatto & Windus, 1990.
Williams, Emlyn, *George: An Early Autobiography*, Hamish Hamilton, 1961.
Wilson, A. N., *Betjeman*, Hutchinson, 2006.
Wilson, John Howard, *Evelyn Waugh: A Literary Biography 1903-1924*, Associated

University Presses, 1996.

Wilson, John Howard, *Evelyn A Literary Biography 1924-1966*, Associated University Presses, 2001.

Wykes, David, *Evelyn Waugh: A Literary Life*, Macmillan, 1999.

Ziegler, Philip, *Diana Cooper*, Hamish Hamilton, 1981.

Zinovieff, Sofka, *The Mad Boy, Lord Berners, My Grandmother and Me*, Jonathan Cape, 2014.

図版リスト

すべての写真は断りがない限り、アレグザンダー・ウォーの好意によるものである。当出版社は版権所有者全員の所在を突き止め連絡するあらゆる努力をしたが、指摘があり次第、いかなる誤りや遺漏もできる限り早い機会に喜んで訂正するであろう。

All photographs are courtesy of Alexander Waugh unless otherwise stated. While every effort has been made to trace or contact all copyright holders, the publishers would be pleased to rectify at the earliest opportunity any errors or omissions brought to their attention.

ヌードのアラステア・グレアム（The Waugh Estate and the British Library）

18. ランディー島でのイーヴリン、1925年の復活祭（Private collection）
19. オリヴィア・プランケット・グリーン、パトリック・バルフォア、デイヴィッド・プランケット・グリーン、マシュー・ポンソンビー（Private collection）
20. アストン・クリントン校でオートバイに乗るイーヴリン、1926年2月
21. バーフォード・ハウスでの二人のイーヴリン、1928年5月
22. キャノンベリー・スクエア17a番地の家の2葉の写真
    ヘンリー・ラムが描いたイーヴリン・ウォーの肖像、1930年（Bridgeman Images／アフロ）
23. ギネス邸で催された1860年代の衣裳のパーティーでのシーヴリン（Duncan McLaren, www.evelynwaugh.org.uk）
24. 「熱帯」仮装パーティーでの二人のイーヴリン（Mary Evans Picture Library／アフロ）
25. 新婚旅行中のブライアン・ギネスとダイアナ、1929年（Mary Evans Picture Library／アフロ）
26. パケナム・ホールでのハウス・パーティー、1930年（TopFoto／アフロ）
27. プール・プレイスでのルーパート・ミッドフォード、ナンシー・ミッドフォード、パンジー・ラム、1930年（Private collection）
28. ケニアのイーヴリン、1931年
29. ヴィルフランシュにいるイーヴリンとアレック、1931年
30. テリーザ・「ベイビー」・ユングマン（Private collection）
    十二宮の双子座のポーズをとっているユングマン姉妹（Mary Evans Picture Library／アフロ）
31. アイリーン・エイガー（Private collection）
    ジョイス・フェイガン
    オードリー・ルーカス（Duncan McLaren, www.evelynwaugh.org.uk）
    ヘイゼル・レイヴァリー（Mary Evans Picture Library／アフロ）
    ピクシー・マリックス（Private collection）
32. 婚約後のアレック・ウォーとジョーン・チャーンサイド、1932年
33. マダーズフィールドのイーヴリン、ヘイミッシュ・セント・クレア・アースキン、クート・リゴン、ヒューバート・ダガン、1930年代初頭（Private collection）
34. レディー・メアリーとレディー・ドロシー・リゴンのあいだのイーヴリン（Private collection）

35. ハンス大尉の乗馬学校でのイーヴリン（Private collection）
36. マダーズフィールド（Bridgeman Images／アフロ）
37. ホーソーンデン賞を獲得した際のイーヴリンとアーサー、1936年
38. ファリンドン・ハウスでペネロピ・ベッチェマンと彼女の馬と一緒のイーヴリン（Private collection）
39. ローラ・ウォー、1930年代末
40. ピクストン・パーク
41. ローラとイーヴリンの結婚式、1937年
42. ピアズ・コート
43. 44. ピアズ・コートでの3葉の写真
45. 軍服姿のイーヴリン、1940年
46. クロアチアでランドルフ・チャーチルと一緒のイーヴリン
47. アンナ・メイ・ウォン、イーヴリン、サー・チャールズ・メンドル、ローラ
48. ウォーの家族と使用人たち、1940年代末
49. イル・ド・フランス号でプリマスに戻るイーヴリンとローラ
50. 書斎のイーヴリン（Bridgeman Images／アフロ）
51. 家族と二人のイタリア人の召使と一緒のイーヴリン、1959年（National Portrait Gallery／アフロ）
52. クーム・フローリーの玄関の前のイーヴリン（Camera Press／アフロ）
53. ジェイムズ、ローラ、庭師とイーヴリン
54. カリブ海でマーガレットと一緒のイーヴリン
55. マーガレットの結婚式でのイーヴリン、1962年
56. 「フェイス・トゥ・フェイス」でジョン・フリーマンからインタヴューされるイーヴリン、1960年6月
57. ウォー一家、1965年頃